Knaur.

Knaur.

Im Knaur Taschenbuch Verlag
ist von der Autorin bisher erschienen:
Die Nonne mit dem Schwert

Über die Autorin:
Lea Korte, geboren 1963, wanderte nach Abschluss ihres Studiums nach Spanien aus, wo sie zuerst in Katalonien und später im Baskenland und in Valencia als Übersetzerin und Autorin lebte. Zusammen mit ihrem französischen Ehemann und ihren beiden Kindern lebt sie heute in Südspanien. Mehr Informationen finden Sie unter: www.leakorte.com

Lea Korte

Die Maurin

❀ ❀ ❀

Roman

Knaur Taschenbuch Verlag

Besuchen Sie uns im Internet:
www.knaur.de

Originalausgabe Februar 2010

Ein Unternehmen der Droemerschen Verlagsanstalt
Th. Knaur Nachf. GmbH & Co. KG, München

Redaktion: Regine Weisbrod
Umschlaggestaltung: ZERO Werbeagentur, München
Umschlagabbildung: Bridgeman Art Library,
Titel: »A red, red rose«
von John William Godward (1861–1922),
Roy Miles Fine Paintings.
Satz: Adobe InDesign im Verlag
Druck und Bindung: CPI – Clausen & Bosse, Leck
Printed in Germany
ISBN 978-3-426-50230-3

2 4 5 3 1

Nicht, weil die Dinge uns unerreichbar erscheinen, wagen wir nicht – weil wir nicht wagen, erscheinen sie uns unerreichbar.

Seneca

Dramatis Personae

Historische Personen sind mit einem Sternchen* gekennzeichnet.

Maurische Familie

Zahra as-Sulami
Yazid, ihr Halbbruder
Hayat, ihre Halbschwester
Zainab, ihre Schwester
Raschid, ihr Bruder
Mahdi, ihr Bruder
Abdarrahman as-Sulami, ihr Vater (maurischer Adliger)
Leonor, ihre Mutter (ehemalige christliche Sklavin, kastilische Adlige, zweite Frau des Vaters)
Kenza, die erste Frau ihres Vaters, vor Zahras Geburt verstorben
Deborah, Raschids Frau, Jüdin
Abdarrahman jr., Zahras Sohn
Chalida, Zahras Tochter
Yayah, Zahras Sohn
Tamu, eine der Dienerinnen des Hauses
Zubair, Abdarrahman as-Sulamis Leibdiener

Maurische Herrscherfamilie und ihre Berater

Abu l-Hassan Ali* († 1485), genannt Hassan, Emir von Granada

Aischa*, »la Horra« († 1493), seine erste Frau

Muhammad XII.*, Boabdil (1452– ca. 1533), ihr ältester Sohn (auch genannt: az-Zugaibi, »der Unglückliche« und »der Unglücksbringer«)

Yussuf*, ihr jüngerer Sohn

Isabel de Solís*, genannt Soraya, Hassans Zweitfrau

Muhammad XIII.*, az-Zagal (Hassans Bruder)

Ali al-Attar*, Boabdils Schwiegervater und bester Kriegsherr; Vater von Kenza (und damit auch Abdarrahman as-Sulamis Schwiegervater)

Morayma* (ca. 1465–1493), Boabdils Frau und Ali al-Attars Tochter

Ahmed, »el infantico«, ihr Sohn (ca. 1482 geb.)

Ismail ibn Badr, Boabdils Freund, Bürgermeister von Granada

Kafur, Haremswächter

Kastilische Königsfamilie und ihre Berater

Isabel* (1451–1504), Königin von Kastilien (deutsch: Isabella I. von Kastilien; Isabella die Katholische)

Fernando* (1452–1516), ihr Gemahl, König von Aragón und Sizilien, später auch Kastilien (deutsch: Ferdinand II.)

Gonzalo Fernández de Córdoba y Aguilar* (1453–1515), Vertrauter Isabels

Alonso Fernández de Córdoba y Aguilar*, Gonzalos älterer Bruder

Jaime de Córdoba y Aguilar, Gonzalos jüngerer Bruder

Diego de Córdoba*, Marqués de Cabra, Gonzalos Onkel

Juan de Góngora, einer von Isabels Feldherren

Kardinal Pedro González de Mendoza* (1428–1495), Berater Isabels

Padre Tomas de Torquemada* (1420–1498), Großinquisitor, der Schrecken Kastiliens

Hernando de Talavera* (um 1428–1507), Isabels Beichtvater

Ponce de León*, Marqués de Cadiz (1432–1492)

Was zuvor geschah …

Viele Jahrhunderte vor unserer Geschichte beherrschten die Westgoten die Iberische Halbinsel, bis sich ihr König Roderich in die anmutige Tochter eines seiner Grafen verliebte und damit dessen Zorn hervorrief. Der Sage nach hatte Graf Julian seine Tochter Florinda um 710 an den westgotischen Königshof von Toledo geschickt, damit sie dort ihre Bildung vervollkommne.

Eines Tages erblickte König Roderich die Schöne, als sie in aller Unschuld ein Bad im Tajo nahm, verliebte sich in sie und machte sie zu seiner Mätresse. Als Graf Julian davon erfuhr, tobte er vor Zorn und gewann Tarik ibn-Ziyad, den muslimischen Statthalter von Tanger, dafür, in Kastilien einzufallen.

Tarik war auf seinem ersten Eroberungsfeldzug in dem ebenso reichen wie verwundbaren Land so erfolgreich, dass er auf der Iberischen Halbinsel blieb und immer ausgedehntere Feldzüge unternahm. Nach der Schlacht am Rio Guadalete am zwanzigsten Juli 711 gab es für die Mauren kein Halten mehr: Innerhalb der folgenden fünf Jahre beendeten sie ein für alle Mal die Herrschaft der Westgoten auf der Iberischen Halbinsel und gründeten ihr märchenhaftes »al-Andalus«.

Schon wenige Jahre später begann eine Gegenbewegung, Reconquista genannt, in der die Kastilier ihr Land Stück um Stück von den Mauren zurückeroberten, bis diese Ende des fünfzehnten Jahrhunderts schließlich nur noch über das Königreich Granada herrschten. Und hier beginnt die Geschichte der Maurin Zahra as-Sulami und ihrer Familie.

Prolog

Granada

12. Juli 1478

Zahra wusste, dass sie um diese späte Stunde in ihrem Bett zu liegen und zu schlafen hatte, aber die Nacht war drückend heiß, die Luft in ihrem Zimmer schwül und stickig, und so schlich sie sich doch hinaus und huschte über die Treppe auf die Dachterrasse. Dort oben wehte ihr ein erfrischendes Lüftchen entgegen. Sie atmete auf, ließ sich auf einem Mauervorsprung nieder und blickte zum Himmel empor. Welch wundervolle, sternklare Nacht!

Auf einmal hörte sie auf der Treppe Schritte. Erschrocken verbarg sie sich hinter dem breiten, weit hochragenden Schornstein, lugte um die Ecke – und schnellte zurück, als sie die schwarze Haarmähne ihres Halbbruders erblickte.

Ausgerechnet Yazid! Wenn er sie hier entdeckte, würde er nichts Eiligeres zu tun haben, als sie bei ihrem Vater anzuschwärzen, und die dann folgende Standpauke konnte sie sich schon lebhaft vorstellen.

Ihr Halbbruder trat an den Rand der Terrasse und ließ einen Eulenlaut ertönen. Nur wenige Atemzüge später kletterte ein Mann über die Mauer, die ihre Dachterrasse von der ihrer Nachbarn trennte. Er trug eine schwarze Djellaba, deren Kapuze er so tief ins Gesicht gezogen hatte, dass Zahra nicht erkennen konnte, wer sich dahinter verbarg. Mit klopfendem Herzen beobachtete sie, wie Yazid auf den Mann zuging und ihn mit einem stummen Nicken begrüßte.

»Hast du Hassan endlich für unsere Sache gewinnen können?«, raunte der Unbekannte ihm zu.

»Ich war kurz davor«, erwiderte Yazid. »Aber dann hat mir der Großwesir dazwischengefunkt.«

»Verdammt, die Zeit drängt! Du weißt, dass sie schon in wenigen Wochen kommen!«

»Keine Sorge«, beruhigte Yazid sein Gegenüber. »Die Saat ist ausgebracht, und wenn wir sie weiter kräftig begießen, wird sie Früchte tragen!«

Zahra stellten sich die Nackenhaare auf. Was, zum Teufel, heckten die beiden da aus?

Mit einem Mal sprangen zwei weitere Männer über die Mauer und stürzten sich mit gezückten Krummsäbeln auf Yazid und seinen Freund. Sofort zogen auch sie ihre Schwerter und wehrten die Hiebe kraftvoll ab. Doch sie konnten die Angreifer nicht zurückdrängen.

Mehr noch als um ihren Halbbruder fürchtete Zahra um sich selbst: Wenn Yazid noch drei Schritte weiter zurückwich, würde er sie nicht nur entdecken, sondern sie überdies selbst zwischen die Kämpfenden geraten! Verzweifelt blickte sie sich nach einem anderen Versteck um, aber hier oben gab es sonst nichts, wo man sich verbergen konnte. Da machte Yazid einen Ausfallschritt und schlitzte seinem Gegner mit einem einzigen glatten Schnitt die Kehle auf. Röchelnd brach der Mann zusammen. Der zweite Angreifer wollte fliehen, doch Yazid und sein Freund stellten ihn noch vor der Mauer und stachen ihn ebenfalls nieder. Ohne ein Wort zu wechseln, luden sie sich die beiden Toten über die Schulter und verschwanden mit ihnen über die angrenzende Dachterrasse in der Dunkelheit. Mit zitternden Knien huschte Zahra zurück in ihr Zimmer und drückte leise die Tür hinter sich ins Schloss.

Erster Teil
1478

1.

Granada

15. August 1478

Hör auf mit dieser nervtötenden Vorleserei, hör sofort auf!«

Die schneidend scharfe Stimme der Sultanin ließ die dreizehnjährige Zahra so sehr zusammenfahren, dass ihr beinahe der kostbare kleine Gedichtband aus der Hand gefallen wäre. Sie blickte zu Aischa auf.

»Du liest heute so leiernd wie ein altes Waschweib!«, donnerte sie weiter. »Wie soll man sich denn dabei entspannen?«

Schuldbewusst sah Zahra zu Boden. Seit Aischa ihr am Morgen gesagt hatte, dass im Laufe des Tages Gesandte der spanischen Könige im Palast erwartet wurden, schwirrte ihr ständig diese Szene im Kopf herum, deren unfreiwillige Zeugin sie vor einigen Wochen nachts auf der Dachterrasse geworden war. Es fiel ihr schwer, sich zu konzentrieren. Ständig fragte sie sich, ob sich Yazid und sein Freund auf die Ankunft dieser Gesandten bezogen hatten und ob sie Aischa nicht endlich erzählen sollte, was sie an jenem Abend belauscht und beobachtet hatte. Allerdings konnte sie sich letztlich keinen Reim auf deren Andeutungen machen, und sie wollte vor Aischa in keinem Fall als wichtigtuerische Schwätzerin dastehen.

»Und auch du, Laila«, herrschte Aischa nun ihre Favoritin unter den Dienerinnen an. »Lass das Herumgewedel mit dem Fächer. Statt die Sommerhitze zu lindern, wehst du sie mir geradezu ins Gesicht. Verschwinde, verschwindet alle!«

Als sei der Blitz in sie gefahren, flüchteten die Hofdamen, Dienerinnen und Sklavinnen unter einer Woge wehender Kleider aus dem weitläufigen Wohnraum der Sultanin, der sich im ersten Stock des Comaresturms der Alhambra befand.

»Und was ist mit dir?«, fuhr Aischa Zahra an. »Was hockst du noch immer hier herum? Raus, habe ich gesagt, ich will allein sein!«

Zahra erhob sich von ihrem Sitzkissen, blieb jedoch stehen. »Ihr … Ihr fürchtet Euch vor den kastilischen Gesandten, nicht wahr?«, brachte sie nach einem Zögern heraus.

»Fürchten – ich, die Sultanin von Granada?« Aischa lachte auf, doch sie schien selbst zu merken, wie gezwungen es klang. Von plötzlichem Unwillen gepackt, erhob sie sich von ihrem Diwan und trat an eines der hohen Bogenfenster, das auf das dichtbevölkerte Viertel jenseits des Rio Darro hinausging. Ihr Blick verlor sich zwischen den weißen Häusern und Palästen des Albaicínhügels und dem sich weithin erstreckenden fruchtbaren Land ihrer Väter. Zahra sah, wie sich ihre Haltung allmählich entspannte.

»Fürchten … Nein, ich fürchte mich nicht«, seufzte Aischa nach einer Weile und fuhr mit der Hand über das edle Holz des Fensterrahmens. »Nur Feiglinge fürchten sich. Aber die Ankunft der kastilischen Gesandten … Nun ja, sie beunruhigt mich schon. Seit sich Hassan diese kastilische Hure Isabel de Solís als Zweitfrau genommen und mich in den Comaresturm verbannt hat, erfahre ich kaum noch, was hier vorgeht, und leider gibt sich auch der Großwesir in der letzten Zeit zunehmend bedeckt. Und doch bin ich mir sicher, dass hier irgendetwas vorgeht. Warum sonst konnte mir Hassan bei unserer letzten Begegnung vor drei Tagen kaum in die Augen sehen?«

Zahra legte das Buch auf dem Diwan ab und trat zu ihrer Gebieterin. Neben deren stets stolz aufgerichteter und solider Gestalt kam sie sich auch heute wieder klein und unscheinbar vor. Wie um sich Mut zu machen, reckte sie das Kinn.

»Es kann allerdings gut sein, dass der Emir Pläne hat, die er Euch verschweigt«, platzte sie heraus. »Vor kurzem habe ich nämlich ein Gespräch belauscht.«

Aischa fuhr zu ihr herum. »Was für ein Gespräch?«

»Zwischen meinem Halbbruder Yazid und einem Fremden …« Zahra erzählte ihr das wenige, was sie wusste.

»Also doch!« Aischa schüttelte den Kopf. »Ich wusste es, beim Allmächtigen, ich wusste, dass hier irgendetwas gespielt wird.«

Zahra sah zu ihr auf. »Wenn ich Euch helfen kann …«

Aischa betrachtete sie nachdenklich. »Du bist ein ungewöhnliches Mädchen. Schon damals, als deine Mutter dich ab und an mit hierhergebracht hat und du mit meinen Söhnen gespielt hast, habe ich mir manches Mal insgeheim gewünscht, dass wenigstens einer meiner beiden Söhne etwas von deinem Mut und deiner Entschlossenheit besäße. Deswegen habe ich dich auch unbedingt an meinem Hof haben wollen.«

Zahra hoffte, dass sie nicht errötete. Sie war an Lob nicht gewöhnt, weder von zu Hause, wo man sie wegen ihres Eigensinns und ihres Vorwitzes zumeist nur tadelte, noch von Aischa, deren Blicke sie zwar oft auf sich spürte, die darüber hinaus aber kaum das Wort an sie richtete. Wieder einmal fragte sie sich, warum die Sultanin sie in ihren Hofstaat aufgenommen hatte. In deren Gemächern gab es ohnehin schon mehr dienstbare Geister als Aufgaben, und überdies verfügte

Zahra über keinerlei Erfahrung als Hofdame. Sicher, im Unterschied zu den anderen konnte sie lesen und schreiben, aber darüber hinaus ... Auch ihr Vater hatte sich gewundert, als Aischa sie in den Palast berief, und ihr Ansinnen zunächst kategorisch abgelehnt, doch seine Frau hatte ihm so lange zugesetzt, bis er schließlich zustimmte, dass Zahra an drei Tagen der Woche am Hof lebte.

Aischas Frage durchbrach ihre Gedanken. »Würdest du dir zutrauen, dich in den Myrtenhof zu schleichen und das Gespräch zwischen Hassan und den kastilischen Abgesandten zu belauschen? Aber du weißt: Wenn sie dich dabei erwischen, landest du im Kerker, und so gering, wie mein Einfluss derzeit ist, kann es Monate dauern, bis ich dich wieder freibekomme!«

Zahra schluckte und berührte instinktiv den feinziselierten, mit einem blauen Saphir besetzten Ring an ihrem Mittelfinger. Wie alle blauen Steine galt der Saphir bei den Arabern als Schutz gegen den bösen Blick und anderes Ungemach, und ihr Ring war sogar noch weit machtvoller: In ihm wohnte ihr Schutzgeist. Ihre maurische Großmutter hatte ihn ihr am Tag ihrer Geburt an einer Kette um den Hals gehängt. Ein Amulett, dessen Geist das Kind während seines ganzen Lebens beschützen sollte. Erst vor wenigen Wochen hatte Zahra den Ring von der Kette abnehmen und an ihren Mittelfinger stecken können, weil er endlich zumindest an diesem Finger passte, und ihn seither mit großem Stolz getragen. Stumm bat sie ihren Schutzgeist, ihr beizustehen, und nickte. »Mich wird schon niemand erwischen!«

»Gut«, sagte Aischa schlicht. »Dann geh hinunter in den Myrtenhof und versteck dich dort. Wenn die Wachen die Kastilier in den Thronsaal geführt haben, schleichst du dich an den Empfangssaal heran. Bei der Hitze heute wird die Tür des Thronsaals gewiss offen stehen, und so solltest du hören können, was sie zu besprechen haben. Geh sofort. Denn wenn du unten zugleich mit den kastilischen Gesandten ankommst, wird dir keine Zeit mehr bleiben, dir ein Versteck zu suchen – falls die Wachleute dich dann überhaupt noch in den Hof lassen.«

Mit geübten Griffen legte Zahra ihren Gesichtsschleier, den Niqab, an, ohne den sich auch so junge Mädchen wie sie nicht außerhalb der Frauengemächer zeigen durften, schwang sich den Hidschab, ein großes Umschlagtuch, um Kopf und Oberkörper und eilte über die Hintertreppe nach unten.

Zahra kam, ohne angehalten zu werden, an den überall im Palast aufgestellten Wachen vorbei. Viele kannten sie, andere schenkten ihr keine Beachtung. Sie waren dafür abgestellt, Meuchelmörder abzuwehren; kleine Mädchen interessierten sie nicht. Erst vor dem Eingang zum Myrtenhof versperrte eine Leibwache des Emirs Zahra den Weg. »Was hast du hier zu suchen?«, knurrte der große, mit einem Krummsäbel und zwei Dolchen bewaffnete Mann.

Unwillkürlich wich Zahra einen Schritt zurück.

»Im Thronsaal finden wichtige Beratungen statt!«

»Mei… meine Herrin hat mich gebeten, ihr einen Bund Myrten aus dem Myrtenhof zu holen«, stotterte Zahra. Obwohl ihr Herz flatterte, gelang es ihr, eine unschuldige Miene aufzusetzen.

Der Leibwächter machte eine unwillige Handbewegung. »Dann lauf, aber sieh zu, dass du wieder in den Gemächern der Sultanin bist, bevor die Abgesandten eintreffen!«

Zahra nickte und huschte weiter. Vor dem Einlass des Thronsaals, der auch Saal der Gesandten genannt wurde, traf sie noch einmal auf zwei Wachleute, die ihr allerdings nicht mehr Aufmerksamkeit als einem vorbeiflatternden Schmetterling schenkten. Zahra atmete auf und zwang sich, gemächlich zum Zentrum des Patios weiterzugehen, einem langgestreckten Wasserbecken. Wie an allen klaren Tagen spiegelte sich die mit zahlreichen filigranen Kunstwerken verzierte Fassade des Comaresturms friedlich in dem von immergrünen, herrlich duftenden Myrtenhecken umsäumten Becken. Ohne die Wachen aus den Augen zu lassen, pflückte Zahra hier und da einen blütengefüllten Zweig und näherte sich dabei dem Thronsaal.

Wie Aischa vermutet hatte, stand die hohe Doppelflügeltür weit offen. Wütende Stimmen drangen nach draußen. Schon bald begriff Zahra, dass der Grund des Zorns die Angriffe der Kastilier auf die fruchtbare Vega waren, die alte Scheidewand zwischen dem maurischen Königreich Granada und dem christlichen Kastilien. Am Vortag hatten sie erneut ein maurisches Dorf angegriffen und dabei einen Hügel kostbarer Olivenbäume niedergebrannt und ein Dutzend Männer gefangen genommen.

»Und inzwischen bieten sie unsere Landsleute sicher schon hohnlachend auf einem ihrer Sklavenmärkte feil!«, übertönte die Stimme von Zahras Halbbruder Yazid die anderen. »Mein Emir, glaubt Ihr mir jetzt endlich, dass wir den Christen die Stirn bieten müssen?«

»Das müssen wir allerdings. Und sei gewiss, dass ich den christlichen Gesandten schon heute die erste Lektion erteilen werde. Die gestrigen Überfalle der Heiden haben dem Ganzen wirklich die Krone aufgesetzt!«

»Ich hoffe nur«, mischte sich der Großwesir mit seiner bedächtigen Stimme ins Gespräch, »dass Ihr bei all Eurer berechtigten Empörung nicht vergesst, dass den Christen solch kleinere Überfälle laut unseren Waffenstillstandsvereinbarungen ausdrücklich erlaubt sind, wie ja auch wir das Recht der Dreitagekriege regelmäßig in Anspruch nehmen!«

Wütende Stimmen fielen ihm ins Wort, welche die Taten der Mauren verteidigten und die der Christen verdammten und den Wesir verstummen ließen.

»Wir haben schon viel zu lange Geduld mit den räudigen Ungläubigen gehabt, und es ist nur gut, dass der Emir nun endlich gegen die Christen vorgehen will!«, hetzte auch Yazid weiter und erntete lautstarke Zustimmung. Zahra kannte solche Versammlungen aus den Erzählungen ihres Vaters, der ihnen ebenfalls oft als Berater beiwohnte, und wusste, dass auch Qadis, der Großimam und Vertreter der mächtigsten Familien teilnahmen.

Von den kunstvollen Bodenfliesen im Torbereich hallten harte Schritte wider. Gerade noch rechtzeitig verbarg sich Zahra hinter den Myrtenbüschen, als ein Wachsoldat aus dem Patio des Cuarto Dorado in den Hof trat. Sie beobachtete, wie er durch die Sala de la Barca, die eher ein weitläufiger, überdachter Gang denn ein Saal war, zum Thronsaal schritt.

»Die kastilische Delegation ist eingetroffen«, rief er den Wachleuten vor dem Thronsaal zu. »Don Juan de Góngora und ein junger Mann namens Don Gonzalo de Córdoba y Aguilar.«

Der ältere der beiden Wachleute des Thronsaals nickte. »Sag ihnen, der Emir erwartet sie in seiner Güte.«

Während der Soldat mit den beiden Kastiliern näher kam, arbeitete sich Zahra lautlos im Hockgang bis zum Ende der Hecke vor, um besser sehen zu können. Don Juan de Góngora war von mächtiger Gestalt; den weiten, roten Umhang aus edlem Tuch hatte er geckenhaft über der rechten Schulter zurückgeschlagen. Sein um einiges jüngerer, aber nicht weniger stattlicher Begleiter hielt sich, wie es ihm gebührte, einen

Schritt hinter ihm und nickte den beiden Wachleuten freundlich zu, was diese geflissentlich ignorierten. Mit einer knappen Handbewegung hießen sie die Kastilier eintreten. Trotz der vorherigen Unmutsbekundungen wurden sie im Saal mit dem gebotenen höfischen Gepränge begrüßt.

Don Juan de Góngora ergriff das Wort. »Wir grüßen Euch, hochgeschätzter Emir, und sollen Euch auch die Grüße der Majestäten von Kastilien und Aragón ausrichten und Euch versichern, dass sie Euch tiefe und aufrichtige Freundschaft entgegenbringen!«

»Allerdings wird man über die Art und Weise, wie sie ihre Freundschaft kundtun, streiten können«, warf Emir Hassan knurrend ein.

Ohne auf die Zwischenbemerkung einzugehen, fuhr Don Juan de Góngora mit blasierter Stimme fort: »Des Weiteren haben mich die christlichen Könige gebeten, Euch auszurichten, dass sie wie in der Vergangenheit auch in Zukunft fest auf Eure Loyalität vertrauen und hoffen, dass die bewährte Tradition der Tributzahlung weiterhin dem Erhalt des Friedens unserer beiden Reiche dient!«

»Auch von Frieden kann wohl immer weniger die Rede sein«, gab der Emir mit noch größerer Gereiztheit in der Stimme zurück. »Und deswegen, geschätzter Don Juan, habe auch ich eine Nachricht für Eure Könige: Richtet ihnen aus, dass die Emire von Granada, die der kastilischen Krone früher einmal Geld zu zahlen pflegten, bedauerlicherweise ebenso verstorben sind wie der kastilische König, der unser Land in Frieden hat leben und gedeihen lassen. Die einzigen Münzen, die wir nach den Vorfällen der letzten Monate anzubieten haben, sind Säbelklingen und Lanzenspitzen!«

Vor Schreck fiel Zahra der Myrtenstrauß aus der Hand. *O mein Gott, Yazid, ist es das, wozu du und dein geheimnisvoller*

Freund Hassan hattet treiben wollen? Aber die alljährlichen Tributzahlungen sind doch Teil der Friedensvereinbarungen mit den Christen! Und wenn es jetzt Krieg gibt? Vater meint doch schon seit Wochen, dass diese ständigen Angriffe der Christen nur darauf abzielen, uns aus der Reserve zu locken, und dass es nur noch eines Funken bedarf, um die Spannungen zwischen unseren Ländern zum Eskalieren zu bringen!

»Wir werden unseren Königen Eure Botschaft wortgetreu auszurichten wissen«, erwiderte Don Juan und klang in der Tat so wenig verärgert, ja geradezu erfreut, wie Zahra befürchtet hatte.

Wenige Atemzüge später verließen die kastilischen Gesandten den Thronsaal, begleitet von Zahras hochgewachsenem Halbbruder Yazid, der den Wachmännern mit einer knappen Geste und zwei auf Arabisch gebellten Worten klarmachte, dass er die kastilischen Abgesandten persönlich aus dem Palast geleiten würde.

Während Yazid noch einmal kurz in den Thronsaal zurückging, zischte Don Juan seinem jungen Begleiter lächelnd zu: »Hätte für uns doch gar nicht besser laufen können …«

Zahra sah, dass Don Gonzalo das Lächeln seines Landsmanns nicht erwiderte, sondern die Stirn in sorgenvolle Falten zog. Sie fand dies sympathisch. Anders als ihr Halbbruder hasste sie die Kastilier nicht, stammte ihre Mutter Leonor doch selbst daher. Bei einem der Beutezüge von Hassans Vater war sie als junges Mädchen in Gefangenschaft geraten und versklavt worden. Zwei Jahre später hatte Yazids Vater die junge kastilische Adlige zum ersten Mal am Hofe gesehen, sich in das stille, feinsinnige Mädchen verliebt und es bald darauf geheiratet – ein Schritt, den Yazid ihm nie verziehen hatte. Yazids Großvater mütterlicherseits war schließlich der berühmt-berüchtigte Maurenkrieger Ali al-Attar, und sein

Enkel hatte nicht nur dessen dunkle Hautfarbe, sondern auch den unbeugsamen Kampfgeist und den Hass auf Kastilien geerbt. Für ihn waren Kastilier nichts als stinkende Ratten und gehörten ausgerottet. In seinen Augen hatte sein Vater mit dieser Heirat die Ehre seiner verstorbenen Mutter und ihren alten maurischen Familiennamen beschmutzt. Und auch wenn er seine Abneigung gegen die sanfte Leonor mit den Jahren nicht hatte aufrechterhalten können, war der Hass auf die Kastilier doch immer größer geworden.

»Ihr Jungen habt wohl nur noch Wasser statt Blut in den Adern«, knurrte Don Juan ob Gonzalos sorgenumwölkter Miene.

»Wasser kann man trinken«, erwiderte sein Begleiter mit einem gleichmütigen Schulterzucken. »Zumindest, solange es nicht mit dem Blut sterbender Soldaten durchtränkt ist.«

Don Juan machte eine verächtliche Handbewegung und herrschte im nächsten Moment den wieder zu ihnen tretenden Yazid an, sie endlich aus dem Palast zu führen. »Wir wollen hier schließlich keine Wurzeln schlagen!«

Yazid verzog keine Miene, einzig die rechte Augenbraue hob sich ein winziges Stück. Wie Zahra es nicht anders erwartet hatte, setzte er sich erst etliche Atemzüge später in Bewegung.

Als die drei Männer um die erste Ecke verschwunden waren, eilte Zahra ihnen nach. Im Löwenhof verbarg sie sich hinter einem ausladenden Orangenbusch und beobachtete, wie Gonzalo im Unterschied zu seinem grimmig dreinschauenden Begleiter beim Anblick der vor ihm liegenden Pracht aufstrahlte. In der Mitte des langgezogenen Hofes entsprang der sogenannte Quell des Lebens in einem von zwölf Löwenfiguren getragenen Brunnen. Gonzalo ließ seinen Blick bewundernd über den von hundertvierundzwanzig grazilen

Säulen aus weißem Marmor getragenen Bogengang gleiten, der in seiner Leichtigkeit an den Palmenhain einer Wüstenoase erinnerte.

»Welch Wunderwerk der Architektur«, rief er beeindruckt, trat näher an den Brunnen und fragte Yazid auf Arabisch, ob die Gestaltung des Patios eine tiefere Bedeutung habe, die sich dem ungeübten christlichen Auge verschloss.

»Euren ungeübten christlichen Augen verschließt sich so manches mehr als nur das«, gab Yazid zurück.

Ungeachtet dieser Spitze sah sich Gonzalo weiter bewundernd im Patio um. Don Juan aber zischte: »Euren Heidenaugen entgeht auch so manches, zum Beispiel, dass Ihr Euch nicht mehr lange in dieser Pracht aalen werdet. Die unbefleckte Jungfrau wird den Kastiliern beistehen und ihnen zum Sieg über euch Heiden verhelfen!«

»An unserer Seite kämpft Allah, *ta'ala,* und ich glaube kaum, dass sich der Allmächtige von einem Götzenbild einschüchtern lässt!« Yazids Augen blitzten.

»Ihr und Euer Allah«, schnaubte Don Juan. »Aber Euer Heidenverstand ist eben zu winzig, als dass darin der wahre Glaube Einzug halten könnte.«

»Winzig erscheint mir eher der Eure«, konterte Yazid. »Bei aller Hochachtung vor den Überzeugungen der Jünger des Propheten Isa kann ich über seine Lehre von der Empfängnis eines Gottessohnes durch Maria doch nur lachen. Es gibt keinen Gott außer Allah, *ta'ala,* und Mohammed ist sein Prophet!«

Don Juan riss sein Schwert aus der Scheide und holte gegen Yazids Kopf aus. Zahra wollte aufschreien, presste aber schnell die Hände vor das Gesicht. Das nachfolgende Klatschen klang schauerlich. Das Schlimmste befürchtend, lugte Zahra durch ihre Finger – doch ihr Halbbruder trug den Kopf noch auf den Schultern. Auf seiner rechten Wange flammte eine breite, rote Strieme. Yazid zog seinen Krummsäbel und stürzte auf den Kastilier los. Hart prallten die Klingen aufeinander. Beim nächsten Schlagabtausch kreuzten sich ihre Schwerter in Augenhöhe. Plötzlich wich Yazid zurück. Don Juan verlor das Gleichgewicht und kippte nach vorn. Sofort hieb Yazid erneut auf ihn ein, doch der Kastilier hatte sich rasch wieder gefangen und wehrte den Angriff meisterlich ab. Wie tollwütige Katzen umschwirrten ihre Waffen einander; nach jedem Schlagabtausch erzitterten die Knäufe in ihren Händen.

Gonzalo versuchte, die Kämpfenden auseinanderzubringen. »Don Juan, wir sind hier als Gesandte des Königshauses!«

»Und als gute Christen«, brüllte der Kastilier und stieß auf die Kehle seines Gegners zu. Yazid duckte sich, und Don Juans Schwert schrammte knapp an seiner Stirn vorbei. Nur durch einen hastigen Sprung zur Seite konnte Gonzalo verhindern, selbst von Don Juans Schwert getroffen zu werden.

Zahra raffte ihre Tunika und rannte zurück in den Myrtenhof. »Wachen, kommt schnell, ihr müsst sie auseinanderbringen, sonst gibt es Tote!«

Die Wachen würdigten Zahra keines Blickes. Helle Jungmädchenstimmen gehörten nicht zu den Geräuschen, auf die zu reagieren sie gewohnt waren.

»Beim Allmächtigen, hört ihr denn nicht? Sie bringen einander um!«, schrie sie noch einmal und gestikulierte dabei heftig mit den Armen. Endlich sahen die Wachen zu ihr her. Doch erst als sie ihnen noch einmal zurief, was im Löwenhof vor sich ging, herrschte der Ältere den Jüngeren an, aus dem Thronsaal Verstärkung zu holen, und stürmte in die von Zahra gewiesene Richtung. Noch vor der Ankunft Hassans und weiterer Wachleute hatte sich Zahra erneut hinter dem Orangenbusch verborgen. Nach einem kurzen Gefecht gelang es den Wachleuten, die beiden Kämpfenden zu trennen und zu entwaffnen. Um sie bewegungsunfähig zu machen, bogen sie ihnen im Rücken die Arme hoch.

»Was ist hier los?«, donnerte der Emir Yazid an und machte dem Wachsoldaten Zeichen, ihn loszulassen.

»Der Kastilier hat mich angegriffen«, gab Yazid wütend zurück und drückte seine Rechte auf die stark blutende Wunde am Unterarm.

Erbost versuchte Don Juan, sich aus den ihn eisern umklammernden Pranken zu winden. »Euer Laufbursche hat unsere Heilige Jungfrau beleidigt!«

Bei dem Wort Laufbursche wollte Yazid erneut auf ihn losstürmen, doch Hassan verstellte ihm den Weg. »Die christlichen Abgesandten sind unantastbar, solange sie sich auf meinem Territorium befinden!«

Yazid biss so heftig die Zähne zusammen, dass seine Kiefermuskeln wie die Griffe von Krummsäbeln hervortraten. Trotzdem wich er zurück und verbeugte sich vor seinem Herrscher. »Euer Wunsch ist mir Befehl, mein Gebieter.«

Zahra sah, wie Hassan Yazid zuzwinkerte, und schloss daraus, dass ihm der kleine Schwertkampf keineswegs so ungelegen kam, wie er vorgab.

»Begleite unsere hochverehrten Gäste jetzt zum Tor!« Er verbeugte sich vor den Kastiliern und zog sich mit den Wachleuten zurück.

»Irgendwann werden wir uns wieder über den Weg laufen«, knurrte Yazid, kaum dass Hassan außer Hörweite war.

»Das will ich hoffen!«, giftete Don Juan zurück.

Gonzalo legte ihm mahnend die Hand auf den Arm. »Ich denke, wir sollten jetzt wirklich gehen!«

Don Juan wischte Gonzalos Hand wie eine lästige Fliege von seinem Arm und stapfte auf das erstbeste Tor zu. Im gleichen Moment merkte Zahra, dass jemand sie ansah. Sie wandte den Blick und sah in Gonzalos warme, braune Augen. Er verbeugte sich kaum merklich in ihre Richtung und machte eine Geste des Dankes. Zahra schüttelte heftig den Kopf. Aus Angst, auch ihr Halbbruder könne ihre Anwesenheit bemerken, wurde ihr gleichzeitig heiß und kalt. Da Gonzalo noch immer nicht ging, legte Zahra beschwörend die Finger auf ihre von dem Schleier verdeckten Lippen und blickte ihn bittend an. In seinen Augen leuchtete Verstehen und ein Hauch Belustigung auf, dann folgte er seinem Landsmann und Yazid, der sich an die Spitze des Trupps gesetzt hatte.

Als sich das Tor hinter ihnen schloss, sank Zahra mit einem erleichterten Aufseufzen gegen einen Marmorpfeiler und sah noch lange in die Richtung, in der die Männer verschwunden waren. Sie war froh und dankbar, dass alles glimpflich ausgegangen war, froh vor allem für diesen Don Gonzalo, wie sie sich eingestehen musste, und lächelte – ohne zu begreifen, wieso.

2.

Granada

15. August 1478

Ans Fenster gelehnt, lauschte Aischa mit düsterer Miene Zahras Bericht.

»Hassan ist ein Holzkopf«, murrte sie anschließend. »Wie kann er den Christen drohen, ohne sich zuvor der Treue unserer Verbündeten in Afrika zu versichern und ohne für einen Krieg überhaupt gerüstet zu sein?« Mit einem Mal stieß sie sich vom Fensterrahmen ab und lachte auf. »Immerhin hat das Ganze auch ein Gutes: Die Absage an das kastilische Königspaar dürfte Hassans Christenhure so manch schlaflose Nacht bereiten.« In ihre großen, dunklen Augen trat ein schadenfrohes Leuchten. »Dieses hinterhältige Weibsstück hat doch schon ihren ältesten Bastard auf unserem Thron gesehen und ihn im Geiste bereits mit der Tochter der christlichen Könige vermählt! Wenn sich Hassan endlich wieder auf seine maurischen Wurzeln besinnt, kann das für meinen Sohn und seine Rückkehr in die Alhambra nur von Vorteil sein. Du weißt ja, dass Boabdil nur deswegen im Exil lebt, weil diese Isabel de Solís vor einigen Jahren einen Anschlag auf ihn geplant hatte …«

Zahra nickte. Jeder in Granada wusste das – und auch, dass

Hassan Isabel nie deswegen zur Rechenschaft gezogen und seither überdies selbst einige Mordanschläge auf seinen Sohn angezettelt hatte.

»Meint Ihr, dass es jetzt Krieg geben wird?«, fragte Zahra bang.

»Wer weiß? Aber vielleicht kann dieser Konflikt auch ganz andere Entwicklungen in Gang setzen.« Aischa blickte Zahra bedeutungsvoll an. »Der Allmächtige ist weise. Ich werde ihn bitten, dass er mir die Kraft und die nötige Weitsicht gibt, meine Schritte in die richtige Richtung zu lenken, auf dass schon bald der Einzige auf dem Thron Granadas sitzt, dem er zusteht: mein Erstgeborener!«

Sie machte eine Geste, die Zahra zeigte, dass sie für heute entlassen war. Trotzdem zögerte sie zu gehen. In ihrem Kopf schwirrten noch so viele Fragen, Zweifel und Ängste ... Aber Aischa ließ sie einfach stehen und zog sich in ihr Schlafgemach zurück. Seufzend legte Zahra ihren Schleier und den Hidschab an. Vor der Tür traf sie auf Kafur. Der schwergewichtige Eunuch hielt Aischa gemeinsam mit zwei weiteren Haremswächtern unwillkommene Besucher vom Leib und warnte sie rechtzeitig vor Hassans Nahen.

»Nanu, Sternchen«, rief er erstaunt. »Sollst du etwa schon nach Hause gehen?«

»Scheint so ...« Zahra zuckte mit den Achseln.

Kafur nickte den anderen Wächtern zu. »Ich begleite sie.«

Für Mädchen aus guter Familie schickte es sich nicht, allein aus dem Haus zu gehen. Zahra war erleichtert, dass Kafur selbst mit ihr kam, obwohl der lange Weg für den gichtgeplagten Eunuchen recht anstrengend war. Doch gerade nach diesem Tag sehnte sie sich nach Wärme, Schutz und Geborgenheit – und niemand am Hof strahlte so viel davon aus wie der gute, alte Kafur. Sie folgte ihm aus dem Palast und durch die engen Gassen Granadas. Als sie ihr Elternhaus erreicht hatten, klopfte Zahra dreimal kurz hintereinander an die schwere Holztür. Beinahe augenblicklich öffnete ihr Tamu. Die stämmige Berberin, eine Frau mit unverwüstlicher Gesundheit und einem von tiefen Falten durchzogenen Gesicht, war ihre älteste Dienerin. Wie stets brachte Zahras Rückkehr ihre alten Augen zum Leuchten.

»Friede sei mit Euch, liebes Kind!« Sie verbeugte sich und fuhr sich mit der linken Hand grüßend über Brust und Stirn. »Wie froh ich bin, Euch wohlbehalten wieder hier zu sehen!«

»Friede auch mit dir, Tamu«, erwiderte Zahra und nickte Kafur zum Abschied dankend zu. »Wir sehen uns dann nächste Woche wieder!«

Tamu schloss die Haustür, und sie standen allein in dem L-förmigen Eingangsbereich, der typisch für arabische Häuser war: Selbst wenn die Tür geöffnet war, konnte niemand von der Straße ins Haus oder in den Patio sehen, so dass die Frauen vor den Blicken Fremder geschützt waren.

»Eure Mutter wird sich freuen, dass Ihr schon zurück seid«, sagte die gute Alte. »Die Familie hat sich gerade im Patio zum Essen niedergelassen. Zum ersten Mal seit Tagen sind die Temperaturen dort dank der auffrischenden Brise wieder erträglich!«

Zahra nickte und ließ sich von Tamu ihren Niqab und den Hidschab abnehmen. Als Zahra ihr langes, schwarzes, lockiges Haar offen über die Schultern fiel, atmete sie auf. Ihr war, als hätte Tamu außer ihrer Kopfbedeckung auch einen Teil der Ängste von ihr genommen. Sie folgte der Dienerin zu der Schüssel mit frischem Wasser, die diese bereitgestellt hatte, damit sie sich vor dem Essen die Hände waschen und den Mund ausspülen konnte, wie es bei den Muslimen vor und nach den Mahlzeiten Sitte war. Zahra streifte die Ärmel ihrer Tunika hoch, wusch sich die Hände mit der mild nach Sandelholz duftenden Seife und trocknete sie sorgfältig mit dem Handtuch ab, das Tamu ihr reichte.

Plötzlich hielt die alte Berberin ihre Hände fest. »Aber Engelchen! Wo ist denn Euer Schutzring?«

Verwirrt starrte Zahra auf die rechte Hand und drehte und wendete sie, als müsse der Ring so zwangsläufig irgendwo auftauchen.

»Ihr … habt ihn doch nicht etwa verloren?«

»Ich weiß nicht«, stotterte Zahra und suchte nun auch noch die andere Hand ab. Beim Allmächtigen, wo war ihr Ring? Am Morgen, bei Aischa im Comaresturm, da war sie sich sicher, hatte sie ihn noch am Finger gehabt. Beklommenheit kroch in ihr hoch.

»Wir werden ihn wiederfinden, ganz gewiss!« Tamu heftete ihre granitschwarzen Augen auf sie. »Und wenn nicht, werden wir die Propheten bitten, Eurem Schutzgeist den Weg zu Euch zurück zu weisen!«

»Und du meinst, so findet er mich auch ganz bestimmt?«

Tamu nickte. »Geht jetzt in den Patio. Ihr wisst, dass Euer Vater es hasst, wenn jemand zu spät zum Essen erscheint, und er hat sicher schon gehört, dass Ihr da seid!«

Zahra drückte der alten Dienerin die Hand und hätte sie am liebsten nicht wieder losgelassen. Seit sie wusste, dass sie den Ring mit ihrem Schutzgeist verloren hatte, erschienen ihr die Ereignisse dieses Tages in einem noch viel unheimlicheren Licht …

Am Ende des Hausflurs wehte Zahra zusammen mit einem auffrischenden Lüftchen der angenehm süßliche Duft entgegen, welcher der Blumenpracht des weitläufigen Patios entströmte. In das sanfte Plätschern des Springbrunnens in der Mitte des Patios mischten sich die Stimmen ihrer Familie, die hinter den blühenden Oleanderbüschen saß. Wie immer hatten die Diener den niedrigen Esstisch mit einem feinledernen Tuch überzogen und für das Abendessen, die wichtigste Mahlzeit des Tages, das edle Porzellan und kunstvoll geformte Gläser gedeckt. Als Zahra ihre jüdische Freundin Deborah entdeckte, hätte sie diese am liebsten sofort in die Arme geschlossen, aber die Sitte verlangte, dass sie sich zuerst ihrem Vater zuwandte. Abdarrahman as-Sulami thronte am Kopfende des Tisches auf einem weichgepolsterten Podium und erzählte seiner Frau gerade von einem Besuch bei Freunden. Als Zahra vor ihn trat und ihn mit einem ehrerbietigen »Salam aleikum« begrüßte, blickte er zu ihr auf.

»Möge Allah, er ist erhaben, dich segnen«, erwiderte er. Seine tiefschwarzen Augen unterzogen sie einer strengen Prüfung. Vorsorglich verbarg Zahra die Hand mit dem fehlenden Schutzring unter dem Ärmel ihrer Tunika. Das Letzte, wonach ihr nach diesem Tag zumute war, war eine Standpauke ihres Vaters wegen ihrer Unachtsamkeit. Erst nach etlichen Atemzügen gab er ihr mit einem Nicken zu verstehen, dass sie nun ihre Mutter begrüßen dürfe. Leonor, die am gegenüberliegenden Kopfende saß, schloss Zahra liebevoll in die Arme und küsste sie auf beide Wangen. Unwillkürlich atmete Zahra tief ein. Sie liebte den feinen Blütenduft, der von dem samtigen, kastanienbraunen Haar ihrer Mutter ausging und für sie untrennbar mit ihr verbunden war.

»Wie schön, dass du schon da bist«, sagte Leonor und drückte sie noch einmal herzlich an sich.

Rechts von ihr saß Zahras vier Jahre jüngere Schwester Zainab, ein schmächtiges, blasses Mädchen mit großen, graublauen Augen, das wegen seiner Kränklichkeit nicht nur von der Dienerschaft verhätschelt wurde. Zahra wuschelte ihr neckend durch die feinen, aschblonden Locken und lächelte ihrer Halbschwester Hayat, die neben Zainab saß, herzlich zu. Während Hayat früher wegen ihres immerhin zehnjährigen Altersunterschieds wie eine zweite Mutter für sie gewesen war, verband sie mittlerweile eine herzliche Freundschaft. Anschließend wandte sie sich der anderen Tischseite zu, zog Deborah mit einem tiefen Seufzer an sich und strich ihrem vier Jahre älteren Bruder Raschid, der neben ihrem Vater saß, über den Arm. Sie liebte und verehrte Raschid, der von ihrer Mutter nicht nur die braunen Locken und die bernsteinfarbenen Augen geerbt hatte, sondern auch ihre sanfte Heiterkeit, ihre Güte und einen untrüglichen Sinn für Gerechtigkeit. Sie war froh, dass er und Deborah im nächsten Frühjahr heiraten würden und Deborah danach ganz zu ihrer Familie gehörte. Eheschließungen zwischen Juden und Mauren entsprachen zwar nicht den Sitten, aber Deborahs Vater, ein Arzt, hatte Leonor nach der Geburt von Zainab das Leben gerettet. Hernach hatte sich eine tiefe Freundschaft zwischen den Männern entwickelt, so dass sie mit der Hochzeit ihrer verliebten Kinder voll und ganz einverstanden gewesen waren.

Zwei Diener brachten einen scharf gewürzten und verlockend duftenden Lammbraten, in Korianderöl gebratene Fleischbällchen und eine große Schüssel Reis. Während der eine Diener der Sitte entsprechend zunächst den Hausherrn, dann Raschid und anschließend die Frauen bediente, holte der andere winzige gefüllte Blätterteigpasteten, Salate und in Joghurt getränkte Kichererbsen aus der Küche und füllte die Gläser mit frisch zubereitetem Apfelsaft. Alkohol wurde bei den Sulamis nicht ausgeschenkt; Abdarrahman achtete in seinem Haus auch in diesem Punkt streng auf die Einhaltung der Regeln des Korans.

»Man hört, dass es heute im Palast einige Aufregung gab«, wandte er sich an Zahra. Die Frage ihres Vaters erfüllte sie mit Unbehagen. Unsicher, was sie erwidern sollte und vor allem auch erwidern durfte, rutschte sie auf ihrem Kissen hin und her.

Abdarrahman strich sich über sein schwarzes Bärtchen, in dem sich wie in seinem dichten, krausen Haar schon seit einigen Jahren silberne Fäden zeigten. »Was zierst du dich denn so? Du willst mir doch nicht weismachen, dass ihr nicht mitbekommen habt, wie viele wichtige Leute heute im Thronsaal ein und aus gegangen sind? Jeder weiß, dass Aischa überall ihre Spione hat – und ganz sicher hast auch du etwas aufgeschnappt. Schließlich musst du doch immer in alles deine Nase hineinstecken!«

Zahra schluckte. »Ich … Also, eigentlich weiß ich wirklich nichts. Die Sultanin war heute leidend und lag die meiste Zeit über allein in ihrem Schlafgemach.«

Was sollte sie sonst sagen? Schließlich konnte sie ihrem Vater kaum gestehen, dass sie seit wenigen Stunden selbst eine der Spioninnen Aischas war.

Ihr Vater musterte sie noch einen Moment und begann dann zu essen. Zahra ahnte, dass er ihr kein Wort glaubte und sie sich später sicher noch einmal unter vier Augen vorknöpfen würde. Sie fuhr mit dem Löffel durch den Reis, ohne zu essen.

»Was hat Aischa denn?«, fragte Leonor, die der Sultanin sehr zugetan war. Als Abdarrahman sie geheiratet hatte, war sie von den adligen maurischen Damen zunächst geflissentlich ignoriert worden. Sie hatten es unter ihrer Würde angesehen, mit einer ehemaligen Sklavin zu verkehren, und sich auch nicht davon beeindrucken lassen, dass Leonors Vater dem kastilischen Hochadel angehörte. Erst nachdem Aischa

Leonor mehrmals in den Palast eingeladen hatte, hatten sich auch die Türen anderer maurischer Adelshäuser für sie geöffnet.

»Es ... es war wohl vor allem die Hitze, die Aischa zugesetzt hat«, antwortete Zahra ausweichend. Noch ehe ihre Mutter nachfragen konnte, platzte Yazid in den Patio und dröhnte seinem Vater triumphierend entgegen: »Jetzt endlich werden wir es den verfluchten Ungläubigen zeigen!«

Unwillig sah Abdarrahman von seinem Teller auf. »Auch wenn ich sehr wohl auf die neusten Nachrichten vom Hof erpicht bin, ist das wohl kaum eine angemessene Begrüßung zum Abendessen, mein Sohn!«

Unbeeindruckt ließ Yazid sich auf den Platz neben seinem Vater fallen. »Der Emir hat den Kastiliern endlich die Stirn geboten!«

Abdarrahman ließ sein Messer sinken. »Was soll das heißen?«

»Ganz einfach: Hassan hat die christlichen Gesandten mit ihren alljährlichen Tributforderungen zum Teufel gejagt – und recht hat er!«

»Wie kannst du das sagen?« Abdarrahman schob seinen Teller von sich. »Wir haben Verträge mit den Kastiliern, schon seit 1236, als sich der damalige Emir Mohammed König Fernando von Kastilien als Vasall unterstellt hat. Wir müssen die Tribute zahlen, um hier in Frieden leben zu können, und um unsere Truppen ist es derzeit bei weitem nicht so gut bestellt, dass wir einem größeren Angriff trotzen könnten!«

»Aber Vater, ohne unsere Tributzahlungen haben die Kastilier doch gar nicht die finanziellen Möglichkeiten, um Krieg gegen uns zu führen, zumal sie allein schon der Krieg gegen Portugal ein Vermögen kostet. Außerdem müssten sie, um gegen uns losschlagen zu können, erst einmal in ihrem eigenen

Land Frieden schaffen. Die eigensinnigen kastilischen Adligen machen nicht erst, seit Isabel und Fernando vor vier Jahren den kastilischen Thron bestiegen haben, was sie wollen, und werden sich hüten, Isabel gegen uns zu unterstützen, weil sie viel zu große Furcht vor einem Vergeltungsschlag haben. Schließlich grenzen ihre Ländereien an die unseren – und ihre Köpfe werden die ersten sein, die wir aufspießen, wenn sie uns zu Leibe rücken!«

»Trotzdem hat Hassan kein Recht, einen Krieg anzuzetteln, ohne sich zuvor mit uns zu beraten!«

»Hassan ist der Emir, und er kann tun, was er für richtig hält«, widersprach ihm Yazid. »Außerdem war ein Großteil seiner Berater bei dem Gespräch mit den christlichen Gesandten anwesend, und niemand hat sich seinem Vorgehen widersetzt! Vater, die Zeiten haben sich geändert, und es ist gut, dass auch Hassan dies endlich erkennt. Wir müssen uns gegen die Kastilier erheben, wenn wir von ihnen nicht immer mehr in die Enge getrieben werden wollen! Habt Ihr schon vergessen, dass unseren Vätern einmal das ganze Land mit Córdoba als blühender Hauptstadt gehört hat? Vor fünfhundert Jahren war Córdoba eine dichtbevölkerte Stadt mit über vierhundert Moscheen, sechshundert öffentlichen Bädern und zahllosen Medressen, deren Bibliotheken Tausende von Büchern beherbergten – und wie sieht es dort aus, seit die Kastilier es zurückerobert haben? Und dann die Schikanen und Erniedrigungen, die unsere Landsleute, die dort trotz allem weiter leben, seither ertragen müssen! Soll eines Tages auch Granada dieses Schicksal ereilen? Außerdem hat der Emir für morgen eine Versammlung einberufen.«

»Er hätte sich vorher mit uns beraten müssen«, beharrte Abdarrahman. »Die Tributzahlungen tun uns nicht weh, der Tod unserer Söhne dagegen sehr!«

»Das sieht die Mehrheit der Bewohner Granadas mittlerweile anders«, behauptete Yazid. »Vergesst nicht, wie oft die Kastilier in den letzten Monaten in die Vega eingefallen sind und wie viele Tote und welch grauenhafte Verwüstung sie dort hinterlassen haben. Das kann niemand länger hinnehmen wollen!«

Atemlos verfolgte Zahra das Gespräch zwischen ihrem Vater und Yazid. Sie sah, wie Raschid sein Messer ablegte und sich seinem Halbbruder zuwandte.

»Vater hat recht«, meinte er. »Wir können einen Krieg derzeit nicht gewinnen. Man darf Isabel nicht unterschätzen, nur weil sie eine Frau ist. Sie ist eine sehr starke Königin, und es ist eine unbestrittene Tatsache, dass sie in den wenigen Jahren, die sie erst regiert, ihr Land schon deutlich mehr in den Griff bekommen hat als ihr verstorbener Halbbruder Enrique[1]. Außerdem ist ihr Gemahl ein kluger Stratege und erfahrener Heerführer!«

»Das war ja zu erwarten, dass du dich auf die Seite der Christen schlägst.« Yazid maß ihn mit einem abfälligen Blick. »Aber wie solltest du auch nicht: Du bist ja selbst ein halber!«

»Solche Sätze will ich hier nicht hören!« Abdarrahman warf seinem Ältesten einen warnenden Blick zu. »Raschid ist ebenso ein Moslem wie du und seine Mutter, seit sie zu unserem Glauben übergetreten ist!«

Zahra sah, wie er ihrer Mutter zunickte, die ihm mit einem feinen Lächeln dankte. Aber auch für Yazid hatte ihre Mutter ein Lächeln. Zahra bewunderte sie für den Gleichmut, den sie gegenüber den Attacken ihres Halbbruders ob ihrer Herkunft an den Tag legte. Friede, einfach nur Friede, wenigstens

1 Gemeint ist Enrique IV de Castilla (deutsch: Heinrich IV. von Kastilien – wie bei allen Namen wurde auch hier die spanische Bezeichnung verwendet).

hier in unserem Haus, das war alles, was in den Augen ihrer Mutter zu lesen war.

»Raschid ist ein Feigling – wie alle Christen!«, hetzte Yazid weiter.

Raschid schoss von seinem Platz hoch, doch Abdarrahman packte ihn am Arm und drückte ihn zurück. »Du bleibst sitzen!«, befahl er ihm. »Und du, Yazid, mäßigst deine Worte! Ich will nicht, dass ihr den Krieg zwischen den Mauren und Christen in unser Haus tragt, noch ehe er begonnen hat.«

»Dieser Krieg wäre auch für uns ein großes Unglück«, warf Deborah schüchtern ein. Wie alle Juden hatte auch sie viel von den Gewalttätigkeiten und Verfolgungen der Kastilier gegen ihre Glaubensbrüder gehört und fürchtete nichts mehr, als dass die Christen in das Maurenreich eindringen und sie des Schutzes, den die Mauren ihnen boten, berauben könnten.

Yazid sah sie an und verspürte nicht zum ersten Mal eine ihm fast die Sinne raubende Lust, dieses scheue Reh einmal unter sich liegen zu haben und ihr zu zeigen, wie sich ein echter Maure anfühlte, ehe Raschid nach ihrer Hochzeit seinen schwachen Christenschwanz in sie steckte. Noch ehe er etwas erwidern konnte, ergriff Hayat das Wort.

»Ein Krieg wäre für uns alle ein Unglück!«, sagte sie und blickte Yazid direkt an. »Und das sage ich nicht, obwohl, sondern gerade weil in meinen Adern maurisches Blut fließt. Nur der Friede sichert uns allen ein gutes Auskommen.«

»Allmählich frage ich mich, in was für einem Haus ich hier eigentlich lebe. Verräter am wahren Glauben seid ihr, ihr alle miteinander. Aber was will man auch anderes von einem Haus erwarten, in das eine christliche Sklavin einheiraten durfte!«

Ohne Vorwarnung klatschte Yazid der Handrücken seines Vaters ins Gesicht. »Dergleichen will ich nie wieder von dir hören!«

Es folgte ein Moment völliger Stille. Mit vor Zorn sprühenden Augen starrte Yazid seinen Vater an und wischte sich ein feines Rinnsal Blut unter der Nase weg.

Gebannt sah Zahra zwischen ihrem Vater und ihrem Halbbruder hin und her. Yazid warf Raschid einen hasserfüllten Blick zu, sprang von seinem Platz auf und rannte davon.

Die Stimmung während des Essens blieb gedrückt, so dass sich die meisten nach dem Dessert in ihre Räume zurückzogen. Einzig Zahra und Deborah blieben im Patio und ließen sich am Springbrunnen nieder, um endlich ungestört miteinander reden zu können. Doch kaum hatten sie die ersten Sätze gewechselt, kam Tamu und erklärte Zahra, dass ihr Vater sie in seinem Arbeitszimmer zu sehen wünsche.

Zahra stöhnte auf. »Beim Allmächtigen, die Vorfälle im Palast – eigentlich hatte ich gehofft, dass Vater von Yazid schon genug erfahren hat.«

»Ich glaube nicht, dass er Euch deswegen zu sich ruft«, erwiderte Tamu. »Auch nach Hayat hat er schicken lassen.«

Zahra hob erstaunt die Augenbrauen.

»Jetzt geht schon; Ihr wisst, wie ungern Euer Vater wartet!«

Zahra erhob sich, aber ehe sie sich auf den Weg machte, fragte sie Deborah noch, wie lange sie bleiben würde.

»Keine Sorge, meine Eltern erwarten mich nicht vor morgen zurück. Wir werden also die ganze Nacht zum Reden haben. Tamu hat meine Sachen in dein Zimmer gebracht!«

»Na, das ist doch wenigstens mal eine gute Nachricht«, freute sich Zahra und gab endlich Tamus Drängen nach.

Mit gebeugtem Rücken und über den Knien verschränkten Armen saß Abdarrahman auf dem Diwan, der seinem Schreibtisch gegenüberstand. Zu seinen Füßen lagen Sitzkissen, auf einem hatte Hayat bereits Platz genommen, ein anderes wies er Zahra mit einer bloßen Kinnbewegung zu. Bevor er zu reden begann, sah er seine beiden ältesten Töchter nachdenklich an.

»Ich denke, dir, Zahra, ist ebenso klar wie Hayat, dass dieser Krieg, wenn er tatsächlich über uns kommt, nur Unglück über uns bringen kann«, ergriff er schließlich das Wort. »Ihr wisst, dass ich mich nicht gern von den Ereignissen überraschen lasse, sondern lieber beizeiten plane und handele. Aus diesem Grund möchte ich, dass du, Hayat, möglichst bald zu deinem Mann nach Fès zurückkehrst, um dich hier keiner unnötigen Gefahr auszusetzen, und dass du, Zahra, deinen Mann nicht im übernächsten, sondern bereits im nächsten Frühjahr heiratest.«

»Vater, ich bitte Euch, jedes Jahr, das Ihr mir mit ihm erspart, ist eines mehr, in dem ich leben kann!«, begehrte Zahra auf. »Kamal ist dermaßen langweilig …«

»Was fällt dir ein, so respektlos von deinem zukünftigen Mann zu reden?«, fiel Abdarrahman ihr ins Wort. »Außerdem ist Kamal keineswegs langweilig, sondern trotz seiner jungen Jahre bereits ein angesehener Gelehrter, und du solltest froh sein, dass wir für dich nicht nur einen wohlhabenden, sondern überdies auch einen gebildeten Mann gewählt haben! Im Übrigen hast du Kamal erst ein einziges Mal und das nur für einen kurzen Moment gesehen. Wie kannst du dir da ein Urteil erlauben?«

Zahra blies die Backen auf. Ich weiß eben, was ich weiß, sollte das heißen, es auszusprechen wagte sie allerdings nicht. Sie wusste nicht, wie viel Geduld ihr Vater noch aufbringen würde, nachdem Yazid ihn schon so erzürnt hatte. Alles hätte sie darum gegeben, ihren Vater von seiner Wahl abzubringen, doch sie wusste, dass es ihr nicht zustand, ihn zu kritisieren. Aber wenn er die Hochzeit wenigstens noch ein wenig hinausgeschoben hätte …

»Gerade heute habe ich einen Brief von Kamal erhalten«, fuhr ihr Vater fort. »Er wird im nächsten Jahr an der Medresse von Fès lehren und schon bald dorthin übersiedeln. Ich dachte, ihr würdet euch freuen, dass ihr euch in Fès also regelmäßig sehen könnt.«

Zahra und Hayat tauschten einen Blick. Zahra erkannte, dass ihre Halbschwester von den Plänen ihres Vaters nicht weniger erschüttert war als sie – und sie wusste auch, warum: Hayat hasste ihr Leben in Fès. Sie mochte ihren Mann nicht, und auch er hatte nicht viel für sie übrig – aber dafür umso mehr für seine zweite Frau. Seit er diese geheiratet hatte, fühlte sich Hayat in Fès wie ein Gast im eigenen Haus und hatte vor Heimweh schon so manche Nacht durchgeweint. Da ihr Mann und sie einander meist aus dem Weg gingen, war sie, im Gegensatz zu seiner zweiten Frau, bislang auch noch nicht schwanger geworden, was ihre Stellung im Haus weiter untergrub, galt Mutterschaft doch als die wichtigste Aufgabe der muslimischen Frau. Da Leonor im Winter schwer erkrankt war, hatte ihr Mann Hayat gestattet, ihre Stiefmutter eine Zeitlang zu pflegen. Leonor hatte aus den beiden Jahren ihrer Sklavenzeit eine schwache Gesundheit zurückbehalten und litt oft unter wochenlangen Fieberanfällen, die sie jedes Mal so sehr schwächten, dass man um ihr Leben bangen musste. Seit einigen Monaten ging es ihr nun wieder gut, aber Hayat hatte ihre Rückreise mit immer neuen Ausflüchten hinausgezögert.

»Das war alles, was ich euch mitteilen wollte.« Abdarrahman entließ seine Töchter mit einem Kopfnicken. Hayat erhob sich rasch und mit verschlossener Miene, Zahra jedoch zögerte und überlegte, ob sie nicht doch noch einmal mit ihrem Vater reden sollte, beschloss dann aber, es an einem Tag zu versuchen, an dem er zugänglicher war als heute. So folgte sie ihrer Halbschwester und zog die Tür hinter sich zu. Als sich ihre und Hayats Augen erneut begegneten und sie den Kummer in den Augen der anderen sah, wurde es Zahra noch schwerer ums Herz. Sie umarmte Hayat, und wenn sie nicht ausgerechnet vor dem Arbeitszimmer ihres Vaters gewesen wären, hätte sie ihr in diesem Moment vielleicht sogar von Don Gonzalo erzählt und sie gefragt, warum sie am Mittag beim Gedanken an ihn immer hatte lächeln müssen …

3.

Sevilla

23. August 1478

Als Gonzalo an diesem Morgen das Wartezimmer des Empfangssaales im Alcázar von Sevilla betrat, um der Königin von dem Besuch in Granada zu berichten, lief Don Juan dort schon ungeduldig auf und ab. Sein prächtiger Purpurumhang flatterte ihm wie eine Wetterfahne im Sturm hinterher. Gonzalo begrüßte ihn mit einer angedeuteten, kaum noch als höflich zu bezeichnenden Verbeugung, die Don Juan mit grimmigem Kopfnicken erwiderte. Gonzalo ahnte, dass auch ihm die hitzige Auseinandersetzung, die sie auf ihrem Rückweg nach Sevilla »wegen des Maurenpacks« – so Don Juan – gehabt hatten, noch unter der Haut brannte. Gonzalo räusperte sich und ergriff als Erster das Wort. »Ich hoffe, Ihr habt Euch inzwischen von den Strapazen der Rückreise erholt.«

»Als ob einem alten Krieger wie mir so ein kleiner Ritt etwas ausmachte!« Don Juan blieb stehen und maß ihn mit einem verächtlichen Blick. »Aber es ist eben, wie ich Euch schon in Granada gesagt habe: Ihr Jungen habt nicht mehr das rechte Blut in den Adern, und deswegen müssen wir Alten zusehen, dass wir mit den Mauren fertig werden, ehe in unseren Truppen immer mehr Hasenfüße wie Ihr herumlaufen!«

Gonzalo beschloss, die Beleidigung zu überhören. Ein weiterer Streit mit Don Juan konnte seinem Vorhaben kaum dienlich sein, und so erwiderte er freundlich: »Ich bin mir sicher, dass wir mit der Zeit noch viel von Euch lernen werden« und zwang sich zu einem liebenswürdigen Lächeln, womit er Don Juan immerhin ein selbstgefälliges Grummeln entlockte.

»Ich habe gehört, dass Ihr mich gesucht habt …«

Gonzalo nickte. »Ich wollte mit Euch noch einmal in Ruhe über den Vorfall im Löwenhof reden.«

»Ich weiß nicht, was es da noch zu reden gibt. Es war, was es war – eine unerhörte Beleidigung unserer Heiligen Jungfrau und des Gottessohnes, die gesühnt werden muss!«

»Es war die dumme Bemerkung eines hitzköpfigen jungen Mannes, die dieser inzwischen gewiss bereut«, versuchte Gonzalo, ihn zu beschwichtigen, obwohl auch er nicht an diese Reue glaubte. Aber es lag ihm viel daran, den Unmut der Königin über die Mauren nicht noch mehr zu schüren. Jeder wusste, wie empfindlich sie auf Schmähreden gegen die christliche Lehre reagierte. »Vielleicht könnten wir uns darauf einigen, diesen kleinen Zwischenfall Isabel gegenüber nicht zu erwähnen.«

»Ihr wollt der Königin verheimlichen, welch unglaubliche Beleidigung unserer Jungfrau und unseres Gottessohns wir in diesem arabischen Sündenpfuhl haben hinnehmen müssen?« Don Juan rang vor Empörung nach Luft.

»Aber sie ist doch unbedacht und in blinder Wut dahingesagt worden!«

»Dieses ganze Volk besteht nur aus Unbedachten und Blinden«, echauffierte sich Don Juan. »Und deswegen wird es Zeit, dass wir endlich mit ihnen aufräumen! Die Königin hat ein Recht darauf, zu erfahren, wie dieses Heidenpack unseren Glauben verhöhnt!«

Gonzalos Miene verhärtete sich. »In diesem Fall werde ich der Königin leider nicht vorenthalten können, dass Ihr diese Beleidigung provoziert habt.«

Don Juans kleine Augen verengten sich zu schmalen Schlitzen. »Etwas anderes ist von so einem Landesverräter wie Euch auch nicht zu erwarten, aber warten wir ab, wessen Worte bei der Königin mehr Gewicht haben: die eines altverdienten Mitstreiters der christlichen Krone – oder die eines Emporkömmlings wie Euch, der wegen seiner Protesthaltung schon einige Jahre im Gefängnis gesessen hat und ohnehin als Maurenliebhaber verschrien ist!«

»Mit Verlaub, mein Herr, war ich nicht im Gefängnis, sondern in der Burg des Conde de la Cabra festgesetzt, und dann richtete sich mein Vorgehen damals keinesfalls gegen die Königin, sondern einzig und allein gegen ihren machthungrigen Halbbruder Enrique – und war damit durchaus im Sinne unserer geschätzten Majestät. Und nur weil ich die arabische Sprache gelernt und in meiner Jugend einige Zeit bei einem Onkel in Granada gelebt habe, bin ich noch lange kein Maurenliebhaber. Genau wie meine Familie stand ich schon immer auf der Seite Isabels und ihres Bruders …«

»Gerade wegen Eurer Familie verstehe ich nicht, wie Ihr so für die Mauren eintreten könnt«, fiel Don Juan ihm ins Wort. »Hat Euer älterer Bruder Alonso seine Ländereien nicht schon oft genug unter Einsatz seines Lebens gegen dieses maurische Diebespack verteidigen müssen? Und welche Lobreden man über Euren jüngeren Bruder Jaime hört: Er hat sich bereits bei mehreren Schlachten als heldenhafter Krieger hervorgetan. Ihr dagegen erweckt den Eindruck, als würdet Ihr lieber heute als morgen zu den Heiden überlaufen!«

»Ihr wisst genau, dass ich der Königin ein treuer Vasall bin und ihr folgen werde, wohin immer sie es mir befiehlt«, erwiderte Gonzalo mit neu aufflammendem Ärger. »Aber das bedeutet nicht, dass ich ihr raten muss, unser Volk und das der Mauren wegen der dahingeworfenen Worte eines Heißsporns in einen Krieg zu treiben, der über uns alle nur Unheil bringen kann.«

»Ach, und was ist mit der Weigerung der Mauren, weiter die Tribute zu entrichten? Und der Drohung des Sultans selbst? Säbelklingen und Lanzenspitzen – wollt Ihr auch das vor der Königin schönreden?«

»Bisher haben sich die Mauren noch immer in das Unvermeidliche gefügt, und das werden sie auch diesmal, wenn wir diplomatisch vorgehen.«

Don Juan und Gonzalo maßen sich mit einem langen Blick. Gonzalo ahnte, dass sein Widersacher sich fragte, wie gefährlich er ihm werden konnte, und der gleiche Gedanke schoss auch ihm durch den Kopf. Don Juan wusste gewiss, dass Gonzalo von seiner Familie, den Aguilars, im Zweifel kaum Unterstützung zu erwarten hatte. Als Erstgeborener hatte sein Bruder Alonso nach dem frühen Tod des Vaters, wie es der Sitte entsprach, die Ländereien geerbt und erwartete, dass Gonzalo selbst zusah, wie er sich durchs Leben brachte. Auch die Tatsache, dass Alonso letztes Jahr für Gonzalo die Hochzeit mit der nicht unvermögenden Leonore Sotomayor eingefädelt hatte, war keineswegs Ausdruck von Bruderliebe und Fürsorge, sondern lediglich Zeichen seiner Geschäftstüchtigkeit: Die familiäre Verbindung mit dem Haus Sotomayor hatte Alonso wichtige Handelsbeziehungen eingebracht. Doch auch wenn Gonzalo nicht mit der Rückendeckung seiner Familie rechnen konnte, so musste Don Juan zumindest seine entfernte Verwandtschaft mit König Fernando mit in die Waagschale legen. Besondere Vorteile hatte Gonzalo daraus zwar noch nicht gezogen, sondern sich wie jeder andere am Hof vom Page aus mühsam hocharbeiten müssen, aber trotzdem sollte ihm diese Tatsache einen gewissen Schutz vor Verunglimpfungen bieten. Don Juans Verhältnis zu den Königen war ein anderes: Er unterstützte Isabel und Fernando im Krieg gegen Portugal mit Gold und Soldaten und führte für sie kleinere Scharmützel gegen die Mauren, die allerdings gerade in der letzten Zeit mehrere anerkennenswerte Landgewinne eingebracht hatten …

»Wenn ich an Eurer Stelle wäre«, unterbrach Don Juan Gonzalos Gedankengang mit süffisantem Lächeln, »würde ich meinen Mund nicht so voll nehmen. Immerhin kursieren am Hof Gerüchte, die unserem König Fernando kaum gefallen dürften!«

»Gerüchte? Was für Gerüchte denn?« Gonzalo hob erstaunt die Augenbrauen. »Jeder weiß, wie ergeben ich der Königin bin!«

»Da sagt Ihr es ja selbst«, frohlockte Don Juan. »Aber selbst wenn unser geschätzter König inzwischen fünf Bastarde gezeugt hat, wage ich doch zu bezweifeln, dass er Ähnliches bei seiner Frau hinnehmen würde. Und wenn Ihr mir gleich in mein Gespräch mit der Königin reinredet, könnte es durchaus sein, dass ich selbst dazu beitrage, dass diese Gerüchte ihm recht bald zu Ohren kommen!«

Gonzalo wurde blass. Jetzt wusste er, worauf Don Juan anspielte: Am Hof erzählte man sich, dass Isabel einen wahren Narren an ihm gefressen habe – was den Kern seiner Beziehung zu Isabel seiner Ansicht nach zwar nicht im Entferntesten traf, aber er nahm an, dass die stets gelangweilten Hofdamen sich ein Vergnügen daraus machten, das Ihre zu diesen Gerüchten beizutragen. Er sah, wie sich Don Juan zufrieden über sein Bärtchen strich.

»Ich sehe, wir verstehen uns, mein Herr«, grinste er.

»Nein, mein Herr, wir verstehen uns nicht!« Allein die Empörung über Don Juans Unterstellung hatte Gonzalo für den Moment die Sprache verschlagen. »Und Ihr wisst, dass Eure Worte eine Majestätsbeleidigung sind, die Euch den Kopf kosten kann! Entweder Ihr entschuldigt Euch auf der Stelle, oder Ihr …«

»Gar nichts werde ich«, erwiderte Don Juan und trat so dicht vor Gonzalo, dass diesem dessen stark nach Knoblauch riechender Atem ins Gesicht schlug. »Aber Ihr werdet Euch gleich bei der Königin mit Euren maurenfreundlichen Kommentaren zurückhalten, sonst schwöre ich Euch, dass Eure Karriere am Hof schneller beendet sein wird, als Ihr Euren Hintern auf Euer Pferd wuchten könnt!«

Im dem Moment öffnete sich die Tür zum Empfangssaal der Königin; ein ganz in Königsblau gekleideter Diener nahm ihnen die Umhänge ab und forderte sie auf einzutreten. Gonzalo sah zwischen ihm und Don Juan hin und her – und wusste, dass er dem untadeligen Ruf der Königin zuliebe Don Juan zumindest für den Moment die Antwort schuldig bleiben musste.

Isabel empfing ihre beiden Botschafter auf einem erhöhten Sitz unter der erhabenen, holzgeschnitzten, mit goldenem Sternengespinst überzogenen Kuppel der zweistöckigen Sala de los Embajadores mit einem huldvollen Lächeln. Gonzalo und Don Juan knieten ehrerbietig vor ihr nieder, bis sie ihnen mit einem Nicken zu verstehen gab, dass sie sich auf den breiten Polsterbänken zu ihren Füßen niederlassen durften. Gonzalo hatte gehofft, die Königin allein anzutreffen, aber wie so oft war sie von ihren geistlichen Räten umringt. Weit mehr als ihr Beichtvater, der gütige Hernando de Talavera, und Bischof Jimenez de Cisneros erfüllte ihn die Anwesenheit des Dominikanerpriors Tomas de Torquemada mit Unbehagen. Seine asketische Hagerkeit und sein frömmlerisches Gehabe waren ihm ebenso verhasst wie seine Manier, immer und überall in dieser groben, wollweißen Kutte und den derben Sandalen aufzutauchen, um sich von den anderen geistlichen Würdenträgern und ihren edlen Gewändern abzusetzen. Noch mehr aber graute es ihm vor dem Fanatismus, der in seinen tiefschwarzen Augen aufglühte, sobald jemand das Gespräch auf die Juden oder die Mauren brachte.

Kaum hatten sie ihre Plätze eingenommen, betrat Kardinal Mendoza den Saal. Wie immer außerhalb der Liturgie trug er einen Pileolus, ein Scheitelkäppchen aus roter Moiréseide, und eine schwarze Soutane aus edelstem Stoff mit roter Paspelierung und roten Knöpfen. Nach einer Verneigung in Richtung Königin schritt er zu seinem Sitz, der sich direkt neben dem ihrem befand.

Als der Kardinal seinen Platz eingenommen hatte, hob Isabel die rechte Hand. Sofort richtete sich die ungeteilte Aufmerksamkeit aller Anwesenden auf sie. In den vier Jahren ihrer Regierungszeit hatte sie sich trotz ihrer erst siebenundzwanzig Jahre Respekt und Achtung erworben. Zum Herrschen geboren, strahlte sie die Würde aus, gegen die sich nach göttlichem Gesetz kein Untertan ungestraft vergehen würde.

Isabel wandte sich an Don Juan und Gonzalo. »Nun, meine Herren, wie Ihr seht, wird Euer Bericht aus dem fernen Granada schon sehnsüchtig erwartet. Ich hoffe, Ihr habt Erfreuliches zu berichten?«

Sofort ergriff Don Juan das Wort. »Lasst es mich so formulieren: Ich denke, unser Verhältnis zu den beturbanten Ungläubigen läuft auf eine Entscheidung zu – und nichts anderes sollten wir uns wünschen. Aber damit diese Entscheidung zu unseren Gunsten ausfällt, müssen wir den Mauren jetzt mit aller Entschlossenheit begegnen.«

In den saphirblauen Augen der Königin flackerte Ungeduld auf. »Ich würde es vorziehen, wenn Ihr Euch zunächst an die Fakten halten würdet!«

»Wie Ihr wünscht, Majestät. Die Fakten sind, dass der Sultan sich weigert, weiter den Tribut zu zahlen, und uns überdies ganz offen mit Säbeln und Lanzen droht. Nicht minder schwer wiegt meiner Meinung nach, dass wir in den maurischen Hallen eine unerhörte Beleidigung unserer Heiligen Jungfrau und unseres Gottessohns haben hinnehmen müssen, die allein schon nach Sühne verlangt!«

Isabel griff sich an die Stirn, als quäle sie ein plötzlicher Schmerz. Besorgt wandte sich Talavera ihr zu. »Was habt Ihr, meine Königin? Ist Euch nicht wohl?«

»Danke, es vergeht sicher gleich, aber dass diese Heiden sich ständig an unserer Jungfrau, ihrem Sohn und unserem Glauben vergehen …« Sie straffte sich und nickte Don Juan zu. »Ihr habt recht, mein lieber Don Juan. Solche Beleidigungen verlangen nach einer Sühne. Wir müssen endlich einen Weg finden, die Ungläubigen aus unserem Land zu vertreiben!«

Don Juan blickte Gonzalo herausfordernd an. Gonzalo holte Luft, sah zur Königin, presste dann aber die Lippen zusammen und senkte den Blick. Don Juans rechter Mundwinkel hob sich im Triumph.

Auch Cisneros und Torquemada ließen sich nun über die Dringlichkeit der Vertreibung der Mauren aus. Schließlich wandte sich Isabel an Gonzalo: »Und Ihr, Gonzalo? So schweigsam heute?«

Gonzalo sah auf und versuchte, seine Worte so zu wählen, dass er den Mauren nutzen konnte, ohne Don Juan allzu sehr zu reizen, wobei er weit mehr an Isabel als an sich selbst dachte. »Ich denke, Ihr kennt meine Meinung, Majestät. Und Ihr wisst, dass ich Verhandlungen stets den Vorzug vor kriegerischen Handlungen gebe. In unserer langen, gemeinsamen Vergangenheit gab es immer wieder Zeiten, in denen sich die Mauren gegen die Tributzahlungen aufgelehnt haben, aber zu guter Letzt haben sie doch stets eingelenkt. Die Mauren lieben ihr Land viel zu sehr, als dass sie es in einem Krieg verwüstet sehen wollen, und darauf sollten wir bauen!«

Isabel blickte zu ihrem Beichtvater. »Und Ihr, Vater? Wie beurteilt Ihr die Lage?«

Talavera sah in die Runde, als müsse er sich die Argumente jedes Einzelnen noch einmal in Erinnerung rufen, und meinte dann: »Ich bedaure die Drohung des Sultans sehr, aber ich habe sie erwartet. Majestät erinnert sich sicher, dass ich Euch wiederholt gewarnt habe, es mit den Scharmützeln im maurischen Gebiet nicht zu weit zu treiben. Wir haben die Mauren bis aufs Blut gereizt. Das ist ihre Antwort.«

»*Wir* haben die Mauren gereizt?« Aus Torquemadas Augen ergoss sich ein glühender Funkenregen auf Talavera. »Die Mauren reizen *uns*, und das täglich durch ihre gottlose Anwesenheit in *unserem* Land!«

»Ob sie uns mit ihrer Anwesenheit reizen oder nicht, können wir getrost dahingestellt sein lassen«, unterbrach ihn Kardinal Mendoza. »Denn Ihr überseht eine wichtige Kleinigkeit, nämlich die, wie schlecht es um die Finanzen unseres Staates bestellt ist und dass wir den Krieg gegen Portugal noch lange nicht gewonnen haben.« Er schüttelte den Kopf. »Ein denkbar ungünstiger Moment, um gegen die Mauren loszuziehen!«

»Immerhin sind wir einundzwanzig Millionen Kastilier gegen drei Millionen Mauren«, warf Isabel ein. »Was können ein paar Wilde gegen die Blüte der kastilischen Ritterschaft ausrichten? Was ist ihr Barbarentum gegen den Segen unserer heiligen Kirche?«

»Rein zahlenmäßig sind wir ihnen sicher überlegen, Majestät«, erwiderte Gonzalo, der Sorge hatte, dass das Gespräch erneut eine unheilvolle Wendung nahm. »Aber Ihr wisst, dass die Muslime den Tod nicht scheuen. Ihre Religion verspricht jedem Gläubigen, der auf dem Schlachtfeld stirbt, ihn dafür im Jenseits zu entlohnen. Wir müssen darüber nachdenken, ob dieser Krieg tatsächlich unvermeidbar ist. Sollten wir nicht lieber erst einmal mit den Mauren verhandeln?«

»Auch ich bin für Verhandlungen«, pflichtete ihm Kardinal Mendoza bei. »Wir können es uns nicht erlauben, einen zweiten Krieg in unserem Rücken anzufangen. Allerdings werden wir die Mauren nach dieser Dreistigkeit wohl in den Genuss einer Kostprobe unserer Macht kommen lassen müssen, um den Worten unserer Diplomaten mehr Gewicht zu verleihen. Sosehr ich eigentlich gegen diese Scharmützel bin – unter den gegebenen Umständen sehe auch ich keinen anderen Weg, als den Mauren ihre geliebte Vega weiter zu verwüsten und einige ihrer Dörfer zu brandschatzen. Zudem könnte eine Handvoll Gefangene aus den höchsten Kreisen den Mauren vor Augen führen, wie viel günstiger es für sie ist, weiter die Tribute zu zahlen.«

»Es gibt da mehrere strategisch günstig gelegene Orte ganz in der Nähe Granadas«, rief Don Juan. »Es wäre mir eine Freude, dort in den nächsten Wochen mit meiner Truppe einzufallen und den Heiden drastisch vor Augen zu führen, wie sich die christliche Hölle anfühlt. Mit einem dieser Maurenhunde habe ich ohnehin eine Rechnung offen. Vielleicht habe ich ja das Glück, ihm dort zu begegnen!«

Alle blickten zu Isabel. Die Entscheidung über das weitere Vorgehen lag allein bei ihr. »Ja, wir werden den Mauren ein paar Proben unserer Waffenkunst liefern, und wenn wir Portugal besiegt haben, werden wir uns ihrer annehmen!«

Auf ein Handzeichen von ihr erhoben sich die Männer und zogen sich mit Ausnahme von Talavera zurück. Beim Hinausgehen warf Gonzalo ihm einen um Unterstützung bittenden Blick zu. Er wusste, wenn überhaupt, dann konnte nur er die Königin jetzt noch zu einem friedlichen Weg bewegen, aber so entschlossen, wie sie eben geklungen hatte, würde er mehr als nur seine Überzeugungskraft aufbieten müssen, um sie noch umzustimmen. Gonzalo musste wieder an die Szene im Löwenhof denken und nahm sich vor, die Königin bei ihrem nächsten Gespräch unter vier Augen über die wahren Umstände dieser Beleidigung aufzuklären – und ihr zum wiederholten Male vor Augen zu führen, dass die Mauren nicht schlechter, sondern einfach nur anders als die Christen waren und dass vieles, was sie taten, nachvollziehbare Reaktionen auf ihre eigenen Provokationen waren. Mit einem Mal musste er an das maurische Mädchen mit diesen bestürzend blauen Augen im Löwenhof denken – und ihm wurde gleichzeitig warm und bang.

4.

GRANADA

Oktober 1478

Zahra bewunderte die feinen Muster, mit der ihre Mutter den Kissenbezug bestickte. »Wo Ihr nur immer diese Ideen hernehmt«, seufzte sie und warf einen unzufriedenen Blick auf ihre eigene Stickarbeit. Im gleichen Moment stürzte Raschid in den Hof und blieb schwer atmend vor ihnen stehen.

»Beim Allmächtigen!« Leonor sprang auf und lief zu ihrem Sohn. »Was ist?«

»Deborahs Dorf …« Raschid rang nach Luft. »Die Christen …«

Leonor stieß einen spitzen Schrei aus. Einen Atemzug später stürzte Abdarrahman aus seinem Arbeitszimmer. »Was ist passiert?«

Raschid wandte sich zu ihm um. »Vater, wir müssen sofort Deborahs Dorf zu Hilfe eilen. Eben kam ein Bote. Die Christen haben dort ein wahres Massaker angerichtet!«

»Tamu, sag Zubair, er soll ein Dutzend Pferde satteln lassen«, befahl Abdarrahman. »Und Raschid, du stellst einen Trupp mit erfahrenen Soldaten zusammen. Falls sich die Christen noch immer im Dorf aufhalten, müssen wir gewappnet sein. Nimm auch Baschir und Uthman mit. Ihre Familien leben dort!«

Zahra legte ihr Stickzeug zur Seite und trat zu ihrem Vater. »Bitte, Vater, nehmt auch mich mit!«

»Wo denkst du hin?« Mit einer ungehaltenen Handbewegung wandte sich Abdarrahman von seiner Tochter ab und eilte davon.

Ohne zu zögern, ließ sich Zahra von einer der Dienerinnen ihren Schleier und einen Hidschab holen und befahl der jungen Frau, Zubair, dem Leibdiener ihres Vaters, hinterherzulaufen und ihm zu sagen, dass auch für sie ein Pferd vorbereitet werden solle. Noch ehe ihr Vater den Stall betrat, war sie dort.

»Was, zum Teufel, hast du hier zu suchen?«, herrschte Abdarrahman sie an. »Lernst du es denn nie zu gehorchen?«

»Vater, bitte, es gibt sicher Verletzte, und Ihr wisst, wie viel ich von Tamu über die Kunst des Heilens gelernt habe!«

»Zahra könnte allerdings nützlich sein.« Raschid trat vor seinen Vater. »Schließlich ist Deborahs Vater der einzige Arzt im Dorf, und wenn ihm etwas zugestoßen ist ...« Er brachte es nicht fertig, den Satz zu beenden.

»Und daran, dass auch deiner Schwester etwas zustoßen könnte, denkst du nicht?«, donnerte Abdarrahman, machte aber keine weiteren Anstalten, Zahra am Mitkommen zu hindern. Erleichtert bestieg Zahra ihr Pferd und ritt hinter ihrem Bruder aus dem Stall hinaus.

Endlich hatten sie den letzten Hügel überwunden. Als die Männer die dicken, schwarzen Rauchfahnen über dem in der Ebene liegenden Dorf aufsteigen sahen, drosselten sie ihr Tempo und blieben schließlich stehen. »Beim Allmächtigen«, stöhnte Baschir. »Meine Eltern, meine Schwestern ...«

Zahra sah zu ihrem Bruder. Starr und wie festgefroren blickte Raschid auf den Ort hinunter. Auch Zahra krampfte es das Herz zusammen. Trotzdem versuchte sie, ihn zu beruhigen. »Der Allmächtige hat Deborah sicher beschützt!«

Raschid biss die Zähne zusammen und schlug seinem Pferd so heftig die Fersen in die Flanken, dass es aus dem Stand in Galopp verfiel. Zahra und die anderen preschten ihm nach. Die dem Ort vorgelagerten Mühlen, Scheunen und Weiler waren vollkommen zerstört, und je näher sie dem Ort kamen, desto eindringlicher wehte ihnen der bittere Geruch von erkaltender Asche entgegen. Die Männer trieben die Pferde noch mehr an. Keiner von ihnen fürchtete um das eigene Heil, ihre einzige Furcht war, zu spät gekommen zu sein.

Vor dem Dorfeingang stießen sie auf die ersten Toten, Männer, die sie seit vielen Jahren kannten, mit denen sie kleinere Kriegszüge gewonnen und Feste gefeiert hatten. Zwei waren von Lanzen durchbohrt, den anderen hatte man die Kehle durchgeschnitten. Sie schienen im Schlaf überrascht worden zu sein. Die wenigsten von ihnen trugen ordentliche Kleider, und man hatte nicht den Eindruck, dass ihnen Zeit geblieben wäre, sich zu wehren, denn nirgends war ein arabischer Krummsäbel oder einer ihrer Langdolche zu sehen, kein kastilischer Toter lag zwischen ihnen. Beim Weiterreiten sahen sie, dass die meisten Lehmhäuser bis auf die Grundfesten niedergebrannt, die wenigen Steinhäuser des Dorfes geplündert und von blinder Zerstörungswut gezeichnet waren. Vor vielen Häusern lagen halbverkohlte Leichen, auch Frauen und Kinder. Die Stille, die sie umgab, war gespenstisch …

Baschir galoppierte zu seinem Elternhaus, von dem nur noch ein verkohltes schwelendes Holzgerippe übrig geblieben war. Davor lagen die Leichen seiner Familie. Es war offensichtlich, dass seine Mutter und seine kleinen Schwestern vor ihrem Tod geschändet worden waren. Baschir glitt vom Pferd und sackte vor ihnen auf die Knie. Wenn über seine Wangen keine Tränen gelaufen wären, hätte man auch ihn für tot halten können; keine Regung war zu sehen, kein Laut entrang sich seiner Brust.

»Deborah … wir müssen Deborah finden«, krächzte Raschid und hieb seinem Pferd die Zügel auf die Kruppe. Zahra ritt ihm nach. Das Haus von Deborahs Eltern lag nur zwei Straßen weiter. Auf den ersten Blick sahen sie, dass die Kastilier auch hier gewütet hatten. Es gehörte zu den wenigen Steinhäusern des Dorfes, aber das gesamte Mobiliar war vor dem Haus verbrannt, sämtliche Türen und Fenster waren herausgeschlagen worden.

»O Gott«, stöhnte Zahra und wagte sich nicht vorzustellen, was sie im Inneren des Hauses erwartete. Genau wie ihr Bruder glitt auch sie vom Pferd.

»Warte hier!«, befahl Raschid, drückte ihr seine Zügel in die Hand, zog aus dem Ärmel seiner Djellaba eine Klinge von bläulichem Stahl und schlich zum Haus. Zahra sah ihm nach, hielt das Warten aber schon bald nicht mehr aus und schlich ihm hinterher. Kaum hatte sie das erste Zimmer betreten, drückte ihr jemand von hinten eine Klinge an den Hals. Sie schrie auf. Sofort ließ ihr Angreifer den Dolch sinken.

»Verdammt, Zahra, ich dachte schon, du wärst einer dieser …« Raschid beendete den Satz nicht, sondern zerrte Zahra hinter seinen Rücken und ließ sie nicht wieder los, ehe er nicht in jeden Raum gespäht und sich vergewissert hatte, dass kein Kastilier mehr im Haus verborgen war. Aber auch Deborah und ihre Familie fanden sie nicht, nur Moses, einen alten treuen Diener der Familie. Die Kastilier hatten ihm die Kehle durchgeschnitten.

»Vielleicht konnten sich die anderen in den Wald retten«, murmelte Zahra.

»Oder die Kastilier haben sie verschleppt, um sie auf dem Sklavenmarkt an den Höchstbietenden zu verhökern«, keuchte Raschid und schrie auf einmal aus voller Kehle: »Deborah! Deborah, wo bist du? Deborah!« und drehte sich dabei wie ein Berserker im Kreis.

Zahra sprang ihm in die Arme. »Ruhig, Raschid, beruhige dich, wir werden sie finden, und wenn die Christen sie auf einen Sklavenmarkt geschafft haben, holen wir sie von dort zurück!«

»Ja, ja sicher. Wir finden sie, ich weiß es, es muss so sein, es kann gar nicht anders sein …« Raschid wischte sich über das Gesicht. Die Panik und Verlorenheit in seinem Blick bestürzten Zahra beinahe noch mehr als sein vorheriger Ausbruch.

»Wir müssen sie suchen«, keuchte Raschid. »Geh du rechts ums Haus herum; ich nehme mir die linke Seite vor. Vielleicht haben sie sich in die Ställe flüchten können!«

Die meisten Menschen im Ort hatten vom Seidenanbau und der Seidenverarbeitung gelebt und sich in ihren Gemüsegärten ein wenig Nutzvieh gehalten. Als Zahra hinter das Haus trat, sah sie, dass auch die Ställe niedergebrannt waren. Überall lag totes, verstümmeltes Federvieh; zwei Lämmern und etlichen Ziegen waren die Köpfe abgehackt worden. Plötzlich entdeckte Zahra weiter hinten, unter einem Busch, ein reglos daliegendes Kind. »Raschid, sieh nur!«

Raschid erreichte den Jungen vor ihr und drehte ihn auf den Rücken. Zahra schlug die Hand vor den Mund. Trotzdem quoll ein jämmerlicher Klagelaut aus ihr heraus. Es war Samuel, Deborahs siebenjähriger Bruder. Seine Bauchwunde war so tief und weit aufgerissen, dass er binnen kürzester Zeit verblutet sein musste.

»Beim Allmächtigen«, stöhnte Raschid. »Letzte Woche habe ich Samuel versprochen, in diesem Winter mit ihm auf die Falkenjagd zu gehen. Du hättest sehen sollen, wie er sich darauf gefreut hat. Und jetzt?« Raschid richtete sich auf und schlug mit voller Wucht gegen einen Baumstamm. »Und das alles bloß, weil der Emir den unseligen Tribut nicht weiter zahlen wollte!«

Angstvoll griff Zahra nach ihrem Schutzring, um für Deborah zu bitten. Erst als sie die Leere an ihrem Finger spürte, fiel ihr ein, dass sie ihn noch immer nicht wiedergefunden hatte. Ihre Furcht um Deborah und die anderen wuchs ins Unermessliche. Mit einem Mal meinte sie aus dem nahen Wald Geräusche zu hören und machte ihrem Bruder ein Zeichen. Raschid zog wieder seinen Kurzsäbel und bedeutete ihr, sich flach auf den Boden zu legen. »Es muss so aussehen, als wärst du tot«, zischte er ihr zu.

Zahra nickte und rollte sich unweit von Samuel unter einen Busch. Kurz darauf hörte sie Raschid schreien – und eine Frau aufschluchzen. Sie spähte aus ihrem Versteck und sah, wie Raschid Deborah an sich presste. Sie trug noch ihr Nachthemd. Es war erdverschmiert und zerrissen, ihr Haar voller Laub und abgebrochener Ästchen – aber sie schien unversehrt. Zahra rannte zu ihr und umarmte sie und ihren Bruder.

»Wo sind die anderen?«, fragte sie Deborah. »Sie ... sie haben sie doch nicht alle mitgenommen?«

Deborah schüttelte den Kopf. »Nein, einige von uns haben sich in eine Höhle flüchten können. Meine Eltern sind dort und meine beiden Schwestern. Ich bin hergekommen, weil ich meine Brüder suche. Mutter und ich hatten die Mädchen an der Hand, Vater stützte eine verletzte Nachbarin, und Raphael sollte auf Samuel aufpassen. Es war ein fürchterliches Durcheinander, immer wieder wurden wir auseinandergerissen, und als wir an der Höhle ankamen, haben wir darauf gewartet, dass Raphael mit Samuel kommt …«

Raschid und Zahra tauschten einen Blick.

»Ihr habt sie gefunden, oder?«, fragte Deborah tonlos. »So redet doch schon und sagt mir …«

Raschid legte ihr die Hand auf den Arm. »Wir haben Samuel gefunden. Er … Wir konnten nichts mehr für ihn tun.«

Deborah schluckte. »Wo … wo ist er?«

Raschid wies mit dem Kinn zu dem Busch. Deborah wollte zu ihrem toten Bruder gehen, doch er hielt sie zurück. »Ihn so zu sehen täte dir nur weh.«

In Deborahs Augen traten Tränen, aber sie ging nicht weiter. Als sie ihre Fassung wiedergefunden hatte, fragte sie mit erstickter Stimme: »Und Raphael?«

Raschid zuckte mit den Achseln. »Ich weiß nicht, wo er ist. Vielleicht haben sie ihn verschleppt …«

Deborah wankte. Raschid zog sie erneut zu sich heran und küsste sie auf das Haar.

»Wir werden Raphael suchen und ihn auslösen«, versprach er ihr. »Ein so großer und kräftiger junger Mann wie er bringt auf dem Sklavenmarkt ein paar ordentliche Goldstücke. Es liegt in ihrem eigenen Interesse, ihm kein Haar zu krümmen!«

»Sind unter denen, die fliehen konnten, auch Verletzte?«, fragte Zahra.

Deborah nickte. »Vater bemüht sich zu helfen, wo er nur kann, aber es sind so viele schwer verletzt, und sein Verbandsmaterial, seine Medizin und seine Heilkräuter sind mit dem Mobiliar des Hauses in Flammen aufgegangen.«

»Wo finde ich deinen Vater?«

Deborah beschrieb ihr den Weg zu der Höhle. Zahra rannte los.

Die Höhle, in die sich die Menschen des Dorfes geflüchtet hatten, war kaum zweihundert Schritte vom Ort entfernt. Der Eingang war so dicht von den umstehenden Büschen und Bäumen überwachsen, dass Zahra ihn trotz Deborahs Beschreibung nur mit Mühe finden konnte. Endlich drückte sie die Äste beiseite und zwängte sich hindurch. Die Flammen zweier Öllampen warfen einen unruhigen Lichtschein über die Flüchtlinge. Zahra wusste, dass das Dorf über dreihundert Einwohner hatte. Das hier konnte kaum ein Drittel von ihnen sein. Von allen Seiten drang Stöhnen und Wimmern zu ihr; nur die wenigsten waren bisher versorgt worden. Deborahs Vater kniete über einem Mann mit einer tiefen Stichverletzung im Bauchraum und bemühte sich vergeblich, die immer wieder aufbrechenden Blutungen mit den Stofflappen, die seine Frau ihm aus Nachthemden riss, zu stoppen. Zahra eilte zu ihm. »Soll ich für Euch übernehmen?«

Deborahs Vater sah zu ihr auf. »Zahra, Kind, bei Abraham, wo kommst du denn her? Warst du etwa auch im Dorf?«

Zahra erklärte ihm mit wenigen Worten, dass ihr Bruder durch einen Boten von dem Überfall erfahren hatte und sie mit einem Reitertrupp hergekommen waren. »Deborah hat mir den Weg zu Euch gezeigt.«

Deborahs Vater strich sein weißes Haar mit dem Handrücken über die Stirn zurück und knurrte, weil die Wunde noch immer weiterblutete. »Tamu hat uns früher immer Moos auf die Wunden gelegt, wenn wir uns verletzt hatten. Wenn Ihr wollt, gehe ich im Wald welches suchen. An manchen Stellen wird es sicher auch getrocknetes geben.«

»Ja, Kind, tu das, und bring auch Blutstillkraut mit, damit wir einen Presssaft herstellen und die Schmerzen erträglicher machen können! Und beeil dich, sonst kommt jede Hilfe für ihn zu spät!«

Sofort machte sich Zahra auf den Weg und fand knappe hundert Schritte hinter der Höhle eine Lichtung mit reichlich abgetrocknetem Moos. Sie kniete sich nieder, riss das faserige Gewebe aus, schüttelte die Erdreste ab und packte es in ihren Schoß. Da schnaubte ganz in ihrer Nähe ein Pferd. Zahra hob den Kopf.

»Ich weiß, dass du Schmerzen hast«, hörte sie einen Mann auf Spanisch sagen. »Aber wir müssen trotzdem weiter.«

Hastig sah sich Zahra nach einem Versteck um, doch noch ehe sie auf die Beine gekommen war, trat der Mann mit seinem Pferd zwischen den Bäumen hervor. Er starrte Zahra ebenso erschrocken an wie diese ihn.

»Habt keine Angst, ich tue Euch nichts«, rief er auf Spanisch, wiederholte seine Worte noch einmal auf Arabisch und hob die Hände, um ihr zu zeigen, dass er nichts Böses im Sinn hatte. Zahras Herz klopfte trotzdem bis zum Hals, doch dann erkannte sie ihn. Er war einer der beiden Kastilier, die vor einigen Monaten wegen der Tributzahlungen beim Emir gewesen waren.

»Und, seid Ihr stolz auf das, was Ihr hier angerichtet habt?«, giftete sie ihn an.

Gonzalo ließ die Hände sinken. Auch ihm schwante nun trotz des Schleiers, wen er vor sich hatte. Derartig von innen leuchtende, kornblumenblaue Augen vergaß man so leicht nicht wieder.

»Ich verstehe Euren Zorn, aber ich habe mit alldem hier nichts zu tun«, erklärte er ihr. »Ich wollte zu dem Dorf, um Hilfe für mein Pferd zu erbitten, und bin dann auf dieses Massaker gestoßen … Glaubt mir, ich bin darüber ebenso entsetzt wie Ihr. Ich nehme an, dass Don Juan dahintersteckt. Seit Euer Emir die Zahlung der Tribute abgelehnt hat und er diesen Zusammenstoß mit dem jungen Mauren im Löwenhof gehabt hat, bebt er vor Rachegelüsten. Leider hat unsere Königin ihm auch noch Rückendeckung für Angriffe auf Euer Volk gegeben. Ich bin nur hier geblieben, um zu sehen, ob ich helfen kann.«

Zahra wurde bewusst, dass an seinen Händen tatsächlich kein Blut klebte, und auch seine Kleider sahen nicht danach aus, als sei er noch vor wenigen Stunden in einen Kampf verwickelt gewesen.

»Warum lässt Eure Königin das zu?«, rief sie. Gegen ihren Willen traten ihr Tränen in die Augen. »Man erzählt sich, sie sei eine über alle Maßen gottesfürchtige und fromme Frau. Wie kann sie dies hier geschehen lassen?«

Gonzalo zuckte mit den Achseln. »Ich habe mir eben genau dieselbe Frage gestellt – und ich werde sie ihr bei passender Gelegenheit auch selbst stellen. Allerdings sind Eure Truppen bei Angriffen auf unsere Dörfer nicht weniger zimperlich.«

Einen Moment lang sahen sie sich nur an.

»Ihr wisst, dass ich Euch jetzt gefangen nehmen lassen muss?« Zahra wischte sich über die Augen. »Nicht nur mein Bruder wird froh sein, wenn er sich wenigstens an einem von Euch für dieses schauerliche Blutbad rächen kann. Oder wir fordern ein Lösegeld für Euch. Damit hätten wenigstens ein paar der Menschen hier die Möglichkeit, ihre Häuser wieder aufzubauen!«

»Ich kann Euch nicht daran hindern«, erwiderte Gonzalo schlicht. »Und ich könnte noch nicht einmal fliehen – mein Pferd lahmt seit Stunden. Vielleicht wäre ich sonst eher gekommen und hätte …« Er verstummte, als würde ihm bewusst, dass sich Don Juan niemals von ihm hätte abhalten lassen, das Dorf zu brandschatzen. Nach einer kurzen Pause fügte er noch wie an sich selbst gewandt hinzu: »Vielleicht würde ich mich sogar besser fühlen, wenn Ihr mich gefangen nehmt.«

Zahra musste an ihre erste Begegnung in der Alhambra denken und wie er sich im Löwenhof gegen seinen eigenen Landsmann gestellt hatte, um den Kampf zwischen diesem und ihrem Halbbruder zu beenden. Und dann dieser Blick, den sie später gewechselt hatten. Bei der Erinnerung hatte sie später immer wieder lächeln müssen. Diese Wärme und Leichtigkeit, die sie dabei in sich gespürt hatte ... Sie sah ihn an und wurde sich bewusst, dass seine Augen von der gleichen bernsteinfarbenen Farbe wie die ihrer Mutter waren. Ob es daran lag, dass sie sich so zu ihm hingezogen fühlte?

Plötzlich zerriss ein Ruf die Stille des Waldes. Zahra horchte auf. Wieder erschallte die Stimme. Es war ihr Bruder, der nach ihr suchte. Er schien näher zu kommen. Zahra sah zu Gonzalo, machte ihm Zeichen, sich zu verstecken, und rannte eilig in die Richtung, aus der ihr Bruder sie rief.

Zweiter Teil
1481–1483

I.

Granada

10. Dezember 1481

Zahra, Dios mío, qué estás haciendo?«

Erschrocken hielt Zahra in ihrem rastlosen Auf-und-ab-Gehen inne und sah zu ihrer Mutter. Außerhalb des Spanischunterrichts, den ihre Mutter ihnen nach wie vor erteilte, verfiel diese nur dann in ihre Muttersprache, wenn sie sehr erregt oder verärgert war. Zahra aber war sich keines Vergehens bewusst.

»Aber was soll ich denn tun, Mutter?«, fragte sie unsicher und nahm wieder ihren Platz hinter dem Webstuhl ein. »Ich webe, sonst nichts!«

»Wenn du gerade mal wieder sitzt, webst du, ja, aber die überwiegende Zeit rennst du herum, als hättest du Ameisen im Po – und das schon seit Tagen! Allmählich kommst du mir vor wie eine Frau, die darauf wartet, dass ihr Geliebter ihr das vereinbarte Zeichen gibt, um mit ihm durchzubrennen – und dass er langsam überfällig ist!«

Zainab kicherte. »Letzte Nacht ist Zahra auch dauernd hin und her gelaufen und hat immer wieder durch das Maschrabiya-Gitter vor ihrem Fenster auf die Straße gesehen. Ich glaube, sie hat tatsächlich einen Verehrer!«

Zahra warf ihrer jüngeren Schwester einen vernichtenden Blick zu und schwor sich, sie nie wieder bei sich im Zimmer schlafen zu lassen – ganz gleich, wie viel Angst sie wegen Tamus abendlichen Geistergeschichten auch haben mochte. Zainab streckte ihr die Zunge heraus.

Leonor schüttelte missbilligend den Kopf und legte ihre Stickarbeit in den Schoß. »Was ist bloß los mit dir, Kind? Es gibt da doch hoffentlich nicht wirklich jemanden?«

»Ach woher«, rief Zahra unwillig. »Zainab hat geträumt. Ich habe letzte Nacht geschlafen wie ein Stein!«

»Hast du nicht!«

»Habe ich doch!«

Leonor hob die Hand, woraufhin beide verstummten und Zahra wieder ihre Webarbeit aufnahm. Leonor sah noch einen Moment lang zu ihr, dann schnitt sie ein Stück granatroten Faden ab, um ein weiteres Ornament auf ihr Tischtuch zu sticken. Schließlich war nichts als das leise Surren der Webschiffchen im Rahmen und das Durchstechen des festen Damaststoffes zu hören. Einige Zeit später blickte Leonor wieder zu Zahra und meinte: »Es ist sicher nicht leicht für dich, dass die meisten deiner Freundinnen inzwischen verheiratet sind, du aber noch immer ledig bist, weil Kamal kurz vor eurer Hochzeit bei diesem unseligen Überfall der Kastilier auf sein Schiff ums Leben gekommen ist. Und jetzt segelt auch der neue Mann, den dein Vater für dich erwählt hat, mit einer Karacke über das Meer, weil er vor eurer Hochzeit sein Hab und Gut von Almería nach Marokko bringen will. Aber auch wenn immer mehr kastilische Kriegsschiffe vor unseren Küsten patrouillieren, musst du keine Angst haben, dass ihm das gleiche Schicksal wie Kamal droht. Ibrahim reist in einem Konvoi von mehreren Schiffen, der von einem Teil unserer Kriegsflotte begleitet wird. Die Kastilier werden nicht wagen, sie anzugreifen, und sobald er zurückkommt, wird er dich holen, so dass du in Tanger mit ihm in Sicherheit leben kannst.«

»Wegen mir muss Ibrahim die Gefahr einer neuerlichen Reise über das Mittelmeer nicht auf sich nehmen«, murrte Zahra. »Er kann sich gern auch dort nach einer Frau umsehen!«

»Aber Zahra, was redest du denn da? Auch wenn Ibrahim ein bisschen älter als Kamal ist, wird er dir doch ein guter Gemahl sein.«

»Er ist mehr als doppelt so alt wie ich!«, schnaubte Zahra. »Und außerdem ist er so dick wie ein Weinfass und stummer als ein Fisch. Ich weiß wirklich nicht, was sich Vater dabei gedacht hat, gerade ihn für mich auszusuchen. Da war der langweilige Kamal ja noch besser!«

»Zahra!«

»Ist doch wahr!«

»Schluss jetzt, ich will solche Reden nicht hören! Ibrahim ist ein gütiger und gebildeter Mann, und dass er bei eurer ersten Begegnung vor ein paar Wochen so schweigsam war, liegt allein daran, dass er erst vor wenigen Monaten seine beiden Frauen und alle seine Kinder durch einen Angriff der Christen auf sein Haus verloren hat. Denk also lieber erst einmal nach, bevor du redest! Und sei deinem Vater dankbar für seine Wahl. Du wirst gut versorgt und weit weg von den immer heftigeren Unruhen hier sein. Wer weiß, was in den nächsten Jahren noch alles auf uns zukommt?«

»Ob hier in Gefahr oder todunglücklich in Tanger – ich weiß nicht, was schlimmer ist!«

Leonor hob dazu an, Zahra ob ihrer neuerlichen Ungehörigkeit zurechtzuweisen, aber da klopfte es an der Haustür. Wie elektrisiert sprang Zahra auf, rannte hinunter in den Patio, wagte aber doch nicht, Tamu zuvorzukommen und die

Haustür selbst zu öffnen, zumal sie sich dort nicht unverschleiert zeigen durfte. Ungeduldig blickte sie in den L-förmigen Gang und lauerte auf die Stimmen, die zu hören sein mussten, sobald Tamu die Besucher begrüßte, und tatsächlich erkannte sie kurz darauf die Stimme ihres Onkels Fahd und seiner Frau Munya – und hörte einen Aufschrei Tamus: »Aber Hayat, was tut Ihr denn hier?«

Als sei dies das Stichwort, auf das sie gewartet hatte, stürzte Zahra nun doch, alle Schicklichkeit vergessend, zur Haustür und fiel ihrer Halbschwester um den Hals. Vor Glück über ihre unversehrte Ankunft liefen ihr dicke Tränen über das Gesicht. Ihre Tante sah betroffen zu ihr. »Beim Allmächtigen, Zahra, steht es um deine Mutter denn so schlecht?«

Zahra zuckte unter ihren Worten zusammen. Unwillkürlich glitten ihre Hände von Hayat, und sie senkte den Blick.

»Wieso soll es um meine Herrin schlecht stehen?«, hörte sie Tamu hinter sich voller Verwunderung fragen. »Aber kommt doch erst einmal herein. Und wie schade, dass wir von Eurem Besuch nichts gewusst haben. Meine Herrin wird es bekümmern, nichts für Euch gerichtet zu haben!«

»Aber Hayat wollte unsere Ankunft doch ankündigen!«, rief die Tante nun noch erstaunter.

Zahras Blick bohrte sich tiefer und tiefer in die Fliesen des Hauseingangs. Auch ohne Tamu anzusehen, war ihr klar, dass sich ihre Augen inzwischen wie unter einem heranziehenden Gewitter verdüstert haben dürften.

»Ich glaube, ich führe Euch jetzt besser erst einmal ins Haus und Ihr besprecht alles Weitere mit meiner Herrin selbst«, sagte Tamu, packte Zahra und Hayat mit ihren derben Bauernhänden am Arm und schob sie unsanft zum Patio, wo Leonor sie schon erwartete. Mit ebenso überraschter wie freudiger Miene begrüßte sie Schwager und Schwägerin.

»Salam aleikum, liebe Munya, und auch du, Fahd, sei herzlich willkommen. Welche Freude, euch hier zu sehen. Aber wieso habt ihr Hayat mitgebracht? Ihrem Mann ist doch hoffentlich nichts geschehen?«

Zahra versank unter dem dunklen Blick, den ihr Onkel ihr und ihrer Halbschwester zuwarf. »Ich glaube, ihr beiden habt uns einiges zu erklären!«

Zahra schluckte, streifte Tamus Hand von ihrem Arm und trat vor ihre Mutter. »Bitte, Mutter, Ihr dürft Hayat nicht böse sein. Das Ganze war allein meine Idee!«

»Ich glaube, alles Weitere möchte ich erst hören, wenn euer Vater wieder da ist«, erwiderte Leonor mit zitternder Stimme. »Und jetzt geht ihr beiden hoch in Zahras Zimmer und rührt euch nicht von dort weg!«

Mit hängenden Köpfen schlichen die Mädchen zur Treppe, die nach oben führte. Auf dem Weg dorthin hörten sie, wie sich Leonor an Tamu wandte: »Schick Zubair zur Alhambra. Abdarrahman ist in einer Versammlung beim Emir. Er soll ihm Nachricht geben, möglichst bald nach Hause zu kommen!«

Sofort machte sich Tamu auf den Weg, während eine andere Dienerin den Neuankömmlingen die schweren, pelzverbrämten Umhänge und Munya den Schleier abnahm. Leonor bat ihren Schwager und ihre Schwägerin in den Wohnraum und ließ Saft und süßes Gebäck bringen.

»Ihr müsst entschuldigen, aber ich bin von alldem hier ebenso überrascht wie ihr«, hörte Zahra ihre Mutter sagen und sah von der Treppe aus, wie Fahd die Arme vor der Brust verschränkte, an ihrer Mutter vorbei ins Zimmer trat und sie anknurrte: »Das will ich hoffen.«

Dann schloss sich hinter ihnen die Tür.

Zwei Stunden später führte Tamu Zahra und Hayat in das Arbeitszimmer ihres Vaters. Mit einer schroffen Handbewegung hieß er die beiden eintreten und auf den Sitzpolstern Platz nehmen, während er selbst mit verschränkten Armen vor ihnen stehen blieb. Ohne ein Wort der Begrüßung herrschte er Hayat an: »Ich warte auf eine Erklärung!«

Zahra öffnete den Mund, um statt ihrer zu antworten, aber Hayat legte ihr die Hand auf den Arm und begann zu sprechen. »Es ist alles meine Schuld, Vater«, sagte sie leise und sah ihren Vater mit feucht schimmernden Augen an. »Ich konnte das Leben im Haus meines Mannes nicht länger ertragen.«

»So hat mein Bruder also richtig vermutet: Du bist deinem Mann davongelaufen? Und damit das Ganze gelingen konnte, hast du ihm Briefe vorgelegt, in denen ich ihn angeblich bitte, dich sofort herreisen zu lassen, weil Leonor todkrank ist und nur du ihr frischen Lebensmut geben könntest?«

Hayat nickte und setzte ein zwar kaum hörbares, darum aber doch nicht minder entschlossenes »Und ich werde auch nicht nach Fès zurückkehren« hinterher.

»Was du tust oder nicht, entscheide ich!«

Mit heftigen Schritten lief Abdarrahman im Zimmer auf und ab. »Was hast du dir bloß dabei gedacht? Und dann auch noch meine Unterschrift zu fälschen!«

»Nein, Vater, das war ich«, rief Zahra. Ihre Stimme war kaum mehr als ein Piepsen.

Abdarrahman riss die Hand hoch, als wolle er ihr eine schallende Ohrfeige geben, aber stattdessen schlug er seine Handkante in die andere Hand. Das dumpfe Klatschen ließ Zahra zusammenzucken.

»Wie konntest du das nur tun?«, rief Leonor, die zu ihnen getreten war. Sie sank gegen die Zimmertür, als wolle sie verhindern, dass auch nur eine Silbe des eben Gesagten aus dem

Zimmer drang. »Ist dir denn nicht bewusst, in welchem Maße du damit den Namen und die Ehre der Familie befleckt hast?«

Zahra starrte auf den großen, rechteckigen Seidenteppich zu ihren Füßen. In dem Raum war es so still, dass ihr die eigenen Atemgeräusche laut in den Ohren widerhallten.

»Ist euch eigentlich klar, dass ich jetzt gezwungen bin, Hayat zu verstoßen?«, keuchte Abdarrahman.

»Aber Vater«, schrie Zahra auf. »Hayats Leben dort war so elend und grauenhaft, dass sie fliehen *musste!*«

»Aber gewiss nicht so elend und grauenhaft wie das Leben, welches ihr als verstoßener Frau droht!«, donnerte Abdarrahman zurück und schoss auf sie zu. Hastig schob sich Leonor zwischen ihn und Zahra. Ihre großen, klaren Augen sahen bittend zu ihm auf. »Lass uns in Ruhe über alles reden, Abdarrahman, ich flehe dich an!«

Ihr Mann starrte einen Moment lang zornbebend auf Zahra hinab. Dann drehte er sich um, ging zu seinem Schreibtisch und blieb dort mit dem Rücken zu ihnen stehen. Leonor machte den Mädchen Zeichen, zurück in Zahras Zimmer zu gehen. Lautlos wie Schatten huschten die beiden aus dem Raum.

»Und selbst wenn Vater mich verstößt: Ich gehe nicht zu meinem Mann zurück, niemals!« Hayat strich sich ihr langes, blauschwarzes Haar aus dem bleichen Gesicht, das in diesem Moment allein aus dem großen, entschlossenen Mund, den schwarzen, brennenden Augen und den hohen Wangenknochen zu bestehen schien, und drückte die Hände danach so fest gegen den Kopf, als wolle sie ihr ganzes, demütigendes Dasein in Fès aus sich herauspressen. »Ich hasse Nusair, und ich lasse mich von seiner zweiten Frau nicht weiter wie eine nichtswürdige Sklavin herumstoßen!«

Zahra kannte Hayats Leid in Fès nur zu genau aus ihren Briefen. Behutsam nahm sie die Hände ihrer Halbschwester von deren Kopf und bettete sie in ihren Schoß. »Mutter wird Vater sicher davon abbringen können, dich zu verstoßen«, redete sie beruhigend auf sie ein. »Du weißt, wie sehr Vater sie liebt. Er hat ihr noch nie etwas abschlagen können.«

»Aber du weißt auch, wie wichtig ihm die Familienehre ist«, stöhnte Hayat. »Wo soll ich bloß hin, wenn er mir nicht verzeihen kann? Aber mein Leben in Fès ... Ich konnte es wirklich nicht länger ertragen. Nusair war von Anfang an völlig verrückt nach Altaf. Stundenlang hört man nachts ihre Lustschreie; manchmal frage ich mich, ob sie überhaupt jemals schlafen. Seit sie ihm nun auch noch einen zweiten Sohn geschenkt hat, ich aber noch immer kein Kind von ihm empfangen habe, lässt er sie mit mir machen, was sie will. Selbst als sie vor zwei Monaten meine Habseligkeiten von den Dienern in den dunklen Sklavenraum hat schaffen lassen, hat er nicht eingegriffen!«

»Aber warum hast du Nusair denn noch immer kein Kind gebären können? Besucht er dich denn gar nicht mehr auf deinem Lager?«

»Nicht oft, nein, aber eigentlich oft genug, um davon ein Kind zu bekommen.« Hayat presste die Lippen zusammen und schluckte. »Meist wirft er sich auf mich, wenn er getrunken hat und Altaf ihn nicht bei sich haben will. Es ist jedes Mal ... grauenhaft. Wie ein Tier fällt er über mich her. Schlimmer als das kann auch mein Leben als verstoßene Frau nicht werden!«

Zahra rieb sich mit dem Zeigefinger die Nase. In der Familie ihres Vaters waren die Frauen immer sehr fruchtbar gewesen. Krank war Hayat auch nicht ... Zahra fiel ein, dass Tamu ihr im Wald einmal eine Petersilienwurzel gezeigt und ihr erklärt hatte, wie sie, richtig angewandt, verhindern konnte, dass eine

Frau von einem Mann ein Kind empfing. Ob auch Altaf die Wirkung dieser Wurzel kannte?

»Und du?«, unterbrach Hayat Zahras Gedankengang. Sie trocknete sich die Tränen und musterte ihre Schwester mit einem sanften Lächeln. »Weißt du eigentlich, wie sehr du dich in diesen drei Jahren, die wir uns jetzt nicht gesehen haben, verändert hast? Du bist ja eine richtige Frau geworden, und wie schön du bist!«

Zahra errötete. »Es wäre besser für mich gewesen, wenn ich hässlich geworden wäre. Vielleicht hätte Vater es dann schwerer gehabt, einen neuen Mann für mich zu finden. Ich kann nur hoffen, dass Ibrahims Umzug nach Marokko noch Jahre in Anspruch nimmt – oder die Kastilier endgültig alle Seewege kappen und ihn so an der Rückkehr hindern.«

Für einen Moment schwiegen sie, dann sagte Zahra nachdenklich: »Weißt du, dass ich außer Mutter und Deborah kaum eine Frau kenne, die mit ihrem Mann glücklich ist? Auch die Sultanin ... Hassan schikaniert sie immer mehr. Seit letzter Woche steht sie schon wieder unter Arrest, und ihr gesamtes Gefolge mit ihr. Ich bin die Einzige, die Aischa noch zutragen kann, was hier draußen vorgeht. Wenn Hassan könnte, würde er auch mich noch zu ihr sperren oder mir zumindest den Zugang zum Comaresturm verweigern, aber er weiß genau, dass er damit Vater beleidigen und die Ehrenhaftigkeit unserer Familie in Zweifel ziehen würde, und das wagt er dann doch nicht.« Auch wenn Zahra Hayat vertraute, wagte sie nicht, ihr zu gestehen, dass sie Aischa nicht nur die neusten Geschichten und Gerüchte aus der Stadt überbrachte, sondern auch weiterhin so manches Palastgeheimnis für sie erlauschte. Sie seufzte. »Also ich würde ja am liebsten gar nicht heiraten. Ich gäbe alles dafür, wenn ich einfach so weiterleben könnte wie bisher!«

»Aber das würde dann auch bedeuten, dass du nie einen solchen Sonnenschein wie meinen Yaqub in den Armen hältst!« Lachend betrat Deborah Zahras Zimmer, setzte ihr ihren einjährigen Sohn auf den Schoß und hieß Hayat mit einer herzlichen Umarmung willkommen. Als sie hörte, warum Hayat zurück in Granada war, schloss sie ihre Schwägerin noch einmal in die Arme und versuchte ihr ebenso wie Zahra Mut zu machen, dass Leonor Abdarrahman gewiss würde milde stimmen können. Seit ihrer Eheschließung vor zwei Jahren bewohnte Deborah mit Raschid Hayats ehemaliges Zimmer im ersten Stock des Hauses. »Leonor würde nie eines ihrer Kinder im Stich lassen, dafür hat sie in ihrer Sklavenzeit viel zu viel Leid ertragen müssen, und für sie bist auch du eines ihrer Kinder. Sie wird alles tun, um dir beizustehen! Und gibt es im Koran nicht auch die Möglichkeit einer Scheidung?«

»Das ist leider nicht so einfach – zumindest nicht für die Frauen«, erwiderte Zahra. »Männer können ihre Frau jederzeit und ohne Angabe von Gründen verstoßen. Sie brauchen nur dreimal das Wort *talaq* aussprechen. Frauen aber können eine Scheidung nur vor dem Gericht erwirken, und das auch nur dann, wenn der Mann unfruchtbar ist, seinen Unterhaltspflichten nicht nachkommt oder seine Frau misshandelt.«

»Und das muss die Frau erst einmal beweisen, und vor Gericht wiegen die Worte eines Mannes immer mehr als die einer Frau«, ergänzte Hayat mit matter Stimme.

Im nächsten Moment machte Deborahs kleiner Sohn so drollige Grimassen, dass die drei Frauen zumindest für den Moment von ihren sorgenvollen Gedanken abgelenkt wurden und von Herzen über ihn lachen mussten.

»Und wie man sieht, erwartest du noch ein Kind«, sagte Hayat mit einem wehmütigen Seufzer und strich ihrer Schwägerin über den schon leicht gewölbten Bauch. Deborahs Augen strahlten auf. »Ich hoffe, dass es diesmal ein Mädchen wird. Meine Aufgabe, Raschid einen Sohn zu gebären, habe ich mit Yaqub ja schon erfüllt!«

Die Tür öffnete sich erneut. Tamu brachte ihnen Saft und frisch gebackenen Honigkuchen. Zahra sah die Dienerin fragend an, woraufhin diese das Gesicht verzog.

»Ich weiß nicht, warum Ihr immer meint, ich wüsste über alles Bescheid, was in diesem Haus vorgeht – denn ich weiß es nicht«, brummte die Alte. »Und wenn ich mir Eure und Hayats schuldbewusste Miene ansehe, bin ich sogar froh, dass ich nicht alles weiß! Beim Allmächtigen, wie alt müsst Ihr beiden denn noch werden, um bei Euren Handlungen Vernunft walten zu lassen?«

Hart stellte sie das Essen auf dem niedrigen Tisch in ihrer Mitte ab und machte sich mit verdrossener Miene daran, Zahras am Vortag abgelegte Kleidungsstücke, die diese wieder einmal achtlos auf einem Sitzkissen hatte liegen lassen, einzusammeln und ordentlich zusammenzulegen. Zahra sah ihr dabei zu und fühlte sich mit einem Mal sehr unwohl in ihrer Haut. Wenn sich sogar Tamu gegen sie stellte …

»Aber jetzt seid doch mal ehrlich«, unterbrach Deborahs glockenhelle Stimme sie in ihren Gedanken. »Kennt ihr denn tatsächlich beide keinen einzigen Mann, bei dem ihr euch manchmal anlehnen oder in dessen Arme ihr gern einmal sinken würdet?«

Zahra sah, wie Hayat entschieden den Kopf schüttelte. Sie musste an Gonzalo denken und spürte ein sanftes Sehnen und Schwirren in ihrem Bauch.

»Sehe ich da etwa ein verträumtes Leuchten in deinen Augen?«, frohlockte Deborah und stieß sie feixend in die Seite. »Nun sag schon, Zahra, wer ist es?«

Errötend schüttelte Zahra den Kopf. »Ach was, niemanden gibt es da, ehrlich nicht!«

Lachend begannen Deborah und Hayat, die wenigen Männer aufzuzählen, die sie näher kannten, doch Zahra schüttelte bei allen den Kopf, konnte sich das Lachen schließlich aber selbst nicht mehr verkneifen. »Nun hört schon auf! Ihr kennt ihn nicht, und heiraten dürfte ich ihn ohnehin nicht!«

»Aber Kind«, rief da Tamu, die noch immer im Zimmer herumwerkelte, »es wird doch nicht etwa ein Ungläubiger sein?«, woraufhin Zahra noch tiefer errötete, und Deborah und Hayat schlagartig ernst wurden.

Mit einem Mal erschallten im Patio erregte Stimmen.

»Nichts als ein erbärmlicher Feigling und Verräter bist du«, dröhnte Yazid, »aber auch Vater wird dies noch begreifen!«

»Man verrät sein Land nicht, nur weil man ihm den Frieden bewahren will«, erwiderte Raschid ruhig. »Und dem Allmächtigen sei Dank hört der Emir endlich wieder eher auf so weise Männer wie den Großwesir und Vater als auf von nichts als Rachegelüsten geleitete Kriegstreiber wie dich!«

Etwas Schweres krachte zu Boden, Holz splitterte, ein Schmerzensschrei ertönte. Zahra stürzte zur Tür, die anderen rannten ihr nach und blickten entsetzt von der Galerie hinunter in den Patio. Raschid lag am Boden; der Hocker, über den er gestürzt war, war zerbrochen. Zahra wollte nach unten eilen, doch Hayat und Tamu hielten sie zurück.

»Lass die beiden das lieber unter sich ausmachen!«, zischte ihre Halbschwester ihr zu.

Raschid sprang wieder auf die Füße und rammte seinem Halbbruder die Faust in den Magen. Yazid taumelte zurück, und ehe Raschid erneut zuschlagen konnte, donnerte er ihm den Ellbogen ins Gesicht. Ein Schwall Blut schoss aus Raschids Nase. Mit einem wütenden Aufschrei trat er seinem

Halbbruder so fest vor die Brust, dass Yazid gegen die Wand flog.

Abdarrahman stürzte aus seinem Arbeitszimmer. »Was ist hier los?«, fuhr er seine Söhne an. »Seit wann prügeln sich die Söhne Abdarrahman as-Sulamis wie dahergelaufene Gassenjungen?«

Tamu machte Zahra, Hayat und Deborah Zeichen, ins Zimmer zu verschwinden, ehe Abdarrahman sie hier oben entdeckte. Sogar Zahra kam ihrer Aufforderung widerspruchslos nach.

Erst als Abdarrahman seine Söhne an den Haaren packte und sie auseinanderriss, hörten sie auf, aufeinander einzuprügeln. Die Augen der beiden sprühten vor Wut und Hass. Abdarrahman schleuderte jeden von ihnen in eine andere Ecke des Patios. Sein funkelnder Blick warnte sie, sich nicht von der Stelle zu rühren.

»Ihr macht einen Fehler, Vater«, zischte Yazid durch die zusammengebissenen Zähne. »Raschid ist nichts als ein mieses Verräterschwein. In Wahrheit steht er auf der Seite der Kastilier, und nur deswegen versucht er zu verhindern, dass wir gegen sie ziehen, und Ihr, die Qadis und die Wesire, lasst Euch auch noch von seinem Friedensgesülze einwickeln!«

»Ich bin durchaus in der Lage, mir selbst eine Meinung zu bilden!«, donnerte Abdarrahman zurück. Die senkrecht nach oben gehende Ader auf seiner hohen Stirn schwoll an und begann gefährlich zu pochen. »Überdies kann ich dir versichern, dass heute früh bei der Versammlung beim Emir durchaus nicht nur Raschid, die Wesire und ich für Verhandlungen und gegen den Krieg mit den Kastiliern gestimmt haben, sondern auch viele andere seiner Berater.« Er atmete tief durch und sprach ruhiger weiter. »Mein Gott, Junge, die immer heftigeren gegenseitigen Überfälle der letzten Jahre haben doch gezeigt, dass beide Seiten dabei nur verlieren. Außerdem hat sich unsere Lage dramatisch verschlechtert. Die Kastilier haben Portugal in die Knie gezwungen, und nichts hindert sie mehr daran, sich nun ganz auf uns und unsere Vernichtung zu konzentrieren!«

»Dafür haben wir in den letzten Jahren mit etlichen afrikanischen Fürsten Beistandsverträge abschließen können!«

»Beistandsverträge, die im Ernstfall das Papier nicht wert sind, auf dem sie stehen!« Abdarrahman machte eine wegwerfende Handbewegung. »Die afrikanischen Fürsten reden doch heute so und morgen so, aber im Zweifel haben *wir* die Kastilier vor den Toren stehen!«

»Aber wir *haben* Tore«, presste Yazid hervor. »Und die stärksten und bestbewachten Tore der ganzen Halbinsel dazu! In den letzten Jahren haben wir all unsere Festungen verstärkt und unsere Soldaten in endlosen Waffenübungen gestählt. Jetzt müssen wir nur noch die Säbel ziehen und den verdammten Heiden zeigen, wer der wahre Herr in diesem Lande ist. Ihr seid doch nur feige!«

»Nein, Yazid, wir sind nicht feige«, entgegnete Abdarrahman seufzend. »Wir wollen lediglich unser Land in all seiner Blüte bewahren und nicht ständig weitere Tote beklagen müssen. Und deswegen muss unser Ziel ein stabiler Friede sein, in dem endlich auch diese unseligen Dreitagekriege verboten sind, in denen schon viel zu viele ihr Leben verloren haben. Denk nur an Deborahs kleinen Bruder! Und auch an ihren Bruder Raphael: Erst Monate nach seiner Gefangennahme ist es seinem Vater gelungen, ihn freizukaufen. Diese Kriegshetzerei, die manche von Hassans Beratern und vor allem diese hinterlistige Isabel de Solís betreiben, wird noch unser aller Untergang!«

»Die Kastilier haben gar nicht die finanziellen Mittel, um in einem Krieg gegen uns bestehen zu können!«

»Auch darin liegst du falsch«, widersprach Abdarrahman. »Du vergisst, wie entschlossen Cisneros und Torquemada seit dessen Ernennung zum Inquisitor gegen sogenannte Ketzer vorgehen. Täglich werden mehr zum Christentum konvertierte Juden verhaftet und so lange gefoltert, bis sie gestehen, im Geheimen weiter ihrem alten Glauben anzuhängen, und dafür auf dem Scheiterhaufen enden.«

»Und wieso sollte das den Kastiliern Geld bringen?«

»Ganz einfach: Weil viele Juden reich sind und die Güter der Verurteilten der kastilischen Kirche und Krone anheimfallen, und das auch noch mit Genehmigung des Heiligen Stuhls. Du kannst dir wohl denken, dass Torquemada und Isabel kein edlerer Zweck für die Verwendung dieser Gelder einfallen wird, als uns damit aus dem Land zu treiben!«

»Hast du es jetzt außer mit den Christen auch noch mit den Juden?« Yazids Stimme troff vor Hohn. »Hast du Raschid deswegen dieses magere Judenflittchen zur Frau gegeben?«

Noch ehe Abdarrahman ihn zurechtweisen konnte, hatte Raschid, der während des ruhigeren Verlaufs des Gesprächs näher gekommen war, seinem Halbbruder einen Kinnhaken verpasst. Sofort hob Yazid die Faust, um zurückzuschlagen, doch Abdarrahman fing sie ab. »Ihr sollt aufhören, habe ich gesagt, und das gilt vor allem für dich, Yazid!«

Yazid stieß die Hand seines Vaters weg. »Dem Allmächtigen sei Dank gibt es auch noch Mauren, die auf Allahs Seite stehen, und mit ihnen werde ich gleich morgen früh zum Emir gehen und ihm erklären, wie wir den Kastiliern einen Denkzettel verpassen können, den sie so bald nicht wieder vergessen werden!«

»Hass, Krieg, Kampf«, knurrte Raschid. »Geht es denn wirklich nicht in deinen Kopf, dass wir es mit einem Kastilien zu tun haben, das schlagkräftiger ist als jemals zuvor? Isabel versteht es zu begeistern und zu einen, und ein geeintes Kastilien ist ein starkes Kastilien! Sich auf einen Krieg mit ihnen einzulassen kommt einem Selbstmord gleich. Leute wie du sind der Untergang Granadas, nicht die Kastilier!"

»Du wirst anders reden, wenn wir Zahara erobert haben!«

Das Erstaunen in den Augen seines Halbbruders und seines Vaters entlockte Yazid ein triumphierendes Grinsen.

»Bist du jetzt völlig verrückt geworden?«, rief Raschid. »Wenn eine Stadt in Kastilien uneinnehmbar ist, dann Zahara. Nicht umsonst nennen die Kastilier eine auch noch den verführerischsten Schmeicheleien der Männer unzugängliche Frau eine Zaharena!«

»Wie schön, dass du dich in kastilischen Sitten und Gebräuchen so gut auskennst, aber das wird weder dir noch ihnen helfen. Unser Plan ist unfehlbar!« Yazid legte eine bedeutungsschwere Pause ein, ehe er weitersprach. »Wir haben herausgefunden, dass Zaharas Festung schwach besetzt und ihre Sicherung mehr als dürftig ist. Der neue Alcalde ist sich so gewiss, dass niemand die Festung anzugreifen wagt, dass er kaum noch Wachen aufstellt. Mit unserem Plan aber ist es ein Kinderspiel, ihm Zahara zu entreißen!«

»Da täuscht ihr euch aber gewaltig«, widersprach ihm auch Abdarrahman. »Zahara liegt auf dem Kamm eines Felsengebirges und ist so sehr mit diesen Felsen verwachsen, dass es wirkt wie aus einem Guss gemacht. Selbst viele Straßen und Häuser sind bloße, in den Felsen eingehauene Aushöhlungen! Die Festung geht so hoch über die Klippen hinaus, dass man den Eindruck hat, sie liegt über dem Flug der Vögel, ja selbst über dem Zug der Wolken. Und sie hat nur ein einziges Tor: Es geht nach Westen und wird von hohen Türmen und Bollwerken verteidigt. Der einzige Weg, der zu dieser zackigen Feste hinaufgeht, verläuft über in Fels gehauene Stufen, die so steil sind, dass sie an manchen Orten zerbrochenen Stiegen ähneln. Jeder, der sich der Festung zu nähern versucht, verliert sein Leben, ehe er auch nur die Hälfte dieser Stufen erklommen hat!«

»Ich habe ja auch nicht gesagt, dass wir Zahara von vorn angreifen wollen.«

»Ach, dann habt ihr wohl das Fliegen gelernt?«, spottete Raschid.

»Nein, aber das Klettern!« Er genoss es, seinen Vater und seinen Halbbruder für einen Moment sprachlos zu sehen.

»Ihr wollt die Festung mit Kletterern bezwingen?«, rief Abdarrahman. »Ihr müsst wahnsinnig sein!«

»Das werden wir ja sehen«, konterte Yazid.

»Das werden wir nicht«, widersprach Abdarrahman und wirkte plötzlich sehr müde. »Morgen schicken wir drei Gesandte zu der christlichen Königin, damit sie ihr unsere Friedensvorschläge unterbreiten. Dein Krieg, Yazid, ist zu Ende, bevor er begonnen hat!«

»Friedensvorschläge? Und wer führt diese Verhandlungen?«

»Raschid.«

»Du hast Raschid für diese Aufgabe vorgeschlagen?« Yazid ballte die Fäuste und sah von einem zum anderen. »Aber der wird uns den Christen mit Leib und Seele verkaufen!«

»Yazid, komm endlich zur Vernunft!«

»Ich bin bei Vernunft«, donnerte Yazid und warf seinem Halbbruder einen hasserfüllten Blick zu. »Aber das wollen wir doch noch einmal abwarten, wer morgen zu den Christen reitet: so ein feiges Verräterschwein wie du oder ein Kämpfer für den muslimischen Glauben wie ich!« Mit diesen Worten drehte er sich um und stürmte aus dem Haus.

Abdarrahman blickte noch lange in die Richtung, in der er verschwunden war – das Gesicht unbewegt, aber die Augen dunkel vor Sorge.

Raschid legte ihm die Hand auf den Arm. »Yazid kann nichts tun, um unsere Pläne zu vereiteln. Wir haben den Emir auf unserer Seite!«

Abdarrahman seufzte und sah ihn an. »Ich weiß, mein Sohn, ich weiß. Und du weißt, dass ich vollstes Vertrauen zu dir habe und welche Mühe es mich gekostet hat, den Emir trotz des Einflusses von Isabel de Solís und anderen doppelzüngigen Ratgebern zu diesen Friedensverhandlungen zu überreden. Das darf nicht vergebens sein!«

Er klopfte Raschid auf die Schulter und ging zurück in sein Arbeitszimmer, wo seine Frau und andere, nicht weniger belastende Probleme auf ihn warteten.

2.

Granada

10. Dezember 1481

»Du bist schon wieder schachmatt, Hayat«, brummte Zahra und zeigte ihrer Halbschwester, welchen Fehler sie diesmal gemacht hatte. Obwohl sie merkte, dass Hayat ihr nur mit halbem Ohr zuhörte, führte sie ihre Erklärungen fort. Hauptsache, die Zeit verging, Hauptsache, sie waren beschäftigt – denn nur aus diesem Grund hatten sie sich das Schachspiel überhaupt bringen lassen. Ihr Vater hatte sich ihnen gegenüber noch immer nicht geäußert, und von Stunde zu Stunde konnten sie die Ungewissheit, wie er sich entscheiden würde, weniger ertragen.

Erst als Zahra sah, dass Hayat Tränen in die Augen drangen, unterbrach sie ihre Erklärungen und strich ihr mitfühlend über die Hand. »Hayat, bitte, jetzt gib dich doch noch nicht auf! Dass Vater uns noch nicht gerufen hat, muss gar nichts bedeuten. Vielleicht ist er noch einmal zum Emir gerufen worden oder hatte noch etwas mit Raschid zu besprechen!«

»Das sage ich mir ja auch, aber trotzdem … Ach, Zahra, und zu allem Überfluss habe ich noch nicht einmal das Recht zu jammern. Schließlich habe ich mir das alles selbst eingebrockt.« Verlegen wischte sich Hayat mit dem Ärmel ihrer Tunika die Tränen von den Wangen. Zahra suchte noch nach tröstenden Worten, als Tamu mit dem Abendessen zu ihnen hereinkam. Auf Zahras Frage, ob sie etwas gehört habe, schüttelte die alte Dienerin den Kopf. »Alles, was ich weiß, ist, dass Ihr weiter in Eurem Zimmer bleiben sollt und morgen nicht zur Sultanin gehen dürft. Euer Vater hat ihr schon einen Boten geschickt.«

»Ich darf nicht zu Aischa?« Zahra wurde es heiß. »Und … und wie hat er ihr das erklärt?«

»Er hat behauptet, dass Ihr erkrankt seid.«

Also hat er zumindest bisher noch nicht vor, mir meine Tage in der Alhambra ganz zu verbieten, dachte Zahra und atmete ein wenig auf. Tamu stellte die Teller vor sie und ging. Kaum hatten sie mit dem Essen begonnen, flog die Zimmertür erneut auf, und Yazid stürmte herein. Breitbeinig baute er sich vor Hayat auf und musterte sie mit verächtlichem Blick. »Du bist also tatsächlich aus Fès zurück. Ich nehme an, dir ist klar, wie sehr du die Familienehre beschmutzt hast?«

Hayat legte ihre Gabel ab und senkte den Blick. Zahra aber schoss wütend von ihrem Platz hoch. »Statt von der Familienehre zu reden, solltest du Hayat lieber fragen, warum sie ihren Mann verlassen hat«, fuhr sie Yazid an. »Hayats Mann und seine zweite Frau haben sie kaum besser als eine missratene Sklavin behandelt. Es war Hayats gutes Recht, das nicht weiter hinzunehmen!«

Yazid tat einen Schritt auf sie zu. Ein abfälliges Lächeln umkräuselte seine Lippen. »Seit wann wissen denn solche Christenbastarde wie du etwas von Recht und Ehre?«

»Den Christenbastard nimmst du zurück!«

»Und wenn nicht? Rennst du dann zu Vater und petzt, wie du es auch sonst so gern tust?« Er trat noch näher vor sie; seine Augen wurden zu engen Schlitzen. »Jetzt pass mal gut auf, du kleine Missgeburt: Wenn überhaupt, dann hätte *ich* Vater so einiges über *dich* zu erzählen, und wenn du nicht sofort dein vorlautes Mundwerk hältst, könnte es passieren, dass ich mein Wissen sogar noch an ganz anderer Stelle an den Mann bringe. Nicht nur du verbringst nämlich endlose Stunden in der Alhambra, sondern auch ich – und dementsprechend gut bin ich über dich und dein Treiben dort informiert!«

Zahra spürte ein Brennen im Magen und schwieg. Wusste Yazid etwas von Aischas Sonderaufträgen?

»Na also!« Selbstgefällig verschränkte Yazid die Arme vor der Brust. »Du kannst also tatsächlich einmal den Mund halten!«

»Ich sage nur deswegen nichts, weil es nichts dazu zu sagen gibt.« Trotzig streckte Zahra das Kinn vor. »Du kannst gar nichts über mich wissen, weil ich nämlich nichts Verbotenes getan habe.«

»Ich warne dich«, knurrte Yazid. »Nur aus Rücksicht auf Vater habe ich bislang geschwiegen, aber damit ist jetzt Schluss. Ich bin es leid, mir ständig von euch elendem Christenpack auf der Nase herumtanzen zu lassen!«

»Du würdest doch noch nicht einmal auf deine eigene Mutter Rücksicht nehmen, wenn sie noch leben würde!«

Yazids Lippen wurden schmal, und Zahra begriff, dass sie zu weit gegangen war. Aber ehe sie sich entschuldigen konnte, zog Yazid den Beutel hervor, den er stets unter seiner Tunika trug, und fischte einen Ring heraus. Auf den ersten Blick erkannte Zahra ihren Schutzring wieder. Sie versuchte, ihn ihm abzunehmen, doch Yazid schloss die Hand zur Faust und lachte höhnisch auf. »Jetzt weißt du also, wo dein Schutzring ist. Und du ahnst sicher auch, wann und wo ich ihn gefunden habe – und du weißt überdies, dass du an jenem Tag genauso wenig wie sonst jemand aus dem Harem etwas im Myrtenhof zu suchen hattest!«

»Ich weiß nicht, wovon du redest«, behauptete Zahra und schluckte verzweifelt. Womöglich wusste Yazid nicht nur, dass sie für Aischa spionierte, sondern auch, wie häufig sie das inzwischen tat. »Es ist schon möglich, dass ich den Ring im Myrtenhof verloren habe, aber es war gewiss an keinem besonderen Tag, und schon gar nicht an einem, an dem uns Frauen der Aufenthalt dort verboten gewesen wäre!«

»So genial war dein Versteck hinter dem Orangenbaum im Löwenhof nun auch wieder nicht!«

Unwillkürlich wich Zahra einen Schritt zurück und strich sich über die eng gewordene Brust. »Was führst du im Schilde?«

»Das wirst du schon noch merken. Für den Moment lass dir eines gesagt sein: Rache ist ein Gericht, das man am besten kalt genießt. Und das solltest du auch deinem heißgeliebten Bruder ausrichten!«

Die Verunsicherung und Furcht in Zahras Augen schienen Yazid für den Moment Lohn genug zu sein.

»Und mit dir bin ich auch noch nicht fertig, Schwesterherz!«, zischte er Hayat an, drehte sich um und verließ das Zimmer.

Als die Tür hinter ihm zuschlug, griff Hayat nach Zahras Hand. »Was hat er vor?«, rief sie bang.

Mit zitternden Fingern strich sich Zahra das Haar zurück. »Ich weiß es nicht. Vielleicht wollte er sich nur großtun, weil er vorhin gegen Raschid bei Vater den Kürzeren gezogen hat. Du kennst ihn doch. Wenn sich Yazid nicht wichtig machen kann, fehlt ihm was!«

Hayat sah sie zweifelnd an, und Zahra musste sich eingestehen, dass sie selbst nicht an ihre Worte glaubte. Wenn Yazid sie so deutlich warnte, hatte er mit Sicherheit einen konkreten Plan. Sie fühlte sich wie ein Hase, vor dessen Bau ein Fuchs auf der Lauer liegt und dem auch alle anderen Fluchtwege abgeschnitten sind. Fieberhaft überlegte sie, was Yazid ausgeheckt haben könnte. Und ausgerechnet er hatte ihren Schutzring …

Trotz ihrer Beklommenheit zwang sich Zahra, Hayat zuliebe die Ruhe zu bewahren. Sie nahm wieder ihren alten Platz ein. »Na komm, vergessen wir Yazid und essen lieber, ehe alles kalt ist!«

Ein paar Bissen konnte Zahra tatsächlich zu sich nehmen, aber dann hatte sie das Gefühl, dass ihr etwas die Luft abschnürte. Sie erhob sich, ging zum Fenster, aber die Tatsache, dass man die Straße durch das Maschrabiya-Gitter nur in Facetten sehen konnte, verschlimmerte ihr Beklemmungsgefühl nur noch. Da sah sie, wie Yazid das Haus verließ. Mit eiligen Schritten lief er die Straße hoch und sah sich dabei immer wieder um, gerade als wolle er sichergehen, dass ihm niemand folgte. Zahra überlegte, ob Yazid in den wenigen Stunden, die zwischen seinem Streit mit Vater und Raschid und seinem Auftritt eben hier in ihrem Zimmer lagen, genug Zeit gehabt haben könnte, um etwas gegen die Pläne ihres Vaters und Raschids zu unternehmen. Eigentlich hielt sie dies kaum für möglich, aber was sonst steckte hinter seinem seltsamen Verhalten und seiner Drohung?

Die melancholische, gefühlvoll an- und abschwellende Stimme des Muezzins sank in die noch schlafenden Gassen Granadas, fand ihren Weg auch in Zahras Zimmer und erlöste sie von ihren schlechten Träumen. Der weithin tragende Sprechgesang rief die Gläubigen zum Gebet, dem morgendlichen *salat*, auf. Zahra wusste, dass sie und ihre Halbschwester gerade heute des Schutzes des Allmächtigen dringend bedurften, aber sie fand trotzdem nicht die Kraft, sich zu erheben und ihr Gebet zu verrichten. Sie konnte nur hoffen, dass der Allmächtige Verständnis dafür haben würde. Sie merkte, dass sich auch ihre Halbschwester neben ihr regte, und sah im morgendlichen Dämmerlicht, dass sie die Augen geöffnet hatte. Leise wünschte Zahra ihr einen guten Morgen. »Wie geht es dir?«

»Frag lieber nicht«, stöhnte Hayat und fügte nach einem kurzen Moment mit schwerer Stimme noch hinzu: »Ich habe die halbe Nacht kein Auge zugebracht, weil ich solche Angst habe, dass auch Leonor mein Verhalten unverzeihlich findet und Vater gar nicht umstimmen will …«

Zahra stützte sich auf und strich ihrer Halbschwester über das Haar, das sich fächerartig um sie ergoss. »Mach dir nicht zu viele Sorgen. Leonor liebt dich wie ihr eigenes Kind und hat ein großes Herz!«

Verhaltenes Schluchzen ließ sie beide aufhorchen.

»Das ist doch Deborah …« Zahra setzte sich auf.

»Nein, Raschid, nein«, hörte sie Deborah draußen auf der Galerie flehen. »Du darfst nicht gehen, bitte, ich spüre doch, dass du in Gefahr bist!«

Zahra sprang aus dem Bett und wollte schon aus dem Zimmer laufen, aber dann hörte sie, wie außer Raschid auch ihre Mutter beruhigend auf ihre Schwägerin einredete. »Scht, mein Kind. So beruhig dich doch, deine Vorahnungen sind sicher nur schlechte Träume!«

»Liebling, mir kann gar nichts geschehen«, redete auch Raschid auf Deborah ein. »Schließlich reise ich nicht allein nach Sevilla, sondern unter dem Schutz unserer besten Soldaten. Und ich betrete das Land der Christen als Botschafter. Sie dürfen mir gar nichts tun!« In seiner tiefen Bassstimme schwang die große Liebe mit, die er für seine Frau empfand.

»Deborah, für unsere Familie ist es eine große Ehre, dass der Emir mich für diese Aufgabe erwählt hat – und du weißt, wie viel auch mir selbst daran liegt, dass es endlich Frieden gibt. Vertrau mir, in wenigen Wochen bin ich zurück, auf jeden Fall vor der Geburt unseres Kindes. Jetzt gehe ich ohnehin erst mal nur zur Alhambra, um mit dem Emir die letzten Details zu besprechen. In spätestens zwei Stunden bin ich zurück!«

»Auch um eures Kindes willen darfst du dich jetzt nicht weiter aufregen«, hörte Zahra nun wieder ihre Mutter. Deborah schluchzte noch einmal auf, dann verstummte sie. Zahra nahm an, dass Leonor sie in den Arm genommen hatte, um ihr das Gefühl von Schutz und Wärme zu geben. Niemand konnte das besser als sie. Kurz darauf erklangen schwere Stiefelschritte auf der Treppe. Zahra musste sich eingestehen, dass auch sie kein gutes Gefühl hatte. Yazids Drohungen ... Die ganze Nacht hatten sie seine Worte verfolgt. Sie ging zur Tür, schloss ihre Hand um den Türgriff, drückte sie aber nicht herunter. Wenn sie Raschid jetzt warnte, würde sich Deborah nur noch mehr Sorgen machen. Sicher war es besser, später, wenn er von der Alhambra zurückkehrte, unter vier Augen mit ihm zu reden. Das ungute Gefühl jedoch wollte nicht weichen ...

Wenig später brachte Tamu ihnen ihr Frühstück. »Ihr braucht mich gar nicht erst zu fragen«, knurrte sie Zahra an. »Ich weiß noch immer nicht mehr als nur, dass Ihr weiter hier oben bleiben müsst!«

Zahra nickte und ließ sich mit Hayat auf den Sitzkissen nieder, die um das Tischchen herum lagen. Obwohl die frisch gebackenen Honigkuchen verlockend dufteten, konnte sie sich nicht dazu durchringen, davon zu kosten, sondern trank nur einen großen Schluck der gesüßten Mandelmilch. Auch Hayat schien keinen Appetit zu haben und zerteilte den Kuchen auf ihrem Teller in immer kleinere Bröckchen, ohne davon zu essen. Eine gute Stunde später betrat Leonor ihr Zimmer. Die dunklen Schatten unter ihren Augen trafen Zahra mehr, als es jeder Vorwurf von ihr vermocht hätte.

»Oh, Mutter«, rief sie. »Es tut mir so leid, dass ich Euch hintergangen habe, aber ich musste Hayat doch helfen!«

»Und auch ich wollte Euch keinen Kummer machen«, rief Hayat mit erstickter Stimme. »Aber mein Leben in Fès ... keinen weiteren Tag hätte ich es ertragen können!«

Leonor nickte ihnen zu und setzte sich zu ihnen. Die Schwerfälligkeit ihrer sonst so leicht fließenden Bewegungen machte Zahra das Herz noch schwerer. »Könnt denn nicht wenigstens Ihr uns verstehen?«

»Verstehen kann ich vieles, aber ...« Leonor brach ab und wischte sich verstohlen eine Träne aus dem Augenwinkel.

Bang griff Zahra nach Hayats Hand. »Wollt Ihr damit andeuten, dass Ihr Vater nicht habt umstimmen können?«

Leonor hob bedauernd die Achseln. »Das konnte ich allerdings nicht, zumindest nicht in aller Konsequenz. Euer Handeln hat ihn so tief verletzt, dass all meine Bitten von ihm abgeprallt sind. Warum habt ihr euch auch nicht erst einmal an uns gewandt? Vielleicht hätten wir gemeinsam eine Lösung finden können. Aber einfach wegzulaufen hat Hayat leider völlig ins Unrecht gesetzt.«

Hayat strich sich über den Hals.

»Heißt das, dass ich jetzt ... gehen muss?«

Leonor schüttelte den Kopf. »Nein. Zumindest das habe ich erreichen können. Allerdings darfst du zunächst nur bleiben, bis Abdarrahman in Fès Erkundigungen eingezogen hat. Nur wenn er Beweise dafür findet, dass dein Mann dich in der Tat so schlecht behandelt hat, wie du sagst, und dich keine Schuld daran trifft, ist er bereit, dir zu verzeihen und zu versuchen, die Scheidung für dich zu erwirken. In der Zwischenzeit will er dich nicht sehen. Du wirst die meiste Zeit des Tages hier oben verbringen müssen.«

»Und was hat er über mich gesagt?«, fragte Zahra.

»Dir hält er immerhin noch deine Jugend zugute.« Leonor strich ihrer Tochter eine Strähne ihres eigenwilligen Lockenhaares aus dem Gesicht. »Dein Vorgehen hat ihn trotzdem tief getroffen. Es wird lange dauern, bis er dir verzeihen kann.«

Immerhin wirft er auch mich nicht aus dem Haus, dachte Zahra, aber die Worte ihre Mutter versetzten ihr doch einen Stich.

Leonor erhob sich. »Ab morgen kannst du wieder zu Aischa gehen – allerdings nur, weil Aischa uns so sehr darum gebeten hat. Dein Vater hat sich gewundert, welch großen Wert sie auf deine Gesellschaft legt. Sie hat unserem Boten die dringende Bitte mitgegeben, dass du möglichst bald wieder zu ihr kommst, und der kann sich dein Vater kaum entziehen. Auch mich hat erstaunt, wie viel ihr an deiner Anwesenheit liegt.«

Zahra spürte Leonors prüfenden Blick auf sich und trank rasch einen großen Schluck Mandelmilch.

Kaum war Leonor gegangen, schlich Deborah in Zahras Zimmer. Ihre Augen waren noch immer gerötet. »Darf ich bei dir warten, bis Raschid zurück ist? Ich kann jetzt nicht allein sein!«

Zahra zog sie zu sich auf die Sitzpolster. »Da brauchst du doch nicht fragen: Du bist mir immer willkommen!«

Sie ließen sich von Tamu ihre Sticksachen bringen, um auf andere Gedanken zu kommen, doch auch die Arbeit konnte sie nicht lange ablenken. Nach Zahra legten bald auch Hayat und Deborah ihre Nadeln wieder aus der Hand. Eine Weile unterhielten sie sich über Belangloses, dann verfielen sie in gedankenvolles Schweigen. Obwohl das Zimmer dank des Holzkohleofens gut durchwärmt war, fröstelte Zahra. Immer wieder stand sie auf, um im Zimmer umherzugehen, und schließlich begannen ihre Halbschwester und ihre Schwägerin es ihr gleichzutun. In ihnen allen pochte die gleiche Angst, doch keine wagte, sie beim Namen zu nennen.

Als Tamu das Mittagessen brachte und ihnen bewusst wurde, dass die zwei Stunden, die Raschid fortbleiben wollte, längst vergangen waren, brach Deborah in Tränen aus. »Wo bleibt Raschid nur? Er wollte nach dem Gespräch beim Emir direkt wieder nach Hause kommen!«

»Vielleicht gab es mit dem Emir noch mehr zu besprechen, als er dachte«, versuchte Zahra sie zu beruhigen.

»Ich hoffe nur, dass Yazid ihm nicht mit seinem verrückten Zahara-Plan in die Quere gekommen ist«, murmelte Hayat.

Sie fielen zurück in ihr Schweigen, bis Tamu kam, um die Teller abzuräumen.

»Aber Ihr habt ja nichts gegessen!« Mit vorwurfsvollem Blick stemmte sie ihre sonnengegerbten Hände in die Seiten.

»Hat Vater endlich Nachricht erhalten, warum Raschid so lange ausbleibt?«, fragte Zahra.

Tamu verneinte. »Jetzt quält Euch nicht: Was soll Eurem Bruder hier in Granada schon groß geschehen?«

Die drei Frauen blickten sich an, und Zahra sah an dem Grauen in den Augen der anderen, dass sie das Gleiche dachten. Erschrocken erhob sie sich und trat zum Fenster. Sie machte sich die größten Vorwürfe, dass sie Raschid nicht sofort von Yazids Drohung erzählt hatte …

Selbst am Abend war Raschid noch nicht zurück. Zahra wusste von Tamu, dass Abdarrahman einen Boten zur Alhambra geschickt hatte. Auch ihm war das lange Ausbleiben seines Sohnes nicht geheuer. Wenig später hörte sie, wie es an der Haustür klopfte, und ging auf der Galerie in Lauerstellung. Tamu führte einen Boten in das Arbeitszimmer ihres Vaters. Obwohl Zahra angespannt lauschte, konnte sie nicht verstehen, was in dem Zimmer gesprochen wurde. Nachdem der Bote das Zimmer wieder verlassen hatte, tauschte Zahra einen Blick mit Hayat und Deborah. Als die beiden ihr zunickten, stieg sie ihnen voran die Treppe herab. Während Hayat im Patio zurückblieb, folgte Deborah Zahra zu Abdarrahmans Arbeitszimmer. Zahra klopfte an.

»Was gibt es?«, rief Abdarrahman ungehalten.

Deborah öffnete die Tür, aber nur so weit, dass sie gerade hineinsehen konnte. »Es ist wegen Raschid … Ich mache mir solche Sorgen. Habt Ihr etwas in Erfahrung bringen können?«

Zahra schob sich an ihrer Schwägerin vorbei ins Zimmer. »Raschid müsste doch längst zurück sein!«

Abdarrahman erhob sich von seinem massiven Eichenschreibtisch und lief einmal hin und her, ehe er ihnen mit dunkel umwölkter Miene antwortete. »Ich weiß nicht, wo Raschid steckt. Die Alhambra jedenfalls hat er schon am frühen Morgen verlassen.«

Ohne sie noch einmal anzusehen, ging er aus seinem Zimmer und rief nach seinem Diener. »Zubair, bring mir meinen Umhang und lass mir ein Pferd satteln. Ich muss selbst mit dem Emir reden!«

Zahra, Deborah und Hayat wandten sich zum Wohnraum im Erdgeschoss, wo sich auch Leonor und Zainab aufhielten. Zainab stickte in einer Ecke an der Bordüre eines neuen Hidschabs, Leonor hatte sich auf den Diwan gelegt. Ihr schmales Gesicht war noch blasser als am Morgen. Zahra sah ihre Mutter flehend an. Noch ehe sie Leonor bitten konnten, trotz des Zimmerarrests hier bleiben zu dürfen, nickte diese ihr zu und streckte Deborah die Hand entgegen. Deborah ergriff sie, setzte sich zu ihr und bettete den Kopf in ihren Schoß.

»Ach, mein Kind«, seufzte Leonor und strich Deborah über ihr glänzendes, schwarzes Haar. »Mach dir keine Sorgen. Raschid kommt bestimmt gleich nach Hause.«

Das Beben in der Stimme ihrer Mutter schnürte Zahra den Hals zu. Sie ließ sich mit Hayat auf den Sitzpolstern neben dem Diwan nieder und biss sich auf die Lippen.

Eine Stunde später kam Abdarrahman zurück. Gegen seine sonstige Angewohnheit herrschte er eine Dienerin an, ihm endlich den Umhang abzunehmen, und fragte sie barsch, wo er seine Frau fände.

»Im Wohnraum, Herr, im Wohnraum«, stotterte die Magd eingeschüchtert.

Abdarrahman polterte durch den Patio und stürmte in das Zimmer. Die Ader auf seiner Stirn war zum Platzen dick mit Blut gefüllt, in seinen Augen tobte schwarze Wut. Unwillkürlich rückte Zahra näher zu Hayat. Ihre Mutter stützte sich auf, schien aber nicht die Kraft zu finden, um aufzustehen oder sich auch nur aufzusetzen. Ihr Gesicht war weiß wie die Wand.

»So rede doch schon«, stieß sie mit angstvoll geweiteten Augen hervor. »Wo ist Raschid?«

Deborah nahm ihre Hand und drückte sie so fest, dass Leonors Knöchel weiß hervortraten.

»Rede, Abdarrahman, rede!«

Die helle Panik in der Stimme ihrer Mutter trieb Zahra die Tränen in die Augen.

»Aus dem Staub gemacht hat er sich. Mein eigen Fleisch

und Blut ist zu den Kastiliern übergelaufen!« Abdarrahmans Stimme fuhr wie ein Donnerschlag zwischen sie.

In Leonors Augen trat trotzige Verzweiflung. »Nein, Abdarrahman, niemals würde Raschid das tun, und das weißt du auch!«

»Du wirst dich genau wie ich damit abfinden müssen, dass es so ist!«, donnerte Abdarrahman weiter. »Der Emir hat Raschid heute früh mitgeteilt, dass er die Friedensverhandlungen aufschieben will. Yazid hat ihm nämlich noch gestern Nachmittag seinen verrückten Zahara-Plan unterbreitet, und das mit einem mächtigen Fürsprecher an seiner Seite: Sein Großvater war mit von der Partie. Du weißt, welch große Stücke Hassan auf den Vater meiner verstorbenen Frau hält. Niemand hat so viele Schlachten gegen die Kastilier gewonnen wie der berühmte Ali al-Attar.«

»Und mit seiner Unterstützung war es für Yazid ein Leichtes, Hassan für seinen Plan einzunehmen«, erwiderte Leonor tonlos.

Abdarrahman nickte. »Als Raschid von Hassan gehört hat, dass er vor den von ihm angestrebten Verhandlungen Zahara einnehmen will, ist es zu einer heftigen Auseinandersetzung zwischen ihnen gekommen, und da Raschid merkte, dass er Hassan nicht umstimmen konnte, stürmte er voller Wut aus dem Palast – und das keine halbe Stunde, nachdem er dort angekommen war. Hassans Leibwächter haben mir bestätigt, dass Raschid die Alhambra lange vor dem Mittagsgebet verlassen hat, begleitet von zwei unserer Männer. Wo soll er sonst sein, wenn nicht bei den Kastiliern, um sie vor dem Überfall auf Zahara zu warnen? Als der Emir von mir erfahren hat, dass Raschid seit dem Morgen nicht nach Hause gekommen ist, hat er getobt und den Befehl gegeben, dass unsere Truppen gleich morgen früh Zahara angreifen. Mir hat er ausdrücklich verboten, an dieser Schlacht teilzunehmen. Ich kann es ihm nicht verdenken; auch ich wollte den Vater eines Verräters nicht unter meinen Kampfgenossen haben. Hassan geht davon aus, dass sie selbst dann noch eine reelle Chance haben, die Festung zu erobern, wenn Raschid dort vor ihnen eintrifft, weil der Alcalde von Zahara so rasch keine Verstärkung aus den umliegenden Gebieten bekommt. Und gnade Raschid, wenn sie ihn dort zu fassen bekommen!«

Leonor sank zurück in die Kissen, Deborah begann zu weinen, und Zainabs Augen weiteten sich vor Entsetzen. Zahra merkte, wie Hayat ihre Hände ergriff, als wolle sie ihr bewusstmachen, dass sie nicht allein war. Für einen Moment nahm Zahra nichts anderes mehr wahr als den warmen Druck von Hayats Händen und Deborahs Wimmern. Die Zeit schien stillzustehen; niemand regte sich, niemand sagte ein Wort – und in ihrem Kopf pochte unaufhörlich Yazids Warnung. Und was, fragte sie sich bang, wenn Yazid hinter Raschids Verschwinden steckte? Diese Frage laut auszusprechen, wagte sie jedoch nicht. Ihr war bewusst, dass ihr Vater nicht in Stimmung für Ahnungen und nicht zu beweisende Verdächtigungen war. Ihre Mutter schob ihr Deborah zu, erhob sich und trat vor Abdarrahman. Noch nie war Zahra ihre Mutter so zerbrechlich erschienen, doch ihre Stimme klang fester und unerschütterlicher denn je. »Und ich sage dir, Abdarrahman, dass Raschid nicht zu den Kastiliern übergelaufen ist!«

»Wo soll er denn sonst sein?«

»Lass nach ihm suchen. Es muss ihm etwas zugestoßen sein.«

»Hier, in Granada?« Abdarrahman blitzte sie an. »Keinem Kind wird in unseren Gassen auch nur ein Haar gekrümmt. Was soll dann unserem waffenerprobten Sohn mit zwei unserer besten Männer an seiner Seite geschehen?«

»Und wo sind die beiden Männer jetzt?«

Abdarrahman sah seine Frau an. In seinen Augen flackerte ein Hauch Verunsicherung auf.

»Lass nach Raschid und den beiden Männern suchen«, beschwor Leonor ihn. »Bitte, Abdarrahman! Ich weiß, dass Raschid sein Land niemals verraten würde.«

Abdarrahman ging im Zimmer auf und ab. »Also gut«, knurrte er schließlich. »Ich schicke ein paar meiner Männer los.«

Zahra schloss die Augen und betete, dass sie ihren Bruder unversehrt finden würden.

Am Abend konnten Abdarrahmans Männer nichts mehr über den Verbleib von Raschid und seinen Begleitern herausfinden, aber am nächsten Morgen fanden sie den jungen Safuan, einen der beiden Begleiter, ohnmächtig und schwerverletzt unweit der Stadttore. Sie brachten ihn in Abdarrahmans Haus, der den Mann sofort in eines der Gästezimmer bringen und den Arzt holen ließ.

»Mein Gott, wer hat den armen Kerl denn dermaßen zugerichtet?«, stöhnte der Medicus und machte sich daran, die zahlreichen Stich- und Platzwunden zu säubern, zu nähen und zu verbinden. Die größten Sorgen bereiteten ihm die drei Rippenbrüche und die tiefe Kopfwunde des Mannes. »Es ist ein Wunder, dass er noch lebt!«

Erst Stunden später kam Safuan zu sich. Doch er konnte ihnen nicht weiterhelfen, er hatte nicht gesehen, wer ihn überfallen hatte.

»Sie haben sich aus einem Hinterhalt auf uns gestürzt«, erklärte er Abdarrahman. Zwischen jedem seiner Worte rang er nach Luft. »Es waren mindestens fünf. Als ich zusammenbrach, dachten sie wohl, ich sei tot, und ließen mich liegen.«

Der andere Begleiter hatte weniger Glück gehabt. Als Safuan nach seiner ersten Ohnmacht zu sich gekommen war, hatte er ihn tot neben sich gefunden. »Und dann habe ich mich zurück zur Stadt geschleppt ...«

»Aber mein Sohn?«, rief Abdarrahman. »Wo ist Raschid?«

Safuan hob die Achseln, eine Bewegung, die er sogleich mit einem schmerzhaften Stöhnen quittierte. »Ich weiß es nicht. Als wir aus der Alhambra gekommen sind, hat uns ein Mann aufgehalten. Er hat kurz mit Eurem Sohn geredet. Zuerst wurde Raschid wütend, aber dann nickte er ihm zu und sagte uns, er müsse in den *suq*. Als wir dort ankamen, hat uns Euer Sohn befohlen, am Eingang des *suqs* auf ihn zu warten, und ist dann in dem Gedränge vor den Einkaufsständen dort verschwunden. Nach einer Weile kam der gleiche Mann zu uns, der zuvor mit Eurem Sohn gesprochen hatte, und sagte uns, unser Herr brauche unsere Hilfe. Er führte uns zu einem verlassenen Bauernhof vor der Stadt. Wir hatten kaum einen Fuß in das Wohnhaus gesetzt, als auch schon mehrere Männer über uns herfielen.«

»Wer war dieser Mann, der Raschid angesprochen hat?«, wollte Abdarrahman wissen. »Hast du ihn schon einmal in Granada gesehen?«

»Nein, noch nie.«

»Aber er war Maure?«

Safuan überlegte. »Er war nach arabischer Art gekleidet und hat unsere Sprache perfekt gesprochen, allerdings mit einem merkwürdigen Akzent.«

»Einem spanischen?«

»Ich weiß es nicht, Herr.«

Abdarrahman nickte ihm zu. »Ruh dich jetzt aus, damit du wieder zu Kräften kommst!«

Er wies eine Dienerin an, bei Safuan zu bleiben, seufzte auf und machte sich auf den Weg zu seiner Frau und den Mädchen, die im Wohnraum auf ihn warteten.

Als er die Tür öffnete, lief Leonor auf ihn zu.

»Und, was sagt er?«, rief sie. »Wo ist Raschid?«

Mit beiden Händen strich Abdarrahman sein Haar über der Stirn zurück.

»Es ist, wie ich vermutet habe«, erklärte er ihr. Seine Stimme klang belegt, als er zusammenfasste, was er von Safuan erfahren hatte. »Raschid muss schon die ganze Zeit mit den Kastiliern gemeinsame Sache gemacht haben. Ich nehme an, der Unbekannte war sein Mittelsmann. Als der gehört hat, dass ihr Plan gescheitert war, ist es ihm und Raschid wohl nur noch darum gegangen, die Kastilier rechtzeitig vor dem Überfall auf Zahara zu warnen – da waren ihnen Safuan und sein anderer Begleiter im Weg. Je später jemand ihr Verschwinden bemerkte, desto größer war ihr Vorsprung.«

»Niemals würde Raschid so etwas tun«, begehrte Zahra auf, und auch Leonor widersprach ihm: »Es ist doch auch möglich, dass sie Raschid nur weggelockt haben und mit ihm das Gleiche wie mit Safuan und seinem anderen Begleiter gemacht haben!«

»Aber warum sollten sie? Und wer überhaupt?«

»Das weißt du so gut wie ich«, presste Leonor tonlos hervor.

Abdarrahman schüttelte den Kopf. Seine Wut war einer tiefen Traurigkeit gewichen. »Yazid mag ein Hitzkopf sein, aber das … Nein, niemals! Außerdem hatte er den Emir ohnehin schon für seinen Plan eingenommen. Er hatte keinen Grund mehr, Raschid aufzuhalten. Aber Raschid hatte sehr wohl einen, sich aus dem Staub zu machen.«

»Unser Sohn ist kein Verräter«, beharrte Leonor.

Abdarrahman starrte sie an. »Wir haben keinen Sohn mehr.«

3.

Granada

26. Dezember 1481

Zwei Wochen später trafen berittene Boten von Zahara in Granada ein. Jedem, den sie in den Straßen trafen, riefen sie ihre frohe Botschaft entgegen: »Wir haben gewonnen. Zahara ist besiegt. Wie haben die verdammten Kastilier zum Teufel gejagt!«

Jubelnde Menschen stürmten in die Moscheen und in den Bazar, liefen von Haus zu Haus, hämmerten gegen Türen und Fenster, und bald waren die engen Gassen der Stadt mit einem einzigen freudigen Taumel erfüllt. Auch an das Haus Abdarrahman as-Sulamis klopfte einer der Freudeboten, der direkt vom Emir geschickt worden war. Er verbeugte sich hastig vor dem Hausherrn und begann sogleich zu sprechen: »Der Emir lässt Euch ausrichten, dass sich Euer Sohn Yazid bei der Eroberung Zaharas große Verdienste erworben hat. Schon morgen Nachmittag werden er und unsere Truppen mit den Gefangenen in Granada eintreffen. Nur ein geringer Teil der Soldaten bleibt in Zahara zurück, um die Festung zu sichern. Der Emir lädt Euch ein, morgen Abend in die Alhambra zu kommen, um mit ihm das Siegesfest zu begehen.«

Abdarrahman nickte dem Boten zu und warf ihm eine Silbermünze zu, die der Mann strahlend auffing. Dann machte er sich auf den Weg zum nächsten Haus, wo er eine ähnliche Botschaft zu überbringen hatte.

Abdarrahman blieb an seinem Schreibtisch sitzen und wartete darauf, dass er die gleiche Erleichterung und Freude wie bei ihren bisherigen Siegen empfand, doch sie wollte sich nicht einstellen. In den letzten Tagen hatte er viel Zeit zum Nachdenken gehabt, und je länger er den Angriff auf Zahara bedacht hatte, desto mehr Zweifel waren ihm gekommen. Ihn beunruhigte der Einfluss, den Menschen wie sein Sohn Yazid, Ali al-Attar und die allzu ehrgeizige Isabel de Solís in den letzten Wochen auf den Emir zurückgewonnen hatten. Müde strich er sich über das Haar, erhob sich und machte sich auf die Suche nach seiner Frau. Er fand sie im Patio, wo sie gedankenverloren Orangen pflückte. Er ahnte, was in ihr vorging: Als Kind konnte Raschid von diesen Früchten nie genug bekommen, und schließlich hatte sie mit ihm diesen Baum dort gepflanzt, dessen Äste sich seither in jedem Winter tiefer unter ihrer süßen Last senkten. Leonor bemerkte ihn erst, als er sie ansprach. Der stumme Vorwurf und die Verletztheit in ihrem Blick schmerzten ihn. Seit dem Abend, an dem er ihr gesagt hatte, dass Raschid für ihn nicht mehr sein Sohn sei, hatte sie ihn nicht mehr anders angesehen und nur noch das Nötigste mit ihm gesprochen. Er fragte sich, ob sie je verstehen würde, dass er nicht anders hatte handeln können, und vermisste die vertrauensvolle Nähe, die bisher zwischen ihnen geherrscht hatte.

»Unsere Truppen haben gesiegt«, sagte er zu ihr und musste sich räuspern.

»Und Raschid? Was … weißt du von Raschid?«

Ihr banger Blick machte ihn wehrlos. Er wusste, dass er ihr ob ihres Unverständnisses für seine Haltung zürnen sollte, aber stattdessen breitete sich in ihm das heftige Verlangen aus, sie an sich zu ziehen und über ihr glänzendes Lockenhaar zu streichen, bis sie in seinen Armen weich und anschmiegsam wurde, doch die Angst, dass sie ihn zurückweisen könnte, hielt ihn davon ab.

»Noch nichts«, erwiderte Abdarrahman mit rauher Stimme. »Aber der Emir hat mich zu dem Siegesfest in der Alhambra eingeladen. Ich nehme deswegen an, dass er … Raschid weder in der Festung noch in den umliegenden Dörfern gefunden hat. Sonst hätte er mich von dem Fest sicher ebenso ausgeschlossen wie von der Schlacht.«

Es war das erste Mal seit dem Morgen, an dem der Soldat ihm von dem Überfall erzählt hatte, dass er Raschids Namen aussprach.

»Ich wusste von Anfang an, dass Raschid kein Verräter ist«, sagte Leonor.

»Trotzdem bleibt es merkwürdig, dass er gerade an diesem Morgen verschwunden ist«, beharrte Abdarrahman.

»Merkwürdig finde ich nur das geringe Vertrauen, das du zu unserem Sohn hast.« Leonor sah zu ihm auf. »Wirst du jetzt endlich weiter nach ihm suchen lassen?«

Abdarrahman machte eine ausweichende Handbewegung. Leonor griff nach seinem Arm. Ihre zarte Hand wog nicht mehr als ein Schmetterling, aber ihr Griff war fest und ihr Blick entschlossen. »Ich will, dass du weiter nach Raschid suchen lässt. Und wenn du es nicht sofort veranlasst, werde ich ihn selbst suchen gehen!«

»Also gut«, brummte er. »Ich schicke ein paar Männer los.«

Er machte sich auf den Weg und spürte, wie Leonor ihm nachsah.

Wie in allen anderen Häusern der Stadt herrschte auch im Hause Abdarrahman as-Sulamis am Nachmittag und am nächsten Morgen rege Betriebsamkeit. Abdarrahman hatte angeordnet, auch bei ihnen alles für den festlichen Empfang der Truppen vorzubereiten, die gegen Mittag erwartet wurden. Man wollte den siegreichen Soldaten, wenn sie mit ihren Gefangenen in die Stadt einzogen, frittierte Mandelkuchen, Fleischpasteten und andere Köstlichkeiten reichen. Außer dem Küchenpersonal halfen auch Abdarrahmans Töchter beim Kochen, Braten und Backen, und Tamu musste zweimal den öffentlichen Brotbäcker holen lassen, um all die von ihrer Teigbereiterin nach einem alten Hausrezept zubereiteten und mit dem Namen der Familie markierten Laibe in dessen Ofen für sie backen zu lassen. Wie immer durfte dieser für das Backen einige Brote behalten und auf eigene Rechnung verkaufen.

Nach dem Mittagsgebet näherte sich eine Staubfahne der Stadt, und bald hörte man auch den hellen Klang der maurischen Trompeten. Es war trüb und bitterkalt, aber gerade als die maurischen Truppen die Stadt erreichten, schob sich die Sonne hinter den Wolken hervor und verlieh der versilberten Rüstung des Emirs, der als Erster durch das Stadttor einritt, einen erhabenen Glanz. Dicht an dicht drängten sich die Menschen am Straßenrand und stießen und schoben einander, um einen Platz in den vorderen Reihen zu ergattern und den siegreichen Emir aus nächster Nähe zu erblicken.

»Sieg den Mauren, Sieg dem Emir!«, erscholl es von allen Seiten. Eine Woge des Jubels brachte die Stadt zum Erbeben. Eifrige Hände reichten den Soldaten, die ihre Pferde direkt hinter dem Emir durch das Tor lenkten, scharf gewürzte Würstchen, tönerne Gefäße mit Kuskus, Mandelpasteten, frittierte Quarkkuchen und Becher mit Granatapfelsaft oder mit Rosenblüten aromatisiertem Wasser. Als die Soldaten die von ihnen eroberten kastilischen Helme und Rüstungsteile in die Höhe hoben, damit sie auch die Menschen in den hintersten Reihen sehen konnten, erklangen von allen Seiten Hochrufe und Freudengeschrei.

Bald kamen der Emir und seine Soldaten auch an Abdarrahman as-Sulamis Haus vorbei. Während der Hausherr den Siegeszug oben in der Alhambra erwartete, standen die Frauen des Hauses, sittsam verschleiert, vor der Tür und boten den Soldaten von ihren Speisen und Getränken an. Dass ihr Jubel verhaltener als in den Nachbarhäusern ausfiel, bemerkte in dem allgemeinen Taumel niemand. Auch Zahra half beim Verteilen der vielen Brote, Küchlein und Pasteten, doch dann sah sie, wie Hayat immer öfter zu den Nachbarn hinüberblickte, und entdeckte, dass es auch dort jemanden gab, der in seiner Arbeit innehielt und ihre Blicke erwiderte. Es war der neue christliche Sklave der Nachbarn, ein blondgelockter junger Mann mit himmelblauen Augen, dessen muskelgestählte Arme selbst durch die Tunika zu erahnen waren, die man ihm ebenso wie eine Pluderhose als Kleidung gegeben hatte, beides in den typisch dunkelbraunen Farben, die vor allem Sklaven trugen. Warnend stieß Zahra ihre Halbschwester in die Seite.

»Wenn du weiter so hinüberstierst, wird auch Mutter merken, wo deine Augen hinwandern«, zischte sie ihr zu. »Und du kannst dir sicher denken, wie sie das finden wird!«

Hastig sah Hayat zu Boden, aber schon kurze Zeit später linste sie doch wieder zu ihm, und als sich ihr Blick diesmal mit dem des Sklaven kreuzte und ein kleines, durchaus herausforderndes Lächeln seine vollen Lippen kräuselte, bemerkte Zahra, wie Hayats Wangen sich röteten. Erschrocken sah sich Zahra um, ob noch jemand von ihrer Familie wahrnahm, was sich da zwischen ihrer Halbschwester und dem Sklaven abspielte. Schließlich war es im höchsten Maße unschicklich, dass sich Hayat auf dieses Augenspiel mit dem Sklaven einließ, und sie wusste, dass diesem, sollte jemand seine Blicke bemerken, die Auspeitschung drohte. Zahra trat ihrer Halbschwester auf den Fuß. »Du bringst dich noch um Kopf und Kragen – und ihn vor den Qadi!«

Hayat zuckte zusammen und wandte dem Sklaven endlich den Rücken zu, aber ihre geröteten Wangen und das nervöse Flattern ihrer Augenlider ließen Zahra ahnen, dass er deswegen noch lange nicht aus ihrem Kopf verschwunden war. Immerhin widmete sich ihre Halbschwester für den Moment wieder den *hojaldres* mit Taubenhackfleisch, die sie auf Leonors Geheiß für die Soldaten in handliche Stücke schneiden sollte.

Nach dem Emir und seinen Soldaten zogen nun die Gefangenen an ihnen vorbei. Es war ein unglücklicher Zug von Männern, Weibern und Kindern. Die Menschen waren zu Tode erschöpft, in ihren Augen flackerte wilde Verzweiflung. Wie Vieh trieben die maurischen Soldaten sie mit den Spitzen ihrer Lanzen und derben Stockschlägen vor sich her. Es war gewiss nicht der erste Gefangenenzug, der durch die Straßen Granadas geführt wurde, aber noch nie hatte Zahra bei ihren Soldaten diese kalte Brutalität erlebt und noch nie bei den Gefangenen ein solches Elend. Die wenigsten von ihnen waren der schneidenden Kälte angemessen bekleidet. Viele trugen nur zerrissenes Nachtzeug, als hätte der Überfall sie im Schlaf überrascht. Sie waren von der Kälte ganz blau gefroren und schleppten sich nur mühsam vorwärts. Am ärgsten traf Zahra der Anblick der Frauen, die ihre auf dem Weg erfrorenen Säuglinge mit einer Macht an den Leib drückten, als könnten sie ihnen so neues Leben einhauchen. Als eine junge Frau am Hause Abdarrahman as-Sulamis vorbeikam, welche die Haut ihres nur mit einem dünnen Hemdchen bekleideten Kleinkinds verzweifelt mit den Händen rieb, um es vor dem Kältetod zu retten, drängte sich Zahra nach vorn und legte der Frau und ihrem Kind ihren Umhang um. Die Frau starrte sie mit ungläubigen Augen an und sank auf die Knie. »Habt Dank, gutes Kind«, stammelte sie. »Möge Gott Euch Eure Mildtätigkeit tausendfach vergelten!«

Ein Soldat sprang zu der Frau und stieß sie mit einem Stockschlag weiter. Erschrocken wich Zahra zurück in die Reihen der Ihren und suchte die Nähe ihrer Mutter.

»Wie können unsere Soldaten nur so barbarisch mit den armen Menschen umgehen?«, fragte sie mit erstickter Stimme.

Leonor zuckte hilflos die Achseln und schloss kurz die Augen. Nicht nur sie empfand Mitleid mit den Gefangenen. Königin Isabels Chronist Bruder Antonio Agapida könnte später über den Siegeszug der Mauren geschrieben haben: *»Tief war der Gram und Unwille des Volkes von Granada über diesen greuelvollen Aufzug. Greise, welche die Noth des Krieges erfahren hatten, sahen kommende Verwirrung voraus. Mütter drückten ihre Säuglinge an die Brust, als sie die unberathenen Frauen von Zahara mit ihren Kindern, die in ihren Armen starben, erblickten. Überall mischten sich Klagetöne über die Leidenden mit Verwünschungen über die Rohheit des Königs Hassan. Die Vorkehrungen zu den Festlichkeiten wurden vernachläßigt, und die Speisen, welche die Sieger hatten erquicken sollen, unter die Gefangenen verteilt.«*[2]

Auch Zahras Mutter wies nun ihre Töchter und Dienerinnen an, die Speisen und Getränke nicht nur an die Soldaten zu verteilen, sondern ebenso an die Elenden, die sie vor sich

2 Nach Washington Irving: *Die Eroberung Granadas, aus den Papieren Bruders Antonio Agapida,* Band 1, S. 26

hertrieben. Ihrer aller Hände flogen nur so dahin, um jedem der Gefangenen wenigstens ein Stückchen Brot und etwas Saft zukommen zu lassen. Da ertönte ein gequälter Aufschrei neben ihnen. Zahra wandte den Kopf und sah, wie der Christensklave, mit dem ihre Halbschwester zuvor diese unzüchtigen Blicke getauscht hatte, in der Menge der Gefangenen auf eine Frau zustürzte. Die Alte, ebenso dürftig bekleidet wie ihre Leidensgenossen und mit vielen Schürfwunden im Gesicht und an den bloßen Armen, zeichnete ihm mit dem Daumen ein Kreuz auf die Stirn und rief mit jammervollem Blick: »Gott hat sich von uns gewandt, mein Sohn.«

Ein Soldat schoss auf den Eindringling zu und hieb ihm einen Stock über den Kopf. Der Sklave sackte in sich zusammen und fiel auf das Pflaster. Benommen versuchte er, sich wieder aufzurichten. Der Soldat hob den Stock, um erneut zuzuschlagen, aber da schob sich Hayat zwischen ihn und den Sklaven.

»Wagt es nicht«, hörte Zahra Hayat zischen, und etwas in ihrem hochfahrenden Blick machte, dass der Soldat den Stock tatsächlich sinken ließ. Hayat reichte dem Sklaven die Hand und half ihm auf. Verwirrt sah er sie an, eine unausgesprochene Frage in den himmelblauen Augen, aber als der Soldat dann statt ihn seine Mutter zu schlagen begann, riss er sich von Hayat los und wollte ihr zu Hilfe eilen. Sofort richteten sich die Lanzen von vier Soldaten auf ihn. Hayat fasste ihn am Arm.

»Ihr könnt jetzt nichts für Eure Mutter tun«, sagte sie leise zu ihm. »Bitte, tretet zurück!«

Er wandte ihr den Kopf zu. Zahra ahnte, dass die bodenlose Verzweiflung in seinen Augen Hayat wie glühende Messerspitzen traf, und betete, dass er endlich mit Hayat mitkam, ehe sie alle noch mehr in Gefahr gerieten.

»Geh mit ihr, Junge, geh!«, rief nun auch die Mutter des Sklaven, woraufhin er sich endlich von Hayat zurück in die Reihen der Zuschauer führen ließ. Dort entriss ihn ihr sogleich sein Herr und prügelte ihn unter wüsten Verwünschungen ins Haus. Hayat wollte ihm nach, aber Zahra packte sie am Arm und zerrte sie durch ihre Haustür.

»Jetzt nimm doch Vernunft an!«, schimpfte sie ihre Halbschwester aus und schob sie hoch in ihr Zimmer. Wie betäubt sank Hayat dort gegen die Wand. »Beim Allmächtigen, was wird sein Herr jetzt mit ihm machen?«

»Du solltest dich lieber fragen, was Vater mit dir tut, wenn er von dem Ganzen erfährt!«, gab Zahra wütend zurück.

»Ich verstehe es ja selbst nicht, aber ich … ich musste ihm einfach helfen. Zahra, seine Blicke – ich konnte sie bis in meinen Bauch hinein spüren!«

Zahra musste an Gonzalo denken und gestand sich ein, dass sie nicht anders als Hayat gehandelt hätte, wäre er anstelle des Christensklaven gewesen. Ihr Ärger auf Hayat wich Verunsicherung. »Aber wenn Vater …«, stotterte sie.

»Zahra, ich … Mir ist so etwas noch nie passiert. Es ist, als hätte er mich mit seinen Blicken verzaubert. Da war plötzlich so ein Flattern in meinem Bauch und ein Tanzen und Kribbeln …« Hayat schlug sich die Hände vor den Mund.

Zum ersten Mal in ihrem Leben stellte sich Zahra ernsthaft die Frage, ob sie denn wirklich auf immer und ewig dazu verdammt waren, ihre Wünsche, Sehnsüchte und Gefühle den Befehlen ihres Vaters unterzuordnen. Hayat hatte in Fès schon so vieles erlitten, und wenn sie an diesen feisten Ibrahim dachte …

Sanft strich sie Hayat über den Arm. »Du weißt doch selbst, wie unsere Gesetze sind, und ich will dich nur schützen!«

»Ich weiß, Zahra, aber trotzdem: Ich muss wissen, wie es

ihm geht. Bitte, du musst mir helfen. Nach dem Festzug darf ich wieder nicht das Zimmer verlassen, aber du! Zahra, ich flehe dich an. Finde heraus, was sein Herr mit ihm vorhat!«

Nachdenklich ging Zahra zum Fenster. Wie immer wurde ihr Blick auf die Straße von dem Maschrabiya-Gitter eingeschränkt, und mit einem Mal kam es ihr so vor, als sei ihr ganzes Leben von solchen Gittern umgeben: Frauen durften nur Facetten von dem sie umgebenden Leben sehen, aber nicht an ihm teilhaben.

»Die Leute räumen ihre Tische ab. Es ist wieder ganz ruhig draußen«, versuchte sie Hayat und auch sich selbst zu beschwichtigen. »Sicher hat sich auch unser Nachbar wieder beruhigt.«

»Und wenn nicht?«, rief Hayat und trat neben sie. »Sirhan ist nicht eben bekannt dafür, mit seinen Sklaven zimperlich umzugehen!«

»Ich weiß«, seufzte Zahra. Sie drehte sich zu Hayat um. Angesichts ihres flehenden Blickes konnte sie nur nicken. »Also gut, ich werde mich umhören. Gleich morgen früh!«

Hayat umarmte sie dankbar.

»Leg dich ein bisschen hin«, sagte Zahra, »und ruh dich aus. Ich muss noch einmal in die Alhambra.«

»Aber sonst gehst du doch nur von montags bis mittwochs zu Aischa?«

»Aischa hat mich darum gebeten«, behauptete Zahra und vermied es, Hayat anzusehen. Es war ihr nicht wohl dabei, sie anzulügen. Denn in der Tat hatte Aischa sie keinesfalls aufgefordert, heute noch einmal zu kommen. Trotzdem zog es sie in den Palast. Sie wollte wissen, warum sich die Soldaten so ungebührlich aufgeführt hatten, ob es wirklich keine Neuigkeiten über Raschid gab, wie Hassans weitere Pläne aussahen, es gab so vieles, auf das sie dort oben eine Antwort zu finden hoffte. Und schließlich gestand sie sich ein, dass sie durchaus auch noch etwas anderes antrieb: ein Hauch von Freiheit und Selbstbestimmung, der mit Hayats Gefühlen und ihrem Einsatz für den Christensklaven in ihr Leben geweht war. Vielleicht gab es ja auch für sie noch etwas anderes als die Wege, die ihr Vater und ihr Glaube ihr vorschrieben, Wege, die sicher eher von der Alhambra als von ihrem Heim ausgingen, Wege, die sie einfach nur zu gehen wagen müsste – und der Gedanke erfüllte sie mit ebenso viel Hoffnung wie Furcht.

Auch Tamu gegenüber behauptete Zahra, dass Aischa ihr aufgetragen habe, am Tage von Hassans Rückkehr zu ihr zu kommen, und da ihre Mutter sich mit Kopfschmerzen zurückgezogen hatte und nicht gestört werden wollte, gab Tamu nach, bestand allerdings darauf, sie höchstpersönlich dorthin zu begleiten. Wie alle anderen Festgäste wurden auch sie ohne Nachfragen in den Palast gelassen. Erst als sie den Comaresturm erreicht hatten, konnte Zahra Tamu davon überzeugen, nach Hause zu gehen. Anschließend lief sie, sich tief in ihren weiten Hidschab verhüllend, zum nächsten Turm, in dem es im ersten Stock ein Haremszimmer gab, von dem aus man hinunter in den Festsaal und den daran angrenzenden Patio sehen konnte. Da Frauen, die ihre Ehre nicht verlieren wollten, den Festen nicht beiwohnen durften, hatte man dieses Zimmer für sie eingerichtet, damit sie dem festlichen Treiben wenigstens zusehen konnten, ohne selbst gesehen zu werden: Wie ihre Zimmerfenster waren auch diese hier mit geschnitztem Holzgitterwerk verkleidet. Zahra würde allerdings die einzige Zuschauerin sein, denn vor seinem Auszug nach Zahara hatte Hassan Aischa und ihr Gefolge erneut unter Arrest gestellt, und Isabel de Solís und ihren Dienerinnen stand ein Raum im gegenüberliegenden Turm zur Verfügung.

Trotzdem war Zahra ein wenig bang, als sie das Zimmer betrat, da sie nur zu genau wusste, dass auch sie jetzt nicht hier sein durfte. Lautlos näherte sie sich dem Fenster. Gerade trafen die letzten Adligen und Faqihs, die Rechtsgelehrten, zum Fest ein und stellten sich in Reih und Glied auf, um den Emir zu empfangen, der wenig später den Festsaal betrat. Huldvoll nahm Hassan die Würdigungen entgegen und schritt zwischen seinen Edlen aufrechter denn je zu seinem auf einem erhöhten Podest stehenden Thron. Auf einen Wink von ihm setzte sich das Fest in Gang. Endlose Reihen von Dienern beluden die überall zwischen Sitzpolstern aufgestellten niedrigen Tische mit erlesenen Speisen und Getränken, das Orchester spielte orientalische Weisen, in Marokko ausgebildete Sklavinnen, gehüllt in raffinierte Kostüme und geschmückt mit üppigen Ohrringen, Ketten und Armbändern, bewegten die verführerischen Hüften zu den Takten ihrer Musik und ließen Stück um Stück ihre Hüllen fallen, bis die prallen Zeichen ihrer Weiblichkeit nur noch von einem Hauch feinster Gaze bedeckt waren.

Von allen Seiten erklangen Fragen, wie es dem Emir so schnell gelungen sei, die Zaharenen zu besiegen. Hassan berichtete lauthals, dass die Festung in der Nacht ihres Angriffs sogar noch schlechter bewacht gewesen sei, als ihnen in Aussicht gestellt worden war, und übergab das Wort dann Yazid, den er als seinen fähigsten und tapfersten Soldaten unter den jungen Männern lobte, ein Lob, das Zahra mit Ärger erfüllte, zumal sie ihn weiter verdächtigte, hinter Raschids Verschwinden zu stecken.

»Um die Türme und Zinnen der Festung hat ein gewaltiger nächtlicher Sturm getobt«, erzählte Yazid und trank einen großen Schluck von dem ihm von einem Diener dargebotenen Wein. »Feige hatten sich die christlichen Wachen vor dem

Unwetter in ihren Behausungen verkrochen, als wir noch wütender als der Sturm über sie herfielen. Bis ihr entsetztes ›Der Maure, der Maure!‹ erklang und die Wachen in ihrem Halbschlaf nach den Schwertern griffen, hatten längst Dutzende unserer Kletterer die Festungsmauern erklommen und kämpften sich mit eiserner Entschlossenheit zu den Toren vor, um sie für die nachstoßenden Truppen zu öffnen. Unser Überfall muss den Zaharenen wie das Eindringen böser Geister auf den Flügeln der Winde erschienen sein. Zuerst haben wir sie auf den Bollwerken des Kastells geschlagen und später auch in den Straßen der Stadt. Die Bürger waren von ihrem Fest von der segensreichen Geburt, wie sie es wohl nennen, noch ganz benommen und lagen wie vollgestopfte Gänse in ihren Betten. Als ihnen klarwurde, was über sie gekommen war, stürzten sie entsetzt aus den Häusern, aber inzwischen hatten wir uns schon bis in die letzten Winkel der Stadt vorgearbeitet. Es war ein prachtvolles Bild, wie unsere Säbel im Mondlicht aufblitzten und ihre ungläubigen Köpfe um unsere Füße rollten! Diejenigen, die sich wieder in ihre Häuser verkrochen hatten, haben wir anschließend zusammengetrieben und gefangen genommen. Schon im Morgengrauen konnten unsere Trompeten unseren Sieg über die Götzendiener verkünden!«

Unten im Festsaal quittierten die Gäste Yazids Bericht mit frenetischem Beifall. Als Zahra sah, wie der Emir Yazid mit sichtlichem Stolz die Hand auf die Schulter legte, knirschte sie mit den Zähnen. Nicht ihr Halbbruder hätte jetzt hier von Hassan mit Würden belegt werden sollen, sondern Raschid – und der Beifall der Anwesenden hätte anderen Nachrichten gelten sollen.

»Die Entschlossenheit und die Furchtlosigkeit, mit der du dein Schwert im Namen Allahs eingesetzt hast, haben gezeigt, wie viel von der Kampfeskraft und dem Mut deines Großvater, des großen Ali al-Attar, in dir steckt!«, lobte Hassan Yazid vor seinen Edlen.

Erneut erschollen Jubel und vehementer Applaus. Zahra wurde auf einen alten Mann in dem groben Aufzug eines Derwischs aufmerksam, der sich durch die Menge nach vorn schob. Es war ein Santon, einer jener im Volk hochgeachteten heiligen Männer, die ihr Leben in Einsiedeleien mit Fasten, Meditationen und Gebet zubrachten, um zur Reinheit der Heiligen und zum Sehergeist der Propheten zu gelangen. Seine Gestalt war vom Alter gebeugt, aber in seinen tiefschwarzen Augen sprühte weiter das Feuer eines wachen Geistes. Zahra sah, wie er mit größter Selbstverständlichkeit das Podest erstieg, auf dem der Emir thronte. Unbehagen machte sich in Zahra breit, und auch unten im Festsaal und im Patio löste sein Erscheinen Unruhe und Verstörung aus. Die Männer ließen ihre eben noch zum Applaus erhobenen Hände sinken und starrten den Santon mit offenem Mund an. Noch ehe einer von ihnen auf die Idee kam, den heiligen Mann von dort oben wegzuschaffen, fuhr seine Stimme wie Donnerbrausen zwischen die Anwesenden und brachte die letzten Jubelnden schlagartig zum Verstummen.

»Wehe dir, Granada«, rief er. »Deine Stunde der Vernichtung naht! Zaharas Trümmer werden auf deine Häupter fallen; mein Geist sagt mir, das Ende unseres Reichs ist nah!«

Grauen erfasste Zahra, ein Grauen, das sie einen Schritt zurückweichen ließ, sie zugleich aber zwang, weiter hinunter in den Festsaal zu blicken. Sie sah, wie auch die Männer dort von einem Beben erfasst wurden. Sie alle hatten schon mit der Muttermilch den tiefen Glauben an die Vorhersagen der Derwische und die Weissagungen der Astrologen in sich aufgesogen. Kaum ein Volk war so abergläubisch wie das der Mauren in diesen turbulenten Zeiten, und so war es kein Wunder, dass sie nun auseinanderstoben, als sei der wahrhaftige Satan zwischen sie gefahren. Die Musiker und Tänzerinnen, Mundschenke und Diener, Brotmeister und Haushofmeister – Zahra sah sie ebenso aus dem Festsaal stürzen wie die vornehmen Herren, höfischen Schmeichler, Faqihs, Wesire und siegreichen Soldaten, auch ihren Vater machte sie unter ihnen aus. Wie allen anderen stand auch ihm die Bestürzung ins Gesicht geschrieben. Binnen weniger Minuten stand der Emir in seinem Festsaal mit einem kleinen Haufen Unerschrockener und dem Derwisch allein da.

»Du träumst, alter Mann«, sagte er zu ihm mit abgrundtiefer Verachtung in der Stimme. »Deine Worte sind nichts als dummes Geschwätz!«

Der Derwisch lachte so laut, dass es die Festhalle zu erschüttern schien, und verschwand ebenso geisterhaft aus dem Saal, wie er hineingelangt war.

Als hätte sich mit seinem Verschwinden der Bann über Zahra gelöst, raffte auch diese nun ihren Hidschab enger um sich und rannte davon. Mit fliegenden Schritten stürzte sie die Treppe hinab, hetzte durch die Patios der Alhambra, hinaus aus dem verwaisten Tor und hinunter in die Stadt. Aber auch in den Straßen Granadas verfolgte der Santon sie noch. Von allen Häuserwänden schien seine Stimme widerzuhallen. *»Der Friede ist gebrochen, der Vertilgungskrieg hat begonnen. Weh, weh, wehe Granada, sein Fall ist nah; Zerstörung wird wohnen in seinen Palästen, seine Starken werden unter dem Schwert fallen, seine Kinder und Jungfrauen in die Knechtschaft geführt werden. Zahara ist nur Vorbild Granadas.«*[3]

Entsetzt verkroch sich Zahra in eine Hausnische und blickte sich auf der Straße um. Sie sah, dass das gemeine Volk in

3 Nach Washington Irving: *Die Eroberung Granadas, aus den Papieren Bruders Antonio Agapida,* Band 1, S. 28

den Gassen Granadas nicht weniger unter der Prophezeiung des Santons erschauderte als zuvor die feinen Herren oben in der Alhambra, und entnahm den um sie herum erschrocken wispernden Stimmen, dass die meisten die Raserei des Santons als die Eingebungen seines Sehergeistes betrachteten. Viele flüchteten in ihr Heim, verriegelten Türen und Fensterläden und verbargen sich in ihren Häusern wie in Zeiten allgemeiner Trauer; andere rotteten sich auf dem Platz vor der Moschee zusammen, um mit ihrer Beunruhigung über die düsteren Ahnungen nicht allein zu bleiben. Schließlich blieb Zahra ganz allein in den Gassen Granadas zurück, allein mit der noch immer von allen Wänden widerhallenden Stimme des Santons.

Mit einem Mal meinte Zahra den Fall Granadas schon zu spüren. Der Boden unter ihren Füßen schien zu beben, die Hauswand in ihrem Rücken zu zittern. In panischem Schrecken floh sie weiter, rannte durch die menschenleeren Gassen, in denen ihre eiligen Schritte wie Peitschenhiebe knallten, und erreichte endlich außer Atem ihr Zuhause. Als sie klopfen wollte, fand sie die Tür nur angelehnt vor, was ihr Schauer der Angst über den Rücken jagte. Mit bebendem Herzen eilte sie weiter in den Patio und zum Wohnraum. Als sie die Tür öffnete, fand sie dort ihre Familie und ihre Diener eng beieinandersitzend vor. Sie setzte sich mitten unter sie und vergrub das Gesicht in den Händen.

Oben in der Alhambra aber sprühte der Emir vor neuen Plänen und schickte Gesandte und Faqihs an seine Verbündeten in Afrika, um ihnen mitzuteilen, dass das Schwert gezogen sei und er nun ihre Unterstützung einfordere, um das Königreich Granada und Mohammeds Religion aufrechtzuerhalten gegen die Gewalttätigkeit der Ungläubigen.

4.

Granada

10. Januar 1482

Ein Unwetter brach über Granada herein, als stünde der Untergang schon jetzt bevor. Regen und Sturm, tosendes Donnergrollen und gleißende Blitze stießen auf die Stadt nieder und lehrten die Menschen das Fürchten. »Allah, er ist erhaben, zürnt uns«, wisperte es von allen Seiten. »Der Santon hat recht; der Untergang Zaharas wird unser eigener sein!«

Wenige Tage später preschte ein Maure aus der Stadt Alhama auf seiner dampfenden Stute direkt in die Alhambra. Auch das Volk wusste bald, welch beunruhigende Nachricht er dem Emir zu überbringen hatte: Die Christen hatten aus Rache für den maurischen Sieg über Zahara Alhama angegriffen und erobert. Einzig diesem Mann war die Flucht vor den barbarisch wütenden Christen gelungen. Alle anderen Einwohner der Stadt waren getötet oder gefangen genommen worden.

»Verflucht sei der Tag«, jammerte das Volk Granadas, »an dem die Flamme des Krieges durch den Emir in unserem Land angefacht wurde! Möge der heilige Prophet Zeugnis ablegen vor Allah, *ta'ala,* dass wir unschuldig sind an seinen Taten! Nur auf seinem Haupt und denen seiner Nachkommen ruhe die Sünde der Verheerung Zaharas!«

Den Emir interessierten die Ängste und Unkenrufe seines Volkes nicht mehr als eine Fliege an der Wand. Er zog in der Alhambra und vor der Stadt dreitausend Reiter und fünfzigtausend Fußsoldaten zusammen, um den Christen die Eroberung Alhamas mit gleicher Münze zurückzuzahlen. Auch Abdarrahman und Yazid sollten mit ihnen ziehen. Zwar war Zahras Vater gegen diesen Rachefeldzug, doch als er Hassan widersprach, wies dieser ihn so erbost aus dem Thronsaal, dass er keinen zweiten Protest wagte.

Wenige Tage vor dem Aufbruch der Truppe bahnte sich endlich die Sonne einen Weg durch die dicken Wolkenschichten und ließ den Patio der Sulamis mit ihrer feurigen Kraft binnen weniger Stunden trocknen, woraufhin Leonor den Mädchen erlaubte, für eine Stunde nach unten zu gehen. Froh, der Eintönigkeit ihres Zimmers zu entkommen, ließen sich Zahra und Hayat in der heimeligen Sitzecke vor der zum ersten Stock hochgehenden Treppe nieder. Mit geschlossenen Augen lagen sie auf den mit dicken Brokatkissen gepolsterten Bänken und genossen das Prickeln der warmen Sonnenstrahlen auf ihren unverschleierten Gesichtern, doch je länger sie lagen, desto unruhiger wurde Zahra. Schließlich setzte sie sich wieder auf und sagte: »Du, Hayat, meinst du, jetzt erfüllen sich die Worte des Santons und wir werden alle untergehen?«

Hayat sah zu ihr herüber. Statt Sorge konnte Zahra in ihren Augen nur seligen Glanz entdecken.

»Du denkst ja immer noch an den Christensklaven«, seufzte sie. »Und ich dachte, seit ich dir erzählt habe, dass er wegen des Vorfalls beim Einzug der Soldaten nur eine ordentliche Tracht Prügel bekommen hat, hättest du ihn endlich aus deinem Kopf verbannt. Hast du denn keine Angst davor, was Vater mit dir anstellt, wenn er hinter deine Gefühle kommt?«

Trotz ihrer mahnenden Worte zog über Hayats Gesicht ein entrücktes Lächeln. »Der Allmächtige wird uns beistehen, da bin ich mir sicher!«

»Ich befürchte, Allah, er ist erhaben, wird deinen Gefühlen für einen Christen nicht mehr Billigung entgegenbringen, als Vater dies täte. Außerdem habe ich ohnehin das Gefühl, dass er unser Volk vergessen hat. Wie sonst hätten die Ungläubigen unser Alhama erobern können?«

Als sich die Verzückung im Blick ihrer Halbschwester auch jetzt nicht verzog, machte Zahra eine wegwerfende Handbewegung und legte sich wieder hin. Allerdings kehrten auch ihre Gedanken nicht zu den Problemen Granadas zurück, sondern wanderten, wie so oft, seit Hayat sich in den Christensklaven verliebt hatte, zu Gonzalo. Sie stellte sich vor, wie es wäre, wenn sich ihre und Gonzalos Wege erneut kreuzen würden. Wie viel schöner es wäre, an seiner Seite als an der des dicken, faden Ibrahim zu leben ... Ja, sie konnte Hayat verstehen. Aber was nutzten ihnen ihre Träume, wenn ihr Vater sie doch niemals das Leben führen lassen würde, nach dem sie sich sehnten?

»Es wird alles gut werden, glaub mir«, hörte sie Hayat flüstern.

Zahra blickte zu ihrer Halbschwester, welche mit verschwörerischem Blick näher an sie heranrückte.

»Heute Abend werden wir uns sehen«, verriet sie ihr. »Wir treffen uns in dem leerstehenden Haus hinter den Trinkwasserzisternen.«

»Ja, bist du denn jetzt völlig verrü...«

Hastig hielt Hayat ihr den Mund zu. »Scht, leise! Willst du das ganze Haus zusammenschreien?«

»Ist ja schon gut«, knurrte Zahra und schob die Hand ihrer Halbschwester weg. »Trotzdem kannst du nicht einfach allein durch die Straßen spazieren. Und wenn euch erst jemand zusammen erwischt!«

»Ich habe mir die abgelegten Kleider einer unserer Dienerinnen so weit ausgebessert, dass man sie wieder tragen kann«, gestand Hayat ihr errötend. »In den bescheidenen Kleidern und tief in den Hidschab gehüllt, würde mich selbst Tamu nicht erkennen. Außerdem schleiche ich mich über die Dachterrasse aus dem Haus und gehe über die der Nachbarn weiter. Wer soll mich da sehen?«

»Willst du damit etwa andeuten, dass du schon mehrmals zu ihm geschlichen bist?«, japste Zahra.

Der Glanz, der in das Gesicht ihrer Halbschwester trat, machte jede Antwort überflüssig. Zahra schloss die Augen und flehte den Propheten an, ihrer Halbschwester einen neuen Verstand zu schicken, aber zugleich verspürte sie ein Stechen in ihrer Brust. Wenn sich Hayat ihr Glück selbst suchte – warum konnte sie das dann nicht auch?

Als sich Hayat am Abend in Zahras Zimmer stahl, war von dem morgigen Strahlen in ihren vom Weinen geröteten Augen nichts mehr zu sehen. Sie schwankte, als habe sie Fieber. Zahra sprang auf und nahm sie in die Arme. Sofort flossen die Tränen wieder.

»Was hast du denn? Beim Allmächtigen, so rede doch!«

Zwischen Hayats Schluchzern entnahm sie, dass Miguel fest entschlossen war, aus der Gefangenschaft zu fliehen.

»Ja, weiß er denn nicht, was ihm droht, wenn er erwischt wird?«, rief Zahra. »Mit seinen blauen Augen und den blonden Haaren fällt er doch sofort jedem als Nichtmaure auf, und auch an seiner Kleidung erkennt jeder den Sklaven. Er wird nicht einmal aus unserem Viertel herauskommen, ohne dass ihn jemand aufhält, gar nicht zu reden von den Stadtwachen!«

»Miguel hat mich gebeten, ihm andere Kleider und einen Turban zu besorgen.« Wieder begann Hayat zu weinen. »Und wenn er erst frei ist, will er mich holen kommen.«

Zahra strich sich die Haare aus dem Gesicht. Der Mut der beiden erfüllte sie mit ebenso viel Achtung wie Furcht. »Hayat, ich … ich weiß nicht, was ich dir raten soll, aber du weißt, was Vater mit dir anstellt, wenn er dahinterkommt, dass du Miguel bei der Flucht geholfen hast!«

Hayat fuhr sich über die Augen. »Zahra, du verstehst das nicht. Du hast noch nie gespürt, wie das ist, wenn … wenn einem das Herz beim Anblick eines anderen vor Freude fast zerspringt.«

Zahra musste an Gonzalo denken. Wenn einem das Herz beim Anblick des anderen vor Freude fast zerspringt, wiederholte sie Hayats Worte in Gedanken. Zersprungen war ihr Herz nicht gerade, als sie ihn hinter Deborahs Dorf wiedergesehen hatte, aber trotzdem hatte es diese feine Spannung zwischen ihnen gegeben …

»Vielleicht verstehe ich dich zumindest ein wenig«, erwiderte sie leise. »Aber trotzdem – du spielst mit deinem Leben, wenn du ihm hilfst. Hayat, du musst Miguel die Flucht ausreden!«

Bittend legte sie ihrer Halbschwester die Hand auf den Arm. Nach einem Moment des Zögerns nickte Hayat. Zahra atmete auf, aber als ihre Halbschwester sogleich den Blick abwandte, beschlich sie die Furcht, dass sie nur zugestimmt haben könnte, um sie zu beruhigen – und dieser Gedanke ließ sie nicht wieder los.

In den nächsten Tagen ließ Zahra Hayat keinen Moment aus den Augen, aber dann musste sie wieder für drei Tage in die Alhambra zu Aischa und wagte nicht, Tamu zu bitten, auf ihre Halbschwester zu achten. So treu die alte Dienerin den Mädchen ergeben war – ihrem Herrn war sie ebenfalls treu, und wenn sie geahnt hätte, welche Ideen in Hayats ebenso hübschem wie verwirrtem Kopf herumgeisterten und was sie schon alles gewagt hatte, würde sie fraglos die Partei ihres Herrn ergreifen. Bevor Zahra zu Aischa ging, redete sie noch einmal auf Hayat ein, schien aber wiederum nicht zu ihr durchdringen zu können. Als der Eunuch Kafur sie abholte, verließ sie das Haus mit einem unguten Gefühl. In der Tat fand sie Hayat, als sie drei Tage später am frühen Abend wiederkam, weinend in ihrem Zimmer vor. Hastig schloss Zahra die Tür. »Du hast es nicht getan, oder? Sag mir bitte, dass du ihm nicht geholfen hast!«

»Ich wollte es, gestern Abend, aber ...«, Hayat schluchzte auf, »aber ich konnte das Haus nicht zur vereinbarten Zeit verlassen, weil jemand Raschids Pferd gebracht hat und danach heillose Aufregung herrschte.«

»Raschids Pferd?« Zahra sank neben sie auf ein Sitzkissen. »Und Raschid? Haben sie ihn gefunden?«

Hayat schüttelte den Kopf. »Nein, leider nicht. Das Pferd war völlig zerschunden. Es muss in den letzten Wochen allein durch die Vega geirrt sein, bis es endlich den Weg zurück nach Hause gefunden hat. Zubair hat erzählt, dass am Sattel getrocknetes Blut klebte. Deborah konnte gar nicht mehr aufhören zu weinen, und dann hat sie auch noch Wehen bekommen.«

»Aber ihr Kind soll doch erst in vier Monaten kommen!«

»Der Arzt hat ihr irgendein Gebräu eingeflößt, und gegen Morgen haben die Wehen Gott sei Dank aufgehört; die letzten Wochen bis zur Niederkunft wird Deborah allerdings liegend verbringen müssen. Auch ein leichtes Schlafmittel hat sie bekommen. Wir sollen sie jetzt erst mal schlafen lassen. Und Miguel ...« Hayat wischte sich die Tränen von den Wangen.

»Er wusste von alldem ja nichts und damit auch nicht, warum ich gestern Abend nicht zu unserem Treffpunkt gekommen bin, und heute früh haben die Diener der Nachbarn den unseren erzählt, dass ein Sklave entflohen ist. Zahra, bestimmt ist dieser Sklave Miguel! Wahrscheinlich hat er die Nerven verloren, weil er dachte, ich würde ihm nicht helfen!«

Zahra erblasste. »Aber ohne andere Kleider hat er doch erst recht keine Chance, lebend aus der Stadt zu kommen!«

Schluchzend sank Hayat in Zahras Arme.

Zahra hatte vor allem Angst, dass sich Hayat auf die Suche nach Miguel machen könnte. »Jetzt warte erst einmal ab, ob der flüchtige Sklave in der Tat Miguel ist«, versuchte sie ihre Halbschwester zu beschwichtigen. »Und selbst wenn: Vielleicht gelingt ihm die Flucht ja doch, und er kommt dich eines Tages tatsächlich holen. Für den Moment kannst du nicht mehr tun, als für ihn zu beten!«

Als Hayat sich ein wenig beruhigt hatte, versuchte Zahra sie mit dem neusten Klatsch aus dem Palast auf andere Gedanken zu bringen. Als es zu später Stunde an die Haustür klopfte, sprang Hayat auf und eilte hinaus auf die Galerie, um zu hören, wer der Besucher war. Zahra folgte ihr. Schon kurz darauf hallte eine kreischende Stimme zu ihnen hoch.

»Ich kenne nur eine Frau mit einem solch grauenhaften Organ«, flüsterte Zahra Hayat zu. »Durriyyah, die alte Dienerin unserer Nachbarn!«

Hayat nickte. Sie hörten, wie Durriyyah Tamu fragte, ob ihre Herrschaften sich am Wochenende zwei Diener der Sulamis ausleihen könnten, weil sie ein großes Festessen gäben. Tamu bat sie, in der Küche Platz zu nehmen, während sie Leonor die Bitte vortragen ging.

Hayat machte Anstalten, nach unten zu eilen. Zahra packte sie am Arm. »Geh wenigstens langsam!«, zischte sie ihr zu.

»Am besten tun wir so, als wollten wir etwas zum Naschen suchen.«

Durriyyah saß bereits am Küchentisch, wo sie ein frisch gebackenes Honigküchlein genoss und von dem entlaufenen Sklaven erzählte. »Und geklaut hat er auch noch«, dröhnte sie mit vollem Mund. »Meinem Herrn fehlen etliche Goldmünzen, und der Diener, den er bei seiner Flucht niedergeschlagen hat, wird über Wochen nicht arbeiten können. Mein Herr kocht vor Wut!«

»Welcher eurer Sklaven ist denn geflohen?«, fragte Zahra, ehe Hayat dazukam und sich durch ihre Aufgeregtheit verraten konnte.

»Na, dieser neue Kastilier war's. Erst seit zwei Monaten haben wir ihn, und bisher hat er nichts als Ärger gemacht. Störrisch wie ein Maulesel, sage ich euch, störrisch wie ein Maulesel war er, daran hat selbst die Peitsche nichts ändern können, die mein Herr ihm regelmäßig über den Rücken gezogen hat!«

Zahra sah, wie Hayat erblasste. Zugleich wurde ihr klar, warum Hayat in der letzten Zeit mehrmals Heilsalbe von ihr hatte haben wollen.

»Ist der entflohene Sklave so ein großer Blonder?«, presste Hayat atemlos hervor.

Durriyyah bejahte. »Miguel heißt er oder so.«

Zahra sah, wie Hayat schwankte, und ergriff erneut für sie das Wort: »Dann hat dein Herr sicher Leute ausgeschickt, um nach dem Sklaven zu suchen?«

Die Alte nickte und biss genüsslich in ein weiteres Honigküchlein. »Und sie haben auch Erfolg gehabt!«

Besorgt sah Zahra zu ihrer Halbschwester, die schneeweiß war. Auch Zahra wurden die Knie weich. »Haben sie ihn erwischt?«, fragte sie mit rauher Stimme.

Die Dienerin strich mit ihren dicklichen Fingern über ihre Tunika, um die Kuchenkrümel abzustreifen. »Und ob! Der Lump war noch gar nicht aus der Stadt heraus. Saß in einem zerfallenen Schuppen. Jemand hat ihn dort reingehen sehen und die Wachen alarmiert. Aber jetzt sitzt er wieder bei uns. Haben ihn im Pferdestall angekettet. In drei Tagen wollen sie ihn öffentlich köpfen lassen – zur Abschreckung.«

Ein heftiger Schlag ließ sie alle umfahren. Hayat war zusammengebrochen.

Hayats Ohnmacht versetzte die Anwesenden umso mehr in Aufregung, als ihnen noch der Schreck über Deborahs verfrühte Wehen in den Knochen saß. Die Küchenmagd schrie: »Der Fluch hat uns getroffen«, die Dienerin der Nachbarn: »Die Pest ist im Haus!«

Einzig Tamu und Zahra behielten die Nerven. Sie trugen Hayat hoch in ihr Zimmer. Durch das Geschrei der Magd und der Dienerin angelockt, eilte auch Leonor herbei. Sie wollte nach dem Arzt schicken, aber Zahra konnte sie davon überzeugen, dass Hayat nur ohnmächtig geworden sei, weil sie heute noch kaum etwas gegessen habe. »Deswegen sind wir auch in die Küche gegangen«, log sie weiter.

Als Hayat wieder zu sich kam, sah Zahra sie eindringlich an. »Wenn du etwas isst, wirst du dich gleich besser fühlen!«, redete Zahra auf ihre Halbschwester ein und drehte die Augen warnend in Leonors Richtung.

Hayat verstand den Hinweis und ließ sich von Zahra mit Salzgebäck füttern. Beruhigt ging Leonor zurück zu Deborah, um die sie sich noch immer große Sorgen machte. Kaum waren sie wieder allein, drückte Zahra mitfühlend die Hand ihrer Halbschwester. »Ich kann mir vorstellen, wie dir zumute ist, aber du darfst jetzt nicht an Miguel, sondern musst vor allem an dich denken! Du kannst nichts für ihn tun. Und niemand, hörst du, niemand darf jemals erfahren, was zwischen euch war. Ich flehe dich an: Mach jetzt nicht alles noch schlimmer!«

Über Hayats Wangen rannen Tränen.

»Hayat, bitte, sei vernünftig!«

Hayat blickte zur Decke. Aus ihren Augenwinkeln lösten sich weitere Tränen und versickerten in ihrem schweren, blauschwarzen Haar. Erst etliche Atemzüge später sah sie wieder zu Zahra. »Ich muss zu ihm«, stieß sie hervor.

»Aber du kannst nichts für ihn tun!«

Hayat setzte sich auf. »Zahra, ich weiß, du meinst es gut, aber ich kann nicht anders. Ich muss einen Weg finden, um ihm zu helfen, ich muss!«

Mit jedem ihrer Worte gewann Hayats Stimme an Kraft und ihr Blick an Entschlossenheit.

Zahra stöhnte auf. »Mein Gott, weißt du eigentlich, was du da redest?«

»Ja, das weiß ich. Ich sehe ganz klar. So klar wie noch nie zuvor in meinem Leben.«

»Aber du kannst ihn da doch nicht einfach ... rausholen!«

Hayat stand auf. »Vielleicht nicht. Aber ich würde es mir nie verzeihen, wenn ich es nicht wenigstens versuche!«

Zahra erkannte, dass sie Hayat mit nichts davon würde abbringen können, alles in ihrer Kraft Stehende zu tun, um Miguel zu retten, und bestand schließlich nur noch darauf, sie zu unterstützen. Die halbe Nacht schmiedeten sie Fluchtpläne für Miguel, und schon vor Tagesanbruch saßen sie wieder zusammen auf Zahras Schlafstatt und gingen noch einmal die Details des Plans durch, der ihnen als der einzig durchführbare erschienen war. Wenig später erscholl der Ruf des Muezzins zur *fajr*, dem Morgengebet vor Sonnenaufgang. Zahra und Hayat nickten einander zu. Für alles Weitere war Allah zuständig. Sie erhoben sich, nahmen an der kleinen Waschschüssel in ihrem Zimmer die rituelle Waschung vor, bedeckten die Köpfe mit einem Tuch, zogen ihre Schuhe aus, rollten ihre Gebetsteppiche aus, wandten sich nach Mekka und knieten nieder. Sie senkten die Stirn zu Boden, sprachen ein *salat*, das rituelle Gebet, und baten Allah in einem *du'a* um seinen Beistand für ihr Vorhaben. Anschließend gingen sie nach unten, tranken einen Becher Mandelmilch, aßen ein Stück Brot und baten Leonor, später ins Badehaus gehen zu dürfen.

»Meine Freundin Amina geht heute auch dorthin, und ich würde sie so gern mal wieder treffen«, bettelte Zahra. »Seit sie verheiratet ist und ich so viel Zeit bei Aischa verbringe, sehen wir uns kaum noch. Und nach ihrem Schwächeanfall von gestern täte Hayat ein Besuch im *hammam* sicher auch gut!«

»Eigentlich steht Hayat noch immer unter Hausarrest ...« Leonor dachte einen Moment nach und nickte. Sie bat Tamu, die beiden zu begleiten. »Und pack den Mädchen reichlich Essen ein, so können sie zusammen mit Amina im *hammam* zu Mittag essen.« Sie zwinkerte den Mädchen verschwörerisch zu, und Zahra bekam prompt ein schlechtes Gewissen. Sie hoffte, dass ihre Mutter nie herausfinden würde, wozu sie ihre Zeit im Badehaus zu nutzen gedachten ...

Als Hayat damit begann, die Kleider zusammenzusuchen, bat Zahra Tamu, ihr beim Zusammenlegen der Tunika zu helfen, die sie nach dem Badbesuch tragen wollte.

»Als ob Ihr das in Eurem Alter nicht schon selbst machen könntet«, grummelte die Alte. »Aber bei Euch muss ja immer alles husch, husch gehen, und so kann das nichts werden. Ach, gebt schon her!«

Während sich Tamu um Zahras Tunika kümmerte, verbarg

Hayat rasch das unter ihrem Bettzeug verborgene Werkzeug und die beiden alten Hidschabs und Schleier unter ihren Kleidern.

Auf der Straße empfing sie ein milder Wind. Endlich hatte sich die Kälte der letzten Wochen verzogen und die hell strahlende Sonne auch noch die letzten trüben Wolken vertrieben. Es war ein Morgen, der auch den Hoffnungslosesten noch mit Mut erfüllen musste, und als Zahra und Hayat am Haus und an den Pferdeställen von Miguels Herrn vorbeigingen, tauschten sie einen Blick voller Zuversicht. Angeführt von Tamu und ihren eiligen, kleinen Schritten, ließen sie das Wohnviertel rasch hinter sich und erreichten bald die Randbezirke des *suqs*. Fliegende Händler saßen unter farbenfrohen Sonnendächern, boten mit kehligen Stimmen ihre Früchte, Blumen und Gewürze feil und überzogen die ihrer Nachbarn mit abfälligen Bemerkungen. Ein blinder Bettler streckte den Passanten die Hand entgegen und versprach ihnen die Gunst des Barmherzigen für ein mildtätiges Almosen. Hayat steckte ihm ein paar Münzen zu.

Es roch nach Orangenblüten und Muskat, nach Weihrauch und Pferdeäpfeln, nach Minze und frittierten Küchlein, die an vielen Ständen frisch zubereitet wurden. Die Luft schwirrte vom Zusammenklang des Arabischen, Spanischen, Katalanischen und Venezianischen. Der Stoff der weiten Djellabas eilig vorbeischreitender Männer streifte die Arme der jungen Frauen und gab ihnen ein Gefühl dafür, wie angreifbar sie waren.

Nach ein paar weiteren Gassenbiegungen erreichten sie das öffentliche Badehaus. Zahra war erstaunt, welche Ruhe und Sicherheit ihre Halbschwester ausstrahlte. Es hatte den Anschein, als habe der Schock über Miguels drohende Hinrichtung jede Furcht um ihre eigene Unversehrtheit von ihr genommen. Nur noch eines schien für sie zu zählen, und das war, Miguel zu retten. Zahra dagegen spürte, wie sich ihr Magen vor Aufregung zusammenkrampfte, aber ehe sie es sich anders überlegen konnte, schritt ihnen die *mu'allima*, die Meisterin des Bades, entgegen und hieß sie wortreich willkommen. Zahra reichte ihr das Eintrittsgeld, das sie wie alle besser gestellten Gäste zahlen mussten, dessen Höhe allerdings in ihrem Ermessen lag. Die alte Dame quittierte den Betrag mit einem zufriedenen Niederschlagen der Lider.

»Habt Ihr Wertsachen dabei, die ich für Euch aufbewahren kann?«

Zahra verneinte und wandte sich zu Tamu um. »Wir treffen uns dann später wieder hier.«

»Ich komme nach dem *asr*. Und lasst mich nicht warten, hört Ihr?«

Zahra versprach es und hoffte inständig, dass sie bis nach dem Nachmittagsgebet wieder im Badehaus sein würden.

Die *mu'allima* begleitete Zahra und Hayat zum *maslah*, dem Umkleideraum von kreuzförmigem Grundriss, der aus einem quadratischen, mit einer Kuppel überdachten Zentrum und je einem *iwan*, einer Art offenem Nebenraum, an den Seiten bestand. Der Boden war gefliest, die hohen, fensterlosen Wände bis zur Decke mit kunstvollen Mosaiken verziert; das durch die Kuppel dringende milchige Tageslicht verlieh dem Raum einen unwirklichen Schein. Es war, als tauche man in eine andere Welt: die Welt der Frauen, eine mildere, freiere Halbwelt, fern von der männerdominierten Wirklichkeit draußen. Das Lachen und Schnattern der Frauen schwebte leicht wie Vogelgezwitscher an einem Frühlingsmorgen durch den Raum. Zahra wurde ruhiger.

Hayat wies auf einen *iwan*, in dem sie für sich sein konnten. Sie zogen die Schuhe aus, welche die Badedienerin in einer der Nischen an der Stirnwand des Umkleideraums unterbrachte, und stiegen barfuß auf eine der mit edlen Teppichen belegten Steinbänke. Eine zweite Dienerin brachte ihnen die *qabqab*, die Stelzsandalen, und einen Satz Badetücher – eines, um ihre Kleider darin einzuschlagen, ein zweites, die *futa*, um sich darin einzuhüllen, bis sie in die wärmeren Räume des Bades kamen. Die Dienerin hieß sie willkommen und half ihnen beim Entkleiden.

»Meine Freundin Amina ist sicher schon da, oder?«, fragte Zahra, während die Dienerin ihr das Haar hochsteckte. Die kleine, rundliche Frau ließ die Hände sinken und dachte so lange und angestrengt nach, dass Zahra kaum noch damit rechnete, überhaupt eine Antwort zu bekommen, aber dann nickte die Dienerin. »Ja, Herrin, ja, jetzt erinnere ich mich. Eure Freundin ist schon vor einer ganzen Weile gekommen.«

Zahra tauschte einen erleichterten Blick mit ihrer Halbschwester. Die wichtigste Voraussetzung für das Gelingen ihres Planes war damit erfüllt.

Kurz darauf gingen sie in den *awwal* und wenig später in den *wastani* weiter. In beiden Räumen nahmen sie ein Bad und gewöhnten sich so allmählich an die höheren Temperaturen. Da sie Amina in keinem der Räume antrafen, drängte es Zahra schon bald, in den *bait al-harara*, den heißesten Raum des Bades, weiterzugehen. Auf den angewärmten Steinbänken dort saß ein gutes Dutzend Frauen, Amina aber konnte sie nicht unter ihnen entdecken. Unsicher blickte Zahra zu Hayat, doch da erhob sich eine korpulente Frau im hinteren Teil des Raums, um ein Bad zu nehmen – und gab den Blick auf die zierliche Amina frei. Erleichtert lief Zahra zu ihr und umarmte ihre Freundin so innig, dass diese sie erstaunt musterte.

»Du hast doch was«, raunte sie und zog Zahra in ein ruhigeres Eckchen des *bait al-harara*. »Raus damit, was ist es?«

Zahra sah sich um. Auch in diesem Winkel saßen zwei Frauen in ihrer Nähe. Amina wusste ihre Blicke zu deuten und nickte ihr zu. Ja, sicher würden sie später noch ein Eckchen mit weniger Ohren finden. Und so lange würden sie sich eben gedulden müssen.

War es die Aufregung oder tatsächlich die große Hitze des Raumes: Binnen kurzem schwitzten die drei jungen Frauen so stark, dass sie nach dem *tadlik* und *takyis* verlangen konnten, nach Massage und dem Abreiben mit dem *kis al-hammam*. Anschließend kehrten sie in die kühleren Räume zurück, wo sie sich sonst über Stunden aufhielten, um sich die Haare schneiden, die Haut pflegen, eine gründliche Epilation machen zu lassen und ausgiebig zu essen. Nach alldem stand Zahra und Hayat heute jedoch nicht der Sinn, und auch Amina erklärte der Badedienerin, dass sie im Moment keine weitere Behandlung wünsche. Zu Zahras Leidwesen kamen immer mehr Frauen in den *wastani*, so dass sie Amina schließlich bat, mit ihr zu den Aborten zu gehen. Die beiden Freundinnen hatten Glück; endlich waren sie allein.

»Also, nun sag schon, was du auf dem Herzen hast und zu welchen Schandtaten du mich diesmal verführen willst«, flüsterte Amina. In ihrem hübschen Mausgesicht blitzte Begeisterung auf. Zahra musste grinsen. »Ich hoffe, du bist auch noch so tatendurstig, wenn du weißt, worum es geht!«

»Hauptsache, es bringt ein bisschen Abwechslung in mein fades Dasein«, gab Amina keck zurück. »Die letzten Tage waren wieder einmal dermaßen eintönig, dass ich schon überlegt habe, mich für ein paar Tage in den Kerker sperren zu lassen!«

»Das wäre dir auch noch zuzutrauen«, lachte Zahra. »Dabei ist dein Mann nicht der schlechteste!«

Amina hob die Augenbrauen, und Zahra wusste, was sie damit sagen wollte: Natürlich war Meir ein äußerst gutaussehender und sympathischer Mann, aber er liebte es, in völliger Zurückgezogenheit zu leben – während Amina sich nach Unterhaltung sehnte. Selbst die Anwesenheit von Aminas Freundinnen störte ihn, so dass der Besuch im *hammam* oft Aminas einzige Gelegenheit war, unter Menschen zu kommen.

»Nun erzähl endlich«, drängte Amina. »Ich sehe dir doch an, dass du etwas Wichtiges auf dem Herzen hast!«

Mit wenigen Sätzen schilderte Zahra Hayats Bekanntschaft mit dem Sklaven und dessen Flucht und Gefangennahme. Wie sie erwartet hatte, fand Amina Hayats Gefühle für den Sklaven keineswegs anstößig, sondern höchst romantisch und aufregend und bedauerte wortreich, dass nicht auch ihr Mann männliche Sklaven hielt. »Ich glaube, da würde ich auch schwach werden, vor allem, wenn so ein Hübscher mit blauen Augen dabei wäre!«

Zahra musste lachen. »Amina, du bist und bleibst unmöglich!«

»Und wie kann ich euch helfen?«

»Ich brauche den Namen eines Stadttorwächters von dir«, seufzte Zahra. »Vor ein paar Wochen hast du mir erzählt, dass dein Bruder manchmal Waren in die Stadt schmuggelt und dabei ein ganz bestimmtes Stadttor benutzt, weil die Wächter dort einem Trinkgeld nicht abgeneigt sind.«

»Willst du damit etwa andeuten, dass ihr diesen Sklaven befreien und aus der Stadt schaffen wollt?«

Zahra schluckte. »Nun ja, streng genommen ist es wohl genau das.«

Schlagartig wurde Amina ernst. »Zahra, einem Sklaven

zur Flucht zu verhelfen ist kein Plätzchenstibitzen. Das kann euch den Kopf kosten!«

»Ich weiß, aber Hayat … Ach, Amina, unser Leben ist so eng und eingeschränkt, und auch ich würde am liebsten …« Zahra biss sich auf die Lippen. Sie wollte Amina durch ihre Sehnsucht nach Freiheit und Selbstbestimmung nicht in noch größere Gewissensnöte bringen. »Hayat wird so oder so alles tun, um Miguel zu retten«, fuhr sie fort. »Und ich kann und will sie nicht alleinlassen!«

»Du tätest ihr einen größeren Gefallen, wenn du sie in deine Kleidertruhe sperrst, bis der Kerl hingerichtet ist«, gab Amina zurück, und Zahra sah ihr an, dass es ihr mit diesem Vorschlag durchaus ernst war.

»Das würde Hayat mir nie verzeihen«, gab sie ebenso ernst zurück.

»Zahra, ich bitte dich, einen Sklaven befreien – so viel Unvernunft brächte nicht einmal ich auf!«

»Aber Hayat eben doch.« Zahra zuckte mit den Achseln. »Und deswegen bitte ich dich, mir die Namen der Wächter zu nennen. Amina, bitte, vielleicht können wir so wenigstens das Schlimmste verhindern!«

Zahra sah, wie ihre Freundin mit sich rang, aber schließlich verriet sie ihr doch, mit Hilfe welcher Wächter ihr Bruder sein Schmuggelgut in die Stadt schaffte und wie viel ihn das kostete. Zahra umarmte sie. »Das vergesse ich dir nie!«

»Ich hoffe nur, du wirst noch lange genug leben, damit dieser Satz auch etwas besagt«, gab Amina seufzend zurück.

Da Zahra jetzt wusste, dass sie an der Puerta de las Armas, dem Waffentor, mit dem Christensklaven aus der Stadt kommen konnten und das Gelingen ihres Unterfangen damit um einiges wahrscheinlicher wurde, konnte sie es kaum mehr erwarten, mit Hayat zur Tat zu schreiten. Um nicht durch ungebührliche Eile aufzufallen, blieb sie noch ein paar Minuten mit Amina und Hayat im *wastani* sitzen, aber dann zog sie sich mit Hayat in den Umkleideraum zurück. Nachdem die Badedienerin ihnen in ihre frischen Kleider geholfen und ihnen ihre Körbe gereicht hatte, gab sie der rundlichen Frau ein angemessenes Trinkgeld und mogelte sich mit Hayat in einem Moment aus dem Eingang, in dem die *mu'allima* mit neu eingetroffenen Badegästen beschäftigt war und ihr Weggehen nicht bemerken konnte.

Auf der belebten Straße sank Zahras Mut. Mit Ausnahme der Nacht, in der sie vor den Verwünschungen des Santons aus der Alhambra geflohen war, war sie noch nie ohne angemessene Begleitung durch die Stadt gegangen. Nur Dienerinnen oder billige Dirnen liefen allein durch die Straßen, und Zahra hatte das Gefühl, von allen Seiten missbilligende Blicke zu ernten – und von einigen Männern sogar lüsterne. Immer enger rückte sie an Hayat heran und war erleichtert, als sie endlich die Trinkwasserzisternen erreichten und in dem leerstehenden Haus verschwinden konnten, in dem sich Hayat schon etliche Male mit Miguel getroffen hatte.

Dort tauschten sie ihre reichbestickten Kleider gegen die alten, schlichten ihrer Dienerinnen.

»Allah, *ta'ala,* steh uns bei«, murmelte Zahra.

Hayat nickte ihr zu und führte sie auf die Dachterrasse, über die sie gefahrloser und schneller als über die Straße zu dem Haus ihrer Nachbarn zu gelangen hofften.

Sie hatten Glück: Es begegnete ihnen keine Menschenseele. Als sie die Dachterrasse der Nachbarn erreicht hatten, spähten sie in den Hof hinunter. Dort balgten sich zwei junge Hunde um einen alten Knochen, ein schwarzer Sklave reparierte die gebrochene Achse eines Handkarrens, und ein hochgeschossener Stallbursche besserte im Sonnenschein Zaumzeug aus.

»Gibt es von der Terrasse aus keinen direkten Weg in den Stall?«, fragte Zahra. »Solange die beiden Männer da unten sind, können wir jedenfalls nicht von hier runter!«

»Gleich ist Essenszeit. Sicher werden sie dann reingehen«, beruhigte Hayat sie.

Zahra wischte sich über die Stirn. Die Sonne brannte heiß auf sie nieder, und ihre Nerven waren zum Zerreißen gespannt. »Aber was sollen wir tun, wenn wir hier hinuntersteigen und dann jemand aus dem Haus oder in den Hof kommt?« Zahra erschien ihr Vorhaben auf einmal noch viel gewagter als während ihrer Planung auf ihrer Schlafstatt. »Hayat, ich weiß nicht. Wenn wir erwischt werden …«

»Wenn du es dir anders überlegst, bin ich dir nicht böse. Aber ich gehe hier nicht weg, ehe ich nicht alles versucht habe, um Miguel da rauszuholen!«

Zahra stieß einen Schwall Luft aus, rührte sich aber nicht von der Stelle. Eine Magd trat aus dem Haus, holte aus dem Brunnen einen Eimer Wasser, sprach einen Moment mit dem Stallburschen und ging zurück. Zahra schnaubte. »Hayat, das kann nicht gutgehen!«

Hayat reagierte nicht, sondern sah nur wie hypnotisiert zu dem Stall. Zahra sagte nichts mehr. Kurz darauf rief die Magd vom Haupthaus zwei Namen. Sofort erhoben sich der Sklave und der Stallbursche und gingen ins Haus.

»Na also«, rief Hayat. »Jetzt gehen sie essen.«

»Hoffen wir es«, murrte Zahra, folgte aber Hayat zu der schmalen Treppe, die von der Terrasse hinunterführte.

Lautlos huschten sie über den Hof und schlichen in den Stall. Im ersten Moment sah Zahra in der dort herrschenden Düsternis nur Schemen. Zu ihrer Rechten und Linken machte sie ein halbes Dutzend Pferdeboxen aus und entdeckte schließlich im hinteren Bereich eine verschlossene Tür, hinter der sie die Sattelkammer vermutete. Das Pferd in der ersten Box hob den Kopf und schnaubte. Zahra strich dem Tier beruhigend über die Nüstern. Als sich ihre Augen an die Dunkelheit gewöhnt hatten, bemerkte sie neben der Sattelkammertür ein Bündel am Boden und machte Hayat darauf aufmerksam. Sofort lief Hayat hin und stieß einen erstickten Schrei aus. »Miguel! Was haben sie mit dir gemacht?«

Zahra eilte ihr nach. Reglos und wie weggeworfen lag Miguel in der Ecke zwischen ausgemistetem Stroh und leeren Wasserkübeln. Er war ohne Bewusstsein. Über seiner rechten Augenbraue klaffte eine eitrige, von Fliegen übersäte Platzwunde, das darunterliegende Auge war bis zur Unkenntlichkeit zugeschwollen und auch das übrige Gesicht von Schlägen gezeichnet. Über seinem unbekleideten Oberkörper lag eine zerrissene Tunika mit großflächigen, blutrot glänzenden Flecken. Hayat hob sie an. Tiefe, wie mit Messern geschlagene Wunden klafften auf Rücken und Oberarmen. Unwillkürlich sog Zahra die Luft ein. »Beim Allmächtigen! Haben sie ihn etwa bei jedem Auspeitschen dermaßen grauenhaft zugerichtet?«

Hayat nickte und biss die Zähne zusammen. Zahra überkam die vage Erinnerung, ganz ähnliche Verletzungen vor kurzem schon einmal gesehen zu haben. Ja, letzte Nacht im Traum, schoss es ihr durch den Kopf, und da stand ihr alles wieder vor Augen. Aber in ihrem Traum hatte sie nicht Miguel gesehen, sondern Raschid, und er hatte die Hand nach ihr ausgestreckt und ihren Namen gerufen … Verwirrt strich sich Zahra über die Augen. War dies in der Tat nur ein Traum gewesen, oder brauchte Raschid wirklich ihre Hilfe?

»Zahra, schau!«

Zahra fasste sich und blickte zu der eisernen Fessel an Miguels Fuß, auf die Hayat zeigte.

»Das war ja nicht anders zu erwarten«, murmelte sie und verfolgte den Lauf der Kette, die an der Fessel festgeschmiedet war. Sie endete in einem stabilen Vorhängeschloss, das an einem in die Wand eingelassenen Eisenring befestigt war. Zahra ruckte an der Kette. Der Eisenring in der Wand bewegte sich keinen Deut. »Den bekommen wir niemals mit unserem Hammer und dem kleinen Meißel heraus. Außerdem würde das zu viel Lärm machen!«

Hayat holte einen Eimer Wasser und benetzte Miguels Stirn. »Mein Gott, er glüht ja!«

»Ja, er scheint hohes Fieber zu haben, aber wir müssen ihn wach bekommen. Vielleicht hat er eine Idee, wie wir ihn von der Kette befreien können.« Sie rüttelte ihn behutsam an der Schulter. »Miguel, Miguel, hört Ihr mich? Wo finden wir hier Werkzeug?«

Als er nicht antwortete, lief Zahra zur Sattelkammer und rief Hayat zu, dass sie weiter versuchen solle, Miguel zur Besinnung zu bringen. »Kipp ihm notfalls einen Kübel Wasser über!«

Da Hayats sanftere Versuche keine Wirkung zeigten, folgte sie schließlich Zahras Rat. Als das Wasser über seine Wunden rann, wimmerte Miguel auf.

»Miguel«, rief Hayat flehend. »Du musst zu dir kommen!«

Blinzelnd öffnete er sein unversehrtes Auge. »Hayat …« Er versuchte, die Hand nach ihr auszustrecken. Hayat ergriff sie und drückte sie an ihr Herz. »Ganz ruhig, Miguel, wir holen dich hier raus!«

Als sie versuchte, ihn aufzusetzen, verzog Miguel schmerzhaft das Gesicht. »Geh, Hayat, geh weg von hier«, stöhnte er. »Wenn sie dich hier finden …«

Hayat schüttelte den Kopf und strich ihm das Haar aus der Stirn.

Zahra kehrte mit einem Stemmeisen zurück. »Damit schaffen wir es vielleicht …«

Als Miguel sie sah, flehte er auch sie an, wegzugehen. »Ihr könnt nichts für mich tun, und ich will nicht, dass ihr euch in Gefahr bringt!«

Zahra nickte, als sei sie mit ihm einer Meinung, ging aber trotzdem mit dem Stemmeisen zur Wand und bat Hayat, ihr zu helfen. Mit vereinten Kräften versuchten sie, das Vorhängeschloss aufzubrechen, doch es fehlte ihnen an Kraft oder Geschicklichkeit, und auch die Kette widerstand all ihren Versuchen. Miguel bat sie erneut zu gehen. »Sie werden euch am nächsten Baum aufknüpfen, wenn sie euch hier erwischen!«

»Sagt uns lieber, was wir tun können, um Euch von dieser verdammten Kette zu befreien!«, knurrte Zahra ihn an und warf das nutzlose Stemmeisen ins Stroh. Dabei fiel ihr Blick auf einen Nagel. Sie hob ihn auf, schlug seine Spitze mit dem Hammer ein Stück weit um und steckte ihn in das Vorhängeschloss.

»Hast du das schon einmal gemacht?«, fragte Hayat.

Zahra schüttelte den Kopf. Als ihr Versuch misslang, veränderte sie die Neigung der Nagelspitze, aber auch so bekam sie das Schloss nicht auf.

»So geht doch endlich!«, flehte Miguel.

Zahra warf den nutzlosen Nagel neben das Stemmeisen und drehte sich um. Verdammt, dachte sie, es muss hier doch irgendetwas geben, was uns dabei helfen kann, Miguel von der Kette loszubekommen! Als sie Pferdenüstern im Rücken spürte, fuhr sie mit blitzenden Augen herum. »Das ist es!«

Sofort machte sie sich daran, die kräftige, kleine Araberstute zu satteln und aufzuzäumen.

»Was hast du vor?«, rief Hayat.

»Hol mir einen dicken Strick aus der Sattelkammer«, entgegnete Zahra. »Den stabilsten, den du finden kannst!«

Hayat lief los und brachte das Gewünschte. Zahra band das eine Ende am Sattel und das andere am Eisenring fest und blickte dann zu Hayat. »Ich zähle jetzt bis drei, und dann klatschst du dem Pferd mit voller Wucht auf die Kruppe. Mit ein bisschen Glück prescht es heftig genug vor, dass dabei der Eisenring aus der Wand reißt!«

»Aber das Pferd wird Miguel an der Kette hinter sich herschleifen!«

»Ich werde es schon irgendwie halten können.« Zahra sah zu dem Pferd auf und hoffte inständig, dass ihr dies wirklich gelingen würde, denn ihr war klar, dass Miguels Herr sich andernfalls dessen Hinrichtung sparen konnte – eine Schlitterpartie im Stall hinter einem durchgegangenen Pferd würde Miguel in seinem Zustand kaum überleben.

»Zahra …«

»Wir haben keine Wahl«, fiel Zahra ihrer Halbschwester ins Wort. Sie blickte zu Miguel. Er schloss ergeben die Augen. Zahra sah, wie sich sein Körper verkrampfte, und konnte ihn gut verstehen: Sie hätte jetzt nicht an seiner Stelle sein wollen. Sie atmete noch einmal tief durch und stellte sich dicht neben die Stute. Obwohl das Tier nicht sehr groß war, überragte Zahra seinen Widerrist kaum. Sie verbot es sich, darüber nachzudenken, was alles schiefgehen konnte, schlang die Zügel fest um ihren rechten Arm, krallte ihre linke Hand in die Mähne der Stute und fing zu zählen an: »Eins, zwei, DREI!«

Auf Hayats Schlag hin machte das Pferd einen gewaltigen Satz nach vorn. Zahra wurde mitgerissen, stemmte sich dann aber in den Boden und riss mit aller Kraft die Zügel zurück. In seiner Panik versuchte das Pferd hochzugehen – und im gleichen Moment durchfuhr Zahras Schulter ein so scharfer Schmerz, dass ihr schwarz vor Augen wurde. Wie mit tausend Messern bohrte er sich tiefer und tiefer in ihre rechte Schulter und stach von dort in den ganzen Körper.

»Zahra, du hast es geschafft! Der Eisenring ist raus!«

Hayats Worte klangen wie aus großer Entfernung zu ihr. Nah und gegenwärtig war ihr nur der Schmerz, der von ihrer Schulter in Wellen durch den ganzen Körper schoss. Zahra biss die Zähne zusammen und sah auf. Sie hatte die Zügel noch immer fest um den Arm und die Mähne in der anderen Hand. Die Stute spielte zwar nervös mit den Ohren, stand jetzt aber ganz ruhig. Bang blickte Zahra zu Miguel. Das Pferd hatte ihn trotz der herausgerissenen Kette kaum einen Meter mitgezogen. Als die Stute mit ihrem Kopf hochruckte, schoss eine neue Schmerzwelle durch Zahras Schulter. An ihrem Rücken rann Schweiß herab.

»Hayat, komm her«, stöhnte sie.

Eilig lief Hayat von vorn um das Pferd herum. »Mein Gott, Zahra, du bist ja weiß wie eine Wand! Was ist mir dir?«

»Ich weiß nur, dass es unglaublich weh tut und ich meinen rechten Arm nicht mehr bewegen kann. Du musst mir aus den Zügeln helfen.«

Mit misstrauischem Blick auf die Stute trat Hayat näher an Zahra heran.

»Rede mit dem Pferd, damit es ruhig bleibt und nicht den Kopf hochreißt«, keuchte Zahra.

Hayat folgte ihrer Anweisung. Obwohl sie die Zügel sehr vorsichtig von Zahras Arm und Hand wickelte, stöhnte diese immer wieder auf. Endlich war Zahras Arm frei.

»Und?«, fragte Hayat besorgt.

Behutsam legte Zahra ihren Arm an die Brust und versuchte, ihn dort zu stabilisieren. Der Schmerz war höllisch und trieb ihr die Tränen in die Augen. »Ich glaube, ich habe mir die Schulter ausgekugelt.«

»Aber du musst mit Miguel zum Stadttor reiten!«

Zahra schüttelte den Kopf. »Das musst du übernehmen.«

Hayat riss die Augen auf. »Aber Zahra, so schlecht, wie ich reite, und dann noch mit Miguel auf dem Pferd und …«

»Du musst!«, keuchte Zahra. »Und jetzt sattle das Pferd ab. Zu zweit passt ihr nicht in den Sattel.«

Zahra ging zu Miguel und fragte ihn, ob er allein aufstehen könne. Miguel schüttelte den Kopf und wiederholte, dass er nicht wolle, dass sie sich seinetwegen in Gefahr brachten. Zahra ließ ihn reden und befahl Hayat, Miguel die mitgebrachte Tunika und den Turban anzuziehen. »Beeil dich. Die Leute werden nicht ewig essen!«

Zahra ging ans Tor und spähte hinaus. Noch war niemand im Hof zu sehen. Trotzdem blieb sie unruhig. Sie waren ihrem Ziel jetzt so nah …

»Hayat, kannst du denn nicht schneller machen?«

Endlich war Miguel angezogen. Trotz der höllischen Schmerzen in ihrer Schulter half Zahra Hayat dabei, Miguel auf die Füße zu stellen und zum Pferd zu bringen. Bei jedem zweiten Schritt sackten ihm die Beine weg, aber schließlich hatten sie ihn doch in der richtigen Position vor dem Pferd.

»So, und jetzt hoch mit ihm!«

Doch ihr Versuch, ihn aufs Pferd zu hieven, misslang jämmerlich, zumal Zahra kaum mithelfen konnte.

»Das wird so nichts, Hayat, warte!« Zahra sah sich um. Ihr Blick fiel auf den Sattel. Sie ließ Hayat noch zwei weitere holen und übereinanderstapeln. So gelang es ihnen schließlich, Miguel aufs Pferd zu setzen.

»Jetzt liegt alles Weitere an dir!« Zahra steckte Hayat den Ring an, den sie für die Bestechung des Stadttorwächters vorgesehen hatten, umarmte sie mit ihrem unverletzten Arm und hätte sie am liebsten nicht wieder losgelassen, aber die Zeit drängte.

Hayat setzte sich vor Miguel aufs Pferd. Sorgfältig verbarg sie die Kette von Miguels Fußfessel unter ihrem weiten Umhang und nickte Zahra zu. Da rutschte Miguel seitlich vom Pferd. Hayat konnte ihn gerade noch auffangen. Bei ihrem Bemühen, ihn aufzusetzen, kam Miguel wieder zur Besinnung. »So lasst mich doch endlich und geht«, stöhnte er. »Wir werden es nicht schaffen!«

Zahra blickte zu Hayat, doch die schüttelte den Kopf. »Ihr müsst Euch nur gut an Hayat festhalten«, sagte sie zu Miguel. »Schlingt Eure Arme fest um ihre Hüfte!«

Die verlegene Unsicherheit, mit der Miguel ihrer Aufforderung nachkam, verriet Zahra, dass ihr beider Verhältnis noch weit keuscher war, als sie angenommen hatte. Sie schämte sich, dass sie Hayat insgeheim schon mehr unterstellt hatte, und war gleichzeitig erleichtert, sich geirrt zu haben.

»Ich öffne euch jetzt das Tor.« Zahra sah Hayat eindringlich an. »Und dann reitest du los, als sei der Teufel hinter dir her. Sieh nicht zur Seite und nicht hinter dich, sondern reite drauflos – was auch passiert!« Zahra sah, wie Hayat die Hände in die Zügel und zusätzlich in die Mähne der Stute krallte.

»Es wird schon gutgehen«, versuchte Zahra ihrer Halbschwester Mut zu machen, obwohl sich auch ihr Magen vor Angst zusammenkrampfte. »Pass auf dich auf, hörst du? Ich warte dann wie besprochen in dem leeren Haus an der Trinkwasserzisterne auf dich!«

Hayat nickte und presste die Lippen zusammen. Zahra blickte zu Miguel. »Seid Ihr bereit?«

»Ich werde es mir nie verzeihen, wenn Hayat etwas zustößt«, machte er einen letzten Versuch, die beiden Frauen doch noch von ihrem Rettungsversuch abzubringen.

Zahra schleppte sich ans Tor. Nach einem raschen Blick in den Hof, in dem dank Allahs Fügung noch immer alles ruhig war, öffnete sie die beiden Torflügel. Hayat ließ das Pferd vorgehen und wollte es gerade antreiben, als der Stallbursche aus dem Haus trat. Entsetzt zog Hayat die Zügel an.

»Und jetzt?«, rief sie mit erstickter Stimme zu Zahra.

»Jetzt reitest du um euer Leben!« Mangels einer gebrauchsfähigen Hand trat Zahra der Stute so fest gegen das hintere Bein, dass das Tier vor Schreck aus dem Stand angaloppierte.

Als der Stallbursche die Stute aus dem Stall schießen sah, rannte er los und versuchte, dem Pferd den Weg abzuschneiden. Zugleich brüllte er aus Leibeskräften: »Ravi, Shahid, schnell, der Sklave türmt!«

Die Stute versuchte dem Stallburschen auszuweichen, geriet dabei auf dem Pflaster im Hof ins Schlittern, woraufhin auch Hayat und Miguel aus dem Gleichgewicht gerieten und aufschrien. Der Stallbursche fasste nach dem Zügel, verfehlte ihn um kaum einen Fingerbreit, versuchte es erneut, aber da fing sich das Pferd und galoppierte weiter, und auch Hayat und Miguel fanden ihren Halt wieder. In rasantem Tempo schoss das Pferd aus dem Hof und bog in die Straße ein. Hastig verbarg sich Zahra in einer der Pferdeboxen. Draußen schwoll Lärm an. Immer mehr Männer und auch einige Frauen schrien im Hof durcheinander.

»Beim Allmächtigen, wir müssen ihn fassen!«

»Der Herr bringt uns um, wenn wir ihn entwischen lassen! Wir müssen hinterher, los, zu den Pferden!«

Zahra verkroch sich unter der Futterkrippe und hörte die Männer in den Stall kommen.

»Los, zum Satteln bleibt uns keine Zeit. Legt nur Zaumzeug an und dann hinterher. Sie wollen garantiert zum Stadttor; wir müssen uns aufteilen. Ravi, du nimmst die Puerta de Justicia, Shahid die Puerta de las Armas, Amar das nördliche Tor. Na los, schneller!«, brüllte einer der Männer – und schon wenige Atemzüge später galoppierten vier Pferde aus dem Hof. Die zurückgebliebenen Diener redeten aufgeregt durcheinander. Aus Angst, dass einer von ihnen sie entdecken könnte, wagte Zahra kaum zu atmen, doch nach einer Weile zogen sich alle ins Haus zurück. Da wurde es ganz still um Zahra, so still, dass sie ihr eigenes, noch immer wild klopfendes Herz zu hören meinte. Sie merkte, dass sie zitterte. Erst da gestand sie sich ein, in welcher Gefahr sie geschwebt hatten. Schluchzer quollen in ihr auf, die so heftig waren, dass sie diese nicht unterdrücken konnte. Zahra presste ihren Umhang vor den Mund, damit sie nicht doch noch jemand hörte.

Ich muss hier weg, ehe sie zurückkommen, sagte sie sich immer wieder, und endlich gelang es ihr, sich zu fassen. Als sie sich erhob, fuhr ihr ein heißer Schmerz in die Schulter und von dort durch den ganzen Körper, und ihr wurde bewusst, dass sie mit dieser Verletzung niemals über die Dächer zurückgehen konnte, wo so manche Brüstung zu überwinden war. Wie einfach wäre es gewesen, direkt nach Hause zu gehen, es waren ja nur wenige Schritte, aber ihr war klar, in welche Schwierigkeiten sie vor allem Hayat damit gebracht hätte. Wie sollte sie ihren Aufzug erklären? Und Hayats Verschwinden? Außerdem würde Hayat sie in dem verlassenen Haus an der Trinkwasserzisterne erwarten – und Tamu sie beide später im Badehaus. Sie stabilisierte den Arm am Körper und schlich auf die Straße. Bei jedem Schritt flammte in ihrer Schulter ein scharfer Schmerz auf, so dass sie immer wieder innehalten und Luft schöpfen musste. Eine Ewigkeit schien ihr vergangen zu sein, bis sie endlich den Zisternenplatz erreichte. Um diese Tageszeit herrschte dort reger Betrieb. Viele Dienerinnen und Sklavinnen holten Wasser zum Putzen und Spülen, andere hatten diese Arbeit schon hinter sich und wuschen in dem dafür vorgesehenen Becken Wäsche. Erst jetzt merkte Zahra, welchen Durst sie hatte. Trotzdem wagte sie nicht, sich zwischen den Frauen hindurch zur Wasserstelle zu schieben. Als sie gerade in dem alten Haus verschwinden wollte, strich ihr jemand mit dem Finger zwischen den Schulterblättern entlang und säuselte mit vor Wollust kehliger Stimme: »Na, meine Schöne, ganz allein unterwegs?«

Doch nicht seine Wollust ließ Zahra vor Angst erstarren. Nein, sie erkannte seine Stimme – und jeder fremde Vergewaltiger wäre ihr in diesem Moment lieber gewesen. Hinter ihr stand Yazid.

Weglaufen war Zahras erster Instinkt, aber sie wusste, dass Yazid sie auch dann im Nu eingeholt hätte, wenn sie nicht durch ihre ausgekugelte Schulter behindert gewesen wäre. Auch auf Hilfe von den Frauen an den Zisternen konnte sie nicht rechnen. Keine würde einem Herrn entgegentreten, um einer Frau in Bettlerkleidern beizustehen. Zahra schluckte hart, zog ihren Hidschab tiefer ins Gesicht, senkte den Kopf und flehte mit verstellter Stimme: »Bitte, Herr, lasst mich gehen.«

»Das werde ich schon, aber hinterher!« Höhnisch auflachend packte Yazid Zahra an der Schulter und drehte sie um. Obwohl er lediglich die unverletzte Schulter berührt hatte, konnte Zahra nur mit Mühe einen Schmerzensschrei unterdrücken. »Jetzt zier dich nicht so«, knurrte Yazid und drückte sie gegen die Hauswand. »Einen paar schnell verdienten Dirhams seid ihr Weiber doch nie abgeneigt, und an dir hängt sogar noch das Stroh von deinem letzten Abenteuer!« Wie zum Beweis pickte er einen Strohhalm von Zahras Hidschab und blies ihn ihr mit anzüglichem Grinsen entgegen.

»Bitte, Herr, habt Erbarmen. Ich bin verletzt, meine Schulter … Ich kann Euch nicht zu Diensten sein!«

»Mein Erbarmen ist meine klingende Münze, und deine Schulter interessiert mich nicht«, knurrte Yazid ungeduldig und zog ihr mit einem schnellen Griff den Hidschab vom Kopf. Als ihr langes, dunkles Haar über ihre Schultern wallte, stutzte Yazid und sah Zahra forschend in das nur noch von dem Schleier verdeckte Gesicht. Dann trat endgültig Erkennen in seine Miene. Zahras Herz sank bis in die Kniekehlen. »Yazid, bitte, ich kann alles erklären!«

Yazid versetzte ihr eine schallende Ohrfeige. Der Ruck fuhr Zahra bis in die Schulter, und ihr wurde schwarz vor Augen. Taumelnd sank sie gegen die Wand.

»Verkommenes Weibsstück, aber etwas anderes ist von der Tochter einer Christenhure wohl auch nicht zu erwarten!« Mit zornblitzenden Augen trat Yazid noch näher auf sie zu.

»Bitte nicht, Yazid! Meine Schulter ist ausgekugelt und …«

»Ausgekugelt?« Yazid verpasste ihr einen Stoß. Zahra stürzte zu Boden und schrie vor Schmerzen auf.

»War wohl ziemlich stürmisch, dein Liebhaber!« Voller Verachtung spuckte Yazid ihr ins Gesicht. »Und was trägst du da überhaupt für liederliche Lumpen? Hast dich wohl gar im Hurenviertel verkauft, was?«

Ohne Rücksicht auf ihre Verletzung riss er sie wieder auf die Füße und stieß sie vor sich her. »Los, nach Hause. Ich hoffe nur, Vater versteht jetzt endlich, was für verderbtes Pack er mit dieser Christenschlampe gezeugt hat!«

»Yazid, bitte, ich …«

Yazid rammte ihr die Faust in den Rücken. »Geh!«

Abdarrahman befahl seinem Sohn, ihn mit Zahra allein zu lassen. Yazid war enttäuscht, nicht Zeuge von Zahras Bestrafung werden zu können, aber die Ader auf Abdarrahmans Stirn pochte so heftig, dass er der Aufforderung trotzdem augenblicklich Folge leistete. Als die Tür hinter ihm zufiel, drückte sich Zahra tief in die Zimmerecke. »Vater, bitte, ich kann alles erklären!«

Da ging die Tür noch einmal auf. Knurrend fuhr Abdarrahman herum. »Habe ich nicht deutlich gesagt, dass ich hier niemanden sehen will?«

Leonor zuckte zusammen. Sie war durch das lautstarke Getöse, das Yazid beim Betreten des Hauses veranstaltet hatte, aus dem Mittagsschlaf gerissen worden. Ihr Haar wallte engelsgleich über die Schultern, und sie wirkte in ihrem dünnen Nachthemd noch zerbrechlicher und schutzbedürftiger als sonst. »Abdarrahman, was ist hier los? Und wieso lässt du zu, dass Yazid Zahra anbrüllt und beleidigt?«

»Halt dich da raus, Leonor, und geh!«

Leonor sah ihn an. Verständnislosigkeit und tiefe Sorge standen ihr ins Gesicht geschrieben. Dann trat auch Trotz hinzu. Sie sah zu Zahra, wurde auf ihre seltsame Armstellung aufmerksam, ging zu ihr und tastete ihr die Schulter ab. Mehr als dies schmerzte Zahra der Kummer in den Augen ihrer Mutter. In ihre Augen traten Tränen.

»Das reicht, Leonor, geh jetzt. Meinetwegen kannst du den *dschabbar* holen lassen, damit er Zahra nachher verarztet, aber jetzt lässt du uns hier allein!«

Zahra blickte zu Boden, um es ihrer Mutter nicht noch schwerer zu machen. Als Leonor die Tür hinter sich geschlossen hatte, wandte sich Abdarrahman wieder Zahra zu. »Wo ist Hayat?« Seine Stimme zitterte vor Wut. »Was, beim Allmächtigen, habt ihr jetzt wieder angestellt?«

»Hayat«, Zahra musste schlucken, »kommt sicher bald nach Hause. Sie hat, also wir ... wir haben nichts Unrechtes getan.« Dies entsprach zwar nicht der Wahrheit, aber die Schändlichkeiten, die Yazid ihnen unterstellte, hatten sie in der Tat nicht begangen. Zahra sah zu ihrem Vater auf. Er sollte sehen, dass sie kein schlechtes Gewissen hatte. Obwohl seine Augen vor Zorn funkelten, hielt Zahra ihnen stand. Schließlich war es Abdarrahman, der den Blick abwandte. Mit donnernden Schritten ging er im Zimmer auf und ab. Als er sich Zahra wieder zuwandte, hatte Trauer den Zorn in seinen Augen ertränkt. »Beim Allmächtigen, Zahra, ich weiß nicht mehr, was ich denken soll. Ehrlich gesagt, glaube ich nicht, was Yazid dir unterstellt, aber was, zum Teufel, hast du denn sonst in diesem Aufzug in der Stadt getrieben?«

»Das kann ich nicht sagen, aber ich schwöre, dass meine Ehre ebenso unbefleckt ist wie die von Hayat!«

»Ich will wissen, was ihr gemacht habt!«

»Es ... es tut mir leid, Vater, aber ich kann es nicht sagen. Ich habe mein Wort gegeben!«

Abdarrahman maß sie mit einem dunklen Blick, dann wandte er sich erneut von ihr ab und schritt zu seinem Schreibtisch. Dort blieb er stehen. Jede Sekunde, die er so dastand, erschien Zahra wie eine kleine Ewigkeit. Endlich drehte er sich wieder zu ihr um. Seine Stimme zitterte, als er sprach. »Du schwörst also, dass deine Unschuld keinen Schaden genommen hat?«

Zahra nickte.

»Und du willst mir nicht sagen, was ihr gemacht habt oder wo Hayat jetzt ist?«

Zahra schüttelte den Kopf.

»Dann gehst du jetzt in dein Zimmer, und Hayat ebenfalls, sobald sie zurück ist. Und ich verbiete euch, dass ihr euch von dort wegrührt, ehe ich nicht von Alhama zurück bin. Morgen brechen wir mit den Truppen auf, und sobald ich wieder hier bin, bringe ich euch nach Marokko.«

»Aber Vater!«, schrie Zahra entsetzt.

»Schweig!« Abdarrahman donnerte die Faust auf den Tisch. »Es reicht mir mit euch! Gleich nach meiner Rückkehr geht Hayat wieder zu ihrem Mann, und du wirst deinen Mann nicht im nächsten, sondern schon in diesem Jahr heiraten. Noch heute werde ich einen Brief an ihn aufsetzen. Und jetzt verschwinde in dein Zimmer und bete, dass deine Halbschwester hier auftaucht, ehe mein Zorn noch größer wird und ich sie nicht mehr ins Haus lasse!«

Zahra schlich mit gesenktem Kopf an ihm vorbei. Marokko, die Heirat – das war das Ende, dachte sie und wagte sich nicht auszumalen, wie Hayat auf diese Nachricht reagieren würde. Fast hoffte sie, sie würde mit Miguel fliehen. Schlimmer als das, was Hayat in Fès erwartete, könnte es auch im Land der Christen nicht für sie werden, und sie hätte immerhin Miguel an ihrer Seite. Zahra musste an Gonzalo denken und wünschte sich mit einem Mal so brennend, in seiner Nähe zu sein, dass es ihr fast die Brust zerriss.

5.

Schlacht um Alhama

20. Januar 1482

Mit dreitausend Reitern und fünfzigtausend Mann im Gefolge erreichte Yazid vier Tage später an Hassans Seite Alhama. Die Stadt lag am Rand einer tiefen Schlucht und war deswegen nur von vorne anzugreifen. Yazid befahl seinen Männern, noch bis zum Waldrand zu reiten, von wo aus sie eine gute Sicht auf die Stadt und das vor ihr liegende freie Feld hatten. Was sie dort erblickten, übertraf ihre schlimmsten Erwartungen: Die bei der Verteidigung des Ortes gefallenen Mauren waren von den Christen wie Abfall vor die Stadt geworfen worden und wurden jetzt von Rudeln verwahrloster, halbverhungerter Hunde heiß umkämpft. Die gefräßigsten Tiere hatten mit ihrem grausigen Mahl bereits begonnen …

Yazids Blut wallte, seine Hand fuhr an den Schwertgriff, und er packte ihn so fest, als wolle er schon dem ersten Christen den räudigen Hals umdrehen. »Diese verdammten Hurensöhne«, presste er zwischen den Zähnen hervor und fuhr zum Emir herum. »Hassan, gebt mir freie Hand, und bis Ende der Woche baumelt an jeder einzelnen Zinne der Stadtmauer Alhamas ein Christenkopf!«

Hassans Gesicht war wie versteinert. Sein Nicken kam

ruckartig wie das Fallen einer Axt beim Spalten von Brennholz. Johlend riss Yazid den Arm hoch und stürzte zusammen mit der ihm unterstehenden Reiterschaft hinunter auf das Feld. Wie im Rausch metzelten sie die räudigen Köter nieder. Sie hatten ein Heer im Rücken, das vor Rachsucht kaum noch zu bändigen war.

Auf dem Wehrgang der Stadt hatte Gonzalo das Nahen der Mauren bemerkt. Wie alle hier hatte er mit ihrem Kommen gerechnet, aber als er sah, mit welchem Blutdurst die Mauren die Hunde abschlachteten, zog sich ihm der Magen zusammen. Er blickte zu Don Juan de Góngora und dem Marqués de Cadiz, die neben ihm standen. Der Marqués Don Ponce de León war mit seinen fünfzig Jahren einer der erfahrensten Heerführer Isabels und der Eroberer Alhamas. Sein schmales, von einem akkurat gestutzten Bart noch künstlich verlängertes Gesicht zeigte wachsendes Unbehagen, und die klugen, grauen Mausaugen huschten angespannt über das Feld. »Wir müssen aufpassen, dass das Hinmetzeln der Hunde nicht die Moral unserer Soldaten untergräbt!«

»Für die Moral der Männer wäre es allerdings besser gewesen, die verdammten Heiden hätten sofort uns angegriffen.« Don Juan kratzte sich mit sichtlichem Unbehagen am Hals.

»Ich befürchte, die Moral der Männer ist nicht unser einziges Problem«, warf Gonzalo dazwischen. Er zeigte zum Wald. »Da oben verbirgt sich ein viel größeres Heer, als wir erwartet haben. Wenn unser Verhältnis nur eins zu fünf ist, können wir uns schon glücklich schätzen.«

Der Marqués hob die Hand über die Augen und blickte angestrengt in die Richtung, in die Gonzalo wies. Als er sah, auf wie vielen Schilden und Rüstungen am Waldrand die Sonne reflektierte, erblasste er. »Heilige Madonna, steh uns bei!«

»Wir müssen Boten ausschicken«, rief Don Juan. »An den Herzog von Medina Sidonia und auch an alle anderen Adligen der Umgebung. Bis die mit ihren Truppen eintreffen, müssen wir irgendwie die Stellung halten.«

»Und wie wollt Ihr die Boten mit heiler Haut durch diese Tobsüchtigen bringen?«, fragte Gonzalo.

»Dann müssen wir eben einen ganzen Trupp Boten ausschicken«, knurrte Don Juan. »Hauptsache, einer von ihnen kommt durch!«

Gonzalo hob missfällig die Augenbrauen. Er wandte sich an Ponce de León. »Marqués, soweit ich weiß, schickt Ihr häufig Brieftauben an den Herzog von Medina Sidonia ...«

»Natürlich!« Der Marqués schlug sich an die Stirn. »Und ich habe auch noch eine seiner Tauben hier!«

In aller Eile veranlasste er das Nötige. Anschließend rief er Gonzalos Brüder zu sich, denen ebenso wie ihm, Don Juan und Gonzalo je eine der Truppen unterstand, um gemeinsam das weitere Vorgehen zu besprechen. »Das Wichtigste ist, die Männer zu beschäftigen, damit sie keine Zeit zum Nachdenken haben. Wir müssen unter allen Umständen verhindern, dass sie uns, wenn es zum Angriff kommt, wie die Hasen davonlaufen!«

Gonzalo musste daran denken, dass er sowohl dem Marqués als auch Don Juan in den letzten Tagen mehrmals gesagt hatte, dass man die Mauren mit den liegen gelassenen Toten nur unnötig provozieren würde, aber die hatten ihn verständnislos angesehen. In dem Kampf gegen die Mauren ging es eben nicht nur um einen Sieg für die Königin und den christlichen Glauben – es ging auch um Rache für eine in den Augen der Kastilier schon allzu lang währende Herrschaft der Mauren.

»Zunächst halten wir unsere Truppen für den Sturmleiterangriff der Mauren bereit«, wies der Marqués Gonzalo an. »Und bis dahin sollen sie mehr Steine herbeischaffen. Die Mauren sind weit zahlreicher, als zu erwarten war. Und Eure Truppen«, damit wandte er sich an Gonzalo, dessen jüngeren Bruder Jaime und Don Juan, »sollen sich für Ausfälle bereithalten. Wir müssen den Mauren zeigen, dass wir keine Angst vor ihnen haben!«

»Meine Männer haben noch nie vor einem dreckigen Mauren die Flucht ergriffen«, ließ Jaime ihn wissen und strich sich mit selbstsicherer Geste seine dunklen Locken aus dem Gesicht. Die smaragdgrünen Augen funkelten vor Entschlossenheit.

Der Marqués nickte zufrieden, und sie machten sich an ihre Aufgaben. Ehe Gonzalo von dem Wehrgang hinabstieg, warf er noch einen Blick auf das Blutbad, das die Mauren unter den Hunden angerichtet hatten, und sah, ohne es zu wollen, in welchem Zustand die maurischen Leichen inzwischen waren. Er glaubte, sich übergeben zu müssen, aber es verging.

Als alle Hunde niedergemetzelt oder geflohen waren, sammelte Yazid seine Truppen und ordnete sie neu. Die Angriffslust der Männer übertrug sich auf die Pferde. Sie ließen die Ohren spielen, schnaubten und stampften vor Ungeduld. Auch die Fußsoldaten, die jetzt zum Einsatz kommen sollten, konnten es kaum mehr erwarten, endlich loszuschlagen. Die Hände an den Schwertern, starrten sie hinüber zum Feind, ihre Augen blitzten vor Rachedurst.

»Wir greifen die Stadtmauer an mehreren Stellen gleichzeitig an, um ihre Kräfte zu zerstreuen«, erklärte Yazid den Männern und wies jedem Trupp einen Platz zu. Dann ließ er das Horn zum Angriff blasen. Wie tollwütig stürzten die Soldaten los. Ihr Johlen klang wie Siegesgeschrei, so gewiss waren sie, die Christen allein ob ihrer Übermacht zu besiegen. Binnen kurzem standen die ersten Sturmleitern, die meisten verzichteten auf das Anbringen der Sturmdächer zu ihrem Schutz und stürmten sofort die Mauern hoch. Ihr Leben war ihnen gleichgültig. Sie wussten sich im Jenseits gut aufgehoben: Männer, die beim *dschihad,* beim Kampf gegen Ungläubige, ums Leben kamen, waren *shahids,* Märtyrer, und gingen direkt ins Paradies ein. Zuvor wollten sie noch möglichst viele der verhassten Nazarener mit in den Tod reißen.

Yazid befehligte die erste große Angriffswelle. Behende erklomm er die Sprossen der Leiter, den Blick immer nach oben gerichtet, um den niederprasselnden Wurfspießen und Steinen rechtzeitig ausweichen zu können. Als der Soldat unter ihm aufschrie, blickte er zu ihm – und verspürte im nächsten Moment selbst einen schweren Schlag auf dem Kopf. Ihm wurde schwarz vor Augen. Er versuchte, den Fuß auf die nächste Sprosse zu setzen, aber er ruderte im Leeren. Auch die Hände schienen nicht mehr zu ihm zu gehören und rutschten an den Holmen herab. Yazid brüllte vor Wut, und als hätte er damit seine Kräfte neu entfacht, wurde es vor seinen Augen wieder klar. Er fasste die nächste Sprosse, zog sich daran hoch, holte tief Luft und wollte eben eine weitere erklimmen, als sein Vordermann von einem Pfeil im Hals getroffen wurde. Wie ein prall gefüllter Kartoffelsack krachte der Mann nach unten. Um nicht von ihm getroffen zu werden, sprang Yazid selbst in die Tiefe. Während er gleich wieder auf die Beine kam, blieb sein Vordermann auf dem steinigen Boden mit verdrehten Gliedmaßen liegen. Mit einem wütenden Aufschrei erklomm Yazid die Leiter ein zweites Mal.

Inzwischen hatten die Soldaten auf der benachbarten Leiter die Brustwehr erreicht. Yazid johlte vor Freude, als sein Freund Musheer die Hand an die Schutzmauer legte, um sich darüberzuschwingen, doch da erschien zwischen den Zinnen ein vierschrötiger Kastilier. Yazid erkannte in ihm den Mann wieder, dem er vor Jahren in der Alhambra Rache geschworen hatte.

»Schlag ihn nieder, Musheer!«, brüllte er seinem Freund zu, doch noch ehe sich Musheer ihm zuwenden konnte, donnerte Don Juan ihm seinen Panzerhandschuh ins Gesicht, und als Musheer die Brüstung auch dann noch nicht losließ, knallte er ihn ihm auf die Hände. Mit einem gellenden Schrei stürzte Musheer in die Tiefe. Yazid biss die Zähne zusammen und hetzte weiter nach oben.

Inzwischen fochten die beiden Männer, die unter Musheer auf der Leiter gestanden hatten, mit ihren Schwertern gegen Don Juan. Der jüngere versuchte die Mauer zu erklimmen, aber da tauchte an der anderen Zinne ein dunkelgelockter Hüne mit auffallend grünen Augen auf, dessen Gesichtszüge Yazid an den Mann erinnerten, der Don Juan damals in die Alhambra begleitet hatte, allerdings meinte Yazid sich erinnern zu können, dass jener braune Augen gehabt hatte. Der Hüne brüllte Don Juan etwas zu, dann beugten sie sich beide zugleich über die Zinnen, packten die Leiter und warfen sie um. Die Schreie der Stürzenden gingen im Kampfgebrüll der anderen unter. Viele von ihnen blieben reglos liegen, aber auf einen bloßen Wink von Yazid hin stürmte sofort die nächste Gruppe nach. Sie stiegen über die Leichen ihrer Landsleute, richteten die Leiter wieder auf und erklommen sie erneut, und genauso war es überall: Wie nie versiegende Wellen versuchten die Mauren immer und immer wieder über die Mauer zu kommen, gewiss, ihr Ziel schlussendlich doch zu erreichen.

Yazid war gerade wieder hinabgestürzt, als er sah, dass sich das Stadttor öffnete. Ein größerer Trupp Christen in schweren Rüstungen ritt heraus. Ein Teil von ihnen nahm sich als Ziel die ihnen am nächsten stehende, noch auf ihren Einsatz wartende maurische Truppe, die seinem Vater unterstand, und versuchte sie zurückzudrängen, ein anderer Teil griff die Mauren an, welche die Stadtmauer erstürmten. Als Yazid auf einem der Schilde das Wappen Don Juans entdeckte, schwang er sich auf sein Pferd und zog das Schwert. Bevor er Don Juan erreichte, stürmte dieser auf zwei von Yazids besten Männern zu, die, um die Sturmleitern erklimmen zu können, ebenso wie er keine Rüstung, sondern nur einfache Kettenhemden trugen. Mit zwei kraftvollen Hieben schnitt Don Juan ihnen die Kehle durch.

Rasend vor Wut ritt Yazid auf ihn zu. Funkensprühend krachten ihre Schwerter aufeinander. Auch Don Juan erkannte ihn nun wieder. »So kann ich dir jetzt endlich geben, was mir in der Alhambra verwehrt wurde!«, frohlockte er und führte sein Schwert beim nächsten Schlag noch machtvoller, doch Yazid blockte ihn mit seinem Schild ab.

Yazid duckte sich unter der nächsten Attacke und stieß dann sein Schwert in Don Juans rechte, ungedeckte Seite. Knirschend fuhr die Spitze durch die Rüstung, doch bevor Yazid nachstoßen konnte, riss ihn ein anderer christlicher Ritter zurück. Yazid erkannte auch ihn an seinem Wappen; zudem trug der Mann keinen geschlossenen Helm, sondern nur einen Schaller, der die untere Gesichtshälfte freiließ. Jetzt war es in der Tat der Mann, der Don Juan auch schon in der Alhambra beigestanden hatte: Don Gonzalo de Córdoba y Aguilar.

Gonzalo war weniger kraftvoll im Austeilen als Don Juan, aber geschickter im Ausweichen, so dass Yazid seine Schläge zwar gut abwehren konnte, aber nie an ihn herankam.

»Reitet zurück zum Tor«, brüllte Gonzalo Don Juan zu.

»Niemals!« Don Juan nahm das Schwert in die linke Hand, um seine verletzte Seite zu schonen. »Erst werde ich dem Kerl sein lästerliches Mundwerk mit dem Einzigen füllen, was dort hineingehört: seinem eigenen Blut!«

Er hob sein Schwert so hoch, als wolle er es Yazid tatsächlich direkt in den Rachen stoßen, doch da sprang einer der maurischen Soldaten Yazid bei, und zwei weitere ritten ebenfalls in ihre Richtung.

»Gegen vier Mann haben wir keine Chance!«, zischte Gonzalo Don Juan an. »Entweder Ihr reitet jetzt mit mir zurück, oder ich überlasse Euch Eurem Schicksal!«

Doch erst als Don Juan einen weiteren schweren Hieb von Yazid hatte einstecken müssen, bei dem ihm sein Schwert aus der Hand fiel, drehte er ab. Trotz des Schlachtenlärms um sie herum verfolgte sie Yazids hämisches Gelächter bis zum Stadttor.

»Heute lass ich dich laufen, alter Mann, aber ich krieg dich noch«, höhnte er, »und dann werde ich dir deinen Kopf abschlagen, und dich«, dies galt Gonzalo, »werde ich in seinem dreckigen Christenblut ersäufen!«

»Weglaufen vor einem Heiden – ich weiß wirklich nicht, was Ihr Euch dabei gedacht habt!«, donnerte Don Juan Gonzalo an, kaum dass sie zurück in der Stadt waren. »Habt Ihr denn keine Ehre im Leib?«

»Doch, aber ich dachte, außer Ehre sollten wir auch noch ein bisschen Blut in den Adern haben, um weiterkämpfen zu können«, entgegnete Gonzalo trocken und befahl einem der sie angaffenden Soldaten, ihm vom Pferd zu helfen. Auch sein Knappe kam und half ihm, den Helm und die Panzerhandschuhe auszuziehen.

»Mein großer Bruder Gonzalo war schon immer mehr der

kluge Stratege als der ausdauernde Krieger!« Jaime schlug dem wesentlich älteren Don Juan gönnerhaft auf die Schulter und blitzte Gonzalo herausfordernd an. Er war einige Zeit vor ihnen in die Stadt zurückgekehrt, da sein Pferd lahmte. Die Rüstung hatte er bereits abgelegt.

»Dann soll Euer Bruder heimgehen und Angriffspläne entwerfen, statt hier die königliche Armee der Lächerlichkeit preiszugeben!«, tobte Don Juan weiter.

Gonzalo winkte gleichmütig ab und befahl seinem Knappen, einen Wundarzt für Don Juan zu holen.

»Heimgehen?« Jaime grinste. »Gonzalo ist ebenso jüngerer Bruder wie ich. Da hat man kein anderes Heim als Kriegsplätze oder den Hof, und sosehr Isabel seine Nähe und seine Ratschläge im Allgemeinen auch zu schätzen scheint – ab und an will sie sich offenbar auch einmal nur ihrem Mann widmen! Oder hätte sie ihn sonst hierhergeschickt?«

Mit geballten Fäusten schoss Gonzalo zu ihm herum. Im gleichen Moment ertönte der Schrei eines Wachsoldaten: »Einer der maurischen Gefangenen versucht, durch das Tor zu entkommen!«

In der Tat war das Stadttor wegen der nach und nach zurückkehrenden Soldaten noch nicht wieder ganz geschlossen und der Gefangene auf dem besten Weg, sich davonzumachen. Jaime setzte ihm nach, packte ihn am Kragen und schlug ihn nieder. Auch als der Mann schon am Boden lag, prügelte und trat er noch weiter auf ihn ein. Gonzalo eilte zu ihm. »Jaime, das reicht!«

Jaime verpasste dem Reglosen einen weiteren hasserfüllten Fußtritt in den Magen. »Meinst du, die wären mit mir während meiner Gefangenschaft letztes Jahr zimperlicher umgegangen?«

Statt etwas zu erwidern, stieß Gonzalo einen Schwall Luft

aus. Schon zu oft hatten sie über dieses Thema gestritten. Natürlich war Jaime damals von zwei der ihn bewachenden Mauren übel mitgespielt worden, aber er konnte trotzdem nicht nachvollziehen, dass sich Jaime dafür an allen Mauren rächen zu müssen meinte, die seinen Weg kreuzten. Gonzalo machte dem wachhabenden Soldaten Zeichen, sich um den stöhnenden Mann zu kümmern. Je eher der Maure aus der Reichweite seines Bruders kam, desto besser für ihn.

Ein Soldat rief vom Wehrgang: »Die Mauren graben uns das Wasser ab!« In seiner Stimme klang ungläubiges Entsetzen.

Gonzalo eilte hinter seinem Bruder hoch auf den Wehrgang, wo auch gerade der Marqués eintraf. Auf den ersten Blick sahen sie, dass der Soldat recht hatte: Die Mauren bauten einen Staudamm.

»Wie steht es um unsere Wasservorräte?«, fragte Gonzalo besorgt.

»Nicht besonders«, erwiderte der Marqués. »Die Stadt bezieht ihr Wasser einzig und allein über diesen Strom. Es gibt hier weder Quellen noch Zisternen. Nicht umsonst heißt Alhama auch Alhama *la Seca,* das trockene Alhama.«

»Madre mía«, stöhnte Gonzalo. Er überschlug, dass sich außer ihrer Truppe und den Pferden noch etliche hundert Christen in der Stadt befanden, die schon unter den Mauren hier gelebt hatten, sowie noch einmal so viele maurische Gefangene.

»Was genau heißt nicht besonders?«, fragte er den Marqués. Ponce de León hob unsicher die Achseln.

Gonzalo übernahm es selbst, sich ein Bild von den Wasservorräten zu machen; anschließend suchte er den Marqués, um ihm Bericht zu erstatten. Er fand ihn auf dem Wehrturm, wo er wie ein im Käfig gefangener Tiger unablässig hin und her lief.

»Selbst wenn wir die Vorräte streng rationieren und alles Wasser bis zum völligen Versiegen des Zuflusses sammeln, werden wir uns kaum mehr als zwei, drei Tage behelfen können«, erklärte Gonzalo.

»Die Hilfstruppen, die wir von unseren Nachbarn angefordert haben, werden bis dahin aber kaum hier sein – wenn sie die Brieftaube mit unserer Nachricht überhaupt erreicht hat.« Der Marqués biss sich auf die Lippen.

»Wie hast du dir die Rationierung überhaupt vorgestellt?«, mischte sich nun Jaime in das Gespräch.

»Die Soldaten bekommen einen Becher, alle anderen einen halben Becher Wasser am Tag«, erwiderte Gonzalo. »Den Pferden müssen wir wenigstens einen Eimer Wasser am Tag zugestehen.«

»Mit ›alle anderen‹ meinst du hoffentlich nicht auch das Maurenpack?«

»Natürlich bekommen auch die Mauren Wasser.« Gonzalo hielt dem Blick seines Bruders stand. »Dich haben sie während deiner Gefangenschaft auch nicht verdursten lassen!«

»Aber wir hatten ihnen auch nicht das Wasser abgegraben!« Er fuhr zu dem Marqués um. »Wollen wir doch einmal sehen, ob die Mauren das Wasser nicht schnell wieder fließen lassen, wenn sie ihre Landsleute vor Durst schreien hören!«

Der Marqués blickte zwischen Gonzalo und Jaime hin und her und entschied: »Die Mauren kriegen keinen Tropfen!«

Gonzalo schluckte, erwiderte aber nichts.

Schon am dritten Tag war das Jammern und Klagen der verdurstenden Mauren auch vor der Stadtmauer nicht mehr zu überhören. Gonzalos Bruder Jaime war inzwischen schon mehrmals mit seinen Männern gegen die Truppen der Mauren ausgeschwärmt, die ihnen das Wasser abgruben, und wenn er den Bau des Staudamms auch nicht verhindern konnte, so verzögerte sein Einsatz doch zumindest dessen Fertigstellung. Gonzalo graute vor dem zuletzt gesammelten Wasser: Es war rot vom Blut der Verletzten und Gefallenen, und er hielt seinem Bruder vor, dass er jeden Tropfen Wasser mit einem Tropfen Blut erkaufe, woraufhin Jaime ihm lapidar erwiderte, er müsse es ja nicht trinken, wenn es ihm nicht rein genug erschiene.

Erbost suchte Gonzalo den Marqués auf und bat ihn, dem Irrsinn ein Ende zu bereiten. »Wenn wir den Mauren die Stadt überlassen, gewähren sie uns sicher freien Abzug!«

Doch der Marqués war für diesen Vorschlag noch nicht einmal dann zu gewinnen, als die Mauren die Staustelle am nächsten Tag so stark gesichert hatten, dass selbst Jaime keinen Ausfall mehr wagte und auch noch der letzte, magere Zufluss versiegte.

»Die Hälfte der maurischen Gefangenen ist bereits verdurstet, und in spätestens zwei Tagen wird es die ersten unserer Leute treffen!«, hielt Gonzalo dem Marqués vor, doch der zuckte mit den Schultern und blickte in die Ferne, ob nicht endlich die angeforderte Hilfe kam.

Am nächsten Tag ließ Gonzalo selbst den Soldaten nur noch einen halben Becher Wasser aushändigen, alle anderen bekamen gar keins mehr. Die qualvollen Schreie der Verdurstenden hallten durch die Stadt. Viele litten an Halluzinationen und geisterten, wie Blinde vor sich hin tastend, durch die Straßen. Einige bestiegen den Wehrgang, sahen am Grund der anderen Seite imaginäre Seen und stürzten sich mit einem seligen Lächeln auf den aufgesprungenen Lippen hinab. Und noch immer nahte keine Hilfe von außen.

Auch Gonzalo schwanden die Kräfte, und er wunderte sich, woher sein Bruder Jaime die Energie nahm, noch immer über die Mauren zu schimpfen. Ihm war längst alles einerlei, und bisweilen flackerte der Gedanke in ihm auf, dass die Mauren, wenn sie jetzt wieder Sturmleitern aufstellen würden, auf dem Wehrgang kaum noch auf Widerstand träfen. Fast wünschte er, sie täten es – dann hätte ihr Leiden ein Ende, er ahnte aber, dass sie dies nicht tun würden. Warum auch? Sie würden hier ohnehin alle verdursten und müssten danach nur noch aufgesammelt und den Hunden zum Fraß vorgeworfen werden.

Immer öfter versank Gonzalo in wirren Tagträumen, in denen meist die bestürzend blauen Augen des maurischen Mädchens auftauchten, das er zum ersten Mal in der Alhambra erblickt hatte. Diesmal wurde ihr Gesicht von keinem Schleier bedeckt. Ihre Haut war kaum dunkler als geschälte Mandeln und nicht weniger makellos. Ein verheißungsvolles Lächeln umspielte ihren feingeschwungenen Mund. Sie trat auf ihn zu und küsste ihn, und ihr Kuss war kühl und erquickend wie reinstes Quellwasser.

In der Tat vergingen noch einmal drei elende Tage, Tage, in denen die Menschen grauenvoll siechten, bis ein Soldat vom Wehrturm herunterkrächzte: »Die Flagge des Herzogs von Medina Sidonia und auch die des Königs und all die Soldaten – mein Gott, es sind so viele, die uns zu Hilfe eilen!«

Im ersten Moment hielt Gonzalo wie die meisten anderen, die noch bei halbwegs klarem Verstand waren, den Soldaten für ebenso wahnsinnig wie jene, die sich nach wie vor auf der Suche nach Wasser vom Wehrgang stürzten, aber dann riefen immer mehr Wachsoldaten die gleiche Nachricht, und so rappelte sich Gonzalo doch von seinem Lager auf und schleppte sich zum Wehrgang hoch. Tatsächlich ritt von dem Hügel eine ganze Armee heran.

Vier Tage dauerten die Kämpfe der Christen gegen die Mauren, Tage, in denen die Menschen in der Stadt Alhama weiter verdursteten, aber dann hatten die Christen die Mauren in die Flucht geschlagen. Als die in der Stadt belagerten Christen die Mauren abziehen sahen, weinten sie vor Erleichterung. Gonzalo schleppte sich zusammen mit seinem Bruder Jaime ans Stadttor, um ihre Retter einzulassen. Er blinzelte in die fahle Januarsonne hinaus auf das Feld, und mit einem Mal war ihm, als sähe er es zum ersten Mal. Tote Mauren lagen dort auf toten Christen, und tote Christen auf toten Mauren. Grauen befiel Gonzalo, und er wusste nicht, ob es wirklich ein Segen war, zu den Geretteten zu gehören.

6.

Granada

8. Februar 1482

Mit wehenden Kleidern eilte Laila in den weitläufigen Empfangsraum des Comaresturms zu ihrer Herrin und sah diese mit solch drängendem Blick an, dass Aischa ihre Unterredung mit dem Wesir und dem Faqih unterbrach und zu ihr aufsah. »Was gibt es?«

Laila flüsterte ihr etwas ins Ohr. Aischa nickte ihr zu und befahl ihr, zu ihrem anderen Gefolge ins Nebenzimmer zu gehen. Nur Zahra sollte weiter an ihrer Seite bleiben.

»Ich bedaure es zutiefst«, wandte sich Aischa an ihre Gäste, die ihr gegenüber auf niedrigen Polstern saßen, »aber es scheint angeraten zu sein, unsere Unterredung ein anderes Mal fortzuführen.«

Der Wesir strich sich über seinen langen, weißen Bart. In seinen kleinen, gütigen Augen stand eine unausgesprochene Frage. Aischas Antwort war ein Nicken.

Der Wesir seufzte. »Auch dies hätte dann endlich ein Ende«, gab er mit einem vielsagenden Blick zu bedenken.

»Noch sind wir aber nicht so weit«, erwiderte Aischa, »und müssen uns daher weiter den äußeren Umständen anpassen.«

Der Wesir nickte, schob seine Unterlagen zusammen und

machte dem Faqih Zeichen, sich zu erheben. Der Wesir hatte es schwerer als sein um einige Jahre jüngerer Begleiter, sich von den niedrigen Polstern zu erheben. Als er stand, atmete er auf und strich seinen feinen, weißen Baumwollburnus glatt. Dann verabschiedeten sich die beiden weisen Männer und verließen den Raum über die Hintertreppe. Als ihre Schritte verklangen, ergriff Aischa Zahras Hand und zog sie zu sich. Wie meist war ihrer Miene nicht anzusehen, was in ihr vorging, aber auch Zahra ahnte, was Laila Aischa zugeflüstert hatte. Es wunderte sie daher nicht, dass Aischas Hand feucht und ihr Griff klamm war.

»Wann kommt er?« Zahra war bemüht, sich ihre Furcht nicht anmerken zu lassen.

»Jeden Moment.«

»Wisst Ihr auch, warum er kommt?«

Aischa schüttelte den Kopf. »Ich hoffe nur, er hat nicht herausgefunden, dass ich mich trotz seines ausdrücklichen Verbots weiter mit dem Wesir treffe.« Sie biss sich auf die Lippe. »Sorg dafür, dass die Frauen nebenan bleiben.«

Zahra ging zum Nebenzimmer und übermittelte Aischas Befehl. Als sie zur Sultanin zurückging, musste sie daran denken, wie kühl und distanziert diese anfangs zu ihr gewesen war. In den ersten Jahren hatte Aischa noch genau abgewogen, wie viel sie sie wissen ließ, damit sie einen Auftrag für sie ausführen konnte, und wie viel sie ihr verschweigen durfte – um sich nicht mehr als nötig in ihre Hand zu geben. Je mehr Zahra vom Leben und den Intrigen in der Alhambra erfahren hatte, desto besser hatte sie diese Vorsicht verstanden. Mit der Zeit aber hatte Aischa Vertrauen zu ihr gefasst und war nun sogar dazu übergegangen, sich ausführlich mit ihr zu beraten, ehe sie eine Entscheidung traf.

»Es fällt mir leichter, Dinge in die Tat umzusetzen, wenn

ich sie vorher aussprechen kann«, meinte sie in solchen Momenten zu Zahra. Ihre getreue Dienerin Laila hingegen hatte für Aischa eine ganz andere Funktion: Sie informierte sie über Hassans Kommen und Gehen. Einer der Diener Hassans war über beide Ohren in die aparte Syrierin verliebt und hielt sie bei ihren heimlichen Treffen darüber auf dem Laufenden, wann mit dem Erscheinen Hassans im Comaresturm zu rechnen war und wann er die Alhambra für längere Zeit verließ. Der einfältige Tropf ahnte nicht, wie wertvoll dies für Aischa war.

Aischa erlaubte Zahra, sich neben sie auf eines der Polster zu setzen. »Ehrlich gesagt, war ich ganz froh, die beiden auf diese Art und Weise schnell loszuwerden«, gestand sie ihr.

»Aber der Wesir ist doch der einzige Freund, den Ihr in Hassans Gefolge noch habt, und …«

»Natürlich ist er das«, unterbrach Aischa sie, »aber bedenke auch, was der Wesir über die Stimmung in der Stadt gesagt hat: Das Volk ist über Hassans Niederlage in Alhama ebenso wütend wie enttäuscht. Vor seinem Aufbruch hat er große Hoffnungen geweckt und sie nicht nur nicht erfüllen können, sondern den Menschen überdies noch sagen müssen, dass Tausende ihrer Landsleute bei dem Versuch der Rückeroberung der Stadt gefallen sind. Den Kastiliern die Stirn zu bieten war kein Fehler. Ein Fehler aber war, dass sich Hassan nicht zuvor um Unterstützung bei unseren afrikanischen Glaubensgenossen bemüht hat. Eigentlich bleibt ihm nun nichts anderes übrig, als mit den Christen Verhandlungen aufzunehmen, doch ich bezweifle, dass er das begreift. Unser Volk hat genug vom Krieg. Es will endlich wieder in Ruhe und Frieden leben und ohne Angst seinen Geschäften nachgehen können, und genau dafür scheinen ihm Hassan und sein Gefolge immer weniger Garanten zu sein.«

»Und Ihr brennt darauf, diese Stimmung auszunutzen – allerdings nicht so, wie der Wesir es Euch vorgeschlagen hat«, schloss Zahra.

Statt einer Antwort huschte über Aischas Gesicht der Anflug eines echten Lächelns, das nur selten bei ihr zu sehen war. Verwundert stellte Zahra fest, wie viel jünger Aischa dadurch wirkte. Sonst war ihre Miene meist geprägt von tiefen Sorgenfalten und Verbitterung. Was für eine schöne Frau sie noch immer ist, schoss es Zahra durch den Kopf. Sie rechnete nach, dass Aischa die fünfzig noch nicht überschritten haben konnte.

»Die Zeichen stehen auf Umsturz«, fuhr Aischa fort, »und du hast gehört, wen der Wesir als Nachfolger für Hassan vorgeschlagen hat – alles Männer, die ihm nahestehen und die zweifellos ihre Qualitäten haben, aber keiner von ihnen wird alle wichtigen Gegner Hassans hinter sich vereinen können und somit nicht für Frieden, sondern nur für noch mehr Unruhe sorgen. Unser Volk einen und mit den Christen Frieden schließen – das kann nur einer!«

Zahra erschrak. »Aber Ihr denkt doch nicht etwa an …«

»Doch, Zahra.« Aischa nickte nachdrücklich. »Ich denke an meinen Sohn Boabdil. Nur er ist dazu in der Lage, und nur ihm steht der Thron der Nasriden zu. Er allein ist der rechtmäßige Erbe!«

»Aber Euer Sohn ist in Almería«, stotterte Zahra. »Und er hat keine Armee, die er gegen Hassan einsetzen könnte.«

»Boabdil braucht keine Armee; nicht bei der derzeitigen Stimmung. Wenn er erst einmal hier ist, werden die Menschen ihm in Massen zuströmen und ihn unterstützen, weil sie wissen, dass er und niemand anders von Allah, *ta'ala,* als Hassans Nachfolger bestimmt wurde.«

Zahra fiel ein, dass auch ihr Vater, der seit einigen Tagen

von Alhama zurück war, am Vorabend geäußert hatte, welche Tragödie es sei, dass der aufbrausende Hassan und nicht sein besonnener Sohn die Geschicke Granadas lenke. Womöglich hatte Aischa recht, und der überwiegende Teil der maßgeblichen Männer Granadas sah das derzeit so.

»Aber wie soll Boabdil hierherkommen? Er lebt in Almería beinahe ebenso abgeschottet wie Ihr hier. Selbst Eure Nachrichten an ihn treffen zumeist nicht bei ihm ein, weil Hassans Spione sie unterwegs abfangen oder Boabdil wieder einmal aus Angst vor einem Mordanschlag das Domizil gewechselt hat. Und selbst wenn Boabdil hier wäre: Würden Hassans Häscher ihn nicht töten, ehe Euer Sohn auch nur ein Wort mit Hassans Gegner wechseln kann?«

»Für Boabdils Schutz hier werde ich sorgen, und ich kann dir versichern, dass außer meinem eigenen Geschlecht, den Nasriden, auch die mächtige Sippe der Banu Sarrag hinter mir steht. Aber mehr werde ich dir dazu nicht sagen, es ist besser für dich, wenn du darüber möglichst wenig weißt.« Aischa sah Zahra eindringlich an. »Kommen wir auf deine erste Frage zurück. Boabdil hierherzubringen wird nicht einfach sein, zumal ich befürchte, dass er sich nach der langen Zeit im Exil scheuen wird, an den Hof zurückzukehren, wo er wieder Opfer von Intrigen und Mordkomplotten zu werden droht. Es wird einiges an Überzeugungsarbeit vonnöten sein, Zahra, aber ich bin sicher, dass es dir gelingen wird.«

»Mi-mir?«, stammelte Zahra. »Aber wieso mir? Und ich kann auch gar nicht, ich meine … Beim Allmächtigen! Warum bittet Ihr nicht den Wesir, jemanden zu Boabdil zu schicken, oder seinen Faqih oder …«

Aischa schüttelte so entschieden den Kopf, dass Zahra ihre weiteren Worte im Hals steckenblieben.

»Der Wesir und der Faqih würden Boabdil erst dann als

Nachfolger Hassans akzeptieren, wenn er hier wäre. Solange er es nicht ist, werden sie die anderen Männer favorisieren. Boabdil kann den Thron nur erobern, wenn er vor Ort ist. Nur dann werden sich die mächtigen Familien Granadas zu ihm bekennen – aber niemand, hörst du, niemand von ihnen wird ihn holen gehen!«

»Und Ismail ibn Badr?«, fragte Zahra kläglich. »Er ist doch sein Freund ...«

»Aber zugleich ist er auch der Alcalde von Granada. Seine Position verbietet es ihm, nach Almería zu reiten. Das käme einem Bekenntnis zu Boabdil gleich und wäre ein Affront gegen Hassan, der von diesem als Hochverrat ausgelegt werden könnte. Aber sei gewiss, dass auch Ismail Boabdil, sobald er hier ist, mit all seiner Macht unterstützen wird. Es ist etwas anderes, eine Kugel ins Rollen zu bringen, als sich von einer Lawine mitreißen zu lassen.«

Zahra hob unglücklich die Schultern. »Aber wieso ausgerechnet ich?«

»Weil du als Einzige keinen Verdacht erregen wirst. Außerdem hätte ich bei jedem anderen Angst, dass er Boabdil auf dem Weg hierher tötet. Du weißt, welch hohe Belohnung Hassan auf den Kopf unseres Sohnes ausgesetzt hat!«

»Aber ich kann doch nicht mutterseelenallein bis nach Almería reiten! Wahrscheinlich würde ich Boabdils Domizil auch gar nicht finden, und wie soll ich mich gegen Straßenräuber und Wegelagerer zur Wehr setzen?«

»Ich weiß, dass diese Reise nicht ungefährlich ist, aber erinnerst du dich daran, dass du noch vor drei Tagen zu mir gesagt hast, du würdest alles dafür geben, wenn du nur nicht nächste Woche mit deinem Vater und Hayat nach Marokko reisen und dort diesen Ibrahim heiraten müsstest?« Ein Lächeln blitzte in Aischas Augen auf. »Zahra, du stehst an einem Scheideweg.

Entweder du folgst dem Althergebrachten und den Gesetzen deiner Väter – oder du machst es wie ich und nimmst dein Schicksal selbst in die Hand. Ich kann dir nicht versprechen, dass du dabei dein Glück finden wirst, aber zumindest musst du dir später keine Vorwürfe machen, nicht wenigstens versucht zu haben, dem Schicksal, das dir andere aufbürden wollen, zu entgehen. *Allahu akbar*, Gott ist groß!«

Zahra seufzte und dachte daran, wie heftig Hayat und sie letzte Nacht wieder geweint hatten. Ebenso wie Hayat die Rückkehr zu ihrem Mann fürchtete, schauderte Zahra bei dem Gedanken, ihr weiteres Leben an der Seite des feisten Ibrahim führen zu müssen. Nur ein paar Tage wollte sich ihr Vater von den Strapazen der Schlacht um Alhama erholen, um dann unverzüglich mit ihnen nach Marokko aufzubrechen. Als Abdarrahman noch in Alhama war, hatte ihre Mutter sie trotz seines Verbots weiter zu Aischa gehen lassen und auch Hayat manchen Freigang gewährt. Zahra vermutete, dass ihre Mutter ahnte, wer hinter der Befreiung des Sklaven der Nachbarn steckte, und sie ihr Verhalten tief in ihrem Herzen billigte, auch wenn sie dies nie hätte zugeben können. Und als ihr Vater zurückgekommen war, war er vom Ausgang der Schlacht so niedergeschlagen gewesen, dass er sich über Leonors Eigenmächtigkeiten kaum hatte aufregen können.

»Sei es drum«, hatte er gebrummt. »In einer Woche bringe ich die Mädchen ohnehin zu ihren Männern. Sollen sie bis dahin weiter tun, was du für richtig hältst.«

Zahra sah Aischa an und stöhnte. »Ist Euch bewusst, was Ihr da von mir verlangt?«

»Das Leben ist hart und ungerecht. Je früher du das begreifst, umso besser!« Für einen Moment verschatteten sich Aischas Augen, und sie schien in der Vergangenheit zu versinken, einer Vergangenheit, in der sie so manch verheißungsvolle Knospe hatte heranwachsen sehen, ohne je in den Genuss gekommen zu sein, später auch die Blüte in der Hand halten zu dürfen. Das hatten stets andere getan. Dennoch würde sie auch heute wieder die gleichen Wege beschreiten, weil es ihre Wege waren. Energisch strich Aischa ihr Haar zurück und sah Zahra direkt in die Augen. »Ich kann verstehen, wenn du trotz allem das Leben vorziehst, das dein Vater für dich vorgesehen hat. Aber wie wirst du dich fühlen, wenn Granada untergeht und du weißt, dass du das hättest verhindern können?«

Zahra schluckte. »Ich … Beim Allmächtigen! Natürlich liebe ich mein Land und will alles für seinen Fortbestand tun, aber diese Reise nach Almería … Sie macht mir Angst! Und was soll ich tun, wenn sich Boabdil nicht von mir überzeugen lässt?«

»Boabdil hat mit dir zurückzukommen«, fiel Aischa ihr hochfahrend ins Wort. »Er ist es seinem Geschlecht, den Nasriden, schuldig, seiner Verantwortung gegenüber Granada nachzukommen.«

»Und wenn er sich mit Euren Verbündeten nicht gegen Hassan und sein Gefolge durchsetzen kann?«

»Das wird er!«

»Aber meine Familie …« Zahra strich sich über den Hals. »Ihr wisst, was mein Vater mit mir macht, wenn ich so kurz vor der Reise zu meinem zukünftigen Mann verschwinde!«

»Wenn Boabdil erst der neue Herrscher des Königreichs Granada ist, wird er seine schützende Hand über dich halten, und dein Vater wird sich wie jeder andere seinem Willen fügen. Außerdem musst du die Reise nicht allein antreten. Kafur begleitet dich. Und er weiß auch, wo Boabdil sich derzeit aufhält.«

Ein siebzehnjähriges Mädchen und ein gichtkranker Eunuch unterwegs zur Rettung des Maurischen Reichs, frotzelte Zahra in Gedanken, doch das war nichts als Galgenhumor.

Plötzlich kam ihr Gonzalo in den Sinn. Wenn ihre Hochzeit platzte und sie weiter an Aischas Seite bleiben konnte, könnte es sein, dass sie ihn wiedersah. Immerhin war er schon einmal für Verhandlungen in die Alhambra gekommen …

Giftiges Zetern drang von der Treppe vor der großen Eingangstür her zu ihnen und riss sie aus ihren Gedanken.

»Und ob du mich jetzt einlässt«, zischte Isabel de Solís Kafur an. »Ansonsten werde ich Hassan sagen, dass du in die Intrigen verwickelt bist, die diese Hexe gegen ihn spinnt! Ich weiß genau, dass der Wesir und ein Faqih bei ihr sind, und das, obwohl Hassan ihr den Kontakt mit Angehörigen seiner Regierung ausdrücklich untersagt hat.«

Zahra, die wusste, dass Kafur die Eingangstür selbst dann nicht freigeben würde, wenn Isabel ihm ein Messer an den Hals setzte, sah beklommen zu Aischa. Diese klatschte zweimal in die Hände. Sofort erschien eine Dienerin aus dem Nebenraum.

»Bitte Isabel einzutreten und sich davon zu überzeugen, dass sich niemand bei mir aufhält, der nicht hier sein sollte – auch wenn sie nicht das geringste Recht dazu hat.«

Das Mädchen eilte zur Tür, öffnete, und Isabel de Solís, die sich seit ihrem Übertritt zum islamischen Glauben Soraya nannte, fiel regelrecht in den Raum hinein. Mit rudernden Armen versuchte sie ihr Gleichgewicht wiederzufinden, um Aischa nicht bäuchlings begrüßen zu müssen. Ihr unwürdiger Eintritt steigerte ihre Wut noch.

»Wo sind sie?«, herrschte sie Aischa an, und als diese nur gleichmütig die Schultern hob, lief sie zu den Fenstern, um hinter die voluminösen Vorhänge zu schauen, und als sie auch dort nicht fündig wurde, eilte sie in den Nebenraum, wo Aischas Hofdamen, Dienerinnen und Sklavinnen erschreckt aufschrien.

»Ich weiß, dass sie hier sind«, zeterte Isabel weiter und stürmte zurück in Aischas Empfangsraum, wo sie sich suchend im Kreis drehte.

Aischa lachte auf. »Hat Hassan Euch das Wasser gekappt, um Euch das Leid der in Alhama gefangen gewesenen Mauren nachempfinden zu lassen? Auch diese sollen unter Halluzinationen gelitten haben. Aber vielleicht kann ich ja aushelfen.« Sie befahl einer Dienerin, Isabel ein Glas Wasser zu reichen. Das junge Mädchen erschrak und sah aus, als würde sie gleich in Tränen ausbrechen, kam Aischas Aufforderung aber trotzdem nach. Als sie Isabel das Glas reichte, zitterte ihre Hand so sehr, dass das Wasser darin fast überschwappte. Isabel de Solís schlug ihr das Glas aus der Hand. »Unverschämte Gans!«

Schluchzend machte sich das Mädchen daran, die Scherben aufzusammeln und das Wasser aufzuwischen.

Kafur betrat den Raum und machte Aischa ein Zeichen. Sie nickte ihm zu. Nur einen Atemzug später betrat Hassan von zweien seiner Leibwächter begleitet Aischas Empfangszimmer. Als er Isabel de Solís erblickte, hob er erstaunt die buschigen Augenbrauen. »Soraya, Liebling, was tust du denn hier?«

Zahra beobachtete, wie Isabel auf Hassan zuschritt. Es war das erste Mal, dass sie diese aus unmittelbarer Nähe sah, da die Sultangattinnen einander normalerweise mieden, als fürchteten sie, sich bei der anderen mit einer tödlichen Krankheit anzustecken. Zahra konnte verstehen, dass Hassan dieser Frau verfallen war: Ihr hellhäutiges Gesicht unter den seidigen kastanienbraunen Locken war makellos, ihre großen, azurblauen Augen sprühten wie die einer erbosten Katze und ließen erahnen, dass sie auch anderer Leidenschaften fähig war.

»Ich will dir beweisen, was du nicht wahrhaben willst«, rief Isabel de Solís, »nämlich, dass diese Frau deinen Sturz plant!«

»Und wo sind die Beweise?« Hassan sah sich fragend um.

»Schuld ist nur dieser fettleibige Eunuch!« Zornig wies Isabel auf Kafur. »Er hat mich an der Tür zurückgehalten, und so hatte Aischa Zeit, den Wesir und den Faqih über die Hintertreppe aus dem Raum zu schleusen.«

»Den Wesir und den Faqih?« Hassan fuhr zu Aischa herum.

Aischa lächelte ihren Mann an. Es war ein zynisches Lächeln, das unschöne Falten in ihr Gesicht grub. »Ich habe dich schon früher davor gewarnt, dass du dir mit der christlichen Dirne eine Natter an deine Brust legst. Sie kann nicht anders: Die Doppelzüngigkeit ist ihr angeboren.«

Hassans Miene verdunkelte sich; Isabels Augen spuckten vor Wut. Es war offensichtlich, dass sie Aischa zu gern selbst die passende Antwort gegeben hätte, aber sie wusste, dass es nur Hassan zustand, hierauf etwas zu erwidern, doch dieser sagte kein Wort – was Zahra zutiefst verwunderte.

»Woher hast du deine Information?«, fragte er Isabel. »Und wie sollte Aischa zu dem Wesir Kontakt aufnehmen? Der Turm wird rund um die Uhr überwacht, und wenn der Wesir oder der Faqih hier gewesen wäre, so wüsste ich das!«

»Wachen sind bestechlich«, erinnerte Isabel ihn und hob trotzig das Kinn. »Aischa hat bisher noch immer Mittel und Wege gefunden, sich über deine Verbote hinwegzusetzen. Du musst sie wieder unter Arrest stellen, Hassan, vor allem jetzt.«

Hassan wirkte verunsichert. Er wandte sich Aischa zu und räusperte sich. »Eigentlich bin ich gekommen, um …« Er unterbrach sich. Seine Miene ließ Zahra vermuten, dass er diesmal gekommen war, um Aischa um Unterstützung zu bitten gegen die wachsende Zahl derer, die derzeit gegen ihn redeten und hetzten. Auch wenn er Aischa schon seit Jahren mehr oder minder gefangen hielt, hatte sie kaum etwas von ihrem

Einfluss eingebüßt. Vor Hassans Vater war ihr Vater der Sultan von Granada gewesen, ihre Familie war eine der ältesten und mächtigsten im Land, und Hassan ahnte längst, dass die Einwohner Granadas der Meinung waren, dass es dem Königreich bessergegangen war, solange Aischa noch Einfluss auf seine Entscheidungen gehabt hatte. Das Verhältnis der Eheleute war nicht immer so feindselig gewesen, wie es sich heute darbot. Auch wenn ihre Ehe eine Zweckverbindung gewesen war, die Aischa nach dem Sturz ihres Vaters geschickt selbst eingefädelt hatte, waren Hassan und sie doch bald in heftiger Liebe füreinander entbrannt und hatten Granada zunächst in großer Eintracht und dank Aischas Klugheit und Weitsicht zu seinem höchsten Wohl regiert.

Nach der Geburt ihres Sohnes Boabdil hatte Aischa keine weiteren Kinder gewollt. »Soll ich dabei zusehen, wie sich meine Söhne später gegenseitig zerfleischen und einander nach dem Leben trachten, nur weil der eine dem anderen den Thron nicht gönnt?«, hielt sie Hassan vor und verwies ihn zur Befriedigung seiner männlichen Triebe an die zahllosen hübschen Sklavinnen seines Harems. Dass es später mit Yussuf doch noch einen zweiten Sohn gab, war eine Schwäche, die sich Aischa nie verzieh, aber zu ihrer Beruhigung hatte ihr Zweitgeborener noch nie Ambitionen gezeigt, seinem Bruder den Thron streitig zu machen, zumal er erlebt hatte, welch hohen Preis Boabdil für seine Stellung zahlte.

Zunächst hatte Hassan angenommen, dass Aischa ihre Haltung mit der Zeit ändern würde, doch schließlich erkennen müssen, dass sie ihn zwar gern weiter bei der Regierung des Landes unterstützte, ihn aber nie wieder auch körperlich nahe kommen lassen würde – was sein Verlangen nach ihr nur noch weiter steigerte. Aus ihrer Liebe wurde Hassliebe, und dann begegnete Hassan der aparten Kindfrau Isabel de Solís, einer Christensklavin, die ihn von der ersten Sekunde in ihren Bann zog und ihn bald ebenso fesselte wie nur eine Frau zuvor, die einzige, die es je gewagt hatte, ihn zurückzuweisen, ein Stachel, der bis zum heutigen Tag schmerzte.

Aus diesen Gründen war es Hassan überaus schwergefallen, Aischa als Bittsteller aufzusuchen, und vor den Augen Isabels war ihm dieser Schritt schon gar nicht möglich. Zahra fragte sich, ob Isabel etwa noch besser informiert war, als sie Hassan glauben machte. Vielleicht hatte sie ja nicht nur vom Wesir und dem Faqih gewusst, sondern auch, dass Hassan Aischa um Hilfe bitten und ihr damit wieder mehr Macht im Staat zuerkennen wollte. Wie hätte sie ihn geschickter davon abbringen können, als ihm vor Augen zu führen, wie hintertrieben und gefährlich Aischa war!

Hassan räusperte sich und blickte, wie es Zahra schien, mit einem Anflug von Bedauern zu Aischa. »Der Wesir ... Wenn das stimmen würde, wärst du noch viel gerissener, als ich dachte, allerdings hast du mit dem alten Mann schon immer auf gutem Fuß gestanden.« Er schwieg einen Moment und entschied dann mit eisiger Stimme: »Dein Arrest wird hiermit wieder verschärft, die Türen werden fortan noch stärker bewacht. Und ich warne dich, Aischa. Wenn ich dahinterkomme, dass du dich mit dem Wesir gegen mich verbündest, werden dich auch dein Name und deine einflussreiche Familie nicht davor schützen können, dass ich dich wegen Hochverrats hinrichten lasse!«

Mit diesen Worten drehte Hassan sich um und verließ das Zimmer. Isabel folgte ihm, aber ehe sie aus dem Raum trat, wandte sie sich noch einmal mit einem triumphierenden Lächeln zu Aischa um. Unwillkürlich ballte Zahra die Fäuste. Sie wusste, dass sie an Aischas Stelle aufgesprungen wäre und Isabel ihr Lächeln aus dem Gesicht geprügelt hätte. Aischa aber war die Sultanin von Granada. Und auch der alte Kafur verzog keine Miene, sondern schloss die Tür hinter Isabel de Solís mit vollendet ruhiger Geste.

Kaum waren sie wieder allein, kam Leben in Aischa.

»Du musst die Alhambra sofort verlassen«, drängte sie. »Ich kann nicht riskieren, dass Hassan auch dich hier einsperrt. Und wegen Boabdil – Kafur weiß über alles Bescheid! Reitet noch heute los!«

Hastig drückte sie Zahra ihren Hidschab und ihren Schleier in die Hand und befahl Kafur, den Comaresturm mit ihr über die Hintertreppe zu verlassen. Verwirrt stolperte Zahra ihm hinterher. Mit einem Mal erschien ihr alles so unwirklich, fast, als würde dies alles hier einem anderen und nicht ihr widerfahren. Und Boabdil … Mein Gott, wie stellte Aischa sich das denn vor? Dieser Plan … Nein, das schaffte sie nicht. Dazu reichte ihr Mut nicht. Niemals!

Als sie die Alhambra hinter sich gelassen hatten, rechnete Zahra damit, dass Kafur sie auf ihre Reise zu Boabdil ansprechen würde, doch der alte Eunuch sagte kein Wort und schlug den Weg ein, auf dem er sie immer nach Hause brachte.

Umso besser, dachte Zahra. Dann brauche ich mich wenigstens nicht zu rechtfertigen. Wahrscheinlich erscheint ihm dieser ganze Plan ebenso irrsinnig wie mir und er ist wie ich der Meinung, dass wir die Geschicke Granadas lieber denen überlassen sollten, die über Waffen, Soldaten und einen weniger strengen Vater als ich verfügen. Aber je näher sie ihrem Elternhaus kamen und je länger Kafurs Schweigen anhielt, desto unbehaglicher fühlte sich Zahra. Der Gedanke an Aischa und daran, dass sie im Comaresturm so hilf- und machtlos wie ein Vogel im Käfig festsaß, während das Land, für das sie schon so viel auf sich genommen hatte, vor ihren Augen dem Untergang entgegenging, ließ sie nicht los. Im Vorübergehen bekam sie das Gespräch zweier Passanten mit.

»Hassan ist unser aller Verderben«, schimpfte der eine, und sein Begleiter brummte: »Warum hat Allah, er ist erhaben, uns nur diesen blindwütigen Kriegsherrn als Sultan gegeben statt seines klugen und weitsichtigen Sohnes?«

Zwei Straßenecken weiter stand ein alter Mann, der den Passanten in dunklem Klageton zurief: »Der Santon hatte recht; die Stunde der Vernichtung ist nahe. Die Trümmer Zaharas fallen jetzt auf unsere Häupter. Das Ende unseres Reiches steht unmittelbar bevor!«

Unwillkürlich rückte Zahra näher zu Kafur. Sie sah zu ihm auf, doch nichts in seiner Miene verriet, was er dachte. Eine Stimme in ihr wurde immer lauter: Die Menschen hier können allerdings nichts gegen den Untergang unseres Landes tun, aber sie, sie könnte es schon ... Stattdessen war sie auf dem Weg nach Hause, um sich nächste Woche von ihrem Vater zu diesem grauenhaften Ibrahim bringen zu lassen.

Sie blieb stehen, hielt Kafur am Ärmel seiner Tunika fest und sah zu ihm auf. »Ach, Kafur, so sag mir doch, was ich tun soll!«

»Deinem Herzen folgen, mein Sternchen«, riet er und tippte ihr mit einem aufmunternden Nicken auf die Nase.

»Und wenn mein Herz es auch nicht weiß? Außerdem habe ich solche Angst!«

»Ich weiß«, erwiderte Kafur. »Und du hast weit mehr zu verlieren als ich, der ich schon ein alter Mann bin. Deswegen will ich dich auch nicht überreden. Du musst tun, was du für richtig hältst. Geh in dich, Sternchen. Und wenn du genau hinhörst, wirst du verstehen, was dein Herz dir sagt, und dann auch den Mut finden, seinem Rat zu folgen!«

Zahra zog ihre Unterlippe in den Mund und kaute darauf herum. Kurz darauf sah sie zu Kafur auf. »Ich nehme an, wir müssten selbst zusehen, wie wir zu Boabdil kommen?«

Kafur nickte.

»Dann …« Zahra schluckte. »Dann bring mich zu Amina. Sie wird uns gewiss mit dem Nötigen versorgen.«

Ein feines Leuchten entzündete sich in Kafurs Augen und erfasste schließlich das ganze Gesicht. Mit einem seligen »Ich wusste, dass mein Sternchen uns nicht im Stich lassen würde!« zog er Zahra an seine breite Brust und ließ sie erst wieder los, als Zahra ihm lachend zurief, dass er auf dem besten Weg sei, sie zu erdrücken.

Amina fiel aus allen Wolken, als Zahra ihr erklärte, was sie vorhatte. »Bist du von allen guten Geistern verlassen?«, brauste sie auf. »Dafür wird dein Vater dich verstoßen, gar nicht zu reden davon, was geschieht, wenn Hassan oder Isabel de Solís deiner habhaft werden!«

»Noch schlimmer fände ich, wenn ich mich nicht mehr im Spiegel ansehen könnte, weil ich Aischa im Stich gelassen habe, als sie mich am dringendsten brauchte.«

»Du weißt doch gar nicht, was du redest! Zahra, ich bitte dich, dieses Unterfangen mit Hayat und dem Sklaven war wahrlich schon riskant genug, und es ist ein Wunder, dass das alles glimpflich ausgegangen ist!«

Zahra zog es vor, hierauf nichts zu erwidern. Denn vor allem für Hayat waren die Folgen alles andere als glimpflich. Zwar hatte ihr Vater ihrer Halbschwester nur eine Standpauke gehalten, aber die Aussicht, schon nächste Woche zu ihrem Mann zurück nach Fès zu müssen, trieb Hayat stets von neuem die Tränen in die Augen.

»Wie soll mich Miguel denn dann jemals finden?«, weinte

sie in einem fort, und Zahra konnte nicht mehr tun, als sie dann tröstend in den Arm zu nehmen. Sie konnte nur hoffen, dass ihr Verschwinden Hayats Reise zumindest noch ein wenig hinauszögern würde ...

»Zahra!« Amina stemmte die Hände in die Seiten. »Ich rede und rede, und du hörst mir noch nicht einmal zu!«

Zahra blinzelte und strich sich über die Stirn. »Ach, Amina, so versteh doch, dass ich nicht anders kann. Aber wenn du uns nicht helfen willst, dann versuchen wir eben, so durchzukommen.«

»*So durchzukommen* – dass ich nicht lache!« Amina stieß einen Schwall Luft aus und seufzte, willigte aber schließlich ein zu helfen. Sie überlegten, was Zahra und Kafur für ihre Reise brauchen würden.

»Proviant und Decken«, zählte Zahra auf. »Und ein Messer und einen Feuerstein!«

Amina nickte und lotste sie in den Vorratsraum. Außer getrocknetem Fleisch und Trockenobst packte Zahra auch Brot in einen Korb, während Amina aus der Küche Messer und einen Feuerstein besorgte.

»Decken habe ich in meinem Schlafzimmer«, erklärte sie anschließend. »Pferde braucht ihr natürlich auch noch. Ich würde dir gern welche in unserem Stall bereitstellen lassen, aber wenn eure Flucht bekannt wird, hat der dumme Stallbursche sicher nichts Eiligeres zu tun, als zu meinem Mann zu rennen, und ich befürchte, dass er es nicht allzu gut aufnehmen würde, wenn er herausfände, dass ich euch bei eurem Unterfangen geholfen habe.« Amina kratzte sich an der Stirn.

»Wir werden uns unterwegs irgendwo Pferde beschaffen können«, beruhigte Zahra sie.

»Und wenn ihr euch die Pferde selbst aus dem Stall holt?« Amina zwinkerte ihr zu. »Gegen Abend stromert der Stallbursche meist um den *hammam* herum, um den Frauen nachzusehen, die dort zum Badeschluss herauskommen. Wenn ihr diesen Moment abpasst, solltet ihr euch eigentlich gefahrlos selbst bedienen können.«

»Das schaffen wir gewiss.«

»Aber ihr braucht auch andere Kleider«, sagte Amina besorgt. »Kafur wird in seinen edlen Stoffen und dem für Eunuchen typischen weibischen Gesicht jedem als Haremswächter auffallen und in Erinnerung bleiben, und auch du, Zahra, solltest diese Reise nicht in deinen kostbaren Gewändern antreten. Sowohl die Kastilier als auch Straßenräuber – und gebe der Allmächtige, dass ihr beiden nicht begegnet – werden sonst kaum der Verlockung widerstehen können, dich bis zur Zahlung eines netten Lösegelds festzuhalten oder noch Schlimmeres mit dir anzustellen!«

Überdies fand Amina, dass Zahra am besten gar nicht in Frauenkleidern reiste. »Kafur wird gewiss auf dich aufpassen, aber um deine Ehre gegen eine Handvoll Wegelagerer zu verteidigen, erscheint er mir doch ein bisschen zu alt und ungelenk!«

»Aber ich kann mich doch nicht als Mann verkleiden«, rief Zahra entsetzt, doch Amina beharrte darauf, dass ebendies das Sicherste sei. »Und ich habe auch schon eine Idee, wo ich die Kleider für euch auftreiben kann!«

Mit fröhlich aufblitzenden Augen sauste sie aus dem Zimmer und kam kurz darauf mit einem Schwung Kleider im Arm wieder. »Das sind die Ersatzkleider des Leibdieners meines Mannes und die von unserem neuen Laufburschen«, erklärte sie lächelnd.

»Und wenn jemand merkt, dass die Kleider verschwunden sind?«, fragte Zahra bang. »Ich will nicht, dass du auch noch Ärger bekommst!«

Amina winkte ab. »Wenn die Diener das Verschwinden der Kleider bemerken, halte ich ihnen wegen ihrer Unachtsamkeit eine ordentliche Standpauke, und am Tag darauf lasse ich ihnen bessere Kleider machen. Zieht die Sachen mal über, um zu sehen, ob sie euch passen!«

Höchst unsicher stakte Zahra kurz darauf in ihrer neuen Ausstattung zu Amina. Sie hatte ihr langes Haar unter einem weißen Turban verborgen und strich sich unbehaglich über die derben Pluderhosen. »Amina, alles, was recht ist, aber in dem Aufzug kann ich doch nicht aus dem Haus gehen!«

Amina ging um sie herum. »Aber warum denn nicht? Ich finde, du gibst sogar einen ausgesprochen hübschen Jungen ab!«

»Und mein Gesicht und meinen Hals – womit bedecke ich die?«

»Jetzt stell dich nicht so an. Schließlich unternimmst du das alles hier für Granada und den rechtmäßigen, von Allah, er ist erhaben, bestimmten Thronfolger. Da wird der Allmächtige ausnahmsweise einmal darüber hinwegsehen können, dass du unverschleiert bist!«

Unglücklich rieb sich Zahra über die Nase.

7.

Vega

15. Februar 1482

Kafur, ich flehe dich an, lass uns rasten. Ich kann nicht mehr!«

Kafur drehte sich auf seinem Pferd um. »Haltet Ihr noch bis da hinten zum Waldrand durch? Es täte Euch sicher gut, Euch vor Einbruch der Nacht noch einmal von der Sonne wärmen zu lassen.«

Zahra nickte seufzend, zumal sie Kafur recht geben musste. Die Nächte im Freien waren noch empfindlich kalt, aber da sie davon ausgehen mussten, dass Hassan, Isabel de Solís und Zahras Vater nach ihnen suchen ließen, mussten sie um *funduqs* einen großen Bogen machen und sich nachts unter Büschen oder in Höhlen verbergen. Ein bisschen Wärme vor der Nacht wäre angenehm.

Kafur und sie waren bereits seit einer Woche in Richtung Almería unterwegs. Der Stallbursche von Aminas Mann war in der Tat so nachlässig, wie Amina es ihnen geschildert hatte, so dass sie im Stall ihres Mannes problemlos zwei kräftige Araberstuten hatten entwenden können. Auch ihre neuen Kleider gereichten ihnen zum Vorteil, obwohl sich Zahra in den Jungenkleidern nach wie vor unwohl und im Gesicht und am Hals entsetzlich nackt fühlte. Noch unwohler allerdings war ihr zumute, wenn sie an ihre Mutter dachte. Sie hatte Amina gebeten, dieser einen Brief von ihr zukommen zu lassen, in dem sie Leonor um Vertrauen bat: *»Ich muss für ein paar Wochen weg und werde Euch später alles erklären, aber im Moment wäre jedes weitere Wort für Euch wie für mich zu gefährlich. Macht Euch keine Sorgen. Es wird mir nichts geschehen, und mein Tun bringt weder meine noch die Ehre unserer Familie in Gefahr!«*

Zahra war sich zwar bewusst, dass ihre Worte die Wahrheit über das Maß beschönigten, aber seit sie ihrer Mutter von ihrem Traum mit Raschid erzählt hatte, war diese ohnehin schon krank vor Sorgen. Schon viele Male hatte Leonor Diener ausgeschickt, um Nachforschungen über den derzeitigen Aufenthaltsort des Santons anzustellen, der nach der Rückkehr ihrer Truppen aus Zahara seine Vorhersagen in der Alhambra getroffen hatte, doch sie hatten ihn nirgends ausfindig machen können. Und die Wahrsagerin, die ihre Mutter ins Haus geholt hatte, hatte auch nichts weiter zu sagen gewusst, als dass sie sicher sei, dass Raschid noch lebe, aber wo er sich aufhielt, wusste sie nicht. Ihr Vater verließ sich statt auf Träume, Santons und Wahrsager lieber auf seine Männer, doch bisher hatten auch diese Raschid nicht finden können.

Ihr Vater … Zahra seufzte. Sicher würde er schrecklich wütend werden, wenn ihre Mutter ihm ihren Brief zeigte, aber trotzdem war es ihr lieber, dass er sie verdammte, als dass er sich um sie sorgte. Sie hoffte nur, dass ihr Verschwinden nicht wieder zu einem Zerwürfnis zwischen ihren Eltern führte wie damals in den ersten Wochen nach Raschids Verschwinden.

»Da vorn, Sternchen, erwartet uns der ideale Rastplatz!« Kafur zeigte auf einen umgestürzten Baum am Waldrand, der von der Abendsonne beschienen wurde.

Mit einem erleichterten Aufstöhnen glitt Zahra vom Pferd, band es an einen Baum, in dessen Umgebung genug saftiges Grün wuchs, damit ihre Stute eine gute Abendmahlzeit bekam, und nahm die Steinschleuder aus dem Quersack. Sie hatte sie im Stall von Aminas Mann liegen sehen, und da sie dank Raschid gut damit umzugehen verstand, hatte sie diese mitgenommen und hielt sie seither immer in Reichweite.

Als sie ihre Plätze auf dem sonnenbeschienenen Baumstamm eingenommen hatten, reichte Kafur Zahra ein Stück Weizenbrot, etwas *qaddid,* in Streifen geschnittenes Trockenfleisch, und eine Handvoll Trockenobst, während er selbst sich mit Brot und einer Handvoll Mandeln begnügte. Kopfschüttelnd hielt Zahra ihm ihr Fleisch hin. »Bitte, Kafur, nimm. Das reicht doch für uns beide!«

»Macht Euch um mich keine Gedanken. Es geht mir bestens!« Wie zum Beweis strich Kafur über seine Tunika, die ihm allerdings nicht mehr über dem Bauch spannte.

»Aber ...«

»Nein, Sternchen, unser Proviant wird langsam knapp, und während Ihr so mager seid wie ein aus dem Nest gefallenes Vögelchen, habe ich reichlich zum Zusetzen!«

Seufzend ließ Zahra die Hand sinken und blickte über das weite, offene Tal zu ihren Füßen. Als es hinter ihnen im Unterholz knackte, sah sie erschrocken zu Kafur. Er legte die Finger auf die Lippen und machte ihr Zeichen, sich flach vor den Baumstamm auf den Boden zu legen, damit man sie vom Wald aus nicht sehen konnte. Zahra verdrehte die Augen, tat aber doch, was er sie geheißen hatte. Kafur nahm einen dicken Ast auf und erhob sich. Schon nach wenigen Schritten verschwand seine Gestalt hinter den Zweigen der dichtstehenden Kork- und Steineichen. Zahra lauschte auf seine Schritte ... Er verharrte. Kurz darauf waren weitere Schritte und Blätterrascheln zu hören. Zahra klaubte ein paar mittelgroße Steine auf und verbarg sie in der linken Hand. Kafur ging weiter. Zahra hatte den Eindruck, dass er auf die anderen zulief, und wusste nicht, was sie tun sollte, um ihn zu warnen. Dann hörte sie wieder die Schritte der anderen, kurz darauf die von Kafur, dann einen dumpfen Schlag, einen Aufschrei und wütendes Schnaufen.

Augenblicklich sprang Zahra auf und preschte durch die Blätterwand. Schon nach wenigen Metern entdeckte sie Kafur. Er rang mit einem Wegelagerer und verlor dabei seinen Ast; der Kerl war zwar ein gutes Stück kleiner, aber um einiges jünger als der Eunuch. Ein zweiter Räuber schwang einen dicken Knüppel und schien auf den passenden Moment zu warten, um ihn Kafur überzuziehen, doch die Kämpfenden bewegten sich zu schnell, als dass er den Schlag wagen konnte. Da packte Kafur seinen Angreifer an den Schultern und schleuderte ihn gegen einen Baum, und zugleich sprang er mit einer Behendigkeit zu dem anderen Wegelagerer herum, die Zahra ihm niemals zugetraut hätte. Der zu Boden gegangene Kerl blieb benommen liegen. Kafur und der zweite Wegelagerer umschlichen einander wie Katzen. Geschwind ergriff Kafur wieder seinen Ast. Schweiß rann ihm in die Augen. Als er ihn wegwischte, hob sein Angreifer den Knüppel und schmetterte ihn auf Kafur nieder – doch die Macht seines Schlags wurde dadurch gemildert, dass er wie durch Zauberhand selbst zu Boden ging. Kafur ächzte unter dem Hieb, taumelte, konnte sich aber auf den Beinen halten. Zahra rannte zu ihm. »Bist du in Ordnung, Kafur?«

Er rieb sich über den Kopf, wo ihn der Hieb erwischt hatte, nickte aber. »Ja, schon, aber wieso …« Verwirrt zeigte er auf den bewusstlosen Wegelagerer.

Zahra schwenkte lächelnd ihre Steinschleuder. »Raschid war ein guter Lehrer!«

Kafur schüttelte ungläubig den Kopf. »Aber jetzt sollten wir die beiden Strauchdiebe schleunigst fesseln, ehe sie wieder zu sich kommen.«

Während Kafur die Wegelagerer bewachte, holte Zahra das Seil, mit denen ihre Decken am Sattel befestigt waren, verschnürte den beiden Männern die Hände auf dem Rücken und band sie auch noch aneinander fest. Kafur prüfte die Knoten und grinste Zahra an. »Nicht schlecht für eine Hofdame!«

Zahra erwiderte sein Grinsen. »Für einen alternden Haremswächter hast du dich auch wacker geschlagen. Aischa hätte gestaunt, wenn sie dich eben erlebt hätte!«

Kafur schmunzelte und wedelte ihr mit den Händen zu. »Sehen wir zu, dass wir wegkommen. Am besten schlagen wir unser heutiges Nachtlager ein gutes Stück weit von diesen beiden Burschen hier auf. Wer weiß, wie lange sie brauchen, bis sie das Seil an einem Stein aufgescheuert haben. Ich würde den beiden nur ungern ein zweites Mal über den Weg laufen!«

Fortan setzten Zahra und Kafur ihre Reise mit größerer Vorsicht fort, und als sie in Grenzgebieten immer wieder an zerstörten und gebrandschatzten Ortschaften vorbeikamen und die entsetzlich zugerichteten maurischen wie christlichen Leichen sahen, wählten sie ihre Wege mit noch mehr Bedacht und zitterten beim Gedanken daran, dass auch Boabdils Zufluchtsort ein ähnliches Schicksal ereilt haben könnte. Aufgrund ihrer Umwege erreichten sie das kleine Bergdorf, in dem sich Boabdil vor den Häschern seines Vaters versteckte, erst nach neunzehn Reisetagen. Zu Zahras großer Erleichterung fanden sie den Ort unversehrt vor. In den Gassen spielten Kinder, vor den Haustüren räkelten sich Katzen in der Mittagssonne, und an der Zisterne plauschten ein paar alte Männer miteinander.

»Aischa meinte, an der Zisterne müssten wir nach links«, sagte Kafur. Hinter der Wegbiegung sahen sie hinter etlichen einstöckigen Häusern ein zweistöckiges emporragen und nahmen an, dass dies das Haus war, in dem sich Boabdil seit seiner Flucht aus seinem *palacio* in Almería vor den Häschern seines Vaters versteckte.

»Kafur, sieh mal!« Zahra wies auf die Fenster des oberen Stockwerks. »Das, was da im Sonnenlicht blitzt, sind doch Waffen, oder?«

»Ohne seine Soldaten und Leibwächter wäre Boabdil schon lange nicht mehr am Leben!«

Vor der hohen, zweiflügeligen Eingangstür hielten zwei Soldaten Wache. Kafur und Zahra saßen von ihren Pferden ab und gingen mit verbindlichem Gruß auf die beiden Männer zu.

»Wir sind gekommen, um Euren Herrn zu sprechen«, sagte Zahra zu dem älteren von ihnen.

Der Wachhabende wandte ihr noch nicht einmal den Blick zu.

»Hört Ihr nicht, was ich sage? Wir müssen zu Eurem Herrn!«, wiederholte sie ärgerlich, doch auch jetzt zeigte keiner der Soldaten eine Reaktion. Kafur trat neben Zahra. »Wir haben eine wichtige Botschaft für Euren Herrn von seiner Mutter. Ich denke, in seinem Interesse nennen wir ihren Namen erst im Inneren des Hauses!«

Nun sah zumindest der ältere Soldat zu ihnen. Er musterte Kafur und Zahra von oben bis unten und brummte anschließend: »Die Mutter unseres Herrn hat nichts mit solch Bettelvolk wie euch zu schaffen!«

»Wir sind keine Bettler«, brauste Zahra auf, »und entweder Ihr lasst uns jetzt vor, oder das ganze Dorf wird erfahren, wer hier wohnt!«

Der Soldat verpasste Zahra einen Stoß gegen den Brustkorb, so dass sie das Gleichgewicht verlor und zu Boden stürzte. Während sie sich wieder aufrappelte, flüsterte der jüngere Soldat seinem Kameraden etwas ins Ohr. Sein Blick wanderte zu Zahras und Kafurs Pferden, und ehe Zahra sich versah, packte er sie mit eisernem Griff am Arm, während der andere Kafur den Säbel gegen das Doppelkinn drückte. »Mach jetzt bloß keine hastige Bewegung, Alter!«

Der Soldat zerrte Zahra zum Eingang und hämmerte gegen die Tür. »Mach auf!«, brüllte er. »Wir haben zwei Pferdediebe geschnappt!«

»Die Pferde haben uns Freunde überlassen«, zeterte Zahra. »Verdammt, lasst mich los. Wir haben wirklich wichtige Neuigkeiten für Euren Herrn!«

Die Tür öffnete sich, und die Soldaten stießen Zahra und Kafur in den Eingangsraum, der sich zum Innenhof hin öffnete. Dort ergriffen sie sofort zwei andere Wachleute. Während Kafur sich seinem Wächter fügte, beschimpfte Zahra den ihren wie ein Rohrspatz und wand sich wie eine Schlange, um sich aus seinem Griff zu befreien. »Lasst mich los, ich will zu Boabdil!«

»Das wirst du heute Abend: als Fleischeinlage in seinem Reisgericht!« Der Wachmann grölte vor Lachen. Wütend trat Zahra ihm gegen das Schienbein.

»Du kleiner Mistkerl!«, jaulte er auf und ließ Zahra los, um sich das schmerzende Bein zu reiben. Zahra war noch keine zwei Schritte von ihm weggelaufen, als er sie erneut packte. »Im Kerker wirst du das Gehorchen schon lernen!«

»Ihr habt kein Recht, uns einzusperren!« Zahra biss, kratzte und trat nach dem Mann und schrie wieder Boabdils Namen. Auf einmal verlor sie bei dem Gerangel ihren Turban, und ihr dickes Haar wallte ihr über die Schultern. Im ersten Moment war der Wachmann so verblüfft, dass er sie erneut losließ, und Zahra glaubte sich schon am Ziel ihres Bestrebens, als von der Seite ein dritter Wachmann vor sie trat und ihr mit einem einzigen Ratsch die Tunika bis zum Bauchnabel aufriss.

»Wagt es nicht!«, heulte Kafur auf und versuchte nun ebenfalls, sich zu befreien. Sogleich lief ein weiterer Wachmann herbei und setzte dem Eunuchen die Klinge seines Dolchs an den Hals. »Keinen Schritt weiter, Alter!«

Der andere Wachmann trat auf Zahra zu. Mit vor Entsetzen geweiteten Augen wich sie zurück, bis sie mit dem Rücken an die Hauswand stieß. Sie bemerkte seinen lüsternen Blick auf ihren entblößten Busen und drückte sich hastig die heruntergerissenen Stofffetzen gegen den Leib. Wie ein gehetztes Tier blickte sie zwischen ihm und den anderen Wachleuten hin und her. »Da haben wir ja etwas ganz Appetitliches bekommen«, säuselte der Wachmann, der Zahra bedrängte, und schleckte sich die Lippen. »Könnte noch ein richtig netter Abend werden!«

»Von den Nachrichten, die wir überbringen sollen, hängt der Fortbestand unseres Reichs ab!«, machte Zahra mit zitternder Stimme einen weiteren Versuch, die Wachleute zur Besinnung zu bringen.

»Den Fortbestand unseres Reichs werden wir dir höchstpersönlich in den Schoß pflanzen!«, dröhnte der Wachmann, der Kafur mit dem Dolch in Schach hielt. Die anderen johlten.

Panik erfasste Zahra und eine unbändige Wut, dass ihr gefahrvoller Weg dieses Ende finden sollte. Sie fragte sich, ob sie sich im Haus geirrt hatten oder Boabdil schon wieder in einem neuen Versteck war. Sie hatte nichts mehr zu verlieren und schrie nun aus voller Kehle Boabdils Namen. Der Wachmann verpasste ihr eine schallende Ohrfeige. »Halt's Maul, du dumme Gans. Und merk dir endlich, dass unser Herr nicht mit Bettelvolk verkehrt, das ihn zu allem auch noch erpressen will, weil es herausgebracht hat, wo er sich versteckt hält!«

Zahra fuhr sich mit der Zunge über die Lippe und schmeckte Blut. Sie blickte zu Kafur, an dessen Kehle noch immer die Klinge blitzte und der vor Wut mit den Zähnen knirschte, als der Wachmann Zahras Hände packte und ihren Körper mit seinem fetten, stinkenden Leib gegen die Wand presste.

Zahra spuckte ihm ins Gesicht. »Dafür wird Euch Boabdil den Kopf abhacken, und zuvor auch noch etwas anderes!«

»Meinst du diesen Körperteil?«, grinste er und stieß mit seinem Unterleib grölend auf Zahra, so dass sie sein hartes Geschlecht spürte. Er grabschte nach ihrem Busen. Zahra heulte vor Wut und Ekel auf und schrie erneut Boabdils Namen. Der Wachmann presste ihr seine Lippen auf den Mund und stieß seine dicke Zunge in ihren Hals. Im nächsten Moment donnerte eine Stimme durch den Patio: »Was geht hier vor?«

Wie von der Tarantel gestochen, prallte der Wachmann von Zahra zurück. Zahra wollte weglaufen, doch ihre Beine gehorchten ihr nicht. Mit unnatürlich geweiteten Augen starrte sie den Mann an und versuchte, ihre entblößte Brust zu verdecken. Er war jung und hoch gewachsen und wirkte mit seiner hellen Haut, den großen rehbraunen Augen und dem bartlosen Gesicht eher wie ein Südeuropäer denn wie ein Maure. Der Wachmann an ihrer Seite wich unter ehrerbietigen Verbeugungen zurück.

»Was geht hier vor?«, fragte der junge Mann noch einmal und sah zornig zwischen seinen Wachleuten und den Neuankömmlingen hin und her. Der Wachmann, der Zahra bedroht hatte, räusperte sich. »Dieses Bettelvolk stand eben vor Eurer Tür. Sie führen so edle Pferde mit sich, dass sie nur gestohlen sein können. Wir nehmen an, dass die eigentlichen Besitzer der Pferde Boten der Sultanin an Euch waren und sie aus ihnen herausgepresst haben, wo Ihr Euch aufhaltet. Sie wollten Euch mit ihrem Wissen erpressen!«

Boabdil blickte erneut zu Kafur und Zahra. Ungläubiges Staunen trat in seine Augen und schließlich Erkennen, unter der die kühle Unnahbarkeit, die ihn bislang wie eine Eismauer umgeben hatte, dahinschmolz.

»Du ... Du bist doch Kafur«, sprach er Aischas Haremswächter mit aufstrahlenden Augen an, »und dich kenne ich auch irgendwoher«, meinte er zu Zahra.

Mit zitternden Händen hielt Zahra den heruntergerissenen Stoff vor ihrer Brust fest und sank auf die Knie. »Ich bin Zahra, die Tochter Abdarrahman as-Sulamis. Als wir Kinder waren, hat meine Mutter die Eure oft in der Alhambra besucht und mich mitgenommen. Wir haben zusammen in den Gärten der Alhambra gespielt.«

Boabdil machte dem Wachmann ein unwirsches Zeichen, Kafur endlich loszulassen. Er vergewisserte sich, dass er und Zahra unverletzt waren, entschuldigte sich für den Übergriff seiner Wachleute und bat Zahra und Kafur, ihn in seine Bibliothek zu begleiten.

Als Zahra in den hohen, weitläufigen Raum trat, hatte sie das Gefühl, in eine andere Welt einzutauchen. Bis zur Decke reichten die mit wertvollen, von Hand kopierten Büchern gefüllten Regale. Dazwischen hingen zeitgenössische Gemälde spanischer und italienischer Maler, auf denen Männer und Frauen abgebildet waren, was Zahra befremdete: Der Koran verbot ausdrücklich die Abbildung von Menschen und Tieren.

Boabdil führte sie zu der mit vielen Sitzkissen und zwei Diwanen ausgestatteten Sitzecke und bat sie, dort einen Moment auf ihn zu warten. Zahra ahnte, dass nun die Wachleute Grund hatten zu zittern.

Als Boabdil zurückkam, war seiner Miene nicht anzusehen, was sich draußen abgespielt hatte. Zumindest in dieser Hinsicht ist er ganz Aischas Sohn, dachte Zahra. Er reichte Zahra einen Umhang, mit dem sie ihren Oberkörper bedecken konnte, nahm ihnen gegenüber auf dem Diwan Platz und erkundigte sich bei Kafur nach dem Befinden seiner Mutter.

»Sie erfreut sich bester Gesundheit!«

»Ach, Kafur, Kafur!« Ein versonnenes Lächeln erhellte Boabdils Gesicht. »Wie lange dienst du meiner Mutter schon? Seit sie zehn Jahre alt ist, glaube ich, oder?«

Kafur nickte. »So ist es, mein Gebieter.«

»Du warst für mich immer wie ihr Schatten«, fuhr Boabdil nachdenklich fort, »und ich muss gestehen, dass ich seit meiner Flucht aus der Alhambra vor sieben Jahren kaum jemanden so sehr vermisst habe wie dich!«

Kafur dankte ihm mit einem stillen Neigen des Kopfes.

»Aber auch dich habe ich nicht vergessen«, sagte er zu Zahra mit einem freundlichen Lächeln. »Ich weiß noch genau, wie du mit deinem Ungestüm das Gefolge meiner Mutter zur Verzweiflung gebracht hast! Sie waren dafür verantwortlich, dass du dir beim Herumtoben in den Gärten keine Schramme holst, und da Mutter ihnen verboten hatte, dich zu maßregeln, konnten sie nicht mehr tun, als wie aufgescheuchte Hühner mit ausgebreiteten Armen um dich herumzuglucken. Du hattest völlige Narrenfreiheit bei Mutter – eine Freiheit, von der mein Bruder und ich nur träumen konnten. Wie oft hat sie uns vorgehalten, dass wir zusammen noch nicht die Hälfte deines Schneids und deines Muts in uns vereinten!«

Auch Zahra fielen diese Szenen ihrer Kindheit nun wieder ein. Ein warmes Gefühl für Aischa durchfloss sie, und sie nahm sich fest vor, sie nicht zu enttäuschen.

Boabdil fragte, was sie zu ihm führte. »Ihr habt den langen, gefährlichen Weg zu mir sicher nicht auf euch genommen, um mir Gesellschaft zu leisten!« Auch wenn er lächelte, verrieten die Schatten, die bei diesen Worten in seine Augen traten, wie sehr Boabdil unter seiner Verbannung und Einsamkeit litt.

»Eure Mutter wollte, dass Ihr aus erster Hand von der aktuellen politischen Lage in Granada hört.« Zahra beschrieb die schweren kriegerischen Auseinandersetzungen und erklärte, warum Aischa gerade Kafur und sie zu ihm geschickt hatte und was seine Mutter nun von ihm, ihrem erstgeborenen Sohn, erwartete. Bei Zahras letzten Worten verschloss sich Boabdils Miene mit der Geschwindigkeit eines auf das Schafott herabfallenden Beils. Er erhob sich, trat zu den Regalen, strich über einige Buchrücken und blickte dann mit einer Sehnsucht zu dem Maschrabiya-Gitter vor dem Fenster, als würde er sich am liebsten wie ein Vogel durch die Maschen zwängen und davonfliegen. Unsicher sah Zahra zu Kafur. Der alte Haremswächter nickte ihr beschwichtigend zu. Also wartete Zahra, dass Boabdil das Wort ergriff, doch er schwieg weiter. Zahra wurde unruhig und blickte erneut hilfesuchend zu Kafur. Er nickte ihr zu und fragte Boabdil, ob er und Zahra sich irgendwo frisch machen könnten.

Es dauerte einen Moment, bis Boabdil reagierte, und als er zu ihnen sah, war ein solches Erstaunen in seinem Blick, dass sich Zahra fragte, ob er ihre Anwesenheit vergessen hatte.

»Ja natürlich, Kafur, entschuldige, wie unaufmerksam von mir, euch nicht zuerst ein Bad und Erfrischungen angeboten zu haben, aber es ist schon lange her, dass ich Besuch empfangen habe. Ich scheine vergessen zu haben, wie man Gäste zu bewirten hat.«

Er rief nach seinem Diener und wies ihn an, zwei Gästezimmer herzurichten. Während sie auf die Rückkehr des Dieners warteten, erzählte Boabdil ihnen, dass sein Leben hier vor allem aus Lesen und langen Spaziergängen bestehe, und schwärmte von einem jüdischen Gelehrten, der im Ort lebe und ihn bei seinen Studien unterstütze.

Zahra verstand nicht, wie er so daherplaudern konnte, statt sie nach dem Zustand seines Landes auszufragen. Wie anders Aischa an seiner Stelle reagiert hätte! Fast war sie erleichtert, als der Diener kam und ihnen mitteilte, dass ihre Zimmer bereitstünden. »Wir haben bei den Nachbarn zwei Dienerinnen für Euch ausleihen können und auch ein paar Kleider. Ich befürchte allerdings, Ihr werdet sie ein wenig schlicht finden«, fügte er mit einem entschuldigenden Blick zu Zahra hinzu.

»Die Freude darüber, endlich wieder angemessen gekleidet zu sein, wird alles andere überwiegen«, versicherte sie ihm.

Bevor sie in ihre Zimmer gingen, sah Zahra noch einmal zu ihrem Reisebegleiter. Er verstand die unausgesprochene Frage in ihren Augen. »Geduld, Sternchen«, sagte er leise. »Lass ihm Zeit, das alles zu verarbeiten. Wenn du ihn bedrängst, wirst du ihn nur noch mehr verschrecken!«

Unsicher folgte Zahra den Dienerinnen in ihr Zimmer.

Die Dienerinnen hatten Zahra etwas zum Essen und ein heißes Bad mit angenehm duftendem Lavendelöl vorbereitet. Während sie ihr erzählten, dass es im Ort keinen *hammam* gäbe, halfen sie ihr aus den Kleidern und in den großen Zuber zu steigen. Trotz der Schlichtheit ihres Badevergnügens genoss es Zahra, sich endlich wieder von Kopf bis Fuß reinigen zu können. Wohlig aalte sie sich im Wasser und stöhnte vor Wohlbehagen über die angenehme Wärme, die herrlichen Düfte und die sanfte Massage. Dann bat sie die Dienerinnen, sie noch eine Weile ungestört im Wasser liegen zu lassen, und die Frauen zogen sich zurück.

Zahra lehnte den Kopf zurück, naschte von dem köstlichen

Pinienkernkuchen und dachte über Boabdil nach. Wie schnell und überaus froh er sich ihnen gegenüber vorhin geöffnet hatte – und wie abrupt er sich wieder in sich zurückgezogen hatte, als sie ihm von den Erwartungen seiner Mutter berichtet hatte ... Sie überlegte, wie alt Boabdil jetzt war. Sie meinte sich zu erinnern, dass er vier Jahre älter war als sie. Kein Alter mehr, in dem man sich hinter seiner Mutter verstecken konnte. Aber hatte Boabdil dies je gekonnt? War er nicht von Geburt an vom Schicksal gefordert und mehr als einmal auch überfordert worden?

Allein die Weissagung des Sterndeuters am Tage seiner Geburt ... Wie es Sitte war, hatten die Astrologen nach der Geburt des Thronfolgers sein Horoskop erstellt, und als sie die verhängnisvollen Zeichen erblickten, wurden sie – so erzählte man sich – von Furcht und Zittern ergriffen.

»*Allahu akbar*, Gott ist groß«, riefen sie aus. »Er allein lenkt das Geschick der Reiche! In den Gestirnen steht geschrieben, dass Euer Sohn den Thron Granadas besteigen wird – und dass sich der Fall des Reichs unter seiner Herrschaft vollenden wird.«

Zahra wusste von ihrer Mutter, dass Hassan Boabdil daraufhin nie mehr anders als mit Abscheu angesehen hatte. Dies und die unselige Weissagung der Astrologen führten dazu, dass das Volk Boabdil den Beinamen »az-Zugaibi« gab, »der Unglückliche«.

Zahra wusste nicht, ob die Astrologen mit ihrer Weissagung recht hatten; fest stand für sie nur eines: So wie die Dinge derzeit lagen, war ihr Land auch ohne Boabdil dem Untergang geweiht. Außerdem wäre es kaum das erste Mal, dass Astrologen bewusst falsch weissagten, um die Geschicke eines Landes nach ihren Wünschen – oder denen ihrer Geldgeber – zu lenken.

Bisher hatte das Unglück Boabdil in der Tat nicht verlassen. Seine Kindheit und Jugend waren von Härte, Einsamkeit und Ablehnung gezeichnet gewesen. Schon als Knabe war er mit Morayma, der Tochter Ali al-Attars, verheiratet worden, weil sich Aischa dessen Unterstützung für Boabdil sichern wollte, doch bisher stand Ali al-Attar unverbrüchlich hinter Hassan. Vor sieben Jahren erfuhr Aischa, dass Isabel de Solís einen Mordanschlag auf ihren ältesten Sohn plante. Hassan hatte Aischa mit ihren beiden Söhnen damals wieder einmal in den Comaresturm gesperrt. Aischa band ihre und die Hidschabs ihrer Dienerinnen aneinander und ließ den fünfzehnjährigen Boabdil aus dem Fenster hinab. Mit Allahs Hilfe gelangte er unverletzt nach unten und stieg den steilen, felsigen Hang hinab bis zum Ufer des Darro. Ein Gefolgsmann des Großwesirs nahm ihn in Empfang und brachte ihn in ein Versteck in den Alpujarras, das jedoch von einem untreuen Diener verraten wurde, so dass er erneut hatte fliehen müssen. Seither war er ständig auf der Flucht. Morayma hingegen lebte bei ihrem Vater und vermochte sich an ihren Ehemann gewiss kaum noch zu erinnern.

Zahra fröstelte. Sie rief die Dienerinnen, die sie in ein vorgewärmtes Handtuch wickelten, ihr Haar wuschen, sie einölten und sie, wie es im Koran vorgeschrieben war, epilierten. Anschließend halfen sie Zahra in ihre neuen Kleider und richteten ihr Haar. Zahra empfand es als große Wohltat, endlich wieder Frauenkleider zu tragen, verzichtete aber bewusst darauf, auch den Schleier anzulegen. Unter normalen Umständen hätte sie, da sie mit Boabdil nicht verwandt war, sich ihm weder unverschleiert zeigen noch überhaupt mit ihm an einem Tisch essen dürfen, aber genau wie wohl auch Boabdil empfand sie die Nähe aus der Zeit ihrer Kindertage noch intensiv genug, um es in diesem Fall mit ihren Glaubensregeln einmal nicht so eng zu nehmen. Außerdem, fand sie, war dies alles ohnehin eine einzige, große Ausnahmesituation.

Bevor sie zum Abendessen ging, betete sie ein *du'a,* auch wenn sie immer weniger Hoffnung hatte, dass dies ausreichen würde, um Boabdil zur Rückkehr in die Alhambra zu bewegen, mit der er nichts als düstere Erinnerungen verband.

8.

Boabdils Haus

15. März 1482

Die Dienerin führte Zahra und Kafur in Boabdils Speisezimmer, einen großen, durch schwere Vorhänge abgedunkelten Raum, den mehrere Öllampen in ein warmes Licht hüllten und dessen dicke Teppiche zusätzlich für Wärme und Behaglichkeit sorgten. Nach den entbehrungsreichen Wochen ihrer Reise war Zahra besonders empfänglich für die wunderbaren Essensdüfte, die ihnen entgegenströmten. Auf dem niedrigen Tisch zwischen den Sitzkissen erwarteten sie eingelegte *albóndigas,* gefüllte *hojaldres,* würzige Mandelpastete, frittiertes Gemüse und gegrilltes Zicklein. Auf einem Beistelltisch standen köstliche Süßspeisen und überquellende Obstschalen. Am meisten verlockte Zahra der *almojábana,* ein frittierter Quarkkuchen mit Zimt und Honig. Mit einem wohligen Seufzer ließ sie sich nieder und wusste kaum, was sie zuerst probieren sollte.

Auf Kafurs Rat hin kam Zahra während des Essens mit keinem Wort auf die Geschicke Granadas und Aischas Plan zu sprechen, und auch als sie später in der Bibliothek noch einen Granatapfelsaft tranken, unterhielt sie sich mit Boabdil vor allem über seine Studien – obwohl sie ihn am liebsten am Arm gepackt, auf ein Pferd gesetzt und ihn auf direktem Weg nach Granada gejagt hätte. Schließlich kam Boabdil wenigstens indirekt auf Granada zu sprechen: »Schon in der Alhambra habe ich meine Tage größtenteils mit Büchern zugebracht. Wahre Alternativen boten sich ohnehin nicht; meine Kontakte zu Gleichaltrigen waren auf die wenigen Stunden mit meinem Bruder Yussuf, Ismail, deinem Bruder Raschid oder dir beschränkt.« Als er weitersprach, war die Bitterkeit in seiner Stimme nicht zu überhören: »Manchmal stehe ich am Fenster und sehe zu, wie die Kinder hier in den Gassen Versteck spielen, wie sie sich necken und ausgelassen herumtoben. Dergleichen habe ich nie erlebt, selbst mit dir nicht, Zahra, weil meine Erzieher niemals erlaubt hätten, dass ich in schallendes Gelächter ausbreche oder wie ein Bauernbub durch die Gärten fege. Diese Freiheit hattest nur du. Darüber hinaus gab es in meinem Leben nur meinen Vater, der mich mied, als litte ich an Aussatz, und meine Mutter, für die ich vor allem ein Machtpfand war.«

»Wie kannst du das sagen?«, entfuhr es Zahra. »Aischa liebt dich mehr als ihr eigenes Leben!« Sie erschrak und wurde rot. »Entschuldigt, mein Gebieter, ich weiß, dass es mir nicht zusteht, Euch zu widersprechen und Euch zu …«

»Bleib ruhig beim Du«, unterbrach Boabdil sie mit einem herzlichen Lächeln. »Schon so viele Jahre habe ich das niemanden mehr zu mir sagen hören. Wen auch? Seit meiner Flucht aus der Alhambra bin ich fast nur von Leibwächtern umgeben. Außerdem haben wir uns als Kinder doch auch geduzt!«

Die Freude über diesen Vertrauensbeweis ließ Zahras Wangen noch tiefer erröten.

»Und wegen meiner Mutter …« Boabdil unterbrach sich. »Ich würde eher sagen, meine Mutter liebt die Macht, und ich bin ein geeignetes Mittel für sie, um diese wieder zurückzugewinnen, nachdem sie meinen Vater und damit ihre Stellung im Reich an Soraya verloren hat.«

»Ich glaube, du verkennst deine Mutter«, gab Zahra zurück. »Nach außen erscheint sie zwar hart und unnahbar, aber hinter dieser Maske verbirgt sich eine empfindsame Frau. Vergiss nicht, wie oft sie schon erfahren musste, was geschieht, wenn man seine Gefühle offen zeigt!«

Boabdil dachte einen Moment nach und meinte dann leise: »Aber hätte sie sich nicht wenigstens mir, ihrem ältesten Sohn gegenüber öffnen können?«

Zahra blickte zu Kafur, der, wie es seiner Rolle geziemte, schweigender Zuhörer gewesen war. Nachdem er ihr aufmunternd zugenickt hatte, atmete Zahra tief durch und kam auf ihr eigentliches Anliegen zu sprechen: »Und warum öffnest jetzt nicht du dich ihr gegenüber und suchst einen neuen Anfang mit ihr und deinem Land?«

»Glaub nicht, ich wüsste nicht, welche Verantwortung mir obliegt. Schließlich habe ich seit meiner Kindheit nichts anderes von meiner Mutter und meinen Erziehern zu hören bekommen. Ein künftiger Emir beklagt sich nicht über sein Los. Er trägt sein Schicksal mit Ergebenheit. Er ist stark, erhaben, gibt sich unverwundbar. Der Allmächtige hat ihn zu Höherem ausersehen, und diesem hat er sich als würdig zu erweisen.« Boabdil ließ den Kopf in die Hände sinken und stöhnte: »Mein Gott, wie oft habe ich mir gewünscht, als der Sohn einer anderen geboren zu sein!«

Zahra wusste nichts zu sagen. Boabdil zu trösten stand ihr nicht zu. Doch schon einen Moment später sah er wieder auf.

»*Allahu akbar*, Allah ist groß und weise seine Entschlüsse«, sagte er zu Zahra und nickte ihr zu. »Ich werde also mit dir gehen.«

Zahra freute sich so sehr über seine Zusage, dass sie seine Hände nahm und innig drückte. »Danke, mein Gebieter!« Den Gedanken an ihren Vater und ihren in Marokko auf sie wartenden Bräutigam schob sie weit von sich.

Zum Entsetzen seines Hauptmanns bestand Boabdil darauf, die Rückkehr nach Granada ohne Soldaten und Leibwächter anzutreten.

»Ich werde ebenso reisen, wie Zahra und der Haremswächter meiner Mutter hierhergelangt sind: als einfache Bauern getarnt. Allerdings nehmen wir keine Pferde, sondern Mulis.« Er zwinkerte Zahra zu. »So laufen wir zumindest nicht Gefahr, für Pferdediebe gehalten zu werden.«

»Aber mein Gebieter, Ihr setzt Euer Leben auf Spiel!« Der Hauptmann raufte sich die Haare. »Wände haben Ohren! Stellt Euch vor, was passiert, wenn Euer Vater erfährt, dass Ihr ohne Schutz gen Granada unterwegs seid, oder wenn Euch jemand trotz Eurer Verkleidung erkennt! Und wer sagt Euch überhaupt, dass Euch diese Zahra und der Haremswächter Eurer Mutter nicht in eine Falle locken und man Euch schon an der ersten Weggabelung auflauert und erschlägt?«

»Ich weiß es einfach«, erwiderte Boabdil schlicht.

»Aber unter dem Schutz meiner Truppe …«

»Wenn Eure Soldaten uns begleiten, wird es auf dem Weg unweigerlich zu Kämpfen kommen, und genau dem Sterben will ich ein Ende bereiten«, fiel Boabdil ihm ins Wort und machte hernach eine so entschiedene, jede weitere Diskussion untersagende Handbewegung, dass dem Hauptmann der Mund offen stehenblieb. Auch Zahra wunderte sich über den plötzlichen Wandel vom melancholischen Bücherwurm zum selbstbewussten Herrschersohn. Sie hatte den Verdacht, dass Boabdil seine Soldaten auch deswegen zurückließ, weil er wenigstens einmal in seinem Leben für ein paar Tage ein ganz normaler Mann mit ganz normalen Freiheiten sein wollte. Sie hoffte nur, dass er den Verzicht auf seine schlagkräftige Truppe nicht bereuen würde.

Zwei Tage später brachen sie auf. Da der Hauptmann Boabdil weiter bedrängt hatte, auf der Reise nicht auf seinen Schutz zu verzichten, hatte dieser ihm zumindest gestattet, ihm mit seinen Männern zu folgen – zumal er sich nicht dem Argument verschließen konnte, dass ihm die Schlagkraft der Soldaten zumindest in Granada von Nutzen sein würde. »Aber ich erwarte, dass Ihr wenigstens einen halben Tagesritt hinter uns zurückbleibt, und wenn Ihr meinem Befehl zuwiderhandelt, werden vor den Köpfen des Räuberpacks meines Vaters die Euren rollen!«

Wieder machten sie einen weiten Bogen um alle Siedlungen. Als sie die erste Nacht im Wald verbrachten und Zahra sah, wie schwer sich Boabdil tat, auf dem harten Boden eine Position zu finden, die es ihm einzuschlafen erlaubte, amüsierte sie sich insgeheim, auch wenn sie sich noch gut daran erinnern konnte, wie schwer es ihr in den ersten Nächten gefallen war, eine bequeme Stellung zu finden und nicht bei jedem Käuzchenruf oder dem Piepsen einer Maus erschrocken in die Höhe zu fahren. Tatsächlich hörten sie von ihm, dem es auch im Exil dank dem unerschöpflichen Reichtum der Familie seiner Mutter nie an Annehmlichkeiten gefehlt hatte, nicht ein Wort der Klage. Auffallend war auch, dass Boabdil von Tag zu Tag entschlussfreudiger zu werden schien. Seine Stimme gewann an Festigkeit, seine Worte an Bestimmtheit, seine Gesten an Nachdruck. Beim Aufbruch waren sie drei nahezu gleichgestellte Reisende gewesen, und Boabdil hatte bei vielem ihres Rates bedurft, aber schon nach wenigen Tagen übernahm er die Führungsrolle, und Zahra erkannte, dass das tief aus dem Herzen kommende Streben seiner Mutter, für Granada ihr Bestes zu geben, ebenso in ihm verwurzelt war wie die Gabe seines Vaters, andere nach seinem Willen zu lenken. Mit jeder Legua, die sie voranschritten, wurde er mehr und mehr zu dem Mann, den seine Mutter erwartete und den ihr Königreich so dringend benötigte: ein Mann, der die Kraft und die Autorität besaß, über das weite Land seiner Väter zu herrschen.

Boabdil wollte so schnell wie möglich nach Granada gelangen, und so sahen sie bereits nach zwölf Tagen im Schein der untergehenden Sonne die Alhambra in tiefem Rot über ihrer Heimatstadt aufglühen. Verstohlen wischte sich Zahra ein paar Tränen von den Wangen, und sie ahnte, dass dieser Anblick Kafur und Boabdil nicht weniger bewegte. Granada und die Alhambra – das war ihr Reich, ihr Leben, ihre Vergangenheit und hoffentlich auch ihre Zukunft.

Vor ihnen strömte eine große Zahl Landarbeiter auf die Stadt zu. »Wenn wir uns unter sie mischen, dürften wir kaum auffallen«, meinte Boabdil. Er stieg von seinem Muli und wies Zahra und Kafur an, es ihm gleichzutun.

Als sie sich dem Stadttor näherten, klopfte Zahra das Herz bis zum Halse. Da sie wegen ihrer Jungenkleidung nicht verschleiert war, fürchtete sie, von einem Passanten erkannt zu werden oder gar, wie schon einmal, ausgerechnet ihrem Halbbruder in die Arme zu laufen. Als sie mit einem Pulk Bauern an den Stadtwachen vorbeigingen, senkte sie den Blick so tief, dass Boabdil ihr in die Seite stieß und ihr zuzischte: »So erweckst du erst recht den Argwohn der Wachen!«

Hastig hob Zahra den Kopf und setzte eine ebenso müde und abgekämpfte Miene wie die anderen Landarbeiter auf, was ihr nach der anstrengenden Reise nicht schwerfiel. Die Wachen winkten sie vorbei, und Boabdil nickte ihr zufrieden zu.

»Und jetzt führ uns zu dem verfallenen Haus an den Trinkwasserzisternen, von dem du mir erzählt hast. Es ist sicher besser, wenn ich Ismail erst im Schutz der Nacht aufsuche und wir so lange dort untertauchen.«

Also setzte sich Zahra an die Spitze ihrer kleinen Truppe. Schon eine Viertelstunde später erreichten sie das heruntergekommene Gebäude. Sie stahlen sich mit ihren Tieren ins Haus, banden sie im Patio an und ließen sich mit einem erleichterten Aufseufzen neben ihnen nieder. Zahra verteilte Brot und Trockenfleisch.

»Warum willst du eigentlich als Erstes mit deinem alten Freund Ismail sprechen?«, fragte sie Boabdil, nachdem sie den ersten Hunger gestillt hatte. »Ich hatte angenommen, du würdest erst deine Mutter aufsuchen.«

»In die Alhambra komme ich – wenn überhaupt – nur mit Waffengewalt, und zu der Familie meiner Mutter kann ich mich erst wagen, wenn ich weiß, wer von ihnen zuverlässig zu uns steht. Ismail jedoch vertraue ich. Wenn mich ein Mensch in Granada niemals verraten oder hintergehen würde, dann er! Außerdem wird er mir eine realistische Einschätzung der Lage geben können. Vergiss nicht, dass seit eurer Abreise aus Granada mehr als ein Monat vergangen ist. Die Verhältnisse können sich inzwischen verändert haben.«

Zahra fragte sich, wie lange Boabdil Ismail nicht mehr gesehen hatte. Sieben Jahre – und seither nur ein paar Briefe … Vorsorglich bat sie in einem *du'a,* dass Ismail noch ebenso zuverlässig zu Boabdil stand, wie dieser ihn aus seinen Jugendtagen in Erinnerung hatte.

Unruhig lief Zahra im vom matten Schein des Mondes beschienenen Patio hin und her. Ab und an kickte sie einen der herumliegenden Geröllbrocken zur Seite. Seit Boabdil aufgebrochen war, zogen vor ihrem inneren Auge immer beängstigendere Bilder auf. So vieles konnte ihm in der Stadt seines Vaters widerfahren, und was sollte aus ihr werden, wenn ihm etwas zustieß? Ohne ihn als Fürsprecher konnte sie es nicht wagen, jemals wieder vor ihre Eltern zu treten. Sie würde die Stadt ebenso heimlich, wie sie sie betreten hatte, wieder verlassen und zusehen müssen, wie sie sich in einem anderen Teil des Landes allein durchschlug.

Aber wie sollte ihr das gelingen? Der Koran sah es als höchste religiöse Pflicht der Frauen an, sich als Eheweib und Mutter dem Fortbestand der Familie zu widmen, nur so konnte sie ihre *ird,* die Ehre, bewahren. Dies war in der Regel mit der Ausübung eines Berufs unvereinbar; für den Unterhalt der Familie zu sorgen war die Aufgabe der Männer, so dass selbst Frauen der unteren Schichten nur selten arbeiteten, und schon gar nicht außerhalb ihrer eigenen vier Wände. Die wenigen unabhängigen muslimischen Frauen, von denen Zahra je gehört hatte, verdingten sich als Hebamme, Klageweib, Frisörin, Botenfrau, Sängerin oder Wahrsagerin, und Zahra war klar, dass ihre Vorbildung sie zu keinem dieser Berufe befähigte. Was aber sollte sie sonst tun, um in der Welt da draußen zu überleben? Wider Willen musste sie zugeben, dass ihr selbst die Ehe mit dem feisten Ibrahim hiergegen in einem anderen, durchaus verlockenden Licht erschien, aber auch dieser Weg wäre ihr ohne Boabdils Fürsprache versperrt. Als sie dann auch noch an ihre Familie dachte, die sie vielleicht niemals wiedersehen würde und die jetzt doch in so unmittelbarer Nähe zu ihr war …

»Sternchen, beim Allmächtigen, kannst du dich nicht mal

hinsetzen?« Kafur sah seufzend zu ihr auf. »Von deinem Herumgerenne wird mir allmählich schwindlig!«

»Aber ich kann jetzt nicht sitzen«, stöhnte Zahra. »Mir geht so vieles im Kopf herum …«

»Und was ändert es, dass du dir den Kopf zerbrichst? Es ist allein Allah, *ta'ala,* der unsere Schritte lenkt!«

»Aber in welche Richtung lenkt er sie?« Zahra sah ihn hilfesuchend an. Seufzend schlug Kafur mit der flachen Hand neben sich auf den Boden. »Komm her, Sternchen, setz dich zu mir und schau dir deine Freunde da oben im Himmel an. Siehst du nicht, wie wohlgeordnet sie sind? Alle haben ihren festen, unverrückbaren Platz. *Allahu akbar,* Sternchen, Allah ist groß. Vertrau ihm!«

Sie hörten das Knarren der Eingangstür und eilige Schritte. Kurz darauf stand Boabdil vor ihnen. Sein Atem ging stoßweise. Erschrocken lief Zahra zu ihm. »Was ist geschehen? Hat dich jemand erkannt?«

Boabdil schüttelte keuchend den Kopf. »Aber hinter mir her waren sie trotzdem. Es war nicht leicht, Ismails Wachmänner abzuschütteln.«

»Willst du damit etwa andeuten, Ismail hätte …«

»Nein, Ismail weiß nicht, dass sie hinter mir her waren«, unterbrach Boabdil sie. »Bei meinem Weg durch die Stadt fiel mir auf, dass die meisten bedeutenden Familien Granadas vor ihren Häusern zahlreiche Wachleute postiert haben. Als ich versucht habe, über die Mauer in Ismails Patio zu steigen, haben mich zwei seiner Wachmänner gestellt. Gott sei Dank konnte ich schneller rennen als sie!« Boabdil lachte wie ein Junge, dem ein köstlicher Streich gelungen war. »Ich konnte Ismail gerade noch eine Nachricht in den Patio werfen. Ich hoffe, er findet sie und hat die Geheimsprache, die wir uns als Kinder ausgedacht haben, nicht vergessen. Ich habe ihn gebeten, sich morgen nach dem Mittagsgebet am Eingang des *suqs* mit mir zu treffen.«

Vor Erleichterung traten Zahra Tränen in die Augen. Kafur erhob sich und legte ihr die Hand auf die Schulter. »Meinst du nicht, wir sollten jetzt unsere Decken holen und ein wenig schlafen?«

Zahra nickte. Schon bald hörte sie die beiden Männer ruhig und gleichmäßig atmen, sie selbst aber blickte noch lange zu den glitzernden Sternen hoch.

Bis zum Nachmittagsgebet wartete Boabdil auf seinen alten Freund Ismail am Eingang zum *suq*, doch er kam nicht.

»Vielleicht hat Ismail meine Nachricht nicht rechtzeitig gefunden, oder sie ist in die falschen Hände geraten«, meinte Boabdil später zu Zahra und Kafur. »Ich werde heute Nacht noch einmal versuchen, in seinen Palast zu gelangen. Vielleicht habe ich diesmal mehr Glück.«

Schon allein beim Gedanken an die Gefährlichkeit dieses Unterfangens lief Zahra ein Schauer über den Rücken. »Gibt es denn keinen anderen Mann in der Stadt, dem du auch vertraust und der sich mit Ismail oder deiner Mutter in Verbindung setzen könnte?«

Boabdil schüttelte den Kopf.

Zahra musste an Raschid denken. Ja, wenn er zu Hause gewesen wäre … Auf ihn wäre Verlass gewesen. Und ihr Vater …

Zahra wiederholte den Gedanken laut.

»Was ist mit deinem Vater?«, fragte Boabdil.

»Ich denke, auch ihm könntest du vertrauen. Schon seit Monaten wettert er gegen Hassans Kriegspolitik. Für meinen Vater wäre es kein Problem, sich mit Ismail in Verbindung zu setzen und ein Treffen mit ihm zu vereinbaren, und über die

Dachterrassen kämst du leicht in unser Haus. Du müsstest nur aufpassen, dass dich Yazid nicht sieht. Der hätte nichts Eiligeres zu tun, als dich deinem Vater auszuliefern!«

Boabdil nickte. Zahra durchfuhr ein heißer Schreck. »Aber was tun wir, wenn mein Vater nach Marokko gereist ist, um Hayat zu ihrem Mann zu bringen?«

Boabdil sah sie abwartend an. Zahra zwang sich, ruhig zu bleiben. Würde ihr Vater Hayat tatsächlich auch ohne sie nach Marokko bringen? Sie dachte an ihre Mutter, die ihr Verschwinden sicher trotz ihres Briefes aufgeregt hatte, dachte an ihre schwache Gesundheit – und schüttelte den Kopf. Nein, ihr Vater würde Leonor unter diesen Umständen niemals allein in der Obhut der Dienstboten und Yazids zurücklassen. Und wer weiß, vielleicht war Miguel ja wirklich zurückgekommen, um Hayat zu holen.

»Nein, Vater ist sicher nicht abgereist«, erklärte sie Boabdil schließlich mit fester Stimme. »Und mit ein bisschen Glück brauchen wir, um ihn zu treffen, noch nicht einmal nach Hause, sondern nur zu unserer Seidenfarm reiten. Jetzt schlüpfen doch bald die Raupen aus den Eiern! Da ist unsere Familie sicher vor Ort, denn Vater will immer alles überwachen. Und Yazid hält sich nie dort auf. Er hasst Seidenraupen!«

Ein Lächeln breitete sich auf Boabdils Gesicht aus. »Wann können wir losreiten?«

Gleich im Morgengrauen verließen Zahra und Boabdil zusammen mit den ersten Landarbeitern die Stadt in westlicher Richtung und gelangten um die Mittagszeit bei der Farm an. Kafur war in Granada geblieben, der stramme Ritt von Almería hierher hatte ihn sehr mitgenommen.

Boabdil befahl Zahra, in dem Wäldchen vor der Seidenfarm zu warten, bis er mit ihrem Vater gesprochen hatte. Im ersten

Moment war Zahra erleichtert, ihrem Vater noch nicht unter die Augen treten zu müssen, aber das Warten war schon nach kurzer Zeit kaum zu ertragen, und so folgte sie Boabdil schließlich doch. Wenigstens einen Blick in den Hof wollte sie erhaschen!

Schon von weitem sah Zahra durch die weit offen stehenden Hoftore, dass rege Betriebsamkeit herrschte. Die Männer reinigten die Raupenkisten für den neuen Besatz, eine Dienerin pflückte Maulbeerblätter, die den geschlüpften Larven als Nahrung dienten, andere überholten die Spinnräder und Webrahmen. Erinnerungen an früher kamen in Zahra hoch – und eine so große Sehnsucht nach ihrer Mutter, dass sie kaum noch atmen konnte. Alle Vorsicht vergessend, trieb sie ihr Maultier weiter bis zum Hoftor, saß dort ab und schlich an der Mauer entlang. Nur einen einzigen Blick aus der Nähe wollte sie hineinwerfen, vielleicht Tamu oder sogar ihre Mutter sehen, doch noch ehe sie eine von ihnen entdeckt hatte, legte sich plötzlich eine schwere Hand auf ihre Schulter. »Was hast du hier zu suchen, Bursche?«

Zahra erkannte die Stimme und fuhr herum. Als sie die Augen zu ihrem Vater hob, klopfte ihr Herz bis zum Halse.

Kaum hatte ihr Vater erkannt, wer vor ihm stand, fuhr seine Hand so abrupt von ihrer Schulter zurück, als habe er sich verbrannt.

»Vater, bitte, ich kann alles erklären«, stammelte Zahra.

Mit versteinerter Miene winkte Abdarrahman einen Arbeiter herbei. »Schließ die Tore. Hier draußen treibt sich heute allerlei dreckiges Gesindel herum!« Ohne sie eines Blicks zu würdigen, ging er in den Hof.

Zahra wollte ihm nachlaufen, doch der Arbeiter verstellte ihr den Weg. »Vater, so hört mich doch wenigstens an!«

Boabdil trat vor Abdarrahman und machte dessen Arbeiter mit einer so gebieterischen Geste klar, dass er den »Burschen« eintreten lassen solle, dass dieser augenblicklich zur Seite trat. Obwohl Abdarrahman Boabdil seit sieben Jahren nicht gesehen hatte, erkannte er ihn sofort wieder. Seine großen, klugen Augen und die langen, edlen, durchaus aber energischen Hände waren die seiner Mutter; die mächtige Statur und die gebieterische Ausstrahlung erinnerten an dessen Vater.

»Ihr – hier?«, stotterte Abdarrahman, fasste sich dann und bat Boabdil eilig ins Haus. »Ich denke, es ist in Eurem Interesse, wenn niemand erfährt, dass Ihr hier seid!«

Mit einer Kinnbewegung forderte Boabdil Zahra auf, ihnen zu folgen. Abdarrahman hob verwirrt die Augenbrauen und fragte sich, was, beim Satan, seine Tochter mit dem Sohn des Emirs zu tun hatte.

Er führte Boabdil in sein Arbeitszimmer und schloss die Tür, ehe Zahra nachkommen konnte. »Mein Gebieter, ich … Wie komme ich zu der Ehre Eures Besuchs?«

»Die Zeit drängt, und deswegen will ich mich kurz fassen«, erwiderte Boabdil. »Eure Tochter meinte« – bei dem Wort Tochter verdüsterte sich Abdarrahmans Miene –, »dass Ihr auf meiner Seite steht und bereit wärt, Euch für mich mit Ismail in Verbindung zu setzen. Ich muss ihn dringend sprechen!«

»Ihr wollt Euren Vater stürzen«, entfuhr es Abdarrahman. Er kniete vor Boabdil nieder und küsste seine Hand. »Allah, er ist erhaben, hat meine Gebete gehört.«

Mit einem breiten Strahlen eilte Ismail am Abend in Abdarrahmans Arbeitszimmer und schloss seinen Jugendfreund in die Arme. »Boabdil, du segensreicher Geist meiner Kindertage, ich hatte die Hoffnung schon aufgegeben, dich je wiederzusehen!«

»Wenn du mich weiter so fest an dich drückst, wird es zugleich auch das letzte Mal sein, dass du mich lebend siehst!«, erwiderte Boabdil lachend, obwohl ihn das Treffen nicht weniger bewegte als seinen Freund. Ismail stimmte in sein Lachen ein. Er vergewisserte sich, dass Boabdil bei bester Gesundheit war, und fragte dann mit ernster Miene, was ihn herführte. Boabdil erzählte ihm sein Vorhaben, seinen Vater vom Thron zu stoßen. »Das Sterben Granadas muss ein Ende haben. Die Menschen unseres Landes sollen endlich wieder in Frieden leben können!«

»Deine Worte machen mich glücklich, und du kannst gewiss sein, dass das Volk Granadas nicht anders empfinden wird«, erwiderte Ismail. »Außerdem hast du einen günstigen Zeitpunkt gewählt: Dein Vater hat sich vor einigen Tagen auf seine Landgüter zurückgezogen, um sich von den letzten Kämpfen zu erholen. Granada ist derzeit schlecht bewacht!«

»Aber er hat weiter genug Verbündete in der Stadt, die sich mir entgegenstellen werden.« Boabdil sah Ismail nachdrücklich an. »Und deswegen muss ich wissen, ob ich auf dich und deine Anhänger zählen kann.«

Ismail legte seinem Jugendfreund die Hand auf die Schulter. »Schon als Knabe habe ich dir geschworen, mein Leben für dich zu geben – und ich halte meine Versprechen!«

Begleitet von Ismails und seinen eigenen Truppen, ritt Boabdil am nächsten Tag in Granada ein. Als die Stadtwächter ihn erkannten, fielen sie vor ihm auf die Knie. Die Nachricht seiner Rückkehr verbreitete sich wie ein Lauffeuer in der Stadt. Von allen Seiten strömten Menschen herbei und jubelten ihm zu, viele Adlige verstärkten mit ihren Soldaten Boabdils Gefolge, und auch der von Hassan in der Stadt zurückgelassene Teil seiner Truppe unterstellte sich ihm kampflos. Erst in der

Nacht kam es zu Zusammenstößen, über die Ismail Boabdil sofort Mitteilung machte. »Einige der Adligen haben sich zusammengeschlossen, um den Thron für Hassan zurückzuerobern! Von Hassan selbst ist noch nichts zu sehen. Entweder er weiß noch nicht, dass du ihm seinen Titel streitig machst, oder er will sich gründlich vorbereiten, bevor er zu einem Gegenschlag ausholt.«

Boabdil und Ismail zogen mit ihren Truppen aus, um die Aufständischen zu bekämpfen. Vier Tage lang bebte die Stadt unter den Auseinandersetzungen, aber dann hatte Boabdil mit seinen Getreuen den Aufstand niedergeschlagen. Den Anhängern seines Vaters, die bereit waren, ihm die Treue zu schwören, schenkte er die Freiheit, alle anderen sperrte er in den Kerker.

Als sich Boabdil tags darauf dem Volk präsentierte, erzitterte die Stadt unter dem Jubel der Menschen. Eine Eskorte wurde ausgeschickt, um Morayma von den Gütern ihres Vaters an die Seite ihres Gemahls zu geleiten. Jetzt endlich sollten auch sie und Boabdil vereint sein und dem Volk zeigen, dass die lange Herrscherkette der Nasriden fortgeführt wurde.

Zahra erfuhr von dem Freudentaumel der Menschen in Granada nur vom Hörensagen. Da sie in Aischas Auftrag und zum Wohle Granadas gehandelt hatte, verzieh ihr Vater ihr zwar, untersagte ihr jedoch, die Seidenfarm zu verlassen. Ohne Murren fügte sich Zahra seiner Anweisung, zumal sie es genoss, endlich wieder unter ihren Lieben zu sein. Ihre Mutter hatte ihr Verschwinden zwar beunruhigt, aber sie gestand Zahra, dass sie nie Zweifel an den guten Gründen für ihr Weggehen gehabt habe. »Ich vertraue dir, mein Kind, das habe ich immer getan!«

Jeden Nachmittag saß Zahra mit ihrer Mutter und Zainab im Frauenzimmer, webte und stickte, und am Abend zog sie sich mit Hayat in den Garten zurück, wo sie ungestört reden konnten. Ihr Hauptthema war immer wieder Miguel. Zwar hatte Hayat noch immer nichts von ihm gehört, aber sie war sicher, dass er gut zu Hause angekommen war und sie nicht vergessen hatte. »Ich spüre das!«

Nun endlich gestand Zahra ihr, dass auch sie sich in einen Christen verliebt habe, wollte ihr aber nicht seinen Namen nennen. »Ich sage dir das nur, damit du siehst, dass ich dich verstehen kann, und ich hoffe genauso sehr wie du, dass wir auch weiterhin von dem Leben, das uns in Marokko erwartet, verschont bleiben.«

»Aber Vater will doch nicht, dass du in die Alhambra zurückkehrst …«

»Ich hoffe, dass er seine Meinung noch ändern wird, wenn sein Ärger über mich erst einmal abgeflaut ist.« *Und wenn Aischa und Boabdil mich nicht vergessen haben und sich für mich einsetzen*, dachte sie weiter und verspürte einen Stich, dass sie dies nicht schon längst getan hatten. Um auf andere Gedanken zu kommen, fragte sie nach Deborah. Als sich ihre Niederkunft näherte, war sie zu ihren Eltern gereist, und Leonor hatte von ihr Nachricht erhalten, dass sie inzwischen eine gesunde Tochter geboren hatte. »Wie gern würde ich Raschids Tochter sehen!«, seufzte sie, doch ihr Vater wollte sie nicht zu Deborah reisen lassen.

Zehn Tage später bestellte ihr Vater sie in sein Arbeitszimmer. Voller Hoffnung, dass er ihr wieder mehr Freiheiten lassen würde, eilte Zahra zu ihm. Mit vor Aufregung geröteten Wangen stürmte sie in sein Zimmer und strahlte ihren Vater an. »Ihr habt mich rufen lassen?«

Sehr förmlich bat er Zahra, neben ihm auf dem Diwan Platz zu nehmen, so dass sich diese erschrocken fragte, was sie denn nun schon wieder ausgefressen haben sollte. Sie hatte sich doch streng an alle seine Anweisungen gehalten. Noch nicht einmal einen heimlichen Ausritt mit dem prächtigen Araberhengst, den ihr Vater gekauft hatte, hatte sie sich zugestanden, obwohl es ihr mehr als einmal in den Fingern gejuckt hatte, mit dem feurigen Rappen frühmorgens, wenn alle noch schliefen, durch die Vega zu preschen.

»Was habt Ihr, Vater?«, fragte Zahra beklommen und dachte plötzlich mit heißem Schreck an ihren noch immer verschollenen Bruder. »Ist … Habt Ihr etwa schlechte Nachrichten über Raschid?«

Abdarrahman schüttelte den Kopf. »Nein, nein, weder schlechte noch gute, er scheint wie vom Erdboden verschluckt zu sein, und allmählich …« Er unterbrach sich. »Ich will jetzt nicht mit dir über Raschid reden, sondern über ein anderes Thema, das dir gewiss das Herz schwermachen wird. Es geht um deinen zukünftigen Mann …«

Dem Allmächtigen sei Dank, schoss es Zahra durch den Kopf, jetzt hat er auch Ibrahim zu sich genommen! – und sie musste sich auf die Lippen beißen, um vor Erleichterung, auch um diese Ehe noch einmal herumzukommen, nicht in Jubel auszubrechen, einen Jubel, der ihrem Vater gewiss missfallen hätte. Also fragte sie mit scheinbarer Betroffenheit: »Was ist denn mit Ibrahim?«

»Nun, ich weiß natürlich, dass du dieser Ehe ablehnend gegenüberstehst, und kann mir denken, dass du es mit deinem ungestümen Temperament nicht leicht haben wirst, dich an das stille, zurückgezogene Leben bei Ibrahim zu gewöhnen, aber Zahra«, er ergriff ihre Hände und drückte sie mit väterlicher Sorge. »Nach all dem, was du in den letzten Monaten erlebt hast, musst doch selbst du einsehen, dass niemand mehr in Granada seines Lebens sicher ist, zumindest auf absehbare Zeit noch nicht. Hassan wird mit Sicherheit versuchen, Boabdil wieder aus der Alhambra zu vertreiben, und wer weiß, ob das nicht zu einem Bürgerkrieg führt? Und darum bitte ich dich: Gib Ibrahim eine Chance, gib euch eine Chance. Ich will nicht, dass du im Gram von uns gehst, sondern dass du einsiehst, dass ich nur dein Bestes will!«

In Zahras Kopf überschlugen sich die Gedanken. War Ibrahim doch nicht tot? Und ihr Vater wollte sie wirklich zu ihm nach Marokko bringen?

»Wann …« Zahras Hals wurde trocken. Sie musste sich räuspern. »Wann wollt Ihr abreisen?«

»Wir brauchen nirgends hinzureisen. Ibrahim ist auf dem Weg zu uns; in spätestens drei Tagen will er hier sein. Er hat geschäftlich in Granada zu tun und mir von einem Boten den Vorschlag überbringen lassen, dass wir die Hochzeit hier abhalten. Um ein großes Fest so vorzubereiten, wie es üblich ist, bleibt uns unter diesen Umständen zwar keine Zeit, aber sicher wird er das nachholen, sobald ihr in Marokko seid. Hayat kann mit euch gehen – und ich muss Leonor nicht über viele Wochen allein lassen.«

»Hier – die Hochzeit …« Zahra wischte sich über die Stirn und wusste nicht, ob sie lachen oder weinen sollte. All die schönen Träume, die sie mit Boabdils Rückkehr nach Granada verknüpft hatte … Sollten sie jetzt wie eine Seifenblase zerplatzen?

»Zahra, versprich mir, dass du euch eine Chance gibst!«

»Aber Aischa«, stotterte Zahra. »Sie … braucht mich doch!«

Abdarrahman lachte auf und strich ihr eine Haarsträhne aus dem Gesicht. »Ach, mein Kind, meinst du nicht, da überschätzt du dich ein bisschen? Hofdamen gibt es in ihren Gemächern mehr als genug, und auch wenn du mit deinem Ritt nach Almería wahrlich Mut bewiesen hast – Boabdil ist jetzt hier und alles Weitere Männersache!«

»Männersache«, wiederholte Zahra automatisch und fragte sich, ob dies allein die Ansicht ihres Vaters war oder ob sich auch Boabdil oder gar Aischa so geäußert hatten. Sie bat ihren Vater mit rauher Stimme, sich zurückziehen zu dürfen. Er sah zu ihr auf und schüttelte verwundert den Kopf. »Du hast doch nicht allen Ernstes geglaubt, dass dein Leben jetzt so weitergehen würde? Du bist eine Frau, und Frauen gehören an die Seite eines Mannes ...«

Ohne die Erlaubnis ihres Vaters abzuwarten, sich zurückziehen zu dürfen, erhob sich Zahra und ging in ihr Zimmer, wo sie auf ihre Schlafstatt sank und mit tränenblinden Augen die Decke anstarrte.

Tags darauf kam ein Bote Boabdils auf die Seidenfarm, um Abdarrahman zu warnen. »Wir haben heute Nachrichten von unseren Spitzeln erhalten. Mein Vater hat Truppen zusammengezogen und will die Stadt angreifen, um sich den Thron zurückzuerobern. Wir rechnen mit jeder Stunde mit ihrem Eintreffen. Ihr seid sicher gut beraten, weiter auf Eurer Seidenfarm zu bleiben«, stand in der Mitteilung.

In der Tat erreichten Hassans Soldaten schon am Abend die Stadttore. Ein weiterer Bote teilte Abdarrahman zwei Tage später mit, dass Hassan mit über fünfhundert Männern angerückt sei, die zu finden ihm leichtgefallen war, da die Landbevölkerung weiter auf seiner Seite stand. Überdies hatte Boabdil die Erfahrung machen müssen, dass auch die Menschen in der Stadt ihm bei weitem nicht so unverbrüchlich die Treue hielten, wie er angenommen hatte: Als sich die

Männer seines Vaters Zugang zu der Stadt verschafft hatten, liefen viele Adlige und alterprobte Krieger, die ihm noch vor wenigen Tagen zugejubelt hatten, zu seinem Vater über. Hassans Soldaten hinterließen in der Stadt eine blutige Spur. Voller Panik flüchteten die Menschen in ihre Häuser, doch auch dort verschonten seine Häscher sie nicht. Die Lage sei prekär, schrieb Boabdil weiter und bat Abdarrahman, ihm einen Teil seiner Soldaten zu schicken. Sofort gab Abdarrahman den entsprechenden Befehl.

Am folgenden Tag war Boabdils Lage noch verzweifelter. Er beriet sich mit seiner Mutter, und auch diese war nun der Ansicht, dass Boabdil seine Niederlage verkünden müsse, um dem Abschlachten der Menschen ein Ende zu bereiten. Doch mitten in ihr Gespräch platzte ein Bote Ismails, der ihm berichtete, dass das gemeine Volk nicht weiter vor seinem Vater floh, sondern sich jetzt mit verzweifelter Entschlossenheit gegen ihn zur Wehr setzte: »Ein jeder, der Waffen hat, erhebt sie jetzt gegen Hassan, und wer keine besitzt, greift ihn und seine Soldaten mit dem an, was er gerade zur Hand hat. Selbst Männer mit Mistgabeln, Stöcken, Fleischermessern, Spießen und glühenden Zangen habe ich gesehen!«

»Bist du sicher?«, fragte Boabdil, der den Wandel der Dinge kaum begreifen konnte.

»Ja, mein Gebieter! Es sind viele hundert, die sich gegen die Soldaten Eures Vaters zur Wehr setzen, und die Frauen schütten ihnen von ihren Fenstern siedendes Fett über die Köpfe!«

Sofort legte sich Boabdil sein Schwert an, um sein Volk zu unterstützen. Nach vier Tagen hatte Hassans Wüten ein Ende: Geschlagen und unter dem Hohn der Stadtbevölkerung musste er mit den Seinen aus der Stadt fliehen. Später hörte Boabdil,

Hassan hätte sich mit seinen Soldaten nach Málaga gewandt, welches sein Bruder az-Zagal für ihn verwaltete. Zagals Macht und Kriegskunst war weithin gefürchtet, aber für den Moment war Boabdil und seinen Anhängern nur nach Feiern zumute, und ihr Jubeln war nicht weniger laut als das des noch nichts von dieser Verbindung ahnenden Volkes.

Noch vor dem Boten Boabdils, der Abdarrahman die frohe Nachricht von dem Sieg überbringen sollte, und auch vor Ibrahim, der durch die Unruhen in der Stadt zurückgehalten worden war, preschte Yazid in den Hof der Seidenfarm. An seinen Kleidern klebte das getrocknete Blut seiner Gegner im Kampf um Granada, sein feuriger Araberhengst dampfte von dem schnellen Ritt. Vor der Haustür sprang er vom Pferd und stürmte ins Haus. Zahra war gerade auf dem Weg, ihrer Mutter einen Teller Suppe ans Bett zu bringen. Der neuerliche Ausbruch der Kämpfe in Granada hatte die empfindsame Frau sehr aufgeregt, weswegen der Arzt Bettruhe verordnet hatte. Ehe Zahra auch nur Luft holen konnte, schlug Yazid ihr so hart ins Gesicht, dass sie gegen die Wand flog. Nach allen Seiten spritzte die heiße Suppe. Zahra schrie auf. Wie rasend schlug ihr Halbbruder weiter auf sie ein. Zahra stürzte und versuchte vergeblich, mit den Armen wenigstens ihren Kopf zu schützen, während Yazid sie auch in den Bauch, in die Seiten und schließlich wieder ins Gesicht trat. »Du ehrloses Stück Dreck hast unseren Emir verraten und seinen verfluchten Sohn zurück nach Granada gebracht!«

Abdarrahman stürzte herbei. Er packte seinen Ältesten am Arm und schleuderte ihn von Zahra weg. »Du bist ja von Sinnen!«

»Das wagt Ihr mir zu sagen?« Yazids Augen funkelten vor Hass. »Und das, nachdem Ihr zusammen mit Eurer verkommenen Tochter den Emir und die maurische Sache verraten habt?«

»Was geschehen ist, hat sich Hassan selbst zuzuschreiben«, donnerte Abdarrahman. »Ein Emir, der sein Volk aus purer Machtgier ausblutet, verdient es nicht, weiter sein Herrscher zu sein!«

»Verräter seid Ihr, Verräter am wahren Glauben und an Granada! Aber Ihr werdet ja erleben, was Boabdil mit Granada macht: An die Christen wird er es verhökern. Zum Kämpfen ist er gar nicht Manns genug, der feine Herr!«

»Und du nicht zum Denken! Jeder Blinde kann sehen, dass Hassan unser Land zugrunde richtet. Beim Allmächtigen, Junge, komm zur Vernunft!«

»Der Allmächtige wird Euch dafür strafen, Euch und Eure verkommene christliche Brut!«

Die Hände auf den schmerzenden Magen und die Rippen gepresst, rutschte Zahra zurück an die Wand. Noch nie hatte sie ihren Halbbruder so erlebt. Sie blickte zu ihrem Vater, der in Kraft und Größe seinem Sohn ebenbürtig war, aber dann zog Yazid sein Schwert und hieb auf seinen unbewaffneten Vater ein. Behende wich Abdarrahman dem Schlag aus, doch der nächste Hieb fuhr ihm in den rechten Oberarm. Der Schmerz ließ Abdarrahman taumeln, er sackte gegen die Wand. Yazid fuhr zu Zahra herum.

»Und jetzt wieder zu dir, du Natter!«, brüllte er, hob das Schwert – doch da bogen ihm von hinten zwei Wachleute den Arm zurück und entwanden ihm die Waffe. Yazid rammte dem einen von ihnen den Ellbogen in den Magen und versuchte ihm sein Schwert wieder zu entreißen, doch im nächsten Moment versetzte der zweite Wachmann ihm einen so gewaltigen Tritt, dass Yazid gegen die Wand flog. Er sank in sich zusammen und schien bezwungen, doch da riss er aus seinem Stiefelschaft einen Dolch und stieß ihm einem Soldaten in den Hals. Als er ihn gleich darauf gegen den zweiten richtete, wich dieser entsetzt zurück. Yazid packte Zahra an den Haaren, riss sie auf die Füße und drückte ihr die Klinge an die Kehle. »Mach auch nur einen winzigen Schritt auf mich zu«, zischte er den Soldaten an, »und Zahra ergeht es nicht besser als deinem Kameraden!«

Zahra schluckte und spürte die eisige Klinge an ihrem Kehlkopf noch deutlicher. Sie sah, wie ihr Vater, den verletzten Arm an den Leib drückend, auf Yazid zuwankte. »Lass Zahra los«, keuchte er. »Es ist nicht an dir, sie zu richten!«

»Wenn mein Vater dazu nicht in der Lage ist, steht mir dieses Recht sehr wohl zu!« Yazid spuckte vor Zorn.

»Yazid, bitte, lass sie los!« Unbemerkt war Leonor in die Eingangshalle getreten. Bleich und durchscheinend wie ein Geist trat sie in ihrem weißen Schlafgewand auf Yazid zu und streckte flehend die Hand aus. »Gib mir meine Tochter!«

Yazid wandte sich zu ihr um, wodurch seine Hand mit dem Dolch ein Stück tiefer glitt. Augenblicklich stürzte sich Abdarrahman auf seinen Sohn und bog ihm mit einem Aufschrei den Arm zurück. Zahra flüchtete zu ihrer Mutter. Der Wachmann kam Abdarrahman zu Hilfe, doch Yazid entwickelte in seiner Wut unglaubliche Kräfte. Er schlug den Wachmann zu Boden, stieß seinen Vater zurück und flüchtete aus dem Haus.

9.

Seidenfarm

2. April 1482

Während Abdarrahmans Armverletzung gut verheilte und Tamu Zahras Prellungen im Gesicht und an den Rippen mit einer gräulichen Salbe binnen weniger Tage zum Verschwinden brachte, rief die neuerliche Aufregung bei Leonor hohes Fieber hervor, was wegen ihrer ohnehin angegriffenen Gesundheit zu einem raschen Kräfteverfall führte. Zahra wich nicht von der Lagerstatt ihrer Mutter. Immer wieder flehte sie sie an, doch wenigstens ein wenig zu essen, aber wenn ihre Mutter überhaupt darauf reagierte, dann nur mit einem matten Kopfschütteln. »So lasst mich doch, lasst mich gehen …«

Am Abend kam Tamu in Leonors Zimmer und teilte Zahra leise mit, dass ihr Bräutigam eingetroffen sei. Sie sah nur kurz zu Tamu auf, nickte und hatte danach erneut nur Augen für ihre Mutter.

In der Nacht bestand Hayat darauf, Zahra an Leonors Bett abzulösen. »Du musst einmal schlafen. Es hilft niemandem, wenn auch du noch krank wirst!« Doch erst als ihr Vater sie mit harschen Worten dazu aufforderte, überließ Zahra ihren Platz Hayat. Vor ihrem Zimmer bemerkte sie im fahlen Licht der Öllampe eine Gestalt vor ihrem Zimmer, die, als eine Holzbohle unter ihren Füßen knarrte, um die Ecke flüchtete. Verwundert ging Zahra der Gestalt nach. Hinter ihrem Zimmer lagen derzeit nur unbewohnte Gästeräume. Als sie um die Ecke kam, stieß sie auf einen großen, feisten Mann. Ibrahim.

»Was habt Ihr hier zu suchen?«, fuhr Zahra ihn erbost an. »In diesem Teil des Hauses liegen die Frauenzimmer!«

»Oh, entschuldigt. Dann habe ich mich wohl verlaufen.«

Zahra hob die Augenbrauen. »Euer Zimmer liegt in der entgegengesetzten Richtung!«

Ibrahim trat einen Schritt auf sie zu und strich mit der rechten Hand über sein kurzes, krauses Haar. Unwillkürlich blieb Zahras Blick an seinen Fingern hängen. Sie waren dick und kurz, außerdem stark behaart.

»Aber da ich Euch nun schon getroffen habe …« Ibrahim zauberte mit einem geheimnisvollen Lächeln ein Kästchen hinter dem Rücken hervor. »Das wollte ich Euch schenken …«

Und Ihr wollt Euch verlaufen haben, dachte Zahra grimmig. Sie wandte sich ab, um in ihr Zimmer zu gehen.

»Zahra, bitte, so nehmt es wenigstens mit!«

Er versuchte, sie am Arm festzuhalten, doch Zahra entzog sich ihm. »Ihr wisst genau, dass wir uns vor der Hochzeit nicht sehen dürfen, und schon gar nicht unter solchen Umständen! Ich bin noch nicht einmal verschleiert!«

Er drückte ihr eine Holzschatulle mit aufwendigen Intarsienarbeiten in die Hand und lächelte sie bittend an, wobei seine kleinen Augen beinahe vollständig unter dicklichen, unnatürlich geröteten Wangen verschwanden. Zahra brannte die Schatulle in den Händen. Sie wollte keine Geschenke von ihm. Sie wollte gar nichts von ihm – außer dass er ging. »Nehmt die Schatulle bitte zurück und geht!«

»Ich gehe, sobald Ihr Euch mein Geschenk angesehen habt!«

Unwillig öffnete Zahra die Schatulle. Auf tannengrünem Seidenstoff ruhte ein breiter Goldarmreif, der mit zahlreichen funkelnden Smaragdsteinen besetzt war. Zahra fand ihn viel zu wuchtig für ihr schmales Handgelenk und war sich sicher, dass er einer seiner beiden ersten Frauen gehört hatte.

»Ich hoffe, ich habe Euren Geschmack getroffen!«

Zahra schloss die Schatulle wieder und hielt sie ihm hin. »Ihr habt versprochen, jetzt zu gehen!«

Da er keine Anstalten machte, ihr die Schatulle wieder abzunehmen, stellte Zahra das Kästchen auf dem Boden ab und ging zu ihrem Zimmer. Vernehmlich schloss sie die Tür hinter sich, setzte sich von innen dagegen und starrte mit brennenden Augen in die Dunkelheit.

Da es Leonor von Tag zu Tag schlechter ging, verließ Zahra ihr Lager kaum, zugleich vermied sie es damit, dass Ibrahim ihr erneut auflauern konnte. So ruhig, höflich und gesetzt Ibrahim auch wirkte – etwas an ihm stieß sie ab, ängstigte sie geradezu, und wann immer sie daran dachte, dass sie ihr weiteres Leben mit ihm verbringen musste, hätte sie vor Wut und Verzweiflung aufschreien mögen.

Fürs Erste schob Leonors schwindende Gesundheit den Hochzeitstermin immer wieder hinaus, und nachdem auch neue Arzneien und ein Aderlass ihren Zustand nicht hatten verbessern können, legte der Arzt Abdarrahman und seinen Töchtern nahe, sich auf das Schlimmste vorzubereiten. Weinend lief Zahra zu Tamu, deren dunkle Augen ob der Prophezeiung des Arztes vor Zorn wie Kohlen aufglühten. »Ich habe Eurem Vater schon vor Tagen gesagt, dass die Mittel des Arztes nichts taugen, aber mir hat er ja verboten, ihr etwas von meinen Kräutern zu geben. Vielleicht wird er jetzt endlich auf mich hören!«

Zwei Stunden später betrat Tamu Leonors Zimmer mit einem widerwärtig riechenden Kräutersud.

»Willst du uns umbringen, du dummes Weib?«, schimpfte Abdarrahman. Er hielt sich die Nase zu. »Verschwinde mit deinem ekelhaften Gebräu, los, raus hier!«

Trotzig sah die alte Berberin zu ihm auf. »Der Sud kann Eurer Frau frische Lebensenergie geben – und damit vielleicht nicht nur sie, sondern auch ihr Kind retten!«

»Was sagst du da?« Abdarrahman sah die Alte an, als hätte sie den Verstand verloren.

Herausfordernd blickte Tamu zu dem Arzt. »Nun sagt meinem Herrn schon, dass meine Herrin ein Kind erwartet, und lasst mich endlich handeln! Ihr mögt mit Eurer Heilkunst am Ende sein, aber ich nicht. Mit diesem Sud hat meine Mutter schon mehr als einer Frau das Leben gerettet!«

Verlegen zwirbelte der Arzt seinen silbergrauen Bart.

»Soll das etwa heißen, unsere Dienerin hat recht?«, brauste Abdarrahman auf. »Meine Frau erwartet ein Kind, und Ihr habt mir nichts davon gesagt?«

Der Arzt hob abwehrend die Hände. »Eure Frau hat mich darum gebeten. Sie wollte Euch das Herz nicht noch schwerer machen. Sie weiß genau, dass es, selbst wenn sie nicht so krank wäre, einem Wunder gleichkäme, wenn sie bei ihrer schwachen Konstitution das Kind austragen könnte – und kein geringeres, wenn sie auch nur eine Fehlgeburt überlebte!«

»Aber … aber Ihr selbst habt uns damals doch gesagt, dass Leonor wegen der schweren Unterleibsentzündung, die sie nach Zainabs Geburt hatte, keine Kinder mehr empfangen könne, und in der Tat ist ihr Bauch seither flach geblieben.«

»Manchmal setzen schwere seelische Erschütterungen wie

das Verschwinden Eures Sohnes ganz eigene Heilungsprozesse in Gang. Auf jeden Fall wächst die Frucht schon im vierten Monat«, erklärte ihm der Arzt und wies dann auf Tamu: »Lasst sie Eurer Frau den Sud geben. Zu verlieren haben wir ohnehin nichts mehr.«

Ohne Abdarrahmans Erwiderung abzuwarten, trat Tamu ans Bett ihrer Herrin. Sie wies Zahra an, ihre Mutter ein Stück in den Kissen aufzusetzen, und redete mit schmeichelnder Stimme auf Leonor ein. »Mein Kräutersud wird das Leben in Euch zurückfließen lassen. Bitte, Herrin, trinkt. Und wenn Ihr es nicht für Euch tun wollt, so denkt wenigstens an Euer Kind!«

Tamu näherte ihren Löffel Leonors Lippen, doch sie drehte den Kopf weg.

»Mutter, bitte«, flehte Zahra. »Bleibt bei uns und tut, was Tamu sagt, Ihr müsst auch an Raschid denken!«

»Raschid kommt nicht mehr.« Leonors Stimme war kaum mehr als ein Hauch. »Er ist tot, wie wir alle bald tot sein werden …«

Weinend strich Zahra ihrer Mutter über den Arm. »Nein, Mutter, wir werden nicht sterben, und auch Raschid ist nicht tot. Denkt an meinen Traum; wir werden ihn finden!«

Leonor sah zu ihr. Ihr Blick schien Zahra von sehr weit her zu kommen. »Bitte, Mutter, trinkt Tamus Gebräu!«

Einen endlos scheinenden Moment sah ihre Mutter sie nur an, dann drehte sie den Kopf zu Tamu und nickte ihr zu.

Tamus Kräutersud bewirkte, dass Leonor in tiefen Schlaf sank, was für die Kranke eine Wohltat war. In den letzten Tagen war ihr Schlaf stets unruhig und von heftigen Alpträumen begleitet gewesen, aus denen sie meist wimmernd erwacht war. Auch wenn Abdarrahman Tamus Heilkünsten nicht traute, übernahm er es in der Nacht sogar selbst, seiner

Frau Stunde um Stunde den Sud einzuflößen. Als Zahra kurz nach Sonnenaufgang ins Zimmer ihrer Mutter schlich, fand sie ihren Vater übernächtigt, aber mit einem seligen Lächeln am Bett ihrer Mutter sitzend vor. »Tamus stinkendes Gebräu scheint tatsächlich zu helfen. Das Fieber ist gesunken, und eben hat deine Mutter ein Stück Orange und eine halbe Feige gegessen!«

Zahra sank auf Leonors Lager und küsste, weinend vor Glück, ihre Hände.

In den nächsten Tagen gab es für Abdarrahman, Zahra, Hayat, Zainab und Tamu nichts Wichtigeres, als Leonor jeden Wunsch von den Augen abzulesen. Die Köchin wurde angewiesen, ihr nur ihre Lieblingsspeisen vorzusetzen, die sie allerdings – schwangerschaftsbedingt – vor allem morgens nicht lange bei sich behalten konnte, aber insgesamt nahm Leonor trotzdem ein wenig zu, ihr Gesicht bekam wieder Farbe, und der Arzt war so beeindruckt von ihrer Gesundung, dass er sich von Tamu das Rezept ihres stinkenden Gebräus geben ließ.

Je weiter Leonors Genesung voranschritt, desto stiller wurde Zahra. Die Hochzeit mit Ibrahim … Nichts würde sie nun davor bewahren können.

Am späten Nachmittag sah Zahra von der Küche aus Ibrahim im Garten sitzen. Ohne nachzudenken, holte sie Hidschab und Schleier und ging zu ihm. Zwar wusste sie, dass dies unschicklich war, aber wenn sie diesen Mann schon heiraten musste, wollte sie sich wenigstens zuvor ein Bild von ihm machen und herausfinden, woher ihr Widerwille gegen ihn rührte. Als Ibrahim sie auf sich zukommen sah, erhob er sich von der Gartenbank und eilte entzückt auf sie zu. »Welche Freude, Euch zu sehen!«

Der Schleier ersparte Zahra ein Lächeln. »Ihr scheint Gärten zu mögen«, gab sie ausweichend zurück.

»Das stimmt in der Tat, und der Eure ist besonders prächtig: diese herrlichen Blumen und die Springbrunnen! Aber auch mein Haus in Marokko hat einen schönen, weitläufigen Garten. Ihr werdet Euch dort wohl fühlen!«

Zahra nickte vage.

Ibrahim schlug vor, einen kleinen Spaziergang durch die Felder zu machen. »Die Abendluft ist angenehm mild, und ich kann es kaum erwarten, Euch kennenzulernen!«

Zahra blickte zögernd zurück zum Haus. Sie wusste, dass sie nicht hätte hier sein dürfen, und ein Spaziergang mit Ibrahim war gegen jede Schicklichkeit. Trotzdem nickte sie – und wunderte sich, wieso sie dabei einen solchen Knoten in den Magen bekam. Vor wenigen Wochen war sie allein mit Kafur nach Almería aufgebrochen. Warum bereitete ihr dieser kleine Spaziergang mit ihrem zukünftigen Gemahl solches Unbehagen?

»Kommt, gehen wir – ehe uns noch jemand sieht!« Ibrahim lächelte ihr verschwörerisch zu und ging zum hinteren Tor. Obwohl in Zahras Kopf weiter ein »Nein!« hämmerte, folgte sie ihm. Es war, als müsse sie sich beweisen, dass sie ihm gewachsen war.

Hinter der Hofmauer reichte Ibrahim Zahra den Arm. »Nicht dass Ihr stolpert!«

Sein darauffolgendes Kichern fand sie ebenso albern wie unmännlich, aber Ibrahims Blick ließ sie seiner Aufforderung Folge leisten. Sie fand seinen Arm schwammig und weich und versuchte, nicht auf die langen, dunklen Haare zu sehen, die unter dem Ärmel seines Kaftans hervorquollen.

Als sie den Schutz der das Grundstück umgebenden Bäume verließen, empfing sie heftiger Wind. Ibrahim schlug vor, statt durch die Felder lieber durch den Wald zu gehen, wo es gewiss weniger stürmisch sei. Sein Vorschlag behagte Zahra nicht, aber als sie zu ihm aufsah, um abzulehnen, lag eine solche Bestimmtheit in seinem Blick, dass sie nicht zu widersprechen wagte und sich nur noch mehr ärgerte, dass sie sich auf diesen dummen Spaziergang eingelassen hatte.

In der Tat erwies sich der Weg durch den Wald als äußerst mühselig. Es gab keine ausgetretenen Pfade, immer wieder mussten sie sich unter Ästen hindurchschlängeln, was vor allem dem beleibten Ibrahim nicht leichtfiel und ihn schon bald zum Schnaufen brachte. Als sie eine kleine Lichtung erreichten, blieb er stehen und schloss die Hand um Zahras Handgelenk. »Wartet, auf dass ich mich ein wenig ausruhen und Luft schöpfen kann!«

Zahra blickte sich unbehaglich im dunklen Wald um. Ibrahim trat näher an sie heran. »Ihr habt doch nicht etwa Angst?«

Er stand jetzt so dicht vor Zahra, dass sie seinen fauligen Atem riechen konnte. Ihr wurde übel, sie wollte weitergehen, doch Ibrahim ließ sie nicht los. »Jetzt lauft doch nicht weg! Immerhin heiraten wir in wenigen Tagen. Heute früh hat Euer Vater einen Boten zum Imam geschickt, um ihn zu fragen, wann er kommen kann, um unsere Ehe zu besiegeln.«

Zahra wollte zurückweichen, doch er zog sie mit einer Kraft, die sie ihm niemals zugetraut hätte, an sich, riss ihr den Schleier vom Gesicht, presste den Mund auf ihre Lippen und schob seine Hand unter ihren Hidschab. Gierig schnaufend packte er ihre Brust und knetete sie so fest, dass Zahra aufschrie. »Hört auf, Ihr tut mir weh! Lasst mich los!«

Sie versuchte, sich von ihm zu befreien, doch Ibrahim drückte sie gegen den Stamm einer Pinie und presste seinen

Körper so fest gegen sie, dass sie sich kaum noch rühren konnte.

»Ibrahim, ich flehe Euch an, lasst mich!« Sie stemmte ihre Hände gegen seine Schultern, um ihn von sich zu stoßen.

»Verdammtes Weib!« Ibrahim verpasste ihr eine schallende Ohrfeige. »Du hast mir zu gehorchen! Und glaub bloß nicht, ich wüsste nicht, was du in den letzten Monaten getrieben hast: Allein mit einem Mann bist du bis nach Almería geritten und hast dort ohne jeden Anstand unter einer Horde Soldaten gehaust!«

Ehe Zahra etwas entgegnen konnte, küsste er sie erneut und schob ihre Tunika hoch. Wie eine Schlange kroch seine haarige Hand immer höher, bis sie ihren Busen erfasste. Sein Stöhnen wurde heftiger, und seine Küsse wurden so gierig, dass ihm Speichel aus dem Mund rann. Zahra wand sich vor Ekel und Abscheu, doch sie konnte seinem festen Griff nicht entkommen. Von ihrem Busen wanderten Ibrahims Hände über ihren Bauch und immer tiefer, bis er sie schließlich an noch viel intimeren Stellen berührte. Wimmernd presste Zahra die Beine zusammen und flehte ihn an, von ihr abzulassen, doch Ibrahim lachte nur auf.

»Weiß der Himmel, was du in diesem Saustall bei Boabdil alles getrieben hast«, keuchte er, bohrte seine Finger zwischen Zahras Schenkel und begann, mit seinem Unterkörper rhythmisch auf sie einzuschlagen. Angesichts der Härte seines Geschlechts, das er ihr immer wieder zwischen die Beine stieß und das dabei größer und größer wurde, geriet Zahra in Panik. Sie schrie wie am Spieß, und als er die Gelegenheit ergriff, ihr die Zunge in den Mund zu schieben, biss sie zu. Sie verfehlte ihn und erhielt für den Versuch, ihm die Zunge abzubeißen, eine weitere Ohrfeige, die sie so schwindlig machte, dass sie keine Kraft mehr für weitere Gegenwehr fand. Ibrahim schleuderte sie zu Boden und warf sich auf sie. Wieder gruben sich seine Finger zwischen ihre Beine, zugleich rieb er seinen Unterkörper weiter über den ihren, und mit einem Mal durchfuhr seinen Körper ein heftiges Zucken, und er sackte, sabbernd, mit verdrehten Augen und vernehmlich aufstöhnend, über ihr zusammen.

Kurz darauf rollte sich Ibrahim von Zahra ab, die lautlos weinte. Ibrahim blieb neben ihr liegen, hielt sie aber weiter an der Hand fest. Er seufzte und blickte versonnen in die Baumwipfel. »Es erregt mich, wenn du dich wehrst; behalte das ruhig bei! Ich kann kaum noch erwarten, bis wir verheiratet sind und ich dann keine Rücksicht mehr auf deine Jungfräulichkeit zu nehmen brauche, weil ich nach der Hochzeit das mit Blut benetzte Tuch herzeigen muss. Beim Allmächtigen, allein, wenn ich daran denke, wie es sein wird, mich in dein feines, enges Loch zu bohren und dein Häutchen zu zerreißen, werde ich schon wieder steif. Denn du bist doch noch Jungfrau, oder? Obwohl die Vorstellung, dass du es schon mit Boabdils Soldaten getrieben hast, einen prickelnden Reiz für mich hätte!« Ibrahim setzte sich auf und lachte, als er das helle Entsetzen in Zahras Gesicht sah.

Bevor sie zurück zur Farm gingen, befreite Ibrahim sie beide sorgfältig von Laub und anderen verräterischen Spuren und schärfte Zahra ein, zu keinem ein Wort über ihr kleines »vergnügliches Beisammensein« zu verlieren. »Wenn du dich nicht daran hältst, werde ich behaupten, dass du dich an mich herangemacht hast, und angesichts deines Vorlebens wird mir das auch jeder glauben – zumal das Wort einer Frau ohnehin nichts gegen das eines Mannes wiegt!«

Im Haus eilte Zahra schnurstracks in ihr Zimmer, riss sich die Kleider vom Leib und hüllte sich in ein Handtuch. Anschließend befahl sie einer Dienerin, ihr ein Bad vorzubereiten, doch auch nachdem diese sie gründlich von oben bis unten abgeschrubbt hatte, fühlte sie sich weiter schmutzig und besudelt. Als Tamu sie zum Essen rief, sagte sie ihr, dass sie keinen Hunger habe und sich lieber gleich hinlegen wolle. Tamu bat sie, vorher wenigstens noch ihrer Mutter eine gute Nacht zu wünschen. Um keinen Argwohn zu erregen, ging sie sogleich zu Leonor, die so lebhaft wirkte wie seit Wochen nicht mehr. »Der Arzt meint, dass ich in ein paar Tagen aufstehen darf!«

Zahra nickte zerstreut.

»Was hast du, Kind? Du hast ja geweint!«

Zahra sah ihre Mutter an, und angesichts der Besorgnis in ihren Augen war sie für einen Moment kurz davor, ihr alles zu sagen, beherrschte sich aber und zwang ein beruhigendes Lächeln in ihr Gesicht, wusste sie doch, welch verheerende Auswirkung jede Aufregung in ihrem Zustand haben konnte. »Nichts ist, Mutter. Ich bin nur müde.«

Zahra hatte das Gefühl, dass der nachdenkliche Blick Leonors ihr bis in die Seele sehen konnte, und senkte den Kopf. »Bitte, kann ich jetzt schlafen gehen?«

»Vielleicht willst du es mir morgen sagen?« Ihre Mutter küsste sie sanft auf die Stirn, wie sie es früher oft getan hatte. Zahra presste die Lippen zusammen und verließ eilig das Zimmer.

Wenig später schob Hayat sich in Zahras Zimmer. »Zahra? Schläfst du schon? Leonor hat mich gebeten, nach dir zu sehen …«

Als Zahra nicht antwortete, schlich Hayat an Zahras Bett und legte ihr die Hand auf die Stirn, als wolle sie prüfen, ob sie Fieber hatte. Zahra konnte sich nicht länger beherrschen und warf sich schluchzend in Hayats Schoß.

»Aber Zahra, um Himmels willen, was hast du?«

Doch sie konnte nicht antworten. Noch nicht einmal Hayat vermochte sie zu erzählen, was im Wald geschehen war. Zu groß war ihre Scham.

»Zahra, so rede doch!«, rief Hayat bang.

Zahra schüttelte den Kopf, sank zurück in ihr Kissen und bedeckte das Gesicht mit den Händen. »Es … Es ist nichts, wirklich. Die letzten Wochen – das war alles nur ein bisschen viel«, presste sie hervor.

Hayat zog ihr die Hände von den Augen und sah sie eindringlich an. »Zahra, mit mir kannst du doch reden!«

»Aber es ist nichts anderes!« Zahra zwang sich, Hayats Blick standzuhalten, und atmete tief durch. »Mach dir keine Sorgen. Es ist schon vorbei. Ich muss nur schlafen, ja?«

Zahra schloss die Augen. Als sie hörte, dass Hayat die Tür ins Schloss zog, presste sie sich die Decke vor den Mund und brach erneut in Tränen aus.

Am nächsten Tag rührte sich Zahra nicht aus ihrem Zimmer. Es schien der einzige Ort zu sein, an dem sie noch sicher war, sicher vor … Selbst seinen Namen wagte sie nicht mehr zu denken. Unten hörte sie die Diener emsig werkeln, die mit den Vorbereitungen für die Hochzeit begannen: Sie schrubbten die Böden, wienerten die Treppen, polierten Tische und Truhen …

Gegen Mittag kam Hayat zu ihr. »Geht es dir besser?«

Zahra nickte.

»Bist du sicher?«

Zahra nickte erneut.

»Ich glaube dir kein Wort!«

»Ich … ich habe mir nur den Magen verdorben, und jetzt lass mich bitte allein!«

Mit diesen Worten drehte sie ihrer Halbschwester den Rücken zu. Als die Tür ins Schloss fiel, traten Zahra wieder die Tränen in die Augen. Wenn sie nur mit jemandem reden könnte!

Am Abend rief ihr Vater nach ihr. Notgedrungen erhob sich Zahra und ging in sein Arbeitszimmer, wo ihr Vater sie mit ernstem Gesicht empfing. »Ich nehme an, du hast den Aufruhr hier unten heute Nachmittag mitbekommen?«

»Du meinst die Rumräumerei der Diener wegen der Hochzeit?«

»Nein, ich meine die Soldaten, die hergekommen sind.« Er schluckte. »Sie haben einen Boten hierherbegleitet, der Ibrahim mitgeteilt hat, dass ein spanischer Soldatentrupp eine der Warenlieferungen, die er von Málaga erwartet, überfallen hat. Nur wenige seiner Männer konnten fliehen. Die meisten Waren sind verloren. Ibrahim ist sofort aufgebrochen, um nach dem Rechten zu sehen. Die Hochzeit wird also um einige Wochen verschoben werden müssen.«

Zahra sah ihn an. Einige Wochen, dachte sie, was helfen mir einige Wochen? Sie konnte sich nicht beherrschen. »Von mir aus kann ihn unterwegs die Pest wegraffen!«, presste sie hervor.

Augenblicklich schwoll die Ader auf der Stirn ihres Vaters. »Wie redest du denn über deinen künftigen Gemahl?«

Statt ihm zu antworten, drehte sich Zahra um und rannte in ihr Zimmer, doch kurz vor ihrer Tür hielt Tamu sie auf und sagte ihr, dass ihre Mutter sie zu sprechen wünsche. Als Tamu mit fragendem Blick stehenblieb, wurde sie wütend.

»Was ist?«, fuhr sie die alte Berberin an. »Sind mir Hörner gewachsen, oder warum stierst du mich so an?«

»Kind, was ist mit Euch? Schon seit Tagen seid Ihr so seltsam und ...«

»Wie sollte ich das auch nicht sein? Hier wird man ja auch nie in Frieden gelassen!«

Tamu hob die Augenbrauen.

»Jetzt geh mir schon aus dem Weg, du dumme Alte«, knurrte Zahra weiter und hastete zurück in Richtung des Zimmers ihrer Mutter, doch schon nach wenigen Schritten blieb sie stehen und kam reumütig zu Tamu zurück. »Ich ... ich wollte das eben nicht sagen. Bitte, verzeih mir!«

»Ach Kind!« Tamu schüttelte schwermütig den Kopf. »Außerdem ahne ich ja, was mit Euch los ist ...«

Nein, *das* kannst auch du nicht erahnen, dachte Zahra bitter. »Ich habe nichts, Tamu, gar nichts.«

»Doch, Kind, doch, aber ich ...« Tamu strich ihr über die Wange. »Nein, in diesem Fall kann Euch niemand helfen, niemand außer dem Allmächtigen. Aber wer weiß: Vielleicht hat Er noch ein Einsehen mit Eurer Not.«

Zahra hörte ihre Mutter nach ihr rufen. Eilig lief sie zu ihr.

Leonor erzählte ihr freudestrahlend, dass sie sich den ganzen Tag über noch nicht ein Mal hatte übergeben müssen. »Vielleicht kann ich jetzt wenigstens das letzte Drittel meiner Schwangerschaft ruhig überstehen!«

Zahra zwang alle Gedanken an Ibrahim aus ihrem Kopf und nickte. »Ja, Mutter, ja!«

Da Zahra wusste, dass Ibrahim ihr im Haus erst einmal nicht mehr nachstellen konnte, wurde sie in den nächsten Tagen ruhiger und verbrachte wieder mehr Zeit mit ihrer Mutter. Der siebte Monat ihrer Schwangerschaft brach an. Ihr Gesicht wurde fülliger und beinah rosig, ihre Stimme fand zu ihrer alten Kraft zurück, und die Kindsbewegungen waren so kräftig, dass sich im Haus allmählich die Hoffnung ausbreitete, dass doch alles gut werden würde. Selbst Zahra dachte bald mehr an die Geburt ihres kleinen Geschwisterchens als an Ibrahim, zumal sie nichts mehr von ihm gehört hatten.

Dann aber gab es für die Familie wieder Grund zur Sorge: Es häuften sich die Gerüchte, dass Hassan mit seinem Bruder az-Zagal einen Angriff auf Granada und das Umland plane. Da Abdarrahman befürchtete, dass nun auch die Seidenfarm kein sicherer Ort mehr für seine Familie war, schickte er einen Boten zu Ali al-Attar, seinem Schwiegervater aus seiner ersten Ehe, der stets einer der treusten und wegen seiner klugen Schlachttaktiken auch einer der gefürchtetsten Mitstreiter Hassans gewesen war, selbst nachdem seine Tochter mit Boabdil verheiratet worden war. Der Sieg über Zahara war Hassan nicht allein wegen Yazids Idee mit den Kletterern, sondern auch dank Ali al-Attars kluger strategischer Planung gelungen. Nachdem Boabdil seinem Vater den Thron entrissen hatte, hatte sich Ali al-Attar zunächst weiter zu Hassan bekannt, aber als er dann sah, wie besonnen und weitsichtig sein Schwiegersohn das Land regierte, fiel er von Hassan ab und bot Boabdil seine Unterstützung an. Binnen weniger Tage kam Abdarrahmans Bote mit Ali al-Attars Zusage zurück, dass es diesem eine Freude und Ehre sei, Abdarrahmans Frau und seine Töchter unter seine Fittiche zu nehmen.

Schon am nächsten Tag begleitete Abdarrahman seine Familie mit einigen Dienern und einer großen Anzahl Soldaten nach Loja. Zahra atmete auf: Solange sie in Loja weilten, würde sie auch vor Ibrahim sicher sein. Eigentlich hatte sie erwartet, dass auch Hayat die Reise nach Loja beruhigen würde, denn mit Zahras Hochzeit verschob sich auch ihre Rückkehr nach Fès. Hayat aber saß so schwermütig auf ihrem Pferd, als führe man sie zum Schafott. Schließlich machte Zahra ihrer Halbschwester ein Zeichen, ein Stück weit hinter dem Reitertrupp zurückzubleiben, und fragte sie, warum sie so bedrückt war.

»Wegen Miguel.« Hayat wischte sich eine Träne von der Wange. »Je weiter wir uns von Granada entfernen, desto schwerer wird es für ihn, mir eine Nachricht zukommen zu lassen!«

»Aber du weißt noch nicht einmal sicher, ob er …«

»Und ob ich es weiß«, fiel Hayat ihr ins Wort. »Genau so, wie du weißt, dass Raschid noch lebt, weiß ich, dass Miguel nichts geschehen ist. Und ebenso sicher bin ich mir, dass er versuchen wird, mich holen zu kommen!«

Zahra wusste, dass in den Augen ihrer Halbschwester alles besser schien als die Rückkehr zu ihrem ungeliebten Ehemann und sie sich an diese Hoffnung klammerte, ihrem Schicksal zu entgehen. Eine Zeitlang ritt Zahra schweigend neben ihrer Halbschwester her, aber dann musste sie ihr zumindest noch eine Frage stellen: »Hast du eigentlich gar keine Angst vor dem Leben, das du dann führen müsstest? Immerhin ist Miguel ein Ungläubiger, und du bist verheiratet. Du würdest auf immer deine Ehre verlieren, wenn du mit ihm gehen würdest …«

»Aber ich würde leben, verstehst du?«, erwiderte Hayat und sah sie eindringlich an. »Leben!«

»Leben, ja, leben«, murmelte Zahra und presste die Lippen aufeinander.

Auch die Kastilier wussten inzwischen von Boabdils Rückkehr nach Granada. Derzeit weilte Isabel, die in ständig wechselnden Städten Hof hielt, im königlichen Palast in Córdoba. Als man dort erfuhr, dass Boabdil seinem Vater die Position als Herrscher Granadas streitig machte, rieb man sich freudig die Hände, weil man davon ausging, dass sich die Mauren nun gegenseitig vernichten würden. Dann aber verdichteten sich die Nachrichten, dass Boabdil seine Position festigen könne, und schließlich erreichte sie nur kurze Zeit nach Boabdils Ernennung zum Emir ein Friedensangebot von ihm, welches die Christen jedoch rundweg ablehnten. Aus Wut über die Zurückweisung griff Boabdil daraufhin mit seinen Truppen Alhama an.

Die aktuellen Nachrichten von dort waren so beunruhigend, dass Isabel eilig ihre Berater zu sich rief. Gonzalo betrat ihr prächtiges Beratungszimmer als Letzter. Als er sah, dass Torquemada nicht nur mit am Tisch, sondern sogar direkt neben Isabel saß, ahnte er, dass es um die Sache der Mauren schlecht stand. Mit unbewegtem Gesicht verneigte er sich vor seiner Königin und ihrem Gemahl und nahm den Platz zwischen dem Marqués de Cadiz und Kardinal Mendoza ein, die einzigen Berater Isabels, die er aufgrund ihrer hohen Integrität und Humanität in den letzten Jahren zu schätzen gelernt hatte. Isabel bat Don Juan, die neusten Nachrichten aus Alhama vorzutragen.

»Unser Bote berichtet, dass die Versorgungslage Alhamas immer schwieriger wird. Wegen der Belagerung durch die Mauren fehlt es an Lebensmitteln, aber nicht weniger besorgniserregend ist der Mangel an Soldaten. Der von uns nach unserer Eroberung der Stadt eingesetzte Bürgermeister von Alhama geht davon aus, dass er die Stadt nicht mehr lange gegen die maurische Übermacht wird halten können. Die Soldaten sind Tag und Nacht im Einsatz und am Ende ihrer Kräfte.«

Isabel blickte zu ihren Beratern. »Ich erwarte Eure Vorschläge, meine Herren!«

Als Erster meldete sich Gonzalos Bruder Alonso zu Wort. »Alhama liegt mitten im feindlichen Gebiet, so dass sich die Versorgung mit Lebensmitteln und Waffen und der Nachschub von Soldaten immer schwierig gestalten werden. Überdies gehe ich davon aus, dass die Mauren stets aufs Neue versuchen werden, ihre Stadt zurückzuerobern. Aus diesem Grund bin ich dafür, die Stadt bis auf ihre Grundmauern zu zerstören und den Mauren zu überlassen. Alhama zu halten ist auf Dauer zu aufwendig und zu kostspielig!«

Gonzalo nickte. »Wir dürfen auch nicht vergessen, wie viele Menschenleben uns die ständige Verteidigung Alhamas kosten würde!«

»Dass Ihr so um unsere Landsleute besorgt seid, ehrt Euch«, erwiderte Torquemada mit falschem Lächeln. »Ich nehme an, als Nächstes schlagt Ihr vor, den Krieg gegen die Mauren überhaupt zu beenden.«

Am liebsten würde ich das allerdings, dachte Gonzalo, aber er wusste, dass er mit dieser Ansicht bei den Anwesenden auf wenig Gegenliebe stoßen würde – von Kardinal Mendoza und dem Marqués de Cadiz vielleicht abgesehen. »Zumindest sollte zu fragen erlaubt sein, mit welchem Einsatz wir was erreichen können«, gab er diplomatisch zurück.

»Ihr würdet es also in Kauf nehmen, dass unser Land auch in Zukunft von diesen Heiden besiedelt und besudelt wird?«, bohrte Torquemada weiter. Gonzalo bemerkte seinen lauernden Blick und spürte, wie sich ihm die Nackenhaare aufstellten. Schon früher hatte der asketische Dominikanermönch ihm Unbehagen eingeflößt, aber seit er zum Inquisitor ernannt worden war und er erlebt hatte, mit welchem Fanatismus der Mönch seine Schergen rechtschaffene *conversos* verfolgen und sie so lange foltern ließ, bis sie selbst ihre Kinder verrieten, und er sie hernach auf seinen pompös abgehaltenen Autodafés verbrannte, graute ihm vor Torquemada wie vor dem Satan selbst. Auch er sollte sich vor dem Inquisitor besser in Acht nehmen. Zu seiner Erleichterung enthob ihn Don Juan für den Moment einer Antwort.

»Don Gonzalo ist und bleibt ein Hasenfuß«, wetterte jener

in gewohnter Manier. »Selbst wenn wir den Mauren Alhama nur als Schutt und Asche zurückgeben würden, verrieten wir damit Furcht und Schwäche in unseren Beschlüssen, und das können wir uns nicht leisten!«

»Wie wahr, Don Juan, wie wahr!«, pflichtete Isabel ihm bei. »Außerdem wussten wir von Anfang an, dass dieser Krieg mit hohen Kosten und vielen Opfern einhergehen würde. Alhama ist die erste Stadt, die wir den Mauren entreißen konnten. Sollten wir in ihr nicht unsere erste ruhmvolle Trophäe sehen und deswegen seine Wälle als ein vom Himmel verliehenes Bollwerk mitten im Feindesland unter allen Umständen verteidigen?«

Dieser Ansicht schloss sich auch Fernando an. Er schlug vor, Alhama vierhundert Lanzen Verstärkung, eine Abteilung von tausend Fußsoldaten und Mundvorrat für drei Monate zu schicken, wofür ihm seine Gemahlin einen dankbaren Blick schenkte.

»Wir könnten aber auch noch mehr tun«, meldete sich Don Juan erneut zu Wort. »In direkter Nähe Alhamas liegt Loja. Wenn wir auch diese Stadt noch erobern, besäßen wir ein zweites und umso mächtigeres Standbein im Feindesland!«

»Loja?«, rief Gonzalo. »Aber das wird von Ali al-Attar beherrscht. Ihn anzugreifen hieße, unsere Soldaten in den sicheren Tod zu schicken!«

»Keine Stadt ist uneinnehmbar«, widersprach ihm Don Juan mit unwilligem Blick. »Wenn wir Loja in unsere Hand brächten, hätten die Mauren nicht mehr die Möglichkeit, ihre Truppen einzig auf Alhama zu konzentrieren, und überdies würden wir sie tief in ihrem Stolz treffen. Ein Sieg über Ali al-Attar würde diesen Muselmanen zeigen, dass keine ihrer Städte mehr vor uns sicher ist und das Ende ihres Reichs unmittelbar bevorsteht!«

»Und Ihr meint, wir hätten in der Tat die Möglichkeit, Ali al-Attar zu bezwingen?«

Don Juan genoss die ungeteilte Aufmerksamkeit seiner Königin so sehr, dass er sich mit seiner Antwort Zeit ließ. »Es ist schon wahr, dass der alte Ali al-Attar ob seiner vielen Siege gegen uns bei den Mauren den Ruf eines Heiligen hat, aber genau solch einen Gegner brauchen wir, wenn wir unsere Feinde beeindrucken wollen. Gelingt es uns, den alten Haudegen aus seiner Stadt zu vertreiben, werden sich viele andere Orte von ganz allein ergeben!«

Isabel erhob sich und durchmaß mit langen Schritten das Besprechungszimmer. »Loja, sagt Ihr? Und dass wir die Mauren damit in ihrem Stolz treffen können?«

»Ich finde Don Juans Vorschlag sehr vernünftig«, mischte sich nun auch Fernando wieder in das Gespräch ein. »Außerdem könnten wir für einen Angriff auf Loja leicht die Unterstützung der andalusischen Adligen gewinnen, denn diese haben unter Ali al-Attar weit mehr gelitten als unter jedem anderen maurischen Kriegsherrn. Ein Feldzug gegen ihn wäre für sie eine langersehnte Rache!«

Isabel wusste die strategische Intelligenz ihres Mannes zu schätzen und hatte schon mehrmals gut daran getan, auf seinen Rat zu hören. Trotzdem ging sie nicht direkt auf ihn ein, sondern befragte auch ihre anderen Berater.

Torquemada zeigte sich begeistert. »Je mehr wir der Natternbrut zusetzen, umso besser!«

»Ihr neigt ja ohnehin zu Übertreibungen«, entfuhr es Gonzalo voller Bitterkeit.

»Was wollt Ihr damit sagen?« Torquemadas Augen verengten sich zu Schlitzen. Gonzalo hätte sich für sein Vorpreschen die Zunge abbeißen mögen, aber jetzt einen Rückzieher zu machen, verbot ihm sein Stolz. Er straffte sich. »Nach allem, was ich gehört habe, habe ich meine Zweifel, ob Euer Vorgehen gegen die *conversos* noch dem entspricht, was unsere verehrte Königin seinerzeit bewilligt hat.«

»Die jüdischen Blutsauger bekommen, was sie verdienen!« Torquemadas Augen stachen wie Messer auf Gonzalo ein. »Und ihre eingezogenen Vermögen sind uns bei dem Krieg gegen die Mauren von höchstem Nutzen!«

Gonzalo hielt es für ratsam, das Thema nicht zu vertiefen, und wandte sich direkt an die Königin. »Ich denke, dass wir jetzt, da die Mauren sich untereinander zerstritten haben, auch andere Möglichkeiten finden werden, als weiter nur das Schwert sprechen zu lassen.«

»Euer ewiges Friedensgerede gibt mir allmählich zu denken«, zischte Torquemada. »Habt Ihr nicht einen Teil Eurer Jugend in Granada verbracht? Ich habe schon seit langem den Verdacht, dass Ihr in Wahrheit für deren Sache seid!«

»Auf jeden Fall scheint es nicht sinnvoll, mit den Mauren Frieden zu schließen, wenn wir jetzt endlich die Chance haben, ihrer Herrschaft ein für alle Mal ein Ende zu bereiten«, pflichtete Fernando ihm bei. »Unser Ziel darf es nicht sein, die Mauren an unserer Seite, sondern sie aus unserem Land zu haben!«

Gonzalo verbeugte sich wortlos in Fernandos Richtung. Er wusste, dass er verloren hatte. Zu seiner Überraschung sprach sich jetzt aber auch der Marqués de Cadiz gegen einen Angriff Lojas aus. »Verzeiht, mein König, aber sosehr mir Don Juans Idee an sich auch gefällt, möchte ich doch zu bedenken geben, dass Loja in der Tat die am stärksten gesicherte Festung der Mauren ist. Ali al-Attar mag mit seinen neunzig Jahren ein hohes Alter haben, aber sein Kampfgeist ist ungebrochen. Man nennt ihn nicht umsonst den Löwen von Loja. Er ist noch gefährlicher als az-Zagal!«

»Aber er ist nicht unschlagbar, und das sollten wir den Mauren beweisen!«, widersprach ihm Fernando. »Ich schlage ein Vorgehen auf mehreren Ebenen vor: Zunächst erhöhen wir unsere Präsenz an Schiffen und Galeeren vor Gibraltar und den anderen maurischen Häfen, damit die Mauren nicht weiter ungehindert Verstärkung, Waffen und Mundvorrat von ihren afrikanischen Verbündeten erhalten können. Zeitgleich schicken wir, wie eben besprochen, Versorgungsgüter und Soldaten nach Alhama, wenden uns mit der Bitte um Unterstützung an die andalusischen Adligen, und während wir auf diese warten, verunsichern wir mit unseren Truppen die Vega. Keine Unze Korn soll der Brut bleiben, kein Haus und kein Stück Vieh. Und sobald wir die Zusage der andalusischen Adligen haben, wenden wir uns Loja zu, und ich selbst werde die Truppen dort zum Sieg führen!«

Er tauschte einen Blick mit seiner Frau, die ihm lächelnd zunickte. »Ja, mein Lieber, das wirst du!«

Gonzalo biss die Zähne zusammen. Sein einziger Trost war, dass die kleine Maurin mit den blauen Augen weit weg von Loja in Granada lebte.

In der Tat hatte Fernando keine Schwierigkeiten, von den andalusischen Adligen Soldaten für sein ehrgeiziges Vorhaben zur Verfügung gestellt zu bekommen, und war sich seiner Sache so sicher, dass er einen großen Teil des Heeres bei Erija zurückließ und nur mit fünftausend Reitern und achttausend Fußsoldaten vorrückte. Da Gonzalo dies beunruhigte, lenkte er sein Pferd zu Juan Ponce de León, dem Marqués de Cadiz. Zwar war auch dieser letztlich für den Krieg und die Vertreibung der Mauren, ließ sich dabei aber nicht von dem Hass eines Don Juan treiben und legte überdies weit mehr Menschlichkeit als jener an den Tag.

»Natürlich ist es riskant, nicht mit dem ganzen Herr gen Loja zu ziehen«, pflichtete der Marqués Gonzalo bei, »und das habe ich Fernando auch gesagt, aber Ihr kennt unseren König gut genug, um zu wissen, dass er, wenn er sich etwas in den Kopf gesetzt hat, nur schwer wieder davon abzubringen ist. Vergesst auch nicht sein Alter! Mit seinen dreißig Jahren ist er sogar ein wenig jünger als Ihr, Gonzalo. In diesem Alter bildet man sich noch gern ein, dass einem die Welt zu Füßen liegt. Übrigens finde ich es weit bedenklicher, dass wir nur wenige Vorräte mit uns führen. So können wir Loja noch nicht einmal belagern!«

»Das ist nicht Euer Ernst!«

Der Marqués lachte bitter auf. »Meiner nicht, nein, aber Fernandos. Laut den Auskünften seiner Spione stehen in Loja derzeit kaum mehr als dreitausend Mann unter Waffen. Da unsere Reiterei für sich genommen bereits mehr Männer zählt als das gesamte Heer Ali al-Attars, ist Fernando der Ansicht, allein der Anblick unserer Truppe würde Ali al-Attar und seine Männer in die Flucht treiben.«

»Ali al-Attar in die Flucht treiben?« Gonzalo stieß einen Schwall Luft aus. »Eher frisst eine Maus einen Elefanten!«

Der Marqués stülpte die Lippen vor und nickte.

Drei Tage später erreichten Gonzalo und der Marqués de Cadiz an der Spitze von Fernandos Heer den Gipfel, von dem aus man Loja sehen konnte. Der Marqués hob die Hand, um die Soldaten zum Stillstand zu bringen, und bedachte das Land zu seinen Füßen mit unwilligem Blick.

»Genau so habe ich mir das vorgestellt«, stöhnte er. »Hügel, Hügel, nichts als Hügel – unmöglich, hier ein zusammenhängendes Lager aufzubauen.«

»Noch mehr Sorgen macht mir der Fluss«, seufzte Gonzalo

und zeigte auf den Genil, der dicht bei der Stadt floss. »Schaut nur, wie steil die Ufer hier sind. Meines Wissens ist der Fluss so tief, dass man ihn kaum durchschreiten kann – und die Mauren sind im Besitz der Brücke! Ich hoffe, Fernando erkennt bald selbst, dass er sich verrannt hat!«

»Ich befürchte, er wird in diesen Schwierigkeiten eher eine besondere Herausforderung sehen, die seinen Ruhm nach der Eroberung nur noch mehren wird. In gewisser Weise kann ich ihn sogar verstehen: Don Juan hat in letzter Zeit so viel Kriegsglück gehabt, dass er langsam in Bedrängnis gerät. Schließlich ist er der König – ihm sollte der größte Ruhm zufallen, nicht einem seiner Adligen.«

In der Tat hielt das schwierige Umland Lojas Fernando keineswegs von seinem Vorhaben ab. Ohne zu zögern, gab er Befehl, sein Zelt in einer Olivenbaumplantage am Fuße des Flusses aufzuschlagen und die Lager der Truppen auf den Höhen der umliegenden Hügel zu verteilen. Der Marqués riet Gonzalo, seine Kritik für sich zu behalten. »Warten wir ab, wie Fernando die Lage sieht, wenn die Zelte aufgeschlagen sind!«

Doch auch am nächsten Morgen widerrief Fernando nicht seinen Befehl. Besorgt machte sich Gonzalo auf die Suche nach dem Marqués und traf stattdessen zunächst auf Miguel de Balera, der vor zwei Tagen mit seinen Soldaten überraschend zu ihnen gestoßen war. Gonzalo und Miguel kannten sich seit ihrer frühen Jugend. Genau wie Gonzalo war auch Miguel von seinen Eltern für einige Jahre in einem Kloster bei Sevilla untergebracht worden, um Grammatik, Arithmetik, Geometrie, Astronomie und Musik zu lernen. Die Freunde hatten damals nicht nur viel Zeit Seite an Seite im Dormitorium, sondern oft genug auch in einer kargen, lichtlosen Zelle zugebracht, in welche die Mönche sie wegen ungebührlichen Benehmens oder eines ihrer Lausbubenstreiche gesteckt hatten. Meist war

Miguel die treibende Kraft gewesen. Aber wenn er einen Verbündeten für seine Unternehmungen brauchte, war Gonzalo stets zur Stelle und saß die Straftage in der Zelle klaglos mit ihm ab. Nach den Klosterjahren verloren sie sich einige Jahre aus den Augen, weil Miguel nach dem frühen Tod seines Vaters als ältester Sohn die Verwaltung der weitläufigen elterlichen Besitzungen übernehmen musste, Gonzalo aber als Page in die Dienste Alfonsos und nach dessen Tod in die seiner Schwester Isabel trat. Als Gonzalo von der Gefangenschaft Miguels und kurz darauf auch noch von der seiner Mutter in Granada erfuhr, setzte er alle ihm möglichen Hebel in Bewegung, um die beiden freizukaufen. Dann aber erfuhr er, dass Miguels Mutter gestorben und seinem Freund die Flucht geglückt war. Doch er war so krank, dass man um sein Leben fürchtete. Sofort eilte Gonzalo zu ihm. Als er ihn matt, abgemagert und mit hohem Fieber in seinen Kissen liegen sah, bezog er in seinem Haus ein Gästezimmer und überwachte seine Pflege. Es dauerte Wochen, bis sich die tiefen Fleischwunden schlossen, welche ihm die Peitschenhiebe seines einstigen maurischen Herrn in den Rücken gegraben hatten, und Gonzalo wusste, dass es in den Augen der Ärzte ein Wunder war, dass er nicht an einer Blutvergiftung gestorben war und von seinen Verletzungen nichts weiter als dicke Narben und aufgrund der Schulterverletzung eine verminderte Beweglichkeit des linken Armes zurückbehalten hatte. Später erfuhr er von Miguel, dass ihm die Flucht aus Granada dank der Hilfe einer Maurin gelungen war, konnte ihm aber keine weiteren Details über die Frau entlocken. Allein das Aufleuchten seiner Augen, wenn er die Frau erwähnte, verriet Gonzalo, dass sie mehr als »irgendeine Maurin« für ihn war. Er ahnte, dass ihm vor allem die Sehnsucht nach seiner geheimnisvollen Retterin die Kraft verliehen hatte, den Todesengeln die Stirn zu bieten, und musste oft selbst an seine Maurin mit den unglaublich blauen Augen denken …

Dass Miguel um diese Frau nach wie vor ein solches Geheimnis machte, verlockte die Soldaten der Kompanie zu den wildesten Spekulationen, zu denen sich Miguel jedoch nie äußerte. Seit seiner Rückkehr aus Granada war er schweigsam geworden, und statt nach dreistem Unfug stand ihm der Sinn eher nach nachdenklichen Gesprächen. Dass er vor zwei Tagen zu ihnen gestoßen war, hatte Gonzalo sehr überrascht, da Miguel ihm noch vor wenigen Wochen gesagt hatte, dass er nie wieder in den Krieg ziehen werde. Da Miguel ihm keinen Grund für seinen Sinneswandel nennen wollte, bedrängte ihn Gonzalo nicht weiter, sondern freute sich einfach, wieder einmal länger mit seinem Freund zusammen sein zu können.

Weil Gonzalo den Marqués nirgends entdecken konnte und die Sonne zunehmend heißer auf sie niederstach, ließ er sich mit einem Seufzer neben Miguel auf einem von hohen Eukalyptusbäumen beschatteten Findling nieder und wischte sich den Schweiß von der Stirn. »Wird es dir angesichts von Fernandos Planungen nicht auch allmählich angst und bang?«

Miguel zuckte mit den Achseln. »Weder dir noch mir steht es zu, Fernando zu kritisieren. Ich hoffe, er wird noch selbst einsehen, dass wir die Mauren so nicht bezwingen können.«

»Das Gleiche hat mir eben auch Jaime gesagt«, brummte Gonzalo, »und er ist außer sich vor Wut. Schließlich hat er seine Gefangenschaft bei den Mauren auch nicht viel besser überstanden als du und wenig Lust, das Gleiche noch einmal durchzustehen. Wenigstens wurde er freigekauft und braucht nicht wie du zusätzlich zu fürchten, dass ihn im Falle einer neuerlichen Gefangenschaft einer von den Mauren als entlaufener Sklave wiedererkennt und er am nächstbesten Galgen endet.«

Statt etwas zu erwidern, ließ Miguel seinen Blick nach Loja wandern. In seine Miene trat etwas Versonnenes, was so gar nicht zum Thema ihres Gesprächs zu passen schien. Ehe er dazu kam, Miguel darauf anzusprechen, trat der Marqués zu ihnen. Als Gonzalo sein unzufriedenes Gesicht sah, atmete er auf. »Kann ich aus Eurer Miene schließen, dass Ihr jetzt doch bereit seid, Fernando auf seine Fehlplanung hier anzusprechen?«

Der Marqués schnaubte unwillig auf. »Gott soll ja mit den Verrückten sein, aber was Fernando hier vorhat, kann selbst mit Gottes Hilfe nicht funktionieren!« Vielsagend wies er mit dem bärtigen Kinn zu den heillos um sie verstreuten Lagern. »Allerdings muss man zu Fernandos Ehrenrettung sagen, dass selbst erfahrenere Feldherren als er hier an ihre Grenzen stoßen würden!«

»Zumindest aber hätten die das Lager nicht über mehrere Hügel verteilt«, brummte Miguel. »Wie soll denn ein Heer, dessen Lager durch solch tiefe, felsige Abgründe voneinander getrennt sind, einander im Ernstfall Hilfe leisten?«

»Und hinzu kommt, dass Fernando in diesem unwegsamen Gebiet weder unsere Reiterei noch unsere Geschütze nutzbringend einsetzen kann!« Gonzalo sah den Marqués abwartend an.

»Ja, ja, ich weiß ...« Der Marqués kratzte sich im Bart. »Also gut, dann beiße ich eben in den sauren Apfel und werde bei unserem Herrn und König vorstellig. Betet für mich, dass er mir nicht gleich den Kopf abreißt!«

Nach einer lautstarken Diskussion – die sich weder Gonzalo noch Miguel dem König gegenüber hätten erlauben können – hatte der Marqués Fernando endlich davon überzeugt, die Lager einander anzunähern. Überdies rief Fernando Gonzalo,

Miguel und seine anderen Truppenführer zu sich und erklärte ihnen, dass er »nach reiflicher Überlegung« die Angriffspläne geändert habe. Nervös strich er sein kinnlanges, dunkelblondes Haar über der Stirn zurück. »Wir werden uns morgen früh auf die Eroberung der Brücke konzentrieren. Wir haben nur dann eine Chance, Loja einzunehmen, wenn wir die Brücke als Zaun gegen den Feind und zum Schutz des Lagers einsetzen können!«

Gonzalo und die anderen Truppenführer nickten. Der Vorschlag erschien ihnen vernünftig. Vielleicht war also doch noch nicht alles verloren.

Kaum hatten Gonzalo, Miguel und ihre Soldaten am Morgen die Anhöhe am Fluss erreicht, stürmte die maurische Kavallerie auch schon gegen sie an. Die Luft vibrierte vom Widerhall ihrer Klingen, der Fluss zu ihren Füßen verfärbte sich rot vom Blut der Gefallenen, ohne dass sich eines der beiden Heere einen Vorteil verschaffen konnte. Gonzalo und Miguel blieben stets dicht zusammen und standen einander bei. In jeder Atempause vergewisserten sie sich mit einem kurzen Blick des Wohlergehens des anderen, was Gonzalo an ihre Zeit im Kloster erinnerte, in der sie sich so manches Mal gegen Haudegen der älteren Jahrgänge hatten verteidigen müssen. Dann aber wurden sie beide von je zwei Mauren zugleich angegriffen, und als sich Gonzalo das nächste Mal nach Miguel umdrehte, sah er, wie dieser von einem Mauren mit der Lanze vom Pferd gestoßen wurde. Mit einem gewaltigen Schlag krachte Miguel zu Boden. Wiehernd stieg sein Pferd hoch.

»Pass auf, die Hufe!«, brüllte Gonzalo, doch sein Freund war mit seiner schweren Ritterrüstung kaum beweglicher als eine auf dem Rücken liegende Schildkröte. Im Geiste sah

Gonzalo die Hufe des Pferdes schon Miguels Kopf zermalmen, doch im letzten Moment gelang es Miguel, sich zur Seite zu drehen – und die Hufe donnerten kaum eine Handbreit neben seinem Kopf zu Boden. Zwei Mauren rissen Miguel auf die Füße und stießen ihn zu den übrigen Gefangenen. Gonzalo wendete sein Pferd, um ihm zu Hilfe zu eilen, doch da wurde er erneut selbst angegriffen. Mit einem satten Klirren kreuzten sich die Klingen. Die Schläge folgten so schnell aufeinander, dass Gonzalo Mühe hatte zu parieren. Endlich sah er die Möglichkeit, sein Schwert dem Mauren in die Seite zu rammen, doch sein Gegner wich ihm geschickt aus und stieß selbst kraftvoll zu. Mit unheilvollem Knirschen drang der Krummsäbel in Rippenhöhe in Gonzalos Rüstung. Der Schmerz war so heftig, dass er im ersten Moment kaum noch Luft bekam. Als der Maure sein Schwert zurückriss, um ihn erneut anzugreifen, rammte Gonzalo ihm seine gepanzerte Faust gegen den Kopf. Der Maure verdrehte die Augen und sank vom Pferd. Zwei durchgegangene, reiterlose Pferde trampelten über ihn hinweg. Als auch noch ein drittes auf ihn trat, zuckte der Körper nicht mehr.

Gonzalo sah sich nach Miguel um und entdeckte ihn in einem Gefangenentrupp vor der Stadt. Er fluchte, ignorierte den Schmerz in seiner Seite und setzte ihnen nach, doch dann stieß ein berittener Maure seinem Rappen das Schwert in den Hals. Röchelnd brach das Tier zusammen. Gonzalo stürzte mit dem Pferd zu Boden und geriet dabei unter seinen Leib. Ein höllischer Schmerz zischte von seinem Bein durch den ganzen Körper – dann verlor er das Bewusstsein.

Dicht aneinandergedrängt standen Zahra, Hayat und Zainab am Maschrabiya-Gitter vor dem Fenster der Frauengemächer in Ali al-Attars Palast und beobachteten die seit dem Morgen vor der Stadt tobenden Kämpfe, während Ali al-Attars Frauen und Töchter sich weiter fröhlich schwatzend ihren Stickarbeiten widmeten und Leonor ein wenig abseits von ihnen auf dem Diwan ausgestreckt lag. Ihr Leib war inzwischen wohlgerundet, und sie litt sehr unter der drückenden Sommerhitze, obwohl ihre Dienerin ihr Kühlung zufächelte und Tamu ihr in regelmäßigen Abständen feuchte Tücher auf die Stirn legte.

»Mein Gott, meint ihr wirklich, wir sind hier so sicher, wie die anderen Frauen behaupten?«, krächzte Zainab bang, als ein Maure direkt vor der Stadtmauer von einem Christen mit einer Lanze durchbohrt wurde und sterbend in den Staub sank. »Wenn Vater, Raschid und Yazid von den Schlachten erzählt haben, hat sich das immer so edel und heldenhaft angehört, aber das hier …« Entsetzt bedeckte sie ihr Gesicht mit den Händen, ließ sie einen Atemzug später aber doch wieder ein Stück weit sinken, als müsse sie dem Grauen vor der Stadt weiter zusehen, um es begreifen zu können.

Während die maurischen Soldaten einen Gefangenentrupp mit brutalen Stößen durch das Hoftor trieben, ergriff Hayat Zahras Hand. Zahra ahnte, was in ihr vorging.

»Er ist gewiss nicht dabei«, wisperte sie ihrer Halbschwester zu und erwiderte den Druck ihrer Hand kurz und bestimmt. »Wahrscheinlich ist er überhaupt nicht auf diesem Schlachtfeld!«

Hayat aber blieb angespannt und hob, senkte und neigte den Kopf, um durch das engmaschige Holzgitter einen Blick auf die Gesichter der Gefangenen erhaschen zu können, doch der Trupp war zu weit von ihnen weg, um Details erkennen zu können, und kurz darauf verschwand er in einer Nebenstraße. Immer näher rückten die Christen auf die Stadt zu. Zahra sah, wie eine Gruppe von ihnen Pfeile in Brand setzte. Die erste

Salve landete auf einem freien Platz und dem Nachbarhaus, dessen strohgedecktes Dach in Flammen aufging. Schreiend flüchtete sich Zainab zu ihrer Mutter und klammerte sich an sie. »Warum hat Vater uns nur hergebracht? Jetzt werden wir alle sterben!«

»Scht, mein Kind, ruhig, ruhig!« Leonor strich ihrer jüngsten Tochter beschwichtigend über das Haar. »Ali al-Attar heißt nicht umsonst der Löwe von Loja. Um ihn zu bezwingen, muss mehr geschehen, als dass ein paar Brandpfeile über die Mauer fliegen!«

Als sich Zainab wieder beruhigt hatte, erhob sich Leonor, um selbst aus dem Fenster zu sehen. Sie lehnte sich an die Wand und drückte sich die Hände in den Rücken.

»Solltet Ihr nicht lieber ruhen?«, fragte Zahra besorgt.

Leonor antwortete nicht, sondern sah weiter hinaus. Da trafen zwei Brandpfeile das Maschrabiya-Gitter vor ihrem Fenster, das binnen Sekunden Feuer fing; Flammen leckten gierig ins Zimmer hinein und setzten die Vorhänge in Brand. In Panik kreischten Ali al-Attars Frauen und Töchter durcheinander: »Feuer, Feuer, wir werden alle verbrennen! Hilfe, so helft uns doch, wir müssen hier heraus!«

Sofort öffneten die beiden Eunuchen, die vor dem Harem Wache hielten, die Doppelflügeltür; aus dem unteren Stockwerk stürmten Soldaten hoch. Eilig führten die Eunuchen die Frauen nach unten, während die Soldaten eine Löschkette organisierten. Zahra und Tamu fassten Leonor unter und geleiteten sie nach unten, sorgsam darauf bedacht, dass keine der hysterischen Frauen sie oder ihren Bauch anstieß. Auch Ali al-Attar selbst eilte herbei. Mit einer allen Lärm und jedes Geschrei übertönenden Stimme befahl er, das Küchenpersonal in die Löscharbeiten einzubeziehen und seine Frauen und Töchter in das nahe gelegene Haus eines Freundes zu bringen.

Ohne erkennbare Erregung oder Nervosität ging der hochgewachsene, für sein betagtes Alter noch erstaunlich kraftvolle Mann zu Leonor und breitete seine Pranke so behutsam über ihre zierlichen Schultern, als sei sie ein kleines Vögelchen, das er zu erdrücken befürchtete. »Ihr braucht keine Angst zu haben, Leonor, Euch wird nichts geschehen. Meine Soldaten bringen Euch zu einem Haus, das weit hinter den Festungsmauern liegt. Großen Komfort werdet Ihr dort zwar nicht finden, aber Ihr werdet ruhiger und sicherer sein als in jedem anderen Haus des Ortes!«

Leonor nickte und rieb sich über den Rücken.

Ali al-Attar sah Leonor eindringlich an. »Könnt Ihr bis zu dem Haus laufen?«

»Ich bin nicht krank, sondern erwarte nur ein Kind«, erwiderte Leonor und schaffte es sogar, ein kokettes Lächeln in ihr Gesicht zu zaubern. Zahra zog ihre heftig weinende Schwester an sich. »Beruhige dich, Zainab, es ist uns doch gar nichts passiert!«

Ali al-Attar ordnete vier Soldaten zu ihrer Begleitung ab. »Ich sehe am Abend nach Euch«, versprach er Leonor zum Abschied. »Seid gewiss, dass wir die Christen schnell wieder vertreiben werden. Schon in wenigen Tagen könnt Ihr in den Palast zurückkehren!«

Inzwischen hatten auch andere Häuser in der Nähe der Stadtmauer Feuer gefangen. Dunkle Rauchschwaden und große Hitze schlug den Flüchtenden entgegen. Unweit von ihnen brach ein brennendes Dach ein. Wimmernd klammerte sich Zainab an Zahra. Hayat und Tamu wollten Leonor stützen, was diese jedoch ablehnte. Sie schritt so aufrecht und entschlossen voran, dass Zahra ganz unbehaglich zumute wurde.

»Herrin, das schnelle Gehen ist nicht gut für Euch!«, warnte auch Tamu, doch Leonor winkte unwillig ab. »Je eher wir von hier wegkommen, desto schneller entfliehen wir dieser Gluthitze!«

Nach einem knappen Kilometer erreichten sie das kleine, nur aus einem dürftig eingerichteten Zimmer bestehende Haus. Eifrig raffte Tamu ein paar Kissen zusammen, richtete Leonor damit einen bequemen Platz auf dem Diwan her und bat sie, sich hinzulegen. Leonor lächelte über ihre Besorgnis, tat aber doch, worum Tamu sie gebeten hatte.

Da sie kaum noch etwas von dem Schlachtenlärm hörten, beruhigte sich auch Zainab. Sie sah sich in dem Zimmer um und verzog den kleinen Mund zu einem missvergnügten Schippchen. »Hier sollen wir bleiben?«, maulte sie. »In einem mit nichts als einem verblichenen Diwan, ein paar Sitzkissen und alten Teppichen ausgestatteten Haus?«

»Wenn es dir nicht genehm ist, kannst du ja den Soldaten nachlaufen und dich von ihnen wieder in das brennende Haremszimmer bringen lassen!«, zischte Zahra ihr ärgerlich zu. »Sei lieber froh und dankbar, dass Ali al-Attar uns so weit weggebracht hat. Wenn die spanischen Soldaten in die Stadt einfallen, werden sie sich kaum die Zeit nehmen zu fragen, ob wir mütterlicherseits spanischer Abstammung sind, und uns deswegen verschonen!«

Als Zainab ihr die Zunge herausstreckte, versetzte Zahra ihr einen Knuff.

»Kinder, ich bitte euch«, seufzte Leonor. »Das ist jetzt kaum der richtige Moment für Streitereien!« Und nach einem Moment fügte sie leise, wie nur zu sich selbst hinzu: »Vielleicht hätte euer Vater uns wirklich besser auf der Seidenfarm gelassen ...«

Zahra tauschte einen raschen Blick mit Hayat. Leonor

merkte auf. »Ihr wisst doch etwas, ihr beiden. Also los: heraus damit!«

Hayat sah auffordernd zu Zahra. Seufzend wandte sich diese zu ihrer Mutter um. »Nun ja, es sieht so aus, als wären christliche Soldaten auch wieder in die Vega eingedrungen. Hayat und ich haben heute früh gehört, wie zwei Dienerinnen darüber geredet haben, dass Fernando, bevor er hier mit seinem Heer aufgetaucht ist, in der Vega erhebliche Verwüstungen angerichtet hat. Ganze Dörfer soll er dem Erdboden gleichgemacht haben …«

»Und euer Vater?«, rief Leonor erschrocken. »Was ist mit der Seidenfarm?«

Zahra setzte sich zu ihr und nahm ihre Hand. »Das wissen wir nicht. Doch die Orte, von denen die Dienerinnen geredet haben, sind noch ein gutes Stück von der Seidenfarm entfernt. Bitte, Mutter, Ihr dürft Euch nicht aufregen. Ich will Euch damit auch nur sagen, dass Vater gut daran getan hat, uns von dort wegzubringen. Außerdem konnte niemand ahnen, dass die Christen sich an Ali al-Attar heranwagen würden.«

Leonor veränderte ihre Position auf dem Diwan. Besorgt trat Tamu zu ihr und strich ihr über die Stirn. »Ich weiß, dass es unter diesen Umständen nicht leicht ist, Herrin, aber Ihr dürft Euch nicht aufregen. Und selbst wenn die Seidenfarm überfallen worden sein sollte, konnte Euer Mann sich gewiss rechtzeitig in Sicherheit bringen – was ihm kaum möglich gewesen wäre, hätte er sich um Euch und Eure Töchter kümmern müssen!«

»Damit hast du sicher recht, Tamu.«

Als Leonor sich erneut unruhig regte, brummte die alte Berberin: »Ich sehe mich mal bei den Nachbarn um, ob ich ein paar Kräuter für einen Beruhigungstee bekommen kann.«

Noch ehe sie die Tür erreicht hatte, wimmerte Leonor auf

und verzog schmerzhaft das Gesicht. Sofort eilten Hayat und Zainab zu ihr. »Mutter, was ist mit Euch?«

Tamu scheuchte die Mädchen weg, tastete Leonors Bauch ab und wandte sich zu Zahra um. »Lauft los und besorgt saubere Tücher, eine Schere und heißes Wasser!«

Als die Soldaten Zahra und ihre Familie zu dem kleinen Haus geführt hatten, waren die Gassen der Stadt relativ ruhig gewesen, jetzt aber hatte Zahra das Gefühl, in einen aufgescheuchten Ameisenhaufen geraten zu sein: Von allen Seiten stürmten Menschen an ihr vorbei und stießen sie an, wenn sie nicht rechtzeitig beiseitesprang. Eine alte Frau, wie sie erschrocken an den Straßenrand gedrückt, erzählte ihr mit schreckgeweiteten Augen, dass die Christen die Brücke erobert und Dutzende von Häusern an der Stadtmauer in Brand gesetzt hatten. Die Soldaten hatten die Stadtbevölkerung dazu aufgerufen, sich mit Eimern an der Stadtmauer einzufinden, um ein Übergreifen der Flammen auf die übrige Stadt zu verhindern. Zahra fragte sie, ob sie ihr vielleicht heißes Wasser, Tücher und eine Schere geben könne, woraufhin die Alte zu weinen begann. »Ich bin selbst erst vor drei Tagen hergekommen. Die gottlosen Christen haben unser Dorf überfallen; mir ist nichts geblieben, als was ich auf dem Leib trage!«

Zahra drückte der Alten ein Geldstück in die Hand und ging weiter. Sie hoffte, im nächsten Haus das Nötige zu finden, doch außer ein paar verschreckten Kindern war niemand dort. Ein Stück weiter sah Zahra einen Trupp Gefangener auf sich zukommen. Ihre Waffen und Rüstungen hatte man ihnen schon abgenommen. Zahra wusste, dass hinter dem Ablegen der Rüstungen nicht der barmherzige Akt eines maurischen Soldaten stand, der es den Gefangenen ersparen wollte, in den starren Eisenkorsetten auszuharren, sondern dass man sie ihnen aus purer Raffgier ausgezogen hatte. Die Rüstungen waren begehrte Trophäen und lagen inzwischen gewiss schon an einem sicheren Ort. Ohne es zu wollen, sah Zahra zu den Gefangenen hinüber und blieb wie angewurzelt stehen: Miguel!

Als Zahra noch einen Schritt auf ihn zumachte, wurde auch er auf sie aufmerksam und schien nun trotz ihres Schleiers zu ahnen, wer sie war. Warnend schüttelte er den Kopf und wies mit dem Kinn auf die Soldaten, die gnadenlos die Gefangenen mit Stöcken, Lanzen und Schwertern vor sich hertrieben. Zahra sah ein, dass sie sowohl Miguel als auch sich in Gefahr bringen würde, wenn sie versuchte, mit ihm zu sprechen. Sie beschloss weiterzugehen, folgte dann aber doch dem Gefangenentransport. Zumindest wollte sie herausfinden, wohin man sie brachte. Sie hoffte inständig, dass die Geburt ihres Geschwisterchens nicht so schnell vonstattengehen würde, dass man die Dinge, wegen deren Tamu sie ausgeschickt hatte, schon jetzt benötigte.

Die Soldaten führten die Gefangenen zu einem großen Platz unweit des Hauses, in dem Ali al-Attar Zahra und ihre Familie untergebracht hatte. In einer der Häuserwände waren Eisenringe eingelassen. Die Soldaten zogen einen dicken Strick hindurch und banden die Gefangenen daran fest. Zwei Soldaten blieben zu ihrer Bewachung zurück. Zahra sah, wie sie die Gefangenen mit Stockschlägen und Tritten dazu brachten, enger zusammenzurücken und sich hinzusetzen. Anschließend flüchteten sie vor der prallen Sonne in den Schatten der Pinie in der Mitte des Platzes und unterhielten sich mit dem Rücken zu den Gefangenen. Zahra huschte zu Miguel. »Ihr könnt wohl gar nicht genug von uns kriegen?«, flüsterte sie ihm auf Spanisch zu, ohne die Wachsoldaten aus den Augen zu lassen.

»Eigentlich hatte ich mir einen anderen Ausgang des Ganzen erträumt.« Miguel verzog das Gesicht zu einem säuerlichen Grinsen. »Hayat ist hier in Loja, nicht wahr?«

»Woher wisst Ihr das?«, rief Zahra erstaunt.

»Sagt ihr bitte nicht, dass Ihr mich gefunden habt. Ich ...« Er verstummte, aber Zahra ahnte, was er sagen wollte, und sie begriff, was ihn in die Schlacht um Loja getrieben hatte.

»Geht«, bat er sie. »Ihr bringt Euch in Gefahr!«

Zahra nickte, konnte sich aber nicht losreißen. Sie bemerkte das Blut am Ärmel von Miguels Gambeson, dem gesteppten Gewand, das Ritter zum Schutz gegen Quetschungen und Hautabschürfungen unter dem Kettenhemd und der Rüstung trugen. »Ihr seid verletzt!«

Miguel sah sie drängend an. »Ich bitte Euch; so geht doch!«

Zahra musste an ihre Mutter denken. »Aber ich komme später wieder!«

Miguel schüttelte den Kopf. »Vergesst mich!«

Einer der Soldaten drehte den Kopf und sah zu ihnen. Hastig ging Zahra weiter. Selbst als sie schon um die nächste Ecke verschwunden war, brannten ihr die Blicke der Soldaten noch im Rücken.

Als Zahra zurück in ihr Häuschen kam, durchlitt ihre Mutter gerade eine Wehe. Sie biss die Zähne zusammen und krallte ihre Finger in die Kissen. Sie war schweißüberströmt und leichenblass.

»O Herrin«, stöhnte Tamu. »Warum lasst Ihr den Schmerz nicht heraus? Es würde die Geburt viel leichter für Euch machen. Dass ihr Christenfrauen immer so entsetzlich tapfer sein müsst!«

Als Tamu Zahra bemerkte, blitzte diese sie wütend an. »Wo bleibt Ihr denn so lange?«

Fordernd streckte sie die Hand in Zahras Richtung. Hastig reichte Zahra ihr die gewünschten Dinge, die sie von einer Frau bekommen hatte, die zu alt und gebrechlich war, um sich an den Löscharbeiten zu beteiligen.

»In der Stadt geht alles drunter und drüber«, entschuldigte sich Zahra errötend. »Kann ich noch etwas für Mutter tun?«

»Ich brauche später blutstillende Kräuter, am besten Hirtentäschel und Frauenmantel. Versucht einen Arzt oder eine Hebamme zu finden und lasst Euch von ihnen die Kräuter geben. Aber bleibt nicht wieder so lange weg!«

Zahra nickte. Auf dem Weg zur Tür fiel ihr Blick auf Hayat. Bang schaute sie zu ihrer Stiefmutter und redete zugleich auf die weinende Zainab ein. »So wein doch nicht, es wird alles gut, glaub mir!«

In ihrer Stimme klang mehr Angst als echte Überzeugung, so dass Zahra noch einmal zu Leonor blickte. Mutter, flehte sie stumm, Ihr müsst es schaffen, Ihr müsst! Als sie bei der nächsten Wehe zwischen zusammengebissenen Zähnen weinerlich aufstöhnte, machte Zahra sich eilig auf den Weg.

Nach langem Herumfragen fand sie eine Hebamme, die gerade selbst einer Gebärenden beistand, ihr aber gern die von Tamu benötigten Kräuter überließ. Sofort machte sich Zahra auf den Rückweg, wobei sie an dem Platz mit den Gefangenen vorbeikam. Sie sah, dass sich Miguel inzwischen den Ärmel seines Gambeson aufgerissen hatte. Als sie näher kam, konnte sie auch die tiefe, noch immer blutende Stichwunde in seinem Oberarm erkennen. Mit einem Mal brannte Zahra das Tuch mit den blutstillenden Kräutern wie Feuer in der Hand. Und wenn ich Miguel schnell ein paar Kräuter zustecke?, fragte sie sich. Die Hebamme hat mir schließlich weit mehr mitgegeben, als Tamu brauchen wird …

Sie warf einen Blick zu den Wachsoldaten. Entspannt lehnten die am Stamm der Pinie und aßen Mandelpasteten, die ihnen eine alte Händlerin verkauft hatte, und unterhielten sich mit ihr. Zahra ging um die nächste Straßenecke, wickelte den Großteil der Kräuter in eine Ecke ihres Hidschabs, ließ den Rest in dem Tuch, das die Hebamme ihr gegeben hatte, knotete es zu und ging zurück auf den Platz. Als sie an Miguel vorbeikam, ließ sie das Tuch fallen.

»Zerreibt die Kräuter, legt sie auf Eure Wunde und lasst Euch mit dem Tuch einen Druckverband machen«, zischte sie ihm zu.

»Ihr bringt Euch um Kopf und Kragen«, knurrte Miguel, schob das Tuch mit den Kräutern aber doch geschwind hinter sich.

»Ich komme heute Nacht wieder«, flüsterte Zahra ihm zu und entdeckte unter den Gefangenen ein zweites ihr bekanntes Gesicht: Gonzalo. Matt lehnte sein Kopf gegen die Wand in seinem Rücken. Wie magisch angezogen, schritt sie auf ihn zu, doch dann drückte sich einer der Wachsoldaten von der Pinie ab und rief ihr etwas zu. Erschrocken drehte sich Zahra um und eilte nach Hause.

Den ganzen Tag über wurde Leonor von heftigen, immer schneller aufeinanderfolgenden Wehen gequält, doch erst nach Mitternacht erblickte ein kleiner, blut- und schleimverschmierter Kopf das Licht der Welt. Mit der nächsten Wehe folgte ein kräftiger kleiner Körper mit den untrüglichen Zeichen von Männlichkeit. Tamu durchtrennte die Nabelschnur und gab dem Kleinen einen Klaps auf den Po. Sofort erklang ein durchdringendes Krähen. Sie tauschte mit Leonors Töchtern ein Lächeln purer Freude, wusch den neuen Erdenmenschen und bettete ihn behutsam in die Arme seiner erschöpften Mutter. »Euer Mann wird stolz auf Euch sein!« Leonor brauchte einen Moment, bis sie die Kraft fand, den Kopf so weit anzuheben, dass sie ihr Kind ansehen konnte. Tränen des Glücks traten ihr in die Augen, als sie ihn auf seinen zarten Haarflaum küsste. »Sag Abdarrahman, dass ich ihn liebe«, bat sie Tamu mit matter Stimme, »und dass ich möchte, dass unser Sohn Mahdi heißt.«

»Das werdet Ihr ihm selbst sagen können, Herrin!«

Zahra sah Tamu fragend an. Die Worte ihrer Mutter hatten ihr noch mehr Angst gemacht als die äußerst langwierige und kräftezehrende Geburt. Tamu hob die Augenbrauen, nickte Zahra dann aber ermutigend zu. Trotzdem blieb Zahra unruhig. Sie half Tamu, ihrer Mutter etwas von dem sorgsam zubereiteten Hirtentäschelaufguss einzuflößen, und sah zu, wie Tamu ihr anschließend den kleinen Mahdi an die Brust legte. Zunächst quäkte und greinte der kleine Kerl jämmerlich, aber als Tamu ihm mit Leonors Brustwarze um den Mund fuhr, schnappte er zu, und augenblicklich verwandelte sich sein Jammern in zufriedenes Schmatzen. Tamu flüsterte den Mädchen zu, dass sie schlafen gehen sollten. »Wir alle brauchen jetzt erst einmal Ruhe!«

Hayat und Zainab rollten sich bereitwillig auf den Teppichen zusammen, Zahra aber griff nach ihrem Hidschab.

»Ich kann jetzt nicht schlafen. Lass mich ein paar Schritte vor dem Haus auf und ab gehen, bitte, Tamu!«

Tamu hob verwundert die Augenbrauen, ließ sie aber gehen.

10.

Loja

15. Juli 1482

Im Schutz der Nacht und tief in ihren Hidschab gehüllt, huschte Zahra durch die menschenleeren Gassen. Die Hitze des Tages war einem wohltuenden Wind gewichen, den sie jedoch kaum wahrnahm. In ihren Gedanken war sie schon bei Miguel – und bei Gonzalo. Mein Gott, dachte sie, warum hast du die beiden gerade hierhergeführt? Was hast du vor mit uns?

Die Wachsoldaten hatten es sich wieder unter der Pinie bequem gemacht. Der eine hatte sich zum Schlafen ausgestreckt, der andere saß mit dem Rücken gegen den Baumstamm gelehnt und hatte, soweit Zahra das im Mondlicht erkennen konnte, ebenfalls die Augen geschlossen. Auch die meisten Gefangenen schliefen. Gonzalo hatte ein Bein von sich gestreckt, das andere angezogen, die Arme mit den zusammengebundenen Händen darübergebreitet und den Kopf seitlich daraufgebettet. Als sie näher kam, konnte sie sein Gesicht sehen. Die dunkelbraunen Locken klebten vom Schweiß des Tages an den Schläfen und der Stirn. Zahra war versucht, darüberzustreichen und sie zu lösen, erschrak über sich selbst und eilte weiter zu Miguel. Als sie seinen Arm berührte, fuhr er aus dem Schlaf hoch. Zuerst sah er sie nur verstört an, dann schien er sich daran zu erinnern, wo er war, krauste unwillig die Stirn und wedelte Zahra mit der Hand zu, dass sie gehen solle. Sie schüttelte den Kopf, blickte zu den Wachsoldaten, die sich nicht gerührt hatten, kniete sich vor ihn und löste das blutdurchtränkte Tuch und damit einen Teil der Kräuterauflage von seinem Arm. Miguel biss die Zähne zusammen und drückte den Kopf gegen die Wand in seinem Rücken, um ein Aufstöhnen zu unterdrücken. Als sich Zahra die Wunde genauer betrachtete, wunderte sie seine Empfindlichkeit nicht: Sie war tief und ausgefranst, als hätte sein Gegner das Schwert mehrmals in der Wunde herumgedreht. Zahra nahm an, dass dies beim Herausziehen des Schwertes geschehen war. Raschid hatte ihr einmal erzählt, dass Rüstungen zwar nur schwer zu durchbohren seien, aber wenn ein Schwert einmal in der Rüstung steckte, sei es oft nicht weniger schwierig, es wieder herauszubekommen. Sie wusste, dass solch ausgefranste Wunden schlecht heilten. Einem Soldaten ihres Vaters hatte man nach einer ähnlichen Verletzung das Bein abnehmen müssen. Seine Schreie hatten sie über Wochen in ihren Träumen verfolgt.

»Jetzt tut es kurz richtig weh«, sagte sie leise, »aber es muss sein, wenn Ihr Euren Arm behalten wollt!«

Miguel schloss die Augen. Zahra holte ein sauberes Tuch unter ihrem Umhang hervor. Von Tamu wusste sie, wie wichtig es war, Wunden gründlich zu säubern, aber es kostete Zahra große Überwindung, direkt in die Wunde hineinzufahren. Hinzu kam, dass sie in dem fahlen Mondlicht und wegen der Kräuterreste nicht sehen konnte, wo sich in der Wunde Schmutz festgesetzt hatte. Zahra holte tief Luft, drückte ihr Tuch mitten in Miguels Verletzung und wischte sie nach allen Seiten aus. Miguel bäumte sich auf vor Schmerz, seine Hände ballten sich zu Fäusten – aber kein Ächzen kam über seine Lippen. Vorsichtshalber wiederholte Zahra die Prozedur noch zweimal, dann tätschelte sie Miguels Bein. »Entspannt Euch. Ihr habt es überstanden!«

Mit einem raschen Seitenblick versicherte sich Zahra, dass die Wachen nach wie vor schliefen, und drückte behutsam ein sauberes Tuch in die Wunde, um die frische Blutung zu stoppen. Anschließend legte sie frische Kräuter auf und drückte Miguel noch weitere in die Hand, damit er die Auflage später erneuern konnte.

»Warum tut Ihr das für mich?«, fragte Miguel.

Zahra wich seinem Blick aus. »Hayat würde es sich wünschen, dass ich es für Euch tue.«

Als sie die Wunde wieder verbunden hatte, fragte sie Miguel, ob er inzwischen Wasser und etwas zu essen bekommen habe. Er nickte. »Sie fordern einen dicken Sack Lösegeld für uns. Da liegt es in ihrem Interesse, dass wir nicht vorzeitig krepieren. So weit, dass sie uns zum Arzt bringen, geht ihre Gier allerdings nicht.«

Zahra legte ihm die Hand auf die Stirn. Sie war erwärmt, aber nicht so sehr, dass es ihr Sorgen machte.

»Nehmt Euch in Acht: Achmed, der Sohn unserer Nachbarn in Granada, ist in der Stadt. Mein Vater hatte ihn und einige andere zu unserem Schutz mitgenommen, hier ist er dann in Ali al-Attars Dienste getreten. Ihr wisst ja wohl, was Euch droht, wenn Achmed in Euch den entflohenen Sklaven seines Vaters wiedererkennt. Ich werde versuchen, Euch von hier wegzuschaffen, aber vor morgen Nacht gelingt mir das sicher nicht. Meint Ihr, Eure Landsleute würden sich ruhig verhalten, wenn ich nur Euch befreie?«

»Natürlich«, brummte der Mann, der neben Miguel angebunden war. »Das ist ja wohl Ehrensache!«

Zahra sah zu ihm und nickte. »Morgen Nacht komme ich wieder. Ich hoffe, dass ich bis dahin ein sicheres Versteck für Euch gefunden habe. Und in der Zwischenzeit bleibt uns nichts, als zu hoffen, dass sich der Sohn unseres Nachbarn derzeit eher auf dem Schlachtfeld als auf diesem Platz aufhält.«

»Ich will nicht, dass Ihr erneut Euer Leben für mich riskiert!«

»Ich tue es nicht für Euch, sondern für Hayat.« Zahra sah ihn entschlossen an. »Braucht Ihr noch etwas?«

Zahra sah, dass Miguel zögerte. »Nun sagt schon, was es ist!«

»Ein guter Freund von mir ist unter den Gefangenen, und nach dem, was die anderen mir erzählt haben, sind seine Verletzungen weit schlimmer als meine. Ob Ihr wohl nach ihm sehen könntet?« Er reichte Zahra die Kräuter, die sie ihm gegeben hatte. »Die werdet Ihr sicher brauchen!«

Zahra seufzte. »Welcher der Männer ist es?«

Miguel wies ihr die Richtung mit dem Kinn. »Er sitzt da hinten, unter dem Fenstersims.«

Als Zahra bewusst wurde, dass er Gonzalo meinte, zog sich ihr Magen zusammen. »Was … wo ist er denn verletzt?«

»Sein Pferd hat ihn unter sich begraben. Vor allem das Bein hat es schlimm erwischt. Das zumindest haben mir die anderen erzählt.«

Zahra erhob sich und schlich zurück zu Gonzalo. Erst jetzt fiel ihr auf, dass auf den Pflastersteinen unter dem ausgestreckten Bein getrocknetes Blut schimmerte. Wieder verspürte sie den Wunsch, seine schweißverklebten Locken aus der Stirn zu streichen, tippte ihn aber nur leicht am Arm an. Als er nicht wach wurde, umfasste sie seine Schulter und rüttelte sie leicht. Gonzalo stöhnte, hob aber nicht den Kopf.

»Der ist so gut wie hinüber«, wisperte sein Nachbar. »Wir haben dem Wachsoldaten schon gesagt, dass er einen Arzt braucht, aber der hat uns daraufhin nur Tritte verpasst.«

Zahra sah den Sprecher an. Sie schätzte, dass er jünger war als sie. Sicher war dies seine erste Schlacht gewesen. Als sein Blick wieder zu Gonzalo ging, flackerte in seinen Augen Grauen auf. »Wie können sie uns hier einfach so verrecken lassen?«

Zahra schluckte. Behutsam tastete sie Gonzalos Bein ab. Sie erfühlte einen Knochenbruch im Oberschenkel und sah, dass seine wollenen Beinlinge an einer Stelle am Unterschenkel blutdurchtränkt und aufgerissen waren. Sie hob die Stofffetzen an und entdeckte darunter einen Teil der Kräuter, die sie Miguel am Mittag gegeben hatte.

»Die habe ich ihm aufgelegt. War gar nicht so einfach mit den zusammengebundenen Händen. Ich hoffe, das war richtig«, wisperte der junge Mann. »Und Wasser habe ich ihm auch eingeflößt, allerdings schluckt er immer weniger davon. Beim letzten Mal ist ihm alles über das Kinn gelaufen …«

Zahra nickte ihm beruhigend zu. »Ihr habt alles richtig gemacht. Ohne Flüssigkeit wäre er in noch viel schlechterem Zustand. Gebt ihm auch weiter Wasser, je öfter, desto besser!«

Behutsam wischte Zahra die Kräuterauflage ab. Auch wenn sie in dem Mondlicht nicht viel sehen konnte, schien ihr die Wunde doch erschreckend tief zu sein. Sie zog sich vom Schienbein bis unter die Wade. Ein sauberes Tuch hatte Zahra nicht mehr. Kurz entschlossen nahm sie ihren Hidschab ab und reinigte die Wunde damit. Gonzalo stöhnte auf, kam aber nicht zu sich. Ängstlich sah Zahra zu den Wachen, doch die rührten sich nicht. Anschließend legte sie Kräuter auf die Wunde und befühlte Gonzalos Stirn. Sie war noch heißer als sein Bein.

»Was soll ich denn machen, wenn er hier neben mir krepiert?«, zischte ihr der junge Mann mit angstvoll geweiteten Augen zu. »Ich kann doch nicht die Nacht neben einem Toten verbringen!«

»Er wird nicht sterben, zumindest nicht, wenn Ihr ihm weiter reichlich Wasser einflößt«, versprach Zahra ihm, obwohl sie die gleiche Befürchtung hatte. Verzweifelt überlegte sie, was sie noch für ihn tun könnte, aber ihr fiel nicht ein, wie sie ihm an diesem Ort helfen könnte.

»Haltet durch«, flüsterte sie Gonzalo zu, konnte dann der Versuchung nicht widerstehen, ihm doch die Locken von der Stirn und den Schläfen zu lösen, und schlich so lautlos davon, wie sie gekommen war.

Am nächsten Morgen wirkte Leonor frisch und ausgeruht, woraufhin Tamu die Prognose wagte, dass sie das Schlimmste überstanden habe und jetzt schnell wieder zu Kräften komme. Auch der kleine Mahdi war putzmunter. Hayat und Zainab konnten sich gar nicht sattsehen an ihm, und wenn Tamu ihnen nicht Einhalt geboten hätte, hätten sie ihn wohl in einem fort von einer zur anderen gereicht, um ihn zu drücken und zu herzen.

Zahra dagegen musste ständig an Gonzalo denken und suchte verzweifelt nach einem Vorwand, um das Haus verlassen zu können, doch Tamu brauchte keine weiteren Kräuter, und alles andere wurde ihnen von Ali al-Attars Dienstboten ins Haus gebracht.

Am späten Vormittag betrat Ali al-Attar selbst ihr kleines Haus. Er gratulierte Leonor zu ihrem jüngsten Stammhalter und erklärte ihr stolz, dass seine Truppen die Brücke und die Anhöhe vor der Stadt von den Kastiliern zurückerobert hatten. »Bald sehen wir von den Christen nur noch die Staubfahne ihrer fliehenden Pferde!« Er stellte in Aussicht, dass sie schon am nächsten Tag wieder in sein Haus zurückkehren könnten, dann eilte er weiter.

Erst eine Stunde nach dem Mittagessen schlief Zahras Mutter ein, und kurz darauf legten sich auch Zainab, Hayat und Tamu noch einmal hin, um den allzu mager ausgefallenen Nachtschlaf nachzuholen. Zahra stieß ihre Halbschwester an und gab ihr zu verstehen, dass sie etwas mit ihr bereden müsse. Sobald die anderen tief schliefen, hüllten sie sich in ihre Hidschabs, schlichen aus dem Haus und zogen sich in eine Seitenstraße zurück.

Als Zahra Hayat erzählte, dass sie Miguel unter den Gefangenen entdeckt hatte, wurde diese leichenblass. »Mein Gott, wenn der Sohn unseres Nachbarn ihn entdeckt ...« Sie wagte nicht, den Satz zu Ende zu bringen.

»Ich habe Miguel schon vor ihm gewarnt«, versicherte Zahra ihr rasch, »und ich denke, in der Nacht werden wir eine Möglichkeit finden, um ihn von dort wegzubringen, aber zuerst brauchen wir ein Versteck. Und dann gibt es da noch ein Problem ...« Stockend erzählte Zahra Hayat von Gonzalo. »Auch ihn müssen wir befreien, wenn er überhaupt bis dahin überlebt.«

»Ist das der Mann, von dem du mir neulich erzählt hast und dessen Namen du mir nicht nennen wolltest?«

Nach einem Zögern nickte Zahra. »Er ist so anders als ... als die Männer, die ich bisher kennengelernt habe.« Sie vermied es, dabei an Ibrahim zu denken.

Hayat drang nicht weiter in sie. »Am besten gehen wir gleich los, um uns nach einem Versteck umzusehen. Mutter, Tamu und Zainab werden nicht ewig schlafen!«

Zahra sagte sich, dass die Leute bei dem Schlachtengewirr vor den Toren der Stadt sicher Wichtigeres zu tun hatten, als auf zwei junge Frauen zu achten, die ohne die gebotene Begleitung durch die Gassen streiften, und nickte Hayat zu. »Ja, lass uns gehen!«

Während sie auf der Suche nach einem Versteck durch ihr Wohnviertel streiften, dachte Zahra laut darüber nach, wie man die Männer befreien könne. »Von dem Seil können wir sie leicht mit einem guten Messer abschneiden. Sorgen bereiten mir nur die Wachen. Wenn sie uns erwischen ...« Sie hob vielsagend die Augenbrauen. »Zu schade, dass wir keine Kräuter haben, mit denen wir sie für ein paar Stunden ins Reich der Träume schicken könnten!«

Hayat nickte. »Wir müssen eben ganz leise und vorsichtig sein. Mit der Hilfe des Allmächtigen wird es uns auch so gelingen. Es muss einfach!«

Als sie um die nächste Ecke bogen, fiel ihnen ein unbewohntes Haus ins Auge. Die Eingangstür hing schief in der Angel und ließ sich nach einem kräftigen Ruck öffnen. Das Haus war noch kleiner als das ihre. An Möblierung gab es nur einen niedrigen, dreibeinigen Tisch, der wie vergessen an der Wand lehnte. Zahra und Hayat sahen sich an und nickten. Ja, hier könnten sie Miguel und Gonzalo unterbringen.

»Und jetzt sag mir, wo Miguel ist!«

Zahra schüttelte den Kopf.

»Aber ich will doch nur wissen, ob er etwas braucht!«

»Hayat, so begreif doch, dass wir auch Miguel in Gefahr bringen, wenn wir uns ihm am helllichten Tag nähern! Muss ich dich wirklich daran erinnern, dass die Verbindung zwischen einer muslimischen Frau und einem Kafir, einem Ungläubigen, nach unseren Gesetzen verboten ist? Ist dir nicht klar, in welche Lage du dich bringst, wenn jemand auch nur das Geringste von einer Beziehung zwischen dir und Miguel ahnt? Glaub mir, es gibt derzeit nichts, was du für Miguel tun kannst. Wir müssen die Nacht abwarten.«

»Dann lass ihn mich wenigstens von weitem sehen!«

Doch Zahra ließ sich nicht umstimmen. Entschlossen packte sie ihre Halbschwester am Arm und ging zurück zu ihrem Häuschen. Noch nicht einmal vor sich selbst wagte sie sich einzugestehen, dass sie in Wahrheit eine ganze andere Angst davon abhielt, jetzt bei den Gefangenen vorbeizugehen: die Angst nämlich, dass es Gonzalo noch schlechter ging und sie untätig zusehen musste, wie er vor ihren Augen starb.

Immer wieder schoben sich dicke Wolken vor den Mond; in den Gassen war es stellenweise so dunkel, dass sich Zahra und Hayat an den Händen fassten, um sich nicht zu verlieren. Doch sie waren dankbar für den Schutz der nächtlichen Schwärze. Als sie den weitläufigen Platz mit den Gefangenen erreichten, lauschten sie auf die Wachen und meinten, ein leichtes Schnarchen zu hören. Da öffnete sich die dicke Wolkendecke, so dass nun ein wenig Licht zu ihnen fiel. Behutsam tastete sich Zahra zu Gonzalo vor. Als sie ihn gefunden hatte, legte sie ihm die Hand auf die glühende Stirn. Er war bewusstlos, aber Zahra war in diesem Moment nur wichtig, dass er überhaupt noch lebte. Zahra sah zu den Wachen. Sie schliefen tief und fest. Danach ging ihr Blick zu Hayat, die vor Miguel kniete und ihn stumm umarmte.

Zahra mahnte sich zur Eile und zog ihr Messer aus ihrem Ärmel hervor. Der junge Soldat neben Gonzalo verstand sofort, was sie vorhatte, und straffte das Seil, mit dem Gonzalos Hände an dem langen Strick über ihnen angebunden waren, zwischen seinen Händen, um es ihr leichter zu machen. Als das Seil durchgeschnitten war, fielen Gonzalos Hände kraftlos herab. Zahra fasste ihn an der Schulter, doch er kam auch jetzt nicht zu sich. Sie versuchte, ihn wach zu rütteln, doch alles, was sie damit erreichte, war, dass er aufstöhnte. Zahra lief zu Miguel und befreite auch ihn von seinen Fesseln.

»Ihr müsst mir helfen, Gonzalo wegzubringen«, flüsterte sie ihm zu.

»Woher kennt Ihr seinen Namen?«, wisperte Miguel.

Zahra legte sich einen Finger auf die Lippen und winkte ihm und Hayat zu mitzukommen. Miguel und Zahra legten sich Gonzalos Arme über die Schultern und hievten ihn mit Hayats Hilfe vom Boden hoch. Gonzalo wimmerte. Besorgt sah Zahra zu den Wachen, doch sie hatten sich nicht gerührt. Dann schob sich erneut eine dicke Wolke vor den Mond.

Gonzalos Gewicht wog so schwer auf Zahras Schulter, dass sie das Gefühl hatte, von ihm in den Boden gedrückt zu werden, und kaum einen Fuß vor den anderen brachte. Überdies verursachten Gonzalos Füße auf dem Pflaster ein Schleifgeräusch, das Zahra laut wie Donnergrollen erschien.

»Was sollen wir nur tun?«, zischte sie Miguel zu.

»Wartet, ich trage ihn allein!«

Sie blieben stehen, und Hayat und Zahra halfen Miguel, sich den bewusstlosen Gonzalo auf die Schultern zu laden. Wieder stöhnte Gonzalo auf, dann auch Miguel, und dies so vernehmlich, dass Zahra zusammenzuckte.

»Gott, steh uns bei!«, flehte sie stumm.

Dann, endlich, hatte Miguel Gonzalo richtig gepackt. Mit schweren Schritten schleppte er den Freund an der langen Reihe der Gefangenen vorbei, bis sie die Hausecke erreichten und in einer Seitenstraße verschwinden konnten. Nur wenige Schritte weiter sackte Miguel keuchend gegen eine Hauswand. »Ich kann nicht mehr. Mein Arm ...«

Zahra und Hayat sprangen bei und halfen ihm, Gonzalo zu Boden gleiten zu lassen. Als Zahra dabei über Miguels Arm strich, spürte sie, dass warme Flüssigkeit herabrann. Sie zurrte seine Armbinde fester, um die Blutung zu stoppen.

»Wie weit müssen wir Gonzalo denn tragen?«, keuchte Miguel.

»Nur bis um die nächste Straßenecke«, beruhigte Zahra ihn.

»Meint Ihr, wir können Gonzalo noch einmal zusammen nehmen?«

Zahra nickte, und Hayat half ihnen, Gonzalo wieder hochzuwuchten. Als sie das kleine Haus erreicht hatten, ließen sie den Bewusstlosen auf den Fußboden gleiten, und Miguel und Zahra sanken erschöpft neben ihn. Hayat zündete einen Kienspan an. Als sich Zahra nun umsah, wurde ihr mit einem Mal bewusst, dass die Wachsoldaten vielleicht die Stadt nach den entflohenen Gefangenen absuchen würden, und fand ihr Versteck mit einem Mal so jämmerlich schlecht, dass ihr ganz elend wurde.

Gonzalos Stöhnen zwang Zahra zurück in die Gegenwart. Ob die Wachen sie nun suchen würden oder nicht – zunächst musste sie sich darum kümmern, dass Gonzalo nicht an seinen Verletzungen starb. Sie bat Hayat, mit dem Kienspan zu leuchten, hob die blutverklebten Stofffetzen und Kräuter von Gonzalos Beinverletzung und sog entsetzt die Luft ein.

»Was ist?«, rief Miguel und rückte näher zu ihr.

»Hier, seht selbst …«

Miguel sah auf die tiefe, rund um den Unterschenkel verlaufende Verletzung und stieß einen Schwall Luft aus. »Allmächtiger! Das sieht ja aus, als sei da jemand mit der Axt reingefahren. Wahrscheinlich ist die Rüstung durch die Last des Pferdes gebrochen und hat ihm ins Fleisch geschnitten. Ich frage mich nur, wie sie sein Bein überhaupt aus der Beinröhre herausbekommen haben, ohne es ihm dabei abzureißen.«

»Und seht diese bläulich-schwärzlichen Verfärbungen ...« Zahra zeigte ihm die absterbenden Wundränder und die dunkle Rötung, die sich darum gebildet hatte. Sie nahm ihr Messer, schnitt den Beinling bis zum Oberschenkel auf und fand auf Gonzalos Haut das, was sie befürchtet hatte: einen roten Strich, den Tamu den Todesstrich nannte und der sich von der Wunde bis fast zu den Leisten hochzog. Sie stieß einen Schwall Luft aus.

»Was ist das?«, fragte Miguel sie leise.

»Eine solche Linie tritt häufig bei solch tiefen Wunden auf. Die Kranken bekommen dann heftiges Fieber; viele sterben binnen weniger Tage an Wundbrand.«

»Aber Ihr werdet doch noch etwas für Gonzalo tun können!«

Wenn Ihr ahnen würdet, wie sehr ich mir das wünschte, dachte Zahra und biss sich auf die Lippen, um die Tränen zurückzuhalten. Sie räusperte sich. »Tamu behandelt solche Wunden meist mit Breiumschlägen aus Bockshornkleesamen. Wenn man es macht, solange der Strich noch kurz ist, hilft es meist, aber dieser hier ist schon erschreckend lang – und wie sollen wir hier an Bockshornkleesamen kommen?«

Zahra tastete den Knochenbruch im Oberschenkel ab und befand, dass er kein großes Problem darstellte. Gut geschient sollte der Bruch in wenigen Wochen verheilt sein.

»Hier scheint er noch eine Verletzung zu haben.« Miguel zeigte auf Gonzalos rechte Seite in Rippenhöhe. In der Tat war auf seinem dunkelbraunen Gambeson getrocknetes Blut zu sehen. Zahra wollte auch den Gambeson mit dem Messer auftrennen, doch Miguel hielt ihre Hand fest.

»Wartet, den können wir ihm ausziehen. Wenn Gonzalo das hier überlebt, wird es ihm schon reichen, dass er sich eine neue Rüstung kaufen muss. Seine Frau ist zwar sehr vermögend, aber Gonzalo würde keine Goldmünze von ihr annehmen. Lassen wir ihm wenigstens seinen Gambeson!«

Zahra zuckte zusammen. Bisher hatte sie keinen Gedanken daran verloren, dass es in Gonzalos Leben eine Frau geben könnte. Er und alles, was für sie damit zusammenhing, war immer nur ein Traum gewesen, ein Traum, der durch ihr Wiedersehen einen winzigen Hauch Wirklichkeit bekommen hatte – doch wenn es schon eine Frau in seinem Leben gab ... Zahra blickte zu Miguel und Hayat und zurück zu Gonzalo – und spürte ein heißes Brennen, das von ihrem Bauch zum Herzen zog.

»Zahra?« Miguel sah sie fragend an. »Zahra, was habt Ihr?«

»Nichts, nichts«, murmelte Zahra. »Gar nichts!«

Hastig blickte sie wieder auf Gonzalos Gambeson. Vergiss deine dummen Träume, herrschte sie sich an, und sieh lieber zu, dass er dir hier nicht unter den Händen wegstirbt! Sie half Miguel, Gonzalo aus dem Gambeson zu schälen, und bat Hayat, den Kienspan näher an die Stichwunde zu halten, damit sie diese in Augenschein nehmen konnte.

»Hier kommen wir sicher mit Hirtentäschel aus«, sagte sie anschließend. »Aber was machen wir mit seiner Wade?«

Zahra strich sich das Haar aus dem Gesicht. Ihre Stirn war schweißnass. Erst jetzt wurde ihr bewusst, dass ihr Hidschab die Schultern herabgerutscht und ihr Kopf und ihr Gesicht ohne Bedeckung waren. Einen Schleier hatten sie und Hayat ohnehin nicht angelegt gehabt; die dunkle Nacht und der Hidschab schienen ihnen Schutz genug zu sein. Unwillig schleuderte sie den Hidschab neben sich auf den Boden. Wie satt sie alles hatte, ihr Leben, diese Fremdbestimmung, ihre Unfreiheit ...

»Vielleicht könnte man die Wunde ausbrennen ...«, murmelte Miguel.

»Aber das hat Zahra noch nie gemacht!«, rief Hayat entsetzt.

»Nein. Aber irgendetwas müssen wir tun. Wir können doch nicht zusehen …« Zahra brach ab und erlebte einen Moment völliger Kopflosigkeit, der jedes logische Denken unmöglich machte. Gonzalo … seine Frau … sie rettete ihn für eine andere … würde nie aus ihrer Verdammnis herauskommen … Sie presste sich die Handballen gegen die Schläfen. Beim Allmächtigen, es gibt jetzt Wichtigeres als solche Gedanken, die ohnehin zu nichts führen, ermahnte sie sich. Da fiel ihr etwas ein. »Letztes Jahr hat Tamu in eine üble, schon schwärzlich verfärbte Bauchwunde Maden gelegt«, dachte sie laut und nickte dann. »Ja, das könnte gehen! Der Verletzte damals – einer von Vaters Soldaten – hatte auch schon den Todesstrich. Ich weiß nicht mehr genau, was Tamu dazu erklärt hat, aber auf jeden Fall haben die Maden bewirkt, dass die Wunde innerhalb weniger Tage wieder eine normale Farbe angenommen hat und der Strich zurückgegangen ist. Die Wunde ist erstaunlich schnell und sauber abgeheilt. Später sagte Tamu noch, dass man das besser auch bei dem anderen Soldaten gemacht hätte, dem dann das Bein abgenommen werden musste, aber Vater ja immer mehr Vertrauen zu seinen teuren Ärzten als zu ihr habe. Versuchen wir es!«

Hayat sah sie entgeistert an. »Meinst du das im Ernst?«

Miguel aber pflichtete ihr bei: »Ja, von so einer Behandlung habe ich auch schon einmal gehört. Aber wo sollen wir die Maden herbekommen?«

»Auch das weiß ich!« Zahra sprang auf, schnappte sich ihren Hidschab und lief ohne weitere Erklärung davon. Als Ali al-Attar sie zu ihrem Notquartier gebracht hatte, war ihr unweit ihres Häuschens eine tote, schon halb verweste Katze aufgefallen, auf der es vor Fliegen nur so gewimmelt hatte.

Das tote Tier lag noch immer am gleichen Fleck. Mit einem Stein zerlegte Zahra den übelriechenden Klumpen und fand, was sie suchte: fette, weißliche Maden, die sich in dem verwesenden Fleisch tummelten.

Und wie nehme ich die mit?, fragte sie sich. Schon beim Gedanken daran, die Maden anfassen zu müssen, schüttelte es sie vor Ekel. Schließlich breitete sie den Saum ihres Hidschabs über ihre Hand, schloss kurz die Augen, langte beherzt in die Maden hinein und rannte zurück zum Haus. Mit einem »Igitt« ließ sie die sich windenden Tiere vor Miguel auf den Boden fallen. »Auflegen müsst Ihr sie aber!«

»Zahra, Miguel, ihr werdet ihn umbringen!«, entsetzte sich Hayat, aber Miguel nahm eine Made nach der anderen, legte sie in Gonzalos Beinwunde und brummte: »Ich befürchte, viel zu verlieren hat er ohnehin nicht mehr.«

Ebenso angewidert wie fasziniert beobachtete Zahra, wie die gefräßigen Tiere sich sogleich an dem Wundfleisch zu schaffen machen.

»Sie werden ihm das Bein auffressen«, jammerte Hayat, woraufhin Miguel und Zahra gleichzeitig: »Ach woher!« riefen. Automatisch fuhren ihre Blicke zueinander, und Zahra musste lächeln. Es war ein kleines, sehr vorsichtiges Lächeln, das Miguel erwiderte, und Zahra fragte sich zum ersten Mal, was für ein Mensch Miguel eigentlich sei – und spürte im nächsten Moment die Antwort in sich, eine Antwort, die sie mit Ruhe und Zuversicht für Hayat erfüllte.

»Ihr … wollt vielleicht ein paar Minuten allein sein«, sagte sie leise, nickte den beiden zu und ging aus dem Haus, um einen Stock zu suchen, mit dem sie Gonzalos Bein schienen konnte.

Auf der Straße empfingen Zahra ein klarer Sternenhimmel und ein strahlender Mond. Sie hob den Blick zu den Gestirnen. Allmächtiger, dachte sie, was hast du vor mit mir? Erst hilfst du mir, Gonzalo und Miguel zu verstecken – und dann offenbarst du mir, dass der einzige Mann, zu dem ich mich je hingezogen gefühlt habe, einer anderen gehört. Warum weckst du Hoffnungen in mir, die nie erfüllt werden können? Und wie wird dieser Krieg hier weitergehen? Würde Ali al-Attar die Kastilier wirklich schon in wenigen Tagen wieder vertrieben haben? Auf jeden Fall fänden sie dann eher eine Möglichkeit, Miguel und Gonzalo aus der Stadt zu schaffen. Zahra erinnerte sich an Ali al-Attars Ankündigung, sie vielleicht schon am nächsten Tag in seinen Palast zurückholen zu lassen. Wie sollten sie sich von dort aus um Gonzalo und Miguel kümmern? Vor den Türen von Ali al-Attars Frauengemächern standen Haremswächter, und rund um den Palast waren Wachen aufgestellt. Unter keinen Umständen könnte Miguel es wagen, allein aus dem Haus zu gehen, um sich Essen zu beschaffen, und wenn Gonzalos Fieber noch weiter stieg und die Beinwunde trotz der Maden nicht heilte … Zahra biss sich auf die Lippen und verbot es sich, weiterzudenken. Einen Stock, ermahnte sie sich, ich brauche einen Stock, und für alles andere müssen wir zu gegebener Zeit Lösungen suchen!

Ein Stück weiter fand sie einen zerbrochenen Besen, der ihr geeignet schien. Als sie zu dem Haus zurückkam, trat gerade Hayat aus der Tür. Zahra sah, dass sie geweint hatte. »Geht es Gonzalo schlechter?«, fragte sie erschrocken.

Hayat schüttelte den Kopf. »Nein, nein, es ist nur, ach, alles einfach!« Erneut liefen ihr die Augen über.

»So rede doch!«

Ihre Halbschwester machte eine vage Handbewegung durch die Luft. »Miguel, er … er will, dass ich mit ihm fliehe …«

Obwohl Zahra insgeheim damit gerechnet hatte, sanken ihr Hayats Worte wie Steine in den Magen.

»Und du?«, erwiderte sie und hoffte, dass Hayat das Zittern ihrer Stimme nicht bemerkte. »Was willst du?«

»Ach, Zahra, du weißt, wie sehr ich diesen Tag herbeigesehnt habe und dass ich Miguel liebe. Miguel sagt, er hat nur deswegen an der Schlacht teilgenommen, weil sein Spitzel herausgefunden hat, dass wir uns hier aufhalten. Er hatte gerade alles vorbereitet, um mich von der Seidenfarm zu holen, als Vater mit uns aufgebrochen ist. Und wenn wir erst wieder zu Hause sind, wird Ibrahim uns mit nach Marokko nehmen. Dann beginnt alles von vorn: die Schikanen von Altaf, die nächtlichen Überfälle von Nusair … Zahra, ich will nicht dorthin zurück!«

Und ich will nicht Ibrahim heiraten, dachte Zahra. Zorn über die Ausweglosigkeit ihrer Lage brodelte in ihr hoch. Warum nur hat Vater gerade diesen Mann für mich wählen müssen? Und warum kann Gonzalo nicht gesund sein, mich ebenso lieben, wie Miguel Hayat liebt, und mir die gleiche Frage stellen?

Sie zog ihre Halbschwester an sich. »Selbst wenn deine Verbindung mit Miguel nach unseren Gesetzen eine Todsünde ist, denke ich doch, dass der Allmächtige seine schützende Hand über euch halten wird. Warum sonst hat er Miguel hier zu dir geführt?« Und bei sich dachte sie noch: Aber warum hat er mir diese neue Begegnung mit Gonzalo verschafft? Nur um mir das Herz schwerzumachen?

»Aber Leonor …« Hayat machte eine hilflose Geste. »Raschids Verschwinden und Yazids Überfall in der Seidenfarm haben sie so sehr angegriffen. Wie wird sie es verkraften, wenn ich einfach weggehe, und das gerade jetzt, wo die Geburt sie so mitgenommen hat?«

Beim Gedanken an ihre Mutter wurde es auch Zahra angst und bang. »Noch könnt ihr ohnehin nicht fliehen«, wich sie Hayats Frage aus. »Erst muss Gonzalo gesund werden, und dann, *inschallah,* so Gott will, können wir immer noch überlegen, wie wir Mutter schonen können.«

Nachdem Zahra Gonzalos Bein geschient, seine Stichwunde versorgt, ihm Wasser eingeflößt und Miguels Verband erneuert hatte, kehrte sie mit Hayat in ihr kleines Haus zurück. Alle schliefen friedlich; niemand schien ihr Weggehen bemerkt zu haben. Lautlos krochen sie unter ihre Decken.

Schon wenige Stunden später wurde Zahra von einem Wimmern und Maunzen geweckt, das wie das Jammern eines jungen, hungrigen Kätzchens klang. Zahra sah, dass der Tag schon graute. Sie setzte sich auf und rieb sich die Augen. Das Maunzen wurde vernehmlicher. Mahdi verlangte nach seiner Milch. Ihre Mutter aber schlief weiter. Leise erhob sich Zahra. Sie wollte den Kleinen auf den Arm nehmen. Vielleicht würde er sich durch Herumtragen noch ein Weilchen beruhigen lassen, so dass Leonor noch ein wenig ausruhen konnte. Behutsam hob sie den Arm ihrer Mutter, den diese schützend um Mahdi gebreitet hatte, und ließ ihn gleich wieder erschrocken sinken: Die Haut ihrer Mutter war heiß wie frisch gebackenes Brot!

Zahra stolperte zu Tamu und rüttelte sie an der Schulter.

»Tamu, wach auf, schnell. Mutter hat hohes Fieber!«

Die alte Berberin grunzte, kam aber sofort auf die Beine und legte ihre runzelige Hand auf Leonors Stirn.

»Beim Allmächtigen«, stöhnte sie, hob Leonors Bettdecke hoch und sah, dass ihr Unterleib in einer Blutlache schwamm. Hastig schob sie Leonors Nachtgewand hoch und untersuchte sie.

»Was hat Mutter denn? Gestern ging es ihr doch noch gut!«, rief Zahra bang.

»Vielleicht Kindbettfieber. Aber ich habe schon so viele Kinder zur Welt gebracht, und noch nie … Allah, *ta'ala,* er stehe mir bei! Und wie ihr Puls rast!«

Die Panik in Tamus Stimme ängstigte Zahra noch mehr als das Fieber und das viele Blut. Noch nie hatte sie erlebt, dass etwas die alte Frau in solche Aufregung versetzt hatte.

»Es steht schlimm um Mutter, nicht wahr, Tamu?«

Statt zu antworten, bettete Tamu ihr Gesicht in die Hände. Zuerst glaubte Zahra, sie würde weinen, aber dann nahm Tamu die Hände wieder herunter und rief: »Lauf zu der Hebamme, von der du den Hirtentäschel bekommen hast, und lass dir Wiesengeißbart geben. Meine Mutter hat damit einmal das Kindbettfieber bei einer Frau brechen können. Und bring auch Essig mit, und nun lauf schon zu!«

In Windeseile kam Zahra zurück. Außer Atem reichte sie Tamu das Tuch mit den gewünschten Kräutern. Auch Hayat und Zainab waren inzwischen auf den Beinen. Tamu befahl Zahra, die Kräuter zu zerstoßen, und Hayat, sich um eine Amme für Mahdi zu kümmern. »Geht direkt zu Ali al-Attar und lasst Euch unter keinen Umständen abwimmeln, hört Ihr! Es ist mir gleich, wie früh am Tag es ist. Wir können nicht zulassen, dass der Kleine Eurer Mutter beim Trinken die letzte Lebensenergie aussaugt, aber Milch braucht er, und zwar bald!« Zu Zainab sagte sie: »Und Ihr nehmt Hayat das Kind ab und tragt es weiter herum, damit es noch ein bisschen Ruhe hält!«

Zuvor hatte Zainab auf der kleinen Kochstelle Wasser erhitzt, in das Tamu nun die zerstoßenen Kräuter gab. Während der Sud zog, machte sie Leonor Wadenwickel, um das

Fieber zu senken. Als die kalten, in Essigwasser getränkten Tücher ihre Beine berührten, stöhnte Leonor auf, öffnete aber nicht die Augen. Zahra sah, dass Zainab viel zu unruhig war, um das Kind zu besänftigen, und nahm es ihr ab. Sie wiegte Mahdi liebevoll im Arm und sang ihm das Schlaflied, das ihre Mutter ihr als Kind so oft vorgesungen hatte:

»Nini ya mumu
hatta itib 'aschana
u-ida ma tab 'aschana
itib 'ascha dschiranna
hatta idshi bana
naklu 'schana«

Mit jeder Zeile erwachten weitere Erinnerungen an ihre Kindheit, die liebevolle Fürsorge ihrer Mutter, ihre kleinen Verschwörungen, ihre Spiele, ihr Lachen ... Mit Tränen in den Augen drückte Zahra ihre Lippen auf das feine Flaumhaar ihres Bruders. Mein Gott, steh Mutter bei, um Himmels willen, steh Mutter bei!

Erst eine gute Stunde später kam Hayat wieder. »Ali al-Attar hat sich nicht nur um eine Amme, sondern auch um einen Arzt bemüht«, berichtete sie. »Die Amme habe ich schon aufgesucht. Sie macht einen gesunden und reinlichen Eindruck, aber sie hat außer ihrem Säugling noch drei weitere kleine Kinder, die sie nicht allein lassen kann. Sie hat vorgeschlagen, dass wir Mahdi bei ihr lassen, aber das wollte ich nicht. Es würde Mutter gewiss aufregen, wenn sie zu sich kommt und Mahdi nicht bei uns ist. Auf den Arzt werden wir allerdings noch warten müssen: Er muss erst noch einige Schwerverletzte versorgen.«

Zahra nickte und schlug vor, Mahdi jetzt gleich zu der Amme zu bringen. »Ich wundere mich ohnehin schon, dass er noch nicht lauthals nach seinem Essen schreit.« Sie sah zu Tamu. »Kommst du mit Zainab allein zurecht? Ich denke, wenn wir schon keine passende Begleitung haben, sollten Hayat und ich wenigstens zu zweit gehen, oder?«

Die alte Berberin nickte, allerdings hatte Zahra den Eindruck, dass sie kaum wahrnahm, was sie und Hayat sagten; ihr Blick hing einzig und allein an Leonor, und für einen bangen Moment schoss Zahra der Gedanke durch den Kopf, dass es vielleicht nur Tamus inständig flehender Blick war, der den Geist ihrer Mutter noch bei ihnen hielt. Angst schnürte ihr den Hals zu. Hastig wandte sie sich zu Hayat um und winkte ihr zu. »Komm, beeilen wir uns!«

Sie hüllte sich in ihren Hidschab, wobei sie Mahdi ein Stück weit mit in ihrem Umschlagtuch bedeckte, und verließ mit Hayat das Haus. Stumm gingen sie nebeneinander her, jede mit ihren eigenen Ängsten und Zweifeln beschäftigt.

Erst auf dem Rückweg, den satten und selig schlummernden Mahdi auf dem Arm, wagte Zahra, ihre Gedanken offen auszusprechen. »Was soll bloß werden, wenn Mutter nicht wieder gesund wird? Mahdi braucht sie doch, und Vater und … Ach, Hayat, Mutter darf nichts geschehen!«

Hayat nahm ihre Hand und drückte sie kurz. »Tamu hat Leonor schon einmal gerettet, sicher wird es ihr noch einmal gelingen. *Inschallah*.«

Ja, so Gott es will, dachte Zahra bang.

Hayat räusperte sich. »Weißt du, ich hatte mir überlegt, dass es vielleicht das Beste wäre, wenn ich Leonor ganz offen sagen, dass Miguel und ich …« Sie machte eine verzagte Handbewegung.

»Daran hatte ich auch schon gedacht, aber jetzt …«

Zahra wischte sich über die Augen. »Und auch Gonzalo …«

»Vielleicht sollten wir schnell nach ihm sehen, meinst du nicht?«

Zahra nickte dankbar, denn es selbst vorzuschlagen, hätte sie nicht gewagt.

Als sie das Haus betraten, empfing Miguel sie mit dem erhobenen Stumpf einer der drei Tischbeine und konnte dem Schlag auf die Köpfe der vermeintlichen Eindringlinge gerade noch eine andere Richtung geben. »Beim heiligen Eustaquio, ich dachte, ihr wärt maurische Soldaten! Nie hätte ich damit gerechnet, dass ihr euch am hellichten Tag hertraut.«

Hayat erzählte ihm von Leonors hohem Fieber und den Sorgen, die sie sich um sie machten, während Zahra zu Gonzalo ging, sich vor ihn kniete und ihm über die schweißnasse Stirn strich. Sie erschien ihr weniger heiß, und das Flattern seiner Augenlider verriet ihr, dass seine Bewusstlosigkeit weniger tief als am Vortag war. Sie rief seinen Namen, woraufhin er kurz die Augen öffnete, aber sogleich wieder in den alten Zustand zurücksank.

Nach kurzem Zögern wickelte Zahra das Tuch ab, das sie in der Nacht lose um den Unterschenkel geschlungen hatten. Beim Anblick der Maden zog sie angewidert die Mundwinkel nach unten, aber die Wunde sah ein wenig besser aus. »Die bläulich-schwärzlichen Stellen sind kleiner geworden und die Wundränder weniger gerötet. Und seht hier!«, rief sie Miguel zu. »Die Todeslinie, sie ist zum Stillstand gekommen!«

Miguel, der seinen Arm um Hayat gelegt hatte, nickte. »Ja, die Maden scheinen gute Dienste zu leisten. Vorhin war Gonzalo sogar einmal kurz bei sich und hat von sich aus nach Wasser verlangt.«

Zahra beschloss, die Maden weiter ihre Arbeit tun zu lassen, schlang das Tuch wieder um das Bein und wechselte den Brustverband.

»Wie steht es mit dem Kriegstreiben da draußen?«, fragte Miguel sie. »So leid es mir für euch täte – für uns wäre es das Beste, wir würden siegen, und ich kann euch versichern, dass mein Einfluss weit genug geht, um euch vor Übergriffen zu schützen. Wenn wir verlieren, dürfte es an ein Wunder grenzen, wenn ich hier mit Gonzalo und Hayat lebend herauskomme.«

Zahra verkniff es sich zu sagen, dass Hayat derzeit ohnehin nicht mit ihm gehen würde. Wenn ihre Mutter jedoch sterben sollte … Auf einmal hatte Zahra es eilig, nach Hause zu kommen. Sie blickte zu Hayat und machte ihr ein Zeichen. Ihre Schwester nickte und drückte noch einmal kurz Miguels Hände. »Es wird alles gut werden, ganz gleich, wer siegt!«

»Aber wie steht es denn derzeit?«

»Ich weiß nur, dass wir die Brücke zurückerobert haben«, erwiderte Hayat, »und dass Ali al-Attar zuversichtlich ist.«

»Und sucht man schon nach uns?«

Hayat zuckte mit den Achseln. »Wir haben nichts bemerkt. Wahrscheinlich haben die Soldaten derzeit Wichtigeres zu tun, als nach zwei entkommenen Gefangenen zu suchen, zumal sie ständig weitere bringen. Als wir eben zur Amme gelaufen sind, haben wir auf dem Platz schon wieder einen Schwung neuer Gefangener sitzen sehen.«

Miguel schürzte die Lippen. »Gonzalo und mir war von Anfang an klar, dass der Angriff auf Loja ein Fehler war. Fernando aber hat Don Juan unbedingt beweisen wollen, dass dieser ihm nicht das Wasser reichen kann, und hat vor lauter Übermut einen strategischen Fehler nach dem anderen gemacht. Fände ich doch nur eine Möglichkeit, dich hier herauszuholen …«

Hayat legte ihm einen Finger auf die Lippen. »Vertrau auf Gott!«

»Auf meinen oder auf deinen?«, versuchte Miguel zu witzeln, doch keinem von ihnen war nach Lachen zumute. Miguel küsste Hayat auf das Haar und blickte auch noch einmal zu Zahra. »Ihr seid eine sehr mutige und großherzige Frau. Ich hoffe, ich kann mich irgendwann für Eure Hilfe erkenntlich zeigen!«

»Dafür müssen wir Euch erst einmal lebend hier herausbringen«, murmelte Zahra und machte Hayat erneut ein Zeichen, dass sie nach Hause wollte.

Als sie ihr kleines Haus betraten, saß Zainab am Fußende des Bettes ihrer Mutter und weinte stumm; Tamu blickte ebenso starr wie zuvor auf Leonor, die bleich auf einem frischen Laken lag. Fast zeitgleich mit Zahra und Hayat betrat eine Dienerin Ali al-Attars das Haus.

»Ich soll Euch von meinem Herrn ausrichten, dass der Arzt gleich kommen wird. Außerdem ist alles vorbereitet, um Euch und Eure Mutter zurück in seinen Palast zu bringen.«

Zahra sah, wie Hayat erblasste, und auch ihr wurde beim Gedanken an Gonzalo und Miguel der Hals eng. Dann aber fuhr Tamu herum und zischte der Dienerin Ali al-Attars entgegen: »Meine Herrin kann in diesem Zustand nicht transportiert werden. Das wäre ihr sicherer Tod!«

Die Dienerin hob kühl die schön geschwungenen Augenbrauen, die ihr sicher schon mehr als einmal den Weg in Ali al-Attars Schlafgemach geebnet hatten. »Mein Herr ist es gewohnt, dass seine Anweisungen widerspruchslos befolgt werden!«

»Dann wird er sich jetzt eben an etwas Neues gewöhnen müssen!«, donnerte Tamu unbeeindruckt zurück.

»Bitte, bitte, immer mit der Ruhe!«

Von ihnen unbemerkt hatte der Arzt das Häuschen betreten. Er legte Tamu beschwichtigend die Hand auf den Arm und ging an ihr vorbei zu Leonor. Es war ein kleiner Mann mit einem grauen Bart, gütigen, klugen Augen und schlanken Händen. Er fühlte Leonors Puls und tastete ihren Bauch ab.

»Meine Herrin hat Druckschmerzen im Unterleib und starke Abwehrspannungen«, knurrte Tamu. Auch wenn ihr anzusehen war, wie sehr es ihr missfiel, dass nun doch noch ein Arzt gekommen war, da sie ihren Kräutern seit jeher mehr vertraute, lächelte sie der ältere Mann freundlich an und zeigte auf den Sud, der neben Leonors Bett stand. »Was gibst du deiner Herrin?«

»Wiesengeißbarttee.«

Der Arzt nickte, strich sich bedächtig über seinen Bart, setzte sich neben Leonor aufs Bett und nahm ihre Hand in die seine, als wolle er fühlen, wie viel Lebensenergie noch in ihr war.

»So sagt uns doch etwas!«, rief Zahra. Ihr schien eine Ewigkeit zu vergehen, bis sich der Arzt endlich zu ihr umwandte. Sein Blick war ebenso ernst wie mitfühlend.

»Ich höre an der Angst in Eurer Stimme, dass Ihr sehr gut wisst, wie es um Eure Mutter steht. Und um Ali al-Attar macht Euch keine Sorgen: Ich selbst werde mit ihm reden und ihm sagen, dass er von Eurer Rückführung in sein Haus absehen möge. Vertrauen wir auf Allah, er ist erhaben, und die Weisheit seiner Beschlüsse.«

Nur zwei Stunden später tat Leonor ihren letzten Atemzug. Kurz vorher war sie noch einmal zu sich gekommen. Als Zahra merkte, dass ihre Mutter bei Bewusstsein war, betete sie leise: *»La Ilaha illa llah.«* Es gibt keinen Gott außer Gott. »Und Mohammed ist sein Prophet.« Und als sie schon nicht mehr zu hoffen wagte, dass ihre Mutter die Worte wiederholen würde, die ihr den Weg in den Paradiesgarten ebnen würden, kam endlich das *»La Ilaha illa llah«* über ihre Lippen. Nur einen Herzschlag später hörte sie auf zu atmen.

Tamu strich ihrer Herrin über die geschlossenen Augen und den Mund. Zahra drückte den kleinen Mahdi an ihre Brust, Hayat zog die wild losschluchzende und um sich schlagende Zainab in ihre Arme, während Tamu so starr auf ihre Herrin blickte, dass Zahra das Gefühl hatte, dass Tamu ihrer Mutter am liebsten gefolgt wäre. Noch nie zuvor hatte sie sich Gedanken über das Verhältnis der beiden gemacht. Sie wusste, dass ihr Vater Tamu gleich nach dem Tod seiner ersten Frau in sein Haus genommen hatte. Ein Jahr danach hatte er Leonor nach einem Fest bei Hassans Vater freigekauft. Zahra ahnte, dass das geschundene, verstörte und überängstliche Geschöpf, das ihre Mutter damals gewesen sein musste, bei der kinderlosen Tamu Beschützerinstinkte ausgelöst hatte und sie, auch bedingt durch ihre Kränklichkeit, eine Art Ersatzkind für diese geworden war. Zahra trocknete ihre Tränen und strich der alten Berberin über die Schulter. »Du hast getan, was in deiner Macht stand«, sagte sie leise. »Ohne dich wäre Mutter schon vor Jahren gestorben, und auch auf der Seidenfarm hast du ihr vor ein paar Monaten wieder das Leben gerettet. Wenigstens konnte sie noch ihren Sohn sehen. Du weißt, wie glücklich sie war, als er zum ersten Mal in ihren Armen lag!«

Tamu nickte. Über ihre Wangen rannen dicke Tränen. Dann stimmte sie die Totenklage an.

Hayat und Zahra übernahmen die rituelle Waschung des Leichnams, während sich Zainab stumm vor sich hin weinend in Tamus Schoß drückte. Anschließend betteten Zahra und Hayat Leonor, wie es die islamischen Gesetze vorschrieben, in mehrere Lagen weißer Leintücher. Diese mussten von

Frauen hergestellt worden sein, die keine Monatsblutung mehr hatten, denn nur dies gewährleistete, dass sie nicht im Zustand der rituellen Unreinheit verarbeitet worden waren. Inzwischen hatten sich Klageweiber bei ihnen eingefunden, die in Tamus Totenklage einstimmten. Schon eine Stunde später kamen vier Neffen und zwei Söhne Ali al-Attars, um die Tote in die Moschee zu geleiten, von wo aus sie nach einem Gebet, nur von Männern begleitet, zum Friedhof gebracht würde. Ein Sohn Ali al-Attars verlieh den Frauen gegenüber seinem Bedauern Ausdruck, dass sie mit der Beerdigung nicht warten konnten, bis Leonors Mann benachrichtigt war, aber die Grablegung sollte stets zügig erfolgen, möglichst noch am selben Tag, und wegen des Kriegstreibens vor den Toren der Stadt hatte man Abdarrahman bislang noch nicht einmal einen Boten schicken können.

Nach der Beerdigung saßen Zahra, Hayat, Zainab und Tamu wie gelähmt in ihrem Häuschen, dann fing Mahdi zu weinen an. Zahra erhob sich und nahm ihn auf den Arm, Hayat nickte ihr zu und legte sich den Hidschab an, um sie zu der Amme zu begleiten. Auf dem Weg sprachen Zahra und Hayat kein Wort. Ihr Schmerz war zu groß, um ihn in Worte fassen zu können.

Auch jetzt, da ihre Mutter gestorben war, wollten ihre Töchter Mahdi nicht bei der Amme lassen: Er war das Einzige, was ihnen ein wenig über den Tod der Mutter hinweghalf. Also brachten Zahra und Hayat Mahdi auch weiterhin zum Stillen zu der Amme – was es ihnen zugleich ermöglichte, sich weiter um Gonzalo und Miguel zu kümmern. Natürlich hatte Ali al-Attar sein Angebot wiederholt, dass sie zurück in seinen Palast ziehen könnten, aber bisher hatten sich auch Zainab und Tamu dagegen ausgesprochen. In dem Häuschen fühlten sie sich Leonor näher, und Ali al-Attar hatte ihrem Wunsch entsprochen.

In der dritten Nacht nach Leonors Tod kam Gonzalo bei Zahras Untersuchung seiner Wunde zum ersten Mal richtig zu sich. Ungläubiges Staunen trat in seine Augen. »Ihr?«, rief er. »Wieso seid Ihr bei mir?«

»Ich würde eher sagen, Ihr seid bei mir«, erwiderte Zahra und lächelte ihn an.

Gonzalo versuchte, sich aufzurichten, sank aber sofort wieder zurück. »Verdammt, was ist mit mir?«

Zahra erzählte ihm, was geschehen war. »Wie es aussieht, werdet Ihr Euer Bein aber behalten können«, beruhigte sie ihn. »Die Wunde heilt besser, als ich zu hoffen gewagt habe. Die Maden haben gute Arbeit geleistet!«

»Maden? Ihr habt mir Maden in die Wunde gesetzt?«

»Sei froh, dass sie es gewagt hat«, mischte sich Miguel in ihr Gespräch. »Ohne diese Viecher wärst du längst krepiert!« Er stellte sich vor seinen Freund und grinste ihn breit an. »Willkommen zurück im Leben, altes Haus!«

Gonzalo erwiderte sein Lächeln. »Könnte es sein, dass die Schwierigkeiten, die wir uns damals bei den Mönchen eingebrockt haben, gegen das hier ein Kinderspiel waren?«

Miguel lachte auf. »Keine Sorge, wir boxen uns auch hier wieder raus. Hauptsache, du kommst bald auf die Beine!«

Gonzalo bat um Wasser und nahm auch eine Kleinigkeit zu essen dankend an. Danach sah er lange und nachdenklich zu Zahra. »Warum hat das Schicksal uns wieder zusammengeführt?«, fragte er sie schließlich.

Zahra zuckte mit den Achseln und vermied es, seinem Blick zu begegnen. Sie hatte Angst, dass ihre Augen zu viel verraten könnten. Als Miguel die Frage einwarf, wie es eigentlich vor der Stadt stehe, wandte sie sich zu ihm um.

»Eure Landsleute fliehen. Es wundert mich, dass Ihr es noch nicht wahrgenommen habt; die Leute jubeln und tanzen doch in allen Gassen und machen einen Heidenlärm. Es heißt, Ihr habt gewaltige Verluste hinnehmen müssen.«

Miguels Miene war keine Reaktion abzulesen.

»Die Leute sagen außerdem«, fuhr Zahra fort, »dass schon in wenigen Tagen ein Gesandter von Euch in die Stadt käme, um die Gefangenen auszulösen. Von einer gigantischen Lösegeldsumme ist die Rede. Es soll die höchste sein, die je gezahlt worden ist. Anscheinend sind unter den Gefangenen etliche hochrangige Adlige. Man munkelt aber auch, dass Ali al-Attar die Gefangenen nicht so schnell hergeben wird, weil er den Kastiliern einen Denkzettel verpassen will. Aber so oder so werden wir Eure Flucht aus der Stadt jetzt, da vor den Toren keine Kämpfe mehr toben, schon irgendwie bewerkstelligen.«

»Habt Ihr zufällig gehört, wer die Verhandlungen führen soll?«, fragte Gonzalo.

Zahra drehte sich wieder zu ihm um. »Macht das einen Unterschied?«

»Unter Umständen ...« Gonzalo unterbrach sich und drehte sich unter Stöhnen auf die rechte Seite. »Gut möglich, dass sie meinen Bruder Jaime mit dieser Aufgabe betrauen. Unter Fernandos Soldaten ist er der Einzige außer Miguel und mir, der gut genug Arabisch spricht, um so schwierige Verhandlungen führen zu können – vorausgesetzt, es gelingt ihm ein einziges Mal in seinem Leben, seine Hitzköpfigkeit und seinen Maurenhass unter Kontrolle zu bringen. Aber wenn er der Gesandte wäre, könnte dies unsere Chance sein!«

»Meint ihr, ihr könntet während seines Aufenthaltes hier Kontakt mit ihm aufnehmen?«, fragte Miguel die beiden Schwestern. »Wenn Jaime weiß, dass wir auf freiem Fuß sind, findet er sicher einen Weg, uns hier herauszuholen. Und du kommst doch mit, Hayat, nicht wahr?«

Hayat sah zu ihrer Halbschwester. Zahra schluckte. Zu gern hätte sie Hayat abgehalten, aber sie wusste, dass diese Flucht ins Ungewisse für sie besser war, als den Rest ihres Lebens in Fès unglücklich zu sein. »Für Mutter ist es jetzt einerlei, was du tust, und Vater … Wenn wir wieder zu Hause sind, werde ich versuchen, ihm zu erklären, warum du nicht anders handeln konntest. Vielleicht kann er dir, wenn er Mutters Tod verkraftet hat, irgendwann verzeihen.«

Hayat umarmte und küsste sie unter Tränen. »Es ist mir vor allem wichtig, dass du mich nicht verurteilst!«

Miguel strich Hayat über den Arm. »Du wirst es nicht bereuen. Ich werde immer an deiner Seite sein!« Er zog sie an sich und küsste sie auf die Stirn. Es war ein sehr zarter, behutsamer Kuss, und Zahra zweifelte nicht, dass Hayat bei ihm ihr Glück finden würde.

Miguel sah Zahra an und wiederholte seine Frage. »Meint Ihr, Ihr könntet mit Jaime Kontakt aufnehmen?«

Sie hob unschlüssig die Schultern. »Und wie erkennen wir ihn? Er kommt gewiss nicht allein!«

»Er sieht Gonzalo so ähnlich, dass viele sie für Zwillingsbrüder halten«, erwiderte Miguel, woraufhin Gonzalo ihm ins Wort fiel: »Ich lege Wert darauf, zu ergänzen, dass sich unsere Ähnlichkeit aufs Äußerliche beschränkt!« Nachdenklich fügte er an Miguel gewandt hinzu: »Ehrlich gesagt, habe ich kein gutes Gefühl dabei, die Frauen zu Jaime zu schicken. Du weißt, wie er ist!«

»Ich weiß auch nicht, wie wir ein solches Treffen bewerkstelligen sollen«, sagte Zahra. »Ihr wisst sicher, dass sich muslimische Frauen nicht einfach einem fremden Mann nähern können, ohne ihre Ehre und die ihrer Familie in Verruf zu bringen – und das alles direkt vor den Augen Ali al-Attars, der uns unter seinen Schutz genommen hat und der unserer Familie tief verbunden ist …«

Miguel fuhr sich über seine Bartstoppeln. »Nun, das habe ich allerdings nicht bedacht. Wo wird Ali al-Attar die Gesandten denn empfangen?«

»In seinem Palast, nehme ich an«, erwiderte Zahra. »Er hat dort einen großen Empfangssaal. Aber zu dem haben wir Frauen schon gar keinen Zutritt.«

»Nein, das ist mir jetzt auch klar, aber vielleicht könntet Ihr an sein Pferd herankommen?«

Zahra begriff, was er im Sinn hatte, und nickte. »Eine kurze Botschaft ließe sich gewiss unter seinen Sattel schieben!«

Miguel nickte. »Aber wie stellen wir sicher, dass er die Nachricht auch findet?«

»Ich könnte sie zusammen mit einem spitzen Stein unter den Sattel seines Pferdes schieben. Das Pferd würde unruhig werden, wenn Jaime aufsitzt. Meint Ihr, er wäre aufmerksam genug, um dann den Sattel zu prüfen?«

Miguel lachte auf. »Wenn einer merken würde, dass mit seinem Pferd etwas nicht stimmt, dann Jaime. Er reitet immer nur seinen Hengst Barbakan, einen wahren Teufelsbraten, der unter seiner Hand allerdings fromm ist wie ein Lamm!«

Zahra versprach, bis zum nächsten Tag Papier, Tusche und Feder zu besorgen, dann drängte sie Hayat, dass sie losmussten, wenn sie Tamu und Zainab nicht misstrauisch machen wollten.

»Aber Ihr dürft die Nachricht nur dann unter den Sattel schieben, wenn Euch niemand dabei beobachtet«, sagte Miguel noch zum Abschluss. »Auf keinen Fall dürft Ihr Euch in Gefahr bringen, hört Ihr?«

Zahra sah ihn an, und ihr wurde bewusst, dass die drei bald

in Freiheit, sie aber für den Rest ihres Lebens Ibrahim ausgeliefert sein würde. Und mit einem Mal wurde sie ganz ruhig. Was machte es schon, wenn sie sie einsperrten und wegen Landesverrats hinrichteten. Auf das Leben, das sie in Marokko erwartete, konnte sie gut verzichten.

11.

Loja

1. August 1482

Eine der Dienerinnen Ali al-Attars erzählte Zahra und ihren Schwestern am Mittag, als sie ihnen ihr Essen brachte, dass der christliche Gesandte schon am Nachmittag des nächsten Tages erwartet werde. »Es geht das Gerücht, dass die Nazarener es diesmal mit dem Auslösen ihrer Männer besonders eilig haben, weil ein paar dem christlichen König sehr nahestehende Männer unter den Gefangenen sind«, erzählte sie weiter, und dass ihr Herr derzeit so grimmig dreinschaute, dass er sich ganz gewiss von keinem Geld der Welt zu einer raschen Herausgabe der Christen bewegen lassen würde. »Und wenn es nach mir ginge, könnte er die christlichen Hunde bis zum Tag des Jüngsten Gerichts in den Kerkern schmoren lassen!«

Gleich nach dem nächsten Stillen sahen sich Zahra und Hayat in Ali al-Attars Stallungen um, weil sie davon ausgingen, dass dort gewiss auch die Pferde der Gesandten untergestellt würden. Der Stall hatte ein breites Hoftor zum Platz hin und eine schmale, seitliche Eingangstür. Beide standen offen. Zahra und Hayat nickten einander zu: So sollte es kein Problem sein, an Jaimes Pferd zu kommen.

»Wenn die Gesandten da sind, herrscht hier bestimmt so viel Trubel, dass kein Mensch auf uns achten wird«, murmelte Zahra und fügte nach einem Moment des Nachdenkens hinzu: »Umso weniger, wenn derjenige arm ist und um Almosen bettelt …«

»Aber Zahra, wir können doch nicht …« Hayat blieb vor Bestürzung die Luft weg.

»Aber es wäre die perfekte Tarnung«, beharrte Zahra. »Durch die Brandschatzungen der Christen in der Vega wimmelt es in der Stadt von Bettlern, und die meisten sind Frauen. Niemand wird einer weiteren Bettlerin Beachtung schenken!« Zahra bettete den schlafenden Mahdi behutsam von ihrem rechten in den linken Arm. Sie fand es erstaunlich, wie schwer der winzige Kerl nach einer Weile in den Armen wog. »Außerdem müssen wir ja nicht wirklich betteln. Es sollte nur so aussehen, als ob. Allerdings bräuchte ich einen weniger edlen Hidschab. Mit dem nimmt mir niemand eine in Not geratene Frau ab.«

»Wieso dir?«, rief Hayat. »Wenn sich hier eine von uns in den Stall schleicht, dann ja wohl ich!«

»Hayat, ich bitte dich. Miguel hat gesagt, Jaimes Pferd sei ein Teufelsbraten, und du zuckst schon vor Vaters frommen Stuten zurück!«

»Aber du darfst dich nicht unseretwegen in Gefahr begeben!«

»Und ich will nicht, dass du von niederdonnernden Pferdehufen erschlagen wirst«, beendete Zahra die Diskussion. »Mach dir lieber Gedanken, wie wir an einen ärmlichen Hidschab kommen!«

»Bei der Amme habe ich einen gesehen. Auf der Truhe im Eingangsbereich ihres Hauses liegt ein alter, vergessener Hidschab, der auch in seinen besten Zeiten schon nicht viel hergemacht hat, aber ich finde trotzdem, dass nicht du, sondern ich …«

»Nein, Hayat, nein!« Zahra schüttelte entschieden den Kopf. Der wahre Grund aber, warum sie das Risiko allein eingehen wollte, war, dass Hayat sehr viel zu verlieren hatte – sie jedoch nichts mehr.

Gleich beim ersten Stillen entwendete Hayat der Amme den alten Hidschab und deponierte ihn bei Miguel und Gonzalo, um ihn dort nach dem Eintreffen der Gesandten wieder abzuholen. Den ganzen Vormittag verbrachten Zahra und Hayat in größter Anspannung. Es hing so viel davon ab, dass alles glattging! Tatsächlich meldeten die Fanfaren der Torwächter am frühen Nachmittag die Ankunft der Gesandten der katholischen Könige. Zahra und Hayat sahen sich an: Jetzt würde sich alles entscheiden. Hayat erhob sich und schickte sich an, Mahdi aufzunehmen.

»Wollt Ihr etwa jetzt schon zu der Amme gehen?«, murrte Tamu. Hayat zuckte zurück. Seit der Beerdigung ihrer Mutter saß die alte Dienerin wie zur Salzsäule erstarrt auf einem Kissen in der dunkelsten Ecke des Zimmers und ließ sich noch nicht einmal für die Mahlzeiten von dort weglocken. Was um sie herum vorging, schien sie nicht mehr wahrzunehmen. Es war, als sei mit Leonor auch ein Teil von ihr gestorben. Warum musste sie ausgerechnet jetzt aus ihrer Lethargie erwachen?

»Es tut dem Kleinen nicht gut, wenn er aus dem Schlaf gerissen wird«, schimpfte Tamu weiter. »Und der Amme kann es schließlich gleich sein, wann sie ihn stillt.«

»Aber …« Hilfesuchend sah Hayat zu Zahra.

Diese legte der alten Dienerin begütigend die Hand auf den Arm. »Wenn wir Mahdi jetzt schon zu der Amme bringen, wird er auch heute Abend früher essen wollen und dann seine letzte Mahlzeit sicher vor Mitternacht verlangen. So könnten Hayat und ich mal wieder etwas früher schlafen gehen!«

Tamu senkte den Blick und sank zurück in ihre Teilnahmslosigkeit. Zahra atmete auf. Ihr war klar, dass sich Tamu unter normalen Umständen nicht so leicht von ihr an der Nase hätte herumführen lassen. Rasch zog sie sich Niqab und Hidschab über und wollte eben mit Hayat ihr Häuschen verlassen, als Zainab aufsprang und ihnen nachlief. »Ich langweile mich hier zu Tode«, maulte sie. »Immer geht nur ihr zu der Amme. Heute will ich mitkommen!«

Allmächtiger, auch das noch!, dachte Zahra und zwang sich, eine gleichmütige Miene zu bewahren. »Aber Zainab, wir können Tamu doch nicht allein lassen! Wenn du magst, kannst du ab morgen mit Hayat mitgehen. Jetzt habe ich mir ohnehin schon den Hidschab angelegt!«

Störrisch schnappte sich Zainab ihren Umhang. »Ich bin sofort fertig, und so kannst wenigstens du dich ausruhen. Du hast doch eben selbst gesagt, wie müde du bist. Ich dagegen bin vor lauter Nichtstun schon ganz kribbelig!«

Zahra wusste, wie hartnäckig Zainab sein konnte, und ihr fiel kein schlagendes Argument ein, mit dem sie diese von ihrem Wunsch abhalten könnte. Sie straffte sich. »Zainab, du setzt dich jetzt sofort wieder zu Tamu und widersprichst mir nicht länger!«, fuhr sie ihre Schwester an, setzte dabei eine energische Große-Schwester-Miene auf und stieß Hayat, die noch immer wie festgewachsen auf dem gleichen Platz stand, unsanft aus dem Haus.

»Aber ich will auch mal dran sein!«, schimpfte Zainab ihnen hinterher.

»Los, nichts wie weg hier, ehe sie uns doch noch nachkommt!«, zischte Zahra Hayat an, die daraufhin trotz des Säuglings auf ihrem Arm in Laufschritt verfiel. Zwei Passanten schüttelten verwundert den Kopf; Damen der höheren Klassen pflegten nicht wie gescholtene Dienerinnen durch die Straßen zu jagen. Zahra war in diesem Moment selbst das gleich. Hauptsache, sie schüttelten Zainab ab.

Miguel und Gonzalo erwarteten sie schon und waren nicht weniger nervös. Miguel reichte Zahra den alten Hidschab, und Gonzalo, der seit dem Vortag fieberfrei war, übergab ihr die Botschaft, die er für seinen Bruder verfasst hatte. »Ich habe ihm alles so beschrieben, wie wir es besprochen haben. Er soll morgen früh als maurischer Händler verkleidet mit einem abgedeckten Wagen in die Stadt kommen und sich mit Euch um die Mittagszeit an der großen Pinie treffen, damit Ihr ihn herführen könnt. Die Nacht verbringen wir noch hier, und am Morgen sehen wir dann zu, wie wir hier rauskommen.«

Zum wiederholten Male beschrieb er Zahra bis ins letzte Detail Jaimes Pferd. »Und wenn Ihr Euch nicht ganz sicher seid, dann kommt lieber unverrichteter Dinge zurück, als die Botschaft dem falschen Pferd unter den Sattel zu schieben!«

»Das hätte ich sowieso getan«, erwiderte Zahra brüsk.

»Es geht mir nur um Eure Sicherheit«, erwiderte Gonzalo sanft.

Zahra biss sich auf die Lippen. »Entschuldigt, ich weiß.«

Sie wandte sich ab, damit er nicht sah, dass ihr Tränen in die Augen drangen. Mit einem Mal hatte sie das Gefühl, dass alles über ihr zusammenstürzte: Ibrahim, der Tod ihrer Mutter, die Erkenntnis, dass Gonzalo verheiratet war, Hayats Weggehen … Sie hoffte nur, dass Miguels und Hayats Liebe die Schwierigkeiten und Ablehnung, die ihre Verbindung bei den Christen hervorrufen würde, unbeschadet überstehen konnte. Während die Mauren zumindest die Ehe von muslimischen Männern und christlichen Frauen tolerierten, lehnten die

Christen jedwede Verbindung zwischen Christen und Muslimen ab, und was man über diesen Torquemada und seine Jagd auf die *conversos* hörte, ließ wenig Hoffnung zu, dass ihre Halbschwester von den Christen wohlwollend aufgenommen werden würde. Zahra flehte den Allmächtigen an, Miguel und Hayat beizustehen und seine schützende Hand über ihre Liebe zu halten. Für Hayat zumindest, das war ihr klar, würde das Ende von Miguels Liebe auch ihr eigenes bedeuten.

Zahra ermahnte sich, dass jetzt nicht der Moment zum Zaudern war. Sie wischte sich über die Stirn, atmete tief durch und tauschte mit geübten Handgriffen ihren Hidschab gegen den der Amme.

»Pass auf dich auf«, rief Hayat, und Gonzalo sagte ihr mit seinem drängenden Blick das Gleiche.

Zahra nickte den beiden zu und trat auf die Straße.

Zahra wusste nicht, wie viel Zeit ihr blieb, um ihre Botschaft an Ort und Stelle zu bringen. Ali al-Attar war im Umgang mit den Christen für große Launenhaftigkeit bekannt: Schon mehr als einmal hatte er Gesandte der christlichen Könige, kaum dass sie seinen Palast betreten hatten, auch schon wieder zum Teufel gejagt. Da der Ruf der Fanfaren schon lange verklungen war, musste Jaime längst im Palast sein.

Je näher Zahra Ali al-Attars Palast kam, umso mehr Menschen drängten sich in den Gassen. Alle hatten einen Blick auf den Gesandten und seine Begleiter erhaschen und sehen wollen, wie sie vor ihrem Herrn zu Kreuze krochen, und hofften jetzt darauf, nach dem Ende der Verhandlungen einen zweiten, noch hämischeren Blick auf sie werfen zu können. Als sich ein vierschrötiger Bauer an ihr vorbeidrängte, um in die vorderen Reihen zu gelangen, und ihr einen derben Rippenstoß verpasste, wollte Zahra ihm empört hinterherschimpfen, aber im letzten Moment fiel ihr ein, dass sie derzeit nur eine nichtswürdige Bettlerin war. Mit gesenktem Blick schob sie sich durch die Menschen und gelangte nach etlichen weiteren Rippenstößen zu dem Stall Ali al-Attars. Da in dem großen Hoftor zwei Stallburschen standen – auch sie warteten wohl gespannt auf den Ausgang der Verhandlungen –, stahl sich Zahra durch die Nebentür zu den edel aufgezäumten Pferden der Christen. Sie sah sich im Stall um und stellte aufatmend fest, dass sie allein war.

Aufmerksam schritt sie die lange Reihe der christlichen Rösser ab. Es waren etliche Rappen unter ihnen, doch keiner, auf den die Beschreibung von Jaimes Hengst gepasst hätte. Schließlich entdeckte sie den pechschwarzen Araberhengst ein Stück abseits von den anderen Pferden. Zahra schloss daraus, dass nicht nur die Stallburschen, sondern auch die anderen Pferde Furcht vor dem schwarzen Teufel hatten. Lautlos schlich sie sich im Rücken der Stallburschen auf die andere Stallseite.

Als sie auf Barbakan zuging, warf der Hengst den Kopf hoch und scharrte angriffslustig mit den Hufen. Mehr als Angst empfand Zahra Bewunderung für das prächtige Tier. Auch ihr Vater besaß nur Araber, und alle waren edelster Abstammung, aber vor so einem prachtvollen Wesen hatte sie noch nie gestanden. Beruhigend redete Zahra auf ihn ein und benutzte dabei bewusst das Spanische, weil ihm diese Laute sicher vertrauter waren. Tatsächlich legte sich das Flackern in seinen tiefschwarzen Augen, er stieß nur noch mit einem Huf auf den Boden, und schließlich war seine Nervosität lediglich an den zuckenden Ohren abzulesen. Behutsam strich Zahra ihm über die Nüstern, trat noch näher, klopfte ihm auf den schimmernden Hals und redete weiter auf ihn ein. »Ich tue dir nichts, ruhig, Barbakan, ganz ruhig!«

Ohne das Pferd aus den Augen zu lassen, schob sie sich unter dem Balken hindurch, an dem es festgebunden war, und stand dann direkt neben dem Hengst.

Wenn er jetzt steigt, wird es gefährlich, dachte Zahra, kämpfte die aufkommende Furcht aber sogleich nieder und strich dem Pferd über den Hals. Behutsam fuhr ihre Hand weiter zum Widerrist. Um ihm die Botschaft und das Steinchen unter den Sattel schieben zu können, musste sich dieser Riese auch auf dem Rücken von ihr anfassen lassen. Barbakan schnaubte unwillig auf und drehte ihr den Kopf zu. Zahra streichelte ihm erneut die Nüstern. »Alles ist gut, Barbakan. Und jetzt schiebe ich dir etwas unter den Sattel, und du bleibst weiter so brav wie bisher, hörst du?«

Der Hengst bewegte den Kopf. Zuerst dachte Zahra, er wolle sie beißen, aber dann rieb er sich an ihrer Schulter. Sie musste lächeln. Sie rubbelte ihm mit den Fingerknöcheln über die Stirn und konnte gut verstehen, dass Gonzalos Bruder so an dem Tier hing. Es war ein prachtvolles Geschöpf.

»Was hast du da bei dem Pferd zu suchen?«, donnerte eine bärbeißige Männerstimme auf Zahra nieder. Barbakan riss den Kopf hoch und versetzte Zahra dabei einen heftigen Stoß gegen die Schulter. Er blähte die Nüstern und schnaubte, und Zahra befürchtete, nun würde er doch noch steigen, aber der Mann packte die Zügel und beruhigte den aufgebrachten Hengst mit festem Griff und einschmeichelnden Worten.

»Scher dich sofort da weg! Wir haben schon genug Ärger; da mag ich mir gar nicht vorstellen, was geschieht, wenn auch noch eine Maurin von meinem Pferd niedergetrampelt worden ist!«, fuhr der Mann sie an.

Jaime sah seinem Bruder in der Tat verblüffend ähnlich. Auch sein Gesicht wurde von dunkelbraunen Locken umrahmt, beide hatten die gleichen vollen Lippen und die markante Nase. Gonzalos Augen jedoch waren sanft und haselnussbraun, Jaimes hingegen funkelten sie smaragdgrün und alles andere als freundlich an. Zahra schlängelte sich unter dem Balken durch und richtete sich hochmütig vor ihm auf. »Wie rührend, dass Ihr so besorgt um mein Wohl seid!«

»Pack dich, ehe ich mich vergesse!« Jaime tat einen ruckartigen Schritt auf Zahra zu und legte die rechte Hand an das Heft seines Schwertes. Obwohl Zahra das Herz bis zum Halse schlug, wich sie nicht zurück, sondern lächelte ihn nur spöttisch an. »Hat Euch Eure Niederlage gegen unsere Männer so sehr verunsichert, dass Ihr Euch jetzt bloß noch an Frauen heranwagt?«

Zahra war bewusst, dass sie Jaime damit noch mehr provozierte, aber sie konnte nicht anders: Der Kerl war zu aufgeblasen, als dass sie sich hätte zurückhalten können. Befriedigt sah sie, wie Jaime zu kochen begann. »Dir wird das Lachen vergehen, wenn wir uns eines Tages an einem Ort begegnen, an dem ich nicht diese Barbaren im Kreuz habe!«

»Euer Bruder hat recht: Eure Ähnlichkeit mit ihm beschränkt sich in der Tat auf Äußerlichkeiten!«

»Was weißt du von meinem Bruder?«

»Immerhin genug, um eine Nachricht von ihm für Euch zu haben!«

»Ein Maurenmädchen, das eine Nachricht von meinem Bruder für mich hat!« Jaime schnaubte und packte Zahra mit einer blitzschnellen Handbewegung am Oberarm. »Für wie blöd hältst du mich? Mein Pferd wolltest du klauen, weiter nichts, und jetzt versuchst du dich wichtig zu machen. Das Stehlen und Lügen wird euch Maurenpack doch schon in die Wiege gelegt!«

Sein harter Griff schmerzte. Auch sein kalter, grimmiger Blick verfehlte nicht seine Wirkung. Trotzdem hielt Zahra ihm stand und zischte: »Wenn Ihr mich nicht augenblicklich loslasst, wird Euer Bruder teuer dafür bezahlen!«

»Kein schlechter Versuch, nur glaube ich dir nicht!«

»Das solltet Ihr aber, und jetzt lasst mich sofort los!«

Das Misstrauen in Jaimes Augen blieb, aber er lockerte seinen Griff. »Also, spuck schon aus: Was weißt du Schlampe von meinem Bruder?«

Schweigend sah Zahra zu ihrem Arm. Nach einem Moment des Zögerns zog Jaime seine Hand zurück.

»Na also, geht doch!« Ohne ihn aus den Augen zu lassen, strich Zahra den Ärmel ihrer Tunika glatt und rückte ihren Hidschab zurecht. »Ich weiß, wo Euer Bruder ist – und dass er Eure Hilfe braucht. Und wenn Euch etwas daran liegt, ihn wiederzusehen, behandelt Ihr mich jetzt mit mehr Respekt!«

Jaime verzog das Gesicht zu einem verächtlichen Grinsen. »Eine maurische Bettlerin, die Respekt verlangt!«

Zahra zuckte mit den Achseln und wandte sich zum Gehen. Doch wie sie erwartet hatte, hielt Jaime sie zurück. »Nun rede schon!«

Zahra blieb stehen, sagte jedoch nichts. Er ließ sie los. »Verdammt, jetzt sag mir schon, wo Gonzalo ist!«

»Zusammen mit seinem Freund Miguel in einem sicheren Versteck.«

Jaimes Augen verengten sich. »Wer schickt Euch? Ali al-Attars Spione? Wollt Ihr mich in eine Falle locken?«

Befriedigt stellte Zahra fest, dass er sie nicht mehr duzte. Wortlos reichte sie ihm Gonzalos Nachricht. Nachdem er die Botschaft gelesen hatte, strich er sich mit der freien Hand die Locken aus dem Gesicht, eine Geste, die Gonzalo in dieser Situation nicht anders ausgeführt hätte. Sie wunderte sich, wieso sie das so berührte.

»Ihr habt Gonzalo und Miguel befreit und ihre Wunden

versorgt?« Jaime warf ihr einen fragenden Blick zu. Die Feindseligkeit in seiner Stimme schwand. »Wieso?«

Zahra wusste nicht, was sie erwidern sollte. Außerdem brachte sie Jaimes forschender Blick durcheinander. Sie versuchte, ihre Atmung zu beruhigen. Verdammt, fuhr sie sich an, und wenn er Gonzalo noch so ähnlich sieht – er ist nicht wie er!

Da Zahra Angst hatte, dass ihre Augen ihre Aufgewühltheit verraten könnten, wandte sie sich Jaimes Pferd zu und strich ihm über die Nüstern, was Barbakan sich nur zu gern gefallen ließ.

»Er lässt sich sonst nie von Fremden anfassen«, hörte sie Jaime voller Verwunderung sagen. »Selbst mein Stallbursche hat oft genug Schwierigkeiten, sich ihm zu nähern.«

»Er heißt Barbakan, nicht wahr?«, sagte Zahra und wagte nun doch wieder, zu ihm aufzusehen. Als sich ihre Blicke trafen, durchfuhr sie ein Zittern, und je länger sie seinem Blick standhielt, desto schwächer und angreifbarer fühlte sie sich – und leicht, seltsam leicht, so wie ein Vogel sich fühlen muss, wenn er in den höchsten Lüften schwebt.

»Wo ist Gonzalo, und wie geht es ihm? Ich habe gesehen, wie er unter seinem Pferd begraben wurde, und auch Miguel soll es übel erwischt haben.«

»Die Verletzungen der beiden verheilen gut, allerdings wird es noch einige Wochen dauern, bis Euer Bruder wieder laufen kann. Miguel haben wir nur von den Gefangenen weggeholt, weil der Sohn seines ehemaligen Herrn unter den Soldaten hier ist.«

»Eine maurische Bettlerin, die spanische Soldaten vor Galgen und Wundbrand rettet ...« Erneut trat Misstrauen in Jaimes Augen. »Was verlangt Ihr dafür, mich zu meinem Bruder und Miguel zu bringen? Gold? Schmuck?«

»Ihr habt ja eine beeindruckend hohe Meinung von uns Mauren!«

»Wenn Ihr das hinter Euch hättet, was ich erlebt habe, würdet Ihr nicht anders denken. Und auch heute habe ich es wieder erlebt: Wie einem räudigen Hund einen abgenagten Knochen hat mir Euer sagenumwobener Ali al-Attar die Liste der Gefangenen hingeworfen und mir dann verkündet, dass er jetzt Wichtigeres zu tun habe, als mit mir zu reden. Als ich gesehen habe, dass Miguel und mein Bruder auf der Liste fehlen, habe ich schon das Schlimmste befürchtet.«

Zahra setzte ihm die Details von Gonzalos und Miguels Plan auseinander. Jaime nickte. »Ja, das sollte klappen.«

»Dann kann ich Eurem Bruder und Miguel also sagen, dass sie auf Euch zählen können?«

Jaime bejahte und sah sie wieder auf diese durchdringende Art an. Diesmal löste er damit jedoch nur Unbehagen in Zahra aus. Im nächsten Moment hörten sie mürrisches, arabisches Schimpfen. Zahra fuhr herum und sah die Burschen in den Stall kommen, die enttäuscht darüber waren, dass sich draußen nichts mehr tat. Schon zu oft hatten sie erlebt, wie Ali al-Attar spanische Gesandte höchstpersönlich mit Fußtritten aus seinem Palast befördert hatte, und heute wohl auf ein ähnlich unterhaltsames Schauspiel gehofft. Zahra wich zurück, aber die Burschen hatten sie schon gesehen und schienen froh zu sein, ihre Enttäuschung an jemandem auslassen zu können.

»Was hast du hier zu suchen, verdammte Bettlerin!«, fuhr der kleinere von ihnen sie an, und der größere schnappte sich eine Mistgabel und schoss auf sie zu. »Verschwinde, aber schnell! Willst doch nur Futter klauen!«

Flugs floh Zahra durch die seitliche Stalltür und tauchte zwischen den dort noch immer wartenden Menschen unter.

Als Zahra nachts auf ihrer Lagerstatt lag, musste sie wieder an Jaime denken. Es ärgerte sie, dass er sie so verunsichert hatte. Er war ein Mistkerl und nichts weiter, fand sie, aber trotzdem rieselte beim Gedanken an seine Blicke doch eine kribbelige Erregung durch ihren Körper. Sie schloss die Augen und versuchte einzuschlafen, doch Jaimes Bild ließ sie nicht mehr los. Sie musste daran denken, wie er so dicht vor ihr gestanden hatte, und das Bild verselbständigte sich: Er hob die Hände, nahm ihr mit einem frechen Lächeln um die schön geschwungenen Lippen den Schleier ab und strich ihr mit seinen großen, rauhen Händen über das Gesicht. Zahras Haut begann zu prickeln. Sie sehnte sich nach mehr, und tatsächlich wühlte er seine Hände jetzt in ihre langen, dicken Haare, packte ihren Hinterkopf und zog sie zu einem heftigen Kuss an sich. Ein hitziger Schauer fuhr in Zahras Körper, unwillkürlich bäumte sie sich ihm entgegen. Seine Hände glitten über ihre Schultern an ihrem Rücken herab, umfassten ihre Pobacken und pressten ihren Unterleib an seinen. Zahra fuhr sich mit der Hand über ihre Brust, woraufhin ihre Knospen hart wurden und sich aufrichteten. In ihrem Bauch breitete sich ein so heftiges Sehnen aus, dass ihre Lenden zu glühen schienen. Zahra ließ ihre Hand tiefer gleiten und stöhnte verlangend auf.

»Zahra?« Hayats Stimme klang besorgt. »Was ist mit dir?«

Rasch zog Zahra die Hand zurück und war froh, dass es dunkel war. Von der plötzlichen Hitze in ihrem Gesicht zu schließen, musste sie bis zum Haaransatz errötet sein. Trotzdem konnte sie den Gedanken an Jaime auch jetzt nicht verdrängen. Ihre Sehnsucht nach einer Berührung von ihm brannte wie ein loderndes Feuer in ihr.

»Es ist nichts, schlaf weiter, ich ... ich habe nur schlecht geträumt.«

»Es wird alles gut werden, auch für dich«, flüsterte Hayat – und dann war es wieder still in ihrem Häuschen.

Zahra drehte sich auf die Seite. Wenn Jaime alles beschaffen konnte, was sie für die Flucht brauchten, würde er schon morgen wieder in die Stadt kommen. Sie wusste, dass er die Mauren hasste, und auch sie empfand keine Wärme oder Zuneigung für ihn, aber trotzdem erregte sie der Gedanke, womöglich schon morgen wieder vor ihm zu stehen.

»Zahra, du hörst mir ja gar nicht zu!« Ärgerlich blitzte Zainab sie an. Zahra sah zu ihr auf und stellte fest, dass auch Tamu und Hayat sie ungehalten ansahen. Sie errötete. »Entschuldigt, aber ich war mit meinen Gedanken woanders.« Sie schob ihren Teller mit dem Mittagessen von sich. Da sie noch immer nicht in Ali al-Attars Palast zurückgekehrt waren, hatte dieser ihnen am Morgen bequemere Sitzkissen, einen niedrigen Tisch und eine Truhe mit ihren Kleidern bringen lassen, damit sie es zumindest ein bisschen komfortabler hatten.

»Du wirkst den ganzen Tag schon so abwesend …«, grummelte Tamu von ihrem Kissen in der Ecke. Noch immer rührte sie sich lediglich zum Waschen und zum Beten von dort weg.

»Ich bin nur müde«, gab Zahra ausweichend zurück, und als die anderen sie weiter prüfend ansahen, knurrte sie: »Du meine Güte, könnt ihr euch nicht mit etwas anderem als mit mir beschäftigen?«

»Ich habe dir doch nur gesagt, dass ich nachher gern wieder mit Hayat zu der Amme gehen würde.« Zainab zog einen Schmollmund. »Wenn du hier schon alles bestimmen willst, obwohl das eigentlich Hayat als der Älteren zustände, könntest du einem wenigstens zuhören!«

Zahra dachte an Jaime und schüttelte den Kopf. »Nein, ich begleite Hayat.«

»Und warum?«, bockte Zainab.

»Weil ... weil ein kleiner Spaziergang meine Müdigkeit vertreiben wird«, gab Zahra barsch zurück. Das fehlte ihr noch, dass sich Zainab schon wieder in ihre Pläne einmischen wollte.

»Dann will ich zurück in Ali al-Attars Palast ziehen. Da könnte ich mich wenigstens mit seinen Frauen unterhalten und im Garten spazieren gehen.«

»Was soll denn das jetzt?« Allmählich wurde Zahra ärgerlich. Musste Zainab ihr das Leben zusätzlich schwermachen? Sollte sie sich von Ali al-Attar doch Sticksachen bringen lassen, wenn sie sich langweilte, oder ihre Kleider wegräumen, die sie über das ganze Zimmer verteilt hatte.

»Lass uns wenigstens noch ein, zwei Tage hierbleiben«, bat Hayat ihre kleine Halbschwester freundlich. Zahra ahnte, welche Kraft es auch diese kosten musste, ruhig zu bleiben. »Wenigstens Tamu zuliebe. Du siehst doch, wie mitgenommen sie ist!«

»Einen Tag können wir von mir aus noch bleiben, aber nicht mehr«, knurrte Zainab. Leise fügte sie hinzu: »Tamus Starren ist mir unheimlich. Ich weiß nicht, wie lange ich das noch aushalte. Davon wird Mutter doch auch nicht wieder lebendig!«

Zahra sah, wie Zainab Tränen in die Augen traten, und ihr Ärger auf sie versank in einer Woge von schlechtem Gewissen und Mitgefühl. Ihre Schwester wusste schließlich nicht, was Hayat und sie planten, und den ganzen Tag hier mit nichts als untätigem Warten und der Aufsicht über eine geistig abwesende Dienerin beschäftigt zu sein war in der Tat nicht einfach für eine Vierzehnjährige.

»Ich rede mit Tamu«, versprach sie. »Und auch mit Ali al-Attar.« Wenn Jaime an diesem Nachmittag kam und Gonzalo, Miguel und Hayat am nächsten Morgen fliehen konnten, stand einer Rückkehr in Ali al-Attars Palast in der Tat nichts mehr entgegen. Wenn Jaime jedoch auf sich warten ließ, würden sie sich etwas ausdenken müssen, um Zainab hinzuhalten.

»Und wir beeilen uns auch«, tröstete sie ihre Schwester.

Zainab zog zwar einen Schmollmund, nickte aber schließlich doch.

Zwei Stunden später machten sich Zahra und Hayat mit dem kleinen Mahdi auf den Weg zu der Amme. In der Hoffnung, dass Jaime schon da sein könnte, gingen sie zuvor an dem Platz mit der großen Pinie vorbei. Mittlerweile waren alle Gefangenen ins Gefängnis gebracht worden. Ali al-Attars Dienerin hatte ihnen am Morgen erzählt, dieser fordere so viel Lösegeld für sie, dass der spanische Gesandte wutschnaubend wieder abgezogen sei. Eine solch gigantische Summe zu beschaffen würde Wochen in Anspruch nehmen.

Tatsächlich standen auf dem Platz zwei Pferdewagen. Auf dem einen stapelten sich Kisten mit Orangen, auf dem anderen Korbwaren. Zahra stieß Hayat an und wies auf den zweiten Wagen. »Das könnte er sein!«

»Jetzt renn doch nicht so!«, zischte Hayat ihr zu. »So erregen wir nur unnötig Aufmerksamkeit!«

Zahra zwang sich, langsamer zu gehen. Als sie den Wagen erreicht hatte, gab sie vor, sich für die Korbwaren zu interessieren, nahm einen der Einkaufskörbe in die Hand und prüfte den Boden auf Stabilität. Ein Mann in einem hellblauen Burnus trat zu ihnen. Zahra warf einen raschen Blick unter die Kapuze. Ja, es war Jaime. Seine Nähe machte sie so nervös, dass sie ihre Aufmerksamkeit rasch wieder auf den Korb lenkte.

Auch Jaime ergriff einen Korb und tat, als wolle er ihn anpreisen. Als sich Zahras Blick mit seinem kreuzte, musste sie an ihre Phantasien der letzten Nacht denken. Mit einem Mal brannte ihr der Korb in den Händen. Sie warf ihn zurück auf den Wagen und schimpfte auf Arabisch, dass seine Ware billiger Dreck sei. »Außerdem habt Ihr uns nicht anzusprechen! Sehen wir etwa aus wie Dienstboten, denen Ihr Eure Waren feilbieten könnt?«

Ehe sie mit Hayat am Arm davonstolzierte, zischte sie Jaime allerdings noch »Folgt uns!« zu.

Mit zwei Krücken, die er sich aus Holzbrettern und Stricken zusammengebaut hatte, hinkte Gonzalo auf seinen jüngeren Bruder zu und begrüßte ihn mit einem herzlichen Schulterschlag. »Nur selten in meinem Leben habe ich dich so sehnlich erwartet!« Er grinste ihn an. »Außerdem weiß ich gar nicht, warum du immer so gegen die Mauren wetterst. Ein Burnus steht dir jedenfalls hervorragend!«

Jaime blitzte ihn ärgerlich an. »Noch so eine blöde Bemerkung, und ich gehe wieder!«

Auch Miguel musste über Jaimes Verkleidung lachen. Wütend schleuderte Jaime ihm einen Sack mit Kleidern entgegen. »Hier, damit Ihr Euch selbst in dieses verlauste Dreckzeug hüllen könnt. Wie ich gehört habe, wollt Ihr eines dieser abgefeimten Weiber sogar mitnehmen. Habt Ihr keine Angst, dass sie Euch bei der erstbesten Gelegenheit absticht und ausraubt?«

Miguel schnellte mit erhobenen Fäusten auf ihn los, doch Gonzalo drückte ihm die Krücke gegen die Brust. »Verschieben wir eine Schlägerei lieber auf später!« Und an seinen Bruder gewandt, sagte er: »Meinst du nicht, wenigstens diese beiden maurischen Frauen hätten für das, was sie für uns getan haben, deine Achtung verdient?«

Jaime winkte ab und fragte, ob sie aufbrechen könnten.

Miguel sah ihn erstaunt an. »Eigentlich haben wir gedacht, dass es sicherer wäre, wenn wir uns im Schutz der Nacht unter Euren Waren verbergen und am Morgen losfahren.«

»Keinen Atemzug länger als nötig bleibe ich in diesem Drecknest«, knurrte Jaime. »Mein Bruder kann vorn mit mir auf dem Kutschbock sitzen und sich wie ich als Händler ausgeben, und Ihr könnt Euch mit Eurem maurischen Flittchen hinten auf der Ladefläche niederlassen. Wenn die Stadtwachen fragen, wo Ihr hinwollt, kann sie ihnen erklären, ich nähme Euch zu Verwandten mit.«

Jaimes rüde Ausdrucksweise empörte Zahra, aber noch tiefer traf sie die Erkenntnis, dass Hayat, wenn es nach seinem Willen ging, schon in wenigen Minuten weggehen würde. Bisher hatte sie den Gedanken an Hayats Flucht immer weit von sich geschoben, und noch mehr das Problem, wie sie Tamu und Zainab und vor allem später ihrem Vater deren Verschwinden erklären sollte. Sie blickte zu Hayat, woraufhin die sich von Miguels Seite löste und sie umarmte, als wüsste sie genau, was in diesem Moment in ihr vorging.

»Mir ist es auch lieber, wir bringen es gleich hinter uns«, sagte sie leise. »Die Wartezeit würde es nur noch schwerer für uns machen.«

Zahra bekam einen Kloß in den Hals. Ihr Blick ging zu Gonzalo, der sie jetzt ebenfalls ansah. Wärme und Zuneigung sprachen aus seinen Augen, und wider alle Vernunft hoffte Zahra, dass er sie nun doch fragen würde, ob sie mitkommen wolle, aber stattdessen senkte er den Blick. Zahra schluckte und drückte ihre Lippen durch den Schleier hindurch auf Mahdis Köpfchen. Was denkst du dir denn auch?, schimpfte sie innerlich. Schließlich weißt du, dass er eine Frau hat. Und was war schon zwischen uns? Nichts. Nichts!

Gonzalo räusperte sich. »Lass uns gehen, Miguel«, brummte er und reichte ihm einen Burnus.

Zahra verspürte den Wunsch davonzulaufen. Aber sie ahnte, dass Hayat dies auf sich bezogen und es ihr das Herz schwergemacht hätte. Also biss sie die Zähne zusammen und blieb, wo sie war.

Kurz darauf waren Miguel und Gonzalo bereit.

»Seltsames Gefühl, so viel Stoff um sich zu haben«, meinte Miguel und strich über seinen weiten Burnus. »Aber nicht unangenehm.«

Er verabschiedete sich mit einem festen Händedruck bei Zahra. »Ich weiß, dass ich tief in Eurer Schuld stehe!«

Auch Gonzalo reichte Zahra die Hand. Zahra brachte es nicht über sich, ihn anzusehen, noch, seinen Händedruck zu erwidern. Es war, als hätte sie Angst, seine Hand nicht wieder loslassen zu können. Sie starrte zu Boden und musste schlucken, immer wieder schlucken.

»Danke, danke für alles«, hörte sie Gonzalo sagen. »Ich hoffe, wir sehen uns eines Tages unter günstigeren Umständen wieder, und ich kann dann auch einmal etwas für Euch tun!«

Als Zahra nichts erwiderte, strich er ihr über den Arm und nickte Jaime zu. »Lasst uns aufbrechen!«

Jaime spähte auf die Straße. »Im Moment ist keine Maus zu sehen, aber ob jemand hinter diesen verdammten Holzgitterfenstern der Nachbarhäuser steht und hinausschaut, wissen nur die Götter. Kommt, wagen wir es. Immerhin ist es die Zeit der Siesta.«

Gonzalo stützte sich auf seine Krücken und humpelte hinaus. Jaime half ihm, auf den Kutschbock zu steigen, und ging dabei weit zartfühlender mit ihm um, als Zahra ihm zugetraut hätte. In der Zwischenzeit machte es sich Miguel auf der Ladefläche bequem und winkte Hayat, dass auch sie nun aus dem Haus kommen solle.

Hayat umarmte Zahra und den kleinen Mahdi. Schwere Tränen lösten sich aus ihren Augen und benetzten ihren Schleier. »Ich schreibe dir, Zahra, und ich bin mir sicher, dass wir uns wiedersehen werden!«

Zahra konnte nichts erwidern. Ihr Hals war wie zugeschnürt. Sie drückte Hayat an sich, dann machte sie eine Geste, um ihr zu bedeuten, dass sie gehen solle. Hayat drückte sie noch einmal an sich, lief hinaus zum Wagen, ergriff Miguels Hand und ließ sich von ihm auf die Ladefläche helfen. Kaum saß sie, zog Jaime den Pferden die Peitsche über die Rücken. Der Wagen fuhr los. Zahra hob die Hand zum Abschied und sah, wie ihre Halbschwester schluchzend in Miguels Arm sank. Auch sie konnte die Tränen nun nicht mehr zurückhalten. Kurz bevor die Kutsche um die erste Straßenbiegung verschwand, sah Zahra, dass sich Gonzalo und Jaime beinahe gleichzeitig noch einmal zu ihr umwandten.

12.

Loja

8. August 1482

Zainab, bitte, jetzt lass dir doch erst einmal erklären, warum Hayat weggehen musste«, flehte Zahra, aber ihre Schwester fiel ihr sofort wieder ins Wort: »Wieso sollte ich ausgerechnet dir zuhören? Hinter ihrem Fortgehen steckt doch mit Sicherheit ein Mann, und wenn du das unterstützt, bist du nicht weniger verderbt als diese Hetäre! Ist dir eigentlich klar, dass auch ich unter Hayats Fortlaufen zu leiden haben werde?«

Zainab brach in Tränen aus. Als Zahra zu ihr trat, um sie in den Arm zu nehmen, schlug sie nach ihr. »Unwürdige seid ihr, alle beide! Wie konntet ihr das unserer Familie nur antun?«

Das Zerschellen von Porzellan ließ beide Frauen umfahren. Die Dienerin, die ihnen das Essen brachte, hatte vor Schreck einen Teller fallen lassen. Statt sich um die Scherben zu kümmern, stellte sie hastig das übrige Geschirr ab und rannte davon. Zahra merkte, wie Tamu zu ihr sah, und machte sich darauf gefasst, nun auch von ihr mit Vorwürfen überschüttet zu werden, doch die alte Berberin sagte kein Wort, und je länger sie zu ihr blickte, desto abwesender wurde ihre Miene, so dass sich Zahra schließlich fragte, ob sie überhaupt begriffen hatte, dass Hayat weggelaufen war.

Wenige Minuten später stürmte der Gebieter von Loja mit zornbebender Miene in ihr Häuschen. Sein hohes Alter minderte die Heftigkeit seines Auftritts nicht. »Was sagt die Dienerin? Hayat ist durchgebrannt?«

Zainab weinte noch lauter, Zahra zuckte mit den Achseln, nickte aber. Zwar fand sie es beunruhigend, dass Ali al-Attar schon jetzt von Hayats Verschwinden wusste, aber leugnen konnte sie es nicht.

»Wo ist sie hin?«, knurrte Ali al-Attar sie an. »Und wagt nicht, mir zu sagen, Ihr wüsstet es nicht!«

»Meine Halbschwester hat beschlossen, fortan selbst über ihr Leben zu bestimmen.« Obwohl sie zitterte, hielt Zahra seinem Blick stand.

»Was heißt da: beschlossen?«, donnerte Ali al-Attar. »Frauen haben nichts zu beschließen, sie gehorchen!«

Mahdi begann jämmerlich zu maunzen. Zahra nahm ihn auf den Arm, küsste ihn auf die Stirn und wiegte ihn in den Armen.

»Schaut mich an, wenn ich mit Euch rede!«, herrschte Ali al-Attar sie an. Er packte ihr Kinn und riss ihr den Kopf hoch. »Ihr sagt mir jetzt auf der Stelle, wo dieses Weib hin ist und wer ihr bei der Flucht geholfen hat!«

»Ihr verängstigt das Kind«, erwiderte Zahra und trat einen Schritt zurück, um sich der harten Umklammerung seiner Finger zu entziehen. Einen ihr endlos scheinenden Moment stachen Ali al-Attars Augen auf sie, dann schnellte er herum und verließ das Haus. Zahra hatte sich noch kaum von seinem Auftritt erholt, als ein Haremswächter hereinstürzte und ihnen mitteilte, dass Ali al-Attar ihren sofortigen Rückzug in seinen Palast befohlen habe. Ihm folgten zwei eingeschüchtert wirkende Dienerinnen, die sich mit fliegenden Händen daranmachten, ihre Sachen zusammenzuraffen.

Ali al-Attar stellte Zahra, Zainab und Tamu unter Zimmerarrest. Mahdi wurde von einer Dienerin zu seiner Amme gebracht, bis sich eine Nährmutter fand, deren Kind am Vortag gestorben war und die fortan bei ihnen blieb.

Zainab war außer sich. »Ich hatte mich so darauf gefreut, hier im Palast mit Ali al-Attars Haremsfrauen plaudern und mit ihnen im Garten wandeln zu können, und jetzt bin ich eingesperrt wie ein Verbrecher!«, zeterte sie und warf Zahra vor, dass das alles nur ihre Schuld sei. »Es wäre deine verdammte Pflicht gewesen, Hayat aufzuhalten! Aber warte nur, bis Vater dich in die Finger kriegt!«

Weit mehr als Zainabs Geschimpfe setzten Zahra Ali al-Attars Verhöre zu. Mehrmals täglich bestellte er sie in seinen weitläufigen Empfangssaal, unter dessen himmelhoher Decke sich Zahra so klein fühlte wie eine Maus, und befragte sie zu Hayats Flucht. Als sie auch am dritten Tag noch eisern schwieg, drohte er ihr an, dass er von ihrem Vater verlangen würde, sie zu verstoßen. Zahras Zunge löste er auch damit nicht. In der folgenden Nacht schreckte sie mehrmals aus grauenhaften Alpträumen hoch und wartete am nächsten Tag voll banger Unruhe, erneut zu Ali al-Attar gerufen zu werden. Doch die Stunden verstrichen, ohne dass man sie holte. Auch am nächsten und übernächsten Tag schickte Ali al-Attar nicht nach ihr, und die Ungewissheit, was er inzwischen unternommen hatte, zerrte an ihren Nerven. Erst am vierten Tag brachte ein Wachsoldat sie wieder in Ali al-Attars Empfangssaal und befahl ihr in harschem Ton, mitten im Raum stehend auf Ali al-Attars Eintreffen zu warten. Mehr als einmal war Zahra versucht, sich trotz des Befehls des Wachsoldaten zu setzen. Die Beine schmerzten vom langen Stehen, die Luft im Raum war heiß und stickig, ihr Hals trocken wie Pergament. Als sie den Ruf des Muezzins zum mittäglichen *zuhr*-Gebet hörte, wurde ihr bewusst, dass sie nun schon seit mehreren Stunden hier stand, und sie fragte sich, ob man sie vergessen hatte oder nur mürbe machen wollte. Da flog die doppelflügelige Zimmertür mit einem lauten Knall auf. Mit zornrotem Gesicht stürmte Ali al-Attar auf sie zu und blieb erst stehen, als kaum noch eine Hand zwischen ihnen Platz gefunden hätte.

»Ich kann Euch nur raten, mir jetzt endlich zu sagen, was Ihr wisst!«, zischte er sie an.

Seine Speicheltropfen benetzten Zahras Wange, doch sie wagte nicht, die Hand zu heben, um sie wegzuwischen.

»Es – es tut mir leid, Euch zu erzürnen, aber ich habe mein Wort gegeben, dass ich schweigen werde.«

»Das wagt Ihr, mir zu entgegnen?« Ali al-Attars nachtschwarze Augen spien Funken. Zahra erwartete, dass er sie schlagen werde, aber stattdessen donnerte er: »Euer Vater wird Euch schon zum Reden bringen!« und rauschte mit wehendem Umhang davon.

Eine Wache brachte Zahra zurück in ihr Zimmer. Dort packten zwei Dienerinnen bereits ihre Sachen zusammen. In Tränen aufgelöst, schoss Zainab auf sie zu: »Wie räudige Hunde werden wir davongejagt, und das alles nur, weil du nicht sagen willst, wo Hayat ist! Ist dir eigentlich klar, was Vater mit uns machen wird?«

Zahra hob beschwichtigend die Hände. »Keine Sorge. Ich werde die ganze Schuld auf mich nehmen und Vater schwören, dass du und Tamu von nichts gewusst habt.«

»Aber das wird Vater dir nicht glauben«, heulte Zainab.

»Zainab, es tut mir leid, das ist alles, was ich tun kann!«

»Du könntest sehr wohl mehr tun: Sag Ali al-Attar, was er von dir wissen will, damit er Hayat zurückholen kann!«

»Das meinst du doch nicht im Ernst, Zainab?« Zahra sah

ihre Schwester fassungslos an. »Ganz gleich, wie hart Vater mich bestrafen und wie sehr er vielleicht auch dich tadeln wird – er würde Hayat töten, wenn er sie fände!«

Zahra sah die Wut und Empörung, aber auch die Angst und Verzweiflung in den Augen ihrer jüngeren Schwester. Sie wollte ihr über den Arm streichen, um sie zu beruhigen, doch Zainab zuckte vor ihrer Hand so heftig zurück wie vor züngelnden Flammen.

Auf der Reise sprach Zainab nichts, und wenn Zahra das Wort an sie richtete, wandte sie den Kopf ab. Gegen Abend des zweiten Reisetags führte der Hauptmann ihrer Eskorte sie zu einem *funduq*, um dort die Nacht zu verbringen. Die Schwestern teilten sich mit Tamu ein Zimmer, während Mahdi mit der Amme und den Dienstboten in einem anderen Raum schlief.

Zahra lief unruhig im Zimmer auf und ab und setzte sich schließlich neben Zainab, die sich sogleich hingelegt hatte. »Bitte, lass uns endlich reden!«

Doch Zainab drehte ihr den Rücken zu und zog sich die Decke über den Kopf. Zahra kämpfte gegen die Tränen. »Oh, Zainab, beschimpf mich von mir aus so viel, wie du willst, aber rede wieder mit mir!«

Zainab rührte sich nicht.

»Verdammt, wie kannst du dich als Richterin über Hayat und mich aufspielen, wenn du gar nicht weißt, warum Hayat weg ist?« Erbost wischte sich Zahra die Tränen vom Gesicht. »Was kennst du denn vom Leben anderes als bequem eingerichtete Häuser mit diensteifrigen Geistern?«

Zainab schleuderte ihre Decke zurück und setzte sich auf. »Ach, und dich hat Vater im Tal des Elends großgezogen, oder was?«

»Zumindest habe ich schon so manches mehr gesehen als du und weiß sehr wohl, welche Angst Hayat davor hatte, zu ihrem Mann nach Fès zurückzukehren. Das, was sie dort durchlitten hat, hat dich ja nie interessiert. Aber warte nur, bis Vater dich mit einem Mann verheiratet, in dessen Haus du die Hölle erleben wirst!«

»Erstens weiß ich zumindest so viel, dass es in erster Linie nicht Hayats Mann, sondern vielmehr seine zweite Frau war, die ihr das Leben schwergemacht hat, und zweitens ist auch das keine Entschuldigung dafür, einfach davonzulaufen. Schließlich hat sie damit nicht nur ihre Ehre, sondern auch die unserer Familie beschmutzt!«

»Ehre, Ehre, Ehre!« Zahra strich sich das Haar zurück. »Manchmal erinnerst du mich mehr an Yazid, als mir lieb sein kann. Und was ist mit dem Menschen und seinen Gefühlen? Zählen die für dich denn gar nicht?«

»Nein, allerdings nicht!«, gab Zainab kalt zurück.

»Von dir als Frau hätte ich zumindest ein wenig mehr Mitgefühl erwartet«, gab Zahra schockiert zurück, woraufhin ihre Schwester sich schnaubend wieder unter der Decke verzog.

Zahra sah zu Tamu, die sie mit klarem, nachdenklichem Blick musterte. Anscheinend war der Geist der Berberin endlich wieder bei ihnen.

»Kommt her«, sagte Tamu leise und klopfte neben sich auf ihr Bett.

Mit hängenden Schultern ging Zahra zu ihr und sank neben sie. Tamu nahm ihre Hand und bettete sie in ihren Schoß. »Gebt Eurer Schwester Zeit«, sagte sie so leise, dass selbst Zahra sie kaum verstehen konnte. »Sie ist noch jung und in der Tat so unerfahren, wie Ihr eben gesagt habt.«

»Heißt das, dass wenigstens du Hayat und mich nicht verurteilst?« Flehend sah Zahra zu ihr auf.

»Ach, Kind, ich …« Tamu schüttelte den Kopf. »Ich bin zu alt für diese Dinge. Zu meiner Zeit wäre dergleichen undenkbar gewesen. Niemand, den ich kenne, hätte gewagt, was Hayat und Ihr schon gewagt habt. Aber tatsächlich fragt Ihr Euch doch vor allem, wie Eure Mutter geurteilt hätte, und ich bin mir sicher, dass sie Euch auch diesmal verstanden hätte.«

Zahra hatte auf einmal das Gefühl, dass nicht nur Tamu, sondern auch ihre Mutter sie anblickte. Sie sank in Tamus Schoß und weinte zum ersten Mal, seit Leonor gestorben war, lang und anhaltend über ihren Verlust.

»So ist es gut, mein Kind, weine, weine alles aus dir heraus«, murmelte Tamu und strich ihr sanft über das Haar.

Als Zahra sich beruhigt hatte, zog Tamu ihr die Kleider aus, wie sie es getan hatte, als sie noch ein Kind war, führte sie zu ihrer Schlafstatt und deckte sie fürsorglich zu. Binnen kurzem fielen Zahra die Augen zu. Zunächst schlief sie so ruhig und friedlich wie lange nicht mehr, aber dann träumte sie von ihrer Mutter und Raschid. Sie sah die beiden, wie sie in ihrem Haus in Granada den Orangenbaum pflanzten und lachend darüber verhandelten, wie lange es wohl dauern würde, bis der Baum so viele Früchte trug, dass Raschid sie nicht mehr allein würde essen können. Auch Bilder von ihrer Mutter am Todestag zogen vor ihr auf – und schließlich wieder Raschid. Überlebensgroß erschien sein Gesicht vor ihrem inneren Auge. Die Wangen waren hohl und eingefallen, und wenn in seinen Augen nicht dieser unbändige Lebenswille gelodert hätte, hätte sie ihn für tot gehalten. Es schien ihr, dass er ihr etwas sagen wollte, aber Zahra verstand ihn nicht und wachte schweißgebadet auf. Das erste Morgenlicht blinzelte durch die schweren Vorhänge vor ihrem Fenster. Zahra setzte sich auf und war verwundert, statt Raschid Zainab und Tamu neben sich im

Zimmer zu sehen, so nah hatte sie sich ihm gefühlt. Zu gern hätte Zahra mit Tamu über den Traum geredet, aber sie schlief noch ebenso fest wie Zainab. Das Zimmer erschien Zahra eng und stickig. Der Traum lastete wie ein Alpdruck auf ihr. Sie musste hinaus, frische Luft einatmen, den Himmel und Vögel über sich sehen. Obwohl sie wusste, dass sie das Zimmer nicht verlassen durfte, zog sie sich an und huschte aus dem Haus. Gierig sog sie die kühle, klare Morgenluft ein und lief zur Pferdekoppel.

Als ihr Rappe sie sah, schnaubte er und trottete ihr entgegen. Zahra bezweifelte, dass der Wallach sie schon kannte, freute sich aber über die Begrüßung, klopfte ihm auf den edel schimmernden Hals und drückte die Stirn gegen sein warmes Fell. Mit einem Mal hatte sie das Gefühl, dass sie beobachtet wurde. Sie blickte sich um und sah, wie jemand in dem mannshohen Gebüsch neben der Koppel verschwand. Ohne nachzudenken, schlich sie der Gestalt nach. Nach wenigen Schritten in den Wald hinein erspähte sie einen kleinen, alten Mann, der mit staksigen Schritten den Weg in Richtung der nahen Berge einschlug. Er war in den groben Aufzug eines Derwischs gehüllt, sein Haar grau und schütter, sein fadenscheiniger Burnus flatterte um den dürren Leib. Eine heftige, aberwitzige Hoffnung schoss in Zahra hoch. Sie eilte dem Mann nach. Schon war sie nur noch wenige Schritte von ihm entfernt, da wandte sich der Alte um. Seine eigentümlich hellen, eisgrauen Augen blickten sie starr und undurchdringlich an. »Hast lange gebraucht, bis du mich bemerkt hast. Wollte schon gehen.«

»Ihr seid es wirklich!«, hauchte Zahra. So viele Wochen und Monate hatten ihre Mutter und sie nach dem Santon gesucht, der dem Emir in Granada den Untergang des Reichs vorausgesagt hatte, und jetzt stand er vor ihr.

Der Santon lachte verächtlich auf. »Bist ihm so nah und siehst ihn trotzdem nicht!« Seine Stimme klang rauh und wie eingerostet, als hätte er sie schon lange nicht mehr benutzt.

»Von wem redet Ihr?«, fragte Zahra.

»Als ob du das nicht genau wüsstest!«

»Meint Ihr meinen Bruder Raschid? Wisst Ihr, wo er ist? Bei Gott, so redet doch!«

Der Santon ließ ein keckerndes Lachen ertönen und hastete weiter. Zahra stolperte ihm nach.

»Ich flehe Euch an. Wenn Ihr wisst, wo ich meinen Bruder finden kann, so sagt es!«

»Ihr seid blind. Blind, blind, blind!« Er machte eine unwirsche Handbewegung und eilte weiter.

»Dann öffnet mir die Augen«, rief Zahra verzweifelt. »Ich spüre, dass Raschid noch lebt und mich braucht. Helft mir, ihn zu finden, bei Gott, so helft mir doch!«

Der Santon blieb so abrupt stehen, dass Zahra ihn fast umrannte. »Du bist wie alle: Ihr wollt nur wissen, was euch angenehm ist, aber nicht, was euch in Wahrheit erwartet. Weil ihr Feiglinge seid. Erbärmliche, nichtswürdige Feiglinge!«, spuckte er ihr seine Verachtung entgegen.

»Ich bin sehr wohl bereit, die Wahrheit zu erfahren!«

»Ach ja?« Wieder ließ er sein keckerndes Lachen vernehmen. »Dann wisse, dass dich noch großes Leid erwartet, mein Kind! Unser ganzes Volk wird schwer geprüft werden, aber deine Familie wird es besonders hart treffen, und du wirst am meisten von allen zu leiden haben!« Höhnischer Triumph trat in seine Augen. »Na, jetzt sagst du nichts weiter. Verfluchst mich ebenso wie alle anderen und bezichtigst mich der Lügen, was?«

Zahra wurde es mulmig. Trotzdem hielt sie seinem Blick stand. »Sagt mir, was Ihr über Raschid wisst!«

»Wozu, wenn du es schon weißt, du tumber Mensch? Du träumst doch von ihm!«

»Aber in meinen Träumen sehe ich nur sein Gesicht. Ich weiß nicht, wo er ist. Er will mir etwas sagen, aber ich kann ihn nicht verstehen!«

»Weil du weder genau hinsehen noch hinhören willst«, konterte er übellaunig. »Angst habt ihr, ihr alle. Denn sonst würdet ihr sehen, sonst würdet ihr alles sehen! Und jetzt, weg, weg, lass mich! Mehr sage ich nicht!«

Er wirbelte mit den Armen durch die Luft, als müsse er einen Schwarm Heuschrecken verjagen, und trippelte vor sich hin grummelnd weiter. Zahra blieb zurück.

Er sagt, dass ich es weiß, wiederholte sie in Gedanken seine Worte, und dass ich nur zu große Furcht habe, um hinzusehen … Sie schloss die Augen und versuchte Raschids Bild wieder vor ihr inneres Auge zu holen. Nach einem Moment gelang es ihr tatsächlich, doch wiederum konnte sie nur sein leidendes Gesicht sehen. Sie stampfte mit dem Fuß auf, aber es half nichts, sie würde wohl bis zur kommenden Nacht warten und darauf hoffen müssen, dass sie wieder von Raschid träumte – und dann endlich mehr erfuhr. Nachdenklich schlich sie zurück ins Haus und ging in ihr Zimmer. Zainab und Tamu schliefen noch immer. Zahra setzte sich auf ihre Schlafstatt und flehte den Allmächtigen um Beistand an.

Obwohl ein langer, anstrengender Ritt hinter ihnen lag, konnte Zahra in der folgenden Nacht nicht einschlafen. Ihr wurde bewusst, dass der Santon recht hatte. Ja, sie hatte in der Tat Angst, die Wahrheit zu erfahren. Sie fürchtete, das ganze Ausmaß von Raschids Elend nicht ertragen zu können – und noch mehr, nichts für ihn tun zu können.

Trotzdem muss ich ihn finden, beschwor sie sich. Ich brauche Gewissheit, und vielleicht kann ich ja doch etwas für ihn tun. Wieder schloss sie die Augen, doch erst Stunden später fiel sie in Schlaf.

Zunächst träumte sie wieder von ihrer Mutter. Es waren die gleichen Szenen und Bilder wie in der vergangenen Nacht, aber dann erschien ihr auch Raschid. Zuerst sah sie nur sein Gesicht, und als sie dies mit Ungeduld erfüllte, hörte sie in ihrem Traum das keckernde Lachen des Santons: »Siehst du, du hast nicht den Mut hinzusehen. Es fehlt dir an Mut, an Mut, an Mut!«

Zahra ärgerte sich, zumal sie spürte, dass er recht hatte, da wurde Raschids Gesicht kleiner, und sie konnte nach und nach auch seinen Körper sehen. Er trug zerschlissene Kleider, war bis auf die Knochen abgemagert, und um seinen rechten Fußknöchel war eine Eisenfessel.

»Sieh hin, sieh noch genauer hin«, hörte Zahra den Santon zischen. Zuerst schien es ihr, als würde Raschids Bild verschwimmen, aber dann sah sie ihn an einer Pferdetränke auf einem großen Platz stehen. Ein bulliger, vierschrötiger Kastilier peitschte mit einer Gerte auf ihn ein und trat ihm so brutal in die Seite, dass Raschid das Gleichgewicht verlor und in die Tränke fiel. Der bullige Kerl lachte mit eigenartig vielen Stimmen – und Zahra erwachte. Verzweifelt hielt sie die Augen geschlossen und hoffte, dass sie noch mehr sehen würde, aber es zeigten sich keine weiteren Bilder mehr.

Zahra setzte sich auf. Diese Pferdetränke … Wo mochte die sein? Der bullige Mann war Kastilier gewesen, und das könnte darauf hinweisen, dass Raschid bei den Kastiliern war. Aber wieso trug er eine Eisenfessel am Fuß? Die wurden doch nur Sklaven angelegt, die versucht hatten, davonzulaufen …

Zahra rief sich noch einmal ihr Gespräch mit dem Santon in Erinnerung. »Bist ihm so nah und siehst ihn trotzdem nicht«, hatte er gesagt. Nah – was hieß nah? Mein Gott, Ställe und Pferdetränken und Kastilier gab es doch im ganzen Land. Wie sollte ihr das dabei helfen, ihren Bruder wiederzufinden?

Wie vom Blitz getroffen, schoss Zahra aus ihrem Bett hoch. »Tamu, Zainab, wacht auf. Ich weiß, wo Raschid ist!«

Wie Zahra es nicht anders erwartet hatte, erklärte Zainab sie für verrückt und drehte sich schon nach wenigen Erklärungen von ihr auf die andere Seite, um weiterzuschlafen. Tamu aber hörte ihr aufmerksam zu. Als Zahra ihr von der Pferdetränke erzählte, erinnerte auch sie sich sofort an das kastilische Dorf, durch das sie vor zwei Tagen geritten waren. Ihre Begleitsoldaten hatten gewagt, den Ort, der in feindlichem Gebiet lag, zu durchqueren, da sie wussten, dass hier keine Soldaten waren.

Tamu nickte. »Redet mit dem Hauptmann unserer Eskorte. Für ihn und seine Soldaten sollte es ein Leichtes sein, Euren Bruder dort zu befreien!«

Zahra ging sogleich zu ihm, aber der Hauptmann, ein übellauniger, vollbärtiger Mann Ende fünfzig mit fauligem Mundgeruch, wollte nichts von ihren »Spinnereien« hören. »Ich habe den Auftrag, Euch zu Eurem Vater zu bringen, und nicht mehr und nicht weniger werde ich tun!«

Alles Reden, Bitten und Flehen konnte ihn nicht umstimmen. Zainab kam hinzu und stieß ihr ungehalten in die Seite. »Mein Gott, sei endlich still! Merkst du nicht, dass du uns alle zum Gespött machst? Die Soldaten da hinten reißen schon Witze über uns!«

Wütend wandte sich Zahra von dem Hauptmann und ihrer Schwester ab und ging zurück in ihr Zimmer. Eine Stunde später befahl der Hauptmann den Aufbruch. Notgedrungen bestieg auch Zahra ihren Rappen. Sie folgte dem Trupp und prägte sich sorgsam die Strecke ein, die sie zurücklegten.

Am nächsten Morgen stand Zahra schon vor der Morgendämmerung auf. Wenn der Hauptmann ihr nicht helfen wollte, dann würde sie sich eben allein auf die Suche nach ihrem Bruder machen. Lautlos kleidete sie sich an, drückte die Türklinke herunter, zog sie auf – und blickte in das Gesicht eines Soldaten. Höhnisch grinsend schüttelte er den Kopf. »Eine junge Dame auf Abwegen, ai, ai, ai, das wird unserem Hauptmann aber gar nicht gefallen!«

Ärgerlich drückte Zahra die Tür wieder zu und lief zum Fenster, doch auch das bot keine Fluchtmöglichkeit: Das Maschrabiya-Gitter war fest in der Wand verankert. Ratlos sank sie auf ihr Bett.

Bevor sie aufbrachen, versuchte Zahra noch einmal, den Hauptmann umzustimmen, doch er fiel ihr sogleich ins Wort. »Ali al-Attar hat mich vor Euch und Euren Schlichen gewarnt. Entweder Ihr fügt Euch jetzt meinen Befehlen, oder ich lege Euch in Ketten. Damit wisst Ihr auch, was Euch erwartet, wenn Ihr noch einmal meint, Euch vor Tagesanbruch aus Eurem Zimmer stehlen zu müssen. Und erzählt mir jetzt nicht, Ihr hättet nur frische Luft schnappen wollen!«

Zahra blies die Backen auf, erwiderte aber nichts. Ohne den Hauptmann noch eines Blickes zu würdigen, schwang sie sich auf ihr Pferd und ritt gehorsam mit den anderen mit, doch mit jeder Legua, die sie weiter in die falsche Richtung reiten musste, wuchs ihre Wut. Als sie auf eine nicht zu dicht bewaldete Stelle zuritten, ließ sie ihr Pferd allmählich zurückfallen, und als sie eine besonders lichte Stelle erreichten, riss sie das Pferd herum und trieb es mit heftigen Fersentritten ins Unterholz.

»Das Weib türmt, los, hinterher!«, schrien die beiden Soldaten, die direkt vor ihr geritten waren, und der Hauptmann brüllte: »Na los, ihr Idioten, worauf wartet ihr? Wenn sie uns entkommt, schneidet uns Ali al-Attar die Eier ab!«

»Lauf, so lauf doch, schneller, schneller«, trieb Zahra ihr Pferd an. »Sie dürfen uns nicht kriegen!«

Blätter und Zweige klatschten ihr ins Gesicht, ihr Schleier verfing sich in einem Ast und zerriss. Zahra zerrte ihn und den sie ebenfalls behindernden Hidschab vom Kopf, warf sie achtlos hinter sich und trieb ihren Rappen noch mehr an. »Weiter, mein Guter, lauf, so lauf doch!«

Erbarmungslos jagte sie das Tier über eine Reihe umgestürzter Bäume, rutschte bei einem der Sprünge seitlich vom Pferd, fing sich wieder und hetzte den Wallach weiter. Sie sah, dass ihre Verfolger dicht hinter ihr waren, lenkte scharf nach rechts in eine Baumgruppe und gleich wieder nach links durchs Dickicht, ohne das Tempo zurückzunehmen.

»Verdammt, wo ist sie?«, hörte sie die Soldaten brüllen. »Sie kann sich doch nicht in Luft aufgelöst haben!«

Zahra zügelte ihr Pferd und wagte kaum zu atmen. Wenn ich ganz still bin, reiten die Soldaten vielleicht an mir vorbei, dachte sie. In der Tat hörte sie, dass sie sich entfernten, und glaubte sich schon gerettet, als mit einem Mal direkt vor ihr der Hauptmann hoch auf seinem Ross auftauchte und sie angrinste. Er versetzte ihr eine schallende Ohrfeige, deren Wucht sie fast vom Pferd warf. »Wagt das nie wieder!«

Zahra hielt sich die glühende Wange und blickte ihn zornig an. Und ob ich es noch einmal versuchen werde, pochte es in ihrem Kopf. Der Hauptmann ließ sich ein Seil bringen, band es an ihrem Sattel fest und knotete das andere Ende an den seinen. »Wir wollen doch nicht, dass Ihr Euch verlauft«, höhnte er. Zahra ballte die Hände zu Fäusten, sagte aber kein Wort.

Auch in der folgenden Nacht quälten Zahra heftige Alpträume. Sie sah ihren Bruder, wie er in glühender Sonne angekettet auf einem Platz lag. Er schien mehr tot als lebendig zu sein. Zahra begriff, dass sie schnell handeln musste, aber am nächsten Morgen band der Hauptmann ihr Pferd wieder mit einem Seil an seinem Sattel fest und führte sie weiter und weiter von Raschid weg. Am Abend sank Zahra weinend auf ihr Bett. Irgendwann musste sie eingenickt sein, denn sie wachte auf, weil ihr jemand sanft über den Kopf strich. Zahra drehte sich um und sah ihre alte Dienerin mit einem brennenden Kienspan vor sich. Tamu legte ihr den Finger auf den Mund. Zahra nickte und hob fragend die Augenbrauen. Tamu zeigte auf die Tür, machte eine Geste, die einen dicken Bauch andeutete, legte dann den Kopf seitlich auf die Hände und schloss die Augen. Zahra schnappte nach Luft. »Hast du etwa …?«

»Scht!« Tamu wies auf Zainab, die sich im Schlaf bewegte. Zahra umarmte sie und zog sich rasch an. Tamu reichte ihr ihren eigenen Hidschab, der um einiges schlichter war, und hängte ihr ihre Kette mit dem blauen Stein um. Zahra wusste, dass dies ihr Schutzgeist war. Sie wollte ihn Tamu zurückgeben, aber diese schüttelte lächelnd den Kopf. Zahra umarmte die gute Alte noch einmal, nahm ihre Schuhe in die Hand und öffnete lautlos die Zimmertür. Der Wächter hockte schnarchend auf dem Fußboden. Nach einem letzten dankbaren Blick auf Tamu eilte Zahra davon.

Bis zum Morgengrauen gestattete sich Zahra keine Rast, obwohl es schwer war, im fahlen Mondschein den Weg wiederzufinden, auf dem sie hergekommen waren. Erst als sie eine Lichtung erreichte, durch die ein Bach plätscherte, gönnte sie ihrem Rappen und sich eine Verschnaufpause. Gierig soff der Wallach das kühle Quellwasser. Auch Zahra trank einige

Hände voll Wasser und kühlte sich das Gesicht, um die Müdigkeit zu vertreiben. Anschließend sank sie ins Gras, und als das Pferd zu grasen begann, wurde ihr bewusst, dass auch ihr Magen vernehmlich knurrte. Probehalber knabberte sie an einem Grashalm, spuckte ihn aber wieder aus und sann darüber nach, wo sie etwas Magenfüllenderes für sich herbekommen könnte. Dann aber fiel ihr das abgemagerte Gesicht ihres Bruders ein, und sie setzte sich sogleich wieder in den Sattel.

Einige Leguas weiter führte ihr Weg an einem Weinberg vorbei, dessen reife Früchte im Sonnenlicht wie Gold glänzten. Sie saß ab, füllte sich mit den süßen Trauben den Magen und nahm sich noch etliche Reben als Proviant mit, ehe sie weiterritt. Erst als die Sonne so heiß auf sie niederbrannte, dass ihr der Kopf zu dröhnen begann, lenkte sie das Pferd in den Wald, um zu rasten. Sie hoffte, dass sie inzwischen einigen Vorsprung vor den Soldaten hatte, die der Hauptmann ihr gewiss hinterhergejagt hatte. Kaum hatte sie sich im Gras niedergelassen, schlief sie auch schon ein.

Da sie einige Male vom Weg abkam, brauchte sie fünf Tage, um den kleinen kastilischen Ort zu erreichen, in dem sie ihren Bruder vermutete. Viele Kilo Trauben hatte sie seither gegessen, etwas anderes hatte sie nicht finden können.

Bis dreihundert Schritte wagte sich Zahra mit ihrem Pferd an den Ort heran. Dort hatte sie den Wald in ihrem Rücken und einen guten Ausblick. Sie band ihren Rappen an einem Baum fest und lauschte. Noch mehr als die Entdeckung durch die ortsansässigen Kastilier fürchtete sie den Hauptmann und seine Soldaten. Sie war sich sicher, dass dieser selbst dann keinen Finger für ihren Bruder rühren würde, wenn sie ihm Raschid hier hätte zeigen können. Ihm war nur wichtig zu beweisen, wie viel mehr Macht er hatte als sie.

Als es zu dämmern begann, schlich Zahra näher an den

Ort heran. Sie kam an eine ärmliche Kate mit windschiefem Dach; aus dem Schornstein stieg Rauch auf. Zahra ging weiter zu den nächsten Häusern, die ein ähnliches Bild boten. Erst zweihundert Schritte weiter entdeckte sie einen Hof, der von seinen Ausmaßen kaum kleiner war als die Seidenfarm ihrer Familie. Zahra ahnte, dass sich nur der Herr dieses Anwesens Sklaven leisten konnte, und beschloss, weitere Nachforschungen auf die späte Nacht zu verschieben. Als sie wieder bei ihrem Pferd war, suchte sie sich einen dicken Ast und legte sich dann ins Gras, um ein paar Stunden zu schlafen.

Ein Knacken schreckte Zahra auf. Sie schnappte sich den Ast, sprang auf die Füße und lauschte in die Dunkelheit. Grillen zirpten, in der Ferne jammerte eine rollige Katze, eine Fledermaus zischte über ihren Kopf – dann war es wieder totenstill.

Zahra strich ihrem Rappen über den Hals. Er schnaubte dankbar.

»Dann mache ich mich jetzt wohl mal auf den Weg zur Farm«, sagte sie leise zu ihm. Sie richtete ihren Hidschab, betete inständig ein *du'a* und marschierte los.

Als sie die ersten Häuser erreichte, schoss ihr die Frage durch den Kopf, wie sie Raschid überhaupt meinte befreien zu können – mit nichts als ihren bloßen Händen. Sie schluckte, ging aber entschlossen weiter. Auf dem Hof schien alles ruhig zu sein. Sie huschte zum Tor, versuchte es aufzudrücken, doch es war von innen verriegelt. Mit nach oben gerichtetem Blick ging sie die Einfriedungsmauer entlang. Zweimal machte sie die Runde um die Farm, doch selbst mit einem Helfer, auf dessen Schultern sie hätte steigen können, hätte sie nirgends über die Mauer kommen können. Eigentlich war das auch kein Wunder: Die Menschen hier waren ständig den

Angriffen der Mauren ausgesetzt. Da war es nur natürlich, dass sie ihre Mauern ein bisschen höher zogen.

Unschlüssig lief Zahra zurück in Richtung ihres Pferdes und wurde bei einer Bauernkate auf ein paar Kleider aufmerksam, die dort auf der Wäscheleine zum Trocknen hingen. Sie lauschte, fand alles ruhig und konnte auch keinen Hund entdecken. Sie huschte zu der Leine, hängte ein Kleid, ein Unterkleid und ein Kopftuch ab und eilte weiter zu ihrem Pferd. Als sie sich das leinene Unterkleid und das schlichte Wollkleid überzog, zitterten ihre Hände vor Aufregung. Wenn nicht heimlich in der Nacht, dann werde ich Raschid eben morgen ganz offen suchen gehen, beschloss sie und sprach sich selbst Mut zu.

Bei Tageslicht begriff Zahra, wie töricht ihr Plan war. In einem solch kleinen Ort würde jeder jeden kennen und sie sofort als Ortsfremde ausmachen, und bis zum Mittag wussten wahrscheinlich alle, dass in der Nacht einer der Frauen ein Kleid von der Wäscheleine stibitzt worden war. Da sie aber keine andere Möglichkeit sah, machte sie sich dennoch auf den Weg. Während sie noch grübelte, wie sie vorgehen sollte, ritt ein bulliger Kerl an ihr vorbei. Zahra erkannte in ihm den Mann, der ihren Bruder ausgepeitscht hatte. Rasch verbarg sie sich zwischen zwei Häusern und sah, dass er zu der Pferdetränke ritt, in die er ihren Bruder gestoßen hatte. Er stieg ab, zerrte sein Pferd zu der Tränke, doch kaum hatte das arme Tier zu saufen begonnen, riss er es bereits grob wieder zurück, schwang sich in den Sattel und trieb es in Richtung Farm. Zahra folgte ihm vorsichtig. Als der Wächter den Kerl sah, öffnete er ihm diensteifrig das Tor und ging mit ihm hinein. Zahra schlich ihnen nach. Die beiden redeten und wandten ihr dabei den Rücken zu. Ohne zu überlegen, huschte Zahra hinein, stahl sich an der Wand entlang und verbarg sich hinter dem Brunnen. Erst als die beiden den Hof verließen, wagte sie sich weiter. Sie schlich in den Pferdestall, vergrub sich im Stroh und beschloss, die Nacht abzuwarten.

Die Zeit wurde Zahra lang. Als ihr Magen so sehr knurrte, dass sie befürchtete, ein hereinkommender Stallbursche könne es hören, stopfte sie Pferdehafer in den Mund und würgte ihn trocken herunter. Endlich senkte sich der Tag und brachte das geschäftige Treiben auf dem Hof zum Erliegen. Als Zahra annehmen konnte, dass alle schliefen, stahl sie sich hinaus. Im matten Mondlicht unterschied sie das prächtige Haupthaus, weitere Ställe, in denen im Winter wohl Schafe und Kühe untergebracht wurden, ein Gehege für die Hühner, einen Flachbau, in dem wahrscheinlich das Gesinde wohnte, und ein kleines Gebäude, dem sie keine Funktion zuweisen konnte. Sie beschloss, sich dort zuerst umzusehen. Sich immer wieder umblickend, schlich sie an den Stall- und Hauswänden entlang dorthin und sah durch eines der Fenster. Das Häuschen schien nur aus einem einzigen Raum zu bestehen. Zahra sah allerlei große Dinge darin stehen. Sie schlich zur Tür, fand sie unverschlossen und drückte sich durch den Türspalt. Als sie sich an die Dunkelheit gewöhnt hatte, machte sie allerlei Schmiedewerkzeug aus, ein zerbrochenes Wagenrad, Brennholz und verbeulte Eimer. Ganz hinten in der Ecke lag etwas auf dem Boden. Zahra ging leise näher und presste kurz darauf erschrocken die Hand auf den Mund.

Den Kopf seitlich auf Arme und Knie gebettet, hockte Raschid auf dem nackten Boden und stöhnte im Schlaf. Obwohl Zahra ihren Bruder in ihren Träumen gesehen hatte, war sie doch schockiert, ihn in einer solch schlechten Verfassung zu sehen. Sein von Schrammen und Platzwunden übersätes Gesicht schien ihr vor allem aus den markant hervorstehenden Wangenknochen zu bestehen, die Augen waren eingesunken, die Lippen trocken und aufgeplatzt. Zahra kniete sich vor ihn und sah, dass seine Cotte, ein hemdartiger, hüftlanger Kittel aus grobem Wollstoff, wie ihn die kastilischen Bauern trugen, und seine Bruche, eine aus Leinen gefertigte, weite Hose, vor Dreck starrten, als hätte man ihn durch eine Schlammpfütze gerollt, und an vielen Stellen zerrissen und voll getrocknetem Blut waren. Behutsam hob sie einen Stofffetzen an und entdeckte darunter hässliche, eiternde Wunden. Raschid schrak auf, zog reflexartig den rechten Arm hoch und hielt ihn wimmernd über den Kopf. »Nein, bitte nicht schlagen, ich kann nicht mehr!«

»Scht, Raschid, ruhig, ich bin's, Zahra!«

Verwirrt blickte er unter seinem Arm zu ihr auf. Unglaube und Misstrauen standen in seinen Augen und nackte Furcht. Sanft drückte Zahra seinen Arm nach unten und hatte Mühe, die Tränen zurückzuhalten. »Niemand wird dich mehr anrühren!«

»Bist – bist du es wirklich?«, hauchte er. Kraftlos sank er mit dem Kopf gegen die Wand.

»Ich hole dich hier raus, Raschid«, versprach Zahra. Sie strich ihrem Bruder das schweiß- und blutverklebte Haar aus dem Gesicht und ließ die Hand auf seine Schulter sinken. Raschid zuckte zusammen. »Arm … gebrochen«, stöhnte er. »Und Durst, Durst …«

»Sobald wir hier heraus sind, bekommst du Wasser. Meinst du, du kannst laufen?«

Raschid nickte, hob aber zugleich den Fuß ein Stück weit an. Eine Kette rasselte. Sie war an seiner Fußfessel angeschmiedet.

Zu schade, dass wir hier drin kein Pferd haben, dachte Zahra in Erinnerung an die Befreiung Miguels in Granada. Sie begutachtete die Fußfessel und verfolgte den Verlauf der Kette. Sie endete an dem Gitter des rückwärtigen Fensters, wo sie mit einem dicken Vorhängeschloss befestigt war. Zahra kniete sich wieder vor ihren Bruder. »Wo ist der Schlüssel?«

Raschid hob matt die Achseln und verzog sogleich schmerzhaft das Gesicht. »Hat der Mistkerl einstecken.«

»So ein großer, bulliger Kerl?«, fragte Zahra. Raschid sah sie erstaunt an. »Woher weißt du …? Und überhaupt, wie kommst du …«

»Das erzähle ich dir später.«

Zahra fuhr sich nachdenklich mit der Hand über den Kopf und wunderte sich, was sie für ein kleines Stoffding auf dem Haar hatte, dann fiel ihr wieder ein, dass sie das Kopftuch der Bäuerin statt ihres Hidschabs trug. »Wo schläft er?«

»Gesindehaus. Ist hier … Aufseher«, brachte Raschid schleppend hervor. »Zahra, hol Vater. Zu gefährlich!«

»Bis ich Vater hergeholt habe, lebst du nicht mehr!«

Raschids Kopf sank zur Seite. »… zu fliehen versucht. Zum dritten Mal … haben mich zusammengeschlagen … wollen mich verdursten lassen …«

Zahra wurde klar, dass Raschid auf der Stelle Wasser brauchte. Wenn sie ihn von hier wegbringen wollte, musste er einigermaßen bei Kräften sein. Sie machte ihrem Bruder ein Zeichen, dass sie gleich zurückkommen würde, huschte zurück in den Pferdestall und kam kurz darauf mit einem Eimer Wasser wieder. »Sehr sauber ist es nicht, aber besser als nichts. Wenn ich im Brunnen frisches Wasser hole, hört vielleicht jemand das Quietschen der Kurbel«, flüsterte sie und gab ihm aus ihren Händen zu trinken.

Als die Flüssigkeit seine aufgesprungenen Lippen berührte, stöhnte Raschid, trank aber trotzdem gierig weiter.

»Mehr gebe ich dir besser nicht. Ich glaube, man muss sich erst langsam wieder ans Trinken gewöhnen. Und jetzt hole ich den Schlüssel. Wo trägt ihn der Mann?«

»An einer Kette an seinem Wams, aber das ist viel zu gefährlich. Im Gesindehaus schläft mehr als ein Dutzend Leute, irgendwer würde dich sicher bemerken, und vielleicht lässt er die Schüssel nachts auch im Herrenhaus.« Er regte sich und verzog erneut schmerzhaft das Gesicht. Zahra tastet seinen linken Arm ab. »Oh, Raschid, der ist mindestens zweimal gebrochen!«

Raschid winkte ab. »Eine Feile …« Er wedelte mit der Hand seines unverletzten Arms zu dem Werkzeug am anderen Ende des Raumes. »Mit der kurzen Kette komme ich nicht da hinten dran, aber ich weiß, dass da Feilen liegen. Vielleicht bekommen wir damit das Gitter durch.«

Zahra fand rasch eine Feile und legte sie an den Gitterstab an, doch als das metallisch-scharfe Schabgeräusch durch die Nacht schallte, hielt sie sofort inne. »Verdammt, Raschid, so wecken wir den ganzen Hof auf!«

»Allerdings«, murmelte er und rappelte sich mühsam hoch. »Gib sie mir mal!«

Raschid versuchte es selbst, aber auch er machte viel zu viel Lärm. Verzweifelt stieß er die Feile auf den Fenstersims, wobei Mörtel herausbröckelte.

»Mensch, Raschid, das ist es!«, rief Zahra, nahm die Feile und kratzte und bohrte um die Stelle herum, an der das Gitter in die Mauer eingelassen war. »Schau nur, der Mörtel ist brüchig, und Lärm macht es auch kaum. Wir graben die Stange aus!«

Raschid brachte ein Lächeln zustande. »Du warst schon immer ein heller Kopf. Meinst du, du schaffst das allein?«

Zahra nickte und feilte und bohrte sogleich unter dem Gitterstab weiter. Raschid ließ sich matt an der Wand herabgleiten.

Binnen kürzester Zeit hatte Zahra die Stelle unter der Gitterstange tief genug ausgehöhlt, um das Vorhängeschloss darunter hindurchziehen zu können. Damit konnte sich Raschid jetzt frei bewegen. Gierig trank er noch einmal von dem Wasser, dann ließ er sich von Zahra die Kette hochreichen und zog sie stramm an, damit sie beim Gehen nicht rasselte. Anschließend stützte er mit seinem unverletzten Arm den gebrochenen und drückte ihn behutsam an den Körper. Er machte einen Probeschritt und nickte. »So wird es gehen. Dann los, nichts wie weg von hier!«

Zahra ging zur Tür und spähte in den Hof. Noch immer war alles ruhig. Sie winkte ihrem Bruder zu, ihr zu folgen.

Wiederum schlich Zahra dicht an den Häuser- und Stallwänden entlang und blickte sich regelmäßig um, ob ihr Bruder ihr noch folgte. Im Mondlicht sah sie, wie sich Schweiß auf seiner Stirn bildete und er trotz der Schonhaltung seines Armes bei jedem Schritt die Zähne zusammenbiss. Sie waren schon beim Pferdestall angelangt und wollten gerade zum Brunnen schleichen, als die Tür des Gesindehauses aufging und der bullige Aufseher ein junges Mädchen hinausstieß. Das dünne, kaum bekleidete Ding wimmerte herzzerreißend. »So lasst mich doch, ich flehe Euch an: Lasst mich!«

»Halt die Klappe!«, herrschte er sie an und verpasste ihr eine Ohrfeige. Das Mädchen taumelte.

Raschid machte Zahra Zeichen, sich hinter der Kutsche zu verstecken, die vor dem Pferdestall stand. Auf Zehenspitzen schlich sie weiter, Raschid folgte ihr in geduckter Haltung. Als ein Stein unter seinem Fuß knirschte, zuckte Zahra zusammen, aber der Aufseher schien es nicht zu bemerken; er drosch weiter auf die Magd ein. Zahras Blick fiel voll Schreck auf die Tür des Werkzeugraums. Sie hatten vergessen, sie hinter sich zu schließen. Sie tippte Raschid an und wies mit der Hand zur Tür. Raschid fluchte lautlos und blickte zurück zu dem Aufseher. Noch war ihm die offen stehende Tür nicht aufgefallen. Er trieb das Mädchen in ihre Richtung, zum Pferdestall. Zahra ahnte, was er vorhatte: Wahrscheinlich hatte der alte, geile Bock sie erst im Gesindehaus besteigen wollen, aber dann hatte sie sich gewehrt, und damit sie nicht die anderen weckte, zerrte er sie nun an einen Ort, an dem er ungestört war. Zahra sah zu ihrem Bruder. Seine Backenmuskeln traten in dem knochenmageren Gesicht überdeutlich hervor, seine Augen glühten vor Wut und Hass. Vor allem aber brachte das Vorhaben des Aufsehers auch sie selbst in Gefahr. Er war nur noch wenige Schritte von ihnen entfernt.

Raschid stieß Zahra an. Zahra hob fragend die Augenbrauen. Ihr Bruder zeigte auf die Ladefläche des Wagens. Jetzt sah auch Zahra den Hammer, der dort lag. Den Blick fest auf den Aufseher gerichtet, der die arme Magd erneut schlug und kaum noch zehn Schritte von ihnen entfernt war, schnellte sie hoch, schnappte sich den Hammer und duckte sich wieder. Raschid hielt ihr auffordernd die Hand hin. Zahra schüttelte den Kopf. So geschwächt, wie ihr Bruder war, konnte sie mit dem Hammer sicher mehr ausrichten als er. Raschid runzelte die Stirn und streckte ihr die Hand noch nachdrücklicher entgegen, wobei seine Kette rasselte. Es war nur ein kurzes, metallisches Klingeln. Sie beide fuhren erschrocken zusammen, und im nächsten Moment schoss der Aufseher um den Wagen herum und direkt auf sie zu. Er stürzte sich auf Raschid und rammte ihm die Faust ins Gesicht. Raschid ging zu Boden. Zahra hob den Hammer und schlug zu. Sie erwischte den Aufseher seitlich am Kopf. Er taumelte und fiel gegen die Kutsche. Entsetzt wich Zahra zurück und ließ den Hammer fallen. Doch dann stand der Aufseher schon wieder aufrecht. Raschid schnappte sich den Hammer und donnerte ihn mit der spitzen Seite in das Bein seines Peinigers. Er brüllte auf. Raschid rappelte sich auf die Beine und schlug ein zweites Mal zu: diesmal auf die Stirn. Wie ein gefällter Baum kippte der schwere Mann zu Boden, zuckte noch einmal und rührte sich nicht mehr. Aus dem Loch in seiner Stirn quollen Blut und Gehirnmasse. Zahra spürte einen Brechreiz und drückte die Hände vor den Mund. Dann fiel ihr Blick auf die Magd. Wie ein Geist kam sie ihr vor in ihrem dünnen, weißen Nachtgewand. Ihr schmales Gesicht war bleich wie das einer Toten, die Augen riesengroß. Für einen Moment dachte Zahra, sie würde jetzt den ganzen Hof zusammenschreien, aber dann wankte ihr Bruder zu ihr und strich ihr sanft über den Arm. »Alles ist gut, Maria, ganz ruhig, der tut dir nichts mehr!«

Seine Worte lösten ihre Starre. Dicke Tränen rannen über ihre Wangen.

»Komm mit uns, Maria«, forderte Raschid sie leise auf und streckte ihr die Hand hin.

Auch Zahra fand nun ihre Fassung wieder und legte den Arm um das Mädchen, das am ganzen Leib zitterte. Zahra schätzte sie auf höchstens dreizehn Jahre. »Bei uns wird dir nichts geschehen!«, versprach sie ihr.

Lautlos schlichen sie zum Tor, stahlen sich hinaus und zogen die Tür sorgsam wieder hinter sich zu.

Im Wald schiente Zahra notdürftig Raschids Arm. »Im Maurengebiet finden wir sicher jemanden, der das besser kann«, tröstete sie ihn, und Raschid wusste auch, an wen sie sich wenden konnten: »Nur fünfzehn Leguas von hier ist mein alter Freund Assad Alcalde. Dorthin wollte ich mich bei meinen Fluchtversuchen durchschlagen.«

»Und du meinst, so weit schaffst du es?« Zahra sah ihn zweifelnd an, aber Raschid nickte. »Am schlimmsten war der Durst!«

Auf dem Weg zu dem Dorf erzählte Raschid Zahra, was ihm widerfahren war. Als er die Alhambra verlassen hatte, sprach ihn ein Mann an, der behauptete, Beweise dafür zu haben, dass Isabel de Solís einen Anschlag auf einige der Berater Hassans plane. Raschid folgte ihm in ein verfallenes Haus im *suq*, in dem ihn sein Stiefbruder erwartete. Er werde ihm nie mehr in die Quere kommen können, hatte Yazid geknurrt und seine Gefolgsleute mit einer herrischen Geste angewiesen, ihn fortzuschaffen. Als sich Raschid zur Wehr setzte, schlugen sie ihn zusammen. Das Nächste, woran er sich erinnern konnte, waren tief einschneidende Fesseln an Hand- und Fußgelenken, höllische Schmerzen, die sich durch den ganzen Körper zu ziehen schienen, und der verdrossene Blick eines fettwanstigen Kastiliers, der von oben auf ihn hinuntersah und sich darüber beschwerte, dass er in diesem Zustand auf dem Sklavenmarkt keinen ordentlichen Preis erzielen werde …

Am späten Nachmittag erreichten sie das Dorf. Assad ließ sofort seinen Leibarzt kommen, der Raschids Arm und die zahlreichen Wunden versorgte, der Schmied nahm ihm die Fußfessel ab, und Zahra und Maria wurden derweil in den Frauengemächern von den Dienerinnen verwöhnt.

Am Abend bot Raschid Maria an, mit ihnen nach Granada zu kommen. »Ich versichere dir, dass dir bei uns niemand ein Leid zufügen wird. Meine Mutter ist selbst Kastilierin. Sie wird sich freuen, dich in ihre Dienste zu nehmen!«

Die Erwähnung ihrer Mutter versetzte Zahra einen Stich, aber sie sagte Raschid auch jetzt nicht, dass sie gestorben war. Erst sollte er weiter zu Kräften kommen, und auch Maria, die ob seiner Worte wie die aufgehende Sonne aufstrahlte, vertrug sicher nicht gleich einen neuen Schock.

Nach vier Tagen war Raschid so weit gestärkt, dass sie die Heimreise antreten konnten. Ihr Gastgeber überließ ihnen eins seiner Pferde und ein Maultier für Maria. Während es Raschid und auch Maria kaum erwarten konnten, die Seidenfarm zu erreichen, wurde Zahra mit jeder Legua, die sie sich der Farm näherten, beklommener zumute. Ihr Vater – Ibrahim … Sie wusste nicht, wen sie mehr fürchtete.

Als Zahra und Raschid das Haus ihres Vaters auf der Seidenfarm betraten, erwartete Tamu sie im Flur, als hätte sie gewusst, dass sie gerade in diesem Moment eintreffen würden. Wortlos drückte sie die Geschwister an sich und ließ sie lange nicht wieder los. Auch Raschid war tief bewegt. »Ach, Tamu, gute, alte Tamu!«

Er bat die Berberin sich ihrer jungen Begleiterin anzunehmen. Dann wollte er zu seinen Eltern. Tamu blickte fragend zu Zahra, die beredt den Kopf schüttelte.

»Euer Vater ist in seinem Arbeitszimmer«, sagte Tamu also nur und hielt Zahra an der Hand fest, aber diese hatte ohnehin nicht vorgehabt, ihrem Vater schon jetzt unter die Augen zu treten. Sie folgte Tamu und Maria in die Küche, wo sie mit Pinienkuchen und Mandelmilch bewirtet wurden. Zahra brachte keinen Bissen herunter, ermunterte aber Maria, kräftig zuzulangen. Als das Mädchen zu essen begann, bat sie Tamu leise, mit ihr hinauszugehen.

»Was habt Ihr auf dem Herzen, mein Kind?«, fragte Tamu.

»Vater …« Zahra stockte. »Wie hat er es aufgenommen, dass ich wegen Raschid weggelaufen bin?«

Tamu krauste die Stirn. »Er hat vor Wut getobt! Das sei nicht Eure Aufgabe, hat er gebrüllt, und dass er genug habe von Euren Eigenmächtigkeiten. Dass Hayat weggelaufen ist, hatte er schon von Ali al-Attars Boten erfahren. Ihr werdet Euch auf einiges gefasst machen müssen.«

»Und wie hat er Mutters Tod aufgenommen?«

»Er redet nicht über sie, noch keine Silbe, und so muss es von Anfang an gewesen sein: Die Diener haben mir erzählt, dass er völlig versteinerte, als ihm Ali al-Attars Bote die Todesnachricht überbrachte. Hernach hat er sich über Tage in seinem Arbeitszimmer eingeschlossen; selbst zum Essen und Schlafen kam er nicht heraus.« Tamu hob hilflos die Achseln. »Auch als wir hier eintrafen, zeigte er keine Gefühlsregung; selbst Mahdi hat er kaum einen Blick zugeworfen, gerade als sei er das Kind einer Fremden.«

»Und dabei bräuchte Mahdi ihn so sehr, wo er schon keine Mutter mehr hat!« Zahra musste schlucken. »Wer kümmert sich jetzt eigentlich um ihn?«

Ein breites Lächeln schob die Falten auf Tamus Gesicht wie einen Fächer zusammen. »Keine Sorge: Mahdis Sonnenlächeln kann niemand widerstehen. Von Eurem Vater abgesehen, reißt sich ein jeder im Haus darum, ihn auf den Arm nehmen und herzen zu dürfen!«

Zahra lachte, doch dann musste sie an Zainab denken. Sie strich sich über den Hals. »Ist – ist Zainab noch immer so wütend auf mich?«

Tamus Miene umwölkte sich. »Sie ist nicht mehr hier.«

»Wie? Sie ist nicht mehr hier? Meine kleine, immer korrekte Schwester wird doch wohl nicht in Hayats Fußstapfen getreten sein?«

»Fast wünschte ich, sie wäre es.« Tamu druckste herum. »Mein Gott, ich weiß gar nicht, wie ich es Euch sagen soll ...«

Zahra erblasste. »Sie ist doch nicht etwa gestorben?«

Tamu schüttelte den Kopf. »Euer Vater – und Ibrahim ...

Ich weiß nicht, wer von den beiden wütender auf Euch war. Auf jeden Fall erboste sich Ibrahim, dass er den Ärger mit Euch leid sei und zurück nach Marokko müsse, und so hat Euer Vater ihm …« Tamu brach ab.

»Nein, Tamu, sag, dass das nicht wahr ist! Er hat nicht Zainab diesem – diesem Vieh überlassen!«

»Ich habe gespürt, dass er nicht gut zu Euch gewesen ist, und habe versucht, mit Zainab zu reden. Sie hätte zumindest versuchen können, Euren Vater umzustimmen. Schließlich war sie eigentlich einem anderen Mann versprochen, aber sie war sogar richtiggehend von Ibrahim angetan.«

»Wahrscheinlich hat das dumme Ding auch noch gedacht, sie würde mir damit eins auswischen«, stöhnte Zahra.

Eine Dienerin eilte zu ihnen und blickte Zahra mit erschrockenen Häschenaugen an. »Ihr sollt sofort zu Eurem Vater kommen!«

Tamu strich Zahra über den Arm. »Der Allmächtige stehe Euch bei!«

Als Zahra das Zimmer ihres Vaters betrat, saß Raschid auf dem Diwan und hob hilflos die Achseln. Offensichtlich hatte er schon versucht, ihren Vater zu beschwichtigen, aber so wütend, wie dieser sie ansah, war er offensichtlich nicht erfolgreich gewesen. Er schoss auf sie zu und blieb zornbebend vor ihr stehen. »Was glaubst du eigentlich, was du dir noch alles erlauben kannst? Du bist eine Frau und hast zu gehorchen! Aber ich wusste ja damals schon, dass dir Aischas unabhängiger Geist nur den Kopf verdrehen würde!«

»Aischa hat damit gar nichts zu tun«, setzte Zahra an.

Ihr Vater fiel ihr ins Wort: »Rede gefälligst nur, wenn du gefragt wirst!«

Zahra senkte den Kopf.

»Als Erstes sagst du mir jetzt, wo ich Hayat finde.«

Zahra schluckte.

»Antworte!«

»Ich weiß es nicht.«

»Aber du hast ihr bei ihrer Flucht doch geholfen, oder etwa nicht?«

Zahra nickte beklommen.

»Also: Wo ist sie?«

»Sie … Es geht ihr gut.«

»Das habe ich dich nicht gefragt!«

Zahra kamen die Tränen. »Vater, bitte, so versteht doch: Sie hatte solche Angst davor, nach Marokko zurückzukehren, und als sich ihr die Möglichkeit bot, ein neues Leben anzufangen …«

»Was?«, brüllte ihr Vater.

Mit einem Mal stieg auch in Zahra Wut auf. Sie wischte sich die Tränen vom Gesicht und sah trotzig zu ihm auf. »Ein neues Leben, ja, oder ein Leben überhaupt! Euch ist es doch egal, wie es uns in unseren Ehen geht. Hayat war todunglücklich in Fès, ihr Mann hat sie nicht weniger misshandelt als seine zweite Frau, und auch Zainab: Wie habt Ihr sie nur mit Ibrahim verheiraten können? Er ist ein Vieh, eine Bestie, ein …«

Eine schallende Ohrfeige brachte Zahra zum Schweigen, doch der Zorn in ihren Augen flackerte unvermindert heftig. Jetzt ist ohnehin schon alles gleich, dachte sie und schrie ihren Vater weiter an: »Das Schwein hat mich vor die Farm gelockt und sich an mir vergangen! Überall hat er mir seine widerlichen Finger und seine gierige Zunge reingesteckt. Er liebt es, wenn Frauen Angst vor ihm haben, er weidet sich daran, wenn sie sich wimmernd vor ihm winden, das bringt seine Männlichkeit erst richtig zum Schwellen. Und so einem widerlichen Schwein gebt Ihr Eure jüngste Tochter!«

Abdarrahman starrte Zahra an, öffnete und schloss den Mund und drehte sich dann ruckartig von ihr weg. Mit Schritten, als lasteten Zentner auf seinen Schultern, ging er zum Fenster und schlug mit der geballten Faust auf den Rahmen. »Du lügst!«

»Nein, Vater«, erwiderte Zahra leise. »Ich lüge nicht.«

Ohne sich umzudrehen, hob er die Hand und machte ihr und Raschid Zeichen, dass sie das Zimmer verlassen sollten.

Zahra folgte Raschid in den Garten, doch auch als sie etliche Male zwischen den Blumenrabatten auf und ab gegangen war, war ihre Wut noch nicht verflogen.

»Das alles musste Vater doch einmal jemand sagen!«, stieß sie schließlich hervor.

Raschid tätschelte ihr den Rücken. »Na ja, vielleicht, aber der Moment und das Wie und dann gerade du …« Er hob die Augenbrauen.

Unwillig warf Zahra ihr Haar zurück. »Wer soll es ihm denn sonst sagen? Mutter ist ja …«

Sie schlug sich auf den Mund, aber Raschid nickte ihr beruhigend zu. »Schon gut. Ich weiß es. Vater hat es mir eben gesagt.«

Sie sah, wie ihr Bruder die Lippen zusammenpresste.

»Hat sie sehr gelitten?«, fragte er schließlich.

Zahra schüttelte den Kopf. »Sie war glücklich über Mahdis Geburt. Aber Tamu sagt, Vater habe den Kleinen noch nicht einmal richtig angesehen. Meinst du, dafür hat Mutter ihn zur Welt gebracht?«

Raschid zuckte mit den Achseln. »Es ist alles zu viel auf einmal. Auch für Vater.«

»Dass gerade du zu ihm hältst …« Zahra sah ihn an. »Als du an diesem Tag nicht zurückgekommen bist, hat er sich einreden lassen, du wärst zu den Kastiliern übergelaufen. Niemand durfte deinen Namen erwähnen!«

»Ich weiß, er hat es mir gesagt. Und auch, wie leid es ihm tue, dass er mich falsch eingeschätzt und nicht schon früher nach mir gesucht habe. Aber so, wie sich die Dinge dargestellt haben, sprach auch alles gegen mich!«

»Die Dinge, die Dinge … Er hätte auch wie Mutter reagieren und einfach Vertrauen zu dir haben können!«

»Vater ist eben, wie er ist.« Raschid schwieg eine Zeitlang und fragte dann: »Hat es Zainab wirklich so schlecht mit diesem Ibrahim getroffen?«

Zahra nickte. »Sie konnte ja manchmal ein ganz schönes Aas sein, aber das hat sie nicht verdient!«

»Vielleicht geht Ibrahim mit ihr anders um als mit dir …«

»Wenn du ihn kennen würdest, würdest du so etwas nicht sagen.«

»Mein Gott«, stöhnte Raschid. Sie gingen schweigend nebeneinander her. »Und Hayat? Warum sagst du nicht einmal mir, wo sie ist?«

»Weil ich es ihr versprochen habe.«

»Aber wer weiß, wie es ihr jetzt geht, so allein …«

»Sie ist nicht allein.« Zahra sah ihren Bruder vielsagend an. Er hob abwehrend die Hände. »In diesem Fall will ich wohl wirklich nicht mehr wissen.«

»Soll das heißen, auch du verurteilst Hayat?«

»Verurteilen ist ein großes Wort. Ich maße mir nicht an, über andere zu richten.«

Zahra beschloss, es bei dieser Antwort zu belassen.

»Eigentlich hatte ich gehofft«, fuhr sie nach einer Weile in bitterem Ton fort, »dass mir Vater wenigstens deine Befreiung zugutehalten würde.«

Raschid lachte auf. »Du bist wirklich unmöglich, Zahra!

Das erinnert mich an die Zeit, als wir sechs, sieben Jahre alt waren. Da hast du einmal in der Küche einen ganzen Berg Plätzchen stibitzt, und als Mutter später dahinterkam und du wusstest, dass es jetzt ein Donnerwetter gibt, hast du schnell dein Zimmer aufgeräumt und es ihr strahlend vorgeführt. Mutter musste so lachen, dass sie ihre Verärgerung darüber tatsächlich vergaß.«

Zahra lehnte sich an seine Schulter. »Ach, Raschid, ich bin nun einmal, wie ich bin.«

»Und anders will ich dich auch gar nicht haben«, lächelte Raschid und küsste sie auf die Stirn.

In den nächsten Tagen sprach Raschid viel mit seinem Vater, und auch wenn Zahra ihm nicht vor die Augen treten durfte, so erlaubte er Raschid doch, sie mitzunehmen, wenn er am nächsten Tag zu seinen Schwiegereltern ritt, um Deborah abzuholen. Raschid konnte es kaum erwarten, seine Frau und seine Kinder in die Arme zu schließen und mit auf die Seidenfarm zu nehmen.

Zahra sah ihn erstaunt an. »Vater erlaubt, dass ich dich begleite? Aber mit mir reden will er noch immer nicht?«

»Gib ihm Zeit«, bat Raschid. »Er muss das alles erst einmal verdauen. Zumindest hat er Maria akzeptiert. Sie kann hier arbeiten und ist ganz glücklich darüber. Tamu umhegt sie ja auch, als sei sie ihr eigenes Kind.«

Zahra nickte. Sie war froh, dass Maria Tamu ein Stück weit aus der Lethargie riss, die sie nach dem Tod ihrer Mutter befallen hatte.

»Im Hinblick auf Vater sollte ich mich wohl auch nicht zu sehr beklagen. Immerhin hat er mich nicht verstoßen, und wie es aussieht, hat er auch nicht vor, mir gleich den nächsten Mann aufzudrängen.« Und doch hätte sie vieles in Kauf genommen, wenn er sie nur nicht weiter wie Luft behandelt hätte.

»Ich nehme an, so leicht wird er auch keinen neuen Mann für dich finden«, gab Raschid zurück. »Deine Eskapaden sprechen nicht gerade für dich!« Als er Zahras empörtes Gesicht sah, zog er sie lachend an sich. »He, Schwesterchen, ich spreche lediglich aus der Sicht von zukünftigen Bewerbern, auf die du ohnehin keinen Wert legst. Für mich bist du die Größte und wirst das auch immer bleiben!«

Zahra ließ sich von seinem Lachen anstecken. »Das will ich dir auch geraten haben, sonst rette ich dich nie wieder! Und Yazid – was sagt Vater über ihn?«

»Dass er ihn töten wird«, antwortete Raschid und wurde sofort wieder ernst. »Allerdings wird ihm das nur gelingen, wenn ich den Verleumder nicht vor ihm erwische!«

In Zahras Kopf klangen die Worte des Santons wider: *»Dann wisse, dass dich noch großes Leid erwartet, mein Kind! Unser ganzes Volk wird schwer geprüft werden, aber deine Familie wird es besonders hart treffen, und du wirst am meisten von allen zu leiden haben!«* Sie blickte zu ihrem Bruder auf und hoffte, dass nicht auch er zu den Opfern gehören würde. Er hatte wahrlich schon genug gelitten.

13.

Granada

24. März 1483

Neun Monate waren vergangen, eine Zeit, die Zahra überwiegend an der Seite ihres Bruders und seiner Familie verbracht hatte – sein zuletzt geborenes Kind war, wie Deborah es sich gewünscht hatte, ein Mädchen und hieß Sadiya, »die Glückliche«. Das Leben in Granada hatte sich mittlerweile normalisiert, so dass die Familie nun wieder in ihr Stadthaus zog. Hier suchte Raschid schon am zweiten Tag Boabdil auf, mit dem er in seiner Jugend viel Zeit verbracht hatte. Als Raschid von der Alhambra zurückkam, richtete er Zahra von Boabdil und seiner Mutter die herzlichsten Grüße aus, woraufhin Zahra nur mürrisch mit den Achseln zuckte.

»Was hast du?«, fragte Raschid belustigt. »Bist du immer noch beleidigt, dass Vater dich nicht mit mir in die Alhambra hat gehen lassen?«

»Ach was, aber von Boabdil habe ich schon ein bisschen mehr als nur Grüße erwartet. Immerhin hat seine Mutter mir damals versprochen …« Sie brach ab. »Wahrscheinlich bin ich ungerecht. Die beiden hatten in den letzten Monaten gewiss Wichtigeres zu tun, als sich Gedanken darüber zu machen, wie es mir nach unserer Rückkehr ergangen ist.«

»Da irrst du dich gewaltig«, erklärte ihr Raschid. »Sowohl Boabdil als auch Aischa haben Vater immer wieder gebeten, dich zurück in die Alhambra zu lassen. Aischa wollte sogar, dass du ganz in die Alhambra ziehst, aber Vater hat es abgelehnt.«

»Und mir kein Wort davon gesagt!«, empörte sich Zahra.

»Doch von nun an darfst du wieder hingehen«, fuhr Raschid mit einem warmen Lächeln fort. »Die beiden haben mich gebeten, bei Vater ein gutes Wort für dich einzulegen, und als ich eben mit ihm gesprochen habe, hat er zugestimmt.«

Wahrscheinlich nur, um mich nicht mehr sehen zu müssen, dachte Zahra bitter.

»He, Schwesterchen, ich dachte, das würde dich freuen?«

»Tut es ja auch«, brummte Zahra.

»Oha«, meinte Raschid und stieß sie in die Seite. »Es ist wegen Vater, nicht?«

Zahra presste die Lippen zusammen.

»Geduld, Zahra, Geduld. Du hast doch gesehen, dass er sich inzwischen auch Mahdi zugewandt hat!«

»Ein Wunder, das allein Deborah zu verdanken ist«, erinnerte ihn Zahra. Deborah hatte den Jungen wie ein eigenes Kind angenommen, zumal er fast im gleichen Alter wie die kleine Sadiya war, und den kleinen Kerl eines Abends ihrem Schwiegervater einfach in den Arm gedrückt und gemeint: »Hat er nicht Leonors Augen? Wenn er mich ansieht, meine ich immer, sie lebe in ihm weiter!«

Da hatte Abdarrahman seinen jüngsten Sohn zum ersten Mal richtig angesehen – und ihn kurz darauf weinend an sich gedrückt. Niemals zuvor hatte Zahra ihren Vater weinen sehen.

In den nächsten Wochen hatte sie beobachten können, wie er sich immer öfter Zeit für Mahdi nahm und ihn mit einer

Fürsorge und Nachsicht umhegte, die sie und ihre Geschwister nie von ihm erhalten hatten. Ihnen war er stets ein strenger und unnachsichtiger Vater gewesen. Aber Zahra gönnte ihrem kleinen Bruder die Milde ihres Vaters. Schließlich hatten sie und ihre Geschwister dafür Leonor gehabt.

Schon früh am nächsten Morgen wollten Zahra und Raschid zur Alhambra aufbrechen. Zahra hatte Tamu zu ihrem Vater geschickt, um ihm für die Erlaubnis zu danken und um ihn zu fragen, ob sie sich von ihm verabschieden dürfe, aber die alte Berberin war mit einem bedauernden Schulterzucken zurückgekommen. »Er lässt ausrichten, dass er Euch alles Gute wünscht.«

Zahra schnaubte. »Das sagst du jetzt doch nur so!«

Tamu aber schüttelte den Kopf und machte Zahra das Herz damit noch schwerer.

Im Patio wartete Raschid auf sie. Deborah drückte sich an ihn und blickte mit großen, feucht schimmernden Augen zu ihm auf. Der Weg ihres Mannes in die Alhambra würde sie wohl lebenslang mit Beklommenheit erfüllen.

»Ich wünsche dir eine schöne Zeit«, sagte Deborah zu Zahra und schloss sie in die Arme.

»Zunächst ist es ja nur für eine Woche«, erwiderte Zahra, hoffte aber, dass Aischa sie länger bei sich behalten würde, auch wenn es ihr leidtat, dass Deborah zu ihrer Gesellschaft jetzt nur noch die Dienerinnen blieben. Raschid würde jedoch bereits am Abend zurück sein, und sie hatte die drei Kinder, die sie innig liebte.

In der Alhambra trennten sich Zahras und Raschids Wege; Zahra wurde im Comaresturm von Aischa, Raschid von Boabdil im Thronsaal erwartet. Als Zahra die Stufen zu Aischas

Gemächern hochstieg, merkte sie, dass ihre Hände vor Aufregung feucht waren. Seit sie vor über einem Jahr aufgebrochen war, um Aischas Sohn in Almería aufzusuchen, hatte sie die Sultanin nicht mehr gesehen. Für Aischa hatte sich seither vieles zum Guten gewandt. Hassan, Isabel de Solís und ihre Kinder lebten nun bei az-Zagal in Málaga; die Zeit der Arreste und Restriktionen gehörte der Vergangenheit an, und wie man hörte, ließ ihr Sohn sie auch an den Versammlungen teilnehmen. Zahra fragte sich, ob sie auch zu der heutigen gehen würde. Ihr Bruder hatte ihr erzählt, dass Boabdil wichtige Neuigkeiten angekündigt habe.

Als Zahra die Treppe hochstieg, erblickte sie Kafur vor Aischas Gemächern. Ein breites Lächeln erhellte sein rundes Gesicht. »Sternchen!«

»Oh, Kafur!« Zahra nahm die letzten Stufen im Laufschritt und flog dem alten Eunuchen in die Arme.

»Gemach, mein Sternchen, du wirfst mich ja um!« Kafur zog sie innig an sich. »Wie geht es dir?«

»Wenn ich dich sehe, gleich viel besser!«

Der Eunuch hob mit schalkhaftem Zwinkern den Finger. »Man hört ja wilde Geschichten von dir. Ali al-Attars Hauptmann sollst du ausgebüxt sein, und dann die Befreiung deines Bruders – an Euch ist wirklich ein Mann verlorengegangen!«

»Bleib doch endlich ganz beim Du, Kafur, bitte!«

Statt einer Antwort drückte Kafur sie noch einmal an sich. »Besser nur, wenn wir allein sind, Sternchen, du weißt doch, wie es bei Hofe ist. Ach, meine Kleine, was habe ich dich vermisst!« Kafur seufzte. »Du gehst jetzt besser rein zu Aischa. Sie erwartet dich!«

Zahra richtete ihren Hidschab. »Dann will ich ihre Geduld besser nicht auf die Probe stellen!«

Kafur trat zurück und öffnete die Tür. »Zahra as-Sulami wartet, von Euch empfangen zu werden, meine Gebieterin!«

»Dann lass sie vor«, hörte Zahra Aischa antworten. Wie stets verriet ihre Stimme keine Gefühlsregung.

Kafur öffnete die Tür. Zahra klopfte das Herz bis zum Halse. Sie hoffte so sehr, hier eine neue Bestimmung für ihr Leben zu finden, und ahnte, dass von dieser ersten Begegnung viel abhing. Mit ehrfürchtigen Schritten näherte sie sich Aischa, die stolz und erhaben wie eh und je an einem der hinteren Fenster stand. Sie war allein; Zahra hörte ihr Gefolge im Nebenzimmer schnattern und lachen. Auch in Aischas Miene fand Zahra keinen Hinweis darauf, was sie bei diesem Wiedersehen empfand. Zahra bohrte sich die Fingernägel in die Handballen. Unsicher fuhr sie sich mit der linken Hand grüßend über Brust und Stirn. »*Ma'a salama*, meine Gebieterin.«

»*Ma'a salama*, Zahra. Viele Monate sind vergangen, seit wir uns zum letzten Mal gesehen haben.«

Zahra sah zu ihr auf und sehnte sich so sehr danach, im Gesicht der Sultanin, die sie so sehr bewunderte, einen Hauch von Wiedersehensfreude oder gar Zuneigung zu finden, dass ihr der Hals eng wurde. Und da huschte tatsächlich eines dieser seltenen Lächeln über Aischas Gesicht. Sie trat vor und zog Zahra an sich. »Ach, es tut gut, dich wieder hier zu haben«, seufzte sie.

Vor Freude brachte Zahra kein Wort heraus, doch gewiss verriet Aischa auch ihr verschämtes Schniefen, wie sehr sie ihre Worte bewegt hatten. Als Aischa sie wieder losließ, schimmerten auch deren Augen ein wenig, doch anders als Zahra hatte sie sich sofort wieder in der Gewalt. Sie klatschte zweimal in die Hände. Die Tür zum Nebenzimmer öffnete sich, und Laila brachte ihr einen kunstvoll bestickten Hidschab.

Also geht Aischa doch zu der Versammlung, dachte Zahra und war enttäuscht, dass sich Aischa noch nicht einmal ein paar Minuten Zeit für sie nahm. Sie machte Anstalten, ihren Hidschab und ihren Schleier abzunehmen, aber Aischa hielt ihre Hände fest. »Aber nein, Zahra, du kommst mit!«

»Ich soll ...«, stotterte Zahra.

»Nein, du darfst!« Aischa nickte ihr aufmunternd zu.

Vor Freude und Aufregung wurde Zahra puterrot. Sie wusste, welch besondere Ehre Aischa ihr mit dieser Einladung zuteilwerden ließ. Die Sultanin war gewöhnlich die einzige Frau, die den Thronsaal betreten durfte.

»Jetzt schau nicht so«, rief Aischa, und erneut ließ ein kleines Lächeln ihre Augen aufleuchten. »Ich dachte, es würde dich interessieren, einmal einer Versammlung im Thronsaal beizuwohnen, und Boabdil hatte nichts dagegen!«

»Und ob mich das interessiert!«, jubelte Zahra und wäre Aischa am liebsten um den Hals gefallen.

Zwar hatte Zahra ihren Vater schon oft vom Thronsaal erzählen hören, aber als sie ihn jetzt betrat, war sie von seiner Pracht trotzdem so überwältigt, dass sie die anwesenden hohen Herren im ersten Moment fast übersah. Durch die bunten Gläser der zahlreichen Fenster flutete goldschimmerndes Licht in den Raum und brachte die weißen und goldgelben Fliesen auf dem Boden zum Strahlen. Erst auf den zweiten Blick fiel Zahra auf, dass die bunten Gläser der Fenster die gleiche geometrische Anordnung aufwiesen wie die kostbare Wandkacheltäfelung. Die Decke ruhte auf einem geschnitzten Holzfries, auf dem die Sure Nummer 67 des Korans dargestellt war. Der dritte Vers lautete: »Er hat die sieben übereinander gelegenen Himmel erschaffen.« Wie ein Himmel kam Zahra das Gewölbe über ihr vor. Von ihrem Vater wusste sie, dass der erste Himmel aus Smaragden bestand, der zweite aus roten Margaretenblumen, der dritte aus roten Hyazinthen, der vierte aus hellem Silber, der fünfte aus Gold, der sechste aus Perlen und der siebte aus glänzendem Licht.

Der quadratische Saal hatte auf jeder Seite tiefe Balkone mit wertvollen, kassettierten Holzdecken. Die mittleren Öffnungen wiesen geteilte Bogenfenster auf. Im nördlich gelegenen Hauptbalkon, im Gegenlicht zwischen den Fenstern, stand Boabdils Thron. Auf den Kacheln darüber las sie: »*Yussuf wählte mich, um die Stelle des Throns im Königreich zu übernehmen.*«

Der Wachsoldat kündigte das Eintreffen des Emirs an. Das Murmeln und Tuscheln wich achtungsvollem Schweigen. Als Boabdil auf seinen Thron zuschritt, standen die Anwesenden auf und verneigten sich vor ihm. Selbst er durfte nicht die Inschrift betreten, die in der Mitte des Raumes, direkt unter der hohen Kuppel, auf den Boden geschrieben stand: »*Es gibt keinen Sieger außer Gott.*«

Würdevoll nahm Boabdil Platz. Zahra sah, wie seine Silhouette im Gegenlicht erstrahlte, und fühlte sich auf einmal sehr gehemmt. Dieser Boabdil wirkte so ganz anders als der junge Mann, den sie mit Kafur in Almería angetroffen hatte und mit dem sie tagelang durch die Vega gezogen waren. Ehrfürchtig wich sie zurück und trat beinahe auf Aischas Fuß. Augenzwinkernd wies die Sultanin ihr einen Platz hinter den Faqihs zu, während sie selbst den ihren an Boabdils Seite einnahm. Erst als sich Zahra auf ihrem Kissen niedergelassen hatte, entdeckte sie unter den Anwesenden ihren Bruder, den ihre Anwesenheit offenkundig erstaunte.

Kurz darauf öffnete sich die doppelflügelige Eingangstür noch einmal. Der Wachsoldat meldete Ali al-Attar. Erschrocken zog sich Zahra den Hidschab tiefer ins Gesicht. Ihr war klar, dass er über ihre Flucht erbost sein musste, gar nicht davon zu reden, wie wütend er nach Hayats Weggehen auf sie gewesen war. Ali al-Attar aber bemerkte sie nicht, sondern ging direkt zu seinem Schwiegersohn, begrüßte ihn mit einer tiefen Verbeugung und nahm seinen Platz neben Aischa ein.

»Ich habe Euch hergebeten, weil wir Neuigkeiten aus Axarquía in der Region Vélez-Málaga erhalten haben«, begann Boabdil seinen Bericht. »Vor zwei Wochen sind dort die Christen eingefallen. Unter ihren Anführern waren so bedeutende Ritter wie der Marqués de Cadiz, Alonso de Cardenas, Großmeister des geistlichen und militärischen Santiagoordens, und die drei Aguilar-Brüder.«

Zahra zuckte zusammen. Sie hörte nicht mehr, welch andere hochgestellte Ritter Boabdil noch anführte; in ihrem Kopf hallte bei jedem Pulsschlag nur immer wieder der Name Aguilar wider. Sie musste sich eingestehen, dass sie sich nicht nur um Gonzalo, sondern auch um Jaime Sorgen machte. Um ihrer Halbschwester willen hoffte sie, dass Miguel nicht unter den kastilischen Soldaten war. Wenn ihm etwas zustöße, stünde Hayat im Christenland ganz allein da.

»Wie man hört, waren sich die Kastilier ihres Sieges so gewiss, dass sie eine ganze Karawane Händler mit sich führten, die ihnen ihr Plünderungsgut nach dem Sieg abkaufen sollten.«

»Ihre Selbstsicherheit darf uns nicht wundern«, merkte der Wesir an. »Schließlich haben die Christen wegen unseres Bürgerkriegs derzeit große Teile unseres Landes fast ohne Verteidigung vor sich liegen!«

Boabdil nickte. »Die Kastilier planten, die Landstriche bis Málaga in einem Streich zu erobern. Als sie die Täler von Axarquía erreichten, bauten sie dort ihr Nachtlager auf. Aber alles Weitere erzählt uns besser Harun, der das Ganze miterlebt hat.«

Er machte eine Geste zum Wachsoldaten hin, woraufhin dieser einen Bauern in den Thronsaal führte, der sich unsicher umblickte. Die Faqihs, Qadis, der Oberqadi und die Vertreter der mächtigsten maurischen Adelsfamilien blickten erstaunt zwischen Boabdil und dem einfachen Mann hin und her, dem man unter normalen Umständen niemals den Zutritt zu diesem Saal gestattet hätte.

Boabdil nickte ihm aufmunternd zu. »Erzähl uns, was geschehen ist, Harun, ebenso, wie du es gestern mir erzählt hast!«

Der kleine, magere Mann schluckte. »Wir – wir Bauern haben die christlichen Soldaten frühzeitig kommen sehen, noch in der Nacht unser Vieh in Sicherheit gebracht und uns mit unseren Weibern und Kindern in den Bergen versteckt.«

Er blickte zu Boabdil, und als dieser ihm freundlich zunickte, fuhr er mit festerer Stimme fort. »Als die Kastilier unsere Dörfer am nächsten Morgen überfielen, fanden sie diese leer vor. Aus Wut darüber zündeten sie unsere Häuser an und verwüsteten unser Land. Deswegen bin ich auch mit meinen Leuten hergekommen. Zwar haben wir noch unser Vieh, aber wo sollen wir es jetzt unterbringen? Wir hofften, hier in Granada bei unseren Verwandten unterkommen zu können …« Der Mann wischte sich verstohlen eine Träne aus dem Augenwinkel.

»Ich habe dir doch schon gesagt, Harun, dass ihr alle auf unseren Beistand und Lohn zählen könnt!«, meinte Boabdil. Bei diesen Worten begann Zahra zu begreifen, dass für die Kastilier nicht alles so ausgegangen war, wie diese es sich vorgestellt hatten, und bangte noch mehr um Gonzalo und Jaime.

Der Mann fasste sich. »Auf ihren Eroberungszügen mussten die Christen Schluchten durchqueren, die so eng und felsig sind, dass sie ihre Pferde hinter sich herführen mussten. Wir rotteten uns auf den Bergspitzen zusammen. Als die Kastilier kamen, schleuderten wir Wurfspieße und Steine auf sie hinab und brüllten, was unsere Lungen hergaben. Zwischen den Berghängen hallten unsere Stimmen tausendfach wider und täuschten sie wohl über unsere wirkliche Stärke. Sie gerieten in Panik und versuchten zu entkommen, aber überall versperrten ihnen ihre getöteten Kameraden und Pferde den Weg, so dass wir mit unseren Wurfgeschossen noch viele von ihnen töten konnten.« Der Bauer klang immer selbstbewusster. »Selbst unsere Frauen kamen uns zu Hilfe, und so hatten wir bald alle Klippen, Türme und Bollwerke besetzt und damit die meisten noch lebenden Christen in dem engen Tal eingeschlossen.« Harun blickte zu Boabdil, in dessen Miene an diesem Punkt der Geschichte Bekümmerung trat.

»Leider kommt nun ein Mann ins Spiel, von dem wir in diesem ruhmreichen Zusammenhang lieber nichts gehört hätten«, fuhr Boabdil fort. »Es erschallte der Kampfruf meines Onkels az-Zagal. Er wollte den Bauern mit seinen Truppen helfen und griff die Christen in dem Tal an. Doch fahr selbst fort, Harun!«

»Wir Bauern hielten noch immer die Bergkämme und sahen, dass az-Zagal und seine Soldaten in Bedrängnis gerieten, denn die Christen wussten ihr Blut teuer zu verkaufen! Also stießen wir Felsbrocken von den Hängen, die donnernd über die Nazarener hereinbrachen und sie wie eine Sturzflut hinwegrissen.«

»Danach«, übernahm nun wieder Boabdil das Wort, »war az-Zagal der Sieg gewiss. Unsere Spitzel berichten, dass in dem Tal Hunderte von toten Christen liegen. Außerdem konnte az-Zagal zweihundertfünfzig Ritter, Befehlshaber und Hidalgos von edlem Geschlecht gefangen nehmen, und im Hof seiner Alcazaba werden derzeit fünfhundertsiebzig gemeine Soldaten zusammen mit unzähligen Händlern, die nicht genug Geld haben, sich auszulösen, zum Verkauf als Sklaven angeboten. Wahre Türme von christlichen Rüstungen, Waffen und Fahnen liegen in az-Zagals Stadt, und seine Koppeln quellen über von den Pferden der Christen!«

Zahras Herz klopfte bis zum Hals. Nach all dem Gehörten hatte sie kaum noch Hoffnung, dass Gonzalo und Jaime aus diesem grauenhaften Massaker lebend herausgekommen sein konnten.

Boabdil machte dem Bauern Zeichen, dass er sich zurückziehen könne. Kaum hatte dieser die hohen Hallen verlassen, erhob sich ein heftiges Debattieren und Durcheinanderrufen unter den maurischen Führern. »Az-Zagal wird den Part der Bauern an dem Sieg unterschlagen und ihn allein als den seinen auslegen«, erboste sich ein Faqih, und ein anderer rief: »Das Ganze wird az-Zagal und Hassan zum Ruhm gereichen und ihnen wieder die Herzen unserer Landsleute zufliegen lassen!«

Erst als Boabdil die Stimme hob, kehrte Ruhe ein. »Ja, ihr habt recht, az-Zagal schmückt sich tatsächlich allein mit dem Lorbeer des Sieges. Er behauptet, die Tage des alten Ruhmes seien zurückgekommen und man habe die Christen gelehrt, dass die Schlacht nicht dem Starken ist, sondern dass Allah, *ta'ala,* allein den Sieg verleiht.«

»Es wird nicht lange dauern, bis diese Kunde zu den Menschen hier vordringt«, knurrte Ali al-Attar. »Und deswegen müsst nun auch Ihr handeln und Siege vorweisen, weil sie sonst wieder zu Hassan überlaufen!«

»Wollen wir wirklich in az-Zagals und Hassans Fußstapfen

treten und den Krieg damit zurück in unsere Stadt holen?«, warf Raschid ein.

Boabdil sah zwischen Ali al-Attar und Raschid hin und her. Zahra fiel auf, wie sehr er in diesem Moment seiner Mutter ähnelte. Mit nichts verriet seine Miene, was er dachte oder fühlte. Trotzdem war es nicht schwer, den Zwiespalt zu erahnen, in dem er sich befand. Als er sich zum Emir hatte huldigen lassen, hatte er den Menschen Frieden und eine Rückkehr zum normalen Leben versprochen, doch bisher hatten die Kastilier alle seine Friedensangebote abgelehnt – und auf der anderen Seite standen sein Vater und sein Onkel mit ihren ruhmreichen Siegen, die den Menschen damit vor Augen führten, dass das Maurische Reich noch lange nicht vor seinem Ende stand.

»Es wird dir nichts anderes übrigbleiben, als zu handeln«, meinte nun auch Aischa zu ihrem Sohn. »Wir müssen Hassans Erfolgen etwas entgegensetzen!«

Boabdil blickte zu Ali al-Attar. »Welcher kastilische Ort böte sich für einen Angriff an?«

»Vor allem Lucena. Eine große Zahl der in Axarquía gestorbenen und gefangen genommenen christlichen Ritter stammt aus dieser Region. Es wird jetzt ungeschützt daliegen. Außerdem kenne ich dieses Gebiet wie mein eigenes!«

Der weitere Verlauf der Diskussion zog wie Wolken über Zahra hinweg. Sie konnte nur an Gonzalo und Jaime denken und fragte sich, warum der Gedanke an Jaime sie noch mehr in Aufregung versetzte als der an Gonzalo. Aber auch um ihren Bruder Raschid fürchtete sie, denn wenn Boabdil gegen Lucena zog, würde er gewiss dabei sein.

14.

Lucena

30. März 1483

Eine Woche später kam ein Bote zum Haus der Sulamis, als Raschid, Deborah und Zahra, die für zwei Tage nach Hause gekommen war, im Patio zusammensaßen. Während Raschid die Nachricht an der Haustür entgegennahm, fasste Deborah ahnungsvoll nach Zahras Hand.

»Wann wirst du aufbrechen?«, fragte sie, als Raschid zurückkam, und presste Zahras Hand noch fester.

»Schon morgen früh, nach dem *shuruk*.« Er trat zu seiner Frau, strich ihr über das Haar und küsste seine Tochter, die sie auf dem Schoß hielt, auf ihre schwarzen Ringellöckchen.

»Und es gibt keinen anderen Weg, als in die Schlacht zu ziehen?«, fragte Zahra. Sie wusste, dass ihr Bruder auch nach der Versammlung im Thronsaal noch etliche Gespräche mit Boabdil geführt hatte, um mit ihm Alternativen zu dem Kriegszug zu besprechen.

»Boabdil ist dieses Kriegsgemetzel ebenso zuwider wie mir«, erwiderte Raschid düster. »Aber ihr seht doch, was in der Stadt los ist. Das maurische Volk ist wankelmütig, ist es immer gewesen. In sämtlichen Gassen erklingen Rufe nach Hassan, und sie spotten immer lauter über Boabdils angebliche Untätigkeit. Gestern habe ich jemanden höhnen hören, Boabdil ziehe eben die seidene Ruhe in den kühlen Hallen der Alhambra den Gefahren des Krieges und den harten Lagern in den Bergen vor. Wenn Boabdil jetzt keine Stärke zeigt, sind die Tage seiner Herrschaft gezählt!«

Die gleichen Argumente hatte Zahra auch von Aischa gehört.

»Außerdem«, fuhr Raschid fort, »sollte Lucena eine leichte Beute sein. Nicht umsonst nennt man es den Garten Ali al-Attars. Er ist so sehr daran gewöhnt, das fruchtbare Gebiet bei jeder Laune plündernd zu durchziehen, dass man meinen könne, es gehöre ihm ohnehin schon.«

Trotzdem hatte Zahra Angst um ihren Bruder, wagte dies aber wegen der neben ihr erstarrten Deborah nicht zu sagen. Sie dachte zurück an den Tag, als Boabdil den Thron bestiegen hatte. Frieden hatte er dem Land bringen wollen, und er wollte es noch. Warum half Allah ihm nicht dabei?

Als Raschid am nächsten Morgen im Patio seinen Schwertgurt umlegte, warf sich ihm Deborah schluchzend in die Arme. Auch Zahra wurde beim Anblick ihres scheidenden Bruders der Hals eng, und sie zog ihre Schwägerin tröstend an sich. Abdarrahman trat aus seinem Arbeitszimmer und klopfte seinem Sohn auf die Schulter. »Der Allmächtige stehe dir bei. Ich werde beten, dass er dich und die Unseren unversehrt zurückkehren lässt!«

Als er Raschid losließ, traf sein Blick Zahras. Sie war darauf gefasst, dass er sich sogleich wieder abwenden werde, wie er es seit ihrer Rückkehr von Loja tat, doch stattdessen tat er einen Schritt auf sie zu und strich ihr kurz über den Arm, ehe er in sein Zimmer zurückkehrte.

»Das wird schon wieder werden zwischen euch«, meinte

Raschid mit zuversichtlichem Nicken zu Zahra, als ihr Vater die Tür hinter sich geschlossen hatte. »Vater ist ein Sturkopf, aber er hat ein weiches Herz – und er liebt dich!«

Zahra hörte ihn nicht. Sie starrte auf die Tür, hinter der ihr Vater verschwunden war, und wäre ihm am liebsten nachgelaufen, um sich in seine Arme zu werfen, wie Deborah es eben bei Raschid getan hatte. Doch sie hatte Angst. Angst, dass er sie zurückweisen würde.

»Ich muss los«, sagte Raschid. Er legte die Hand auf Zahras Schulter und küsste seine Frau aufs Haar. Zahra nickte und zwang sich, ihren Blick von der Tür loszureißen. Als Raschid den Patio verließ, konnte auch sie die Tränen nicht länger zurückhalten.

Zwei Stunden später brach Boabdil mit seiner Truppe auf. Neuntausend Fußsoldaten und siebenhundert Reiter hatte er hinter sich vereinen können, unter ihnen auch Anhänger seines Vaters. Wenn es darum ging, die Christen zu bekämpfen, war es für die meisten Mauren zweitrangig, wer sie anführte.

Auch Zahra und Deborah gehörten zu den Menschen, welche die Straßen säumten, über die das Heer die Stadt verlassen würde. Begleitet von Tamu, standen sie unweit der hufeisenförmigen Puerta de Elvira und wollten Raschid noch einen letzten Blick zuwerfen, ehe er in die Schlacht zog. An der Spitze des Heeres, direkt nach den Trompetern, Trommlern und Spähern, erschien Boabdil. Erhaben und ganz in Weiß gekleidet, ritt er im gleißenden Sonnenlicht auf seinem prächtig aufgeputzten Atlasschimmel dem Stadttor entgegen, hinter sich ein Heer, wie es entschlossener nicht sein konnte, und über allem wehte verheißungsvoll die blau-goldene Standarte mit dem Halbmond. Die Menschen jubelten ihrem jugendlichen Herrscher und seinen Soldaten zu, und Boabdil wirkte so zuversichtlich und siegesgewiss, dass ihr Jubel noch heftiger anschwoll.

Kurz vor der Puerta de Elvira drehte sich Boabdil noch einmal zur Alhambra um, von wo aus ihm zwei Frauen aus dem Frauenturm nachsahen: seine Mutter und seine Frau Morayma, die er in den letzten Monaten endlich näher kennen- und sogar lieben gelernt hatte. Grüßend hob er seine goldene Königslanze in ihre Richtung, senkte sie wieder und trieb sein Pferd, sich noch einmal umsehend, weiter auf die Puerta de Elvira zu – bis ihn ein heftiges Rucken durchfuhr und man etwas bersten hörte. Alle sahen zu Boabdils Lanze. Er hatte mit ihr die Wölbung des Tors gerammt, ihre goldene Spitze lag abgebrochen im Straßenstaub. Viele um ihn herum erbleichten.

»Das ist ein schlechtes Omen«, jammerte der Edle an Boabdils Seite so laut, dass auch Zahra und Deborah ihn hören konnten. »Gebieter, lasst uns umkehren und die Astrologen nach einem besseren Tag für unseren Auszug befragen!«

Boabdil zog seinen Krummsäbel aus dem Schaft und ließ ihn im Sonnenlicht aufblitzen. »Ich denke, das hier wird reichen, um die Christen das Fürchten zu lehren!«

Raschid, der zusammen mit sechs anderen Adligen als Leibwache des Emirs abgestellt war und direkt hinter diesem ritt, befahl einem seiner Soldaten, seine Lanze gegen die Boabdils auszutauschen. Doch auch dies konnte die Menschen, die das Zerbrechen der Lanze beobachtet hatten, nicht beruhigen. Ein unheilschwangeres Tuscheln schwoll unter den Soldaten und unter den Schaulustigen an, viele blickten sich ängstlich an, Deborah schluchzte auf, fasste Zahras Hand und presste sie gegen ihr Herz.

»Der Allmächtige wird ihnen beistehen.« Zahra zog ihre Schwägerin an sich und bemühte sich vergeblich, den Knoten zu ignorieren, der sich beim Abbrechen der Lanze auch in ihrem Magen gebildet hatte.

Vor den Toren von Loja stieß Ali al-Attar zu dem Heer, und mit ihm seine tapfersten Krieger. Männer und Frauen, Kinder und Alte jubelten von den Zinnen der Stadtmauer, als Ali al-Attar auf seinem feurigen Berberross auf Boabdil zuritt. Das Gesicht des alten Kriegers, der fast schon ein Jahrhundert hier lebte, zuckte vor Eroberungslust, in seinen nachtschwarzen Augen flackerte die Wildheit eines Wolfes. Er setzte sich neben Boabdil an die Spitze des Zuges und führte ihn auf versteckten Wegen zur kastilischen Grenze. Kein christlicher Späher bekam sie zu sehen, und als sie in den ersten kastilischen Ort einfielen, waren dessen Bewohner so überrascht, dass ihnen kaum Zeit blieb, nach den Schwertern zu greifen. In wenigen Stunden hatten die Mauren sie überwältigt. Nur diejenigen, die sich gegen eine Gefangennahme wehrten, stachen sie nieder. Hernach befahl Boabdil seinen Soldaten, die Häuser zu plündern, die Felder zu verwüsten und die Schafs- und Ziegenherden zusammenzutreiben. Johlend machten sich die Soldaten an ihr Werk. Auch in den nächsten Orten war der Widerstand, auf den sie trafen, gering. Bald dachte auch der Furchtsamste unter ihnen nicht mehr an das schlechte Omen bei ihrem Auszug.

Drei Tage später erreichten sie Lucena. Die Soldaten fieberten vor Kampfeslust, so dass Boabdil in Absprache mit Raschid und Ali al-Attar beschloss, die Stadt sofort anzugreifen. Im Schutz der Abenddämmerung schlichen sie bis sechshundert Fuß an die Festungsmauer heran. Dort gab Boabdil den Befehl, die Armbrüste und Brandpfeile hervorzuholen. Dank der Weichholzflügel an den Pfeilschäften hatten die Pfeile eine Reichweite von bis zu tausend Fuß. An ihrer Spitze befand sich ein Gemisch aus Eisenspänen, das mit einem in Wachs getränkten Tuch umwickelt und in flüssigen Schwefel getaucht worden war. Im Feuer schmolz und verband sich das Wachs mit dem Brandgemisch zu einer zähflüssigen, teigigen Masse. Die Pfeile prallten so an ihrem Ziel nicht ab, sondern blieben regelrecht kleben. Boabdils geübteste Schützen vermochten, bis zu sechs Brandpfeile pro Minute abzuschießen. Schon nach der ersten Salve loderten zahlreiche mit Holzschindeln oder Stroh gedeckte Dächer auf. Raschid nickte Boabdil zuversichtlich zu. Alles lief nach Plan. Brennendes Holz knisterte, Funken sprühten, Heulen und verzweifeltes Wehgeschrei der Christen durchbrach die Abendstille. Die Stadtwachen brüllten Befehle und läuteten die Alarmglocken.

Schon bald stürmte im gespenstischen Feuerschein der brennenden Häuser der erste kastilische Trupp gegen sie an. Raschid wurde von einem wahren Hünen angegriffen. Während er sich gegen seine Schwerthiebe zur Wehr setzte, sah er aus dem Augenwinkel, dass Boabdil von einem Lanzenreiter bedrängt wurde, mit seinem Ausweichmanöver zu lang zögerte und getroffen wurde. Nur mit Mühe konnte sich Boabdil auf seinem Pferd halten; er drückte die Hand auf die schmerzende Seite. Raschid sah, wie der Lanzenreiter erneut auf Boabdil zuritt. Die Sorge um seinen Emir verlieh ihm Bärenkräfte: Mit einem gewaltigen Hieb stach er seinen Gegner nieder und trieb seinen Berber zu Boabdil. Als Raschid ihn erreichte, trennten den Lanzenreiter und Boabdil nur noch wenige Schritte. Mit einem machtvollen Hieb donnerte Raschid dem Lanzenreiter seine Schwertklinge mitten ins Gesicht. Der Mann fiel vom Pferd, zuckte und blieb dann reglos im Staub liegen. Boabdil wischte sich den Schweiß von der Stirn und warf Raschid einen dankbaren Blick zu. Dann wurde Boabdil erneut angegriffen. Ein berittener Schwertkämpfer hieb auf ihn ein. Raschid sah noch, dass sich Boabdil diesmal weit entschiedener zur Wehr setzte, dann musste er sich selbst gegen zwei Angreifer verteidigen. Hieb folgte auf Hieb, ihre Klingen kreuzten sich in schwindelerregendem Tempo. Raschid merkte, dass er den beiden nicht mehr lange würde standhalten können. Eine Klinge schrammte seine Wange, da stach der zweite Angreifer auf seinen Bauch zu. Raschid meinte den Einstich schon spüren zu können, als das Schwert des Kastiliers im hohen Bogen über das Schlachtfeld flog. Erstaunt wandte Raschid den Kopf und sah, wie der Emir ihm zuzwinkerte. Mit vereinten Kräften hatten sie auch den anderen Ritter binnen kurzem in die Flucht geschlagen.

Seite an Seite entledigten sich Raschid und Boabdil immer neuer Angreifer, und auch die anderen maurischen Krieger – allen voran Ali al-Attar – waren im Zurückschlagen der kastilischen Gegenwehr höchst erfolgreich, so dass sie binnen weniger Stunden sämtliche christlichen Krieger getötet oder hinter die Stadtmauern zurückgetrieben hatten. Boabdil schickte einen mit einer weißen Fahne bewehrten Boten zum Alcalden der Stadt. Er sollte ihm das Angebot unterbreiten, ihnen die Stadt kampflos zu überlassen. Da sie davon ausgingen, dass der Bote kaum vor dem Morgen wiederkommen würde – das Zurückhalten der Boten war auf beiden Seiten eine beliebte Taktik, um Zeit zu schinden –, befahl Boabdil, ihre bisherige Kriegsbeute in das nächstgelegene maurische Grenzdorf zu schaffen.

Während Ali al-Attar die maurische Truppe durch die mitternächtlich schwarzen Wälder hindurch in heimisches Gebiet führte, ging Gonzalo in der Halle seines Onkels Diego de Córdoba, des Marqués de Cabra, unruhig auf und ab. Schon seit Wochen befand er sich auf dessen Burg in Baena, nur einen halben Tagesritt von Lucena entfernt. Nach einer hässlichen Auseinandersetzung mit Juan de Góngora während der Planung des Angriffs auf Axarquía hatte er es vorgezogen, sich für eine Weile vom Hof zurückzuziehen, ehe er sich noch um Kopf und Kragen redete und im Kerker landete, doch seine Wut und sein Unverständnis über das ebenso unerbittliche wie hitzige Vorgehen der christlichen Könige gegen die Mauren waren noch immer nicht von ihm gewichen. Seiner Königin gegenüber hatte er sich diplomatisch mit der schweren Erkrankung seines Onkels entschuldigt, die es diesem derzeit unmöglich mache, seine Truppen zu befehligen und seine Stadt gegen die häufigen Maureneinfälle zu schützen, was durchaus der Wahrheit entsprochen hatte. Doch auch jetzt, da sich sein Onkel längst wieder bester Gesundheit erfreute, hielt sich Gonzalo weiter in dessen Burg auf und hoffte inständig, dass die Könige ihm noch nicht so bald einen Boten schickten, um ihn zu fragen, wann er seinen Dienst am Hof wieder aufzunehmen gedenke.

»Deine Unruhe ist allmählich kaum noch zu ertragen«, knurrte Don Diego, als Gonzalo zum zwanzigsten Mal an ihm vorbeimarschierte.

Gonzalo trat an eines der Turmfenster und sah auf die hohen, schon jetzt im April sonnenverbrannten Hügel der Horquera, die Baena von Lucena trennten und im Licht der untergehenden Sonne regelrecht zu glühen schienen.

»Ich mache mir einfach Sorgen«, brummte er finster.

»Das tue ich schon mein Leben lang«, gab sein Onkel spöttisch grinsend zurück. »Was glaubst du eigentlich, was wir hier, so wenige Leguas von der maurischen Grenze entfernt, für ein Leben führen? Die Tage, die ich hier ruhig geschlafen habe, kann ich an einer Hand abzählen. Aber das, worauf es ankommt, ist nicht die Gefahr, sondern dass man lernt, nicht in ihr unterzugehen!«

»Und doch hat der beständige Kampf mit den Mauren keinen Hass auf sie in dir gesät«, erwiderte Gonzalo und drehte sich zu seinem Onkel um.

»Weil ich ihre Angriffe nicht persönlich nehme und, wie ich wohl zugeben muss, dem Kriegsspiel durchaus etwas abgewinne. Es schärft die Sinne, schult die Reaktionsbereitschaft und sorgt dafür, dass weder meine Knochen noch meine Rüstung Rost ansetzen!« Er zwinkerte seinem Neffen zu. Gonzalo brummte verdrossen.

»Was hält dich eigentlich noch immer hier?«, fuhr Don Diego fort. »Angst vor dem Schlachtfeld ist dir doch ebenso fremd wie mir. Warum vertust du deine Tage auf der Burg deines alten Onkels, statt auf dem Feld Ruhm und Ehre zu erlangen oder dich wenigstens um deine Frau zu kümmern? Wie man hört, hat sie noch immer kein Kind von dir empfangen.«

Der Gedanke an seine Frau erfüllte Gonzalo mit Unbehagen. Auch nach drei Jahren Ehe begegnete sie ihm noch ebenso kalt wie in der Hochzeitsnacht, und seit er in Loja diese Maurin wiedergesehen hatte, konnte er ihre abweisende Art und ihren Hochmut noch weniger ertragen, doch dies waren Dinge, die er seinem Onkel niemals erzählen würde. Er hätte sie ohnehin nicht verstanden.

»Angst«, murmelte er also nur und schüttelte den Kopf. »Nein, Angst habe ich keine. Aber ich sehe in diesem gegenseitigen Abschlachten keinen Sinn. Boabdil will doch den Frieden! Warum, zum Teufel, verhandelt Fernando dann nicht mit ihm?«

»Das fragst du mich doch nicht im Ernst?«

Gonzalo machte eine wegwerfende Geste und wandte sich

wieder zum Fenster um, denn die Antwort kannte er leider in der Tat nur zu gut: Fernando wollte die Mauren aus dem Land haben, und die Juden, die unter ihrem Schutz lebten, gleich mit. Er wollte Granada besitzen, Granada mit seinem unermesslichen Reichtum und der sagenumwobenen Alhambra. Aber das genügte Gonzalo nicht als Rechtfertigung für so viele Tote. Er musste an seinen jüngeren Bruder denken.

»Eigenartig, dass wir noch immer keine Nachricht von Jaime haben«, brummte er. »Angeblich war er nicht unter den Toten von Axarquía, sein Name steht nicht auf der Liste der Gefangenen – aber irgendwo aufgetaucht ist er auch nicht.«

»Tja, das lässt allerdings Schlimmes befürchten«, meinte Don Diego, erhob sich von seinem Stuhl und trat neben Gonzalo ans Turmfenster. Inzwischen war die Nacht angebrochen. Nur wenige Sterne funkelten am Himmel, der Mond war eine schmale Sichel, in der Ferne zirpten Grillen, und ab und an war das Rufen einer Eule zu hören. Einen Moment standen die beiden Männer stumm nebeneinander und betrachteten die stille Nacht wie ein besonderes Gut, dann fuhr ein Ruck durch Don Diego. »Da ist doch ein Flackern hinter den Bergen«, knurrte er.

Gonzalo folgte seinem Blick, konnte aber nichts entdecken. »Vielleicht ein Wetterleuchten.«

»Um diese Jahreszeit?« Don Diego schüttelte den Kopf.

»Wenn Lucena in Schwierigkeiten wäre, hätten sie die Lärmfeuer auf den Hügeln angezündet«, beharrte Gonzalo, und kaum hatte er den Satz zu Ende gesprochen, flackerte das erste Warnfeuer auf den Bergen auf.

»Das ist erst eins«, versuchte er seinen Onkel zu beruhigen. »Bei einem Maurenangriff müssten fünf brennen.«

Sein Onkel rief trotzdem seinen Hauptmann und befahl ihm, die Soldaten in Bereitschaft zu versetzen. »Nach so vielen Jahren in diesem Grenzgebiet habe ich ein Gespür dafür, wenn die Mauren wieder ihr Unwesen treiben!«

Und noch ehe die Soldaten ihre Knappen angetrieben hatten, ihre Rüstungen zu holen und auf Vordermann zu bringen, flackerte auf den Hügeln der Horquera das fünfte Lärmfeuer auf.

Don Diego de Córdoba gab Befehl, dass sich noch vor Tagesanbruch alle verfügbaren Soldaten kampfbereit am Stadttor einzufinden hatten. In der Festung und der nahen Stadt wurden die Alarmglocken geläutet und eilig Boten zu den Nachbarorten geschickt, um für Unterstützung für Lucena zu werben. Die halbe Nacht herrschte in der Festung und der Stadt emsiges Treiben. In den Waffenschmieden wurden Schwerter nachgeschliffen und letzte Hand an Rüstungen gelegt, der Hufschmied überprüfte die Pferdehufe, die Knappen bürsteten den Gambeson ihrer Herren aus und ölten die Scharniere an den Rüstungen. Bei Sonnenaufgang versammelten sich an den Toren der Festung Baena zweihundertfünfzig schlachtenerprobte Ritter und tausendzweihundert Fußsoldaten, bereit, ihr Leben zu geben, um den Mauren endlich den Garaus zu machen.

An der Seite seines Onkels führte Gonzalo den hehren Zug der mutigen Männer an. Die Mauren hatten angegriffen, seine Landsleute waren in Gefahr. Da gab es auch für ihn kein Zaudern.

Rasch ließen sie die Ebene hinter sich, überquerten die Horquera und sahen von der Bergspitze, wie die Mauren eben erneut gegen Lucena zogen. Don Diego schützte seine Augen gegen die aufgehende Sonne und warf einen langen Blick auf den maurischen Trupp. Mit einem Mal breitete sich auf seinem Gesicht ein begeistertes Strahlen aus. »Sieh nur,

Gonzalo«, rief er. »Dort vorn an der Spitze – das muss Boabdil selbst sein. Da, der Hüne auf dem reinweißen Atlasschimmel! Und die Soldaten, die ihn umringen, sind gewiss seine Leibwächter.« Mit blitzenden Augen wandte er sich an seinen Standartenträger. »Los, Juan, roll die Fahne aus!«

Der Angesprochene tat, wie ihm geheißen, doch statt des Banners des Diego von Córdoba, das seit achtzig Jahren in Gebrauch war, hatte er in der Eile des Aufbruchs die Fahne der Grafschaft Cabra mitgenommen, die von Don Diego und seinen Vorfahren schon seit einem halben Jahrhundert nicht mehr mitgeführt worden war. Auf dem verblichenen Tuch war eine Ziege zu sehen. Don Diego befahl ihm, die Fahne dennoch auszurollen.

»Was meinst du, Gonzalo«, rief er, »was unser holder König für Augen macht, wenn wir ihm Boabdil als Gefangenen präsentieren, und erst der ständig auf alle Errungenschaften anderer eifersüchtige Don Juan!«

»Aber sie sind in der Überzahl. Sie anzugreifen, bevor die Verstärkung aus den umliegenden Orten anrückt, birgt ein gewaltiges Risiko!«

»Dafür lockt uns eine besondere Trophäe«, erwiderte sein Onkel unbekümmert. »Wir müssen ja nicht sein ganzes Heer niedermetzeln – wenn wir Boabdil gefangen nehmen können, ist der Sieg auch so der unsere. Warten wir aber, bis die Verstärkung anrückt, kann er längst entwischt sein!« Er wandte sich seiner Truppe zu. »Bei Santiago, uns bietet sich eine historische Gelegenheit. Gott ist mit den Mutigen! Konzentriert euch einzig und allein darauf, dass wir zu Boabdil vorstoßen!«

Er winkte seinen Hauptmann und zwei seiner treuesten Ritter zu sich und befahl ihnen, von den Pferden zu steigen und sich unter die Fußtruppe zu mischen. »Spornt die Soldaten an und behaltet Nachzügler im Auge. Macht unseren

Leuten klar, dass wir jedem, der vor der maurischen Übermacht zu fliehen wagt, eigenhändig den Kopf abschlagen. Und du, Gonzalo, hältst dich an meiner Seite und hilfst mir, zu Boabdil vorzustoßen!«

Gonzalo nickte und preschte mit seinem Onkel den Hang hinab. Er kannte Boabdil ebenso wenig persönlich wie irgendeiner der anderen Männer hier. Und auch wenn er ihm dessen Friedensbemühungen hoch anrechnete, änderte das nichts daran, dass auch er gern den maurischen Emir gefangen setzen würde. Vielleicht ließe sich ja auf diesem Weg dem Kriegstreiben ein Ende bereiten.

Raschid bemerkte die Christen als Erster. Sofort machte er Boabdil und Ali al-Attar auf den Trupp aufmerksam, der von den Bergen auf sie zustürmte.

»Diese Verstärkung wird die christliche Brut in Lucena auch nicht retten«, knurrte Ali al-Attar. Er legte die Hand über die Augen, um abzuschätzen, mit welcher Stärke die Kastilier anrückten, doch die Bewaldung des Hügels war zu dicht. Schließlich erschien in seinem Blickfeld die Standarte der Angreifer.

»Könnt Ihr sehen, welches Abzeichen auf dem Wappen ist?«

Angestrengt blickten Raschid und Boabdil zum Hügel hoch.

»Es ist ein Tier darauf«, meinte Boabdil, und Raschid fügte hinzu: »Es könnte ein Hund sein.«

»Ein Hund?« Ali al-Attar fluchte. »Das kann nur das Wappen der Städte Baeza und Úbeda sein – und würde bedeuten, dass sie ganz Andalusien zu den Waffen gerufen haben!« Er drehte sich zu den Trompetern um. »Los, blast zum Rückzug! Gegen diese Übermacht können wir nichts ausrichten!«

Er wendete sein Pferd und drängte Boabdil zu fliehen. »Wenn Sie Euch gefangen nehmen, wäre das unser Ende!«

»Aber wir können doch nicht wie die Hasen davonlaufen!«, begehrte Boabdil auf, aber Raschid stimmte Ali al-Attar zu. »Lucena können wir auch noch an einem anderen Tag erobern – aber nicht, wenn die Christen Euch in ihre Gewalt bringen!«

Unwillig wendete Boabdil sein Pferd und folgte Raschid und seinem Schwiegervater. Raschid blickte zurück. »Schneller!«, rief er. »Die Ersten sind schon ganz nah! Wir müssen vor ihnen über die Brücke gelangen!«

Sie trieben ihre Pferde an, doch die Kastilier näherten sich der Brücke schneller als sie.

»Dann müssen wir eben durch den Fluss!«, rief Ali al-Attar und preschte auf das Ufer zu.

Der meist behäbige Fluss hatte sich durch die Winterregen in einen reißenden Strom verwandelt, doch die vermeintliche kastilische Übermacht ließ ihnen keine Wahl. Am Ufer sprangen sie von den Pferden. »Legt die Kettenhemden ab, los, schnell«, rief Ali al-Attar. »Sonst zieht es euch unter Wasser!«

Rasch zogen sie die aus Tausenden, untereinander vernieteten Eisenringen bestehenden Hemden, die Kettenfäustlinge und Kettenkapuzen aus. Ali al-Attar watete als Erster in den Fluss, der schnell tiefer wurde. Er wickelte die Zügel seines Pferdes stramm um den rechten Unterarm und schob sich weiter hinein. Obwohl er groß gewachsen war, reichte auch ihm das Wasser schon nach wenigen Schritten bis zur Brust. Er trieb die anderen an, ihm nachzukommen. Raschid ließ Boabdil den Vortritt, dann zog auch er sein Pferd in den Fluss. Die Strömung war so stark, dass er Mühe hatte, nicht von ihr mitgerissen und damit zu der inzwischen von den Kastiliern besetzten Brücke getrieben zu werden. In der

Flussmitte entglitten Raschid die Zügel. Sein Pferd wurde so schnell von der Strömung weitergetrieben, dass er es verloren geben musste. Mit kraftvollen Zügen schwamm er zu Boabdil und half ihm, dass dessen Ross nicht das gleiche Schicksal ereilte. Keuchend erreichten sie das andere Ufer. Raschid kletterte hinaus und half Boabdil und anschließend auch Ali al-Attar die Böschung zu erklimmen; zugleich kamen auch die anderen Leibwächter Boabdils an. Immer wieder warf Raschid einen Blick zur Brücke. Nachdem die Kastilier gesehen hatten, dass ihnen die Durchquerung des Flusses gelang, löste sich dort ein Trupp mit einem guten Dutzend Männer und jagte auf sie zu, während auf der anderen Flussseite die ersten kastilischen Ritter angekommen waren und die maurischen Soldaten angriffen. Auf beiden Seiten gab es Tote. So mancher Verwundete suchte sein Heil in der Flucht, doch mit ihren Verletzungen, Rüstungen oder Kettenhemden hatten sie keine Chance, dem reißenden Fluss wieder zu entkommen. Todesschreie gellten aus den Fluten, das Wasser begann sich rot zu färben, und christliches und maurisches Blut mischte sich untrennbar mit dem Wasser des Genil.

»Wir müssen weiter, schnell!«, drängte Ali al-Attar Boabdil und schwang sich auf sein Pferd. Wieder erreichte einer von Boabdils Leibwächtern mit seinem Pferd das rettende Ufer. Als er die Böschung eben erklommen hatte, traf ihn ein kastilischer Armbrustpfeil im Rücken. Sterbend sank er ins Gras. Raschid fing sein Ross ein und schwang sich in den Sattel. Beinahe gleichzeitig mit Ali al-Attar, Boabdil und den anderen Leibwächtern preschte er los und hielt auf den nahen Wald zu, doch dann schnitt ihnen eine kastilische Truppe mit Rittern in den edelsten Rüstungen den Weg ab. Mit grimmiger Entschlossenheit zogen sie ihre Schwerter.

»Da vorn reitet Boabdil. Los, beeilt euch, damit er uns nicht entwischt!«, trieb Don Diego seine Ritter an. »Wir müssen ihm den Weg abschneiden! Ohne ihre Kettenhemden sind die Mauren viel leichter als wir mit unseren Rüstungen. Wenn sie uns jetzt entkommen, haben wir keine Chance mehr, sie einzuholen!«

Die Jagdleidenschaft seines Onkels steckte Gonzalo an. Er gab seinem Pferd die Sporen und meinte schon vor sich zu sehen, wie sein Onkel und er den kastilischen Königen Boabdil vorführten – und dieser grauenhafte Krieg endlich ein Ende fand.

Längst stand ihren Pferden der Schaum vor dem Maul, aber kurz bevor Boabdil mit seinen Getreuen in den Wald eintauchen konnte, konnten sie die Mauren stellen. Gonzalo zog sein Schwert und hieb auf einen der Leibwächter Boabdils ein. Der junge Mann wehrte den Schlag kraftvoll ab und hieb mit voller Wucht zurück.

»Reitet weiter, mein Gebieter«, rief er seinem Emir zu. »Flieht! Wir halten sie auf!«

Doch Boabdil riss sein Pferd herum und kam seinen Leibwächtern zu Hilfe. Gonzalo focht weiter mit dem Mauren, erwischte ihn am Bein, und als sich ihre Augen begegneten, musste er für den Bruchteil einer Sekunde an Zahra denken. Der Kerl sah ihr ähnlich. Seine Unachtsamkeit brachte ihm trotz seiner Rüstung eine tiefe Wunde im rechten Arm ein. Fluchend nahm er sein Schwert in die Linke und stieß es dem Pferd seines Gegners in den Hals. Das edle Ross brach röchelnd zusammen. Durch einen gewagten Sprung konnte der Maure verhindern, unter das Tier zu geraten. Sofort kam er wieder auf die Füße und hieb auf Gonzalos Bein ein. Gonzalo versuchte, ihn durch einen Fußtritt mit seinem Eisenschuh abzuwehren, doch der Maure wich ihm geschickt aus.

Er hörte seinen Onkel rufen: »Wir haben den Emir!«, und sowohl Gonzalo als auch sein maurischer Gegner drehten sich zu ihm um.

In der Tat zeigte Don Diegos Schwert auf Boabdils Hals.

»Lasst die Waffen sinken, wenn Euch etwas am Leben Eures Emirs liegt, dann schonen wir auch Euch!«, rief Gonzalo den Leibwächtern mit lauter Stimme im arabischen Dialekt Granadas zu.

Die Leibwächter ließen ihre Waffen sinken. Einzig Ali al-Attar kämpfte weiter. »Der Satan verfluche meine Söhne, wenn ich mich Euch ergebe!«, brüllte er und hieb weiter auf seinen Gegner ein. Don Diegos Ritter eilten ihrem Kumpanen zu Hilfe, und schließlich zeigten ihre Schwerter in einem geschlossenen Kreis auf Ali al-Attar.

»So ergebt Euch doch!«, rief Gonzalo ihm auf Arabisch zu, und auch Boabdil befahl ihm, die Waffe zu strecken. Ali al-Attar aber hob erneut das Schwert und stürzte auf einen der ihn bedrohenden christlichen Ritter los. Noch ehe seine Schwertspitze den Soldaten berührte, spaltete ihm einer der Christen mit seinem Schwert den Schädel. Ali al-Attar stürzte ohne jeden Seufzer mit einem seltsam anmutenden Lächeln im Gesicht. Seine Leiche rollte in den Genil und wurde von der Strömung mitgerissen.

15.

Granada

8. April 1483

»Mein Sohn ist gefangen genommen worden?« Aischa schwankte, fing sich aber sofort wieder.

Der Bote nickte und wischte sich den Schweiß von der Stirn. Nicht nur sein Pferd, sondern auch er hatte sein Letztes gegeben, um möglichst schnell nach Granada zurückzukommen. »Auch alle seine Leibwächter sind gefangen worden. Einzig Salim hat zuvor den Tod auf dem Schlachtfeld gefunden, er und …«, beklommen sah er zu Morayma, »… der große Ali al-Attar.«

Aischa machte eine unwillige Geste, die ihn zum Schweigen brachte, und wankte zum Fenster. Zahra ahnte, dass sie ihr Gesicht vor ihnen verbergen wollte; selbst sie konnte in einem Moment wie diesem ihre Gefühle nicht ganz unterdrücken. Sie bemerkte, wie Aischas Schultern erzitterten, sah, wie sie die Hand zur Faust ballte und gegen den Fensterrahmen schlug. Neben ihr weinte Morayma. Zahra zog die zierliche, kleine Frau an sich heran, woraufhin diese noch heftiger weinte und sich wie eine Ertrinkende an Zahras Hals klammerte.

»Scht, Morayma, ganz ruhig«, machte Zahra und wiegte Boabdils Frau in ihren Armen. »Zumindest ist er noch am

Leben. Und denk an deinen Zustand; die Aufregung schadet deinem Kind!«

Gleich nach der Versammlung im Thronsaal vor vier Wochen hatte Aischa sie mit Morayma bekannt gemacht, die genauso alt war wie sie. Im Hause Ali al-Attars waren sie sich nie begegnet, was Zahra wunderte, wofür Morayma ihr aber eine plausible Erklärung gab: »Die Frauen meines Vaters waren sehr hässlich zu mir und hetzten schon seit Jahren gegen Boabdil, weil er sich nicht gegen seinen Vater erhob, sondern sich in den Bergen von Almería verbarg. Deswegen hat Mutter darauf bestanden, dass mein Vater mir eigene Gemächer zuteilt, welche ich kaum verlassen habe.«

Zahra hatte sich sofort zu Morayma hingezogen gefühlt. Im Gegensatz zu ihrem hochgewachsenen, dominanten und überaus cholerischen Vater war Morayma ein sanftes, feenartiges Geschöpf mit großen, dunklen Rehaugen und einem noch überaus kindlichen Naturell – womit sie Aischa nicht selten zur Weißglut brachte. Auch jetzt versetzte sie Aischa mit ihrem Weinen in Zorn. Wütend fuhr sie zu ihr herum. »Fällt dir in einem Moment wie diesem nichts Besseres ein als unbeherrschtes Geplärre?«, herrschte sie diese an. »Weinen ist etwas für Schwächlinge und der Frau des Emirs von Granada nicht würdig!«

Ihr Ausbruch erschreckte ihr Gefolge so sehr, dass es sich hastig in die nebenan liegenden Gemächer verzog.

»Morayma ist noch sehr jung«, versuchte Zahra die Sultanin zu beschwichtigen. »Außerdem hat sie gerade ihren Vater verloren.«

»Ich habe meinen Vater auch verloren und meine ganze übrige Familie gleich mit und war damals weitaus jünger als sie«, donnerte Aischa zurück. »Feige Thronräuber haben sie vor meinen Augen im Palast niedergemetzelt. Doch statt zu weinen und zu verzweifeln, bin ich mit meiner Base Nadschat in die unterirdischen Geheimgänge unter der Alhambra geflüchtet und habe mir später den Platz zurückerobert, der mir von meiner Geburt her zustand! Weinen und Wehklagen bringen uns nicht weiter. Wir müssen überlegen, wie wir Boabdil befreien können, ehe Hassan die Gelegenheit ergreift, sich wieder des Throns zu bemächtigen. Das Volk von Granada ist bekannt für seine Wankelmütigkeit. Wenn sich die Kunde von Boabdils Niederlage ausbreitet, werden nicht wenige uns die letzten Siege Hassans vorhalten und seine Rückkehr fordern!«

Für einen Moment fragte sich Zahra, ob Aischa der Thron womöglich wichtiger war als ihr eigener Sohn, wie Boabdil einmal behauptet hatte, aber dann sagte sie sich, dass Aischa gewiss keine Frau war, die zugeben würde, dass sie sich um ihren Sohn sorgte. Aischa war zum Herrschen und Siegen erzogen worden, nicht zum Zaudern und Zeigen von Gefühlen.

Aischa rief nach Kafur und befahl ihm, nach dem Schreiber zu schicken und dafür zu sorgen, dass sich eine Eskorte bereit machte, um einen Boten nach Baena zu begleiten. »Und schick nach Ismail.«

Während sie auf das Eintreffen des Schreibers wartete, schritt Aischa in dem weitläufigen Zimmer auf und ab und murmelte: »Wir müssen den Christen ein so hohes Lösegeld für Boabdil anbieten, dass sie einfach nicht ablehnen können!«

Zahra hoffte, dass die Sultanin bei ihrem Gebot auch an die Leibwächter Boabdils denken würde. Der Bote hatte gesagt, bis auf Salim seien sie alle mit Boabdil gefangen genommen worden. Dass bedeutete, dass Raschid lebte, besagte aber nicht, dass er auch unverletzt war. Schauergeschichten über die Behandlung von maurischen Gefangenen kamen Zahra in den Sinn, die sie aber gleich wieder von sich schob. Ihr Bruder war schließlich nicht irgendein Gefangener; er war ein as-Sulami und Vertrauter und Leibwächter des Emirs!

Auch an Deborah wagte Zahra kaum zu denken. Mein Gott, wie verzweifelt sie sein wird! Und nicht weniger bang wurde ihr, als sie sich Aischas Worte ins Gedächtnis rief. Der Allmächtige stehe ihnen bei, wenn Hassan tatsächlich die Gelegenheit ergriff, sich wieder des Throns zu bemächtigen. Ohne Zweifel würde er grausame Rache an Boabdils Getreuen üben, zu denen – mit Ausnahme Yazids, von dem sie schon seit Monaten nicht einmal wussten, wo er sich aufhielt – auch ihre eigene Familie gehörte.

Schon eine halbe Stunde später hatte Aischa ihr Schreiben diktiert; direkt anschließend meldete Kafur Ismail. Aischa schickte Morayma zu ihrem Gefolge in die Nebengemächer, Zahra aber befahl sie zu bleiben und sich ihren Hidschab anzulegen. Als Ismail eintrat, verbeugte er sich vor Aischa und sagte ihr, dass die schlechten Nachrichten aus Lucena schon zu ihm gedrungen seien. »Was gedenkt Ihr jetzt zu tun, Gebieterin? Wenn das Volk von Boabdils Niederlage erfährt, wird es sofort nach Hassan rufen, und solange Boabdil in Gefangenschaft ist, wird es hier nur wenige geben, die seinen Thron für ihn verteidigen. Auf dem Weg hierher habe ich schon die Ersten von der Weissagung munkeln hören, die über Boabdil seit seiner Geburt wie ein Damoklesschwert schwebt!«

Aischa machte eine unwirsche Handbewegung. Diese Weissagung hatte Boabdils ganze Jugend überschattet und ihn der Liebe seines Vaters beraubt. Würden die Menschen denn nie aufhören, diesen Unsinn zu wiederholen? »Lasst mich mit diesem Ammenmärchen in Ruhe, es ist eine Lüge, nichts als eine verdammte Lüge!« Unwillig hielt sie Ismail ihr Schreiben hin. »Ich möchte, dass Ihr gleich morgen früh nach Baena aufbrecht und dem Marqués de Cabra mein Angebot überreicht.«

Ismail hob die dichten Augenbrauen. »Ich spreche zwar Spanisch, aber nicht so gut, dass ich Feinheiten heraushören könnte, was in diesem Fall von Nutzen wäre.«

»Dann nehmt Ihr eben einen Dolmetscher mit!«

»Und zu wem habt Ihr genug Vertrauen, dass er nicht übersetzt, was er will, weil er sich insgeheim wieder Hassan auf den Thron wünscht?«

Die Frage brachte Aischa für einen Moment aus dem Konzept.

»Usama oder Mansur«, sagte sie schließlich, doch Ismail schüttelte den Kopf. »Usama halte ich nicht für zuverlässig genug, und Mansur ist bei den Kämpfen in den Dörfern vor Lucena schwer verletzt worden.«

»Dann nehmt Ihr Taufiq mit«, entschied Aischa. »Seine Familie war mir immer treu ergeben. Er wird seine Aufgabe gewissenhaft ausführen.«

Ohne Ismails Erwiderung abzuwarten, rief Aischa nach Kafur und befahl ihm, nach Taufiq zu schicken. So bemerkte nur Zahra die Zweifel, die in Ismails Augen aufflackerten.

Noch am gleichen Abend stürmte Hassan mit seinen Truppen die Tore Granadas. Da in der Stadt die Nachricht von Boabdils Gefangennahme durch die ersten traurigen Heimkehrer von Lucena die Runde gemacht hatte, leisteten die Soldaten kaum Widerstand. Am nächsten Morgen drang Hassan in die Stadt ein, und anders als bei seinem letzten Angriff ergab sich ihm die Stadtbevölkerung diesmal ohne Gegenwehr. Als Aischa hörte, wie nah er der Alhambra war, raffte sie in aller Eile mit Hilfe ihrer Getreuen ihre und Boabdils Schätze zusammen und flüchtete in den Albaicín, wo sie einen eigenen Palast hatte, in dem sie sich verbarrikadierte. Am nächsten Morgen suchte Ismail Aischa dort auf und fragte sie, ob sie trotz allem an ihrem Plan festhielte.

»Aber natürlich. Und sobald Boabdil frei ist, werden wir Hassan wieder aus der Stadt jagen!«

»Und Taufiq?«, fragte Ismail. »Ist er mit Euch geflohen?«

»Nein«, erwiderte Aischa irritiert. »Ich hatte mit ihm ausgemacht, dass er direkt zu Euch geht!«

»Nun, dann ist er entweder von Hassan abgefangen worden, oder er hat es sich anders überlegt.« Ismail rieb sich über die Nase. »Gibt es in Eurem Haushalt hier sonst noch jemanden, den ich als Dolmetscher mitnehmen könnte?«

Aischa schüttelte den Kopf, aber dann fiel ihr Blick auf Zahra. »Du wirst Ismail begleiten!«

Zahra fuhr von ihrem Sitzpolster auf. »Aber Herrin«, stotterte sie. »Die Christen werden niemals eine Frau als Dolmetscher akzeptieren!«

»Als du Boabdil hergeholt hast, hast du auch Männerkleidung getragen, und niemand hat Verdacht geschöpft. Warum soll uns das nicht noch einmal gelingen?«

Unwillig krauste Ismail die Stirn. »Meine Gebieterin, nichts gegen Eure Hofdame und das, was sie für Euer Geschlecht schon geleistet hat, aber eine Verhandlung mit dem Marqués erfordert doch einiges an Sachkenntnis und ...«

»Zahra versteht mehr von der Politik dieses Landes als so mancher der ständigen Berater meines Sohnes«, schnitt Aischa ihm das Wort ab. »Und an Mut nimmt sie es allemal mit ihnen auf!«

Aischas Lob, noch dazu ausgesprochen vor einem Dritten, ließ Zahra erröten, aber es machte ihr auch Mut. Hatte sie in den letzten Jahren nicht schon viel kniffligere Aufgaben lösen müssen als diese? Mit ein bisschen Glück könnte sie in Baena außerdem auch etwas über Raschid herausfinden. Sie erhob sich und nickte Aischa zu. »Ich bin bereit, meine Gebieterin.«

Ismail stieß einen Schwall Luft aus, sagte aber nichts mehr. Schon eine Stunde später brachen sie auf.

Keiner der Soldaten ihrer Eskorte ahnte, dass unter dem Turban des wortkargen Dolmetschers eine junge Frau steckte, und Ismail tat sein Möglichstes, dass dies auch sein und Zahras Geheimnis blieb. Unter dem Vorwand, dass der Dolmetscher gerade erst eine schwere Stimmbandentzündung hinter sich habe, verbot er den Soldaten, das Wort an ihn zu richten, um ihn nicht zu unnötigem Sprechen zu verleiten, und teilte sich sein Zimmer in den *funduqs* mit Zahra, wo er so lange Sprechübungen mit ihr machte, bis es ihr gelang, ihre Stimme so tief wie die eines Mannes klingen zu lassen. Sie beide wussten, dass es unschicklich war, dass sie mit Ismail in einem Zimmer nächtigte, aber keiner von ihnen verlor ein Wort darüber. In Zeiten wie diesen galten andere Gesetze. Zahra hoffte, dass auch Allah dies so sah.

In der Zwischenzeit ging es Boabdil in Baena zumindest körperlich um einiges besser als seinen Leibwächtern. Während diese ihre ohnehin karge Kost in dem nasskalten Kerker der Burg mit bloßen Händen gegen ausgehungerte Ratten verteidigen mussten, hatte Gonzalo veranlasst, dass der Emir unter würdevolleren Umständen untergebracht und so ehrenvoll und zuvorkommend behandelt wurde, wie es ihm aufgrund seiner hohen Stellung zukam.

Zunächst hatte sein Onkel sich heftig gegen Boabdils Verlegung ausgesprochen. »Himmel noch eins! Er ist nur ein Ungläubiger und kein König von Gottes Gnaden!«

Aber als Gonzalo nicht ohne einen gewissen Schalk in den Augen anmerkte, dass sein Onkel sicher nicht riskieren wolle, dass sich sein wertvolles Pfand im Kerker die Schwindsucht hole, gab er knurrend nach. An diesem Morgen aber, drei Tage nach Boabdils Verlegung, eilte Don Diego erbost in die Bibliothek, wo Gonzalo an einem Lesepult in eines der zahlreichen Bücher seines Onkels vertieft war.

»Das haben wir nun von deiner Gutmütigkeit«, raunzte er Gonzalo ohne jede Begrüßung an. »Jetzt verweigert der Maure die Nahrungsaufnahme!«

Gonzalo brauchte einen Moment, bis ihm klarwurde, von wem die Rede war. »Und warum will er nichts mehr essen?«

»Woher soll denn ich das wissen? Bin ich der Maurenfreund oder du? Ach, verdammt, ich wünschte, der Bote von den Königen wäre schon zurück, und sie würden uns den Maurenkönig endlich abnehmen!«

»Möglicherweise liegt es an dem Essen, das wir ihm vorsetzen«, erwiderte Gonzalo nachdenklich. »Der Koran verbietet seinen Gläubigen den Verzehr vielerlei Nahrungsmittel, die wir sehr gern zu uns nehmen, und …«

»Soll ich jetzt für ihn vielleicht auch noch einen maurischen Koch einfangen gehen?«, fiel Don Diego ihm ungehalten ins Wort.

»Ich denke«, gab Gonzalo schmunzelnd zurück, »dass es für den Moment schon reicht, ihn einfach zu fragen, was er an unserem Essen auszusetzen hat.«

»Das kannst du gern selbst machen«, grollte Don Diego und verließ murrend die Bibliothek.

In Wahrheit war Gonzalo von Anfang an darauf erpicht gewesen, Boabdil kennenzulernen. Während der Gefangennahme war ihm kaum Zeit geblieben, ihn auch nur länger anzusehen, aber das, was er von ihm erfasst hatte – die klugen, braunen Augen und die klare, sanfte Stimme –, hatte ihn für ihn eingenommen und war ein zusätzlicher Grund dafür gewesen, dass er sich für eine bessere Behandlung eingesetzt hatte. Bislang hatte es ihm an einem guten Vorwand gefehlt, sich zu Boabdil zu begeben. Schließlich war er der Gefangene seines Onkels und kein Gast auf einem Jagdausflug, und er hatte Don Diego durch ein allzu offen an den Tag gelegtes Interesse an Boabdil nicht noch mehr gegen diesen aufbringen wollen.

Gonzalo begrüßte die Wachen vor Boabdils Turmzimmer mit einem kurzen Nicken und klopfte an die Tür. Als er keine Antwort bekam, klopfte er noch einmal vernehmlicher. Auch diesmal erfolgte keine Reaktion.

»Mit Verlaub, Don Gonzalo«, brummte da eine der Wachen, »warum geht Ihr nicht einfach hinein? Schließlich ist es nur ein …«

»Nur ein was?«, fiel Gonzalo ihm leise ins Wort. »Nur ein dahergelaufener Maure?«

Der junge Mann errötete und trat beiseite. Gonzalo hielt den Blick weiter auf ihn gerichtet und klopfte noch einmal. Diesmal erscholl ein leises »Ja, bitte?« aus dem Inneren des Zimmers.

Als Gonzalo die Tür öffnete, sah Boabdil ihn erstaunt an. »Ihr müsst entschuldigen, dass ich Euch dreimal habe klopfen lassen, aber normalerweise platzt hier jeder rein, wie es ihm beliebt!« Er verbeugte sich vor Gonzalo, wobei er mit der linken Hand grüßend Brust und Stirn berührte. Gonzalo erwiderte die Geste. »Friede sei mit Euch!«

»Und Friede mit Euch«, erwiderte Boabdil und musterte ihn erstaunt.

Gonzalo schloss die Tür hinter sich, ging zum mittleren der drei Turmfenster, warf einen kurzen Blick hinaus und drehte sich wieder zu Boabdil um. »Ich hoffe, Ihr seid mit Eurer Unterkunft zufrieden.«

»Aus Eurer Frage schließe ich, dass meine Verlegung nach hier oben auf Euer Betreiben zurückgeht.«

»Ist das die höfliche Umschreibung von: Nein, ich bin keineswegs damit zufrieden?«, fragte Gonzalo und konnte ein Lächeln nicht unterdrücken. Auch um Boabdils Mundwinkel zuckte es, und schließlich lachte er auf. »Ich denke, schon. Aber ich wollte Euch nicht verletzen. Ich nehme an, Ihr hattet die edelsten Absichten.«

»Und warum seid Ihr trotzdem unzufrieden?«

Boabdil hob die Hände und ließ sie wieder sinken. »Ich – ich wäre lieber bei meinen Leibwächtern geblieben. Ich fühle mich für ihre Gefangennahme verantwortlich und möchte nicht besser gestellt sein als sie.«

»Und Ihr meint, es wäre deswegen nur gerecht, wenn Ihr deswegen hungert?«

»Nein, aber ich habe mich gefragt, wem ich in dieser Situation noch dienen kann, und bin dabei nur auf Euch und Euer Land gestoßen.« Boabdil sah ihn ernst an. »Ihr benutzt mich, um mein Land zu erpressen, und von all den traurigen Rollen, die ich in meinem Leben schon innehatte, erscheint mir dies als die erbärmlichste. Wenn ich meinem Land weder Frieden noch Siege schenken kann, dann will ich wenigstens nicht an seinem weiteren Niedergang schuld sein.«

»Seid Ihr sicher, dass Eure Anhänger das genauso sehen?«

Boabdil antwortete nicht, aber Gonzalo fiel ein Anflug von Bitterkeit in seinen Zügen auf. Seine Lage war in der Tat mehr als misslich.

»Außerdem braucht Ihr Euch keinen falschen Hoffnungen hingeben«, meinte Boabdil. »Niemand wird auch nur eine Unze Gold für mich zahlen!«

»Warum wartet Ihr das nicht einfach erst einmal ab – und nehmt in der Zwischenzeit wieder das Essen auf?«, schlug er vor. »Das Leben steckt bisweilen voller Überraschungen!«

Boabdil hob die Augenbrauen. Gonzalo tat einen Schritt auf ihn zu. »Ihr habt in unserem Land nicht nur Feinde. Erst wenn Ihr aufgebt, ist alles verloren, und ich will gern das Meine dazu beitragen, dass unsere Königin das richtige Bild von Euch bekommt – und die Chance erkennt, die sich aus einer Zusammenarbeit mit Euch für uns alle ergeben würde.«

»Warum?«, fragte Boabdil.

»Weil auch mir der Frieden am Herzen liegt«, erwiderte Gonzalo schlicht und reichte Boabdil die Hand. Nach kurzem Zögern schlug er ein.

Am Abend erschien vor den Toren der Stadt ein Maurentrupp mit weißer Fahne. Don Diego befahl seinen Wachen, einzig den Boten vorzulassen, da er einen Hinterhalt befürchtete. Als er hörte, dass der Bote einen Dolmetscher mitgebracht hatte, erlaubte er, auch diesen einzulassen und in sein Besprechungszimmer zu führen. Da er dem maurischen Übersetzer nicht zu trauen gedachte, rief er seinen Neffen.

»Und dass du mir auch ja jede Feinheit übersetzt«, verlangte Don Diego. »Und umgekehrt auch nichts von den Dingen auslässt, die ich zu sagen habe!«

Gonzalo versprach es, und sein Onkel befahl der Wache, die beiden Mauren eintreten zu lassen.

Als Gonzalo die beiden Gesandten sah, wunderte er sich. Er hatte einen weißbärtigen Faqih oder den ehrwürdigen Wesir für eine so wichtige Verhandlung erwartet, was diese beiden aber weder ihrer Kleidung noch ihrem Alter nach sein konnten. In der Tat stellte sich Ismail als Alcalde Granadas und Gesandter der Sultanin vor; über seinen noch jüngeren

Begleiter sagte er nur, dass er für ihn übersetzen würde. Sein Spanisch war so holprig, dass ein Dolmetscher wahrlich vonnöten schien. Gonzalo sah zu dessen Begleiter, fragte sich, wieso er unter seinem Blick errötete, und nahm sich vor, ein Auge auf diesen Kerl zu haben.

Gonzalo stellte ihnen seinen Onkel vor, der sich nicht mehr als ein knappes Nicken abrang, und bat die beiden Mauren, an dem großen Tisch Platz zu nehmen. Die Gesandten setzten sich ans untere Ende, Don Diego an das obere. Gonzalo hoffte, dass die räumliche Distanz zwischen ihnen kein schlechtes Vorzeichen war.

Der Bürgermeister Granadas öffnete ein versiegeltes Dokument. »Wir bringen Euch eine Nachricht der Sultanin«, erklärte er in gebrochenem Spanisch und reichte das Schriftstück seinem Begleiter, den er auf Arabisch bat, Aischas Angebot vorzutragen. Zahra begann mit dünner Stimme die Botschaft ins Spanische zu übersetzen. Als Don Diego die Höhe des Lösegelds vernahm, das Aischa für ihren Sohn bot, und den Zuschlag, den sie für jeden seiner Leibwächter zu zahlen bereit war, der mit ihm die Festung verlassen durfte, verzog er zwar keine Miene, bat aber Gonzalo, sich das Schreiben auch selbst einmal anzusehen. Gonzalo ließ sich das Schreiben reichen, wobei seine Finger für den Bruchteil einer Sekunde die des Dolmetschers berührten. Ihn durchlief ein angenehmes Schaudern, und er maß den Dolmetscher mit einem verstörten Blick, woraufhin dieser zu Boden sah und noch tiefer errötete als zuvor.

»Gonzalo!«, drängte ihn sein Onkel.

Gonzalo fasste sich, überflog die arabischen Schriftzeichen und nickte. »Ja, der maurische Dolmetscher hat alles korrekt wiedergegeben.«

Er sah seinem Onkel an, dass er Mühe hatte, ein freudiges

Aufstrahlen zu unterzudrücken. Der Preis, den Aischa für ihren Sohn bot, überstieg alles, was zu erwarten gewesen war oder sie von sich aus gefordert hätten. »Sag ihnen, dass ich ihr Angebot vernommen habe und an die Königin weiterleiten werde.«

Noch ehe Gonzalo dazu kam, die Worte zu übersetzen, tat dies der maurische Dolmetscher. Gonzalo nickte seinem Onkel zu: Ja, er hatte alles richtig wiedergegeben.

Nun sprach Ismail. Zahra wiederholte seine Worte auf Spanisch: »Der Alcalde von Granada möchte wissen, ob es unbedingt nötig ist, die Königin einzuschalten. Es würde die Sache sicher vereinfachen und beschleunigen, wenn wir das Lösegeld direkt an Euch zahlen.«

»Der Maurenkönig ist Gefangener der christlichen Krone, und niemand anderes als die Königin kann über sein weiteres Schicksal verfügen«, gab Don Diego eisig zurück. »Außerdem, Gonzalo, solltest du die Herrschaften vielleicht daran erinnern, dass wir hier nicht auf einem verdammten maurischen Bazar sind!«

Ehe sich Zahra an die Übersetzung machen konnte, gab Gonzalo die Worte seines Onkels wieder, wobei er dessen letzten Satz geflissentlich ausließ und durch nichtssagende Höflichkeiten ersetzte. Zahra warf ihm einen verwunderten Blick zu, korrigierte ihn jedoch nicht.

»Aber Boabdil ist doch hier?«, fragte Ismail, und als Gonzalo nickte, fuhr er fort: »Dann verstehe ich nicht, warum man den Prozess unnötig komplizieren muss. Die Sultanin wäre sicher bereit, Don Diego für sein Entgegenkommen gesondert zu entlohnen.«

Wiederum kam Gonzalo dem maurischen Dolmetscher zuvor und übermittelte seinem Onkel lediglich die Frage, ob Boabdil hier sei und ob es wirklich keinen Weg gebe, den Prozess abzukürzen, und erfand einen besonderen Dank hinzu, dass man Boabdil nicht getötet, sondern nur gefangen genommen hatte. Das Arabisch seines Onkels war so schlecht, dass Gonzalo nicht Gefahr lief, von ihm bei seinen kleinen diplomatischen Beschönigungen ertappt zu werden, umgekehrt aber kannte er ihn gut genug, um zu wissen, dass ihn Ismails unmissverständlicher Bestechungsversuch in höchste Wut versetzt und ihn sicher zum Abbruch des Gesprächs veranlasst hätte. Auch jetzt berichtigte Zahra ihn nicht, sondern warf ihm nur verstohlen einen dankbaren Blick zu, der Gonzalo seltsam berührte.

»Nein, es gibt keine Möglichkeit, diesen Prozess abzukürzen«, erwiderte Don Diego. »Wir haben die Königin schon benachrichtigt und gehen davon aus, dass sie uns innerhalb der nächsten Tage einen Boten schicken oder sogar selbst herkommen wird.«

Damit sein vorheriges Spiel nicht auffiel, kam Gonzalo dem maurischen Dolmetscher auch jetzt zuvor, konnte sich in diesem Fall aber weitere Auslassungen sparen.

Ismail wollte wissen, ob sie Boabdil sehen könnten. Gonzalo gab die Frage weiter. Sein Onkel verneinte durch Kopfschütteln. Gonzalo warf ihm einen drängenden Blick zu, den sein Onkel zu dessen Ärger geflissentlich übersah.

Schließlich schlug Gonzalo Ismail und seinem Begleiter vor, unten im Speisesaal ein paar Erfrischungen zu sich zu nehmen – und sagte seinem Onkel erst nach Ismails Zustimmung, dass er die Besucher zu einem kleinen Imbiss eingeladen hatte.

Kaum hatten die Wachleute die Besucher nach unten geführt, sprang Don Diego von seinem Platz auf und donnerte seinen Neffen an: »Was fällt dir ein, diese Heiden in meinem Haus zum Essen einzuladen?«

Gonzalo hob beschwichtigend die Hände. »Ich wollte die Gelegenheit haben, kurz unter vier Augen mit dir zu reden!«

»Ich weiß nicht, was es da noch zu reden gibt. Die Entscheidung, was mit Boabdil geschieht, obliegt allein der Königin, und ich werde den Teufel tun, mich da einzumischen oder gar ihrer Entscheidung vorzugreifen!«

»Aber man könnte sie doch trotzdem Boabdil kurz besuchen lassen«, gab Gonzalo zurück. »Du hast diese beiden dürren Gestalten doch gesehen. Meinst du wirklich, sie könnten etwas gegen deine Wachsoldaten ausrichten? Sie sorgen sich um ihren Emir und wollen sich vergewissern, dass es ihm gutgeht. Das ist doch nur verständlich!«

Don Diego stieß einen Schwall Luft aus. »Allmählich verstehe ich Don Juans Vorbehalte gegen dich, Gonzalo. Es geht hier nicht um eine rührende Familienzusammenführung, sondern um das Wohl unseres Landes!«

»Das weiß ich selbst, Onkel, aber es kann trotzdem nicht schaden, bei alldem auch noch Mensch zu bleiben.«

Don Diego hob geringschätzig die rechte Augenbraue.

»Außerdem könnte es uns auch politisch zum Vorteil gereichen, wenn wir ein gewisses Entgegenkommen zeigen würden«, fuhr Gonzalo unbeirrt fort. »Wir sind Boabdil und seinen Anhängern gegenüber derzeit eindeutig in der Position der Stärkeren – aber es gibt auch noch Hassan und az-Zagal, und wie schlagkräftig die nach wie vor sind, haben wir gerade erst in Axarquía erlebt. Vielleicht sind wir noch einmal froh, wenn Boabdil uns einen Gefallen schuldet!«

»Und wenn die drei irgendwelche konspirativen Absprachen treffen?«

»Ich verspreche dir, ihnen nicht von der Seite zu weichen, und sobald sie Themen anschneiden, die mir gegen unser Interesse zu gehen scheinen, beende ich ihr Gespräch!« Er sah seinen Onkel eindringlich an. »Gewähre ihnen wenigstens einen Moment!«

Don Diego machte eine unwillige Handbewegung und trat ans Fenster. »Aber wenn die Könige davon erfahren – ich habe meine Einwilligung dazu nicht gegeben.«

»Danke, Onkel!«, rief Gonzalo und eilte nach unten ins Speisezimmer. Er nahm den beiden das Versprechen ab, dass sie Boabdil nichts von dem Angebot seiner Mutter erzählen und ihn auch nicht über die Ereignisse in ihrem Land informieren würden, und brachte sie zu dem Gefangenen.

Die Freude, die in Boabdils Gesicht aufstrahlte, entlohnte Gonzalo in jeder Hinsicht für den Missmut, den er wegen dieses Unterfangens von seinem Onkel auf sich gezogen hatte. Boabdil und Ismail fielen sich in die Arme, und Gonzalo bemerkte die Freudentränen in ihren Augen. Anschließend stellte Ismail Boabdil seinen Dolmetscher vor.

»Das ist Kafurs Sohn Taufiq!«

Gonzalo meinte eine gewisse Nachdrücklichkeit im Blick Ismails zu erkennen, die ihn verunsicherte. In der Tat schien Boabdil den Dolmetscher nicht zu kennen, und erst als Ismail hinzufügte: »Aber du wirst dich doch an Kafur und seinen Sohn und den schönen Reitausflug erinnern, den ihr einmal gemacht habt!«, traten Erkennen und eine gewisse Belustigung in Boabdils Augen. Gonzalo blickte zu dem Dolmetscher, der Boabdil mit einem hellen Strahlen ansah, und war sich plötzlich sicher, diesen Taufiq auch schon einmal gesehen zu haben, kam aber nicht darauf, bei welcher Gelegenheit. Er fragte sich, was für ein Spiel die drei hier spielten. Irgendetwas war faul, dessen war er sich sicher. Mit einem Mal hatte er es sehr eilig, die beiden wieder hinauszubringen.

»Ihr habt Euch nun ja vergewissern können, dass es Eurem

Emir bei uns an nichts fehlt«, wandte er sich an Ismail und machte eine unmissverständliche Handbewegung zur Tür hin.

»Nur noch einen Moment«, bat dieser inständig.

Unwillig gab Gonzalo nach. »Aber wirklich nur einen Moment!«

Er hörte, wie sich die beiden erkundigten, ob es Boabdil gutgehe. Boabdil versicherte ihnen, dass er zuvorkommend behandelt werde. »Ich hoffe, meine Mutter und Morayma sind wohlauf?«

Ismail nickte. »Sie erfreuen sich beide bester Gesundheit, und Eure Frau fühlt sich täglich wohler im Albaicín!«

Gonzalo beobachtete, dass diese Nachricht Boabdil mit ebenso viel Erleichterung wie Unruhe erfüllte, konnte aber nicht nachvollziehen, hinter welchen Worten der schlechte Teil der Nachricht versteckt gewesen war.

»Und Raschid?«, hörte er nun diesen Taufiq leise fragen. Gonzalo erinnerte sich, dass einer der Leibwächter so hieß. Entschlossen trat er zwischen sie. »Gespräche über die Leibwächter kann ich leider nicht gestatten.«

Als er sah, dass Boabdil Taufiq verstohlen zunickte, wurde ihm das Ganze zu brenzlig. Kurzerhand schob er die Besucher zur Tür hinaus und ärgerte sich, weil ihm klar war, dass die drei durch diese wenigen Sätze weit mehr erfahren hatten, als er herauszuhören in der Lage gewesen war.

Er begleitete die beiden Mauren zurück zum Eingangstor, wo ihre Eskorte auf sie wartete.

»Wann können wir nachfragen, ob unser Angebot bei den christlichen Königen auf Interesse gestoßen ist?«, fragte ihn der Dolmetscher am Tor.

»Ich nehme an, man wird Euch einen Boten in die Alhambra schicken.« Gonzalo sah, wie der Dolmetscher und Ismail einen Blick wechselten.

»Wegen der Gefahr, dass der Bote abgefangen werden könnte, würden wir es vorziehen, in ein paar Tagen selbst noch einmal nachzufragen«, meinte Ismail.

Gonzalo musterte ihn und fragte sich, was wirklich hinter dieser Antwort steckte, nickte aber. »Sicher, warum nicht? Ich werde es meinem Onkel ausrichten.«

Dann stiegen die maurischen Gesandten auf ihre Pferde und verschwanden in der Nacht. Erst Tage später erfuhr man in Baena, dass Hassan Granada zurückerobert hatte und Aischa mit ihren Getreuen in den Albaicín hatte flüchten müssen und versuchte, von dort aus für ihren Sohn dessen Regentschaft fortzuführen. Bisher schien Hassan sie unbehelligt walten zu lassen, aber man munkelte, dass er schon Pläne habe, wie er ihrer habhaft werden könne. Nun verstand Gonzalo besser, wieso Boabdil über die Neuigkeiten über seine Mutter und seine Frau ebenso erleichtert wie erschrocken gewesen war, aber er ahnte, dass er nicht hinter all ihre Geheimnisse gekommen war. Dieser Taufiq ... Wer war er, und woher kannte er ihn? Er wusste, dass er erst wieder ruhig würde schlafen können, wenn er die Antworten auf diese Fragen gefunden hatte.

16.

Baena

2. Mai 1483

Dreimal waren Zahra und Ismail in den vergangenen Wochen schon nach Baena geritten und jedes Mal am Tor mit der Begründung abgewiesen worden, dass man noch keine Nachrichten von den christlichen Königen habe und sie in ein paar Tagen wiederkommen sollten. Während Ismail die Nachrichten mit Gleichmut aufnahm und Zahra erklärte, dass Allah den Gang aller Dinge regele, hatte Zahra bei der letzten Absage Mühe, die Tränen zurückzuhalten, zumal sie wiederum nichts über ihren Bruder hatte erfahren können. Zwar hatte sie aus Boabdils Nicken geschlossen, dass es ihm den Umständen entsprechend gutging, aber dies lag nun drei Wochen zurück, und nicht nur Zahra, sondern auch Deborah war allmählich krank vor Sorge.

Zahra hatte außerdem das Wiedersehen mit Gonzalo aufgewühlt. Die Tage in Loja standen wieder vor ihrem inneren Auge, und sie bedauerte, dass es ihr ihre Rolle als Taufiq unmöglich machte, sich ihm zu erkennen zu geben – obwohl sie sich zugleich sagte, dass auch dies nichts ändern würde. Schließlich war er verheiratet. Zumindest aber hätte sie ihn nach Hayat und Miguel fragen können. Vor vier Monaten hatte Amina einen Brief erhalten, in dem ein knappes: »Sag Z. es geht uns gut. H.« gestanden hatte. Dies war bisher das einzige Lebenszeichen ihrer Halbschwester. Und auch nach Jaime hätte sie Gonzalo zu gern gefragt und ob er die Schlacht von Axarquía überlebt hatte. Dieser Jaime, der die Mauren so hasste – und der doch diese eigenartige Anziehung auf sie ausgeübt hatte und sie seither in ihren Gedanken verfolgte …

Auch heute ritten Ismail und Zahra wieder gen Baena, und ihnen war nicht nur aus Furcht vor einer erneuten Absage der Wachsoldaten beklommen zumute, sondern auch wegen der neusten Ereignisse in Granada. Hassan hatte seine Position weiter festigen können und tat sein Möglichstes, um Boabdils Ansehen im Volk herabzusetzen. Er verspottete dessen Fähigkeiten als Führer, nannte ihn einen hasenfüßigen Soldaten und erklärte dem Volk, dass nun endlich die Verheißung erfüllt sei, die bei Boabdils Geburt ausgesprochen worden war: *»Er wurde auf den Thron erhoben, wie die Astrologen es prophezeit haben, und hat mit seiner Niederlage und Gefangennahme Schande über unser Reich gebracht, aber jetzt ist der Unglückstag vorbei, das Schicksal befriedigt, das Zepter unter Boabdils schwachen Händen zerbrochen – und unser Reich besteht dennoch weiter. Ich habe das Zepter in meine starken Hände zurückgeholt und werde unser Land zu neuer Macht und Herrlichkeit zurückführen!«*[4]

Da Hassan überdies zwei weitere Siege über die Christen hatte erringen können, schenkte ihm das Volk Glauben und jubelte ihm in großen Teilen zu. Noch aber wagte er es nicht, so unerbittlich gegen die Verbündeten seines Sohnes vorzugehen, wie es jeder befürchtet hatte. Nur zehn der engsten Mitstreiter Boabdils hatte er köpfen lassen, ein Dutzend gefangen

4 Nach Washington Irving: *Die Eroberung Granadas, aus den Papieren Bruders Antonio Agapida,* S. 144

genommen. Da die Sulamis unter dem Schutz von Aischas Familie standen, deren Macht Hassan noch fürchtete, hatte er bisher auch sie verschont.

»Ob wir heute wieder ohne Nachrichten abgewiesen werden?«, seufzte Ismail und riss Zahra damit aus ihren Gedanken. Sie sah auf und nahm erst jetzt wahr, dass sie die Burg schon erreicht hatten. Zu ihrer Erleichterung nickte einer der Wachleute ihnen zu. »Heute kann ich Euch vorlassen. Steigt ab, damit wir Euch nach Waffen durchsuchen können!«

Ismail und Zahra stiegen von ihren Pferden. Wie die anderen Male hatte Zahra ihre Brust fest umwickelt und an den Körper geschnürt, da sie mit einer solchen Leibesvisitation gerechnet hatte. Dennoch war ihr das grobe Abtasten des Wachsoldaten zuwider und rief in ihr einen schrecklichen Moment lang die Erinnerung an Ibrahim wach. Nicht zum ersten Mal fragte sie sich, wie Zainab das Leben mit ihm ertrug. Bisher hatte ihre Schwester alle ihre Briefe unbeantwortet gelassen und schrieb auch ihrem Vater selten mehr als ein paar nichtssagende Zeilen. Zu gerne hätte Zahra geglaubt, dass ihre Schwester mit ihrem neuen Leben ausgefüllt und zufrieden war und ihr deshalb der Sinn für lange Briefe nach Hause fehlte. Aber sie fürchtete, dass der Grund ein anderer war.

Der Wachsoldat beendete die Leibesvisitation und ließ sie von einem Soldaten in die Eingangshalle führen. »Wartet hier«, brummte er und verließ sie.

Mehr als eine Stunde später führte sie ein junger Bursche nach oben, wo sie Gonzalo vor dem Besprechungszimmer erwartete. Als sie allein waren, erklärte er ihnen, dass die christlichen Könige hier seien und bereit wären, ihnen Gehör zu schenken. Flüsternd fügte er hinzu, dass sie sich vor dem Dominikanermönch in Acht nehmen sollten, und öffnete die Tür.

Zahra hatte schon viel von der kastilischen Königin gehört. Die einen beschrieben sie als stolze, emotionslose Herrscherin, andere hoben hervor, dass sie eine überaus fromme und strenggläubige Frau, gütige und geduldige Mutter und ihrem Mann treu ergebene Ehefrau sei. Als sie eintraten, stand Isabel hoch aufgerichtet am Fenstersims; ihr meergrünes Kleid verlieh ihren blaugrünen Augen eine besondere Intensität, aber Zahra fand keine Wärme, sondern nur kühle Ablehnung in ihnen. Sie war verwundert, wie jung Isabel war, weit jünger jedenfalls als Aischa, sicher kaum älter als dreißig, ohne dieser jedoch an Erhabenheit nachzustehen. Zahra wusste, dass auch sie sich ihren Weg auf den Thron hart hatte erkämpfen müssen, und empfand sie als so majestätisch und achtungsgebietend, dass sie unwillkürlich in einen tiefen Knicks versinken wollte, wie er – das wusste sie von ihrer Mutter – bei den Kastiliern üblich war. Im gleichen Moment jedoch versetzte Ismail ihr einen unsanften Rippenstoß, woraufhin Zahra ihre männliche Kleidung einfiel und sie den Knicks in eine etwas schief geratene Verbeugung umwandelte.

Als sie sich wieder aufrichtete, spürte sie Gonzalos Blick auf sich, konnte von seiner Miene aber nicht ablesen, ob er mittlerweile ahnte, wer sie in Wahrheit war. Auch vor Fernando, der etwas abseits in einem tiefen Sessel saß, verbeugten sich Zahra und Ismail, danach erwiesen sie Don Diego und dem Dominikanermönch ihre Hochachtung. Ein Blick in die tiefschwarzen, vor Fanatismus glühenden Augen genügte Zahra, um zu wissen, dass Gonzalos Warnung vor ihm sehr ernst zu nehmen war.

Isabel ließ sich auf dem Stuhl am Kopfende des Tisches nieder und erlaubte Zahra und Ismail, sich ebenfalls zu setzen. Wiederum wählten Zahra und Ismail Plätze am unteren Ende, die Berater der Königin saßen zu deren Rechter und Linker,

Gonzalo setzte sich zwischen die beiden Parteien und hatte so zu beiden Seiten zwei freie Stühle.

»Euer Angebot wurde uns bereits übermittelt«, sagte Isabel und kam damit ohne Überleitung zum Thema.

»Dann bleibt uns nichts, als zu versichern, dass die Sultanin weiter zu ihrem Angebot steht«, erwiderte Zahra und bemühte sich, Isabels eindringlichem Blick standzuhalten.

»Ich nehme an, Euch ist bekannt, dass uns inzwischen ein zweites Angebot vorliegt«, erwiderte Isabel.

Ihre Worte brachten Zahra für einen Moment aus der Fassung, und sie geriet beim Übersetzen ins Stottern. Ohne Gefühlsregung fragte Ismail zurück: »Und von wem stammt dieses Angebot?«

»Scheinbar sehnen sich beide Elternteile nach ihrem Sohn«, gab Isabel mit spöttischem Lächeln zurück.

Ismail nickte. Diese Antwort bestätigte seine Befürchtungen. Isabel fuhr fort: »Wie es aussieht, sind deren Beweggründe allerdings verschieden. Immerhin würde Hassan uns das Lösegeld auch dann zahlen, wenn wir ihm nur Boabdils Kopf schicken. Er bezeichnet ihn als falschen Emir, Aufständischen und Verräter. Und die Köpfe der Leibwächter wären ihm ebenfalls eine ansehnliche Prämie wert. Überdies bietet er an, eine stattliche Anzahl unserer Landsleute freizulassen, die teilweise schon seit Jahren in seinen Kerkern einsitzen.«

»Und nur das darf uns leiten!«, warf Torquemada mit funkelnden Augen ein.

Während Zahra Ismail die Worte der Königin und Torquemadas übermittelte, ballte sie in ihrem Schoß unwillkürlich die Fäuste. Ismail zögerte einen Moment mit seiner Antwort. Schließlich sagte er zu Zahra: »Sag ihr, dass ich davon ausgehe, dass sie in ihrer großen Güte nicht die Absicht hat, auf

Hassans Angebot einzugehen, weil sie uns sonst gewiss gar nicht erst vorgelassen hätte.«

»Und wenn ich nur sehen wollte, wie Ihr darauf reagiert?«, gab Isabel zurück und hob dabei die rechte Augenbraue.

Angesichts der Erwiderung der Königin spannten sich Ismails Gesichtszüge so sehr an, dass Zahra befürchtete, dass er aufspringen und etwas Unüberlegtes tun würde, aber dann entspannten sie sich ebenso plötzlich wieder, und er entgegnete scheinbar gelassen: »Sag ihr, dass Hassan ihr gewiss bei weitem nicht so große Schätze geboten hat wie die Sultanin und dass die christlichen Könige als kühle Rechner bekannt sind. Außerdem wäre es wenig sinnvoll, einen Freund einem Feind zu verkaufen, und schon gar nicht, wenn dies die Macht dieses Feindes vergrößern würde.«

Als Isabel Zahras Übersetzung vernahm, hob sie erneut kurz die Augenbraue, erklärte dann das Gespräch für beendet und bat Gonzalo, die maurischen Gesandten hinauszuführen.

Erschrocken sah Zahra zu Ismail, der ihr unter dem Tisch beruhigend die Hand drückte. Scheinbar gleichmütig erhob er sich und verließ als Erster den Raum, Zahra folgte ihm.

Nachdem Gonzalo die Tür hinter ihnen geschlossen hatte, bedeutete er ihnen zu schweigen und brachte sie in ein Zimmer im Erdgeschoss.

»Heißt das jetzt, dass die Königin unser Angebot nicht annehmen will?«, platzte Zahra dort heraus.

Gonzalo schüttelte den Kopf. »Nein, beruhigt Euch, das glaube ich nicht.«

»Aber warum hat sie uns dann fortgeschickt?«

»Vielleicht wollte sie Euch nur deutlich machen, wie groß ihre Macht ist.« Gonzalo zuckte mit den Achseln. »Seid gewiss, dass ich mich weiter für Euren Emir einsetze!«

»Warum wollt Ihr das für uns tun?«, fragte Ismail misstrauisch.

»Weil auch ich den Frieden will und Hassan das Gegenteil bedeuten würde.«

»Und warum will Eure Königin nicht den Frieden?«

»Ich muss zurückgehen, ehe sie sich wundert, wo ich so lange bleibe.«

Ismail nickte, und Gonzalo wollte sich schon wieder zur Tür wenden, als Zahra ihn am Arm festhielt.

»Bitte, ich ... Darf ich Euch noch etwas fragen?«

»Worum geht es?«

»Die Leibwächter ... Wie geht es ihnen?«

Gonzalo lächelte. »Hat Euch das Boabdil nicht schon selbst durch sein Nicken zu verstehen gegeben?«

Zahra hoffte, dass sie nicht errötete. »Und es geht ihnen weiterhin gut, und sie sind alle gesund?«

Gonzalo nickte und sah sie forschend an. »Irgendwie hatte ich von Anfang an das Gefühl, dass wir uns kennen. Ich komme nur nicht darauf, woher.«

Für einen Moment fühlte sich Zahra versucht, ihren Turban abzunehmen und das Versteckspiel zu beenden, aber Ismails Blick hielt sie davon ab. »Es wird Euch gewiss wieder einfallen«, gab sie ausweichend zur Antwort und senkte den Blick.

Als Gonzalo in das Besprechungszimmer zurückkam, war dort eine heftige Debatte im Gange.

»Er ist nichts als ein gefangener Dieb«, ereiferte sich Torquemada mit flammenden Augen. »Dazu Maure und damit rechtlos. Schickt die Köpfe der Natternbrut nach Granada und verbrennt ihre Reste auf dem Scheiterhaufen!«

»Aber die Worte des Alcalden entbehren nicht einer gewissen Logik«, fiel Fernando ihm ins Wort. »Bisweilen ist ein reicher Feind nützlicher als ein armer Freund. Warum sollen wir den Maurenkönig nicht laufen lassen – nach der Zahlung des Lösegelds durch seine Mutter, versteht sich? Granada wird so oder so fallen, und wenn wir Boabdil freilassen, wird das sogar noch schneller geschehen. Sollen sich die beiden Emire doch gegenseitig zerfleischen!«

»Vielleicht, mein König«, übernahm nun Gonzalo das Wort, »solltet Ihr Boabdil zuvor zumindest kennenlernen. Ihr würdet überrascht sein: Er ist ritterlich und sehr gebildet, ein Mann also, mit dem man durchaus verhandeln und zu stabilen, friedlichen Ergebnissen kommen könnte, die auch zum Wohl unseres Landes wären. Ich denke, wir sollten Boabdil nicht nur die Freiheit zurückgeben, sondern ihn überdies unterstützen!«

»Fangt Ihr schon wieder damit an?«, erboste sich Torquemada. »Aber wie ich gehört habe, geht die Verlegung dieses Parasiten vom Kerker in das adrette Turmzimmer ja auch auf Euer Bestreben zurück!«

Statt Torquemada zu antworten, wandte sich Gonzalo direkt an die Königin. »Ich habe mich in den letzten Wochen mehrmals lange mit Boabdil unterhalten und bin der Ansicht, dass es für unser Land nützlicher wäre, ihn an unserer Seite zu wissen, statt seine Körperteile in alle Winde zu zerstreuen.«

Isabel erhob sich. Sie schritt im Zimmer auf und ab und murmelte: »An unserer Seite, meint Ihr …«

Sie sah zu ihrem Gemahl. »Es könnte in der Tat von Vorteil sein, den Maurenkönig zu unserem Vasallen zu machen. In dieser Position würde er kaum noch Unheil anrichten und uns viele Vorteile einbringen. Sicher wäre auch seine Mutter bereit, eine stattliche Anzahl Christen aus ihren maurischen Kerkern zu holen, und mit dem Lösegeld und Boabdils Tributzahlungen könnten wir unser Heer ausbauen.«

Ihr Mann wandte sich an Gonzalo. »Meint Ihr denn, Boabdil würde uns den Lehnseid leisten?«

Gonzalo nickte. »Ganz gewiss, mein König, zumindest, wenn wir behutsam vorgehen und Sorge tragen, dass er vor seinen Landsleuten nicht das Gesicht verliert.«

»Bei allem Respekt, mein König«, donnerte Torquemada dazwischen. »Ihr könnt doch nicht ernsthaft vorhaben, mit einem Heiden einen Lehnsvertrag zu schließen? Und was gälte auch der Schwur eines Ungläubigen?«

»Er muss nicht allzu viel gelten«, erwiderte Fernando mit einem feinen Lächeln. »Hauptsache, er wäre uns für eine gewisse Zeit von Nutzen!«

Gonzalo stellten sich die Nackenhaare auf. Im ersten Moment hoffte er noch, die Worte seines Königs nicht richtig interpretiert zu haben, aber als dieser lauthals zu lachen begann, konnte er keinen Zweifel mehr haben. Er hatte das Gefühl, der Boden tue sich unter ihm auf, als ihm klarwurde, dass er Boabdil mit seinem Versuch, ihm zu helfen, keinen Dienst erwiesen hatte.

17.

Córdoba

23. Juni 1483

Zu Gonzalos Entsetzen hatten die christlichen Könige an ihrem Plan festgehalten, Boabdil zu ihrem Vasallen zu machen – aber nur für so lange, wie sie von seiner Nützlichkeit überzeugt waren. Sein Versuch, Isabel umzustimmen, war vergeblich gewesen, stattdessen hatte er sein Ehrenwort geben müssen, dass er Boabdil gegenüber keinerlei Andeutungen über ihr Vorhaben mache. Darüber hinaus ließ man Boabdil und seine Eltern noch eine Zeitlang im Ungewissen, in der Hoffnung, dass das Warten sie zermürben würde und sie eher auf die Forderungen eingehen würden.

Sieben Wochen später erreichte ein Bote Baena und überbrachte Gonzalo die Aufforderung, sich unverzüglich in Córdoba einzufinden. In der Hoffnung, dass Isabel ihre Entscheidung überdacht haben könnte, war Gonzalo noch am selben Tag aufgebrochen und ging nun bereits seit zwei Stunden vor Isabels Empfangszimmer auf und ab. Der Thronprinz, der fünfjährige Juan, sei schwer am Lungenfieber erkrankt, teilte ihm schließlich ein Diener mit. Als Gonzalo eine weitere Stunde später doch noch bei Isabel vorsprechen durfte, erkundigte er sich besorgt nach dem Befinden des Thronprinzen.

»Der letzte Aderlass scheint Juan geholfen zu haben, die schlechten Säfte aus seinem Körper zu scheiden«, entgegnete Isabel. »Er ist jetzt viel ruhiger. Ich weiß es zu schätzen, dass Ihr Euch immer so um das Wohl meiner Kinder sorgt!«

Dies tat Gonzalo in der Tat, und der stets frohgemute, blondgelockte Juan war ihm sogar besonders ans Herz gewachsen. Da Isabel möglichst bald an das Krankenbett zurückwollte, kam sie nun direkt auf ihr Anliegen zu sprechen. »Der König und ich sind übereingekommen, Boabdil den Lehnsvertrag anzubieten. Da Ihr Euch mit ihm scheinbar, nun, wie soll ich sagen, *angefreundet* habt, dachten wir, dass es am geschicktesten wäre, wenn Ihr Boabdil die Bedingungen für seine Freilassung übermittelt.«

Mit jedem ihrer Worte wurde Gonzalo das Herz schwerer. Ja, Freundschaft war es wohl, was ihn und Boabdil inzwischen verband, und er empfand den größten Respekt vor dessen Integrität, Toleranz gegen Andersgläubige und seiner Friedenssehnsucht. Keinesfalls wollte er derjenige sein, der Boabdil in eine Falle lockte. »Majestät, ich bin mir bewusst, welch große Ehre Ihr mir mit Eurer Bitte erweist, aber ich befürchte, ich bin nicht der Richtige für diese Aufgabe.«

»Aber natürlich seid Ihr das«, widersprach Isabel ihm ungehalten. »Man hört, der Heide habe vollstes Vertrauen zu Euch! Wer sollte ihm den Vertrag also besser schmackhaft machen können als Ihr?«

»Majestät, Ihr wisst, dass ich nie zögern würde, mein Leben für Euch zu geben, wann immer Ihr es mir befehlt, aber einen Wehrlosen zu erpressen und hinters Licht zu führen …«

»Ihr enttäuscht mich, Gonzalo!«, fiel Isabel ihm ärgerlich ins Wort. »Ihr enttäuscht mich sogar sehr, und Ihr solltet gut überlegen, was Ihr weiter sagt!«

»Ich bin zutiefst betrübt, Euren Unwillen zu erregen, meine Königin, aber ich kann Euch in diesem Fall trotzdem nicht zu Diensten sein.«

»Ihr wisst, wie sehr ich Euch schätze, Gonzalo ...« Isabels Augen verdunkelten sich wie ein eben noch klarer Sommerhimmel unter einem anziehenden Gewitter. Gonzalo hatte das Gefühl, als schwanke der Boden unter seinen Füßen. Er schluckte. »Trotzdem, meine Königin, und sosehr ich es bedauere, Euch zu verstimmen – ich kann Eurer Bitte nicht nachkommen.«

»Wie Ihr meint«, erwiderte Isabel eisig. »Dann werden wir eben einen anderen, uns wahrhaft ergebenen Mann mit dieser Aufgabe beauftragen. Dass Euch ab sofort jeder Kontakt zu dem Gefangenen verboten ist, versteht sich von selbst.« Nach diesen Worten drehte sie sich um und rauschte grußlos davon.

Im ersten Moment konnte Gonzalo kaum glauben, was er gewagt hatte. War ihm noch nicht genug, dass Torquemada ständig seine Inquisitorenaugen auf ihn richtete? Hatte er jetzt auch noch die Königin selbst gegen sich aufbringen müssen? Aber die Worte waren gesagt, und er wusste, dass er sie nicht zurücknehmen konnte, wenn er seine Selbstachtung behalten wollte. Entgegen seinen Befürchtungen tauchten aber weder am Abend noch am nächsten Morgen die Häscher der Inquisition bei ihm auf; stattdessen kam ein Bote der Königin, der ihm befahl, zu einer Truppeninspektion nach Sevilla aufzubrechen. Jetzt soll ich also Köpfe und Kanonen zählen statt am königlichen Tisch speisen, dachte Gonzalo bitter, gestand sich aber ein, dass er damit noch glimpflich davonkam – falls es tatsächlich nur bei dieser Degradierung blieb.

Als Gonzalo am nächsten Morgen sein Pferd aus den königlichen Stallungen holen wollte, sah er dort Don Juan, der sich gerade von seinem Knappen sein Pferd satteln ließ. Er senkte den Kopf und wollte an ihm vorbeieilen, um sich nicht seiner Schadenfreude auszusetzen, doch dieser bemerkte ihn und kam schnurstracks auf ihn zu.

»Da habt Ihr Euch ja eine schöne Glanztat geleistet«, grinste Don Juan und schlug ihm gönnerhaft auf die Schulter. Gonzalo wollte entgegnen, dass er sich seinen Spott sparen könne, doch Don Juan ließ ihn nicht zu Wort kommen. »Den maurischen König zu fangen, alle Achtung, ein solches Bravourstück hätte ich Euch gar nicht zugetraut. Vielleicht wird man sich Euren Namen doch noch merken müssen!«

Gonzalo fragte sich, ob Don Juan ihn auf den Arm nehmen wollte – oder ob er tatsächlich noch nichts von seinem Zerwürfnis mit der Königin gehört hatte. »Eigentlich kommt das größte Verdienst meinem Onkel zu«, gab er verhalten zurück.

»Eure Bescheidenheit ehrt Euch, aber wie man von Euren Mitstreitern hört, habt Ihr Euch bei den Kämpfen mit Boabdil und seinen Leibwächtern durch Mut und Tapferkeit ausgezeichnet, wofür Euch von Seiten der Königin gewiss noch eine besondere Ehrung ins Haus steht!«

Gonzalo kam zu dem Schluss, dass Don Juan in der Tat noch nichts von der aktuellen Entwicklung wusste. »Nun ja, warten wir es ab«, meinte er ausweichend und wollte schon weitergehen, als er plötzlich die Chance erkannte, mehr über die genauen Auflagen zu erfahren, die man Boabdil machen wollte. »Von den Plänen mit dem Lehnsvertrag habt Ihr schon gehört?«

Don Juan nickte und nahm von dem Knappen seinen Schimmel entgegen. »Noch können wir zwar nicht sicher sein, ob der Heide die Bedingungen annimmt, aber wenn«, er schnalzte anerkennend, »wenn, dann hätten wir einen bedeutenden Sieg errungen. Eine beachtliche Anzahl Goldddublonen Tribut und die Freilassung von vierhundert Christensklaven hofft Fernando herausschlagen zu können. Außerdem verlangt er im Austausch für Boabdil eine bedeutende Anzahl von Geiseln aus Granadas Adel und überdies seinen Sohn. Kann einem fast leidtun, der Kleine, in so jungem Alter schon von seiner Mutter getrennt zu werden, aber der Krieg fordert nun einmal von uns allen Opfer!«

»Wie wahr«, bestätigte Gonzalo und hoffte, dass er das Grauen, das ihn bei dieser Nachricht befiel, glaubhaft überspielte.

»Am meisten freut mich, dass Fernando Boabdil den freien Durchgang unserer Truppen durch sein Gebiet abringen will. Zudem soll er uns bei den Kämpfen gegen seinen Vater und az-Zagal unterstützen. Der zweijährige Waffenstillstand, mit dem er Boabdil das ganze Abkommen versüßen will, ärgert mich zwar ein bisschen, aber er betrifft ja nur dessen Land und nicht das Hassans und az-Zagals. Und dass wir ihm dabei helfen, die Gebiete, die er während seiner Gefangenschaft verloren hat, zurückzuerobern, ist auf lange Sicht auch nur unser Vorteil. Sobald Hassan ausgeschaltet ist, können wir Boabdil abdanken lassen – und dann gehört unser Land endlich wieder uns!«

Je länger Don Juan redete, desto elender wurde Gonzalo zumute. Trotzdem gelang es ihm, ein halbwegs überzeugendes Lächeln aufzusetzen. »Ja, jetzt geht es aufwärts mit unserem Königreich!«

»Und ob«, strahlte sein Landsmann. »Und nun werde ich mit meiner Truppe einen weiteren kleinen Plünderungszug durchführen, damit wir nicht aus der Übung kommen. Wie unsere Spitzel herausgefunden haben, traut sich Hassan kaum noch aus der Stadt, da er befürchtet, dass er bei seiner Rückkehr die Stadttore verschlossen vorfindet und sich seinen Weg in die Alhambra wieder erkämpfen muss. Wir sollten in seinem Land also ein lustiges Wüten haben. Wenn Ihr wollt, bringe ich Euch ein paar Andenken mit!«

»Dann auf ein gutes Gelingen!« Gonzalo nickte ihm zu.

»Santiago wird wie immer mit uns sein!« Don Juan schwang sich auf sein Pferd und ritt mit übermütigem Lachen aus dem Stall. Gonzalo sah zu, wie der Staub, den die Pferdehufe aufgewirbelt hatten, allmählich im Sonnenlicht wieder zu Boden sank, und fühlte sich so elend, dass er sich setzen musste.

Auch im Albaicín, Aischas neuem Wirkungskreis, lösten die Forderungen für Boabdils Freilassung Bestürzung aus. Aischa reichte das Schriftstück zwischen den wenigen Getreuen herum, die ihr geblieben waren.

»Das kann doch nicht Isabels Ernst sein«, empörte sich Ismail und knallte das Dokument neben sich auf den Boden. »Wenn wir dem zustimmen, ist Boabdil nur noch eine Marionette der Christen!«

»Aber wir haben keine Wahl«, stöhnte Aischa, »denn wenn Boabdil nicht zurückkehrt, verlieren wir alles. Ihr seht doch, wie sich unsere Reihen von Tag zu Tag lichten!«

Ihre Worte lösten eine heftige Debatte aus, die immer wieder in dem Punkt mündete, dass sie in der Tat keine andere Möglichkeit hatten, als die Bedingungen der Kastilier anzunehmen.

»Seid Ihr denn sicher, dass Boabdil diesen Forderungen zustimmen wird?«, warf Zahra schüchtern ein. Für sie war es noch ganz ungewohnt, dass sie nun an allen Versammlungen teilnehmen und sich mit Aischas ausdrücklicher Erlaubnis auch äußern durfte. Bisher hatte sie dies kaum gewagt, weil sie viel zu viel Angst hatte, vor den weisen Faqihs und Wesiren etwas Dummes zu sagen. Aber jetzt war ihre Besorgnis zu groß, als dass sie hätte schweigen können.

Aischas Miene verhärtete sich. »Da Boabdil uns diese Komplikationen selbst beschert hat, wird ihm nichts anderes übrigbleiben!«

Zahra empfand das als ungerecht. Schließlich hatte Boabdil angesichts der damaligen politischen Lage keine andere Wahl gehabt, als in diese Schlacht zu ziehen. Nicht nur seine Berater, sondern auch Aischa selbst hatten ihn letztlich dazu gedrängt, und seine Gefangennahme hatte er kaum absichtlich herbeigeführt. Boabdil ist nicht zu beneiden, schoss es Zahra nicht zum ersten Mal durch den Kopf, sein ganzes Leben lang schon gerät er von einer Zwangslage in die andere und muss sich ständig den Gegebenheiten fügen, auch wenn sein Herz und sein Verstand ihm etwas ganz anderes raten. Sie verfolgte stumm die weitere Diskussion, in deren Verlauf sich alle Berater Aischas Meinung anschlossen.

Man hatte keine Eile, den christlichen Königen die Antwort zu übermitteln. Sollten sie ruhig zwei oder drei Wochen warten. Eine übereilt zugestellte Zusage hätte nur ihre Angst verraten, sich in Granada nicht mehr lange ohne Boabdils Einfluss gegen Hassan behaupten zu können. Als der letzte der Weisen den Besprechungssaal verlassen hatte, blickte Zahra zu Aischa.

»Ich weiß, was du denkst«, sagte sie leise. »Aber auch ich kann nicht immer, wie ich will!«

Zahra fragte sich, ob dies eine Art Entschuldigung dafür war, dass sie ihrem Sohn vor ihren Beratern in den Rücken gefallen war, konnte aus Aischas Miene aber nichts herauslesen. Die Sultanin erhob sich und trat an eines der Fenster. Der Ausblick von hier war bei weitem nicht so erhebend wie der vom Comaresturm. Man schaute auf die Dächer der umliegenden Häuser und Paläste, sah aber nichts von der Weite, Schönheit und Fruchtbarkeit des Hinterlands. Rasch wandte sich Aischa wieder ab. »Jetzt muss ich wohl mit Morayma reden.« Ihr entfuhr ein Seufzer. »Beim Allmächtigen, wenn ich an den Tränenfluss denke, mit dem sie mich begießen wird, wenn sie hört, dass Ahmed gegen Boabdil ausgetauscht werden muss, packt mich schon jetzt das Grauen!«

Wieder fand Zahra sie ungerecht, wobei sie ahnte, dass es auch Aischa schwerfiel, ihren Enkel, dem sie sich seit seiner Geburt vor zwei Monaten mit liebevoller Aufmerksamkeit gewidmet hatte, den Christen zu überlassen, und sie auch ihre eigene Erbitterung überspielen wollte.

»Vielleicht könnt Ihr wenigstens erreichen, dass Ahmeds Amme mitgehen darf. So hätte er nicht nur fremde Menschen um sich«, meinte Zahra, der beim Gedanken an Ahmed ebenfalls das Herz schwer wurde. Wie jeder im Palast war auch sie in den kleinen Thronprinzen vernarrt.

»Die Amme, ja«, gab Aischa nachdenklich zurück. »Aber er müsste auch jemanden haben, der ihn anleiten könnte und sein Vertrauter wäre! Wir wissen nicht, wie lange sich seine Geiselnahme hinziehen wird, und müssen verhindern, dass er über Jahre nur die Ansichten der Christen über uns, unser Land und unseren Glauben hört.«

»Vielleicht würden die Christen einen Erzieher für ihn akzeptieren«, erwiderte Zahra nachdenklich.

Aischa schüttelte den Kopf. »Einen Erzieher sicher nicht, aber vielleicht eine vermeintlich harmlosere Variante wie ein Kindermädchen. Wir könnten anführen, dass sie Ahmed unsere Sprache beibringen soll, was auch den christlichen Königen als legitime Bitte erscheinen sollte.« Sie richtete ihren Blick auf Zahra.

»O nein«, rief Zahra entsetzt. »Nein, Herrin, nicht ich!

Und ich habe doch auch gar keine Erfahrung mit Kindern und …«

»Aber dir liegt etwas an Ahmed und an unserem Reich. Und du bist überdies klug genug, um alles, was du am Hof hörst, einzuordnen. Gewiss fändest du Mittel und Wege, um uns Nachrichten zukommen zu lassen!«

Zahra wurde der Brustkorb eng. »Herrin, bitte, Ihr habt eben doch selbst gesagt, dass Ahmed womöglich über Jahre bei den Christen bleiben muss!«

»Hast du jetzt doch Angst, irgendwann zu alt zu sein, um noch einen Mann abzukommen?«

Der Spott in Aischas Stimme verletzte Zahra ebenso wie die Unterstellung.

»Jetzt sieh mich nicht so empört an«, gab Aischa mit einem beschwichtigenden Lächeln zurück. »Und wenn es nicht die Angst ist, als alte Jungfer zu enden, sehe ich kein Hindernis, dass du diese Aufgabe übernimmst!«

»Aber …«, begann Zahra, doch Aischa hob die Hand. »Nein, kein Aber, Zahra. Wir alle müssen Opfer für Granada bringen, und du kannst mir glauben, dass deines in diesem Fall noch ein geringes ist!«

Dritter Teil
1484–1485

1.

Córdoba

15. August 1484

Die Verhandlungen mit den christlichen Königen zogen sich lange hin. Mehr als ein Jahr verstrich, bis die Verträge mit allen Details ausgearbeitet waren, eine hinreichende Anzahl freiwilliger männlicher Geiseln aus adligen Kreisen gefunden war und Aischa Boabdil über viele Briefwechsel hinweg davon überzeugt hatte, den Forderungen der Christen zum Wohl und für den Fortbestand des Maurenreichs zuzustimmen. Als der Tag der Auslösung nahte, rannte der kleine Ahmed längst auf seinen stämmigen Beinchen durch den Palast und hielt mit seinem Forscherdrang nicht nur sein Kindermädchen, sondern auch seine Großmutter und Zahra in Atem. Seit Morayma wusste, dass sie ihr Kind würde hergeben müssen, kamen ihr beim Anblick Ahmeds stets die Tränen, so dass Aischa ihr verboten hatte, ihn mehr als ein Mal die Woche zu sehen. Sie wollte verhindern, dass Morayma ihn mit ihrer Weinerlichkeit ansteckte und verängstigte. Seither saß Morayma zumeist allein in ihren Gemächern und schien von Tag zu Tag schmaler und blasser zu werden.

An diesem Morgen war es nun so weit. Wie ein pausenlos vor sich hin plätschernder Wasserfall überschüttete Aischa

Zahra mit guten Ratschlägen und noch mehr Warnungen, dann meldete Kafur Ismails Ankunft, und sie mussten nach unten gehen. Ismail erwartete sie im Hof mit einer imposanten Eskorte, die außer den Adligen, die als Geiseln am christlichen Hof bleiben mussten, auch den Truhen mit dem Lösegeld sicheres Geleit geben sollte. Das Kindermädchen brachte Ahmed. Zahra sah ihren geröteten Augen an, wie sehr ihr der Abschied Moraymas von ihrem einzigen Kind zugesetzt hatte, und war froh, dass sie das nicht hatte miterleben müssen. Ahmed wirkte ruhig und beinahe fröhlich, was sie nicht wunderte; schließlich kannte er seine Mutter kaum und war ohnedies noch viel zu klein, um zu verstehen, was geschah. Die Tatsache, dass sein Kindermädchen ihn nicht zu den prächtig aufgeputzten Pferden gehen ließ, schien ihn weit mehr zu beschäftigen als der Abschied. Wütend stampfte er mit dem Fuß auf. »Pferd!«

Zahra trug Ahmed zu Ismails pechschwarzem Araber. Begeistert gluckste der Kleine und zerrte das Pferd unsanft an der Mähne.

»Wenn du groß bist, wirst du auch so ein prächtiges Ross dein Eigen nennen und damit durch dein Reich reiten«, versprach Aischa ihrem Enkel.

»Pferd, Pferd«, brabbelte er und streckte die Ärmchen zu Ismail hoch. Aischa nahm Zahra Ahmed ab und drückte ihn an sich. Dunkler Schmerz glomm in ihren Augen auf.

»Gott beschütze dich, mein Sonnenschein«, flüsterte sie ihrem Enkel zu und setzte ihn vor Ismail in den Sattel. Ahmed krähte und jauchzte so sehr vor Freude, dass sogar die grimmigsten Wachsoldaten lächeln mussten.

»Pass gut auf meinen Augenstern auf«, sagte Aischa leise zu Zahra und strich ihr über den Arm. »Allah, *ta'ala,* halte seine schützenden Hände über euch!«

Zahra bekam einen Kloß in den Hals. Da sie wusste, wie sehr Aischa Tränen verabscheute, wischte sie sich hastig über die Augen und stieg auf ihre braune Stute, nahm die Zügel auf und folgte Ismail, nachdem sie einen letzten schwermütigen Blick auf die Stadt und ihre Menschen geworfen hatte, die sie nun für lange Zeit nicht mehr sehen würde.

Am zweiten September schwor Boabdil in einer feierlichen Zeremonie den christlichen Königen den Vasalleneid und unterzeichnete die entsprechenden Verträge. Hernach bat er Isabel, seinen Sohn vor seiner Heimkehr sehen zu dürfen. »Er wurde während meiner Gefangenschaft geboren, und ich würde ihn gern wenigstens ein Mal in den Armen halten, ehe er in Eure Obhut übergeht.«

Gonzalo, der während der Zeremonie nur wenige Schritte von Isabel entfernt stand, sah, wie sich deren Miene verschloss, und nahm an, dass sie eine Hinterlist befürchtete. Zwei endlose Monate lang hatte Isabel Gonzalo mit eintönigen Arbeiten vom Hof ferngehalten, aber als sie seinem Onkel zu Ehren ein Fest gab, um diesen in aller Öffentlichkeit für die Gefangennahme des Emirs zu würdigen, lud sie ihn mit ein und dankte auch ihm für seinen Einsatz. Hernach hatte sie ihn am Hof verbleiben lassen und ihn wie früher bei wichtigen Fragen zu Rate gezogen, aber Gonzalo wusste, dass seine Stellung am Hof auf wackligen Füßen stand. Und doch konnte er nicht anders, als jetzt vor seine Königin zu treten und sich für Boabdil einzusetzen. »Majestät«, sagte er so leise, dass nur sie ihn hören konnte. »Ich appelliere an Euch als Mutter. Ihr habt selbst vier Kinder und solltet die Not verstehen, in der sich Boabdils Herz befindet!«

Isabel sah Gonzalo an, und er befürchtete schon, sich erneut ihren Unmut zugezogen zu haben, als sie mit einem Mal lächelte und Boabdil huldvoll zunickte. »So sei es denn«, sagte sie zu ihm. An die Anwesenden gewandt, fügte sie hinzu: »Morgen, wenn der Austausch der Geiseln erfolgt, soll Boabdil von seinem Sohn Abschied nehmen dürfen.«

Gonzalo nickte ihr dankbar zu, doch Isabel sah so geflissentlich darüber hinweg, dass sie ihn mit einer Ohrfeige nicht mehr hätte verletzen können.

Ein grauer Himmel begleitete Zahra, Ahmed, Ismail und ihr Gefolge schon seit dem frühen Morgen. Als würde selbst der Allmächtige ob der Ungerechtigkeit weinen, die sich heute unter seinen Augen vollzieht, dachte Zahra, und je näher sie dem Palast der christlichen Könige kamen, desto beklommener war ihr zumute.

An den Toren empfing sie eine Eskorte und geleitete sie zu dem Exerzierplatz, auf dem bereits diejenigen versammelt waren, die gegen sie ausgelöst werden sollten. Zahras erster Blick fiel auf Boabdil. Seine Miene war dunkel und verschlossen. Dies war der bisher schwärzeste Tag seines an unglücklichen Tagen wahrlich nicht armen Lebens. Sie suchte nach ihrem Bruder, doch eine lange Reihe schwerbewaffneter Soldaten verstellte ihr die Sicht auf die Leibwächter.

Ismail brachte ihren Tross zum Stehen. Diejenigen, die in Córdoba bleiben würden, stiegen von den Pferden und übergaben die Zügel den Stallburschen; eine Fanfare und ein Ausrufer kündeten das Eintreffen des christlichen Herrscherpaares an. Majestätisch trat die Königin an der Seite ihres Gemahls über die lange Freitreppe auf den Exerzierhof. Sie trug ein aufwendig gearbeitetes, reinweißes Kleid; ihr Haar floss ihr über die Schultern – das Haar so zu tragen war ein Privileg, das nur der Königin zustand – und wurde von einem juwelenbesetzten Diadem gekrönt. Dem Königspaar folgten

Höflinge, hohe geistliche Würdenträger und hochgeachtete Feldherren. Als Fernando die Schätze sah, welche die Mauren im Hof abluden, erstrahlte seine Miene im Triumph.

Die Ankömmlinge verbeugten sich vor dem Königspaar ebenso wie die Scheidenden. Diesmal konnte Zahra gefahrlos in den tiefen Knicks sinken, den sie einst von ihrer Mutter gelernt hatte, der ihr allerdings nicht makellos gelang, weil sich Ahmed aus Furcht vor den vielen fremden Menschen an ihren Hals klammerte.

Die Königin begrüßte die Mauren mit einem huldvollen Lächeln, deutete auf Zahra und forderte sie auf, mit dem Knaben vorzutreten. Schüchtern machte Zahra einen Schritt nach vorn.

»Ich nehme an, Ihr seid das Kindermädchen?«, fragte sie.

Zahra nickte, doch dann fiel ihr ein, dass dies gewiss unhöflich war, und sie haspelte: »Ja, Majestät.«

Sie wagte nicht aufzusehen, weil sie trotz ihrer maurischen Frauenkleider und ihrer Verschleierung befürchtete, von einem der Anwesenden als der vermeintliche Taufiq wiedererkannt zu werden, doch weder Isabel noch Fernando oder Torquemada schien ihre Ähnlichkeit mit dem Dolmetscher von Baena aufzufallen. Als sie doch einmal kurz den Blick hob, entdeckte sie Gonzalo, der nur wenige Schritte hinter Isabel stand, und verspürte eine Woge der Erleichterung. So würde sie an diesem Hof doch nicht ganz so allein sein, wie sie befürchtet hatte! Auch Gonzalo erkannte sie nun, und auf seinem freundlichen Gesicht breitete sich ein herzliches Lächeln aus. Da spürte Zahra noch einen anderen Blick auf sich – Isabels –, und er war ebenso hart wie drohend. Erschrocken fragte sich Zahra, was sie getan hatte, um die Königin so zu verstimmen, und gab sich rasch mit Ahmed beschäftigt, um ihre Verunsicherung zu überspielen.

Kurz darauf wies die Königin einen Höfling an, Boabdil zu seinem Sohn zu begleiten, damit er sich von ihm verabschieden könne. Boabdil trat näher und strich Ahmed über die dichten Locken. Zahra sah, wie seine Finger zitterten und in seinen Augen dunkler Schmerz aufglühte. Sie fühlte so sehr mit ihm mit, dass sie Mühe hatte, die Tränen zurückzuhalten.

»Schau auf, Ahmed, da ist dein Vater«, sagte sie zu dem Jungen, der sein Gesicht noch immer in ihrer Halsbeuge verborgen hatte. Nach ihrer zweiten Aufforderung wagte er, ein wenig den Kopf zu heben. Unsicher beäugte er den fremden Mann. War es die ihm vertrautere Kleidung mit dem Burnus und dem Turban oder Boabdils trauriges Lächeln – auf jeden Fall fiel in diesem Moment alle Scheu von dem Knaben ab, und er streckte seinem Vater die Ärmchen entgegen. Boabdil zog ihn an sich und schien sich an seinem kleinen Gesichtchen nicht sattsehen zu können. »Mein Sohn«, flüsterte er. Wehmütig strich er über die freche Stupsnase, die feinen Lippen, in denen er die seiner Frau erkannte, und die geschwungenen Augenbrauen, welche Ahmed von Aischa und ihm geerbt hatte.

»Ich werde dich zurückholen«, versprach er ihm und drückte ihn an sich. Über Ahmeds Kopf hinweg tauschten er und Zahra einen Blick, doch sie beide waren zu bewegt, um etwas sagen zu können. Dann gab Boabdil Zahra seinen Sohn zurück.

Mit versteinertem Gesicht wandte er sich zur Königin und verbeugte sich vor ihr. »Ich danke Eurer Majestät für die mir erwiesene Gunst.«

Ohne noch einmal zu seinem Sohn zu sehen, schritt er zu seinem Pferd.

»*Abi*«, rief Ahmed, »Vater.«

Es klang fragend, unsicher und verzweifelt, und seine Ärmchen hoben sich, als wolle er ihn zurückhalten.

»Ja, mein Liebling, das ist dein Vater«, flüsterte Zahra ihrem Schützling ins Ohr. »Aber er kann nicht bleiben. Doch er wird dich holen kommen. Er hat es dir versprochen!«

»Abi«, rief Ahmed noch einmal lauter, und als sein Vater sich auch jetzt noch nicht wieder zu ihm umdrehte, rann eine Träne über seine Wange.

Die Wachsoldaten führten Boabdils Leibwächter zu Ismails Eskorte, und endlich konnte Zahra ihren Bruder sehen. Beredt und voll Liebe verhakten sich ihre Blicke ineinander, und es zerriss Zahra das Herz, dass sie ihn nicht wenigstens kurz umarmen konnte. Bleich und mager war er, schien aber ansonsten bei guter Gesundheit.

Als der letzte der Scheidenden aus dem Hof geritten war, wies Isabel eine Dame ihres Gefolges an, Zahra ihre Räumlichkeiten zu zeigen. Man hatte zwei Zimmer für sie vorbereitet, die durch eine Tür miteinander verbunden waren. Die Räume lagen im rechten Flügel des ersten Stocks des Alcázar, waren sonnendurchflutet, geräumig und so exquisit eingerichtet, wie man es in einem königlichen Palast erwarten durfte. Zahra wollte Ahmed absetzen, doch der kleine Kerl wollte sie nicht loslassen. »Ahmed, du brauchst keine Angst zu haben. Das hier ist unser neues Zuhause.«

»Nein, nein, nein.« Ahmed schüttelte heftig den Kopf. *»Abi.* Nach Hause.«

Sie strich ihm über den Kopf. »Das geht nicht, mein Liebling. Fürs Erste müssen wir hierbleiben.«

Sic zeigte ihm, wo sie schlafen würde und wo sein Bett stand, und versprach ihm, die Verbindungstür immer offen stehen zu lassen. Während für Zahra die vierfüßigen Holzgestelle mit strohgefüllten Matratzen und den überspannenden Baldachinen nichts Neues waren – auch Deborahs Familie schlief in solchen Betten –, sah Ahmed zum ersten Mal in seinem Leben ein solches Gestell und fand dies so aufregend, dass er nun doch aus Zahras Armen glitt, um es sich näher anzusehen. Zahra ließ ihn gewähren und trat an das Fenster, das auf die weitläufigen Gärten des Alcázar hinausging und dessen Ausblick von keinem Maschrabiya-Gitter eingeschränkt wurde. Die Gärten waren kunstvoll und mit vielen Wasserbecken und Springbrunnen angelegt und stammten wie der ganze Palast mit seinen Hufeisenbögen, Stalaktitgewölben, Stuckornamenten und Wand- und Bodenmosaiken aus der Zeit der Mauren, was Zahra das Gefühl von Fremdheit leichter überwinden ließ. 1236 hatten die Christen das in der fruchtbaren Ebene des Guadalquivirs liegende Córdoba von den Mauren zurückerobert, das bis dahin Sitz der maurischen Kalifen von al-Andalus gewesen war. Damals war Córdoba eine der größten Städte der Welt gewesen und hatte Ärzte, Musiker, Dichter und Maler ebenso angezogen wie Studenten und Gelehrte aus der ganzen Welt, die in den riesigen Bibliotheken und Universitäten der Stadt ihre Studien vervollständigt hatten. Seither war der Alcázar schon der Sitz einiger kastilischer Könige gewesen, die an dem prächtigen Mudéjarpalast und seinen idyllischen Gartenanlagen jedoch kaum Veränderungen vorgenommen hatten.

Als es an der Tür klopfte, wandte sich Zahra um. Ein Diener brachte ihnen ihr Gepäck – eine Truhe mit ihrer und Ahmeds Kleidung, Zahras Gebetsteppich und ein wenig Spielzeug. Kaum war der Diener gegangen, jammerte Ahmed, dass er Hunger habe. Zahra ging zu dem kleinen Tischchen, auf dem eine gefüllte Obstschüssel stand, fand aber kein Messer, um das Obst für Ahmed in mundgerechte Stücke zu schneiden. Sie nahm Ahmed an die Hand. »Wir suchen einen Diener, ja?«

Sie öffnete die Tür und spähte über den langen Gang der Galerie. Niemand war zu sehen. Sie lief die Treppe hinunter, über den blumengeschmückten Innenpatio und auf gut Glück in ein Nebengebäude. Dort traf sie Gonzalo.

»Zahra!« Mit großen Schritten kam er auf sie zu. »Wie ich mich freue, dass gerade Ihr Ahmeds Kindermädchen seid!«

Zahra legte sich die rechte Hand auf die Brust und begrüßte Gonzalo mit einer leichten Verbeugung. »Meiner Gebieterin war wichtig, dass ihr Enkel nicht ohne vertraute Gesichter an Eurem Hof weilt.«

»Ich bin sicher, er ist bei Euch in den allerbesten Händen!«

»Und was macht Euer Bein?« In Zahras Blick trat Sorge. »Zwar hat man, wenn man Euch gehen sieht, den Eindruck, dass alles bestens verheilt ist, aber …«

»Nein, nein, macht Euch keine Gedanken!« Gonzalo lachte auf. »Mein Bein ist so gut verheilt, wie es kein Arzt besser hinbekommen hätte!«

Zahra blickte sich nervös um und trat noch einen Schritt näher zu Gonzalo. »Ich … bitte, ich würde so gern wissen, wie es … dieser Frau geht, die Loja damals mit Euch und Eurem Freund verlassen hat.« Hayats Namen zu nennen erschien ihr zu gefährlich.

Gonzalo nickte ihr beruhigend zu. »Mein Freund und die Frau sind wohlbehalten auf seinem Gut angekommen. Mehr als das weiß ich allerdings auch nicht, weil wir uns seither nicht gesehen haben, aber seid versichert, dass es der Frau bei meinem Freund an nichts fehlen wird.«

Vor Erleichterung traten Zahra Tränen in die Augen. »Danke, mehr muss ich im Moment auch gar nicht wissen!«

Ahmed zog an ihrer Tunika.

»Hunger«, jammerte er.

Zahra fiel wieder ein, warum sie nach unten gegangen war.

»Wir suchen einen Diener – oder die Küche. Könnt Ihr mir vielleicht den Weg weisen?«

Gonzalo lachte auf. »Ich werde Euch etwas bringen lassen! Wenn Ihr mit Eurem maurischen Gewand und dem Schleier in der Küche auftaucht, würdet Ihr eher im Kerker landen, als dass Ihr für Euren Schützling etwas zu essen bekämt.«

»Aber ich bin doch keine Gefangene hier, oder?« Zahra sah ihn erschrocken an.

»Nein, natürlich nicht«, beruhigte Gonzalo sie, »aber man ist in der Küche nicht an maurische Besucher gewöhnt und würde wohl eher einen Überfall als einen maurischen Kindermagen hinter Eurem Eindringen vermuten. Doch keine Sorge; mit der Zeit werden sie sich an Euch gewöhnen!«

»Also gehe ich besser wieder hoch?«

Gonzalo nickte, rührte sich aber ebenso wenig von der Stelle wie Zahra. Sie sahen sich an, und Zahra spürte, wie ihr Herz schneller schlug.

»Hunger«, rief Ahmed weinerlich. »Hunger!«

Gonzalo nickte ihm zu und machte sich nun doch auf den Weg. Zahra sah ihm nach, bis er um die erste Ecke verschwunden war. Sie fragte sich, warum das Schicksal sie immer wieder zusammenführte, wenn es doch offensichtlich keine weitere Verbindung zwischen ihnen beabsichtigte, eine Frage, die noch lange in ihrem Kopf nachhallte.

2.

Córdoba

12. Oktober 1484

Missmutig ließ Zahra ihren Blick über die Gärten vor ihrem Zimmer schweifen, während Ahmed hinter ihr auf dem Fußboden mit einem Tonpferdchen spielte, das sie aus Granada mitgebracht hatten. Wenn ihnen nicht mehrmals täglich eine Palastdienerin Essen bringen würde, hätte sie auf den Gedanken kommen können, dass man ihre und Ahmeds Anwesenheit vergessen hatte. Eintönigkeit und Einsamkeit bestimmten ihre Tage, und so manches Mal wusste sie kaum noch, wie sie Ahmeds wachsenden Tatendrang bremsen sollte. Natürlich war da der Park, den sie auch häufig aufsuchten, zumal dieser Herbst die Menschen mit sonnigem, mildem Wetter verwöhnte, aber darüber hinaus gab es wenig, was sie mit ihm unternehmen konnte. Außerdem fehlte ihr jemand, mit dem sie über ihre Sorgen und Ängste reden konnte oder auch einfach darüber, welch große Fortschritte Ahmed täglich machte, und die Freude an ihm – die einzige, die sie derzeit hatte – hätte teilen können. Wenn ihnen im Park überhaupt einmal jemand begegnete, machte er einen so großen Bogen um sie, dass man hätte meinen können, sie litten an einer ansteckenden Krankheit. Wie sie so jemals an Informationen für Aischa kommen sollte, war ihr schleierhaft, aber sie hätte ohnehin keine Möglichkeit gehabt, sie nach Granada weiterzuleiten – alle ihre Briefe wurden von Isabels Schreibern gelesen und zensiert. Sie sehnte sich nach Gonzalo, mit dem sie sich hätte austauschen können, aber seit ihrer Ankunft hatte sie ihn nicht mehr gesehen. Meidet auch er uns?, fragte sie sich. Oder hat die Königin ihm den Kontakt zu uns verboten? Weilte er möglicherweise gar nicht mehr am Hof?

An diesem Abend brachte die Dienerin außer ihrem Essen auch eine Nachricht der Könige. Man erwarte sie und den maurischen Thronprinzen am nächsten Abend zu einem Festessen. Erschrocken legte Zahra die Einladung neben ihrem Teller ab. Ein Essen mit den Königen … Sie hatte keine Ahnung, wie man sich bei einem christlichen Festessen benahm, gewiss galten gänzlich andere Regeln als bei ihnen. Außerdem stellte sich für sie das Problem, dass sie ihren Schleier nicht ablegen durfte, wenn Männer zugegen waren, die nicht zu ihrer Familie gehörten. Wie aber sollte sie mit dem Schleier vor dem Gesicht essen? Sie blickte zu Ahmed. »Ja, ja, mit alldem hast du keine Probleme«, seufzte sie und wuschelte ihm liebevoll durch die Locken.

Für Zahras Sorgen hatte Ahmed allerdings keinen Sinn. Er tönte nur: »Ahmed Hunger!« und grabschte auch schon nach dem Löffel. Hastig nahm Zahra ihn ihm wieder ab und begann ihn zu füttern, war mit ihren Gedanken jedoch so weit von ihrem Tun entfernt, dass von dem Fleisch und dem Reis mehr auf Ahmeds Tunika als in seinem Mund landete.

Nach dem Essen ging Zahra noch einmal mit ihm in den Park. Doch die Hoffnung, Gonzalo dort anzutreffen, erfüllte sich nicht. Sie fand sich damit ab, das Festessen am nächsten Tag ohne seinen hilfreichen Rat überstehen zu müssen.

Eine Dienerin führte sie in den großen Festsaal. Als Zahra sah, dass schon mehr als ein Dutzend Gäste an der opulent gedeckten Tafel saß, wäre sie am liebsten zurück in ihr Zimmers geflüchtet, vor allem, als sie merkte, mit welchen Blicken ihre maurische Tunika, der Niqab und der Hidschab angestarrt wurden.

»Die gaffen, als sei ich eine dreiköpfige Natter«, sagte sie zu sich, während die Dienerin ihnen einen Platz zuwies. Zahra wollte Ahmed auf seinem Stuhl absetzen, doch angesichts der vielen Fremden weigerte er sich, die Hände von ihrem Hals zu nehmen. Notgedrungen setzte Zahra ihn auf ihren Schoß.

Immer mehr Gäste betraten die illustre Halle, und schließlich erschienen auch zwei Männer, die Zahra vertraut waren: Gonzalo und sein Bruder Jaime. Gonzalo nahm den Platz gegenüber von Zahra ein; sein Bruder setzte sich neben ihn. Während Gonzalo ihr zuzwinkerte, maß Jaime sie mit einem missfälligen Heben der Augenbrauen und gönnte ihr kein Nicken.

»Und um diesen Mistkerl habe ich mir nach der Schlacht von Axarquía Sorgen gemacht!«, ärgerte sich Zahra und konnte sich kaum noch über das Wiedersehen mit Gonzalo freuen. Wieder einmal fragte sie sich, wie zwei Menschen, die einander so ähnlich sahen, vom Wesen her so verschieden sein konnten.

»Ich hoffe, Ihr und Ahmed habt Euch hier inzwischen eingelebt?«, fragte Gonzalo.

Zahra nickte zögernd. »Ahmed vermisst allerdings sein gewohntes Umfeld und noch mehr die vertrauten Gesichter. Es ist oft nicht leicht, ihn bei Laune zu halten, zumal unsere Beschäftigungsmöglichkeiten beschränkt sind.« Sie verkniff es sich zu ergänzen, dass auch ihr die Eintönigkeit ihrer Tage aufs Gemüt drückte.

»Sicher werden dieser Einladung noch weitere folgen und vielleicht auch der eine oder andere Kontakt mit anderen, die Kinder haben«, versuchte Gonzalo sie aufzumuntern.

Jaime streifte das Kind auf Zahras Schoß mit einem abfälligen Blick. »Die Adelsfamilie möchte ich sehen, die sich freiwillig einen Maurenbalg ins Haus holt! Ich jedenfalls empfinde es als Zumutung, mit ihm an einem Tisch sitzen zu müssen. Sosehr ich nachvollziehen kann, dass die Könige ihre neuste Trophäe vorzeigen möchten, so wenig verstehe ich, dass sie dafür gerade diesen Weg gewählt haben. Hätte es nicht gereicht, den Maurensprössling in einem Käfig auf dem Markt auszustellen?«

Gonzalo versetzte seinem Bruder einen derben Rippenstoß und sah ihn wütend an. Zugleich warnte er Zahra mit einem Blick, sich nicht provozieren zu lassen.

»Ich denke, Ihr seht die Rolle des kleinen Mauren nicht richtig«, erschall es da von weiter oben am Tisch. »Wenn es uns gelingt, einen guten Christenmenschen aus ihm zu machen, können wir über ihn noch sehr viel mehr erreichen als nur, aus Boabdil eine Marionette zu machen!«

Zahra erkannte in dem Sprecher den Dominikanermönch wieder, dem sie in Baena schon begegnet war. Seine kalten, schwarzen Augen brannten sich auf dem Kind in ihrem Schoß fest. Unwillkürlich drückte sie Ahmed fester an sich und wünschte sich weit fort.

»Der Sohn des Heidenemirs als guter Christenmensch!« Jaime lachte lauthals auf. »Bei allem Respekt, Vater, und wozu sollte das gut sein?«

»Der Herr freut sich über jede gerettete Seele«, gab Torquemada scharf zurück. »Und ein wenig mehr Frömmigkeit stünde auch Euch gut an, Don Jaime. Wie ich höre, hat man Euch schon lange nicht mehr in der Kirche gesehen!«

»Aber dafür umso häufiger auf dem Schlachtfeld«, gab dieser ungerührt zurück.

Das Erscheinen des Königspaars unterbrach ihren Disput. Die Anwesenden erhoben sich und setzten sich erst wieder, als die Königin und ihr Gemahl ihre Plätze am oberen Kopfende eingenommen und Isabel ihnen mit einer huldvollen Handbewegung das Niedersetzen gestattet hatte.

»Es hat sich eben die Frage aufgeworfen«, sagte Torquemada zu ihr, »was weiter mit dem Heidenjungen geschehen soll. Ich finde, wir sollten uns möglichst bald um seine christliche Erziehung bemühen.«

»Eine vortreffliche Idee!« Isabel strahlte auf. »Auch wenn er mir für eine ernsthafte Belehrung noch ein wenig jung erscheint.«

»Das früh ausgebrachte Korn sprießt früher als das späte und kann umso kraftvolleres Wurzelwerk entwickeln«, gab Torquemada zurück.

»Welchem Bruder möchtet Ihr seine christliche Erziehung anvertrauen?«

Auf Torquemadas Gesicht breitete sich ein süßliches Lächeln aus. »Ich hätte nicht übel Lust, mich seiner selbst anzunehmen.«

Zahra stellten sich die Nackenhaare auf.

»Und überdies denke ich«, fuhr Torquemada mit Blick auf Zahra fort, »dass Ihr der Heidin verbieten solltet, sich unter uns mit diesem Ding da vor dem Gesicht zu zeigen. Man kann nicht sehen, was in ihr vorgeht – und ein gutes Beispiel für unseren Zögling ist es ebenfalls nicht!«

Entsetzt sah Zahra zur Königin und wollte aufbegehren, doch jemand trat ihr gegen das Schienbein. Sie blickte zu Gonzalo, der sie eindringlich ansah. Wut und Verzweiflung stiegen in Zahra auf. Waren Ahmed und sie hier tatsächlich nur Spielbälle, mit denen jeder machen konnte, was er wollte?

»Ja, Vater, auch in diesem Punkt muss ich Euch recht geben«, hörte sie Isabel antworten. »Auch ich finde, ein Schleier macht sich nicht gut an unserem Tisch. Aber wenn das Kindermädchen auf seinen Sitten und Gebräuchen besteht, finden wir sicher jemand anderen, der den kleinen Mauren zu künftigen Einladungen begleiten kann.«

Isabel begleitete ihre Worte mit einem Lächeln, das Zahra ihr am liebsten aus dem Gesicht gekratzt hätte. Stattdessen biss sie die Zähne zusammen, löste ihre Hände von Ahmed und nahm den Schleier ab. Sie hätte sich nicht nackter und angreifbarer gefühlt, wenn sie all ihre Kleider abgelegt hätte. Am meisten von allen Blicken spürte sie Jaimes auf sich. Wie gebannt starrte er ihr in das Gesicht, das er zum ersten Mal in voller Schönheit erblickte …

Kurz darauf wurde das Essen aufgetragen, was die Aufmerksamkeit der Festgäste von Zahra ablenkte – einzig Gonzalo und Jaime sahen weiter immer wieder zu ihr hin, wobei Gonzalos Blick still und bewundernd, der von Jaime aber nervös und von einem seltsamen Flackern begleitet war. Entsprechend beunruhigt war Zahra, als sie Jaime in den nächsten Tagen immer wieder im Park entdeckte. Meist betrat er die Anlage kurz nach ihr, hielt sich in einer gewissen Entfernung von ihr auf und sah nur zu ihr, wenn er sich unbeobachtet fühlte.

Etwa zwei Wochen später kam Gonzalo im Park mit einem freudigen Lächeln auf Zahra zu. »Wie geht es Euch?«

»Danke, recht gut.« Zahra erwiderte sein Lächeln mit einem Aufstrahlen der Augen. »Wie schön, Euch endlich einmal wiederzusehen!«

»Meine Königin hat mich quer durch das ganze Land gejagt«, gab Gonzalo seufzend zurück. Er kniete sich vor Ahmed. »Und wie geht es dir, kleiner Mann?«

Ahmed verzog sich ängstlich hinter Zahras Tunika. Gonzalo erhob sich wieder. »Es muss ihm hier noch immer alles sehr fremd erscheinen.«

»Seit Torquemada ihn zweimal die Woche abholt, ist er ziemlich verängstigt«, gestand ihm Zahra.

»So hat der Dominikaner seine Drohung also wahrgemacht.« Gonzalo krauste die Stirn. »Was stellt er denn mit dem Kleinen in dieser Zeit an?«

»Ahmed kann ja noch kaum etwas erzählen. Aber er hat die ersten spanischen Worte von ihm gelernt: ›Jesus‹ sagt er oft, und den Anfang eines Gebets versucht er zu rezitieren, allerdings kann man kaum etwas verstehen. Es könnte das Vaterunser sein. Torquemada will überdies veranlassen, dass sich ein Erzieher um den Jungen kümmert, damit er Eure Sprache lernt.«

»Was Ahmed nur von Nutzen sein kann!« Gonzalo nickte ihr nachdrücklich zu. »Mehr Sorge würde mir an Eurer Stelle Torquemadas Einfluss bereiten, aber da er ein vielbeschäftigter Mann ist, wird er ihn sicher schon bald an einen anderen, weniger fanatischen Pater abgeben. Torquemada ist nicht eben bekannt für große Geduld mit seinen Schäfchen!«

Dank Gonzalos Nähe breitete sich in Zahra zum ersten Mal seit ihrer Ankunft in Córdoba ein gewisses Wohlgefühl aus. Er strahlte so viel Sicherheit und Wärme aus, dass all ihre Ängste für den Moment von ihr abfielen. Sie strahlte ihn an, woraufhin er ihr zuzwinkerte, was Nähe und Vertrautheit zwischen ihnen schuf. Zahra verspürte den Impuls, näher an ihn heranzutreten und ihren Kopf an seine Schulter zu lehnen, wie sie es manchmal bei Raschid getan hatte, wenn sie sich müde und kraftlos gefühlt hatte. Doch dann merkte sie, dass jemand sie beobachtete, und wandte sich um. Gonzalo folgte ihrem Blick und zog unwillig die Augenbrauen zusammen. »Was macht denn Jaime hier? Den kriegt man doch sonst nicht aus seinem heißgeliebten Pferdestall heraus!«

»Ich habe ihn seit dem Festmahl schon einige Male im Park gesehen«, gab Zahra unsicher zurück. »Und immer, wenn er meint, ich würde es nicht merken, schaut er zu uns.«

Gonzalo runzelte die Stirn. Im gleichen Moment bemerkte Jaime, dass sie zu ihm sahen. Ruckartig drehte er sich um und ging zurück in den Palast. In Zahra blieb ein ungutes Gefühl zurück, das auch den restlichen Tag nicht von ihr wich.

Als Zahra Jaime ein paar Tage später wieder im Park entdeckte, beschloss sie, ihn geradeheraus zu fragen, warum er ständig um sie herumstrich. Sie packte sich Ahmed auf den Arm, der in empörten Protest ausbrach, weil er gerade dabei war, Rosenblüten zu pflücken. Als Jaime merkte, dass sie auf ihn zusteuerte, schlug er die entgegengesetzte Richtung ein. Hinter einer Gruppe mannshoher Hibiskusbüsche blieb Jaime stehen, wandte sich aber nicht zu ihr um. Ärgerlich trat Zahra vor ihn.

»Hat Torquemada Euch beauftragt, mir hinterherzuspionieren, oder was sonst habt Ihr ständig im Park zu tun?«, fuhr sie ihn mit funkelnden Augen an.

»Ich genieße die Schönheit der Anlage …« Jaimes Augen blitzten vor Spott.

»Diese Geschichte könnt Ihr Eurem Gaul aufbinden!«

Da sich Ahmed immer heftiger in ihren Armen drehte und wendete, um wieder zu den Rosen zu kommen, setzte Zahra ihn ab. Es war zu anstrengend, mit zwei Männern zugleich zu streiten.

»Also was nun?«, knurrte sie Jaime an, während sie sich wieder aufrichtete. »Werdet Ihr mir sagen, was Euch hierhertreibt?«

»Seit wann bin ich Euch Rechenschaft schuldig?« Er hob die Augenbrauen und wandte sich zum Gehen.

»Verdammt, jetzt sagt mir, was Ihr von mir wollt!«, schimpfte Zahra, und als er weder antwortete noch stehenblieb, hielt sie ihn kurzerhand an seinem roten Wams fest. Ehe sie sich versah, hatte Jaime ihr Handgelenk gepackt und auf den Rücken gedreht. »Was nehmt Ihr Euch heraus?«

»Und Ihr?« Obwohl er ihr weh tat, hielt Zahra seinem Blick stand.

Plötzlich riss Jaime ihr den Schleier vom Gesicht und zog sie an sich.

»Lasst mich los!«, keuchte Zahra und schlug nach ihm. Jaime lachte und presste seine Lippen auf ihren Mund.

»Ihr sollt mich loslassen, verdammt!« Wutentbrannt versuchte Zahra, sich ihm zu entwinden, doch Jaime packte ihr Kinn, so dass sie seinem nächsten Kuss nicht ausweichen konnte. Zuerst wand sie sich weiter, aber je länger Jaime sie küsste, desto heftiger wirbelte es in ihrem Bauch, ein Wirbeln, das sich zu einem Feuersturm ausweitete, der ihr nicht nur jeden weiteren Widerstand unmöglich machte, sondern sie auch noch dazu veranlasste, den Kuss zu erwidern. Nach und nach lockerte Jaime seinen Griff, bis er nur noch eine zärtliche Umarmung war. Noch immer tobten diese seltsamen Feuerstürme in Zahra, Stürme, die ihr jedes Denken unmöglich machten, doch als Jaimes Hand von ihrem Kinn zu ihrer Brust glitt, kamen Erinnerungen an Ibrahim in ihr hoch, und sie entwand sich ihm mit einem heftigen Ruck.

Für einen Moment sahen sie sich nur an, dann hob Zahra die Hand und versetzte Jaime eine schallende Ohrfeige. Zuerst war sie ebenso verblüfft wie er, dann durchfuhr sie ein eisiger Schreck. Sie schnappte sich Ahmed und rannte ungeachtet seiner Proteste und Strampeleien mit ihm zum Palast.

In ihrem Zimmer sank Zahra keuchend gegen die Tür. Sie setzte Ahmed ab und nahm nur wie aus großer Ferne wahr, dass er weiter vor sich hin jammerte. Sie taumelte zum Fenster. Jaime stand noch immer auf dem gleichen Platz. Erneut spürte Zahra das heiße Verlangen in sich hochschlagen, das sein Kuss in ihr ausgelöst hatte. Verwirrt strich sie eine Strähne, die sich aus ihrem Hidschab gelöst hatte, aus ihrem Gesicht und merkte dabei, dass ihrer Hand sein Geruch anhaftete. Mit geschlossenen Augen sog sie seinen Duft ein und fuhr sich mit der Hand über Wange und Mund …

Als sie am nächsten Nachmittag mit Ahmed auf einem kleinen Wiesenstück mit vielen Büschen und Sträuchern Verstecken spielte, sah sie, wie Jaime in den Park trat. Ihr erster Impuls war, weg-, ihr nächster, zu ihm hinzulaufen. Atemlos blieb sie mit auf ihm festgebranntem Blick stehen. Erst als Ahmed an ihrer Tunika zerrte und »Verstecken, Zahra, verstecken!« rief, kam sie wieder zu sich.

»Ja, mein Kleiner, ja«, murmelte sie und machte ein paar zögerliche Schritte, ohne Jaime aus den Augen zu lassen. Als sie sah, dass er den Park wieder verließ, sank ihr die Enttäuschung wie Steine in den Magen und lähmte sie erneut. »Verstecken, Zahra!«, drängte Ahmed wieder. Zahra schüttelte den Kopf, sank ins Gras und biss sich auf die Lippen.

Auch an den nächsten Tagen tauchte Jaime im Park auf, blieb jedoch stets in großer Entfernung und verschwand rasch wieder. Zahras ganzes Denken und Fühlen fixierte sich nur noch auf sein Kommen oder Nichtkommen, und jedes Mal wenn er den Park verließ, ohne ihr auch nur den Kopf zugewandt zu haben, zerriss es ihr schier das Herz. Wenn sie sich später in ihrem Zimmer über ihre Gefühle Rechenschaft ablegte, fragte sie sich, ob die Einsamkeit ihr allmählich den Verstand raubte. Sie konnte doch nichts mit diesem Maurenhasser zu tun haben wollen! Aber wenn sie ihn wiedersah, sprach ihr Herz eine andere Sprache.

Bald darauf suchte Gonzalo sie im Park auf und erzählte ihr, dass er im Auftrag der Königin unterwegs gewesen sei. Als er sie fragte, ob sein Bruder ihr noch immer im Park auflauere, errötete Zahra und hoffte, dass dies nicht auch oberhalb ihres Schleiers zu sehen war. »Vielleicht hatte Jaimes Anwesenheit im Park gar nichts mit mir zu tun«, brachte sie nach einem Räuspern heraus.

»Natürlich könnte das sein, aber seltsam finde ich es schon«, erwiderte Gonzalo. Er schien zu sehr in seinen Gedanken gefangen, um Zahras Verlegenheit zu bemerken. »Ich habe Jaime übrigens darauf angesprochen, aber statt mir zu antworten, hat er mich angefahren, ich solle mich gefälligst um meine eigenen Angelegenheiten kümmern.« Gonzalo strich sich die Locken aus der Stirn. »Eigentlich denke ich, dass Ihr Euch seinetwegen keine Gedanken zu machen braucht. Jaime ist zwar sehr impulsiv, aber eigentlich kein schlechter Kerl. Auch wenn vieles, was er sagt, brüsk und ungehörig ist und er sich den maurischen Gefangenen gegenüber schändlich verhält, denke ich doch, dass eine Frau jedweder Herkunft nicht mehr von ihm als ein paar unverschämte Sprüche zu befürchten hat.«

Zahra beschloss, ihn in diesem Glauben zu lassen. »Mehr Sorge macht mir derzeit Torquemada. Irgendwie ist es ihm gelungen, Ahmed völlig für sich einzunehmen. Er sagt jetzt sogar Onkel zu ihm!«

»Vielleicht füttert er ihn öfter mit Kuchen als Ihr?« Gonzalo zwinkerte Zahra zu.

»Und wenn es mehr ist als das? Immerhin ist Torquemada der einzige Mann, mit dem Ahmed zu tun hat, wenn man von seinem Erzieher absieht, der jedoch ist so öde und langweilig, dass sich noch keine Fliege freiwillig bei ihm niederlässt. Ich habe Angst, dass Torquemadas Einfluss auf Ahmed immer größer wird!«

»In ein paar Wochen wird Torquemada zu seiner alljährlichen Autodaféreise aufbrechen. Mit ein bisschen Glück vergisst er Ahmed über den brennenden Ketzern!« Er strich Zahra über den Arm. »Ahmed ist noch so jung. Ich kann mir nicht vorstellen, dass Torquemada jetzt schon einen prägenden Einfluss auf ihn haben kann.«

Zahra sah zu ihm auf, und ohne dass sie es wollte, traten ihr Tränen in die Augen. »Wisst Ihr eigentlich, dass Ihr der Einzige seid, mit dem ich hier reden kann?«

Gonzalo hob die Hand, als wolle er sie noch einmal berühren, ließ sie aber wieder sinken. »Ihr könnt immer auf mich zählen, und das nicht nur, weil ich Euch mein Leben verdanke!« Er sah sie eindringlich an.

»Danke«, sagte Zahra leise.

»Habt Ihr sonst noch etwas auf dem Herzen?«

Zahra schluckte. »Nein, nein, danke.«

Er musterte sie eindringlich, aber als sie nichts sagte, meinte er, dass er zurück in den Palast müsse. »Isabel hat eine Besprechung anberaumt.«

Zahra nickte und sah zu, wie Gonzalo zum Palast zurückging. Als die Eingangstür hinter ihm zufiel, fühlte sich Zahra allein und verlassen – und sehnte sich kurz darauf mit einer Heftigkeit nach Jaime, dass ihr schwindlig wurde. Sie strich sich über die Stirn und fragte sich, was, beim Allmächtigen, mit ihr los war.

In der Nacht war Zahra ruhelos. Stundenlang wälzte sie sich in ihrem Bett, dann stand sie auf und trat ans Fenster. Das silberne Mondlicht warf lange Schatten unter den Bäumen im Park; im Nachtwind hoben und senkten sich die Palmenzweige wie Geisterhände. Mit einem Mal entdeckte Zahra einen Mann, der am Stamm einer Palme lehnte und zum Palast hochsah. Als Zahra bewusst wurde, dass er zu ihrem Zimmer schaute, wich sie erschrocken zurück. Kurz darauf spähte sie wieder hinunter, konnte ihn aber nirgends mehr entdecken.

Jetzt sehe ich auch noch Gespenster!, dachte sie kopfschüttelnd, nahm ihre Bürste von der Truhe und begann, ihr taillenlanges Haar zu striegeln. Normalerweise übte dies eine beruhigende Wirkung auf sie aus, doch heute machte es sie nur noch nervöser, und als ihr Haar zu knistern begann, warf sie die Bürste zurück auf die Truhe. Mit einem Mal hörte sie Schritte auf der Galerie. Sie lauschte. Die Schritte waren so leise, als lege jemand großen Wert darauf, nicht gehört zu werden. Dann verstummten sie ganz, und Zahra hatte das Gefühl, dass jemand direkt vor ihrer Tür stand. Sie blickte sich nach etwas um, mit dem sie einen Eindringling abwehren konnte, doch dann öffnete sich die Tür schon. Zahra schrie auf. Mit zwei langen Sprüngen war der Mann bei ihr und hielt ihr den Mund zu. Als Zahra erkannte, dass der Eindringling Jaime war, versuchte sie sich wütend loszumachen.

»Ich lass dich erst los, wenn du versprichst, dass du still bist«, zischte er.

Zahra beruhigte sich und nickte. Stück um Stück nahm Jaime seine Hand von ihrem Mund. Das Mondlicht erhellte sein Gesicht; seine Augen schienen Zahra grüner denn je.

»Was – was wollt Ihr hier?«, stammelte sie.

Statt einer Antwort sah er sie nur an, ging dann zur Tür, schloss sie ebenso lautlos, wie er sie zuvor geöffnet hatte, und kehrte mit einer Miene zu ihr zurück, als sei es das Selbstverständlichste auf der Welt, dass er mitten in der Nacht in ihrem Zimmer auftauchte. Je näher er kam, desto heftiger klopfte ihr Herz und desto weniger konnte sie denken. Erstickt presste sie ein »Bitte, geht!« hervor. Jaime aber trat auf sie zu, bis seine Brust fast die ihre berührte.

»So geht …«, setzte Zahra erneut an. Sein Kuss schluckte ihre weiteren Worte.

Zuerst wollte Zahra ihn abwehren, aber schon nach dem ersten Schlag auf seine Brust blieb ihre Hand, wo sie war, und als er sie hochhob, fand sie nicht die Willenskraft, sich ihm zu widersetzen. Jaime legte sie aufs Bett und strich ihr sanft das Haar aus dem Gesicht. Ein Schauer durchlief Zahras Körper. Ungläubig, fasziniert und ängstlich zugleich blickte sie ihm in die Augen, die wie Smaragde funkelten. Seine Hand fuhr tiefer, streifte ihren Hals, ihr Dekolleté, das von ihrem Nachtgewand nur unzureichend bedeckt wurde, und blieb schließlich auf ihrer Brust liegen. Ein heißes, heftiges Sehnen breitete sich in Zahra aus, und sie konnte nur mit Mühe ein verzücktes Stöhnen unterdrücken.

Während sie sich noch immer nicht rührte und ihn wie hypnotisiert ansah, glitt seine Hand weiter. Als sie ihren Bauch erreichte, verlieh er ihr mehr Gewicht und löste damit ein wahres Feuer in Zahra aus. Ihre Arme, ihre Beine, ihr Bauch, ihr Gesicht, alles in ihr schien zu brennen, zu lodern, zu glühen – und ehe sie begriff, was sie tat, setzte sie sich auf und suchte mit ihren Lippen die seinen. Seine Küsse lösten wahre Explosionen in ihr aus, ihr Körper entwickelte ein Eigenleben, über das Zahra keine Kontrolle mehr hatte. Ihre Hände suchten seinen Körper, nestelten seinen Wams auf und fuhren ihm über die behaarte Brust. Erst als er seine Lippen von den ihren nahm, wurde ihr bewusst, dass er ihr Nachtgewand hochgeschoben hatte. Er zog es ihr über den Kopf, und Zahra konnte an nichts anderes mehr denken, als dass er sie immer und immer weiterküssen sollte.

Sie versank in einem Rausch, der ebenso wundervoll wie unwirklich war. Erst als er sein hartes Geschlecht in sie schob und sie das Gefühl hatte, dass es sie auseinanderreißen würde, zuckte ein Schreck in ihr hoch, doch nach zwei Stößen fand er den Platz, den er brauchte, und die Gefühle, die seine Bewegungen in ihr auslösten, waren so unbeschreiblich schön, dass sie ihre Sorge über die verlorene Jungfernschaft schnell vergaß. Verlangend schlang sie die Beine um seinen Unterleib, genoss seine drängender werdenden Bewegungen und öffnete sich ihm willig, gierig gar. Immer stürmischer, leidenschaftlicher, wilder wurde ihr Geschlechtsakt, ein Tosen machte sich in ihr breit, flaute wieder ab, um hernach nur noch stärker in ihr aufzuflammen. In ihrem Bauch ballte sich etwas zusammen, was sie niemals zuvor gespürt hatte, etwas ganz Wunderbares. Und als er beim nächsten Mal besonders tief in sie drang, explodierte dieses zusammengeballte Etwas. Glück, Seligkeit, Erlösung und ein unglaubliches Wohlgefühl schossen durch ihren Körper – so stark und übermächtig, dass sie davon hinweggerissen zu werden meinte. Noch dreimal stieß er zu, dann hielt er kurz inne und sank stöhnend, schweißnass und herrlich schwer auf ihren ihn weich empfangenden Körper.

Zahra genoss es, Jaime weiter in und auf sich zu spüren. Sie hatte das Gefühl, in einer Wolke zu schweben, einer Wolke des Glücks, in der Begriffe wie schlechtes Gewissen und Angst keinen Raum hatten. Es gab nur noch sie beide. Die Welt um sie herum war versunken. Seine Finger drehten sich gedankenverloren, gleichsam wie von selbst, in ihre Locken. Sie dachte an nichts, fühlte sich rundum geborgen und wünschte sich, dass dieser Moment nie verging.

Irgendwann nickte sie über diesem rauschartigen Wohlgefühl ein, spürte aber trotzdem, wie er neben sie glitt, sein Bein und seinen Arm über sie breitete und sie eng an sich zog. Als Ahmed ihren Namen rief, schreckte Zahra hoch und wusste im ersten Moment nicht, wo sie sich befand. Sie strich sich das Haar aus dem Gesicht, stellte fest, dass sie nackt war, und spürte ein heftiges Sehnen in sich. Sie sah sich im Zimmer um. Jaime war weg. Es wunderte sie nicht. Und es verletzte sie auch nicht. Es war gut so gewesen, wie es war, und über das Weitere dachte sie nicht nach. Dazu schwebte sie noch zu hoch auf dieser Wolke, zu der er sie mitgenommen hatte. Als Ahmed ihren Namen erneut rief, zog sie sich ihr Nachthemd über und erhob sich. Dabei fiel ihr Blick auf den Flecken getrockneten Blutes auf ihrem Laken. Rasch schlug sie die Zudecke darüber. Später würde sie sicher Gelegenheit haben, es auszuwaschen.

Ahmed empfing sie strahlend. Zahra zog ihn an sich und küsste ihn mit so viel zärtlichem Ungestüm, dass er schimpfte. Er liebte ihre Küsse, aber nicht so viele auf einmal. Außerdem wollte er spielen. »Ahmed Garten gehen!«, verlangte er.

Zahra nickte und zog ihn an.

Der Vormittag verging wie im Flug. Zahra schwebte noch immer zwischen Traum und Wirklichkeit. Ihre unbeschwerte Ausgelassenheit steckte Ahmed an, und schließlich lachten sie beide, ohne zu wissen, wieso. Nach dem Mittagessen legte sie den Jungen in sein Bettchen, kuschelte sich an ihn und schlief mit ihm. Als sie erwachte, glühte ihr Körper, und sie fragte sich zum ersten Mal, ob und wann sie Jaime wiedersehen würde. Später brachte sie Ahmed wieder in den Park, wo er sie mit Blumen schmücken wollte. Ihm zu Gefallen legte sich Zahra rücklings auf die Wiese. Voller Eifer begann Ahmed sein Werk: Er schob ihr eine tiefrote Hibiskusblüte in das Haar, das frech unter ihrem leicht zurückgerutschten Hidschab hervorlugte, und als ihn ihr Schleier beim Anlegen weiterer Blumen störte, nahm Zahra ihn ab, zumal sie ohnehin allein im Park waren. Begeistert pflückte Ahmed eine größere Anzahl Rosenblüten und verteilte sie wie Knöpfe auf Zahras Tunika und auf ihren Händen. Zahra ließ ihn gewähren und blickte traumverloren in den Himmel, als Gonzalos Gesicht über ihr auftauchte. Mit hingerissenem Blick sah er auf sie hinab. Erschrocken fuhr Zahra auf, so dass die Blüten von ihr herabpurzelten. Ahmed begann zu weinen. »Böse Zahra! Alles kaputt gemacht!«

Zahra kniete sich vor Ahmed und half ihm, die Blüten einzusammeln, womit sie zugleich auch vermeiden konnte, Gonzalo anzusehen. Es war ihr unangenehm, dass er sie so gesehen hatte. Nun erst merkte sie, dass sie beim Hochschnellen auch noch ihren Hidschab verloren hatte. Ehe sie dazu kam, ihn und den Schleier vom Boden aufzuheben, bückte sich Gonzalo und reichte ihr beides. Mit gesenktem Blick nahm Zahra die Sachen von ihm entgegen. »Ich hoffe, Ihr denkt jetzt nicht schlecht von mir.«

»Aber warum denn?« Er konnte noch immer nicht den Blick von ihr nehmen. »Ihr ... Mein Gott, wisst Ihr eigentlich, wie wunderschön Ihr seid?«

In seine sonst so ruhigen, haselnussbraunen Augen trat etwas, das Zahra letzte Nacht auch in Jaimes Augen gesehen hatte. Hastig hüllte sie sich zumindest in ihren Hidschab.

»Ich ...« Gonzalo räusperte sich. Zahra hatte das Gefühl, in etwas hineingezogen zu werden, das sie nicht wollte – oder zumindest nicht mehr wollte, ohne sich in diesem Moment

Rechenschaft darüber geben zu wollen, warum sie ihre Ansicht geändert hatte, zumal die Antwort ohnehin in ihrem Herzen stand. Verzweifelt suchte sie nach einem unverfänglichen Thema. »Torquemada ist abgereist«, hob sie an, »aber er wird bald wiederkommen und will den Jungen in Zukunft noch mehr unter seine Fittiche nehmen.«

»Ja, ich weiß«, erwiderte Gonzalo mit belegter Stimme, und als Zahra kurz aufblickte, sah sie, dass er noch immer mit diesem entrückten, geradezu trunkenen Blick an ihr hing. Ein Ruck durchfuhr ihn, er strich sich über das Kinn und räusperte sich: »Ja, genau, Torquemada. Seinetwegen habe ich Euch auch gesucht. Zufällig habe ich heute früh ein Gespräch mitbekommen, aus dem hervorging, dass er Euch vom Hof entfernen lassen will. Er ist der Ansicht, dass Ihr einen schlechten, weil maurisch-heidnischen Einfluss auf Ahmed habt, und sucht nach einem Vorwand, Euch die Sorge für Ahmed zu entziehen.«

»Aber in den Verträgen steht doch …«

»Verträge sind leider oft nicht das Papier wert, auf dem sie stehen«, fiel Gonzalo ihr ins Wort und hatte sich nun wieder unter Kontrolle. Er sah zu Ahmed, der aufgehört hatte zu weinen, und auch wenn der Knabe nicht verstand, wovon sie redeten, blickte er doch so aufmerksam zwischen ihnen hin und her, als ahne er, dass es hier auch um sein Schicksal ging. Sein fragender Blick ließ Zahra das Herz schwer werden. So wenig ihr das Leben am kastilischen Hof behagte – noch weniger konnte sie sich vorstellen, Ahmed im Stich zu lassen. Sie hing an dem Jungen wie an ihrem eigenen kleinen Bruder.

»Aber das können sie doch nicht machen. Ich bin Ahmeds einzige Vertraute!«, begehrte sie hilflos auf.

»Noch tun sie es auch nicht, und wenn Ihr Euch in Acht nehmt, wird es hoffentlich auch nicht dazu kommen, aber bedenkt fortan bei all Euren Handlungen, auf welch wackligen Füßen Eure Fürsorge für Ahmed steht. Seid auf der Hut, wägt jedes Eurer Worte ab! Ahmed ist zwar noch klein, aber er könnte trotzdem etwas aufschnappen und im falschen Zusammenhang wiedergeben.« Gonzalo warf ihr einen eindringlichen Blick zu. Zahra musste an die vergangene Nacht denken. Mein Gott, wenn Ahmed aufgewacht und in ihr Zimmer getappt wäre!

»Zahra, um Himmels willen, Ihr werdet ja ganz blass«, rief Gonzalo erschrocken.

»Es geht schon wieder.« Zahra zwang sich, tief ein- und auszuatmen, und allmählich kehrte die Farbe in ihr Gesicht zurück. Sie dankte Gonzalo für seine Warnung. »Ich werde aufpassen!«

»Bis zu Torquemadas Rückkehr wird sich Pater Francisco Ahmeds annehmen. Leider muss ich jetzt gehen. Die Königin erwartet mich. Auch meine Stellung ist derzeit nicht die beste. Ich tue also sicher gut daran, sie nicht noch dadurch zu verärgern, dass ich sie warten lasse, zumal ich … auch ein Anliegen habe, das ich ihr vorbringen will – und das kaum ihre Billigung finden wird.«

Da er nichts weiter sagte, nahm Zahra an, dass dieses »Anliegen« nichts war, was er ihr anvertrauen wollte.

»Plant die Königin weitere Kriegszüge in unser Gebiet?«

Gonzalo nickte. »Das steht zu befürchten.«

»Und Boabdil?«

»Er hat mir geschrieben, schon vor Monaten, aber der Brief hat mich erst jetzt erreicht. Bei seiner Rückkehr haben ihn ein paar Getreue abgefangen, die ihn warnten, die Stadt durch eines der Haupttore zu betreten, weil ihm dort die Häscher seines Vaters auflauerten. Wie ein Dieb musste er sich im Schutz der Nacht durch eine enge Pforte im Albaicín in die Stadt stehlen, wo die einfachen Menschen ihm weiter treu ergeben sind. Während der nächsten Tage hat Aischa wannenweise Geld unter die Bürger der Stadt verteilen lassen und die Edelleute mit hohen Ämtern geködert, wenn sie sich wieder zu Boabdil bekennen würden. Daraufhin ist in der Stadt ein Bürgerkrieg ausgebrochen, der immer noch anhält. Unsere Spitzel haben berichtet, dass im *suq* aus Angst vor Plünderungen kein einziges Geschäft mehr geöffnet ist. Wer nicht kämpfend durch die Straßen zieht, hat sich in seinem Haus verbarrikadiert.«

»Mein Gott, Boabdil ist nicht zu beneiden«, seufzte Zahra und hoffte, dass ihre Familie auf der Seidenfarm in Sicherheit war.

»Wünschen wir uns für Boabdil und uns alle, dass er sich durchsetzen kann!«

Zahra nickte Gonzalo zu. »Ich halte Euch besser nicht länger auf. Auch mir liegt nichts daran, die Königin noch mehr aufzubringen.«

Gonzalo strich ihr über den Arm und sah sie bedeutungsschwer an. »Vielleicht gibt es da doch eine Lösung, zumindest für Euch, eine, an die Ihr vielleicht noch nie gedacht habt. Wünscht mir Glück, damit die Königin meinen Antrag unterstützt!«

Er drehte sich um und eilte in den Palast.

Nachdenklich blieb Zahra zurück. Ihre Seligkeit war unter Gonzalos Worten wie altbackenes Brot unter den Stiefeln marschierender Soldaten zerbröselt. Bruder Francisco heißt mein neuer Feind also, fasste sie für sich zusammen. Sie fragte sich, ob es nichts gab, womit sie das Vertrauen der Königin oder wenigstens eines ihrer Berater erlangen könnte, um ihre Stellung hier zu festigen, aber so ablehnend, wie ihr hier alle begegneten, war dies wohl ausgeschlossen. Ihr fiel wieder ein, wie Gonzalo sie eben angesehen hatte. In Loja hätte sie alles für einen solchen Blick von ihm gegeben, und noch mehr für eine Zukunft mit ihm. Jetzt aber gab es einen anderen Mann, von dem sie so angesehen werden wollte, einen Mann, der Gefühle in ihr geweckt hatte, von denen sie nicht gewusst hatte, dass es sie gab …

3.

Córdoba

15. November 1484

Nachdem Torquemada von seiner Reise zurückgekehrt war, kümmerte er sich mehr denn je um Zahras Schützling. Jedes Mal wenn er seine langen, dürren Finger nach dem Kind ausstreckte, schnürte es Zahra das Herz ab. Für Ahmed aber war Torquemada der »Onkel Mada«, der mit ihm durch die Stadt streifte, der ihn auf Pferden aufsitzen ließ und ihn in die imposante Kathedrale mitnahm, wohingegen Zahra zu Ahmeds Zerstreuung nicht mehr als der Park blieb. Eines Tages schenkte der Dominikanermönch Ahmed christliche Kleider, die den Knaben so sehr begeisterten, dass er sich fortan strikt weigerte, weiter eine maurische Tunika und Pluderhosen zu tragen. Auch für Zahra ließ der Mönch Kleider bringen. »Es ist eine Zumutung, dass noch niemand daran gedacht hat, Euch von diesen Heidenkleidern zu erlösen«, erklärte er Zahra mit süßlichem Lächeln. »Immerhin war zumindest Eure Mutter Kastilierin, die Ärmste ist ja nur durch den Krieg in die Gewalt der Mauren geraten. Es wird Euch gewiss freuen, dass Ihr ihrem Andenken nicht weiter diese Schmach antun müsst, sondern Euch nun wie ein ordentlicher Christenmensch kleiden könnt!«

Am liebsten hätte Zahra Torquemada die Kleider vor die Füße geschleudert, aber sie sah an seinem lauernden Blick, dass er auf eine solch unbedachte Reaktion von ihr wartete. Also bedankte sie sich stattdessen ehrerbietig für seine Großzügigkeit und sein Feingefühl, konnte es sich aber doch nicht verkneifen, ihm zu erklären, dass sie unter ihren maurischen Kleidern keineswegs litt, sondern sie mit Wohlbehagen und Stolz trage. Sofort verfinsterte sich Torquemadas Miene. »Stolz?«, krächzte er. »Und worauf seid Ihr stolz? Auf Euer Heidentum etwa? Auf Eure Abstammung von gottlosen Wilden?«

Zahra hielt seinem Blick stand und erwiderte so kühl und gelassen, wie es ihr eben möglich war: »Ich denke nicht, dass uns diese Debatte weiterbringen würde.«

»Und sie ist auch nicht nötig.« Torquemadas Augen verengten sich zu schmalen Schlitzen. »Die Königin hat nämlich angeordnet, dass Ihr Euch in Euren heidnischen Gewändern nicht mehr außerhalb Eures Zimmers zeigen dürft.«

Zahra blickte zu Ahmed. Sie wusste, dass er nicht verstehen würde, wenn sie mit ihm noch nicht einmal mehr in seinen heißgeliebten Park gehen würde, und als sie wieder zu Torquemada blickte, sah sie ihm an, dass auch er das wusste – und dass genau dies seine Absicht gewesen war.

Die ganze Nacht ging Zahra in ihrem Zimmer auf und ab und hätte beim Anblick der christlichen Kleider mit ihren nur mäßig durch Tüll verhüllten Dekolletés laut aufschreien mögen. Der Prophet verbot es Frauen, sich zu dekolletieren oder Kleider zu tragen, welche die weibliche Figur so betonten wie diese hier, die sich eng an Brustkorb und Taille anschmiegten, und ebenso verstieß es gegen seine Gesetze, als Kopfbedeckung lediglich so ein lächerliches Häubchen zu tragen, aus dem ihr dickes, langes Haar an allen Seiten herausquellen würde. Gonzalo, stöhnte Zahra. Warum seid Ihr jetzt nicht da, um mir zu raten und beizustehen? Ich kann doch nicht diese Kleider tragen, aber wenn ich es nicht tue, werde ich mir noch mehr den Unwillen der Königin zuziehen! Flüchtig dachte sie auch an Jaime, aber dieser Gedanke löste mehr Schmerz als Hoffnung in ihr aus, so dass sie ihn gleich wieder verwarf. Nicht ein einziges Mal hatte sie ihn seit jener Nacht wiedergesehen, noch auch nur eine Nachricht von ihm erhalten.

Da Ahmed Zahra mehr alles andere am Herzen lag, betete sie, dass Allah ihre Zwangslage verstehen würde, und zog am nächsten Morgen eines der Kleider an. Sie wählte das nachtblaue Samtkleid, das ihr wie auf den Leib geschneidert war. Zu ihrem Erstaunen stimmten sowohl die Länge als auch die in ihren Augen skandalös betonte Taille und das Brustteil. Immerhin war der Tüllstoff über dem Dekolleté etwas dichter als bei den anderen Kleidern. Kurz nach dem Mittagessen betrat Torquemada ihr Zimmer und zeigte angesichts von Zahras Bekleidung höchste Zufriedenheit.

»Ich wusste, dass Ihr eine einsichtige Frau seid«, erklärte er ihr und erlaubte ihr zum ersten Mal, mit ihm und Ahmed mitzugehen. Zahra fühlte sich nicht wohl in ihrer Haut, vor allem, als sie merkte, dass Torquemada in die Stadt ging. Sie hatte das Gefühl, dass alle Passanten sie anstarrten, und wäre vor Scham am liebsten im Erdboden versunken.

Mit großen Gesten wies der Pater sie auf die Veränderungen und Neuerungen hin, die in der Stadt seit der Vertreibung der Mauren vollzogen worden waren. Auch in die Kathedrale nahm er Zahra mit, weil er ihr zeigen wollte, in welch prächtigem Tempel sein Gott wohnte. Zu Maurenzeiten war die Kathedrale eine Mezquita, eine Moschee, gewesen, aber nach der Rückeroberung Córdobas von Fernando III. zur Kirche geweiht und von den folgenden Königen immer weiter zur Kathedrale umgebaut worden. Zahra konnte all diese Neuerungen nur bedauerlich finden, behielt dies aber für sich.

»Ich denke, wir sollten auch Euch den Katechismus nahebringen«, sagte er auf dem Rückweg zu ihr. »Wie sonst könnt Ihr Eurem Schützling Vorbild und Anleitung sein?«

Zahra dachte an Gonzalos Warnung und versicherte ihm, dass sie gern an einem solchen Unterricht teilnähme, und es gelang ihr sogar, beinahe ebenso zuckersüß zu lächeln wie er.

Am nächsten Morgen erschien ein Pater in Zahras Zimmer, der sich als ihr Katechismuslehrer vorstellte. Er kam kurz vor acht Uhr, einer Uhrzeit, zu der sich Zahra für ihr zweites Morgengebet, das *shuruk*, vorbereitete. Mit angewiderter Miene blickte der kleine dicke Mann auf Zahras Gebetsteppich und erklärte ihr, dass er Besseres für ihr Seelenheil zu bieten habe. Notgedrungen nahm Zahra Ahmed an die Hand und folgte ihm.

Über eine Stunde lang las er mit ihr in der Bibel und kündigte an, dass er sie am Abend gegen sechs Uhr wieder abholen werde – zu einer Uhrzeit, zu der Zahra das *asr* hätte sprechen müssen. Das listige Funkeln in seinen Augen verriet ihr, dass ihm dies wohl bewusst war.

Als sie sich am nächsten Morgen erhob, war ihr speiübel, so dass sie sich gleich wieder hinlegen musste. Sie überlegte, ob sie etwas Falsches gegessen hatte, und wartete, bis der Druck in ihrem Magen nachließ. Auch beim zweiten Versuch aufzustehen wurde ihr schlecht, und sie gelangte gerade noch bis zur Waschschüssel, bevor sie sich übergab. Matt wankte sie zu ihrem Bett zurück. Ein wenig elend war ihr immer noch, aber ihr schien es unklug, dem Pater davon zu berichten. Dieser hätte es ihr gewiss als Weigerung ausgelegt, an seinem Unterricht teilzunehmen. Sie atmete tief durch, und tatsächlich flaute die Übelkeit nach und nach ab, so dass sie sich und Ahmed noch vor Ankunft des Paters fertig machen konnte. Auch an den folgenden Vormittagen war ihr übel, und so fiel es ihr von Tag zu Tag schwerer, pünktlich für den Katechismusunterricht bereit zu sein.

Als es an diesem Morgen an der Tür klopfte, war Zahra noch über die Schüssel gebeugt und hatte allmählich das Gefühl, gleich auch noch ihren Magen selbst mit hervorzuwürgen.

»Einen Moment bitte«, presste sie hervor.

Endlich ließ der Brechreiz nach. Sie spülte sich den Mund aus und öffnete mit aschfahler Haut die Tür. Der Miene des Paters war anzusehen, dass er mitbekommen hatte, warum Zahra ihm nicht sofort geöffnet hatte.

»Ich hoffe nur, dass es nicht die Aussicht auf meinen Katechismusunterricht ist, die Euch so elend macht«, meinte er pikiert.

Hastig behauptete Zahra, dass dies keineswegs der Fall sei, sondern sie generell zu Magenverstimmungen neige, und unterdrückte mit aller Macht einen neuerlichen Würgereiz. Als wolle sich ihr Körper dafür rächen, wichen die Übelkeit und der Schwindel hernach den ganzen Tag nicht mehr von ihr, so dass sie erschrak, als ihr Torquemada nachmittags mitteilte, dass man sie und Ahmed am Abend bei einem Festessen der Könige erwarte. »Ihr werdet vielleicht schon gehört haben, dass unsere Truppen in Eurem Land erneut höchst erfolgreich gewesen sind!«

Davon wusste Zahra nichts, aber ihr war so elend, dass sie nicht die Kraft fand nachzufragen. Sie versicherte matt, dass sie gerne kämen, und bemühte sich, den zappeligen Ahmed fertig anzuziehen, damit Torquemada ihn mitnehmen und sie sich endlich wieder hinlegen konnte.

Am frühen Abend kehrte Torquemada mit Ahmed zurück. Hastig erhob sich Zahra von ihrem Bett und litt sofort unter einem weiteren Anfall von Übelkeit.

»Ihr seht nicht wohl aus«, meinte Torquemada, und seine Stimme hatte einen mitleidigen Klang, doch die in seinen Augen aufblitzende Schadenfreude sprach eine andere Sprache. Zahra fragte sich, ob die Christen sie vergifteten. Jeden Tag eine kleine Prise ins Essen … Es wäre so einfach. Andererseits wusste sie, wie wertvoll Ahmed als Geisel war, und wenn sie in ihr Essen Gift gäben, liefen sie Gefahr, auch Ahmed zu töten. Wie die meisten Kinder stibitzte auch er gern etwas von den Tellern der Erwachsenen. Aber warum sonst war ihr dauernd so schlecht?

»Vielleicht sollte ich Euch den Arzt schicken«, fuhr Torquemada fort.

»Nein danke, Vater, ich … Es wird schon gehen«, versicherte Zahra. »Und ich werde gewiss pünktlich mit Ahmed zu dem Festessen erscheinen!«

»Nun, dann werde ich Ahmed noch auf ein Stündchen mitnehmen, damit Ihr Euch ein wenig ausruhen könnt.«

»Das ist nicht nötig«, stotterte Zahra, doch Torquemada nahm Ahmed trotzdem an die Hand und verließ mit dem ihn anstrahlenden Knaben das Zimmer. Als die Tür hinter ihnen zufiel, sank Zahra auf ihr Bett und weinte.

Trotz des Ruhens war es Zahra weiter hundeelend, weswegen sie ihre und Ahmeds Teilnahme an dem Essen am liebsten doch abgesagt hätte. Doch der Junge war ganz versessen auf das Festessen, da Torquemada ihm vorgeschwärmt hatte, welch heldenhafte christliche Ritter er dort kennenlernen könne.

»Ahmed auch Ritter. Und Mauren totmachen!«, erklärte

er in dem seltsamen spanisch-maurischen Gemisch, das er in letzter Zeit sprach, und drängte sie, möglichst rasch aufzubrechen. Notgedrungen wechselte Zahra ihre Tunika gegen das nachtblaue Kleid, welches das einzige der von Torquemada zur Verfügung gestellten Kleider war, das sie zu tragen wagte, und fragte sich verzweifelt, wie sie Ahmed begreiflich machen könne, dass die Mauren seine eigenen Landsleute waren und er, als ihr künftiger Emir, ihnen kaum den Tod wünschen könne – ohne dass der Knabe dies an Torquemada weitergab.

Im großen Festsaal war für über hundert Menschen gedeckt, und ein Großteil der Plätze war bereits besetzt. Zahra schwindelte, und sie sagte sich, dass bei so vielen Gästen keinem auffallen werde, ob sie wirklich kämen, und wollte sich mit Ahmed zurückziehen, doch der Knabe zog sie beharrlich weiter. Schon wurde ein Diener auf sie aufmerksam und führte sie zu ihrem Tisch. Außer Torquemada entdeckte sie kein bekanntes Gesicht. Der Dominikanermönch nickte ihnen mit huldvollem Lächeln zu.

»Onkel Mada!«, schrie Ahmed begeistert und sprang auf. Zahra zog ihn zurück auf seinen Stuhl und flüsterte streng, dass sie sofort zurück aufs Zimmer gehen würden, wenn er sich noch ein einziges Mal erhob. Ahmed sah sie erschrocken an. Scharfe Töne war er von ihr nicht gewohnt.

Kurz darauf bemerkte Zahra einen weiteren Nachzügler.

»Miguel …«, hauchte sie, doch sie wagte nicht, zu ihm hinzugehen oder sich bemerkbar zu machen. Endlich blickte Miguel zu ihr, erkannte sie aber erst auf den zweiten Blick. Wärme glomm in seinen Augen auf. Er nickte ihr kaum merklich zu und folgte dem Diener zu seinem Platz.

Zahra deutete sein Nicken so, dass es ihrer Halbschwester gutging. Erleichterung durchströmte sie. Sie drückte Ahmeds Hand und küsste ihn auf seine Locken. Verwundert sah Ahmed zu ihr hoch. Eben warst du doch noch böse auf mich, sagte sein Blick.

»Das musst du nicht verstehen, mein Kleiner«, flüsterte Zahra ihm zu und strich ihm über die Wange. Als er ihren Stimmungswandel nutzen wollte, um sich nun doch zu Torquemada davonzumachen, schnappte sie ihn am Kragen seines neuen Wamses, zog ihn wieder auf seinen Stuhl und schüttelte den Kopf. Ahmed zog einen Schmollmund, blieb aber sitzen.

Eine Fanfare und ein Ausrufer kündeten das Eintreffen des Königspaars an. Isabel trug ein himmelblaues, mit Hunderten von Perlen besticktes Kleid, das sie noch majestätischer wirken ließ. An der Seite ihres Gemahls sprach sie den tapferen Rittern ihr höchstes königliches Lob für die erfolgreiche Rückeroberung Zaharas aus. Erst bei der Nennung des Stadtnamens begann Zahra auf ihre Worte zu achten, und als sie Isabels weiterer Rede entnahm, welche verheerenden Verluste die christlichen Soldaten ihren Landsleuten zugefügt und wie viele Gefangene sie gemacht hatten, wich Zahra alles Blut aus dem Gesicht. Sie merkte, dass Torquemada lauernd seinen Blick auf sie richtete, und rang um Fassung, während Isabel weiter den Heldentaten ihrer hehren Ritter huldigte.

Nach ihrer Dankesrede wurde das Essen aufgetragen. Der erste Gang, Gazpacho – eine kalte Suppe aus ungekochtem, mit dem Mörser zerkleinerten Gemüse – brachte Zahra wieder einmal in Erinnerung, wie viel die Kastilier, die doch ständig auf die Araber herabsahen, über die Jahrhunderte von ihren Landsleuten übernommen hatten. Nicht nur, dass sie ihre Moscheen zu Kirchen und Kathedralen geweiht und sich ihre Paläste angeeignet hatten und die Kunstfertigkeit ihrer Architekten ohnehin weit hinter der der Mauren zurückstand, nein, auch in der Medizin, der Astrologie, der Kunst und selbst beim Essen profitierten die Kastilier vom Können und

Wissen der Mauren. Ursprünglich kam diese Suppe aus ihrem Land. Die Mauren bereiteten die Suppe mit Brot, Knoblauch, Olivenöl, Essig, Salz und Wasser; die Kastilier ergänzten lediglich noch Zwiebeln und Gurken.

Als nächster Gang wurde geschmorter Gänsebraten serviert. Schon der bloße Geruch versetzte Zahras Magen in Aufruhr, aber Ahmed wollte unbedingt davon essen, so dass sie ihm den Braten in kleine Stücke schneiden und ihn füttern musste. Bei jedem Bissen, den sie Ahmed reichte, stieg Saures aus Zahras Magen hoch. Auch den Geruch der folgenden Speisen ertrug sie kaum. Lediglich von den leichten Desserts, die zum Nachtisch gereicht wurden, gelang es ihr, noch ein paar Löffel zu essen, woraufhin Torquemada endlich seinen inquisitorischen Blick von ihr nahm.

Nach dem Essen hoffte Zahra, sich mit Ahmed zurückziehen zu können, doch dann teilte ihr ein Diener mit, dass Torquemada Ahmed zu sehen wünsche. Sofort schoss Ahmed von seinem Stuhl hoch und rannte zu seinem »Onkel«.

Der zog Ahmed auf seinen Schoß, bat die Anwesenden um einen Moment Gehör und ließ Ahmed das Paternoster rezitieren: *»Pater noster, qui es in caelis, sanctificetur nomen tuum, adveniat regnum tuum. Fiat voluntas tua, sicut in caelo et in terra. Panem nostrum cotidianum da nobis hodie. Et dimitte nobis debita nostra sicut et nos dimittimus debitoribus nostris. Et ne nos inducas in tentationem sed libera nos a malo. Amen.«*

Von allen Seiten erhob sich Beifall. »So werden wir wenigstens einen dieser Wilden zu einem gottesfürchtigen Menschen erziehen können«, rief ein Ritter begeistert, woraufhin erneut applaudiert wurde.

Ihre Ohnmacht und ihr Ausgeliefertsein stachen Zahra wie mit tausend Nadeln. Sie hatte genug von allem: von Torquemada, der Ahmed wie einen dressierten Affen vorführte, von ihrer Übelkeit, von den selbstgefälligen Siegesreden der Christen … Sie bat einen Diener, Torquemada auszurichten, dass sie kurz an die frische Luft gehe, und eilte mit wehendem Kleid aus dem Saal.

Zahra hatte die Halle vor dem Festsaal noch nicht durchschritten, als jemand leise ihren Namen rief. Sie wandte sich um. Miguel war ihr nachgeeilt und zog sie, sich immer wieder umblickend, in einen Raum, der normalerweise als Wartezimmer diente. »Hier sollten wir ein paar Minuten ungestört sein«, meinte er, schloss die Tür und maß Zahra mit einem langen, prüfenden Blick. »Sehr wohl seht Ihr aber nicht aus.«

Zahra sank auf einen der Stühle und winkte ab. »Es geht schon wieder.«

Tatsächlich fühlte sie sich jetzt, da sie den vollen Saal mit seinen Essensgerüchen verlassen hatte, um einiges besser. »Aber erzählt: Wie geht es Euch und Hayat?«

»Hervorragend!« Miguel strahlte auf. »Übrigens ist Hayat ganz in Eurer Nähe!«

»Hayat ist hier?« Aufgeregt sprang Zahra auf, aber Miguel beschwichtigte sie lächelnd: »Nein, nicht im Palast, aber in der Stadt!«

»Hayat ist in der Stadt …« Zahra presste sich die Hände vor den Mund. »Mein Gott, wie gern ich sie sehen würde!«

»Das werden wir sicher arrangieren können. Wann könnt Ihr den Palast verlassen?«

»Eigentlich gar nicht.« Zahra zuckte mit den Achseln. »Bisher war ich erst ein einziges Mal in der Stadt, und das bei einer Art Zwangsführung mit Torquemada.«

»Oh«, machte Miguel und kratzte sich an der Stirn. »Und der Park? Dürft Ihr wenigstens in die Gärten?«

»Das schon, aber wie wollt Ihr Hayat hier einschleusen?«

»Das lasst nur meine Sorge sein!« Miguel nickte ihr zu. »Seit Hayat von Eurer Freundin Amina erfahren hat, dass Ihr hier seid, lässt sie mir keine Ruhe mehr, dass sie Euch sehen muss, und ganz sicher bekomme ich sie nicht eher wieder aus der Stadt!« Er zwinkerte ihr zu.

»Haben wir …« Zahra musste schlucken. »Haben wir Zahara tatsächlich wieder verloren?«

Miguel nickte.

»Genau, wie es uns der Santon vorausgesagt hat«, presste Zahra hervor. »Zaharas Trümmer werden auf unsere Häupter fallen, das Ende unseres Reiches ist nah …« Ihr brach die Stimme.

»Ach, dieser Santon!« Miguel machte eine wegwerfende Handbewegung. »Hayat hat mir auch davon erzählt, aber das ist doch blanker Aberglaube. Die Eroberung einer einzigen Stadt bedeutet noch lange nicht das Ende einer Herrschaft! Übrigens habe ich gehört, dass Boabdil inzwischen den Thron zurückerobert hat und sein Vater nach Málaga geflohen ist. Hassan soll gesundheitlich angeschlagen und inzwischen so gut wie blind sein. Sein Bruder az-Zagal trifft jetzt fast alle Entscheidungen. Für Boabdil und die Euren kann also noch immer alles gut werden. Beruhigt Euch und freut Euch jetzt erst einmal auf Euer Treffen mit Hayat!«

Zahra blickte an sich herunter. »Trägt Hayat auch diese schrecklich unzüchtigen Kleider und diese albernen Häubchen?«

Miguel nickte. »Wir wollen kein Risiko eingehen.«

»Heißt das, niemand ahnt, dass Hayat Maurin ist?«

»Nun ja …« Miguel kratzte sich an der Stirn. »Hayat sieht ja weit maurischer aus als Ihr, die Ihr eine kastilische Mutter hattet. Aber bisher haben wir alle damit beschwichtigen können, dass lediglich ihr Großvater Maure sei und der schon als junger Mann zum Christentum übergetreten wäre.«

Ein Schauer überlief Zahra. Wie tief waren sie gesunken, dass sie sich noch nicht einmal mehr zu ihrer Herkunft bekennen durften. Sie fragte Miguel nach Gonzalo.

»Er ist noch in Zahara. Auch ich bin erst letzte Woche zurückgekommen. Er und seine Brüder haben die Kämpfe dort unversehrt überstanden. Gonzalo und Jaime sind noch dort, um die Stadt gegen mögliche Rückeroberungsversuche der Mauren zu sichern. Ich nehme an, sobald der neue Alcalde eine eigene Verteidigungstruppe aufgestellt hat, werden auch sie zurückkommen können.«

Die baldige Rückkehr Jaimes beunruhigte Zahra mehr, als die Aussicht auf das Wiedersehen mit Gonzalo sie beruhigte. Und sie erschrak über sich, als in ihrem Kopf die Frage aufklang, ob Jaime in Zahara außer maurischen Krummsäbeln auch weitere maurische Jungfernschaften geraubt hatte. Sie hasste sich dafür, dass sie sich trotzdem nach ihm sehnte.

»Ich fand Gonzalo übrigens sehr verändert«, fügte Miguel nach einem Moment noch hinzu.

»Was meint Ihr damit?«

»Nun ja«, Miguel suchte nach Worten. »Stiller, in sich gekehrt, noch schweigsamer als früher ... Ich weiß nicht. Er kam mir bedrückt vor. Er hat mir erzählt, dass Ihr Euch hier einige Male unterhalten habt, und die Begeisterung, mit der er immer von Euch sprach, hat mich auf den Gedanken gebracht, dass Ihr vielleicht mehr wüsstet.«

Zahra dachte an ihre letzte Begegnung mit Gonzalo. »Nein, mir ist nichts aufgefallen. Hat er keine Andeutungen gemacht?«

»Nun ja, nicht direkt, aber ...« Miguel winkte ab. »Sicher sieht er das inzwischen alles schon wieder anders. Diese

Schlachten können einem aufs Gemüt schlagen, und dann kommen einem schon mal seltsame Ideen.«

»Seltsame Ideen?«, hakte Zahra nach.

»Er will den Papst um Ehedispens bitten und hat Isabel gebeten, seinen Antrag zu unterstützen.« Miguel strich sich verlegen die Haare aus der Stirn. »Mein Gott, wahrscheinlich sollte ich gar nicht mit Euch darüber reden, wenn Euch Gonzalo nichts davon gesagt hat. Obwohl ich dachte, so vertrauensvoll, wie er immer von Euch gesprochen hat ...« Er schlug sich vor die Stirn und lachte auf, doch sein Lachen klang alles andere als froh. »Er – Ihr ... Also, nicht dass es mich etwas anginge, aber ... Nein, oder?«

Zahra war nicht weniger verwirrt als er. Noch einmal ließ sie ihre letzte Begegnung vor ihrem inneren Auge ablaufen. Jetzt erinnerte sie sich auch an diese Hingerissenheit in seinem Blick, an das Verlangen und an diesen seltsamen Schlusssatz von ihm, dass er vielleicht eine Lösung für sie habe und sie ihm Glück wünschen solle ... Sie schüttelte den Kopf. »Nein!«

Sie war selbst erschrocken, wie laut ihr Nein durch den Raum hallte. War wirklich denkbar, dass er seine Ehe ihretwegen annullieren lassen wollte? Ein solches Verhalten würde zu ihm passen. Niemals würde er, der so hohe moralische Ansprüche an sich und andere stellte, sich einer Frau nähern, wenn er nicht auch in der Lage wäre, das Ganze so ritterlich zu Ende zu führen, wie es seinen sittlichen Grundsätzen entsprach. Aber wenn er seine Ehe annullieren ließ, annullieren wegen ihr ... Zahra wagte nicht, den Gedanken zu Ende zu denken.

»Also doch«, stöhnte Miguel.

Zahra konnte ihn nur ansehen und den Kopf schütteln, doch es war, als bewege jemand anderes ihren Kopf, jemand, der nicht wollte, dass es wahr war.

»Ich bin sicher der Falsche, Euch daran zu erinnern, dass Verbindungen zwischen Mauren und Christen gegen die Gesetze verstoßen und dass Torquemada, wenn er erst einmal mit den Juden fertig ist, sicher bei den Mauren weitermachen wird.« Er stieß einen Schwall Luft aus. »Aber bei Gonzalo und Euch liegt der Fall noch viel komplizierter als bei Hayat und mir. Jeder hier weiß, dass Ihr Maurin seid, und dann gibt es da auch noch die Königin! Habt Ihr noch nie beobachtet, mit welchen Blicken Isabel Gonzalo bisweilen ansieht? Er ist der treu ergebene Mann an ihrer Seite, während der ihr angetraute alle Jahre einen weiteren Bastard zeugt. Schon Gonzalos Weigerung, Boabdil die Bedingungen für den Vertrag zwischen den Christen und den Mauren schmackhaft zu machen, hat Isabel zutiefst verstimmt, aber wenn Gonzalo seine Ehe annullieren lassen will – eine Ehe, die, wie jeder weiß, nur auf dem Papier besteht –, kann sich Isabel an den fünf Fingern abzählen, dass er dies wegen einer anderen Frau macht, einer Frau, die ihm alles bedeuten muss – und das wird sie ihm nie verzeihen!«

Zahra wurde flau. »Ihr müsst ihm das ausreden!«

Miguel hob die Augenbrauen. »Ich befürchte, dass Euer Wort in diesem Fall mehr als das meine wiegen würde.«

Zahra wusste nicht, was sie sagen sollte. Sie wusste überhaupt nichts mehr. Gonzalo ... Jaime ... Ahmed ... Torquemada ... Isabel ... Alles drehte sich um sie.

Miguel strich ihr über den Arm. »Wir müssen zurückgehen, sonst fällt noch jemandem auf, wie lange wir beide fort sind!«

Zahra wusste nicht, wie sie es ertragen sollte, sich wieder unter die Menschen zu begeben und womöglich auch noch Isabels Blicken zu begegnen. »Das alles erscheint mir wie ein Alptraum, der immer noch ein bisschen schlimmer wird«, stöhnte sie.

Miguel drückte ihr mitfühlend die Hand. »Seid morgen Nachmittag im Park. Ich versuche, mit Hayat zu kommen!«

Am nächsten Morgen fühlte sich Zahra so elend, dass sie auch unter Aufbietung all ihrer Willenskraft nicht in der Lage war, den Katechismusunterricht wahrzunehmen. Verstimmt bot der Pater ihr an, für sie nach dem Arzt zu schicken, doch Zahra schüttelte den Kopf. »Ich kenne das«, behauptete sie. »Das geht von allein wieder weg!«

Als er gegangen war, nahm sie Ahmed zu sich ins Bett und unterhielt ihn mit Geschichten, die Tamu ihr und ihren Geschwistern erzählt hatte, als sie klein gewesen waren, und war ausnahmsweise einmal froh, als Torquemada kam, um den Jungen abzuholen. Gegen Mittag fühlte sie sich etwas besser. Sie zog ihre christlichen Kleider an, ging in den Park und setzte sich auf eine der Bänke im hinteren Teil des Gartens. Mit sehnsüchtigem Blick hing sie an dem Palastausgang. Hayat, dachte sie immer wieder, ach, Hayat, komm, komm doch bitte!

Ewigkeiten schienen Zahra vergangen zu sein, als eine kleine, dunkelhaarige Frau in einem weinroten Kleid und mit einem adretten Häubchen in den Park trat. Scheinbar müßig schlenderte sie an den Beeten vorbei und schnupperte an den letzten Rosenblüten des Jahres. Zahras Herz schlug bis zum Hals, aber genau wie Hayat es nicht wagte, auf direktem Wege zu ihr zu gehen, wagte auch sie nicht, zu ihr hinzulaufen. Zu groß war die Angst, beobachtet zu werden. Sie bezähmte ihre Ungeduld und wartete, bis Hayats Weg sie zu ihr führte. Bei den Hibiskussträuchern blieb Hayat stehen und umfing Zahra mit innigem Blick. »Ach, Zahra, ich ...« Vor Ergriffenheit konnte sie nicht weitersprechen.

Zahra nickte ihr diskret zu. »Ich weiß!«

Hayat und Zahra verbargen sich hinter den Sträuchern und umarmten sich.

»Du kannst dir nicht vorstellen, wie sehr ich mich freue, dich gesund wiederzusehen«, seufzte Zahra.

»Und ich erst!« Hayat küsste ihre Hände.

»Aber jetzt erzähl: Wie geht es dir? Bist du glücklich mit Miguel? Und wie behandeln dich die Christen?«

Hayat blinzelte ein paar Tränen weg und lächelte. »Mir geht es gut, sogar unbeschreiblich gut. Miguel ist ein wundervoller Mann!«

Zahra fiel die leichte Wölbung unter Hayats Kleid auf. »Sag nicht, du erwartest ...«

»Es ist sogar schon das zweite!«, fiel Hayat ihr freudig ins Wort. »Wir haben bereits einen kleinen Sohn!«

Zahra fiel ihrer Halbschwester erneut um den Hals. Schnell erzählte Hayat, was sie von Amina über ihre Familie erfahren hatte. Im Gegensatz zu Zahra, die bereits seit zwei Monaten keine Nachrichten mehr von zu Hause erhalten hatte, war sie im Besitz eines erst wenige Tage alten Briefs. »Amina schreibt, Mahdi entwickele sich prächtig und würde Mutter von seinem Wesen her von Tag zu Tag ähnlicher, und stell dir vor, Deborah erwartet auch wieder ein Kind!«

Von Zainab wusste Hayat leider nichts. Sie erzählte weiter, dass ihr Vater sehr krank gewesen war, es ihm aber inzwischen wieder besserging. »Und auch von Yazid hat Amina mir geschrieben. Er ist in Zahara in Gefangenschaft geraten, konnte sich aber befreien. Bei seiner Flucht hat er so viele Christen in den Tod gerissen, dass die Kastilier ein Kopfgeld auf ihn ausgesetzt haben.«

Zahras Züge verhärteten sich.

»Er ist, wie er ist, aber er ist mein Bruder«, sagte Hayat leise.

»Doch das, was er Raschid angetan hat …«

»Ich weiß«, unterbrach Hayat sie. »Auch das hat mir Amina geschrieben. Es ist unverzeihlich.«

»Und Morayma?«, wollte Zahra wissen. »Erwartet auch sie wieder ein Kind?«

Hayat schüttelte den Kopf. »Amina meinte, sie sei seit Ahmeds Abreise in schwere Melancholie verfallen. Sie scheint sich kaum noch von ihrer Schlafstatt zu erheben, und alle sind in großer Sorge um sie.«

Kurz darauf kam Miguel in den Park. Für einen Moment spürte Zahra den Impuls, sich an ihre Halbschwester zu klammern und sie nicht wieder fortzulassen, aber dann obsiegte die Vernunft. »Wir werden uns wiedersehen!«, sagte sie zuversichtlicher, als ihr zumute war. »Gott stehe dir und den Deinen bei!«

Hayats Blick brannte sich in ihrem fest. »Ach, Zahra …«

Sie biss sich auf die Lippen. Auch Zahra konnte nichts weiter sagen. Ihr Hals war wie zugeschnürt.

Auf ihrem Weg zurück zum Palast drehte sich Hayat immer wieder zu Zahra um. Als sich die Tür des Palastes hinter ihr und Miguel schloss, sank Zahra gegen einen Baum und grub ihre Fingernägel in seinen Stamm, um nicht aufzuschreien.

In den nächsten Tagen fühlte sich Zahra noch matter und elender, zugleich quälte sie der Gedanke an Gonzalo. Je öfter sie darüber nachdachte, desto weniger konnte sie daran zweifeln, dass er sich in der Tat wegen ihr von seiner Frau trennen wollte. Aber die Folgen, stöhnte sie, mein Gott, bedenkt er denn nicht die Folgen für sich!

Das Schlimmste war, dass sie sich außerstande sah, Gonzalo zu heiraten, und er sich und seine Laufbahn am Hof ganz grundlos in Gefahr brachte. Denn auch wenn sie sich inzwischen sicher war, dass Jaime in ihr nichts als eine Trophäe gesehen hatte, hatte diese Nacht doch alles für sie verändert: Sie wusste nun, was Liebe und Leidenschaft war, und wollte sich in einer Ehe nicht mit weniger zufriedengeben.

Nachdenklich ging Zahra zum Fenster und blickte hinaus. Die Nacht senkte sich über den Park. Sie fragte sich, wo Torquemada heute so lange mit Ahmed blieb. Normalerweise brachte er ihn ihr vor dem Abendessen zurück, aber das war ihnen schon längst serviert worden. Mit einem Mal knallten auf der Treppe Schritte wie Peitschenhiebe, setzten sich über die Galerie in Richtung ihres Zimmers fort, und nur wenige Atemzüge später stürmten zwei Soldaten mit gezückten Schwertern in ihr Zimmer. Mit einem Aufschrei wich Zahra zurück.

»Los, mitkommen«, herrschte der grauhaarige Soldat sie an.

»Aber warum?«, stammelte Zahra. »Was habe ich getan?«

Der Soldat hob sein Schwert.

»Ich komme ja, aber könntet Ihr mir nicht wenigstens erklären, was das alles zu bedeuten hat?«

Statt einer Antwort packte der Grauhaarige sie am Arm und stieß sie aus dem Zimmer, so dass Zahra gegen den Türrahmen fiel. Er packte sie erneut, zerrte sie aus dem Palast und von dort zu einem kleinen Nebengebäude. Als er die Tür aufriss, sprangen drei Soldaten wie von der Tarantel gestochen von ihren Stühlen auf, wobei ihnen die Spielkarten zu Boden fielen.

»Was ist denn das für ein Sauhaufen?«, herrschte der Grauhaarige sie an. »Bringt das Weib hier in den Kerker, und zwar plötzlich!«

Die Soldaten erröteten bis zum Haaransatz. Einer hob eilig die Karten auf, ein anderer hastete zu Zahra und zerrte sie zu einer Tür. »Na los, beweg dich!«

Hinter der Tür führte eine nur durch eine flackernde Fackel beleuchtete Treppe nach unten. Sie war so ausgetreten, dass Zahra mehrmals beinahe ausgeglitten wäre. Unten stieß der Soldat sie an zwei Türen vorbei, schloss die folgende auf und verpasste Zahra einen so harten Rückenstoß, dass sie regelrecht in den Raum hineinflog. Eine Frau schrie auf, beschimpfte Zahra als Trampel und den Wächter als Wildsau, dann fiel die Tür hinter Zahra ins Schloss. Finsternis umfing sie.

Mit zitternden Beinen richtete Zahra sich auf, wobei erneut jemand neben ihr aufschrie. »Hast du mich bald oft genug getreten?«

»Verzeiht«, stotterte Zahra und wagte nicht, sich zu rühren. »Aber ich … Es ist so dunkel hier. Und wo bin ich überhaupt?«

»Im Paradies, Herzchen«, krächzte eine Frauenstimme weiter hinten. »Und wir sind die süßen Engelchen!«

Von allen Seiten erklang höhnisches Gelächter. Es hallte von den Wänden wider. Aus Angst, die Frau noch einmal zu treten, ließ sich Zahra wieder zu Boden sinken. Unter sich spürte sie kalten, feuchten Lehmboden. An ihrer Hand huschte etwas Pelziges vorbei. Zahra zog die Beine bis an die Brust, schlang die Arme um die Knie und biss sich auf die Finger.

4.

ZAHARA

25. November 1484

Wütend zerknüllte Gonzalo den Brief seiner Königin. Schon längst war der überwiegende Teil der Truppe von Zahara nach Córdoba zurückgekehrt; nur er und sein Bruder Jaime mussten noch immer hier ausharren, angeblich, um auf die Sicherung der Stadt zum Schutz vor einer Rückeroberung der Mauren ein Auge zu haben, dabei waren aus dem Umland inzwischen genug Soldaten angeworben worden, um ihre Anwesenheit überflüssig zu machen. Dies hatte er Isabel auch geschrieben, doch auch diesmal hatte sie seine und Jaimes Rückkehr abgelehnt. In ihrem Brief hatte sie keinen Hehl daraus gemacht, dass er sie mit seiner Bitte um ihre Unterstützung für den Ehedispens verstimmt hatte: *»Euer Bruder Alonso hat sich bei der Stiftung dieser Ehe sehr für Euch eingesetzt, und Eure Gemahlin steht meinem Haus so nah, dass mich Euer Ansinnen, die Ehe wegen Eurer Verwandtschaft und der fortgesetzten Kinderlosigkeit annullieren zu lassen, nur empören kann.«* Sie hatte ihn aufgefordert, zur Vernunft zu kommen, woraufhin er ihr mitgeteilt hatte, dass sein Entschluss, diese Ehe nicht fortzusetzen, feststehe, auch wenn er zutiefst bedauere, damit ihren Unmut zu erregen.

Aber dass sie nun weiter darauf beharrte, dass er noch immer in Zahara blieb ... Glaubte sie wirklich, sie könne ihn damit umstimmen? Noch mehr erboste Gonzalo, dass er nicht wagen konnte, Zahra wenigstens eine Nachricht zukommen zu lassen, weil er befürchten musste, dass diese Isabel und Torquemada in die Hände fiel. Das Bild, wie sie blumengeschmückt auf der Wiese im Park lag, hatte sich in ihm festgebrannt. Das schillernde Blau ihrer Augen, das im Kontrast zu ihren tiefschwarzen Haaren und ihrer hellen Porzellanhaut stand ... Jedes Mal wenn er sie wieder vor sich sah, wurde ihm heiß, und er sehnte sich danach, sie an sich zu ziehen.

Missmutig stapfte er zu seinem Bruder, der vor dem Stall in der Sonne sein Pferd striegelte. Noch ehe er dazu kam, ihm von Isabels Brief zu erzählen, herrschte dieser ihn an: »Jetzt weiß ich endlich, warum wir noch immer in diesem Drecksnest festsitzen. Du bist bei Isabel wegen einer Bitte um Ehedispens in Ungnade gefallen!«

Er warf den Striegel auf den Boden, zerrte einen Brief aus seinem Brustbeutel und streckte ihn Gonzalo wütend hin. »Hier, lies selbst: Isabel schreibt, ehe ich dich nicht zur Räson gebracht habe, wolle sie keinen von uns beiden am Hof sehen! Warum muss ich auf diesem Weg erfahren, dass du deine Ehe aufheben lassen willst? Und hast du dir eigentlich mal überlegt, welche Folgen dieser Dispens für Alonso hätte? Die Handelsbeziehungen der Familie deiner Frau haben ihm in den letzten Jahren zu beachtlichem Wohlstand verholfen, und Alonso lässt uns daran nicht gerade wenig teilhaben! Mann, hast du unserer Familie nicht schon genug Ärger eingebrockt? Erst bringst du mit deinem Maurengerede die Königin gegen uns auf, dann weigerst du dich, mit Boabdil zu verhandeln, und jetzt das!«

Während sein Bruder ihn beschimpfte, las Gonzalo ruhig

den Brief. Danach sah er zu Jaime auf. »Es tut mir leid, euch da mit reinzuziehen, aber ich kann nicht anders.«

»Natürlich kannst du anders: Bleib verheiratet, so einfach ist das! Hinter dem Ganzen steckt doch gewiss ein Weib. Wer ist es? Reicht ihr nicht der Status der Geliebten? Dann mach sie mit Geschenken mundtot. Mann, das halten alle so!«

Gonzalo sah seinen Bruder an, schüttelte den Kopf und ließ ihn wortlos stehen.

Zahra saß bereits seit über einem Monat mit den anderen fünfzehn Frauen im Kerker ein und wusste noch immer nicht, was man ihr vorwarf. Sie fragte sich, ob ihre Liebesnacht mit Jaime der Grund für ihre Verhaftung war oder ob jemand Hayat und sie im Park beobachtet hatte und womöglich auch ihre Halbschwester in so einem dunklen, feuchten Loch saß. Nicht weniger Angst machte ihr der Gedanke, dass Gonzalos Betreiben für den Ehedispens zu ihrer Einkerkerung geführt haben könnte. Wenn Isabel ahnte, dass er seine Ehe ihretwegen auflösen wollte, war auch er in Gefahr. Oder hatte Ahmed eine unbedachte Äußerung gemacht, die den Unmut Torquemadas gegen sie zum Überschwappen gebracht hatte? Wollte Torquemada Boabdils Sohn möglicherweise ganz für sich haben, damit er ihm endlich unwidersprochen seine Lügen über die angeblich barbarischen Maurenheiden einpflanzen konnte? Über all diesen Fragen war sie so manches Mal in Weinen ausgebrochen, bis die Frauen ihr zu verstehen gegeben hatten, dass sie ihr Jammern nicht hören wollten. »Wir haben genug eigene Probleme. Da brauchen wir nicht auch noch das Geflenne einer verfluchten Heidin!«

Hinzu kam die Sorge um Ahmed. Wie mochte es ihm gehen? Wer kümmerte sich jetzt um ihn? Die Vorstellung, dass er glauben könne, sie habe ihn im Stich gelassen, war ihr unerträglich. Zudem litt Zahra nach wir vor unter Übelkeit, was die Frauen, die mit ihr zusammen eingepfercht waren und den Geruch ihres Erbrochenen ertragen mussten, noch mehr gegen sie aufbrachte.

»Wenn du alles wieder rauskotzt, kannst du uns auch gleich dein Brot geben«, zeterten sie, bis eine von ihnen auf den Gedanken kam, dass Zahras Übelkeit eine höchst natürliche Ursache haben könnte. Im matten Schein des durch ein kleines, vergittertes Oberlicht dringenden Tageslichts kroch die Alte zu Zahra und fragte sie, wann sie zum letzten Mal ihre Blutung gehabt habe. Da fiel es auch Zahra wie Schuppen von den Augen, und sie schlug entsetzt die Hände vor das Gesicht. Ein uneheliches Kind zu erwarten war in den Augen der Mauren eine noch weit größere Schande als für die Christen. Eine solche Frau hatte auf immer ihre *ird,* ihre Ehre, verloren, und die zählte bei ihnen weit mehr als das Leben einer Frau. Sie wusste, dass sie, auch wenn ihr Verhältnis mit ihrem Vater derzeit nicht so angespannt gewesen wäre, niemals auf seine Hilfe oder auch nur seine Duldung ihres Zustands hoffen konnte. Im Gegenteil. Er und ihre Brüder wären sogar verpflichtet, sie zu töten, um die durch sie beschmutzte Familienehre wiederherzustellen, wenn sie nicht den Rest ihres Lebens der Verachtung und dem Gespött ihrer Landsleute ausgesetzt sein wollten. Die Tatsache, dass sie ein uneheliches Kind erwartete, bedeutete in ihrem Land, dass die Männer der Familie nicht genug Stärke besaßen, um sie zu kontrollieren, weswegen auch sie ihr Gesicht und ihre Ehre verloren. Stöhnend ließ Zahra den Kopf auf die Knie sinken. »Mein Gott, was soll ich nur tun?«

Sanft schob die Alte ihre Hand unter Zahras Kinn und hob ihren Kopf wieder an. »Aber, aber, meine Kleine. Sicher wird dich der Vater deines Kindes bald hier rausholen und heiraten – so schön, wie du bist!«

»Aber der Vater meines Kindes liebt mich doch gar nicht«, presste Zahra hervor. »Und selbst wenn er es täte, würde mich auch das nicht retten, weil ich nach den Gesetzen meines Landes gar keinen Christen heiraten darf!«

»Zumindest wird dich das Kind in deinem Leib fürs Erste davor bewahren, gefoltert oder zum Tode verurteilt zu werden – von daher ist das Kind auf jeden Fall ein Geschenk Gottes«, beharrte die Alte, aber auch das konnte Zahra nicht beruhigen. Welchen Unterschied machte es, ob sie ihr Leben vor oder nach der Geburt des Kindes, ob sie es durch die Hand der Christen oder durch die ihrer eigenen Familie verlor ... Mit zitternden Händen strich sie ihr Haar zurück, schloss die Augen und versuchte, der Panik in ihr Herr zu werden.

In den nächsten Tagen kamen sie und die alte Frau sich näher, so dass Zahra sie zu fragen wagte, warum man sie eingesperrt habe. »Sie behaupten, ich sei eine Hexe«, flüsterte sie ihr zu, »weil ich die Frauen ihre ungeborenen Kinder verlieren lassen kann und Mittel kenne, die Frauen ihren Männern unter das Essen mischen können, damit es sie noch öfter oder auch gar nicht mehr nach ihnen verlangt.«

»Könnt – könnt Ihr das nicht auch für mich tun?«, fragte Zahra. »Ich meine, das mit dem Kind ...« Kaum hatte sie den Satz ausgesprochen, durchfuhr sie ein heißer Schreck, und ihre Hand glitt unwillkürlich auf ihren Bauch. Die Alte maß sie mit einem langen, prüfenden Blick, dem Zahra mit pochendem Herzen standhielt, und schüttelte schließlich den Kopf. Zahra rieb sich über den Hals, schluckte, bedrängte sie aber nicht weiter.

»Wie – wie geht das hier denn jetzt für Euch weiter?«, fragte Zahra kurze Zeit später. Ihre Stimme klang belegt.

»Sie haben letzte Woche mit den Verhören begonnen, und

was danach kommt …« Die Alte zuckte mit den Achseln. »Eigentlich ist es mir gleich. Ich habe mein Leben gelebt und ständig so heftige Gliederschmerzen, dass sie mir sogar einen Gefallen täten, wenn sie mich davon erlösen. Nur die Folter macht mir Angst.«

Zahra warf einen Blick auf ihre Hände. Die Gelenke waren rot und stark geschwollen, sie wirkten seltsam verformt, als hätte jemand an ihnen herumgebogen und sie wären in dieser seltsam verdrehten Stellung verblieben. Sanft strich sie darüber. »Aber wenn Ihr eine Hexe wärt – würdet Ihr dann nicht zuerst Euch selbst heilen?«

»Die Herren Inquisitoren sind nicht eben bekannt dafür, dass sie naheliegende Schlüsse ziehen!« Die Alte hob vielsagend die Augenbrauen und legte ihre alten, verkrüppelten Hände über Zahras junge, wohlgeformte. »Hör zu, ich mag dich und würde dir gern helfen, aber ich täte dir keinen Gefallen, wenn ich dir dein Kind austreibe, denn in deinem tiefsten Inneren möchtest du das nicht. Außerdem weißt du noch nicht einmal, was sie dir vorwerfen. Ich habe keine Ahnung, ob du je wieder lebend hier herauskommst, aber ich weiß, dass du dieses Kind in deinem Bauch heranwachsen fühlen und in den Armen halten willst – und wäre es das Letzte, was man dir in diesem Leben zu tun erlaubt.«

»Aber was soll denn dann werden?«, presste Zahra hervor. »Und wenn sie es töten?«

»Das werden sie nicht«, erwiderte die Alte. »Sie werden es am Leben lassen, und an nichts anderes solltest du denken!«

»Aber was werden sie mit ihm tun?«

Die Alte stützte sich am Boden ab und erhob sich mit mühsamem Ächzen; jeder ihrer Bewegungen war anzusehen, welche Schmerzen sie verursachte.

»Conchita, bitte, Ihr wisst doch mehr«, bedrängte Zahra

sie. »Was werden sie mit meinem Kind machen?« Doch weder Conchita noch eine der anderen Frauen, die der Maurin nach wie vor nicht trauten, gaben ihr eine Antwort.

Das Kind … Nachdem Zahra die ersten Tage nur an ihre Familie und die Schande gedacht hatte, die sie mit ihrer Schwangerschaft über sie brachte, führten Conchitas Worte dazu, dass sie nun auch an das Kind selbst dachte. Bilder von der Geburt ihres kleinen Bruders zogen vor ihr auf, von seiner rosigen, herrlich duftenden Haut, seiner rührenden Hilflosigkeit, seinem ersten zaghaften Lächeln. Unsicher, ängstlich gar, legte sie sich die Hand auf den Bauch und wünschte sich auf einmal in der Tat nichts weiter, als ihr Kind wenigstens ein Mal in den Armen halten zu dürfen, und sie musste Conchita recht geben: Nein, sie würde es nicht ertragen, es zu töten. Und wenn Conchita sagte, dass die Christen dem Kind nichts zuleide tun würden …

Sie musste an Jaime denken, seine meergrünen Augen, seine großen, zupackenden Hände. Was für ein Glühen hatten seine Berührungen in ihr ausgelöst, wie wundervoll war es gewesen, ihn in sich zu spüren. Jetzt musste sie den Preis dafür zahlen. Einen hohen Preis. Und doch wusste sie: Wenn er heute wieder vor ihr stünde, hätte sie ihm erneut nichts entgegenzusetzen. Sie fragte sich, ob auch Hayat und Miguel so füreinander empfanden. Aber warum fühlte Jaime nicht das Gleiche für sie? Seit jener Nacht war er niemals wieder zu ihr gekommen, hatte nicht einmal geschrieben.

Wieder einmal musste Zahra an den Santon und die düstere Vorhersage denken, die er für ihr Leben und das ihrer Lieben getroffen hatte. Und sie verspürte Angst. Grauenvolle Angst.

»Los, aufstehen und mitkommen!«

Der Büttel hielt Zahra die Öllampe vor das Gesicht und trat ihr in die Rippen. Noch ehe sie richtig wach war, hatte er sie auf die Füße gezerrt und aus dem Kerker gestoßen. Er trieb sie hoch ins Erdgeschoss.

»Wo bringt Ihr mich hin?«, rief Zahra ängstlich, doch der Büttel gab ihr nur einen weiteren Stoß, und sie landete in einem mit dicken Vorhängen verdunkelten Zimmer, das hinter dem Raum der wachhabenden Soldaten lag. Es schien das Verhörzimmer zu sein. An einem langen Tisch saßen ein kahlköpfiger Mann mit steinernem Gesicht, allem Anschein nach ein Richter, und sein Schreiber; zwei flackernde Öllampen zeichneten geisterhafte Schatten auf ihre Gesichter. Der Richter sah unwillig zu Zahra auf, gerade als habe er weder Lust noch Zeit, sich mit ihr zu beschäftigen.

»Zahra as-Sulami?«, brummte er.

Zahra nickte. Der Folterknecht boxte sie in den Rücken. »Antworte gefälligst, wenn du etwas gefragt wirst!«

»Ja, die bin ich«, presste Zahra hervor.

Der Richter blickte auf ein Pergament. »Wenigstens ein klarer Fall«, murmelte er. »Spionage am Hof.« Er sah zu Zahra auf. »Und wie hast du die Neuigkeiten, die du aufgeschnappt hast, nach Granada geschafft? Da muss dir jemand geholfen haben! Wer war das?«

»Ich ... Aber ich habe nicht ...«, stammelte Zahra. »Mein Gott, was redet Ihr denn da?«

Ein seltsames Grinsen überzog das Gesicht des Richters. »Du willst es nicht sagen? Das passt mir gut. Los, ab ins Folterzimmer mit ihr!«

Zahra zuckte zurück. Sie wusste von ihren Mitgefangenen, dass Frauen häufig auf dem Streckbett gefoltert wurden. Conchita hatte ihr gesagt, dass diese Foltermethode bei ihr mit Sicherheit vorzeitige Wehen auslösen würde. »Aber, aber Ihr könnt doch nicht ... Moment, ich ...«

»Ach, nun willst du doch reden?«

Zahra schluckte. Das Streckbett – ihr Kind! Die Angst, es zu verlieren, löste ihr die Zunge. »Ihr dürft mich nicht foltern. Ich ... ich erwarte ein Kind!«

Der Richter machte eine Miene, als hätte sie ihm gesagt, sie wäre mit dem Teufel intim gewesen, und herrschte den Büttel an, sie sofort in die Folterkammer zu schaffen.

»Nein, das dürft Ihr nicht!«, schrie Zahra. Der Büttel trat ihr in den Rücken, so dass sie stürzte. Er packte sie an den Haaren und stieß sie zurück in den Keller in ein kleines, düsteres Verlies, in dessen Mitte das Streckbett stand. Zahra begann zu zittern. Auf dem Holzgestell, an dessen Kopf- und Fußteil Gewichte angebracht waren, klebte Blut. So mancher war hier wohl nicht nur gestreckt, sondern im wahrsten Wortsinn auseinandergerissen worden. Auch ein Stuhl, auf dessen Sitz- und Rückenfläche eine Unmenge langer, spitzer Nägel herausstanden, wartete auf sein Opfer, und weiter hinten standen ein schmaler, langer Tisch mit vielen seltsamen Geräten sowie eine Esse, in der ein Holzkohlenfeuer glühte. Zahra versagten die Beine. Haltsuchend griff sie nach der Wand, doch der Büttel stieß sie weiter. »Ausgeruht wird bei uns nur auf dem Streckbett!«

Sein Stoß traf Zahra so unerwartet, dass sie hinfiel. Sie spürte ein heftiges Ziehen im Unterleib und stand vorsichtig wieder auf. Die Hand angstvoll auf den Bauch gepresst, ging sie weiter bis zu der Wand hinter dem Streckbett. Obwohl ihr die Knie zitterten, vermied sie es, sich wieder an die Wand zu lehnen, und blickte zu Boden, um den grobschlächtigen Kerl nicht zu weiteren Übergriffen zu provozieren.

Kurz darauf kam der Folterknecht herein, ein großer, unförmiger Mann, dem ein Ohr und die halbe Nase fehlten, was Zahras Grauen noch verstärkte. Als der Büttel den Raum verlassen hatte, trat er an den Tisch und begann, mit den dort bereitliegenden Folterinstrumenten herumzuhantieren. »Hier, schau mal«, rief er ihr zu, und als sie den Kopf weiter gesenkt hielt: »He, hersehen sollst du!«

Widerstrebend hob Zahra den Blick und sah, wie er ein Stück Holz in eine der Daumenschrauben klemmte und die durch ein Gewinde verbundenen Backen mit einer Schraube zudrehte. Immer tiefer bohrten sich die Backen in das Holz, bis es unter Ächzen zersprang.

»Daumen sind weniger widerstandsfähig«, erklärte er ihr grinsend. Während seine Hände noch wählerisch über den anderen Folterwerkzeugen kreisten, kehrte der Büttel mit einer Frau zurück.

»Die da?«, fragte diese den Büttel. Als er nickte, schickte sie ihn und den Folterknecht mit einem gebellten Befehl aus dem Raum.

Zahra schätzte sie auf Ende vierzig. Sie trug eine kleine, ehemals wohl wollweiße Haube auf dem Kopf, und auch die Schürze über ihrem Kleid war alles andere als reinlich.

»Was wollt Ihr von mir?«, fragte Zahra ängstlich. »Ihr dürft mich nicht foltern. Mein Kind – so wartet doch wenigstens, bis ich mein Kind zur Welt gebracht habe!«

Die Frau verpasste Zahra einen unsanften Stoß. Sie fiel gegen das Streckbett, wobei ihre Hand das eingetrocknete Blut streifte. Angewidert wischte sie diese an ihrem Kleid ab.

»Hinlegen«, herrschte die Frau sie an. »Und Kleid hoch, damit ich dich untersuchen kann!«

Mit kalten, grob zupackenden Händen tastete sie Zahras Unterleib ab und rief hernach den Büttel. Augenblicklich kamen er und der Folterknecht wieder zur Tür herein. In ihre lüsternen Blicke schlich sich Enttäuschung. Offensichtlich hatten sie gehofft, dass sich Zahra noch nicht wieder bedeckt hatte. Die Hebamme nickte ihnen zu. »Es stimmt. Die Schlampe trägt ein Kind. Wird aber noch etliche Monate dauern, bis es geboren wird.«

»Ich werde die Wartezeit nutzen, um mir ein paar besonders hübsche Foltermethoden für dich auszudenken«, versprach der Folterknecht Zahra mit blitzenden Augen. Der Büttel lachte und brachte Zahra zurück in den Kerker.

»Und glaub bloß nicht, einer Hochverräterin wie dir würde man ihr Kind auch nur länger als eine Stunde nach der Geburt lassen!«, rief der Folterknecht ihr noch nach.

In den folgenden Nächten schrak Zahra immer wieder aus dem gleichen Alptraum hoch: Die Hebamme schnallte sie auf dem Streckbett fest und spannte die Seile, bis ihr Leib in zwei Teile zerriss. Mit keckerndem Gelächter zerrte sie ihr Kind aus dem Bauch. Auch tagsüber musste Zahra pausenlos an den Tag denken, an dem die Christen ihr das Kind wegnehmen würden. Trotz ihrer Furcht wuchs ihr Bauch beständig weiter, und die Bewegungen des Ungeborenen waren bald so kraftvoll, dass sich dabei bisweilen ihr Kleid anhob. Conchita bemerkte dies als Erste, und als sie über Zahras Bauch strich, um die Kindsbewegungen zu fühlen, und sich auf ihrem Gesicht ein verzücktes Lächeln ausbreitete, rückten auch die anderen Frauen näher, um die Tritte des Babys zu ertasten. Von nun an war Zahra eine von ihnen, und als ihr ein paar Tage später eine feingliedrige *conversa,* die kaum älter als Zahra war, ein paar Bissen von ihrem kargen Essen zusteckte, taten es ihr andere nach.

Am nächsten Morgen beobachtete eine der Frauen, wie Zahra das Brustteil ihres Kleides zu dehnen versuchte. Ihre

Brust hatte beachtlich an Umfang zugenommen, so dass sie in dem enggeschneiderten Oberteil kaum noch Luft bekam. »Wenn du willst, können wir unsere Kleider tauschen«, bot sie Zahra an und hob ihr sackartig an ihr herunterhängendes Kleid. »Als ich in den Kerker kam, war ich so rund wie ein Fass, jetzt ertrinke ich in dem Ding fast. Ich weiß, es ist nur ein schlichtes Baumwollkleid, wie wir Bauern es eben tragen, aber es würde dir bestimmt bis zur Geburt passen!«

Zahra nickte dankbar. Nachdem sie ihre Kleider getauscht hatten, herrschte eine seltsame Ausgelassenheit unter den Frauen. Sie applaudierten, als führten Zahra und die Bäuerin die neusten Modelle aus den edelsten Stoffen vor, lachten und scherzten und wollten fühlen, wie viel Platz das Kind in dem Kleid hatte. Zahra ließ sie ihren Bauch befühlen und spürte, dass auch für diese Frauen hier mit einem Mal nur noch eines zählte: dass ihr Kind gesund zur Welt kam, dass sie seinen ersten Schrei hören durften, es ein Mal in den Armen hielten – wenigstens das wollten sie noch erleben. Ja, sie alle hatten diesen Traum – wissend, dass es für die meisten von ihnen der letzte war, den sie träumen durften.

»Don Gonzalo, wartet! Ich habe etwas für Euch!«

Gonzalo wandte sich um. Der Bote reichte ihm einen Brief. Auf den ersten Blick erkannte Gonzalo das Siegel seiner Königin. Er steckte dem Boten eine Münze zu und begann zu lesen. Ohne weitere Erklärung befahl Isabel ihm und Jaime, sich zurück nach Córdoba zu begeben.

»Na endlich«, brummte Gonzalo und machte sich gleich auf, um die frohe Kunde seinem Bruder mitzuteilen. Als Jaime ihn kommen sah, kniff er die Augen zusammen. »Was willst du? Du weißt genau, dass ich kein Wort mehr mit dir rede, ehe du nicht von diesem hirnverbrannten Ehedispens abrückst!«

»Vielleicht wird dich das hier umstimmen!« Er zeigte ihm Isabels Brief. »Im Gegensatz zu dir scheint sie mir vergeben zu können!«

Jaime riss ihm das Schreiben aus der Hand. Seine Miene blieb unverändert grimmig. »Da steht lediglich, dass wir zurückkommen sollen. An deiner Stelle würde ich eher mit meiner Einkerkerung als mit ihrer Vergebung rechnen!«

»Das könnte dir so passen!«, fuhr Gonzalo ihn an und ärgerte sich, weil ihn Jaimes Worte verunsicherten. Er trat gegen einen Stein und folgte seinem Bruder zu ihrer Unterkunft, um zu packen.

Sofort nach ihrer Ankunft in Córdoba meldete sich Gonzalo im Palast. Die Palastwache schüttelte den Kopf. »Die Königin wird erst in ein paar Wochen zurückerwartet. Sie begleitet ihren Gemahl auf einem Eroberungsfeldzug.«

Gonzalo stülpte die Lippen und nickte. So würde er also noch weiter mit der Ungewissheit leben müssen.

Es war früher Nachmittag. In der Hoffnung, Zahra im Park anzutreffen, machte er sich auf den Weg dorthin, konnte sie aber nirgends finden. In der Eingangshalle begegnete er Torquemada mit Ahmed an seiner Hand. Gonzalo verbeugte sich vor dem Dominikaner und wuschelte Ahmed durch die Haare. »Meine Herren, bist du groß geworden!«

»Ich bin jetzt ein Ritter!«, rief der Junge stolz und zeigte ihm das kunstvoll gearbeitete Holzschwert, das er an seiner Seite trug.

»Bei Santiago, da muss ich mich ja ab jetzt vor dir in Acht nehmen!«

»Willst du mein Schwert mal nehmen?«

Gonzalo war erstaunt, wie gut der Junge inzwischen Spanisch gelernt hatte. Er nickte und ging vor ihm in die Hocke.

Mit ernster Miene reichte Ahmed ihm das Schwert. »Pass auf, es ist schwer. Und ganz scharf!«

Gonzalo ließ einen Finger über die Holzschneide fahren. »Unglaublich scharf! Ich nehme an, jetzt passt nicht mehr Zahra auf dich, sondern du auf sie auf, wie?«

Schlagartig verfinsterte sich Ahmeds Miene. »Zahra ist böse!«

»Und warum?«, fragte Gonzalo und lächelte ihn an. »Lässt sie dich keinen Nachtisch mehr essen?«

»Sie hat mich alleingelassen. Einfach weggelaufen ist sie!« Ahmed schluckte. »Aber jetzt passen Onkel Mada und sein Diener auf mich auf.«

Gonzalo sah zu Torquemada auf, der ihn so schadenfroh angrinste, dass Gonzalo ihm am liebsten die Faust ins Gesicht gerammt hätte. Er stieß Ahmed kumpelhaft in die Seite. »Hast du ihr etwa Frösche ins Bett gesetzt und sie damit verjagt?«

Torquemada trat drohend auf Gonzalo zu. »Ich muss Euch doch sehr bitten, meinen Schützling nicht mit solch abstrusen Verdächtigungen zu verwirren! Diese Frau ist einfach ebenso unzuverlässig wie dieses ganze Heidenpack. Aber bald wird es wieder unser Land sein, und dann hat dieses gottlose Treiben ein Ende!«

Gonzalo ersparte sich eine Erwiderung und strich Ahmed über den Kopf. »Zahra wird gewiss bald wiederkommen und dir dann erklären, wo sie gewesen ist. Sie hängt an dir wie an ihrem eigenen Bruder. Lange hält sie es nicht ohne dich aus!«

Ahmed wischte sich mit dem Ärmel über die Augen. »Bist du sicher?«

Gonzalo nickte, erhob sich und verließ den Palast. Torquemadas Blicke brannten ihm noch lange im Rücken.

Über eine Stunde lief Gonzalo durch die belebten Straßen der Stadt, und in seinem Kopf pochte pausenlos die gleiche Frage: Wohin war Zahra gegangen? Bei jeder dunkelhaarigen Frau, die an ihm vorbeikam, wandte er den Kopf, doch keine hatte Zahras ebenmäßiges Gesicht, keine ihre strahlenden, kornblumenblauen Augen, keine ihr herausforderndes Lächeln. Schließlich sank er stöhnend auf einen Mauervorsprung, denn je länger er darüber nachdachte, desto unwahrscheinlicher erschien es ihm, dass Zahra weggelaufen sein könnte. Ganz gleich, was Torquemada und Isabel ihr zugemutet haben mochten – niemals hätte sie Ahmed im Stich gelassen. Es war ihm klar, dass er weder von dem Mönch noch von Isabel die Wahrheit erfahren würde.

Da fiel ihm Miguel ein. Sofort machte er sich auf den Weg zum Pferdestall.

Schon eine Stunde später erreichte er Miguels Besitzungen. Er traf seinen Freund im Hof, wo er den Huf einer lahmenden Stute untersuchte. Als er Gonzalo erblickte, wurde seine Miene schlagartig todernst. Er überließ den Schimmel einem Stallburschen und führte Gonzalo in sein Arbeitszimmer. Kaum hatte Miguel die Tür hinter ihnen geschlossen, brummte er: »Ich kann mir schon denken, warum du kommst!«

»Und?«, rief Gonzalo. »Was weißt du? Wo ist Zahra?«

»Ich habe keine Ahnung!« Miguel stöhnte auf. »Im November habe ich Zahra im Palast bei dem Fest anlässlich der Rückeroberung Zaharas getroffen und am Tag danach Hayat in den Park geschmuggelt, damit die beiden sich sehen konnten. Als wir ein paar Tage später wieder zu ihr wollten, war sie wie vom Erdboden verschluckt.«

»Und hast du herausgefunden, wo sie jetzt ist?«

»Ich habe mich über einen Mittelsmann unter den Palastdienern umgehört. Sie munkeln, Zahra sei weggelaufen …«

Miguel zuckte mit den Achseln. »Aber ich glaube das nicht. Denn wenn Zahra aus freien Stücken aus dem Palast verschwunden wäre, hätte sie Hayat längst eine Nachricht zukommen lassen.«

»Aber sie kann sich doch nicht in Luft aufgelöst haben!«

»Natürlich nicht, und ich habe schon einen Verdacht – oder zumindest hatte ich ihn. Genau genommen würde nämlich auch das nicht erklären, warum sich Zahra nicht mit Hayat in Verbindung setzt.«

»Welchen Verdacht?«

»Nun ja ...« Miguel sah zu Boden. »Ich, also, ich habe mit Zahra über dein Bestreben geredet, deine Ehe annullieren zu lassen.« Mit einem scheelen Blick auf Gonzalo hob er wieder den Kopf. Als von diesem keine weitere Reaktion kam, als dass er unwillig die Stirn krauste, fuhr Miguel fort. »Was soll ich sagen? Zuerst erschien Zahra sehr verwundert, aber dann ... Herrje, Gonzalo, warum hast du mir denn nicht gesagt, dass du deine Ehe ihretwegen annullieren lassen willst?«

»Hat Zahra das gesagt?«

»Nicht so, nein, aber im Endeffekt erschien es uns beiden das Nächstliegende zu sein. Und so ist es doch, oder?«

Gonzalo zögerte, nickte dann aber doch. »Doch wie sollte dies Zahras Verschwinden erklären?«

»Ich dachte, sie wollte verhindern, dass du ihretwegen deine Laufbahn am Hof gefährdest.« Miguel kratzte sich an der Stirn. »Sozusagen, um dich vor dir selbst zu retten.«

Gonzalo ging im Raum auf und ab. »Aber in diesem Fall hätte sie Hayat mittlerweile gewiss eine Nachricht zukommen lassen.« Er blieb vor Miguel stehen. »Und da dem nicht so ist, können wir daraus nur schließen ...«

»Dass ihr etwas zugestoßen ist oder aber die ganze Annahme nicht stimmt«, setzte Miguel seinen Satz fort und fügte hinzu: »Ich gehe davon aus, dass Isabel nicht weiß, dass du den Ehedispens Zahras wegen willst.«

Gonzalo errötete bis über beide Ohren, woraufhin Miguel einen Schwall Luft ausstieß. »Gonzalo, ich bitte dich – du kannst doch nicht so naiv sein, zu glauben, Isabel ließe dich, gerade dich – nein!«

»Ach, was weißt denn du, wie diese Frau einem zusetzen kann? Zuerst hat sie sich ganz schmeichlerisch gegeben und gefragt, wer denn die Schöne sei, für die ich das auf mich nehmen wolle, und mir angeboten, diese Frau, während ich in Zahara bin, unter ihren Schutz zu stellen.«

»Unter ihren Schutz? Dass ich nicht lache!« Miguel schüttelte den Kopf. »Und das hast du ihr geglaubt?«

»Das hättest du auch!«, gab Gonzalo wütend zurück.

»Aber später hat sie dir doch eindeutig klargemacht, dass sie den Ehedispens nicht unterstützen wird! Hast du noch nicht einmal dann daran gedacht, dass Zahra in Gefahr sein könnte?«

Gonzalo schlug mit der Faust auf den Tisch. »Aber sie hat mich doch am gleichen Tag nach Zahara geschickt, und da Isabel den Dispens sowieso nicht unterstützen wollte und wusste, dass ich ihn von Zahara aus nicht weiter betreiben konnte, dachte ich, sie ließe das Ganze für den Moment auf sich beruhen. Was hätte ich von Zahara aus auch tun können? An Zahra schreiben und ihr zur Flucht raten? Damit der halbe Hof meinen Brief liest und ich sie noch mehr in Gefahr bringe? Und dann hat Isabel mich eine halbe Ewigkeit in Zahara festgehalten. Herrgott, wie hätte ich ahnen sollen, dass Isabel Zahra verschwinden lassen würde?«

Miguel hob die Augenbrauen. »Kennst du die Frauen wirklich so schlecht?«

Den ganzen Abend überlegten Miguel, Gonzalo und Hayat, wo Isabel Zahra hingebracht haben könnte.

»Isabel ist eine gottesfürchtige Frau. Nie und nimmer hat sie Zahra einfach den Kopf abschlagen lassen«, stieß Gonzalo hervor, und auch Miguel hielt dies für unwahrscheinlich. »Doch es gibt in Córdoba Dutzende von Kerkern, wo Isabel sie hat verschwinden lassen können, möglicherweise hat sie Zahra sogar aus der Stadt schaffen lassen!«

»Also bleibt uns nur eins«, meinte Hayat schließlich zu Gonzalo. »Ihr müsst der Königin weismachen, dass Euch Zahra nicht mehr wichtig ist, und Euren Ehedispens fallenlassen. Vielleicht lässt sie Zahra dann wieder frei!«

Gonzalo nickte und versprach, mit Isabel zu reden, sobald sie zurück war.

»Außerdem werde ich nach Zahra suchen lassen, und wenn ich alle Kerker Kastiliens nach ihr durchkämmen lassen muss. Und ich weiß auch schon, wer die richtigen Kontakte hat, mir dabei zu helfen: mein Bruder Jaime.«

5.

GRANADA

20. März 1485

Nein, Vater, wir können nicht hier bleiben!« Ärgerlich schlug Raschid mit der flachen Hand auf Abdarrahmans Schreibtisch. »Boabdil, sein Bruder Yussuf, Aischa und Morayma mussten letzte Nacht mit ihren Getreuen vor Hassan und az-Zagal aus der Stadt fliehen, ihre Soldaten durchkämmen die Stadt nach den Anhängern Boabdils – und diesmal werden ihre Häscher uns nicht ungeschoren davonkommen lassen. Wir spielen mit unser aller Leben, wenn wir nicht weggehen. Jetzt seht den Tatsachen endlich ins Auge!«

Abdarrahman verließ seinen Schreibtisch und sank auf den Diwan, wo er die Ellbogen auf seine Knie stützte und den Kopf in die Hände sinken ließ. »Du kannst dir nicht vorstellen, wie müde ich dieses Krieges bin. Granada ist doch unser aller Heimat, und jetzt sollen wir schon wieder vor unseren eigenen Landsleuten fliehen? Beim Allmächtigen, hört das denn niemals auf?«

»Nicht, bevor nicht entweder Boabdil oder Hassan gesiegt haben – oder az-Zagal oder die christlichen Könige. Übrigens habe ich gehört, dass Hassans Gesundheit weiter nachlässt. Sein Bruder nutzt seine Hilflosigkeit, um alle Macht an sich zu reißen – was für uns kaum vorteilhaft sein dürfte.« Raschid ließ sich auf einem Sitzkissen nieder und sah seinen Vater ernst an. »Wenn Ihr schon nicht an Euch denken wollt, so denkt wenigstens an Mahdi. Deborah, unsere Kinder und ich werden noch vor dem Mittagessen zur Seidenfarm aufbrechen, und sollten Hassans Soldaten auch dort ihr Unwesen treiben, folgen wir Boabdil nach Almería, was leider die einzige Region ist, in der man Boabdil noch die Treue hält.«

Abdarrahman rieb sich über die Stirn. »Mahdi, ja, den Jungen müssen wir allerdings von hier wegbringen.« Er erhob sich. Seine Bewegungen waren so kraftlos und schwerfällig, dass es Raschid einen Stich versetzte. Wie sehr sich sein Vater seit dem Tod Leonors verändert hatte! Jeder Kampfeswille schien erloschen, er wollte nur noch seine Ruhe. Einzig Mahdi vermochte es, ihn ab und an aus seiner Lethargie zu reißen.

Abdarrahman ging zum Fenster und blickte hinaus auf die Straße. »Wenn ich bedenke, welche Verluste wir allein in den letzten Monaten haben hinnehmen müssen«, stöhnte er. »Die Rückeroberung Zaharas, die Verheerungen durch die Christen in der Vega, die Überfälle auf unsere Schiffe und die unserer afrikanischen Verbündeten, und dann Antequera, wo Fernando zum ersten Mal diese eigenartigen Donnerbüchsen eingesetzt hat, die seine nordischen Söldner auf unsere Soldaten abgefeuert haben, und nach ihrem Sieg über Ronda haben sich ihnen zweiundsiebzig andere Orte kampflos übergeben. Sie verwandeln unsere blühenden Gefilde in rauchende Wüste, metzeln selbst jene nieder, die sich ihnen ergeben, vergewaltigen unsere Frauen, schänden sogar Kinder. Soll uns denn gar nichts von unserem al-Andalus bleiben? Ach, hätte sich Boabdil nur nie mit den Christen eingelassen. Nur dadurch hat er die Gunst des Volkes verloren!«

»Vater, Ihr wisst genau, dass Boabdil mit den Christen paktieren musste. Hassan und az-Zagal sind und waren die eigentlichen Kriegstreiber! Alles fing damit an, dass sich Hassan geweigert hat, weiter Tribut an die Christen zu zahlen. Außerdem bringt uns Wehklagen nicht weiter. Bitte, Vater, rüstet Euch für die Flucht. Mahdi braucht Euch!«

Abdarrahman strich mit versonnenem Blick über das abgegriffene Holz des Fensterrahmens. »Dieses Haus hat mein Vater gebaut. Ich bin hier geboren, habe mich hier von meinem Vater und meiner Mutter verabschiedet, als sie diese Welt verlassen haben, und außer Mahdi sind alle meine Kinder hier geboren. Ich kann mir nicht vorstellen, woanders zu leben. Und Almería …« Er schüttelte den Kopf.

Heftiges Poltern, spitze Frauenschreie und harsche Befehle im Eingangsbereich schreckten Raschid auf. Er blickte zum Schreibtisch seines Vaters, wo sein Krummsäbel lag, doch noch ehe er sich in Bewegung setzen konnte, flog die Zimmertür auf, und sein Halbbruder Yazid stürmte mit zwei Soldaten ins Zimmer. »Da habe ich die beiden Verräter ja gleich beieinander!« Er richtete sein blitzendes, von den Christen erobertes Schwert auf Raschid und befahl den Soldaten, seinen Vater festzunehmen.

Während sich Abdarrahman wortlos wieder zum Fenster umwandte, behielt Raschid seinen Halbbruder im Auge. Kalt und entschlossen baute dieser sich vor ihm auf. Raschid hatte nichts mehr zu verlieren, machte einen Hechtsprung zum Schreibtisch und ergriff seinen Krummsäbel. Noch ehe er ihn aus der Scheide ziehen konnte, stieß ihm sein Halbbruder das Schwert in den Rücken. Raschid ließ sich fallen und verhinderte damit ein tieferes Eindringen der Klinge. Nach einer Seitenrolle sprang er auf die Füße, zog den Säbel aus der Scheide und wehrte den nächsten Hieb Yazids kraftvoll ab. Sie umkreisten einander, Auge in Auge. Raschid stieß als

Erster zu und streifte Yazids Arm. Wie ein wild gewordener Stier schoss dieser auf Raschid zu. Ihre Klingen kreuzten sich in Brusthöhe. Aus den Augenwinkeln sah Raschid, wie die beiden Soldaten seinem Vater die Hände auf den Rücken banden, was er stoisch und mit brennendem, auf seine kämpfenden Söhne gerichtetem Blick über sich ergehen ließ. Einer der Soldaten eilte nun Yazid zu Hilfe. Raschid versuchte, sich zur Tür vorzuarbeiten, doch sein Halbbruder rief seinem Untergebenen zu, ihn nicht seitlich entwischen zu lassen.

Da kam Abdarrahmans Leibdiener Zubair mit zwei weiteren Dienern in den Raum gestürzt. In den Händen hielten sie am vorderen Ende verdickte Stangen, die zum Brotbacken benutzt wurden. Mit den flachen Enden voraus stürmten sie auf Yazid und die Soldaten los. Die drei wichen zurück – und Raschid konnte aus dem Raum schlüpfen. Die Hausdiener stürzten ihm nach, schlugen die Tür zu und hielten sie geschlossen, während Raschid eine Truhe herbeizerrte und sie hochkant unter die Türklinke klemmte. Vor Wut brüllend, traten und drückten Yazid und seine Soldaten von innen gegen die Tür.

»Wir können im Moment nichts für Vater tun«, keuchte Raschid. »Bringen wir die Kinder und Deborah in Sicherheit, ehe sie die Tür aus den Angeln heben!«

Zubair starrte ihn erschrocken an. »Aber Euer Vater ...«

Raschid schüttelte den Kopf. »Vater würde nicht wollen, dass wir die Kinder und uns alle in Gefahr bringen, um ihn zu retten, und das weißt du!«

Der Diener blickte noch einmal zur Tür. Raschid ahnte, was in Zubair vorging: Er diente seinem Vater seit mehr als fünfunddreißig Jahren.

»Wir müssen los, die Kinder!«

»Ja, Herr, Ihr habt recht. Sie ... sie sind schon vor dem Haus.«

»Dann nichts wie raus hier!«, rief Raschid.

Draußen eilten ihnen zwei Diener mit betressten, aber wegen der Eile ungesattelten Pferden entgegen. Raschid half seiner schwangeren Frau beim Aufsteigen, reichte ihr ihre Tochter und der bereits aufsitzenden Tamu Mahdi. Anschließend setzte Raschid den fünfjährigen Yaqub auf das letzte freie Pferd und schwang sich hinter ihn.

»Halte dich an der Mähne fest«, befahl er seinem Sohn, schlang den linken Arm um ihn und presste dem Rappen die Fersen in die Flanken. Wie gestochen stob der Hengst davon, dicht gefolgt von den anderen Rössern. Raschid sah zurück, um sich zu vergewissern, dass ihnen die Frauen mit den Kindern nachkamen. Sie rutschten zwar ein wenig unbeholfen auf den blanken Pferderücken hin und her, konnten aber ihr Gleichgewicht halten. Hinter ihnen ritten Zubair und die anderen Diener zu ihrem Schutz. Im Galopp durchquerten sie die engen, gepflasterten Straßen der Stadt; Soldaten wie Passanten sprangen beiseite. Dann stellte sich ihnen ein Soldat in den Weg. Als Raschid fast auf seiner Höhe war, ergriff er Raschids Zügel und hängte sich hinein. Raschids Hengst geriet ins Schlittern und bäumte sich wiehernd auf. Raschid trat dem Mann gegen den Kopf. Stöhnend sank er zu Boden, und Raschid galoppierte weiter.

Nach wenigen Straßenzüge erreichten sie das Stadttor. Raschid kannte die beiden Wächter und machte ihnen Zeichen, sie vorbeizulassen. Die beiden sprangen beiseite, aber hinter ihnen trat ein Soldat hervor, den Raschid als einen der Getreuen Hassans kannte. Der Mann richtete sein Schwert gegen sie. Mit seinem unbewaffneten Gefolge durfte sich Raschid auf keinen Kampf einlassen und trieb sein Pferd entschlossen weiter. Raschid kam an Hassans Soldat vorbei, aber dann hörte er Deborah aufschreien, und er blickte sich um. Der Soldat hatte ihr Pferd aufhalten können und drückte sein Schwert gegen den Hals seiner kleinen Tochter. Raschid und seine Diener wendeten die Pferde.

»Los, absteigen!«, herrschte der Soldat Deborah an. »Und die anderen auch!«

Raschid reichte seinen Sohn Zubair und ritt auf den Getreuen Hassans zu. Grinsend wandte sich dieser ihm zu und drückte dem Kind die Schwertspitze noch fester gegen den Hals, so dass Sadiya aufschrie. Deborahs Stute stieg; krampfhaft hielten sich Deborah und Sadiya an der Mähne fest. Noch ehe der Soldat wieder das Schwert auf seine Tochter richten konnte, hieb Raschid ihm mit einem einzigen Schlag die Hand ab, welche noch immer die Zügel von Deborahs Pferd hielt. Blut spritzte Deborah und Sadiya auf die Kleider und ins Gesicht, doch erst als sich die abgehakte Hand wie ferngesteuert von dem Zügel löste, schrien sie gellend auf und schienen nicht mehr aufhören zu können. Raschid packte die Zügel ihres Pferdes, zerrte es hinter sich her und rief den anderen zu, weiterzureiten, während auch er sein Pferd antrieb. Nur einen Atemzug später spürte er einen mörderischen Schmerz in der Schulter, aber er wusste, dass er sich jetzt durch nichts in der Welt aufhalten lassen durfte. Immer schneller preschte er weiter und brachte sein Pferd erst zum Stehen, als sie die Stadt weit hinter sich gelassen hatten. Er glitt vom Pferd und sank ohnmächtig zu Boden.

Tamu befahl den Dienern, Raschid ins Gras zu betten, und erklärte Zubair, wie er den Pfeil aus Raschids Schulter ziehen musste. »Der Allmächtige stehe ihm bei, er hat viel Blut verloren«, murmelte sie hernach.

Die schluchzende Sadiya im Arm, starrte Deborah tränenblind auf ihren bleich daliegenden Mann. Tamu drückte ihr ein Stück Stoff in die Hand. »Presst das fest in die Wunde, bis ich wiederkomme. Ich hole im Wald Kräuter!«

Deborah folgte ihrer Anweisung mechanisch und mit zitternden Händen. Schon bald kam Tamu zurück. »Die Kräuter sollten die Blutung stillen.« Mit Hilfe von Stoffstreifen aus ihrem Hidschab legte sie Raschid einen Druckverband an.

»Es gibt keinen Schutz und keine Macht außer bei Gott, dem Erhabenen«, murmelte sie anschließend. Mit angstgeweiteten Augen kniete sich Deborah neben ihren Mann und wiegte die noch immer wimmernde Sadiya im Arm. Yaqub stand bleich und wie erstarrt neben ihnen. Zubair bat ihn, sich mit ihm auf die Suche nach einem Versteck zu machen. Dankbar, etwas für seinen Vater tun zu können, schob der Junge seine kleine Hand in die des alten Dieners und bereitete Raschid später in der Höhle, die sie fanden, ein Lager aus Moos.

Erst am nächsten Tag kam Raschid zu sich. Seine Augen glänzten fiebrig. Deborah flößte ihm Wasser ein; schon nach dem ersten Schluck verlor er erneut das Bewusstsein.

Bis zum Abend war Raschids Stirn so heiß wie frisch gebackenes Brot.

»Raschid, ich flehe dich an, verlass uns nicht«, weinte Deborah und legte ihm kühlende Umschläge auf die Stirn. Um Mitternacht löste Tamu sie ab.

Auch am folgenden Tag erwachte Raschid immer nur für wenige Minuten; mit Mühe gelang es ihnen, ihm Wasser einzuflößen. Von dem Hasenbraten, den sie Zubairs Jagdglück zu verdanken hatten, nahm er gar nichts zu sich.

»Was soll bloß werden, wenn der Herr von uns geht?«, stöhnte Zubair und erntete dafür einen zornigen Blick Tamus.

Am nächsten Morgen war Raschids Fieber etwas gesunken, und er kam zum ersten Mal richtig zu sich. Vor Erleichterung aufschluchzend, sank ihm Deborah an die Brust. Als Raschid etwas getrunken und endlich auch einen Bissen Fleisch zu sich genommen hatte, erzählte ihm Zubair, dass er zur Seidenfarm geritten war, dort aber auf Hassans Häscher gestoßen sei, die in der Nähe Lager bezogen hatten.

Raschid nickte. »Also folgen wir Boabdil nach Almería.«

Er versuchte sich aufzusetzen, doch der Schmerz in seiner Schulter zwang ihn zurück auf sein Lager. »Sieht allerdings nicht danach aus, als ob wir schon heute weiterkönnten«, presste er zwischen zusammengebissenen Zähnen hervor.

Drei Tage später ging es Raschid so gut, dass sie aufbrechen konnten. Am Abend begann Sadiya zu fiebern. Die Schrecken der Flucht, die abgehackte Hand, die Verletzung ihres Vaters – das alles war für das kaum dreijährige Mädchen zu viel gewesen. In den letzten Tagen hatte es nicht mehr gesprochen, fast nichts gegessen und die meiste Zeit apathisch in den Armen der Mutter gelegen. Doch erst jetzt, wo das Fieber hinzukam, machten sich die Erwachsenen Sorgen um sie. Mit Tränen, Betteln und Flehen brachte Deborah sie dazu, wenigstens ein wenig Ziegenmilch zu trinken, die sie bei Bauern kauften, aber trotz der nahrhaften Milch und Tamus Beschwörungen wurde das Kind täglich blasser und schließlich so durchscheinend, dass man die Adern unter ihrer Haut erahnen konnte. Das Kind schien nur noch aus großen, dunklen Augen und nachtschwarzen Locken zu bestehen. In der Hoffnung, dass ein Arzt mehr für das Kind tun könnte, eilten sie weiter und erreichten sechs Tage später Boabdils Palast in Almería. Sofort ließ der Emir seinen Leibarzt holen, doch der konnte nur bedauernd mit den Achseln zucken.

Weinend sank Deborah an das Lager ihrer kleinen Tochter und versuchte, ihr weiter Ziegenmilch einzuflößen, aber das

Kind schluckte nichts mehr und reagierte auch auf ihre Ansprache nicht. Deborah rief nach Tamu. »Ich flehe dich an, du musst doch noch irgendetwas tun können!«

»Gegen die Schreckensgeister des Todes sind meine Heilkünste machtlos«, presste die Alte erstickt hervor und konnte den Blick nicht mehr von dem schwindenden Kind nehmen.

Auch Raschid rührte sich nicht vom Lager seiner Tochter und wiegte Deborah in den Armen.

»Immer wieder der Tod, der Tod, der Tod«, schluchzte sie. »Erst waren es die Häscher der Christen in meinem Dorf, jetzt sind es deine Landsleute, die ihn uns bringen.«

Raschid presste sie an sich. Seine Augen glühten vor Schmerz und Zorn. Sadiya starb noch in derselben Nacht.

Im ersten Licht des Tages rüttelte jemand Raschid an der Schulter. Er blinzelte und erkannte Boabdil, der ihm Zeichen machte, mit in den Patio zu kommen.

»Wir müssen fort«, erklärte Boabdil ihm dort. »Ein Spitzel hat eben gemeldet, dass uns az-Zagal auf den Fersen ist. Schon am Mittag wird er hier sein!«

Raschid rieb sich über das Gesicht, um auch noch den letzten Rest Schlaf zu vertreiben. »Aber die Festung ist doch hervorragend gesichert!«

»Az-Zagal rückt mit viermal mehr Soldaten an, als wir hier haben, und ich kann die letzten Menschen, die zu mir halten, nicht offenen Auges dem Untergang weihen!«

»Und was jetzt? Euer Onkel herrscht über Málaga und Granada; es gibt keinen anderen Ort in al-Andalus, an den wir ausweichen können!«

Boabdil schluckte. »Aber im Land der Christen.«

Raschid riss die Augen auf. »Ihr wollt … bei den Christen unterkriechen?«

»Das wagst du nicht!« Der empörte Aufschrei Aischas ließ sie herumfahren. »Nicht einmal du kannst so weit sinken!«

Sie war ganz in Schwarz gekleidet, ihre Augen blitzten vor Wut und Fassungslosigkeit. Boabdil hob die Hände. »Mutter, ich kann nicht meine letzten Getreuen in den Tod schicken! Az-Zagal hat es vor allem auf mich abgesehen. Wenn er mich nicht vorfindet, wird er den Menschen hier nichts tun. Ich habe keine Wahl!«

»Sie nennen dich nicht umsonst az-Zugaibi, den Unglücklichen. Nur ein Verdammter kann auf so einen Plan verfallen!«, schleuderte Aischa ihm hasserfüllt entgegen.

»Ein Verdammter oder ein Verzweifelter«, gab Boabdil müde zurück. »Mutter, mein Entschluss steht fest. Ich werde nicht noch mehr Menschen ins Unglück reißen, nur weil ich ein Unglücklicher bin. Bitte, schließt Euch uns an!«

»Niemals«, zischte Aischa, »werde ich einen Fuß in das christliche Land setzen, es sei denn, um es zu erobern!«

»Dann hoffe ich, dass Ihr wenigstens meinen Bruder mit uns ziehen lasst. Auch er muss den Zorn az-Zagals fürchten.«

»Dein Bruder Yussuf ist keine solche Memme wie du!«, spuckte Aischa ihm entgegen und rauschte davon.

Obwohl Boabdil seinem Bruder erklärte, dass er mit der Unterstützung der Christen Granada zurückzuerobern hoffte, weigerte sich auch Yussuf, bei den Christen Zuflucht zu suchen. Ihm blieb wenig Zeit, seinen Entschluss zu bereuen: Drei Stunden, nachdem Boabdil mit seinen Getreuen aufgebrochen war, erreichte az-Zagal die Stadt. Die Wachen öffneten ihm die Toren ebenso willfährig, wie Boabdil sie angewiesen hatte. Az-Zagal stürmte den Palast und fand dort Aischa und ihren jüngeren Sohn. Der hübsche, kräftige junge Mann blickte seinem hochgewachsenen Onkel furchtlos entgegen.

»Wo ist Boabdil?«, herrschte az-Zagal ihn und Aischa an.

»In Sicherheit«, erklärte Aischa ruhig.

»Wo?«, brüllte az-Zagal und schlug ihr mit der Handkante ins Gesicht. Aischa taumelte zurück, verzog aber keine Miene. Az-Zagal packte Yussuf und drückte ihm die Schneide seines Dolches an die Kehle. »Nun sag schon, du missratene Kreatur einer Giftnatter, wo ist dein Bruder?«

Yussuf schwieg und schloss die Augen. Als az-Zagals Klinge seinen Hals durchdrang, entfuhr dem jungen Mann nicht mehr als ein ersticktes Röcheln. Dann sank er zu Boden. Aischa rührte sich nicht von der Stelle, und sie brach auch nicht in Wehklagen aus. Stattdessen trat reiner Hass in ihre heiß glühenden Augen, und sie spie az-Zagal ins Gesicht. »Mehr als wehrlose Kinder töten konntest du noch nie! Deine Mutter hat mit einem Skorpion verkehrt, um dich hervorzubringen. Möge Gott dich verfluchen und dich und die Deinen bis in alle Ewigkeit in der Hölle schmoren lassen!«

Wieder riss az-Zagal die Hand hoch, um sie zu schlagen, bezwang sich dann aber und gab seinen Soldaten den Befehl, sie zu fesseln und in das tiefste Verlies Granadas zu sperren, bis ihre scharfe Zunge vermodert war.

Schon einen Tag später holte ein Bote Boabdil ein und berichtete ihm von den Vorkommnissen in Almería.

»Der Wille des Allmächtigen ist geschehen«, murmelte Boabdil mit dem gleichen stoischen Fatalismus, mit dem er bisher alle Schicksalsschläge seines Lebens hingenommen hatte.

Zwei Wochen später erreichten sie Córdoba. Isabel und Fernando weilten nicht in der Stadt. Man rief Kardinal Mendoza, der ihnen anbot, im Palast zu wohnen, bis das Königspaar zurückkäme.

Morayma bedrängte ihren Mann mit Blicken und formte

mit ihren Lippen ein stummes »Ahmed«, doch Boabdil schüttelte den Kopf. In Moraymas Augen traten Tränen. Raschid, Deborah und ihr Sohn erhielten Zahras und Ahmeds Zimmer, und obwohl nichts in diesem Raum mehr an Zahra erinnerte, befiel Raschid, als sie das Zimmer betraten, eine unerklärliche Unruhe. Er ging zum Fenster und blickte nachdenklich hinaus in den Park, in dem Zahra und Ahmed so viele Stunden verbracht hatten.

6.

Córdoba

25. Juni 1485

Gonzalo und Boabdil umarmten sich wie alte Freunde; als er von der Ankunft des maurischen Emirs im Palast erfahren hatte, war Gonzalo sofort zu ihm geeilt. Boabdil stellte ihm Zahras Bruder Raschid vor, und Gonzalo wurde schlagartig ernst. »Ich nehme an, Ihr wisst, dass Eure Schwester seit mehreren Monaten verschwunden ist.«

»Wie – verschwunden?« Fragend hob Raschid die Augenbrauen.

»Nun, sie war von einem Tag auf den anderen nicht mehr im Palast«, gab Gonzalo zurück. »Ich habe schon überall Nachforschungen nachgestellt, aber bisher sind sie im Sande verlaufen.«

»Geht Ihr davon aus, dass Zahra den Hof freiwillig verlassen hat?«, mischte sich Boabdil in das Gespräch ein. »Und wo ist mein Sohn? Hat Zahra ihn mitgenommen?«

»Nein«, erwiderte Gonzalo. »Und da Zahra sehr an Eurem Sohn hängt und ihre Verantwortung sehr ernst nimmt, kann ich mir nicht vorstellen, dass sie den Palast aus freien Stücken verlassen hat.«

»Und in wessen Obhut ist mein Sohn jetzt?«

»Torquemada und seine Mönche kümmern sich um ihn.« Gonzalo zuckte mit den Achseln. »Das klingt schlimmer, als es ist. Torquemada hat an dem Jungen einen Narren gefressen, und auch der Junge ist ihm herzlich zugeneigt.«

»Mein Sohn – und Torquemada?« Boabdils Miene versteinerte.

»Gott sei Dank ist Ahmed noch zu klein, um zu verstehen, was Torquemada ihm predigt«, versuchte Gonzalo ihn zu beschwichtigen und wandte sich wieder an Raschid. »Ich rechne täglich mit der Rückkehr meines Bruders. Als wir von Zahara zurückkamen, hatte Isabel schon Weisungen für ihn hinterlegt. Eigentlich müsste er längst zurück sein. Er hat die nötigen Verbindungen, um auch in den Kerkern nach Zahra zu suchen.«

»Ihr meint, meine Schwester …« Raschid schluckte. »Aber was wirft man ihr denn vor?«

»Bisher ist es nur ein Verdacht, aber ich will nichts unversucht lassen, um sie zu finden!«

»Dieser verdammte Krieg«, stöhnte Raschid. »Mein Halbbruder hat unseren Vater in Granada in den Kerker werfen lassen, und Gott allein weiß, ob er noch lebt, meine Halbschwester ist seit Loja verschwunden, meine Tochter vor wenigen Tagen gestorben …« Er brach ab und sah aus dem Fenster, ohne die prächtigen Bougainvilleen wahrzunehmen, die im Park ihre fuchsienfarbene Blütenpracht entfalteten.

»Wann werden die christlichen Könige denn zurückerwartet?«, fragte Boabdil Gonzalo und erklärte, warum er hergekommen war.

»Ich kann mir gut vorstellen, dass die Könige sich für Euren Vorschlag erwärmen werden«, gab Gonzalo zurück. »Wisst Ihr schon, dass Euer Vater die Regierungsgeschäfte jetzt ganz in die Hände Eures Onkels gelegt hat? Die letzten Nachrichten unserer Spitzel besagen, dass Euer Vater sich mit Soraya und ihren Söhnen nach Almuñécar zurückgezogen hat. Als erste Amtshandlung soll az-Zagal alle Schätze Eures Vaters beschlagnahmt haben.«

Boabdil zeigte keine Regung.

Unsicher trat Morayma vor und blickte ihren Mann bittend an. Boabdil nickte und wandte sich noch einmal an Gonzalo. »Meine Frau würde gern unseren Sohn wiedersehen. Meint Ihr, das ließe sich einrichten?«

Boabdil blickte zu der kleinen Frau mit den großen Kinderaugen. »Ich werde mich für Euch einsetzen, aber macht Euch besser keine Hoffnungen!«

Trotzdem schlich sich ein kleines, dankbares Strahlen in Moraymas Augen, das erste, seit man ihr den Sohn genommen hatte.

Drei Tage später erfuhr Gonzalo von einem Burschen im königlichen Stall, dass Jaime zurück in der Stadt war. Er drückte dem Jungen eine Münze in die Hand und schickte ihn seinen Bruder suchen. »Sag ihm, ich muss ihn dringend sprechen. Er findet mich in dem Stadthaus meiner Frau!«

Bisher hatte Gonzalo es vermieden, dort zu wohnen, aber da er sich seit Zahras Verschwinden im Palast höchst unwohl fühlte und seine Gattin derzeit auf ihrem Landsitz weilte, war ihm dies als das kleinere Übel erschienen.

Während Gonzalo beim Abendessen saß, wurde ihm die Ankunft seines Bruders gemeldet. Sofort sprang er auf und lief ihm in der Halle entgegen. »Jaime, endlich!«, rief er und schloss ihn in die Arme.

Verwundert ließ Jaime die ungewohnte Herzlichkeit über sich ergehen. »Was ist denn mit dir los?«, fragte er kopfschüttelnd. »Ach je, ich kann es mir schon denken. Du hast dich mit deiner Bitte um den Ehedispens jetzt so in die Bredouille gebracht, dass du dringend deinen kleinen Bruder brauchst, um dich wieder herauszuhauen!«

»Weder ganz falsch noch ganz richtig«, gab Gonzalo zurück. »Aber komm erst einmal rein. Magst du mitessen?«

Jaime nickte, und Gonzalo wies seinen Diener an, noch ein Gedeck aufzulegen. »Es geht um Zahra«, setzte Gonzalo an, als sie am Tisch saßen.

»Und weiter?«

»Sie ist seit Monaten verschwunden, und niemand kann oder will mir sagen, warum und wohin.« Gonzalo sah ihn eindringlich an. »Miguel und ich befürchten, dass Isabel sie hat in den Kerker werfen lassen.«

Er sah, wie sich die Miene seines Bruders verschloss. »Jaime, jetzt komm mir bloß nicht mit deinem widersinnigen Hass auf alles Maurische«, bat er. »Du weißt, ich habe es allein Zahra zu verdanken, dass ich in Loja nicht elendig krepiert bin. Und falls sie wirklich eingekerkert ist, weißt du nur zu gut, dass das niemand lange überleben kann. Wenn Torquemada seine Finger im Spiel hat, was ich befürchte, werden sie Zahra gewiss auch foltern. Wir müssen sie schleunigst da rausholen – wenn es nicht ohnehin schon zu spät ist!«

Jaime schob seinen Teller von sich, erhob sich und trat an das Fenster, das den Blick auf die nächtliche Straße freigab. Gonzalo beschloss, ihm einen Moment zum Nachdenken zu gewähren, doch als sich Jaime auch nach einigen Minuten nicht wieder zu ihm umgedreht hatte, verließ ihn die Geduld. »Nun sag endlich etwas! Kann ich auf dich zählen? Oder kannst du mir zumindest jemanden nennen, der mir dabei hilft, in den Kerkern nach Zahra zu suchen?«

Endlich drehte sich Jaime zu ihm um, langsam und bedächtig. Gonzalo musste an eine Katze denken, die sich an ihr Opfer anschleicht. Jaimes Augen funkelten im Kerzenlicht, seine Miene war angespannt. »Wie kommst du darauf, dass Isabel sie in den Kerker geworfen hat? Da steckt doch mehr dahinter! Hast du etwas mit ihr angefangen, ja, ist es das?«

Gonzalo wurde es unbehaglich. »Wichtig ist im Moment nur, dass wir sie finden«, gab er ausweichend zurück. Er sah, wie es im Gesicht seines Bruders arbeitete. »Jaime, ich weiß, dass du Kontakte in die Kerker hast. Man munkelt, dass du letztes Jahr einen Freund von dir aus dem Kerker befreit hast. Und wenn du mir nicht helfen willst, so sag mir wenigstens, wie du es angestellt hast. Der Gedanke daran, was sie Zahra dort antun könnten, bringt mich um den Verstand! Und falls du es wirklich wissen musst: Ja, verdammt, ich liebe Zahra und will sie, wenn ich jemals meinen Ehedispens durchbekommen sollte, heiraten!«

Als sein Bruder noch immer nicht reagierte, erhob sich auch Gonzalo und trat zu ihm. Bittend legte er ihm die Hand auf die Schulter, und im gleichen Moment verpasste Jaime ihm einen Kinnhaken. Gonzalo flog zurück bis zum Esstisch und riss im Fallen zwei Stühle mit sich. »Verdammt, Jaime, was soll das? Diese Frau hat dir doch nichts getan!«

Sein Bruder warf ihm einen hasserfüllten Blick zu und stürzte hinaus. Als die Tür hinter ihm zuknallte, bebten die Gläser auf dem Tisch.

Am nächsten Morgen erhielt Gonzalo eine Nachricht seines Bruders. Er werde zwar nach Zahra suchen, sein Bruder solle ihm aber nie wieder unter die Augen kommen, wenn er nicht sein Schwert zwischen den Rippen spüren wolle. Gonzalo konnte sich zwar keinen Reim darauf machen, war jedoch froh, dass die Suche nach Zahra endlich voranging.

In den nächsten Wochen erhielt Gonzalo regelmäßig Berichte von Jaime, die allerdings nicht dazu angetan waren,

Hoffnungen in ihm zu wecken, denn bisher hatte er in keinem der Kerker, in denen er sich umgehört hatte, eine Spur von Zahra finden können. Stattdessen häuften sich die Hinweise, nach denen sie doch von sich aus die Stadt verlassen haben sollte. Zwei Wochen später schrieb Jaime, ein Bauer habe ihm erzählt, dass er vor wenigen Wochen eine Maurin im Wald aufgelesen habe, die sehr krank gewesen sei. Seine Frau habe gehofft, sie gesund pflegen zu können, um später eine Sklavin im Haus zu haben, aber trotz ihrer Pflege sei die Maurin wenige Tage später gestorben.

»Der Bauer meinte, die Maurin hat blaue Augen gehabt«, las Gonzalo weiter, »und da dies bei den Mauren selten ist, muss man wohl davon ausgehen, dass es sich um Zahra gehandelt hat.«

Gonzalo warf den Brief ins Feuer und donnerte mit der Faust gegen den Kaminabzug.

Am nächsten Tag kehrten Isabel und ihr Gemahl an den Hof in Córdoba zurück. Wie schon oft hatte die Königin selbst ihre Truppen auf die Schlachtfelder begleitet, und als sei sie der gute Geist ihres Heeres, waren sie aus allen Kämpfen als Sieger hervorgegangen. Ein Bote brachte Gonzalo die Nachricht, dass Isabel ihn noch heute zu sehen wünsche. Grimmig nickte Gonzalo dem Boten zu, ohne ihm die übliche Münze für seinen Botendienst zu geben, und lief hernach wie ein im Käfig gefangener Tiger im Zimmer auf und ab. Er dachte an Zahra und an die Schuld, die seine Königin an ihrem Weggehen und ihrem Tod trug. Auch wenn er es nie würde beweisen können, war er doch fest davon überzeugt, dass Isabel Zahra gezwungen haben musste, aus Córdoba zu fliehen. Schließlich dachte er an Boabdil, der jede Fürsprache brauchte, deren er habhaft werden konnte. Auch Zahra war er es schuldig, sich für Boabdil einzusetzen. Er nickte entschlossen, rief seinen Diener und ließ sich seinen Umhang bringen.

Isabel erwartete ihn in ihrem Empfangszimmer. Ihr ältester Sohn Juan saß neben ihr und war sichtlich erfreut, Gonzalo wiederzusehen. Wie es die Etikette vorschrieb, verneigte sich Gonzalo zunächst vor seiner Königin.

»Gonzalo, mein Lieber ...« Isabel schenkte ihm ein huldvolles Lächeln, dem allerdings die Herzlichkeit fehlte, mit der sie ihn früher stets begrüßt hatte. »Wie viel Zeit verstrichen ist, seit wir uns das letzte Mal gesehen haben!«

Ein Hauch von Bitterkeit wehte Gonzalo an. Schließlich war es Isabel selbst gewesen, die ihn vom Hof verbannt und daran gehindert hatte, direkt nach der Eroberung Zaharas zurückzukommen, zu einem Zeitpunkt also, an dem er vielleicht noch etwas für Zahra hätte tun können. Um Boabdils Interessen nicht zu gefährden, verbot er sich jedoch eine Anmerkung dazu und setzte stattdessen ein liebenswürdiges Lächeln auf. »Eine lange Zeit, ja, aber an Euch, meine Königin, ist sie, wie ich voller Bewunderung feststellen muss, spurlos vorübergegangen!«

Isabels Miene blieb unbewegt.

»An Eurem Sohn dagegen sieht man das Verstreichen der Zeit sehr wohl. Er wächst allmählich in den Himmel!«, fuhr Gonzalo mit der gleichen jovialen Höflichkeit fort und wandte sich an den Kronprinzen. »Ich nehme an, Ihr hattet reichlich Gelegenheit, Euch weiter im Schwertkampf zu üben, auf dass auch Ihr bald an einer unserer ruhmvollen Schlachten teilnehmen könnt?«

Der Junge strahlte ihn an und nickte.

»Er macht sich in der Tat ganz hervorragend«, erwiderte Isabel mit unverhohlenem Stolz und ließ sich von Gonzalo in ein Gespräch über die Fortschritte ihres Sohnes ziehen. Anschließend gratulierte Gonzalo ihr zur Geburt ihrer jüngsten Tochter Catalina, die sie mitten im Schlachtengetümmel zur Welt gebracht hatte. Während des Plauderns über ihre Kinder schien Isabel zu entspannen und weicher zu werden.

»Ich wollte mit Euch über Boabdil sprechen«, meinte sie schließlich. »Ich habe gehört, Ihr habt ihn hier einige Male besucht. Gewiss könnt Ihr mir sagen, was genau ihn hergeführt hat.«

Gonzalo erklärte es ihr und setzte ihr die Vorteile für die kastilische Krone auseinander, wenn sie sich dazu durchringen könnte, zusammen mit dem jungen Mauren gegen az-Zagal in den Kampf zu ziehen. Isabel sah ihn nachdenklich an. »Es wird Euch nicht wundern, dass Torquemada die Ansicht vertritt, es sei der Anfang vom Ende, wenn wir dem Heiden beistehen …«

»Wobei er die Kleinigkeit vergisst, dass Boabdil als Euer Vasall hierhergekommen ist, und Ihr als …«

»Schon gut«, fiel Isabel ihm ins Wort und machte dem Diener Zeichen, ihren Sohn hinauszubringen. Erst als die beiden den Saal verlassen hatten, fuhr sie fort: »Aber trotzdem ist und bleibt er ein Heide, und wenn sich er und sein Onkel gegenseitig töten, hätten wir das Problem auch gelöst.«

»Und wenn az-Zagal aus den Kämpfen als strahlender Sieger hervorgeht?« Gonzalo hob die Augenbrauen. »Wenn Ihr dagegen zusammen mit Boabdil az-Zagal vom maurischen Thron vertreibt, wird er Euch ein ganz und gar ergebener Vasall sein!«

»Kann ich aus Euren Worten schließen, dass Ihr einen solchen Kriegszug anführen würdet?«

Gonzalo dachte an Zahra. Nach der letzten Nachricht seines Bruders konnte er sich keine Hoffnung mehr machen, sie wiederzufinden. Er nickte.

»Dann werde ich dies in meine Überlegungen einfließen lassen«, erklärte Isabel und bat Gonzalo, sich zurückzuziehen, weil sie sich von den Anstrengungen der letzten Monate erholen müsse.

Mit einem Steinchen ritzte Zahra einen Strich in das graue Mauerwerk des Kerkers. Anders als die anderen hier zählte sie jedoch nicht die Tage, die sie schon hier war, sondern die, die ihr noch bis zu dem Geburtstermin blieben, den Conchita nach ihren ebenso verschämten wie zögerlichen Angaben errechnet hatte. Etwa drei Wochen waren es nach dieser Rechnung noch bis zur Niederkunft, und wann immer Zahra daran dachte, dass man ihr das Kind nach der Geburt wegnehmen würde, hätte sie den Kopf gegen die Kerkermauer schlagen können. In der folgenden Nacht wurden die Bauchschmerzen, die Zahra schon den ganzen Tag über mit wachsender Verzweiflung zu ignorieren versucht hatte, zu immer heftigeren Krämpfen. Als die Schmerzen so heftig wurden, dass sie ihr Stöhnen nicht mehr unterdrücken konnte, wachte Conchita auf. Sie kroch zu ihr und tastete ihr den Bauch ab.

»Es geht los, meine Kleine«, sagte sie leise.

»Aber mir bleiben doch noch drei Wochen«, rief Zahra und ergriff flehend ihre Hand. »Bitte, Conchita, so tu doch etwas. Ich will mein Kind noch nicht hergeben!«

Conchita strich ihr mitfühlend über den Arm. »Du weißt, dass ich nichts machen kann. Die Natur geht ihre eigenen Wege, und jetzt lass uns zusehen, dass wir dein Baby heil auf die Welt bringen. Vielleicht können wir die Geburt sogar ein paar Tage vor den Wachen geheim halten, aber das wird nur gehen, wenn es dir gelingt, trotz der Schmerzen nicht zu schreien.«

Zahras Wehen nahmen schnell an Heftigkeit zu, und

schließlich konnte sie einen Schrei nicht unterdrücken. Geistesgegenwärtig presste Conchita ihr die Hand auf den Mund. Zwei Frauen erwachten.

»Es ist nichts«, beruhigte Conchita sie. »Zahras Kind kommt.«

Die eine von ihnen rollte sich auf die andere Seite, die andere aber, die feingliedrige *conversa*, die Zahra inzwischen unter dem Namen Dolores kannte, rückte zu ihnen hin und machte aus ihrem Kopftuch einen Knebel, auf den Zahra beißen sollte, wenn die nächste Wehe kam. Zahra dankte ihr unter Tränen.

Auch etliche Stunden später hatte Zahras Kind trotz der in kürzesten Abständen aufeinander folgenden Wehen noch nicht das Licht der Welt erblickt, und nach jeder Schmerzenswelle sackte Zahra entkräfteter auf die Decken zurück, auf welche die Frauen sie gebettet hatten.

»Zahra, hör auf, dich gegen die Geburt zu sträuben, sonst sterbt ihr mir noch alle beide unter den Händen weg«, flehte Conchita. »Mein Gott, du kannst das Kind nicht länger in dir behalten, wenn die Natur es heraushaben will. Stell dir vor, wie schön es sein wird, dein Kind in den Armen zu halten – selbst wenn dir nicht mehr als das bleiben mag!«

Zahra nickte tapfer. Trotzdem verging eine weitere Stunde, bis Conchita ihr Kind endlich packen und herausziehen konnte. Noch immer war stockfinstere Nacht. Mangels anderer Hilfsmittel biss Conchita die Nabelschnur mit den Zähnen durch, hob das Baby an den Füßen in die Höhe und klatschte ihm auf den Po. Ein kleiner Schrei, kaum lauter als ein Maunzen, drang durch den Kerker. Conchita legte das Kind in Zahras Arme. Sie befühlte das Köpfchen, die kleinen Ärmchen und Beinchen und berührte dabei etwas, das ihr eindeutig verriet, dass sie einen Jungen geboren hatte. Sie presste ihren Sohn an sich und gab ihm den Namen Abdarrahman, auch wenn sie befürchtete, dass dies ihrem Vater nicht recht wäre. Ach Vater, seufzte sie, ich wünschte, du könntest mir verzeihen!

Die anderen Frauen traten zu ihr, um das Kind zu bewundern und im Arm zu wiegen. Conchita ließ sie eine Zeitlang gewähren, aber dann bestand sie darauf, dass der Kleine jetzt etwas essen müsse. Sie half Zahra, die richtige Position zu finden, und schon bald lauschten die Frauen verzückt auf das selige Schmatzen des Knaben.

»Vielleicht können wir den Wachen die Geburt des Jungen sogar noch länger als nur zwei, drei Tage verheimlichen«, meinte Dolores versonnen. »Wir könnten Zahras Kleid über dem Bauch mit Stoff aufpolstern und das Kind hinter uns verbergen, wenn die Wächter kommen.«

»Aber früher oder später werden sie ihn schreien hören«, wandte Conchita ein.

Doch die Frauen beschlossen, es zu wagen, und ehe Zahra sich versah, hatten sie mit ihren Unterröcken eine dicke Stoffkugel gezaubert. Als der Tag anbrach und das erste diffuse Licht zu ihnen in den Kerker kroch, schoben sie Zahra die Stoffkugel unter das Kleid und rückten so lange daran herum, bis es so aussah, als trüge Zahra noch immer ihr Kind unter dem Herzen. Zahra war so gerührt über ihre Bemühungen, dass sie kein Wort herausbrachte und nur mit einem dankbaren Strahlen zwischen ihnen hin und her sah. Später sammelten die Frauen einige der Stofftücher ein, welche die Wächter ihnen für ihre Regelblutung gaben, damit Zahra sie als Windeln für den kleinen Abdarrahman nutzen konnte. Kaum hatte Zahra den Kleinen in die Decke gewickelt, welche sie ihr ebenfalls zur Verfügung gestellt hatten, hörten sie den Wächter kommen. Hastig verzogen sich ein paar Frauen mit dem Kind in das hintere Teil des Verlieses, während Zahra mit Conchita in der Nähe des Eingangs blieb. Achtlos warf der stets übellaunige Mann ihnen den Korb mit Brot hin, stellte zwei große Karaffen Wasser dazu und schlurfte wieder davon.

»Es klappt«, jubelten die Frauen anschließend. »Er hat nichts gemerkt!«

Auch Zahra lächelte selig, als sie ihren Sohn entgegennahm. Einzig Conchita blieb skeptisch. »Irgendwann werden wir die Geburt nicht mehr verheimlichen können, und dann wird der Abschied von dem Kleinen nur noch schwerer fallen!«

Doch als der Wächter später noch einmal in den Kerker kam, um eine von ihnen zum Verhör zu holen, setzte sich auch Conchita schützend vor das Kind.

Der kleine Abdarrahman war ein stiller, vergnügter Junge. Er weinte selten, blickte einen zufrieden mit seinen großen, dunklen Augen an, wenn man ihn ansprach, und erfreute sich trotz der klammen Kälte in dem Kerker bester Gesundheit. Zahra nahm kaum je einmal die Augen von ihrem Sohn und lebte in ständiger Furcht vor dem Tag, an dem die Wächter auf ihr Kind aufmerksam werden würden. Da sich diese aber nie länger als unbedingt nötig bei ihnen aufhielten, verstrichen die nächsten beiden Tage, ohne dass die Geburt des Kindes auffiel. Am dritten Tag aber begann Zahra mittags zu fiebern. Bis zum Abend war ihre Stirn so heiß, dass Conchita den Wächter rufen wollte. »Wir müssen einen Bader kommen lassen«, brummte sie. »Sonst stirbst du uns weg, und dann hast du auch nichts mehr von deinem Kind.«

Zahra flehte sie an zu warten. »Ich erhole mich wieder, bestimmt!«, und auch die anderen Frauen baten Conchita:

»Warte wenigstens bis morgen!« Denn auch sie dachten dabei vor allem an den kleinen Abdarrahman, den einzigen Lichtblick in ihrem düsteren Kerkerdasein. Zögernd gab Conchita nach. »Wir warten nur noch bis morgen früh. Wenn das Fieber dann nicht zurückgegangen ist, rufen wir den Bader!«

In der Nacht stieg Zahras Fieber so hoch, dass sie kaum noch ansprechbar war. Conchita legte ihr mit Trinkwasser angefeuchtete Tücher auf die Stirn und schimpfte, dass ihr keine Kräuter zur Verfügung standen, mit denen sie ihr helfen konnte. Auch am Morgen ging es Zahra nicht besser, und als der Wächter ihnen kurz nach Sonnenaufgang ihr Brot und frisches Wasser brachte, erhob sich Conchita trotz der bösen Blicke der anderen Frauen, um einen Bader zu verlangen. Als sie sah, dass es ein neuer Wächter war, zögerte sie kurz, trat dann aber doch auf ihn zu. »He, ich muss mit Euch reden«, rief sie.

Der Wächter wandte sich zu ihr um. »Was gibt's denn?«

Seine sonore Stimme klang weniger unfreundlich als die des Wächters, der sie sonst mit Essen versorgte. Eine der anderen Frauen schob sich vor Conchita und stieß dieser mit dem Ellbogen in die Seite. »Gar nichts gibt's. Conchita will sich nur mal wieder wichtig machen!«

Conchita versetzte der Frau ebenfalls einen Stoß, aber dann trat Dolores auf den Wächter zu. »Wir kennen uns doch, oder?«

Der Wächter hob seine Öllampe und leuchtete ihr ins Gesicht. »Dolores, um Himmels willen. Wie kommt Ihr denn hierher?«

Er stellte den Brotkorb ab, den er für die Frauen mitgebracht hatte, humpelte noch näher zu Dolores und schüttelte erschüttert den Kopf. »Dass sie sogar einen so guten Menschen wie Euch einsperren!«

Dolores sah zu Conchita. »Das ist Pedro«, erklärte sie ihr. »Er hat früher für meinen Vater gearbeitet.«

»Und Euren Alten Herrn immer hochgeschätzt!« Pedro war noch immer fassungslos. »Nein, dass Ihr hier seid, ein Mädchen aus so einer feinen Familie. Ach, wenn ich Euch nur helfen könnte!«

»Es gäbe in der Tat etwas, das du für uns tun könntest«, erwiderte Dolores zögerlich und tauschte einen kurzen Blick mit Conchita. Als diese langsam nickte, fuhr sie fort: »Eine der Frauen hier ist erkrankt, und Conchita könnte sie behandeln, wenn sie Heilkräuter hätte.«

Pedro nickte. »Sagt mir, was Ihr braucht!«

Conchita nannte ihm drei Pflanzen. »Und wenn Ihr auch noch heißes Wasser besorgen könntet, damit ich einen Sud bereiten kann …«

Pedro versprach es. »Wenn die anderen beim Mittagessen sitzen, bringe ich Euch alles!«

Als Pedro gegangen war, fielen sich die Frauen in die Arme und lachten und weinten zugleich. Conchita kniete sich vor Zahra, küsste sie und ihr Kind auf die Stirn und flüsterte: »Wir haben einen kleinen Zeitaufschub, Zahra, aber du musst durchhalten, hörst du? Versprichst du mir das?«

Zahra öffnete die Augen, nickte und schlief sofort wieder ein.

Wie versprochen brachte Pedro am Mittag die Heilpflanzen und einen Krug frisch aufgekochtes Wasser. Conchita zermalmte die Kräuter mangels anderer Hilfsmittel mit ihren Fingernägeln in ihrem Blechteller, gab sie in das heiße Wasser und ließ sie ziehen. Dann flößte sie Zahra einen Teil des Suds ein und machte ihr mit den aufgequollenen Kräutern einen Umschlag auf dem Bauch.

»Das wird die schlechten Dämpfe vertreiben«, meinte sie zuversichtlich und legte ihr Abdarrahman an die Brust, da Zahra nicht die Kraft dazu hatte.

In der Nacht schwitzte Zahra stark und bekam hernach so heftigen Schüttelfrost, dass die Frauen sie in drei Decken hüllten. Als auch dies nicht half, legten sich zwei von ihnen neben sie, um sie zu wärmen.

»Vielleicht hätten wir doch den Bader holen sollen«, jammerte Dolores im Morgengrauen, als sie sah, wie bleich und reglos Zahra dalag, doch Conchita beruhigte sie: »Etwas Besseres als meine Kräuter hätte der auch nicht gehabt.«

Sie weichten für Zahra Brot ein und gaben ihr kleine Stücke davon in den Mund, doch nur wenn Conchita sie ermahnte, dass sie essen müsse, um ihren kleinen Sohn weiter nähren zu können, schluckte Zahra. Nach dem fünften Bissen hob sie abwehrend die Hand. »Kann nicht mehr …«, stöhnte sie. »Schlafen, muss schlafen …« Und ihr Kopf sank zur Seite.

Ein paar der älteren Frauen begannen zu beten. Ihr warmes, monotones Murmeln stemmte sich gegen die Verzweiflung und Hoffnungslosigkeit in den Köpfen der anderen. Als Conchita Zahra gegen Mittag den Jungen wieder anlegte, öffnete Zahra die Augen, schenkte ihrem Kind ein kleines Lächeln und fuhr ihm mit der Hand über das Köpfchen. Conchita nickte aufmunternd. Als Zahra kurz darauf wieder einschlief, zeichnete Conchita ihr mit dem Daumen ein Kreuz auf die Stirn und flüsterte: »Du schaffst es, meine Kleine, du schaffst es!«

Am Abend war es wiederum Pedro, der ihnen das Essen brachte. Es war eine dünne Brühe, in der außer Reiskörnern auch ein paar Fleischfasern und drei Fettaugen schwammen. Als er gegangen war, sammelten die Frauen die Fleischfasern in Zahras Blechteller; Conchita übernahm es, sie zu füttern.

Fast eine Stunde verstrich darüber, weil Zahra über dem Schlucken immer wieder einnickte, aber schließlich war der Teller geleert.

In der Nacht stieg das Fieber weit weniger als in der vorigen, und als sich Abdarrahman am Morgen regte, war Zahra sofort wach und legte ihn sich aus eigener Kraft an die Brust. Conchita sah ihr lächelnd zu und strich ihr das vom Schweiß der letzten Tage steif gewordene Haar aus der Stirn. »Freut mich, dass es dir wieder bessergeht, mein Mädchen!« Ihre Augen strahlten vor Glück.

Obwohl die Frauen sie weiter so gut pflegten und ihr alles von ihrem Essen gaben, was sie nur irgendwie entbehren konnten, dauerte es über eine Woche, bis Zahra die Kraft fand, sich allein aufzusetzen, und noch einmal eine Woche, bis sie zum ersten Mal aufstehen und mit ihrem Kind auf dem Arm ein paar Schritte gehen konnte. Immer wieder dankte sie den Frauen für ihre Fürsorge und freute sich, welch herzlichen Anteil sie an dem Gedeihen ihres Sohnes nahmen und wie sehr sie sich bemühten, dass die Wächter ihn auch weiterhin nicht entdeckten. Zahra wusste, jede Stunde mit ihrem Kind war geliehenes Glück, ein Glück, das nicht mehr lange währen würde, und empfand deswegen umso größere Dankbarkeit, es erleben zu dürfen.

Von Tag zu Tag blieb Pedro länger bei ihnen im Kerker. Er fragte Dolores nach ihren Eltern und war bestürzt, als er erfuhr, dass diese im Vorjahr in einem Autodafé ihr Leben verloren hatten. »Ich würde Euch so gern hier herausholen, Doña Dolores, das müsst Ihr mir glauben, aber wenn ich Euch gehen ließe, würden sie dafür nicht nur mich, sondern auch meine Familie büßen lassen!«

Natürlich blieb ihm der kleine Abdarrahman auf Dauer

nicht verborgen. Nachdem der Säugling sich durch Schreien bemerkbar gemacht hatte, betrachtete Pedro den kleinen Kerl mit verzücktem Lächeln und versprach den Frauen, dass er kein Wort über seine Geburt verlauten lassen werde. Später erzählte Dolores ihm hinter vorgehaltener Hand Zahras Geschichte, soweit sie ihr bekannt war. Als sie die Aguilars erwähnte, merkte Pedro auf. »Die kenne ich, alle drei! Aber wenn diese Frau mit einem von ihnen bekannt ist – können sie dann nichts für sie tun? Einer von ihnen, Gonzalo, ist doch ein enger Vertrauter der Königin!«

»Vielleicht weiß er gar nicht, dass sie hier ist«, überlegte Dolores. »Und Gonzalo, ja, diesen Namen hat Zahra manchmal im Fieber gemurmelt, und auch einen anderen …«

»Jaime vielleicht?«, fragte Pedro.

Dolores nickte, und Pedro zwinkerte ihr verschwörerisch zu.

In den nächsten Tagen konnte Pedro keinen der beiden jüngeren Aguilar-Brüder ausfindig machen, und weder er noch Dolores verrieten Zahra, dass er nach ihnen suchte, um in ihr keine Hoffnungen zu wecken, die sich später nicht erfüllen würden. Sehr wohl aber erzählte Pedro Zahra, was sich derweil in ihrem Land abspielte: Az-Zagal hatte den todkranken Emir zurück nach Granada bringen lassen, wo er nur wenige Tage später gestorben und von ihm wie ein räudiger Hund vor den Mauern der Stadt verscharrt worden war. Hassans Frau Isabel de Solís und ihre Söhne ließ er in den Kerker werfen. Als das Volk von dem unwürdigen Begräbnis hörte, das az-Zagal ihrem Emir bereitet hatte, begann es in ihm zu brodeln, was sich noch verstärkte, als die Nachricht nach Granada drang, dass die Kastilier az-Zagals Truppen an immer mehr Orten zurückschlugen. Da fiel dem Volk von Granada ein, dass es auch noch einen anderen Emir hatte: Boabdil. Die Stimmen, die nach Boabdil riefen, wurden lauter, so laut, dass az-Zagal sich gezwungen sah, seinem Neffen einen Pakt vorzuschlagen, den dieser jedoch schnell als das durchschaute, was er war: eine Falle. Voller Wut schwor Boabdil seinem Onkel Rache: »Ich werde nicht ruhen, bis mein Volk von dir befreit und dein Haupt auf den Wällen der Alhambra aufgepflanzt ist!«

Jetzt endlich erklärten sich die kastilischen Könige bereit, Boabdil im Kampf gegen seinen Onkel zu unterstützen. Schon wenige Tage später brachen sie auf, und ihre Angriffe waren so erfolgreich, dass Fernando in Córdoba frohlockte: »Bald hat az-Zagal kein Stück Erde mehr, auf dem er auch nur noch seine Fahne aufhängen kann!«

Dank der Unterstützung der kastilischen Truppen kämpfte sich Boabdil bis Granada vor. Ein Bote Ismails suchte ihn in seinem Lager auf und richtete ihm aus, dass das granadinische Volk ihn erwarte und Ismail ihm jederzeit die Stadttore öffnen werde, um ihn einzulassen. Boabdil besprach mit Gonzalo ihr weiteres Vorgehen.

»Woher wissen wir, dass hinter dem Vorschlag keine Falle az-Zagals steckt?«, fragte Gonzalo.

Boabdil schüttelte entschieden den Kopf. »Ismails Nachricht war verschlüsselt. Nur er und ich kennen diese Geheimschrift, und mein Freund würde niemals gemeinsame Sache mit meinem Onkel machen!«

»Auch wenn er uns die Tore öffnet, werden wir es noch schwer haben, gegen az-Zagals Truppe zu siegen. Meine Soldaten sind zwar gut ausgebildet, aber deine …«

»Ich weiß«, fiel Boabdil ihm ins Wort. »Die wenigsten meiner Anhänger haben das Soldatenhandwerk gelernt. Die meisten sind Kaufleute und Künstler. Viele haben erst vor wenigen Wochen den Umgang mit Schwert und Lanze gelernt.« Er fuhr sich nachdenklich über die Nase. »Und wenn wir die Königin bitten, uns weitere Truppen zu schicken? Wir sind jetzt so kurz vor dem Ziel!«

»Die Königin …« Gonzalo schürzte die Lippen. »Nun, versuchen können wir es.«

Er setzte einen Brief auf und vertraute ihn seinem schnellsten Boten an. Isabel schickte ihnen tatsächlich eine zusätzliche Reitertruppe und eine größere Anzahl Fußsoldaten, und endlich konnten sie sich in das Herz von al-Andalus wagen. Fünfzig Tage währten die Kämpfe um Granada, viel Blut floss auf den Straßen, bis sie az-Zagal endlich aus Granada treiben konnten. Nach einem rauschenden Siegesfest in der Alhambra konnte sich Gonzalo guten Gewissens zurück nach Córdoba wenden.

7.

Córdoba

30. September 1485

Als sein Diener am Abend einen ärmlich gekleideten, hinkenden Mann in das Speisezimmer seiner kleinen Stadtwohnung in Córdoba führte, blickte Jaime unwillig auf. »Seit wann lässt du jedwedes Bettelvolk zu mir vor?«, fuhr er den jungen Burschen an.

»Es tut mir leid, Herr«, haspelte der Diener verlegen. »Aber der Mann hat sich nicht abweisen lassen. Er sagt, es sei dringend und dass er Euch vom Heer kennt …«

Jaime maß den späten Besucher mit grimmigem Blick, bis er in ihm den Koch erkannte, der sie früher auf so manchem Beutezug durch das Maurengebiet begleitet hatte und bei einem Maurenangriff schwer am Bein verletzt worden war. Ihm war das einzig gute Essen zu verdanken, das ihm bei der Truppe je in den Blechteller gekommen war. Jaime erhob sich und begrüßte den Koch mit einem herzlichen Schulterschlag. »Pedro, alter Junge, wie geht es dir?«

Der ehemalige Koch verneigte sich ehrerbietig. »Danke, gut, Herr. Ich habe ein neues Auskommen gefunden, auch wenn es nicht so einträglich wie das beim Heer ist. Übrigens muss ich Euch in der Tat in einer dringenden Angelegenheit sprechen.«

Er warf einen unsicheren Blick zu dem Diener. Jaime machte dem Burschen Zeichen zu verschwinden. »Und in Zukunft erwarte ich, dass du die Leute erst ankündigst, ehe du mit ihnen hereinplatzt!«

Der Diener errötete bis über beide Ohren und verließ unter Bücklingen den Raum. Als er die Tür hinter sich geschlossen hatte, drehte Pedro verlegen seine Filzmütze in den Händen. »Es geht um eine junge Frau, Herr, die in dem Kerker sitzt, in dem ich seit ein paar Wochen als Wächter arbeite«, setzte er stockend an. »Ich ... ich habe Grund zu der Annahme, dass sie Euch und Eurem Bruder gut bekannt ist.«

Jaime hob unwillig die Augenbrauen.

»Ich, nun, Herr, ich will Euch keinesfalls zu nahe treten, aber ich dachte, nun, weil sie doch eine so schöne junge Frau ist und ...« Er verstummte unter Jaimes Blick und wich zurück. »Entschuldigt, Herr, es sieht so aus, als habe ich mich geirrt.«

Unter pflichtschuldigen Verbeugungen wandte er sich zum Gehen. Als er die Tür fast erreicht hatte, rief Jaime: »Was für eine Frau ist das denn?«

»Eine Maurin, Herr. Im Fieber führte sie Euren Namen auf den Lippen, und so dachte ich ...«

»Eine Maurin?« Jaime trat zu ihm. »Wie sieht sie aus?«

»Sie ist wunderschön, und wenn sie einen mit ihren blauen Augen anschaut ...«

Jaime packte ihn grob am Arm. »Heißt sie Zahra?«

Pedro nickte erschrocken. »Ja, Herr, so ist ihr Name.«

Jaime ließ sich den Kerker beschreiben, in dem Zahra gefangen gehalten wurde, fragte nach der Bewachung und den Schichtwechseln.

»Die Soldaten, die heute Nacht Wache halten, sind bekannt dafür, dass sie ihre Zeit gern mit Würfeln und einem Fässchen

Wein totschlagen – und ich habe munkeln hören, dass man Zahra in den nächsten Tagen in einen anderen Kerker verlegen will.«

Jaime schnallte sich sein Schwert um und rief seinen Diener. »Gib dem Mann hier ein ordentliches Abendessen und einen Korb voll bestem Essen für seine Familie mit!«

Noch ehe Pedro dazu kam, sich zu bedanken, war Jaime zur Tür hinaus. Erst als die Haustür ins Schloss krachte, fiel Pedro ein, dass er Jaime nichts von dem Kind gesagt hatte …

Ohne Rücksicht auf Passanten jagte Jaime auf Barbakan durch die nächtlichen Straßen. Flüche folgten ihm, doch er trieb sein Pferd weiter an. Währenddessen fragte er sich, warum, zum Teufel, er sich persönlich auf den Weg zu seinem Bruder machte und ihm nicht nur einen Boten schickte. Sollte er doch selbst sehen, wie er Zahra da herausbekam, zumal es allein seine Schuld war, dass man sie eingesperrt hatte. Trotzdem ritt er weiter, und als er Gonzalos Haus erreicht hatte, hämmerte er so lange an die Haustür, bis ihm ein verschlafener Diener öffnete. »Wo ist mein Bruder?«, herrschte Jaime ihn an.

»Er schläft, Don Jaime«, stotterte der Diener. »Er ist erst am Abend von dem Feldzug mit dem Maurenkönig zurückgekommen und hat mir ausdrücklich aufgetragen, ihn nicht zu stören!«

»Dir vielleicht, aber mir nicht«, knurrte Jaime. »Und jetzt lass sein Pferd holen!«

Er nahm dem Diener die Kerze ab, stieß ihn beiseite und eilte, sorgsam die Hand vor die Flamme haltend, die Treppe zu Gonzalos Schlafzimmer hinauf. Ohne anzuklopfen, platzte er hinein, stellte die Kerze auf dem Nachttisch ab und riss seinem schlafenden Bruder die Decke weg. »Los, komm, ich habe sie gefunden. Sie ist im Palastkerker eingesperrt. Keine Ahnung, wieso ich das nicht früher erfahren habe, denn mein Mittelsmann hat sich dort schon mehrmals umgehört. Und jetzt steh endlich auf, zum Donner. Allein bekomme ich sie da nicht heraus!«

Gonzalo rieb sich die Augen. »Wie? Was? Von wem redest du?«

»Von wem schon? Von Zahra natürlich!«

Gonzalo zog sich hastig an. »Aber du hast doch geschrieben, sie wäre tot!«

»Inzwischen sieht es eher danach aus, als ob jemand wollte, dass wir das glauben.« Er blickte sich um, entdeckte die Stiefel seines Bruders und warf sie ihm hin. »Nun mach schon, wir müssen sie noch heute Nacht da rausholen!«

»Ehrlich gesagt, wundert es mich, dass du mir nun doch hilfst.«

»Nicht mehr als mich, nehme ich an«, knurrte Jaime. Er hielt seinem Bruder das Schwert hin und polterte mit ihm die Treppe hinunter.

Die Schreie und Flüche im Aufenthaltsraum der Wächter, der über dem Kerkerzimmer lag, riss die Frauen aus dem Schlaf. »Was ist da los?«, rief Zahra und drückte bang ihr schlafendes Kind an sich.

»Keine Ahnung«, murmelte Conchita. Sie rappelte sich hoch, eilte an die Tür und legte das Ohr dagegen. Der Lärm oben schwoll weiter an, ein Schrei erstickte in ächzendem Gurgeln, dann hörten sie, wie die obere Tür aufgerissen wurde und jemand die Treppe herunterpolterte. Erschrocken wichen die Frauen in den hinteren Teil des Kerkers zurück und zogen Zahra, die noch immer sehr schwach war, mit sich. Im gleichen Moment flog die Kerkertür auf. Einige von ihnen stießen spitze Schreie aus, andere begannen zu weinen oder zu beten, Zahra sank in sich zusammen und breitete ihren Oberkörper schützend über ihr Kind. Jemand hielt ihnen eine Öllampe entgegen. Der helle Lichtschein blendete die Frauen so sehr, dass sie die Hände vor die Augen hoben. Keine von ihnen konnte erkennen, wer hinter der Lampe stand.

»Ist eine Maurin unter Euch?«, donnerte eine Männerstimme.

»Nein, wir sind alle Kastilierinnen«, gab Conchita mit bebender Stimme zurück und schob sich direkt vor Zahra, die Allah in einem stummen Gebet bat, Abdarrahman nicht gerade jetzt aufwachen und weinen zu lassen.

»Aber sie muss hier sein!«, donnerte der Mann weiter, und nun erkannte Zahra seine Stimme. Ein Zittern durchfuhr sie. Im ersten Impuls wollte sie sich erheben, sich an Conchita vorbeidrücken und zu Jaime gehen, aber seine Stimme klang so zornig, so aufgebracht …

Ein zweiter Mann kam hinzu. »Zahra, Zahra, bist du hier?«

Auch diese Stimme erkannte Zahra: Sie gehörte Gonzalo. Und vor ihm wagte sie noch weniger, sich bemerkbar zu machen.

Jaime ging zu den Frauen und hielt einer nach der anderen die Lampe vor das Gesicht. Schließlich entdeckte er auch das zusammengekrümmte Bündel hinter Conchita. »He, du da. Heb den Kopf, damit ich dich ansehen kann!«

Erst als er ihr gegen das Bein trat, tat Zahra, wie er sie geheißen hatte. Ihre Blicke trafen sich. Wie gebannt blickte er sie an und sie ihn – bis sie ohnmächtig zur Seite sackte.

An das Folgende hatte Zahra später nur bruchstückhafte Erinnerungen. Sie entsann sich der erschreckten Schreie der Frauen: »Das Kind, mein Gott, passt auf das Kind auf!«, dann spürte sie Männerhände, die sie umfingen, und Frauenhände, die das Kind von ihrem Schoß zogen. Sie hörte Abdarrahman weinen, konnte sich aber nicht aus den dunklen Wolken ziehen, die sich in ihrem Kopf ausgebreitet hatten, und als sie das nächste Mal zu sich kam, spürte sie einen um sich geschlungenen, starken Arm und nahm wie in Trance wahr, dass sie auf einem in rasantem Tempo galoppierenden Pferd saß. Schemenhaft erkannte sie eine von der Seite auf sie zustürzende Truppe brüllender Soldaten, dachte an ihr Kind, konnte es nicht an ihrem Körper spüren, schrie seinen Namen – dann schlug die Schwärze wieder über ihr zusammen.

Erst als jemand sie auf eine nasskalte Wiese legte und ihr einen zusammengefalteten Umhang unter den Kopf schob, kam Zahra wieder zu sich. Sie schlug die Lider auf, blickte in die Augen von Jaime, die ihr im Mondlicht nicht grün, sondern schwärzer als der Nachthimmel erschienen, und spürte seine Wut so deutlich, als peitsche er sie mit einer neunschwänzigen Katze. Nicht weit von sich hörte sie ein Baby wimmern. »Mein Kind«, flehte sie. »Bitte, gebt mir mein Kind …«

Jaime erhob sich abrupt und ging weg. Kurz darauf beugte sich Gonzalo zu ihr und reichte ihr Abdarrahman. In seinen Augen war so viel Wärme und Zuneigung, dass Zahra zur Seite sehen musste. Sie vergrub ihr Gesicht in den dichten Haarflaum ihres Kindes und küsste es. Augenblicklich hörte Abdarrahman auf zu weinen.

Während Gonzalo sie weiter ansah, blieb Jaime abseits mit abgewandtem Rücken stehen.

»Wie heißt Euer Kind?«, fragte Gonzalo Zahra sanft.

Erst als er ihr die Hand auf die Schulter legte und seine Frage wiederholte, antwortete sie. Unsicher blickte sie zu Gonzalo auf. »Was habt Ihr mit uns vor?«

»Nichts, wovor Ihr Angst haben müsstet.« Auf der Flucht hatte sie ihre Haube verloren. Ihr offenes Haar breitete sich wie ein Fächer um ihr verschrecktes Gesicht. Gonzalo sah sie an und strich ihr über die Wange. Dann erhob er sich beinahe verlegen und ging zu seinem Bruder. »Ich danke dir, dass du mir geholfen hast, Zahra zu befreien, aber ich befürchte, ich werde noch weiter auf deine Hilfe angewiesen sein.«

»Ach ja, wirst du? Aber um ihr das Kind zu machen, hast du meine Hilfe nicht gebraucht, was?« Jaime schnellte herum. Er bebte vor Zorn.

»He, Jaime, beruhige dich! Das Kind ist nicht von mir. Für wie ehrlos hältst du mich eigentlich? Aber ganz gleich, wer der Vater dieses Kindes ist – ich werde Zahra nicht im Stich lassen, nur weil ein verdammter, nichtswürdiger Kerkerwächter ihre Situation ausgenutzt und ihr ein Kind angehängt hat!«

»Du … Und das Kind ist nicht …« Jaime drehte sich zu Zahra um und blickte gleich darauf wieder zu seinem Bruder. »Aber du hast mir doch selbst gesagt, du wolltest deine Ehe ihretwegen annullieren lassen!«

Zahra hatte das Gefühl, von einem Alptraum in den nächsten zu geraten. Ihre Hände wurden feucht, ihre Augen füllten sich mit Tränen. Zögerlich kam Jaime zu ihr zurück, beugte sich über sie und betrachtete sie und ihr Kind im milchigen Licht des Vollmondes. Fassungslos schüttelte er den Kopf. »Ich … Mein Gott, er ist mir ja wie aus dem Gesicht geschnitten. Ich weiß gar nicht, was ich sagen, noch wie ich mich rechtfertigen soll.« Er machte eine hilflose Geste. »Zahra, ich habe dich nicht vergessen. Im Gegenteil! Keine Sekunde habe ich dich mehr aus meinem Kopf gebracht, obwohl ich es nicht wollte, weil du doch Maurin bist und ich … Beim Allmächtigen! Ich weiß auch nicht, was in dieser Nacht über mich gekommen ist, aber ich musste einfach zu dir kommen, und dann – es war wie eine Explosion. Auch in der folgenden Nacht drängte es mich zu dir, aber ich wollte nicht, dass sich das wiederholt, ehe ich mir nicht über einiges klargeworden war, zumal ich dich eben nicht in diese … Schwierigkeiten bringen wollte.« Er sah kurz zu Abdarrahman. »Und als ich in meinem Kopf endlich Ordnung geschaffen hatte, hat die Königin meinen sofortigen Aufbruch für einen Eroberungszug befohlen.«

Zahra stieß einen Schrei aus, doch als Warnung für Jaime kam er zu spät. Gonzalo packte ihn an den Haaren, riss ihn hoch und donnerte ihm die Faust ins Gesicht.

»Du verdammter, ehrloser Hurensohn! Du also hast Zahra geschwängert! Hast ihre Hilflosigkeit in Córdoba ausgenutzt und sie dann auch noch sitzenlassen!«

Aus Jaimes Nase schoss Blut. Er wischte es mit dem Ärmel weg, wehrte zugleich Gonzalos nächsten Schlag mit dem erhobenen Unterarm ab und rammte ihm nur einen Lidschlag später die Faust in den Magen. »Nicht wegen mir, sondern wegen deiner Bitte um Ehedispens haben sie Zahra eingesperrt, weil Isabel es hernach nicht mehr ertragen hat, sie in ihrer Nähe zu wissen!«, keuchte er.

Wieder und wieder schossen ihre Fäuste aufeinander los. Dann erwischte Jaime Gonzalos Arm, riss ihn hoch, brachte ihn zu Fall und stürzte sich mit einem wütenden Aufschrei auf ihn, doch Gonzalo umschlang ihn und rollte sich mit ihm herum, so dass er kurz darauf oben lag und Jaime einen weiteren Kinnhaken versetzen konnte.

»Hört auf, so hört doch auf!«, rief Zahra entsetzt. Sie verkroch sich mit ihrem Kind tiefer in den Büschen, während die Fäuste der Brüder weiter aufeinander einhagelten, bis beide blutend und nach Luft ringend im Staub liegen blieben. Gonzalo kam als Erster wieder zu Atem. Er setzte sich auf, blickte kurz zu Zahra, erhob sich und entfernte sich in entgegengesetzter Richtung.

»Don Gonzalo …« Zahras Stimme zitterte. »Ich wollte Euch nicht verletzen, und ich wusste doch auch nicht, dass Ihr meinetwegen …«

Gonzalo blieb vor seinem Pferd stehen und hob, ohne sich umzudrehen, abwehrend die Hand. Zahra schluckte den Rest ihres Satzes herunter und blickte zu Jaime. Stöhnend setzte er sich auf und spuckte Blut in den Staub. Da er sie nicht ansah, wagte Zahra ihn nicht anzusprechen, obwohl es so vieles gab, was sie ihm zu sagen gehabt hätte.

Da kam Gonzalo zurück. Er ging zu seinem Bruder und vermied es, in Zahras Richtung zu sehen. »Wirst du wenigstens jetzt so für sie sorgen, wie es sich gehört?«

Jaime rappelte sich mühsam auf, wobei er sich beide Hände auf den rechten Brustkorb presste. »Du verdammter Idiot hast mir die Rippen gebrochen!«

»Ich könnte dir noch viel mehr brechen, wenn ich nur sicher wäre, Zahra damit zu dienen!«

»Natürlich werde ich mich um sie kümmern«, schnaufte Jaime und machte eine Kopfbewegung, als wolle er eine lästige Fliege fortscheuchen. Gonzalo ging zu seinem Pferd, saß auf und ritt davon, ohne sich noch einmal zu ihnen umzudrehen.

Als die Äste hinter Gonzalo zusammenschlugen, ließ sich Jaime wieder zu Boden sinken und sah in die Richtung, in der sein Bruder verschwunden war. Die Stille zwischen ihm und Zahra begann drückend zu werden. Unsicher kaute Zahra auf den Lippen, und jedes Mal wenn sie zu Jaime hinübersah, fühlte sie sich so sehr zu ihm hingezogen, dass ihr ganz schwindlig davon wurde. Zugleich verspürte sie unendliche

Angst. »Ihr müsst Euch nicht verpflichtet fühlen«, presste sie schließlich hervor. »Mir war in dieser Nacht sehr wohl bewusst, was ich tat. Ich bin Euch und Eurem Bruder dankbar, dass Ihr mich befreit habt. Damit habt Ihr mehr für mich getan, als ich verdiene.«

Jaime räusperte sich und sah zu ihr. Ewigkeiten schienen zu vergehen, bis er endlich zu sprechen begann. »Zahra, ich verstehe, dass du von mir enttäuscht bist, aber lehne meine Hilfe nicht ab. Du bist krank, hast kein Geld, keinen Ort, an dem du dich verstecken kannst – und dann das Kind!«

Zahra presste die Lippen zusammen. Ein Wort von Liebe hätte genügt, um all ihre Ängste und Vorbehalte zum Einstürzen zu bringen, aber ihre Mittellosigkeit, ihre Not – nein, das waren keine Argumente für sie. Und dass er von Abdarrahman, seinem eigenen Sohn, als »dem Kind« sprach, empfand sie als Ohrfeige. Sie erhob sich. »Ich komme zurecht.«

»Aber ich kann dich doch nicht hier, mitten im Wald, deinem Schicksal überlassen!« Auch Jaime stand auf. Er presste die Hände auf seine schmerzenden Rippen.

Zahra drückte Abdarrahman fester an sich und hoffte, dass ihre Beine sie wenigstens so weit tragen würden, bis sie aus Jaimes Blickfeld war. Wankend machte sie den ersten Schritt. Allah wird mich beschützen oder mich zu sich nehmen, dachte sie, und alles werde ich besser ertragen können, als dass sich Jaime meiner nur aus Mitleid annimmt.

»Zahra, bitte, sei vernünftig!«, rief Jaime ihr nach.

Zahra bahnte sich durch die belaubten Zweige zweier Korkeichen einen Weg in den Wald. Sie schleppte sich weiter, Schritt um Schritt. Auf einmal gaben ihre Beine nach. Ehe sie ganz das Bewusstsein verlor, spürte sie noch, wie zwei kräftige Männerarme sie und ihr Kind auffingen.

Vierter Teil
1485–1492

1.

In den Bergen von Córdoba

2. Oktober 1485

Falten, unzählige kleine Falten und gütige, graue Augen, das war das Einzige, woran sich Zahra später erinnerte, und an den scheußlichen Geschmack eines lauwarmen Gebräus, das die Frau, zu der die Falten und die gütigen Augen gehörten, ihr wieder und wieder einflößte. Auch als sie das erste Mal ganz zu sich kam, saß die Alte an ihrem Bett.

»Du hast Fieber gehabt, hohes Fieber«, erklärte sie ihr und strich ihr fürsorglich das Haar aus der Stirn. »Aber jetzt bist du über dem Berg!«

»Mein Kind«, wisperte Zahra. »Wo ist mein Sohn?«

»Bei seinem Vater«, erwiderte die Alte, und im gleichen Moment tauchte Jaime mit Abdarrahman auf dem Arm in der karg eingerichteten Hütte auf. Zahra sah zu ihm auf. Ihre Fragen auszusprechen wagte sie nicht. Die Alte erhob sich, nickte Zahra aufmunternd zu und verließ das Zimmer. Jaime trat näher, vermied es aber, sie anzusehen. Er bettete Abdarrahman von seinem rechten in den linken Arm, suchte sichtlich nach etwas, was er sagen könnte, beugte sich dann aber nur zu Zahra herab und legte ihr mit einer Behutsamkeit, die sie zutiefst berührte, ihren Sohn in den Arm. Die Nähe ihres Sohnes und die Erleichterung, ihn wohlbehalten bei sich zu haben, ließ Zahra Jaime für einen Moment vergessen. Sie küsste Abdarrahman und strich ihm zärtlich über sein feingeschnittenes Gesichtchen. Als sie wieder zu Jaime aufsah, schwieg er noch immer. Also ergriff Zahra das Wort. »Ich muss mich wohl schon wieder bei Euch bedanken«, sagte sie leise, obwohl ihr eigentlich ganz andere Dinge auf der Seele brannten.

»Zahra, bitte …« Jaime setzte sich neben sie auf das Bett, legte die Hände zusammen, faltete sie, dehnte die Finger, riss sie auseinander und stöhnte: »Zum Teufel, ich weiß einfach nicht, wie ich es sagen soll!«

Seine grünen Augen brannten sich in Zahras, was diese nur noch mehr verwirrte, zumal in ihr eine ebenso unvernünftige wie gewaltige Sehnsucht aufkam, seine Lippen auf den ihren spüren. Und da näherte sich Jaime ihr wirklich und küsste sie, erst sanft und behutsam, dann voller Leidenschaft, und als Zahra schon das Gefühl hatte, von einem Strom aufbrandender Erregung weggerissen zu werden, ließ er plötzlich von ihr ab. Zahra sah, wie es in seinen Augen funkelte, und fühlte sich vollends verunsichert. War dies Funkeln in seinen Augen Triumph? Nahm er nun endgültig an, alles mit ihr machen zu können, was er wollte, weil sie bei der kleinsten Berührung von ihm dahinschmolz? Sie ärgerte sich, dass sie es ihm so leicht gemacht hatte, ihn ihre Gefühle so sehr hatte spüren lassen. Jaime lachte auf, versetzte ihr einen Nasenstüber und brummte: »Wie stolz und hochfahrend du bist! Warum fällt es dir so schwer zu glauben, dass ich … dich liebe?«

Da war es endlich, das Wort, nach dem sich Zahra so sehr gesehnt hatte. Ihr Herz begann wie wild zu schlagen, bis zum

Halse konnte sie es spüren, und in ihr schoss eine unbändige Freude und Seligkeit hoch, aber zugleich auch Verärgerung darüber, dass er sie so leicht durchschaute – und sie kein bisschen in ihn hineinsehen konnte. »Was willst du wirklich von mir?«, fragte sie ihn mit belegter Stimme.

»Vielleicht noch ein paar weitere solcher Prachtkerle wie Abdarrahman? Oder auch ein Mädchen, das ebenso schön ist wie du? Mit diesen unglaublich blauen Augen, in denen man sich verlieren kann?« In seiner Miene blitzte so viel Schalk auf, dass Zahra nur noch ärgerlicher wurde, aber ehe sie dazu kam, ihm die Meinung zu sagen, küsste er sie wieder, und damit setzte erneut jede Fähigkeit zum Denken und Argumentieren in ihr aus. Tastend, suchend, verlangend strichen seine Hände über ihren Körper, liebkosten ihr Gesicht, gruben sich in ihr dickes Haar – bis er, sichtlich widerstrebend, erneut von ihr abließ. »Verdammt, aber ich befürchte, dafür ist es noch zu früh«, raunte er und strich ihr und Abdarrahman sanft über das Gesicht. Und dann küsste er sie noch einmal, und die Kraft und Intensität dieses Kusses verrieten Zahra mehr, als Worte es vermocht hätten, wie sehr er sie tatsächlich liebte.

Monate verstrichen, in denen Zahra, Jaime und ihr Sohn ständig auf der Flucht und in der Furcht vor Entdeckung lebten. Nachdem Zahra dank Annas guter Pflege genesen war, zogen sie in Jaimes altes Jagdhaus, das unweit von Córdoba in den Wäldern verborgen lag. Doch dann warnte Gonzalo sie, dass die Soldaten Jaime bei Zahras Befreiung erkannt hatten und Torquemadas Häscher sicher früher oder später in Jaimes Jagdhütte auftauchen würden. Auf Gonzalo selbst hatten die Wächter in dem Tumult nicht geachtet, allerdings merkte er, dass er seit Zahras Verschwinden überwacht wurde: Nicht weit von seinem Haus stand ein Mann, der sich ihm, wann immer er ausging, an die Fersen heftete. Gonzalo war klar, dass Isabel und Torquemada ihn beobachten ließen, um herauszufinden, ob er etwas mit Zahras Verschwinden zu tun hatte – und er sie möglicherweise sogar zu ihr führte. Nach vier Wochen hörten die Nachstellungen auf. So konnte Gonzalo weiter ruhig in Córdoba leben und Jaime regelmäßig über einen Boten Nachrichten zukommen lassen. Überdies verkaufte er über einen Mittelsmann Jaimes Stadtwohnung und schickte ihm den Erlös. Da Jaime nicht nach Córdoba zurückkonnte, nutzte ihm die Wohnung nichts mehr, und er brauchte das Geld, um ihren Lebensunterhalt zu bestreiten. Gonzalos Briefe waren knapp und förmlich und endeten stets mit dem Satz, er hoffe, dass Zahra niemals bereuen müsse, sich für Jaime entschieden zu haben. An Zahra selbst wandte er sich nie. Es wunderte sie nicht, und es verging kein Tag, an dem sie nicht bedauerte, dass Gonzalo von ihren Gefühlen für Jaime auf diesem Weg hatte erfahren müssen.

Inzwischen wohnten Jaime und Zahra in ihrer vierten Unterkunft, einem kleinen Landhaus eines Freundes von Jaime, doch in den letzten Tagen waren immer öfter christliche Soldaten durch das Dorf gezogen, die ihre Truppe verloren hatten.

»Wir sind auch hier nicht länger sicher«, sagte Jaime. »Es gibt zu viele Soldaten in Isabels Heer, die mich kennen. Es tut mir leid, aber wir müssen weiterziehen.«

Also packten sie erneut ihre wenigen Habseligkeiten zusammen. Jeder Neuanfang kostet sie viel Geld und brachte den Erlös aus dem Verkauf von Jaimes Wohnung weiter zum Schwinden. Zahra war klar, dass er früher oder später gezwungen sein würde, sich nach einer Arbeit umzusehen. In den vergangenen Monaten war ihre Liebe noch tiefer geworden, so tief, dass sie die Absolutheit und Heftigkeit ihrer

Gefühle manchmal angst und bang werden ließ. Sie konnte sich nicht vorstellen, jemals wieder auch nur einen Tag ohne ihn zu verbringen, und sah doch, dass sie so auf Dauer nicht würden leben können.

»Wohin werden wir diesmal gehen?«, fragte sie, während Jaime ihr kleines robustes Packpferd belud. »Eigentlich laufen wir doch überall, wo Christen leben, Gefahr, dass uns jemand erkennt und der Königin oder Torquemada verrät, wo sie uns finden können.«

»Ich weiß.« Jaime schloss seufzend den Haltegurt. »Wir müssen eben noch vorsichtiger sein und noch zurückgezogener leben.«

»Und wenn wir in al-Andalus untertauchen?«, fragte Zahra nach einem Zögern. »Wenn wir meine Landsleute glauben machen würden, dass du zum Islam übergetreten bist …«

»Machst du Witze?« Jaime fuhr zu ihr herum. »Ehe ich noch einmal unter diesem Pack lebe, schneide ich mir lieber die Kehle durch!«

Zahra zwang sich, ruhig zu bleiben. »Jaime, damals warst du Kriegsgefangener. Das ist, als würde ich Torquemada und den Folterknecht im Kerker mit allen anderen Kastiliern über einen Kamm scheren! Und falls es dir entgangen sein sollte: Du lebst bereits unter Mauren; ich bin eine, und Abdarrahman ist zumindest ein halber!«

»Abdarrahman ist höchstens ein Viertelmaure, weil nämlich auch du nur eine halbe Maurin bist. Also komm mir nicht damit!«

Unwillig krauste Zahra die Stirn. Seit sie zusammenlebten, hatte sie sich noch nie mit Jaime gestritten, aber das konnte sie nicht unwidersprochen lassen. »Meine Mutter ist aus Überzeugung zum Islam übergetreten, sie hat alle unsere Lebensgewohnheiten übernommen und mich in maurischer

Tradition erzogen – und damit bin ich sehr wohl eine ganze Maurin und fühle mich auch als solche. Außerdem kannst du nicht über etwas urteilen, was du nicht kennst!«

»Und wie ich das kann!«, donnerte Jaime und schlug so heftig auf das festgezurrte Gepäckbündel, dass das Packpferd erschrocken zurückscheute. Doch sogleich beruhigte er sich wieder und zog Zahra mit einem entschuldigenden Lächeln an sich. »Du weißt sehr gut, dass ein Leben in einem maurischen Dorf für mich kein Leben wäre; reden wir also nicht mehr darüber!«

Zahra nickte, wobei ihre Stirn über seine Schulter rieb. Ihr Gesicht hätte Jaime verraten, dass sie nur aus Klugheit, keineswegs aber aus Überzeugung nachgab.

Zahra und Abdarrahman trugen auf ihrer Reise christliche Kleider, um nicht aufzufallen, und überdies verzichtete sie darauf, weiter Arabisch mit ihrem Sohn zu sprechen, damit er, wenn er zu sprechen begann, sich nicht verplappern konnte. Trotzdem verlief ihre Reise durch das Christenland nicht ohne Gefahren. In den Tavernen erntete Zahra misstrauische Blicke, wenn sie das Schweinefleisch auf ihrem Teller unberührt ließ, und als sie an einem Waldrand ihr Abendgebet gen Mekka kniend verrichtete, überraschte sie ein Trupp christlicher Soldaten, und Jaime hatte seine liebe Not, Zahras Gebetshaltung mit Unwohlsein zu erklären. Als sie endlich ein abgelegenes Haus in der Nähe Sevillas gefunden und sich eingerichtet hatten, lief Zahra bei ihrem ersten Einkauf auf dem Markt der Stadt ausgerechnet dem Pater über den Weg, der sie in Córdoba im Katechismus unterrichtet hatte. Der kleine, dicke Mann stierte sie an, als hätte er eine Erscheinung, aber seine Schreckensstarre währte nicht lange. Erstaunlich behende für seine dickliche Gestalt hastete er zu zwei Soldaten und quäkte ihnen entgegen, dass sie diese Ketzerin und Landesverräterin auf der Stelle festnehmen sollten, wenn ihnen an ihrem Seelenheil gelegen sei. Zahra sah entsetzt zu Jaime, der einen Lidschlag später einen jungen *hidalgo* von seinem Pferd heruntergezerrt hatte, sich in den Sattel schwang, Zahra und ihren Sohn zu sich hochzog und mitten durch die Menschenmenge mit ihnen davonjagte. Nur wenige Straßenzüge weiter standen ihre Pferde. Da ihre Verfolger noch ein Stück zurücklagen, wechselten sie auf ihre Tiere und preschten aus der Stadt hinaus. Immer wieder blickten sie sich um, bis sie endlich davon überzeugt waren, die Soldaten abgehängt zu haben. In ihrem kleinen Landhaus hielt Zahra Jaime erneut vor, dass sie bei den Mauren sicherer wären.

»Das wären wir nicht«, widersprach dieser. »Denn die Mauren hassen uns Christen ebenso sehr wie wir sie!«

»Das stimmt nicht. Unter uns leben viele Christen und Juden – und das im besten Einvernehmen!«

»Aber sie leben nicht ohne Gottes Segen mit einer Maurin zusammen, sondern alle unter sich!«

»Ach, Jaime, du müsstest doch nur so tun, als wärst du zu unserem Glauben übergetreten! Kein Mensch würde dich fragen, ob du regelmäßig deine Gebete vollziehst. Es reicht, dass du auf Schweinefleisch verzichtest und das Fasten im Ramadan einhältst. Wir könnten endlich in Frieden leben. Vergiss wenigstens unserem Sohn zuliebe deinen Hass auf meine Landsleute!«

»Und wenn dich dort jemand von deiner Familie aufstöbert? Wärst du dann nicht genauso in Gefahr?«

»Selbst die würden mir nichts tun, solange wir behaupten, dass du jetzt Muslim bist und wir verheiratet sind.«

»Verheiratet vor einem, wie heißt das noch bei euch? Einem Qadi?«

»Genau.« Zahra sah Jaime eindringlich an. »Jaime, bitte, denk wenigstens darüber nach!«

Jaime machte eine Handbewegung, die alles und nichts bedeuten konnte. Im gleichen Moment hörten sie Hufschlag. Jaime eilte zum Fenster und fluchte. »Zahra, los! Nimm Abdarrahman und nichts wie raus durch die Hintertür!«

Er hatte sein Schwert und seine Geldkatze noch nicht abgelegt und schob rasch den Tisch unter den Griff der Eingangstür. Zahra brauchte nicht zu fragen, wer die Ankömmlinge waren. Die Soldaten aus Sevilla mussten ihrer Fährte gefolgt sein. Sie rannte hinaus zu den Pferden, die sie in weiser Voraussicht immer hinter dem Haus anbanden, und saß noch vor Jaime im Sattel. Als er aufgestiegen war, reichte sie ihm Abdarrahman und hieb ihrer Stute die Zügel über. Das kluge Tier preschte in einem Tempo durch den Wald, dass selbst Jaime auf seinem feurigen Barbakan Mühe hatte mitzuhalten. Und wieder einmal mussten sie all ihr Hab und Gut zurücklassen.

Erst nach einer Stunde hatten sie den Eindruck, die Soldaten abgeschüttelt zu haben. Trotzdem trieb Jaime Zahra an, zügig weiterzureiten. Erst als die Nacht über ihnen hereinbrach, billigte er ihnen eine Rast zu. Ächzend ließ sich Zahra vom Pferd gleiten, rieb sich ihre wunde Kehrseite und nahm Jaime ihren schon seit geraumer Zeit vor Hunger weinenden Sohn ab. Sie setzte sich mit ihm auf einen Baumstumpf und wiegte ihn im Arm. »Ich fürchte, wir werden heute alle ohne Abendessen bleiben, mein armer Kleiner, aber morgen früh finden wir bestimmt einen Bauern, der uns etwas verkauft.«

»Hunger«, jammerte der kleine Kerl, der seinem Vater wie aus dem Gesicht geschnitten war, nur dass er keine dunkelblonden, sondern schwarze Locken und auch schwarze Augen hatte. Er weinte noch heftiger. »Mama, Abda Hunger!«

Zahra blickte zu Jaime. In ihren Augen war kein Vorwurf, trotzdem herrschte Jaime sie an: »Ich weiß genau, was du sagen willst!«

»Das wollte ich zwar nicht«, berichtigte Zahra ihn, »aber wenn du schon das Thema anschneidest: Ja, bei den Mauren wären wir allerdings sicherer!«

Wortlos breitete Jaime eine Decke auf dem Boden aus und sagte Zahra, sie solle sich mit Abdarrahman ausruhen.

»Und du?«, fragte sie.

»Ich muss nachdenken«, knurrte er und setzte sich mit abgewandtem Rücken auf einen Findling.

Am nächsten Morgen willigte Jaime endlich ein, sich im arabischen Gebiet umzusehen. »Aber ob wir dort bleiben, werde ich erst entscheiden, wenn ich sehe, wie ich mich dabei fühle«, erklärte er ihr grimmig.

Zahra bemühte sich, ihre Freude über sein Einlenken nicht offen zu zeigen, damit er es ihr nicht als Triumph auslegte. Schweigend stieg sie mit Abdarrahman auf ihr Pferd und folgte Jaime auf ihrem neuen Weg, bis sie zu einer Taverne kamen, in der sie frühstückten und Proviant für die Weiterreise kauften. Erst als sie eine Stunde lang weitergeritten waren, wagte Zahra Jaime zu fragen, wohin er wolle.

»Nach Vélez-Málaga«, knurrte er. »Dort sollten wir nach der großen Niederlage unserer Truppen kaum noch auf Christen treffen.« Später wollte er in dem gleichen bärbeißigen Ton von ihr wissen, worauf er achten müsse, um von den »verdammten Mauren« nicht als Christ enttarnt zu werden.

»Auf nicht viel mehr, als ich dir schon gesagt habe. Verlang kein Schweinefleisch, halte dich vom Wein fern – und rede vor allem nicht dauernd schlecht über die Mauren!« Sie zwinkerte ihm zu, doch Jaime verzog keine Miene.

»Und wie und wo sind wir getraut worden?«

»Eine islamische Eheschließung ist sehr viel schlichter als eine christliche«, erklärte ihm Zahra. »Eine christliche Ehe ist ein Sakrament und wird in der Kirche zelebriert. Eine islamische Eheschließung beruht dagegen auf einem Vertrag, der die Rechte und Pflichten der Eheleute festlegt. Es wird eine Heiratsurkunde aufgesetzt, in der diese Bedingungen aufgeführt werden, und die wird vom Qadi und den Zeugen unterschrieben.«

»Aha. Und welche Bedingungen haben wir gestellt?«

»Zum Beispiel, dass ich mich sofort scheiden lassen kann, wenn du dir eine zweite Frau nimmst«, gab Zahra mit keckem Lächeln zurück. Endlich taute Jaime auf; auf seinem Gesicht breitete sich ein Grinsen aus. »Und du bist dir sicher, dass ich so etwas unterschreiben würde?«

»Das kann ich dir nur raten!«, lachte Zahra. »Übrigens ist eine Eheschließung auf dem Land noch schlichter. Oft wird dort nur die *fatiha,* die erste Sure aus dem Koran, vor Zeugen vorgelesen, und schon ist man Mann und Frau.«

»Ich merke schon, ehe ich mich versehe, habe ich bei euch ein halbes Dutzend Ehefrauen am Bein – weil ich gar nicht merken würde, wenn jemand diese *fatiha* vorliest.«

»Dann bleib immer schön bei mir, so dass ich dich rechtzeitig warnen kann«, flachste Zahra und schickte ein kurzes *du'a* zum Himmel, dass Allah ihnen beistehen möge.

Sie hielten auf ein kleines Bergdorf zu, das nur wenige Leguas vor Vélez-Málaga lag. Am Vortag hatte Jaime ihnen aus einem Bauernhaus maurische Kleider »besorgt«, wie er sich ausdrückte, und Zahra damit empört: »Weißt du nicht, dass wir Dieben die Hand abhacken? Du fängst dein Leben bei uns ja gut an!«

»Ach, das hat doch niemand gemerkt«, meinte Jaime unbekümmert. Schließlich sei es noch gefährlicher gewesen, wenn sie mit ihren christlichen Kleidern auf einem Bazar maurische gekauft hätten. »Je weniger Menschen von unserer Verwandlung wissen, umso besser!«

Auch an einen Turban für sich und einen Hidschab für Zahra hatte er gedacht. Wie damals in Loja fühlte er sich in den maurischen Kleidern höchst unwohl. »Diese weiten Hosen und diese formlose Tunika ...« Mürrisch sah er an sich herunter. »Alles, was recht ist: Unsere engen Beinlinge und ein ordentlicher Wams sind mir da lieber!«

»Ach woher, unsere Kleidung ist viel bequemer! Nach ein paar Wochen wirst du dich fragen, wie du je die Enge der kastilischen Kleidung ertragen hast«, tröstete ihn Zahra.

Drei Stunden später erreichten sie das Bergdorf, das Jaime als Zufluchtsort gewählt hatte. Vor dem ersten Haus saß ein alter Mann auf einer Steinbank. Er beäugte sie argwöhnisch, machte aber keine Anstalten, sie aufzuhalten. In der Ortsmitte stießen sie auf einen Bauern, der seine Schafe nach Hause trieb.

Jaime begrüßte ihn, wobei er sich mit der linken Hand grüßend über Brust und Stirn fuhr. »Friede sei mit dir!«

Der Bauer erwiderte seine Begrüßung. »Was führt Euch zu uns?«

»Die Christen haben uns aus unserem Dorf vertrieben«, erwiderte Jaime. »Wir hoffen, eine Weile bei Euch unterkommen zu können.«

Der Bauer ging um sie herum und hob zögernd die Achseln. »Das muss der Qaid entscheiden.«

Das Haus des Qaid lag nur einen Straßenzug weiter. Der Bauer zeigte Jaime und Zahra, wo sie ihre Pferde anbinden konnten, und bedeutete ihnen, ihm zu folgen. Auf sein Klopfen hin öffnete ein Diener, der Jaime und Zahra zu seinem Herrn führte. Ein alter, gebeugter Mann mit rotem Turban und schlohweißem Bart hieß sie willkommen. In seinen tiefliegenden Augen spiegelten sich Furcht und Misstrauen. »Es verirren sich nicht oft Fremde zu uns«, meinte er zögerlich, »und das nicht ohne Grund: In den Städten gibt es Kaufleute und volle Kassen, mit denen Vertriebene unterhalten werden können; bei uns leben nur Bauern, und das, was der karge Boden hergibt, langt kaum uns zum Leben.«

Jaime erklärte ihm, dass sie zwar mit knurrenden Mägen, aber nicht mit leeren Händen kämen. »Wir hofften, hier ein Haus mieten und Lebensmittel kaufen zu können.«

»Unter diesen Umständen will ich Euer Ersuchen wohlwollend prüfen. Ich nehme an, Ihr hättet nichts dagegen, Euch an den Wachen zu beteiligen? Zwar haben wir schon eine Zeitlang keine Überfälle mehr von den Christen erlebt, aber die Zeiten bleiben unruhig.«

Zahra klopfte das Herz bis zum Hals. Jaime musste es wie Landesverrat erscheinen, den Mauren dabei zu helfen, sich gegen die Christen zu verteidigen. Zu ihrer Verwunderung nickte er jedoch und erklärte, dass es auch in seinem Sinne sei, frühzeitig vor den Christen gewarnt zu werden, und er sich sehr gern an den Wachen beteilige.

»Dann seid uns willkommen. Am Ortsende findet Ihr ein leerstehendes Haus. Die Besitzer sind nach Granada abgewandert. Wenn Ihr es wieder instand setzt, könnt Ihr es gern gegen ein geringes Entgelt mieten.«

Jaime bedankte sich, und Zahra war so froh und erleichtert, dass sie Jaimes Hand nahm und fest drückte. Der Qaid bemerkte ihre Geste und schmunzelte.

Das Haus war klein und in der Tat heruntergekommen. Als Jaime die Einrichtung sah, verzog er das Gesicht. »Da ist ja jeder unserer Pferdeställe luxuriöser! Und was sollen wir mit diesen ganzen Teppichen?«

»Darauf sitzen und schlafen«, belehrte ihn Zahra. »Du wirst merken, dass man darauf nicht schlechter als in euren Betten schläft!« Sie breitete ein paar Teppiche übereinander, legte sich darauf und schlug einladend mit der Hand neben sich. »Komm her, probier es aus. Es ist wirklich bequem!«

Schnaubend ließ sich Jaime neben ihr nieder. Zahra zog ihn an sich und küsste ihn, und als ihre Küsse leidenschaftlicher wurden, war ihm einerlei, wo er sich befand …

Die Einheimischen begegneten Jaime und Zahra so zuvorkommend, dass Jaime von Tag zu Tag weniger grimmig wirkte und sich schon bald an die dringendsten Reparaturen des Hauses machte. Er kaufte beim Schmied Scharniere für die Tür, besserte das Dach aus und zog den abgebröckelten Schornstein wieder hoch, so dass der Rauch ihrer Feuerstelle endlich richtig abzog. Auch ein paar dickere Teppiche erstand er und war hernach mit ihrer Liegestatt recht zufrieden. Als Nächstes zimmerte er einen Tisch, und auch wenn er etwas wacklig geriet, präsentierte er Zahra sein Werk doch voller Stolz. In der Woche darauf ritt Jaime in den Nachbarort und kaufte auf dem Markt einen Kochtopf, verschiedene Gewürze und gepökeltes Fleisch. Als Zahra ihn ein paar Tage später vor dem Haus mit dem Nachbarn reden hörte, glaubte sie, ihren Ohren nicht trauen zu können: Er tauschte sich mit ihm über die wirkungsvollsten Maßnahmen gegen einen Befall mit Olivenfliegen aus. Jaime erklärte gerade, dass es nicht reiche, die befallenen Pflanzenteile wegzuschneiden. »Ihr müsst sie hernach sofort verbrennen, weil deren schädliche Dämpfe sonst die gesunden Bäume krank machen!«

Der Maure dankte Jaime wortreich für seinen Rat und

kündigte an, gleich am nächsten Tag genau so vorzugehen, da er in der Tat schon bemerkt habe, dass er das Problem allein mit dem Rückschnitt bis ins gesunde Holz nicht lösen könne, sondern hernach regelmäßig seltsame Wucherungen an den Bäumen auftraten. Später fragte Zahra ihn, woher er so viel über die Bekämpfung der Olivenfliege wisse.

»Früher hat mein Vater mich manchmal auf einem Ritt über unsere Ländereien mitgenommen und mir vieles erklärt, auch wenn immer klar war, dass Alonso das Gut übernehmen würde«, erzählte er ihr. »Außerdem habe ich während meiner Gefangenschaft bei den Mauren auf dem Land arbeiten müssen. Auch dort ist man gegen die Olivenfliege so vorgegangen.«

Zahra schmiegte sich an ihn. »Wie ich dich da eben mit dem Nachbarn habe reden hören … Man hätte direkt meinen können, dir liege etwas an dem Mann!«

Jaime zuckte mit den Achseln. »Er hat mir das Holz für den Tisch einfach geschenkt. Da kann ich hernach kaum unfreundlich zu ihm sein!«

Zahra konnte sich ein Lächeln nicht verkneifen. Ärgerlich verpasste Jaime ihr eine Kopfnuss. »Du wirst sehr frech, seit wir unter deinen Landsleuten sind, und deinen Schleier trägst du auch schon wieder nicht!«

»Vielleicht sollten wir dies lieber drinnen besprechen – oder dort auch etwas ganz anderes machen«, gab Zahra keck zurück, packte Jaime an der Hand und zog ihn ins Haus. Ehe sie auf ihrer Schlafstatt niedersanken, vergewisserte sie sich, dass Abdarrahman noch schlief, und schob ihre Hände unter Jaimes Tunika. »Merkst du«, raunte sie, »wie praktisch unsere Kleider sind? Man kann sich berühren, ohne sich erst mühsam durch Knöpfe, Schnüre und dicke Schichten Stoff arbeiten zu müssen!«

»Ach, ist das so?«, lachte Jaime und küsste sie. Ein begehrliches Feuer loderte in Zahra auf. Jaime zog ihr die Tunika über den Kopf und ließ seine Hände über ihren nackten Leib fahren. Ihr langes, schwarzes Lockenhaar umrahmte ihren immer noch mädchenhaft schlanken Körper und ihre festen, kleinen Brüste wie ein kostbarer Umhang.

»Verdammt, wie sehr ich dich liebe«, stöhnte Jaime und bedeckte sie mit verlangenden Küssen. Stöhnend zog Zahra ihn an sich. »Komm, ich will dich spüren«, keuchte sie.

Sie versanken in den Wogen ihrer Leidenschaft.

Von Woche zu Woche fühlte sich Zahra in dem kleinen Dorf wohler und gewann an Zuversicht, dass sie auf Dauer hierbleiben würden. Jaime kam mit den Mauren weit besser zurecht, als sie und sicher auch er es sich vorgestellt hatte, und wenn, was nur selten geschah, Hetzreden gegen die Christen geführt wurden, zog er sich zurück und ritt mit Barbakan über die weiten Wiesen des Umlands, bis sein Unmut verraucht war. Mit der Zeit verstand er die Sichtweise der Mauren besser. Er gestand Zahra, dass er nun nachvollziehen könne, dass sich die Mauren nicht von den Christen vertreiben lassen wollten. »Wenn man seit achthundert Jahren den Boden eines Landes bestellt, ist man hinreichend damit verwachsen, um es mit Fug und Recht als seine Heimat zu betrachten.«

»Heißt das, du findest es jetzt richtig, dass sich meine Landsleute gegen euch erheben?«

Jaime zog Zahra an sich und drehte eine ihrer Locken um seinen Finger. »Zumindest kann ich es ihnen nicht mehr verdenken. Außerdem beeindrucken mich ihre Gastfreundschaft und die Toleranz gegen Andersgläubige. Sie behandeln die drei christlichen Familien und die beiden jüdischen, als seien sie ihresgleichen.«

»Endlich siehst du es ein«, seufzte Zahra auf. »Es würde

mir auch schwerfallen, hier so bald wieder wegzugehen, zumal ich … Nun ja …«

Jaime riss die Augen auf. »Willst du damit etwa sagen …«

Zahra lachte auf. »Ja, Jaime, du wirst wieder Vater!«

Er presste sie an sich und küsste sie aufs Haar, das Gesicht und den Bauch und brummte: »Zu schade, dass wir nicht wirklich heiraten können!«

»Könnten wir ja«, erwiderte Zahra leise, aber Jaime ging nicht darauf ein, und Zahra hatte dies auch nicht erwartet. Schon mehrmals hatte sie ihm erklärt, dass sie sehr wohl heiraten könnten – wenn Jaime zum Islam übertrat. Der aber lehnte es strikt ab, darüber auch nur nachzudenken, was Zahra jedes Mal einen Stich versetzte, zumal Jaime kein sehr gläubiger Christ war. Wenn sie jedoch nicht heirateten, würden ihre Kinder auf immer Kinder der Sünde bleiben, und fände jemand heraus, dass sie nicht verheiratet waren, liefen sowohl sie als auch ihre Kinder Gefahr, getötet zu werden. Doch solange sie nur zusammenblieben, wollte sie sogar dieses Risiko in Kauf nehmen.

Die nächsten Wochen verliefen im ruhigen Gleichklang. An einem Abend übernahm Jaime die Wache gemeinsam mit Nusair, einem fünfzigjährigen Eigenbrötler, dessen Wort im Ort großes Gewicht hatte. Die Nacht war mild und still. Als Jaime die Augen zuzufallen drohten, erhob er sich, ging in dem Wachturm auf und ab und brummte schließlich: »Eigentlich ist dieser Turm nicht die Steine wert, mit denen ihr ihn gebaut habt.«

»Was weißt denn du?«, knurrte Nusair übellaunig.

»Na, sieh doch selbst: Die Baumgruppe da hinten versperrt uns einen großen Teil der Sicht. Und was ist, wenn jemand den Ort von der anderen Seite angreift? Dann sitzen wir hier und können zusehen, wie der Ort in Flammen aufgeht – und unsere Familien gleich mit!«

Nusair blähte die Nasenflügel. »Ich habe unter az-Zagal viele Schlachten gekämpft und alle gewonnen, und nur dank mir gibt es diesen Wachturm hier überhaupt. Also halte gefälligst deine Klappe, Jüngchen!«

Jaime wollte schon zurückblaffen, dass er kein »Jüngchen«, sondern einer von Isabels siegreichsten Feldherren sei, biss sich aber gerade noch rechtzeitig auf die Zunge. Die nächste Stunde herrschte verbissenes Schweigen zwischen ihnen. Nur das Zirpen der Grillen und das leise Säuseln des Windes in den Kronen der Korkeichen waren zu hören. Schon längst saß Jaime wieder auf seinem Platz und kämpfte gegen den Schlaf an, und auch Nusairs Kopf sackte ab und an auf die Brust.

Da knurrte Nusair: »Die Baumgruppe da stört, ja?«

»Mmh.« Jaime streckte sich, um die Müdigkeit zu vertreiben.

»Und ein Wachturm am anderen Ortseingang fehlt?«

»Genau.«

»Aber wo sollte man ihn da errichten?«

»Man müsste ein Stück Wald roden, damit man eine größere, offene Fläche vor dem Ort hat, und oben auf dem Berg einen zweiten Turm bauen. Dann könnte man rechtzeitig warnen, wenn der Feind anrückt.«

Wieder versank Nusair in Schweigen, dann grummelte er: »Für wen hast du gekämpft? Für die Christen?«

Auf der christlichen wie auf der maurischen Seite gab es Soldaten, die abwechselnd für die eine und die andere Seite kämpften – je nachdem, wo ihre Dienste am besten bezahlt wurden –, so dass Jaime zumindest dies zugeben konnte. »Ja, auch mal für die Christen«, brummte er.

Nusair nickte und wollte wissen, was Jaime noch verbessern würde. Jaime erklärte ihm, dass die Bewaffnung zu dürftig sei. Daraufhin verfiel Nusair wieder in Schweigen. Am nächsten Morgen aber ließ er die Männer des Ortes zusammenrufen und erklärte ihnen, dass weitere Sicherungsmaßnahmen getroffen werden müssten. Jaime war bewusst, dass er den Christen indirekt geschadet hatte, aber seine Familie war ihm wichtiger als Isabel und ihre hochgestochenen Ziele, die er, je länger er hier lebte, umso weniger als die seinen empfand.

Wenige Monate später waren alle von Jaime angeregten Maßnahmen umgesetzt. In einer Nacht, in der sich Jaime wieder einmal mit drei Mauren am Wachdienst beteiligte, erklangen plötzlich die Alarmglocken. Zahra wurde sofort wach. Sie lief auf die Straße, um die Nachbarn zu wecken, aber auch diese waren schon auf den Beinen.

»Frauen und Kinder hoch in die Berghöhle!«, brüllte jemand. Zahra eilte mit ihrem schlafenden Kind an den Sammelpunkt am Ortsbrunnen. Sie machte sich Sorgen um Jaime und fragte, von welchem Wachturm aus der Alarm erklungen sei, doch keiner konnte es ihr sagen. Die Männer sammelten sich ebenfalls auf dem Platz, viele mit den neuen Waffen ausgerüstet, die auf Jaimes Veranlassung hin hergestellt worden waren. Es waren einfache Lanzen, Dolche, Pfeile und Bögen; kostspielige Schwerter konnte sich niemand leisten. Auf dem Weg zur Berghöhle wurde Abdarrahman wach und begann zu weinen; auch das Kind in ihrem Leib war unruhig und trat sie so heftig in die Seite, dass sie immer wieder stehenbleiben und sich über den Bauch streichen musste. Schließlich nahm ihr eine Nachbarin Abdarrahman ab, eine andere fasste sie unter den Arm und zog sie mit.

Sie hatten die Höhle gerade erreicht, als im Dorf das erste

Haus in Flammen aufging. Unter den Frauen brach Weinen und Wehklagen aus.

Bis in die frühen Morgenstunden schallten die Kampfes- und Todesschreie vom Ort zu ihnen hoch. Welche der Truppen im Vorteil war, konnten die Frauen von der Höhle aus nicht erkennen. Zugleich mit dem Sonnenaufgang wurde es gespenstisch still unten im Dorf, die Flammen wirkten im aufklarenden Tag weniger schrecklich als in der Nacht, doch alle konnten nun sehen, dass mehr als die Hälfte der Häuser niedergebrannt waren, und mit ihnen das Vieh und die erst vor kurzem eingeholte Ernte. Jammern und Klagen hob erneut an – wovon sollten sie jetzt leben? –, Zahra aber konnte nur an eines denken: Wo war Jaime? War er unverletzt? Hatte ihn einer der kastilischen Soldaten erkannt? War er womöglich auf einen seiner Brüder gestoßen?

Erst gegen Mittag stießen die ersten Männer des Dorfes zu ihnen. Viele waren verletzt, einige schwer. Zahra schickte eine Frau los, um im Wald Heilkräuter zu suchen, ließ sich aus Kleidern Verbandsmaterial reißen und Wasser abkochen, damit sie mit den Kräutern einen Sud herstellen konnte. Zugleich versorgte sie mit fliegenden Händen die dringendsten Verletzungen und war dankbar über diese Aufgabe, denn Jaime war noch immer nicht aufgetaucht, und niemand konnte ihr sagen, wo er war. »Er hat gekämpft wie einer der Unseren« war alles, was sie zu hören bekam, und dann rief man sie zu dem nächsten Schwerverletzten.

Am späten Nachmittag legten sich zwei warme, starke Hände auf ihre Schultern. Zahra fuhr herum und sank aufschluchzend in Jaimes Arme. »Ich hatte solche Angst um dich!«

Jaime zog sie an sich und küsste sie. Außer ein paar Schrammen hatte er nichts abbekommen.

Als endlich alle Verletzten versorgt waren, sank Zahra erschöpft neben Jaime. »Und jetzt?«, fragte sie leise.

Jaime legte den Arm um sie. »Jetzt geht unsere Odyssee weiter.«

»Ist der Ort so sehr zerstört?«, fragte Zahra erschrocken.

»Das ist noch nicht einmal das Schlimmste«, erwiderte Jaime. »Die Kastilier kämpfen in der ganzen Region. Das hier war nur ein kleiner, verstreuter Haufen, sonst hätten wir auch keine Chance gegen sie gehabt. Einem sterbenden Kastilier habe ich ein paar Neuigkeiten entlocken können. Als ich seine Hand ergriff, hielt er mich für seinen Bruder; mein maurisches Gewand hat er gar nicht wahrgenommen. Er wollte nur reden, statt an den Tod zu denken. Die Mauren haben zwei neue Verbündete: den Großfürsten Nayazet und den Großsultan von Ägypten. Sie haben mit Boabdil einen Bund zum Schutz von al-Andalus geschlossen. Jetzt wollen die Christen mit allen Mitteln verhindern, dass sie hier an Land gehen.«

»Heißt das, sie versuchen, den Mauren die Seehäfen abzunehmen?«

Jaime nickte. »Fernando ist mit einer gewaltigen Truppe von Córdoba aufgebrochen, um die Seestädte zu erobern. Der größte Teil seiner Truppe ist noch hinter uns. Wir müssen hier weg, Zahra, wir alle, und das, ehe die nächsten christlichen Truppen auftauchen. Gleich morgen früh brechen wir gen Málaga auf.«

»Aber das ist doch auch Fernandos Ziel!«

»Schon, aber von dort können wir per Schiff weiter – derzeit zumindest noch. Würden wir in die andere Richtung gehen, liefen wir Fernandos Truppen direkt in die Arme!«

Zahra senkte den Kopf auf Jaimes Schulter und wünschte sich, dass die Zeit einfach stehenblieb. Doch je länger sie warteten, desto enger zog sich das Netz um sie zusammen.

2.

Maurische Berge

17. Mai 1487

Jaime versuchte vergeblich, auch die anderen Einwohner des Ortes zur Flucht zu bewegen. Dies hier war ihr Grund und Boden, lieber wollten sie sterben, als ihn aufzugeben. Trotzdem verstanden sie, dass Jaime mit seiner Familie weiterzog. Obwohl der größte Teil ihrer Ernte in Flammen aufgegangen war, versahen sie Zahra und Jaime großzügig mit Proviant, damit sie auf ihrem Weg nach Málaga nicht auf die Hilfe anderer angewiesen waren. Jaime, dessen Geldkatze noch immer einigermaßen gefüllt war, entlohnte sie großzügig. Als sie aufbrachen, umarmten die Männer Jaime und die Frauen Zahra und ihren Sohn. »In Gedanken sind wir bei euch. Möge Gott eure Wege beschützen!«

Am meisten berührte Zahra zu sehen, wie schwer Jaime der Abschied von den Menschen hier fiel. Sie hatten fast ein Jahr hier gelebt, und es war eine gute, glückliche, sorgenfreie Zeit gewesen. Zahra ahnte, dass dies lange nicht mehr der Fall sein würde.

Sie hatten kaum zwei Tagesritte zurückgelegt, als sich Zahra auf ihrem Pferd vor Schmerzen krümmte. Jaime half ihr absteigen und führte sie zu einem Findling. »Was hast du?«, fragte er besorgt und fühlte ihr die Stirn.

»Ich habe kein Fieber, Jaime, es ist das Kind. Ich fürchte, es geht los.«

»Aber das ist doch noch viel zu früh!«

Das Einsetzen der nächsten Wehe enthob Zahra einer Antwort. »Lass mich«, stöhnte sie. »O Gott, ich muss mich hinlegen!«

»Komm, ich bring dich zu den Bäumen!«

»Ich kann nicht, Jaime. Beim Allmächtigen, es tut so weh, es ist viel schlimmer als bei Abdarrahmans Geburt!«

Jaime sah sich um und entdeckte eine Höhle. Mit Decken bereitete er in ihrem Inneren ein notdürftiges Lager und trug Zahra trotz ihres Protests und Stöhnens dorthin. Bei jedem Klagelaut fuhr er zusammen. »Verdammt, Zahra, wir brauchen eine Hebamme!«

»Ich stehe das schon durch. Bitte, Jaime, lass mich jetzt nicht allein!«

Die Geburt zog sich hin, aber auch als Zahra schon Presswehen hatte, rutschte ihr Kind nicht tiefer.

»Um Himmels willen, wir brauchen Hilfe!« Schon längst rann Jaime der Schweiß ebenso heftig die Stirn herunter wie Zahra, obwohl er nicht viel mehr tun konnte, als ihr die Hand zu halten und ihr den Rücken zu massieren. »So glaub mir doch, da stimmt etwas nicht. Wir brauchen eine Hebamme!«

Inzwischen war Zahra so geschwächt, dass sie keinen Widerspruch mehr erheben konnte. Selbst der Tod wäre ihr lieber gewesen, als weiter diese Höllenqualen zu durchleiden. Da sie nichts erwiderte, erklärte Jaime Abdarrahman, dass er jetzt tapfer sein und allein auf seine Mutter aufpassen müsse, und jagte auf Barbakan zum nächsten Dorf.

»Wo finde ich die *qibala?«*, fragte er die erste Frau, die er auf der Straße traf. Sie wies ihm den Weg zu der weisen Frau des Ortes, einer mürrischen, zahnlosen Alten, die Jaime wenig Vertrauen einflößte – und die sich überdies weigerte, mit ihm zu kommen. »Ich verlasse nie die Grenzen unseres Ortes«, zischte sie unfreundlich. »Schaff deine Frau her, dann werde ich mich um sie kümmern.«

»Sie würde es nicht überleben, wenn ich sie in diesem Zustand herbringe. Das Kind scheint festzustecken!«

»Dann hättest ihr euch eben früher auf den Weg zu mir machen müssen.«

»Ich zahle Euch, was Ihr wollt, aber kommt mit. Meine Frau stirbt sonst!«

Die Alte zuckte mit den Achseln. »Allah, er ist erhaben, ist das Maß aller Dinge, und er allein lenkt unsere Schritte.«

»Und deine werde ich jetzt lenken«, brüllte Jaime, und ehe die Alte wusste, wie ihr geschah, hatte er sie sich über die Schulter geworfen. All ihr Schreien, Zetern und Strampeln half ihr nicht: Jaime bestieg mit ihr sein Pferd und presste Barbakan die Fersen in die Flanken. Zwei Frauen schrien ihm empört hinterher, aber ehe ihre Männer herbeieilten, war Jaime mit der Alten schon im Wald verschwunden.

Als Jaime mit der *qibala* in die Höhle kam, gab Zahra keinen Laut von sich; ihr Kopf lag matt auf der Seite. Abdarrahman saß neben ihr und hielt stumm vor sich hin weinend ihre Hand. Nun sah er voller Angst zu ihm auf und rief: »Papa, Mama redet nichts mehr. Ist sie jetzt tot?«

Jaime setzte die Alte so ruckartig ab, dass sie fast hinfiel, aber sie zeterte nicht erneut los, sonst eilte zu Zahra. »Beim Allmächtigen«, murmelte sie.

Jaime kniete sich vor seine Geliebte und klopfte ihr sanft auf die Wangen. »Zahra, um Himmels willen, was hast du?«

Die Alte schlug ihm gegen den Arm. »Was soll sie schon

haben? Sie ist ohnmächtig, du Dummkopf, und wir können nur hoffen, dass sie das noch eine Weile bleibt, damit ich sie in Ruhe untersuchen kann. Und jetzt verschwinde und besorg mir heißes Wasser!«

Jaime sprang auf und lief zum Höhlenausgang, eilte dann aber wieder zurück, um seinen Sohn mitzunehmen, damit er von den Vorgängen nicht noch mehr verstört wurde. Er holte den Blechtopf von ihrem Packpferd und rannte mit Abdarrahman zum nahen Bach.

Als Jaime mit dem Nötigen zurückkam, blickte die Alte mit grimmiger Miene zu ihm auf. »Ich weiß nicht, ob ich deiner Frau helfen kann. Das Kind hat eine ausgeprägte Steißlage, aber um es zu drehen, liegt es schon zu weit unten im Geburtskanal. Ich muss es in dieser Position herausholen, doch das ist gefährlich. Sobald der Po draußen ist, rutscht der Kopf in den Beckenring und drückt auf die Nabelschnur. Wenn es mir dann nicht gelingt, das Kind umgehend herauszuziehen, wird es ersticken. Warum seid ihr auch nicht früher zu mir gekommen?«

»Weil die Geburt ganz plötzlich eingesetzt hat«, knurrte Jaime. »Und ich rate dir, sie und das Kind zu retten, sonst ist es um dich geschehen!«

Die Alte schnaubte verächtlich und tastete noch einmal Zahras Bauch ab. Während sie sich die Hände im heißen Wasser wusch, kam Zahra stöhnend zu sich. Jaime strich ihr das schweißnasse Haar aus der Stirn. »Die *qibala* ist jetzt da. Alles wird gut. Halte durch!«

»Schwätz nicht, sondern hilf mir lieber«, keifte die Alte und erklärte ihm, dass er das Kind bei der nächsten Wehe mit ihr zusammen noch tiefer in den Geburtskanal schieben solle. »Und du, Frau, musst auch mithelfen. Wenn ich es dir sage, presst du so fest, wie du nur kannst!«

Mit vereinten Kräften versuchten sie es, doch das Kind rutschte keinen Deut tiefer. Während Jaime erneut der Schweiß ausbrach, verzog die Alte keine Miene. Als die nächste Wehe kam, forderte sie Zahra wiederum auf zu pressen. »Fester, du musst fester pressen!«, herrschte sie, und Jaime schrie sie an: »Und du musst mehr drücken! Zum Donner noch eins, bist du ein Mann oder ein Jammerlappen?« Endlich rutschte das Kind tiefer in den Geburtskanal hinein.

»Da kommt der Po«, keuchte die Alte. »Jetzt muss es schnell gehen. Bei der nächsten Wehe müssen wir das Kind herausbekommen. Ich ziehe, und du drückst ihr auf den Bauch!«

Schon kündigte sich die nächste Wehe an. Zahra schrie herzzerreißend, aber die Alte schrie Jaime noch lauter an: »So drück doch, du Hurensohn!«

Die Alte umfasste den Po des Kindes, der ihr zunächst wie Seife aus den Fingern flutschte, aber als Jaime von oben schob, rutschte das Kind noch ein Stück tiefer und sie konnte es über der Hüfte packen und herausziehen.

Blut- und schleimverschmiert platschte das winzige Wesen ins Leben. Die Hebamme trennte die Nabelschnur durch, hob das Kind an den Füßen hoch und klatschte ihm auf den Po, doch es gab keinen Laut von sich. Trotz ihrer Ermattung stützte sich Zahra auf. »Was ist mit meinem Kind? Warum schreit es nicht?«

»Es ist zu klein«, murrte die Hebamme. »Sei froh, dass wenigstens du noch lebst!«

»Gebt es mir, los, Ihr sollt es mir geben!« Mit funkelnden Augen fuchtelte Zahra in Richtung der Alten. Nur widerwillig reichte sie ihr das Neugeborene. »Auch du kannst nichts für sie machen!«

Zahra sah, dass ihre Tochter blau anlief. Sie legte sie in ihren Arm, massierte ihre Glieder, und als sie auch dann noch nicht zu atmen begann, atmete sie behutsam in die kleine Nase und den winzigen Mund.

»Das bringt doch nichts«, raunte die Alte, und zu Jaime: »Jetzt nimm ihr schon das Kind weg. Es wird hernach nur noch schlimmer für sie!«

Doch Jaime rührte sich nicht. Gebannt beobachtete er, wie Zahra das Kind wieder und wieder beatmete. Er ahnte, dass Zahra dies ebenso wenig wie er je getan noch auch nur davon gehört hatte, und doch erschien es ihm ganz natürlich, dass sie es tat. Er sah, wie sich der Bauch des winzigen Mädchens hob und senkte, und endlich entrang sich ihm ein japsendes Fiepen.

»Zahra, hörst du, hörst du …«, stammelte Jaime.

Zahra beatmete das Kind noch einige Male, dann stieß es einen zweiten, dünnen Schrei aus und streckte die winzigen Glieder. Zahra bedeckte seinen Körper mit Küssen, weinte, lachte, schluchzte, drückte ihr Kind an sich, und schließlich entrang sich dem zarten Wesen ein noch kräftigerer Schrei. Mit tränennassem Gesicht umarmte Jaime Zahra und ihr Kind, zog auch Abdarrahman zu ihnen und konnte gar nicht mehr aufhören zu weinen.

Sie nannten ihre Tochter Chalida – die Überlebende, die Unvergängliche. Da sich Zahra nur langsam von der Geburt erholte und das Kind noch so schmächtig war, dass sie und Jaime fürchteten, der erste Windhauch könne es ihnen entreißen, brachte Jaime sie in eine verlassene Arbeiterhütte im Wald. Erst drei Wochen später erschien ihnen das Kind kräftig genug, um die Weiterreise nach Málaga wagen zu können. Auf ihrem Weg stellten sie fest, dass die kastilischen Truppen inzwischen weite Teile des maurischen Gebiets erobert hatten. Verbrannte Dörfer, tote und schwerverletzte maurische

Soldaten, Frauen, Kinder und Alte säumten ihren Weg, und immer wieder mussten sie sich vor versprengten christlichen Soldaten im Wald verstecken. Zwei Wochen später erreichten sie endlich ihr Ziel.

Nach Granada war Málaga die wichtigste Stadt des Maurischen Königreichs. In ihrem Rücken war sie durch hohe Berge und Festungsmauern, zum Meer hin durch Wälle gewaltiger Stärke geschützt, gegen die rhythmisch die Wellen des Mittelländischen Meeres prallten. Auf einem hohen Wall stand die Alcazaba, die Stadtfestung. Unmittelbar darüber erhob sich eine steile, felsige Höhe, der Gibralfaro. Darauf thronte eine zweite Burg, die wegen ihrer Lage, ihrer mächtigen Wälle und der gewaltigen Türme als uneinnehmbar galt. Mit der Alcazaba war sie über einen überdachten Weg verbunden, der zwischen zwei Mauern längs der Firste der Felsen hinabführte. Die Burg von Gibralfaro beherrschte die Alcazaba und die Stadt, und sie war gut genug gerüstet, um eine länger anhaltende Belagerung zu überstehen. An die eigentliche Stadt grenzten zwei weitläufige Vorstädte an; in der einen, die sich zur See hin öffnete, lagen die Wohnhäuser der begüterten Einwohner, die mit hängenden Gärten das Erscheinungsbild prägten, in der anderen auf der Landseite lebte das niedere Volk, umgeben von starken Wällen und hohen Türmen.

Málaga war bekannt für seine tapferen Einwohner, die als fleißig, furchtlos und entschlossen galten. Vor allem aber war die Stadt ein reicher Handelsplatz, der unter der Herrschaft zahlreicher, begüterter Kaufleute stand, welche die verlustreichen Folgen einer Belagerung fürchteten. Sie zeigten wenig Verständnis für die Kriegsleidenschaft der Stadtsoldaten und beneideten jene Orte, die sich auf Boabdils Seite gestellt hatten: Deren Eigentum war sicher, und sie profitierten von den einträglichen Vorrechten eines geschützten Handels mit den

Christen. An der Spitze dieser gewinnorientierten Kaufleute stand Ali Dordur, ein einflussreicher Händler von unermesslichem Reichtum, dessen Schiffe mit jedem Hafen in der Levante Handel trieben und dessen Wort in Málaga Gesetz war. Jaime und Zahra hofften, die Stadt auf einem seiner Schiffe verlassen zu können. Der neue Alcalde Málagas war ihnen ebenfalls bekannt. Es war Hamet Zeli, von den Kastiliern El Zegri genannt. Im ganzen Maurenreich pries man ihn als tollkühnen, siegreichen Feldherrn. Einst war er der Alcalde von Ronda und der Schrecken der Berge gewesen. Seit die Christen seine Stadt erobert hatten, war er einer ihrer erbittertsten Feinde.

Da Zahra immer noch sehr erschöpft war und sich um ihr zartes Töchterchen sorgte, mietete Jaime ein Zimmer in einem der besten *funduqs* der Stadt. Doch auch hier konnten sie keinen großen Komfort erwarten. *Funduqs* waren praktische Einrichtungen, in denen man sich an die Gegebenheiten anzupassen hatte. Da Zahra sich in den letzten beiden Jahren an ärmliche Verhältnisse gewöhnt hatte, störte sie es nicht. Im Innenpatio stellten sie ihre Pferde zwischen edlen Rössern, Eseln, Schafen und Ziegen ab. Der Gestank ihrer Exkremente nahm einem schier die Luft zum Atmen. Abdarrahman hielt sich die Nase zu und zog an Zahras Hand, um wieder hinauszugehen.

»Oben im Zimmer wird die Luft besser sein«, tröstete sie ihn und konnte es selbst kaum erwarten, dorthin zu kommen. Müde und zerschlagen, wie sie war, hatte sie das dringende Bedürfnis, sich hinzulegen und auszuruhen.

Ihr Zimmer war sauber und überraschend geräumig. Jaime schickte einen der Burschen des *funduqs zum suq*, um Essen für sie zu besorgen. Anschließend wollte er zum Hafen gehen. »Je eher ich mit Ali Dordur rede, desto größer sind unsere Chancen, noch aus der Stadt rauszukommen!« Zahra küsste ihn zum Abschied und sank mit den Kindern auf ihre Schlafstatt. Während Chalida an ihrer Brust trank, kraulte sie Abdarrahmans Locken, bis er einschlief. Sie musste daran denken, wie er noch vor wenigen Wochen lachend und unbeschwert in dem kleinen maurischen Bergdorf herumgestromert war, und biss sich auf die Lippen.

Auch Zahra nickte bald ein. Nach dem Erwachen verspürte sie brennenden Durst. Sie schälte sich zwischen ihren Kindern hervor und ging nach unten, um sich von einem der Burschen im *suq* Saft kaufen zu lassen. Als sie die weitläufige Treppe zum Innenpatio herabschritt, fiel ihr bei den Pferden eine schmale, blasse Frau auf, die sie an jemand erinnerte. Die junge Frau trat unsicher von einem Bein aufs andere, knetete die Hände und prüfte zwischendurch immer wieder, ob ihr Hidschab richtig saß. Dazwischen blickte sie so oft zum Eingang, dass Zahra annahm, dass sie auf jemanden wartete. Obwohl Zahra wegen des Schleiers nur den oberen Teil des Gesichts sehen konnte, wurde sie sich immer sicherer, dass die Frau Zainab war. Mit einem Mal sah sie zu ihr her. Erstauntes Erkennen trat in ihren Blick, dann verschwammen die graublauen Augen unter Tränen. Sie rannten aufeinander zu und sanken sich in die Arme.

»O Zainab, meine kleine Zainab«, stammelte Zahra und drückte ihre Schwester innig an sich. Dann hielt sie sie ein Stück von sich weg, um sie besser ansehen zu können. Die Blässe ihrer Haut erschreckte sie nicht weniger als ihre eingesunkene Haltung, die kaum der einer jungen Frau entsprach. Sie fragte sich, ob dies Ibrahims Werk war. Warum hatte das nur alles so kommen müssen?

»Zainab, wie ich mich freue, dich zu sehen!«

Ihre Schwester wischte sich mit dem Handrücken die Tränen von den Wangen und lächelte sie an. »Ich mich auch. Ach, Zahra, ich … Es gibt so vieles, für das ich mich bei dir und Hayat entschuldigen muss!«

»Ach, was redest du denn da!« Zahra strich ihr über den Arm. »Du warst jung und unerfahren. Und was machst du überhaupt hier? Ich dachte, ihr lebt in Marokko!«

»Das tun wir auch, aber Ibrahims Handel bringt viele Reisen mit sich, und meist besteht er darauf, dass ich ihn begleite.«

»Willst du nicht mit hoch in unser Zimmer kommen, damit wir reden können?«

Zainab warf einen furchtsamen Blick zum Eingang. »Ich kann nicht, mein Mann … Ich darf mich mit niemandem unterhalten, und wenn er wüsste, dass ich gerade mit dir rede … Zahra, bitte, er darf dich nicht sehen. Er wird jeden Augenblick zurückkommen!«

Ibrahim über den Weg zu laufen hielt allerdings auch Zahra für wenig ratsam. In aller Eile beschrieb sie ihrer Schwester, wo ihr Zimmer lag. »Und bitte, komm!«

Zainab nickte vage, wandte sich gehetzt von ihr ab und eilte auf einen Mann zu, der eben den Patio betrat. Geschwind verbarg sich Zahra hinter zwei Pferden und beobachtete von dort, wie Ibrahim ihre Schwester die Treppe hinaufführte. Sein feister Leib löste das gleiche Schaudern wie vor Jahren in ihr aus; noch mehr aber graute ihr vor dem harten, herrischen Blick, mit dem er ihre Schwester maß.

Am frühen Abend öffnete sich die Tür von Zahras Gemach, doch nicht Zainab, sondern Jaime trat herein. Seine Miene war düster.

»Hast du Ali Dordur nicht sprechen können?«, fragte Zahra besorgt, während sie Chalida weiter im Arm wiegte. Seit sie in Málaga angekommen waren, war ihre Tochter sehr unruhig und schreckte immer wieder weinend aus dem Schlaf, als spüre sie die Bedrohung, die auf die Stadt zurollte.

»Doch, gesprochen habe ich ihn schon«, brummte Jaime und sank auf ihre Liegestatt, »aber er hat meine Bitte rundweg abgelehnt, und zwei andere Schiffseigner ebenfalls.«

»Aber warum denn?«

»El Zegri hat jede Ausfahrt von Schiffen untersagt. Er hat wohl Angst, dass die Einwohner Málagas massenhaft die Flucht vor den Christen ergreifen – und so mancher Soldat gleich mit. Die Kastilier sind nur noch einen Tagesritt von hier entfernt. Ihre ersten Späher wurden schon gesichtet.«

Zahra strich sich über den Hals. »Soll das heißen, wir sitzen in der Falle?«

Jaime nickte. »Und jetzt frag mich bitte nicht, was wir tun sollen, das weiß ich nämlich selbst nicht.«

Da Chalida noch heftiger zu weinen begann, ging Zahra mit ihr im Zimmer auf und ab. Ihr Blick fiel dabei durch das Fenster auf die Stadt, in die sie so große Hoffnungen gesetzt hatten.

»Welche Chancen haben wir, die Christen zurückzuschlagen?«, fragte sie mit belegter Stimme.

»Geringe«, brummte Jaime. »Dordur sagt, bis vor kurzem sah es für die Mauren noch nicht einmal so schlecht aus, weil Fernando bei der Eroberung von Vélez-Málaga in ziemliche Schwierigkeiten geraten ist. Aber dann hat Isabel von Córdoba aus alle Männer, die einigermaßen rüstig sind, zu den Waffen gerufen, und Kardinal Mendoza hat ihnen einen hohen Sold garantiert und hernach auch selbst die Rüstung angelegt. So konnten sie Vélez-Málaga doch noch einnehmen, und ihr mächtiges Heer wird schon morgen vor unseren Toren stehen!«

»Weißt du, dass du eben von *unseren* Toren gesprochen hast?« Zahra sah Jaime erstaunt an.

»Wie kann ich auf einen Sieg der Christen hoffen, wenn sie meine Frau hinrichten wollen?« Jaime erhob sich und nahm Zahra das nun endlich schlafende Kind ab. Er legte es zu Abdarrahman und zog Zahra an sich. »Ich würde wahnsinnig werden, wenn dir oder einem der Kinder etwas zustoßen würde!«

Zahra umarmte ihn und wusste, dass es ihr umgekehrt nicht anders ginge. Wenn Allah ein Herz hat, dachte sie, wird er das Leid seines Volkes spüren und endlich etwas für es tun.

Es war schon dunkel, als sie ein zaghaftes Klopfen an der Tür hörten. Jaime öffnete und sah eine schmale, ihn furchtsam anblickende Maurin vor sich stehen. »Ja, bitte?«

»Entschuldigt, ich muss mich in der Tür geirrt haben.«

Zahra sprang auf. »Nein, Zainab, hast du nicht, komm rein!«

Sie stellte Zainab und Jaime einander vor, wobei sie Jaime als ihren Mann bezeichnete. Sie fühlte sich nicht wohl dabei, Zainab schon wieder anzulügen, wagte aber nicht, ihr die Wahrheit zu sagen. Da Zahra Jaime schon erzählt hatte, dass ihre Schwester ebenfalls im *funduq* wohne und vielleicht zu ihr kommen werde, und er wusste, welch trauriges Zerwürfnis zwischen ihnen stand, schob er ein wichtiges Treffen vor und ließ sie allein. Zahra dankte es ihm mit einem Nicken.

Kaum hatte er die Tür hinter sich geschlossen, ließ Zainab ihren Hidschab sinken. Über ihr unverschleiertes Gesicht rannen Tränen. »Ich kann nicht lange bleiben. Ibrahim ist nur für eine Stunde weggegangen, und ich habe Angst, dass er früher zurückkommt, und wenn er mich nicht in unserem Zimmer findet … Ach, Zahra, ich habe so viel Gemeines zu dir und Hayat und über ihr Verschwinden gesagt, aber du musst mir glauben, dass ich damals noch nicht wusste, wie es ist mit einem Mann, der so ...« Ihre Worte ertranken in Schluchzen.

Zahra zog ihre Schwester mit sich auf ihre Schlafstatt. Zainab sank in ihren Schoß und weinte noch heftiger. »Ich weiß, dass es keine Entschuldigung für mein Verhalten gibt, aber ich hoffe, du glaubst mir, dass ich das alles nur zu gern ungeschehen machen würde!«

»Aber natürlich glaube ich dir das, Zainab, und ich wünschte, ich hätte verhindern können, dass du ausgerechnet an so einen Mann wie Ibrahim gerätst!«

»Aber du weißt ja noch nicht alles.« Sie rang um Fassung. Zahra reichte ihr ein Taschentuch und hätte ihr, so klein, verzweifelt und hilflos, wie sie vor ihr saß, beinahe selbst die Nase geschneuzt. »Es ist wegen Vater. Als ich Ibrahim zum ersten Mal auf einer Handelreise nach Granada begleitete, trafen wir in unserem Stadthaus nur Yazid an. Az-Zagal hatte ihm befohlen, Raschid und Vater gefangen zu nehmen. Raschid hatte fliehen können, aber Vater ...«

Zahra spürte ein unheilvolles Stechen im Bauch. »Was ist mit Vater?«

»Az-Zagal hat ... er wollte, dass sich Vater von Boabdil lossagt, und als er sich weigerte ... Zahra, es war so schrecklich, wie az-Zagals Leute ihn im Gerichtssaal gedemütigt haben. Aber Vater war ganz still und gefasst, und dieser letzte Blick, den er mir zuwarf – nie werde ich ihn vergessen. Aber ich konnte doch nichts für ihn tun! Angefleht habe ich az-Zagal, auf Knien angefleht, doch er wollte nichts für Vater tun!«

»Sie ... haben Vater hingerichtet?«

Zainab nickte.

Zahra war wie gelähmt. Ihr Vater ... Nie hatte sie sich mit ihm aussöhnen können. »Wann und wie?«, fragte sie heiser.

»Vor einem halben Jahr. Sie haben Vater geköpft.« Zainab schluchzte auf.

»Und Mahdi?«

»Als Raschid und Deborah nach Granada zurückkamen, war Deborah lange Zeit krank. Ich habe mich dann Mahdis angenommen, und als wir später von Granada weggingen, habe ich ihn mitgenommen, doch jetzt will Ibrahim, dass ich ihn weggebe, aber er ist doch mein Bruder und für mich wie ein eigenes Kind, zumal ich … ich keine Kinder mehr bekommen kann. Vor zwei Jahren hatte ich eine Fehlgeburt. Ibrahim hatte mich geschlagen, und seither …«

Zahra wiegte ihre Schwester in den Armen und wusste nicht, was sie auf so viel Leid erwidern sollte. Am liebsten hätte sie ihrer Schwester gesagt, dass sie Mahdi holen und mit ihnen fliehen solle, aber solange Jaime keinen Weg fand, sie von hier wegzubringen, waren dies nur leere Worte. »Allah, er ist erhaben, wird uns einen Weg weisen«, sagte sie stattdessen. »Du darfst die Hoffnung nicht aufgeben, hörst du, Zainab?«

»Hoffen … Aber die Leute sagen, wir kämen nie mehr raus aus dieser Stadt.« Zainab biss sich auf die Lippen. »Ach, Zahra, meinst du nicht auch, der Allmächtige hat uns vergessen?«

Und auch wenn Zahra ihr vor wenigen Minuten noch zugestimmt hätte, schüttelte sie nach einem Blick auf ihre Kinder entschlossen den Kopf. »Es gibt immer einen Weg, Zainab. Es muss einen geben!«

Zainab sah sie zweifelnd an, umarmte sie noch einmal und hatte es dann eilig, zurück in ihr Zimmer zu gehen. Sie hüllte sich wieder in ihren Hidschab. »Du weißt nicht, wie er ist, wenn er merkt, dass ich weggegangen bin!«

Mit wehem Herzen sah Zahra ihr nach.

Am nächsten Tag stand das christliche Heer vor den Toren Málagas. Die Truppenstärke war so gewaltig, dass selbst den kühnsten Soldaten das Blut in den Adern gefror. Zunächst griffen die Christen nicht an, sondern schickten Boten, welche den Bewohnern Málagas freien Abzug zusagten, wenn sie die Stadt kampflos übergaben. Weigerten sie sich, würden sie nach dem Sieg der Christen in die Sklaverei verkauft werden. Zahra fragte Jaime, was er für richtig halte.

»So wie ich El Zegri einschätze, stellt sich diese Frage gar nicht. Nie und nimmer wird er den Christen die Stadt kampflos übergeben.«

»Du meinst, er sieht lieber zu, wie alle Menschen hier versklavt werden, als auf seine Rache zu verzichten?«, entsetzte sich Zahra. »Aber du hast doch selbst gesagt, dass wir gegen dieses riesige Heer keine Chance haben, und im Hafen liegt seit dem Morgen die kastilische Kriegsflotte!«

Jaime erhob sich und ging auf und ab.

»Jaime, es muss doch noch irgendetwas geben, was wir tun können. Ich habe solche Angst, dass die Christen mich wieder einsperren und hinrichten – und sie werden uns unsere Kinder wegnehmen! Würde El Zegri aber aufgeben, könnten wir vielleicht noch mit einem Schiff entkommen!«

»Ich weiß, Zahra, ich weiß«, sagte Jaime leise und drehte sich ruckartig zu ihr um. »Ich werde noch einmal zu Ali Dordur gehen. Wenn überhaupt, kann nur er El Zegri umstimmen.«

Stunden später kam Jaime mit verzagter Miene zurück. El Zegri hatte die Übergabe der Stadt abgelehnt, und inzwischen tobten die ersten Kämpfe. Mit flüssigem Pech und Harz versuchten die Mauren, die Christen am Besteigen der Stadtmauern zu hindern, aber es war nur eine Frage der Zeit, wann die ersten von ihnen die Festungsmauer überwinden würden.

»Und Dordur?«, rief Zahra. »Kann er nichts tun?«

»Er hat versucht, einen eigenen Boten zu Fernando und Isabel zu schicken – in der Hoffnung, dass sie einen Unterschied machen würden zwischen der Stadtbevölkerung, die sehr wohl bereit ist, sich zu ergeben, und den Soldaten, die dies ablehnen. Doch jemand muss ihn verraten haben. El Zegri hat seinen Boten am Tor abgefangen und seinen Kopf über dem Eingang aufhängen lassen, zur Warnung für Nachahmer. Trotzdem hat Dordur noch einen zweiten Boten auftreiben können, aber auch dieser kam nicht viel weiter. Er starb im Pfeilhagel, nur wenige Meter vor der Stadt.«

Vier Tage später drangen die Christen mit johlendem Geschrei über die Mauern der Vorstadt. Sie metzelten die Menschen nieder und machten Hunderte von Gefangenen; die Soldaten flüchteten sich in die Innenstadt, was nur den wenigsten Menschen aus dem Volk gelang. Noch hielten die hohen Mauern des Stadtkerns die Christen ab, aber niemand vermochte zu sagen, wie lange noch. Jaime ging zu El Zegris Hauptmann und ließ sich in die Truppe der Soldaten aufnehmen.

3.

Málaga

18. September 1487

»Natürlich haben wir diese erste Schlacht gewonnen«, pflichtete Gonzalo seinem Onkel, dem Marqués de Cabra, bei, während er aufgeregt in seinem Zelt auf und ab lief, »aber machen wir uns nichts vor: Die Mauer um die Innenstadt ist wesentlich höher und besser gesichert als die, die wir überwunden haben! Außerdem geht unter den Soldaten das Gerücht um, Fernando selbst glaube nicht an unseren Sieg – und prompt haben wir die ersten Fahnenflüchtigen. Einige sind sogar direkt zu den Mauren übergelaufen. Das spornt diese natürlich an. Vorhin haben sie einen Ausfall gewagt. Während sie beinahe ohne Verluste hinter ihre Stadtmauer zurückgelangt sind, haben wir Dutzende von Toten. Das Blatt wendet sich!«

»In der Haut der Überläufer möchte ich nicht stecken, wenn wir gesiegt haben«, murmelte Don Diego. Gonzalo fragte sich, ob sein Onkel ihm eigentlich zugehört hatte. Er stemmte die Hände in die Seiten. »Verdammt, Onkel, wir haben keine Chance gegen die Mauren. Du musst Fernando dazu bringen, zu kapitulieren!«

Don Diego hob erstaunt den Kopf. »Aufgeben? Aber wo

denkst du hin?« Er strich sein in den letzten Jahren stark ergrautes Haar aus der Stirn und zeigte in Richtung der Wälle Málagas. »Die Mauren sind geschlagen, sie wissen es nur noch nicht.«

»Besiegen könnten wir sie nur durch eine Belagerung, aber für die fehlt es uns an Vorräten. Da wir im Maurengebiet alles niedergebrannt haben, müssten wir eine Riesenstrecke zurücklegen – und das, wo die Regenzeit vor der Tür steht!«

»Regenzeit hin, Proviant her.« Don Diego schüttelte den Kopf. »Glaub mir, Gonzalo, meine alten Soldatenknochen sagen mir, dass wir so dicht am Ziel sind wie noch nie zuvor. Und wegen der Soldaten werde ich mit Fernando reden. Er soll Isabel herbitten. Nichts wird die Moral der Soldaten mehr heben als die Anwesenheit ihrer Königin!«

Und schon erhob er sich, um Fernando suchen zu gehen.

Knapp zwei Wochen später sahen die Mauren, wie die kastilische Königin mitsamt den Infanten, ihrem Beichtvater Hernando de Talavera, Prälaten, Hofleuten, Rittern und Damen von hoher Herkunft zu der Truppe stieß. Von ihren Wällen konnten sie beobachten, wie eine große Anzahl von Soldaten abgestellt wurde, um ihre prächtigen Zelte aufzuschlagen.

»Das kann nur bedeuten, dass Isabel für länger hierbleiben will – und sich die Kastilier ihrer Sache verdammt sicher sind«, knurrte Ali Dordur, als Jaime ihm von den Vorgängen im Christenlager berichtete. »Und daraus müssen wir schließen, dass die Versorgungs- und Stimmungslage bei den Christen weit besser ist, als wir dachten.«

»Ich nehme an, Ihr habt schon gehört, dass die Christen El Zegri erneut ein Friedensangebot unterbreitet haben.«

Der stattliche Mann nickte, erhob sich von der breiten, bequemen Bank seines Empfangszimmers und ging mit schweren Schritten in dem mit edlen Hölzern verkleideten Zimmer auf und ab. »Aber El Zegri hat auch dieses Angebot wieder abgelehnt. Er sagt, die Tatsache, dass die Christen ihr Friedensangebot wiederholt haben, beweise, wie hoffnungslos sie ihre Lage einschätzen, und behauptet, dass sie kaum noch Pulver hätten und ihnen ihre Donnerbüchsen deswegen nicht mehr viel nutzen würden. Außerdem hat er uns daran erinnert, dass bald die großen Regenfälle einsetzen werden und die Christen dann kaum noch an Nachschub kommen können.«

»In der Tat ist seit Isabels Ankunft kein einziger Schuss mehr gefallen«, brummte Jaime, »und im Herbstregen in einer Zeltstadt zu sitzen führt zu Krankheiten, Hunger, Fahnenflüchtigen, und wenn Sturm aufkommt, müssen ihre Schiffe weichen, und az-Zagals afrikanische Verbündete könnten uns zu Hilfe eilen.«

»Und dann habt Ihr El Zegris Berberkrieger, die Ghumara, inzwischen ja kennengelernt. Die Armee, die sie das Fürchten lehrt, muss erst noch erfunden werden!«

Trotzdem blieb Jaime skeptisch. Er kannte Fernando – und erst recht Isabel, die schon mehrfach vermeintlich Unmögliches möglich gemacht hatte. Und als hätte die kastilische Herrscherin seine Gedanken gehört, brach im gleichen Moment ein gewaltiges Donnern über sie herein. Jaime zuckte zusammen, und Ali Dordur flüchtete sich mit einem Aufschrei unter seinen Schreibtisch.

»Derzeit haben sie jedenfalls noch Pulver«, knurrte Jaime anschließend und sah Ali Dordur herausfordernd an. »Ich glaube, wir täten trotz El Zegris Zweckoptimismus gut daran, uns weiter darum zu bemühen, endlich aus diesem Hexenkessel hinauszukommen!«

Es blieb nicht bei diesem einzigen Donnerschlag. Den ganzen Tag, selbst die Nacht über beschossen die Christen Málaga. Ein unaufhörliches Blitzen und Donnern krachte aus den Geschützstücken, und am folgenden Morgen ließ Don Diego die Kanonade sogar noch verstärken. Schließlich sanken die ersten maurischen Bollwerke in sich zusammen. Als Erstes stürzte der hohe Turm mit dem maurischen Banner in sich zusammen, ein kleinerer in seiner Nähe folgte wenige Stunden später, und in den Wällen zwischen ihnen klaffte eine breite Bresche.

Am nächsten Morgen stürmten die Christen, angeführt vom Marqués de Cadiz, dem Marqués de Cabra und Gonzalo auf die Stadt los, aber in der Nacht hatten die Mauren hinter der Bresche einen tiefen Graben ausgehoben und hinter ihm Palisaden und hohe Brustwerke errichtet.

»Auch das wird uns nicht aufhalten!«, schrie Don Diego, und in der Tat brauchten sie nur zwei Stunden, um auch noch die Palisadenmauer zu überwinden. Doch hinter der Mauer stürzten über zweitausend Soldaten mit ohrenbetäubendem Gebrüll und blitzenden Schwertern über die christliche Vorhut her und metzelten sie wie tollwütige Schlächter nieder.

»Lasst euch nicht zurückdrängen!«, brüllte Don Diego seine Soldaten an. »Na los, vorwärts, wir müssen nur durch dieses Nadelöhr hindurch, dann gehört die Stadt uns!«

Von der Seite hieb ein Krummsäbel auf Don Diego nieder; Gonzalo schmetterte ihn für seinen Onkel ab. Brüllend fuhr der Maure zu Gonzalo um und erwischte ihn unterhalb des Schallers am Kinn. Fluchend wich Gonzalo zurück, machte sogleich einen Ausfallschritt und rammte dem Mauren sein Schwert in den Leib. Röchelnd sackte der Mann in sich zusammen. Gonzalo wandte den Kopf und sah, dass endlich weitere christliche Soldaten nachrückten. Er versuchte, eine

Linie zwischen ihnen zu bilden, doch da ging von der Festungsmauer ein Pfeilhagel auf sie nieder.

»Wir müssen zurück!«, brüllte er seinem Onkel zu, der aber schüttelte verbissen den Kopf. Im gleichen Moment drang ein Pfeil durch Don Diegos Harnisch, und Gonzalo sah entsetzt, wie sein Onkel zusammenbrach. Er bahnte sich mit seinem Schwert einen Weg zu ihm und zog ihn aus dem Kampfgetümmel. »Wir haben keine Chance!«, keuchte Gonzalo. Sein Onkel hielt sich die blutende Seite und nickte. Erleichtert ließ Gonzalo zum Rückzug blasen. Die Mauren johlten vor Freude.

Auf dem Weg ins Lager blickte Gonzalo noch einmal zu den maurischen Wällen hoch und erblickte in den luftigen Höhen ein ihm seit Kindertagen vertrautes Gesicht.

»Jaime, verdammt, was tust du denn hier?«, stöhnte er, und als er daran dachte, dass gewiss auch Zahra in der Stadt war, brannte ihm das Herz.

»Zumindest diese Schlacht konnte El Zegri gewinnen«, sagte Ali Dordur später am Abend zu Jaime.

»Was besagt schon eine gewonnene Schlacht?«, erwiderte Jaime unwillig und strich sich über den rechten Arm. Ein christlicher Pfeil hatte ihn getroffen, und auch wenn es nur eine harmlose Wunde war, schmerzte sie doch. »Und wisst Ihr überhaupt schon, was El Zegri nach dem Sieg gemacht hat? Er hat alles Vieh und Getreide beschlagnahmt und in seine Burg bringen lassen.« Beim Gedanken an seinen prächtigen Barbakan brodelte eine unbändige Wut in Jaime auf. »Ab sofort dürfen sich nur noch seine Ghumara satt essen, während die gemeinen Soldaten lediglich sechs Unzen Brot am Morgen und vier am Abend zugeteilt bekommen, und der Rest der Stadtbevölkerung muss zusehen, wo er bleibt. Nicht die Christen, sondern wir haben keine Vorräte mehr!«

El Zegri erblasste. »Das ist nicht Euer Ernst!«

»Leider doch, aber im Siegesrausch haben die Leute es nicht schlechter aufgenommen, als hätte er ihnen gesagt, ab sofort bekämen sie keinen Nachtisch mehr.«

»Aber … aber vielleicht können wir doch noch siegen. Meine Informanten haben mir berichtet, dass El Zegri sechs *albatozas* bemannt hat und damit die kastilische Flotte angreifen will.«

»Was kann man schon mit schwimmenden Geschützreihen gegen eine Flotte ausrichten?« Jaime schüttelte den Kopf. »Und im Gegenzug haben die Christen hölzerne Türme gebaut, die sie auf Rädern fortbewegen können und von denen jeder tausend Soldaten fassen kann. Sie sind mit Leitern versehen, um sie von den Gipfeln der Türme zu den Spitzen der Wälle zu richten, und an diesen Leitern sind wieder andere, die man herablassen kann, damit die Soldaten in die Stadt steigen können. Auch *gallipagos* habe ich gesehen, große, hölzerne, mit Häuten bedeckte Schilde zum Schutz der Stürmenden und derer, welche die Wälle untergraben. Die Christen sind hervorragend ausgerüstet. Ihr macht Euch etwas vor!«

»Nein, aber mir sind die Hände gebunden«, stöhnte Ali Dordur. »El Zegri hat angedroht, dass er dem Nächsten, der das Wort Kapitulation vor seinen Ohren ausspricht, die Zunge herausschneiden lässt. Und unsere Boten – beim Allmächtigen, Ihr wisst doch selbst, welches Ende sie gefunden haben!«

»Dann lasst es mich versuchen«, verlangte Jaime und weigerte sich, auch nur einen Gedanken daran zu verschwenden, dass er bei diesem Wagnis nicht nur El Zegris Männer zu fürchten hatte, sondern genauso die Spanier, die ihn sicher nach wie vor suchten.

Ali Dordur sah ihn nachdenklich an. Jaime fragte sich, wie

er sich an dessen Stelle entscheiden würde. Würde er einem Kastilier vertrauen? Oder würde er nicht vielmehr annehmen, der Kastilier wolle nur seine eigene Haut retten? Und so wunderte es ihn nicht, dass Ali Dordur schließlich den Kopf schüttelte.

Das untätige Warten machte Jaime von Tag zu Tag nervöser. Wie ein Gefangener im Kerker lief er in ihrem Zimmer im *funduq* auf und ab und sann vergeblich nach einer Fluchtmöglichkeit für seine Familie. Anfangs versuchte Zahra noch, ihm Mut zu machen, aber als sie in den folgenden Tagen nichts anderes in den Magen bekamen als das wenige Soldatenbrot, das Jaime mit ihnen teilte, ein paar in Öl gekochte Rebenblätter und über dem Feuer geröstete Tierhäute, für die sie überdies ein Vermögen hatten bezahlen müssen, versank auch sie in bedrücktes Schweigen. Immer wieder zog sie mit Jaime auf der Suche nach Essen durch die Stadt, aber allmählich waren alle Katzen, Hunde, Mäuse und Ratten, deren man hatte habhaft werden können, getötet und verzehrt worden, und dabei stießen sie immer öfter auf verendete alte Männer und Frauen, die einzusammeln und einem würdigen Begräbnis zuzuführen offensichtlich niemand die Kraft hatte. Als sie auf eine Mutter trafen, die dem Himmel und dem Allmächtigen laut klagend ihr an den Folgen des Hungers gestorbenes Kind entgegenhielt, brach Zahra zusammen. Schluchzend sank sie an Jaimes Schulter. »Jaime, was, wenn unsere Kinder die Nächsten sind?«

Der nächste Tag brachte einen weiteren Tiefschlag: Zahras Milchfluss ging zurück. Schon am Morgen war Chalida kaum satt geworden, und als sie sie zur Mittagszeit anlegte, versiegte ihre Milch noch schneller. Chalida begann zu weinen, auch Abdarrahman jammerte schon seit Stunden vor Hunger. Auf einmal wollte er ebenfalls an Zahras Brust. Zahra wehrte ihn ab. »Abda, bitte, sei vernünftig. Meine Milch reicht schon nicht für Chalida, und sie bräuchte sie noch dringender als du!«

»Ich habe aber auch Hunger!«, schrie Abdarrahman auf und trommelte in seiner Verzweiflung mit den kleinen Fäusten auf sie und Chalida ein. Hastig legte Zahra Chalida beiseite und zog ihren Sohn an sich. »Abda, beruhig dich. Das macht doch alles nur noch schlimmer!«.

Zuerst trat und boxte Abdarrahman sie weiter, dann sank er unter Schluchzen in ihren Schoß und heulte: »Aber Mama, wenn ich doch solchen Hunger habe!«

Zahra wiegte ihn in den Armen und weinte mit ihm.

Jaime kam erst am Abend nach Hause. Erneut hatte er nichts Essbares auftreiben können, und Zahra spürte, dass ihm noch mehr auf der Seele brannte.

»Was hast du?«, fragte sie ihn.

»Boabdil ...« Er sank neben sie. »Zusammen mit den christlichen Truppen hat er az-Zagals Heer in Guadix zerschlagen.«

»Und während Boabdil mit den Christen gemeinsame Sache macht, sitzen wir hier und ...« Zahra blieben die weiteren Worte im Hals stecken.

»Auch das Volk in Granada scheint so wie du zu empfinden. Ich habe gehört, dass es sich gegen Boabdil erhoben hat. Sie beschimpfen ihn als Verräter und rufen nach az-Zagal, weil man dem zwar manches vorwerfen könne, aber nicht, dass er sein Volk jemals an die Christen verraten habe. Doch auch das wird nichts ändern, nicht für sie und nicht für uns. Gewiss wird Fernando Boabdil Truppen zu seiner Unterstützung schicken.«

»Wo soll das noch hinführen?« Zahra war so müde und zerschlagen, dass sie noch nicht einmal mehr weinen konnte.

»Ich weiß es nicht«, seufzte Jaime. »Und wenn ich dir dann auch noch sage, was ich eben im Christenlager gesehen habe …«

»Was denn?«, fragte Zahra, die meinte, dass sie heute nichts mehr erschüttern könne.

»Die Christen bekommen Nachschub. Heute früh kamen Schiffe für sie an, Schiffe mit riesigen Mengen Getreide und vielen, vielen Soldaten. Und von den Bergen haben sie endlos lange Herden von Schafen ins christliche Lager getrieben. Isabel hat offensichtlich wieder eines ihrer Wunder bewirkt. Zahra, nur einen Bogenschuss von uns stopfen sich die Christen mit frischem Brot und Braten die Bäuche voll, und wir … Mein Gott, warum habe ich euch bloß hierhergeführt?«

Zahra nahm seine Hand. »Weil du uns retten wolltest, Jaime, und ich bin die Letzte, die dir daraus einen Vorwurf macht!«

Da klopfte es leise an die Tür. Zahra öffnete und sah sich ihrer Schwester gegenüber, die ihr mit einem traurigen Lächeln einen halben Laib Brot und zwei Handvoll Rebenblätter zusteckte. »Ibrahim hat es einem Ghumari abgekauft. Ich würde euch gern mehr geben, aber das würde Ibrahim auffallen. Vielleicht kann ich euch in ein paar Tagen noch einmal etwas bringen, aber versprechen kann ich es nicht!«

Noch ehe Zahra ihrer Schwester danken konnte, huschte sie schon wieder davon.

Vier Tage lang streckte Zahra das Brot und die Rebenblätter, obwohl Abdarrahman sie pausenlos anbettelte, dass sie ihm mehr geben sollte. Sie selbst aß von Zainabs Gaben am wenigsten, und das auch nur, damit ihr Milchfluss nicht ganz versiegte. Am vierten Tag trieb der Hunger sie wieder auf die

Straße. Dicht hinter Jaime, mit Chalida auf dem Arm und Abdarrahman an der Hand, zog sie durch die Stadt, ständig auf der Suche nach einem Ghumari, der ihnen ein Stück Brot oder wenigstens Rebenblätter verkaufen würde. Als sie auf einen größeren Platz kamen, wurden sie von einer Menschentraube gestoppt.

»Was ist denn da los?«, rief Jaime und versuchte vergeblich, über die vielen Köpfe vor ihm hinwegzusehen.

»Die Leute sagen, da vorn sei ein Santon«, erklärte Zahra, und da sahen sie auch schon, wie ein paar Männer den Santon auf die Umfriedung eines Grundstücks hoben. Als er seine mageren Hände mit den langen Fingern hob, wurde es so still, dass man seinen Nebenmann atmen hören konnte. Von fern drang das ewige Donnern der Geschütze und das Geschrei der Soldaten zu ihnen.

Der Santon war ein alter Mann mit einem langen, weißen Bart und ebenso weißen, in alle Richtungen abstehenden Haaren. Von seinem dunklen, asketischen Wesen ging eine Kraft aus, der sich niemand entziehen konnte. Er zog eine maurische Fahne aus seinem Umhang und begann, mit einer für seine schmächtige Statur erstaunlich weittragenden Stimme zu reden.

»Was sagt er, Zahra?«, zischte Jaime. »Verdammt, ich kann ihn nicht verstehen!«

Der Santon sprach einen anderen Dialekt als den in den meisten Gegenden Granadas üblichen.

»Er sagt, er habe uns diese Fahne gebracht, weil Allah ihm offenbart habe, dass den Mauren endlich wieder das Kriegsglück hold sein werde. Unser nächster Ausfall auf die Christen würde uns zum endgültigen Sieg führen. Jaime, er sagt, wir würden die Christen in die Flucht schlagen und uns hernach nach Herzenslust an ihren Vorräten statt essen!«

Zahras letzte Worte gingen in dem aufbrandenden Jubel unter, und auch sie lachte und schrie und küsste immer wieder ihre Kinder. Jaimes Miene aber blieb düster. Er zog seine Familie ein Stück weit aus dem Gewimmel heraus und knurrte: »Das ist doch nur der Wahn des Hungers, der ihm derartiges eingibt!«

»Nein, Jaime, Hunger kann einem Santon nichts anhaben. Glaub mir, wir werden gerettet werden!«

»Zahra, du wirst doch nicht allen Ernstes etwas auf dieses Gerede geben?«

Zahra aber nickte und schickte Allah ein Dankgebet.

Auch El Zegri glaubte an die Eingebung des Santons. Für den Tag, der von dem weisen Mann als günstig bezeichnet worden war, kündigte er einen Ausfall gegen die Christen an. Jaime war zusammen mit einer großen Anzahl Mauren dafür eingeteilt, El Zegris Ghumara zu unterstützen. Bevor er aufbrach, streckte Zahra ihm von ihrer Schlafstatt die Hand entgegen. Am Vortag war ihre Milch endgültig versiegt, und auch Zainab hatte seit Tagen keinen Brotkrümel mehr gehabt, den sie mit ihnen hätte teilen können. Die Kinder hatten die ganze Nacht vor Hunger geweint und waren erst vor kurzem darüber eingeschlafen. Jaime setzte sich noch einmal zu Zahra, strich ihr eine Haarsträhne aus dem Gesicht und versuchte sein Entsetzen darüber zu verbergen, wie abgemagert sie inzwischen war.

»Vielleicht schaffen wir heute wirklich den Durchbruch«, brummte er mit mehr Trotz als Überzeugungskraft in der Stimme. Zahra nickte und schloss die Augen. Eine einzelne Träne rann ihr über die Wange und versickerte in ihrem Haar.

Zwei Stunden später stand das maurische Heer kampfbereit vor dem Stadttor. Jaime befand sich nur wenige Schritte hinter El Zegri und seinen Ghumara. Seine Hand lag auf dem Heft, sein Blick war starr auf das Tor gerichtet, das jeden Moment für sie geöffnet werden würde. Er verbot es sich darüber nachzudenken, in welch desolater Verfassung die Männer um ihn herum waren. Viele wirkten wie Geister, ihre Augen versanken tief in ihren abgemagerten Gesichtern und glänzten wie im Wahn, und Jaime war klar, dass er kein besseres Bild abgab. Das Einzige, was ihm Mut machte, war der Hunger, der in ihnen allen bohrte, und ihre abgrundtiefe Verzweiflung. Keiner der Männer scheute mehr die Gefahr, keiner empfand eine andere Angst als die, dass ihnen weiter der Zugriff auf die christlichen Getreideberge verwehrt werden könnte. Dann wurde das Tor aufgestemmt, und zusammen mit den anderen stürmte Jaime mit markerschütterndem Geschrei auf die Christen los.

Meter um Meter fraßen sie sich durch das christliche Heer, jeder Schwerthieb, jeder Dolchstoß brachte sie dem christlichen Korn näher. Um Jaime herum sanken Soldaten beiderlei Herkunft verletzt oder sterbend zu Boden. Wie seine Kameraden stapfte er über die Gefallenen hinweg, als seien sie Steine. Vorwärts, vorwärts, hämmerte es in seinem Kopf. Nach zwei Stunden hatten sie die Reihen der Christen gelichtet, und Jaime schöpfte Hoffnung, dass sie tatsächlich einen Sieg erringen könnten, doch dann forderte die schlechte Verfassung der maurischen Soldaten Tribut. Ihre Schlagkraft ließ nach, auch Jaime wurde es immer wieder schwarz vor Augen, und mehr als einmal musste er die Zähne zusammenbeißen, um sein Schwert wieder hochreißen zu können. Am späten Nachmittag eroberte ein christlicher Ritter die Fahne des Santons, hinter der sie bisher alle wie hypnotisiert hergestrebt waren, und danach dauerte es kaum noch eine Stunde, bis sie die Schlacht verloren geben mussten. Am Ende seiner Kräfte und mit einer tiefen Schnittwunde am Bein humpelte Jaime zurück in die Stadt, in der von allen Wänden Wehklagen und Angstwimmern widerhallten. Die Soldaten, die den Christen nicht hatten entkommen können, wurden gefangen, die höchsten maurischen Feldherren auf der Stelle geköpft und ihre Häupter an den Stadtwällen aufgespießt.

Als Jaime ihr Zimmer in dem *funduq* betrat, fand er Zahra schlafend vor, in jedem ihrer Arme schlummerte ein Kind. Der friedliche Anblick schnürte ihm den Hals zu. Er legte sich neben sie, küsste Zahra und die Kinder behutsam aufs Haar und war versucht, ihrer aller Leben mit der eigenen Hand ein Ende zu bereiten, damit ihnen das nun Folgende erspart bliebe, aber dann öffnete Zahra die Augen, und er brachte es nicht mehr fertig. Er legte seinen Kopf auf ihren Bauch und weinte.

Schon am Morgen hatte sich Jaime zu Ali Dordur geschleppt, um herauszufinden, wie es nun weitergehen würde. Zahra erwartete seine Rückkehr mit brennender Ungeduld. Endlich öffnete sich die Tür. Angstvoll heftete sie ihren Blick auf ihn und sah sofort, dass er keine guten Nachrichten brachte. Sie sank gegen die Wand; Jaime zog sie an sich. »Zahra, Dordur tut, was er kann.«

»Aber es reicht nicht, so ist …« Ihre letzten Worte ertranken in einem Schluchzer.

Auch Jaime sank gegen die Wand, um sein verletztes Bein zu entlasten. »Ich weiß nicht, was wird, Zahra, niemand weiß das. Dordur hat noch gestern Abend mit den Christen über die Bewohner der Stadt verhandelt, aber Isabel hat alle seine Vorschläge abgelehnt, und das selbst dann noch, als Ali Dordur ihr gedroht hat, alle eintausendfünfhundert christlichen Gefangenen der Stadt zu erhängen.«

Zahra presste die Lippen zusammen.

»Isabel wirft ihm vor«, fuhr Jaime fort, »dass die Mauren von Málaga in ihren Reihen zu viele Tote hinterlassen haben, als dass sie ihnen Gnade angedeihen lassen könne. Außerdem will sie ein Exempel für die maurischen Orte statuieren, die sie in Zukunft noch erobern will.«

»Hat Dordur auch für sich selbst nichts erreichen können?«

Jaime stieß einen Schwall Luft aus. »Doch. Bei seinem zweiten Gespräch heute. Er und vierzig andere, von ihm auszuwählende Familien können sich gegen die Zahlung einer gigantischen Geldsumme freikaufen. Du kannst dir sicher vorstellen, dass wir nicht zu ihnen gehören.«

»Und wir, wir werden alle versklavt?«, fragte Zahra mit entsetztem Blick auf ihre schlafenden Kinder.

»Isabel hat Dordur in diesem zweiten Gespräch in Aussicht gestellt, dass sich auch die anderen Einwohner Málagas freikaufen könnten – für dreißig Dobla pro Kopf. Allerdings muss das Lösegeld für alle aufgebracht werden – und das binnen acht Monaten. Und bis dahin sind wir Gefangene.«

Zahra lachte bitter auf. »Dreißig Dobla pro Kopf? Für jeden Kaufmann, jedes Kind, jede Alte, jeden Bettler?« Ihr brach die Stimme.

»Immerhin würde Isabel gestatten, dass ein paar Mauren im Land herumreisen, um die Lösegeldsumme zusammenzubringen. Dordur will sich nach Granada wenden und von dort aus auch Boten zu euren afrikanischen Bruderländern schicken.«

»Mein Vater hat Fernando immer als gerissenen Hund bezeichnet ...« Zahra fuhr sich mit einer fahrigen Handbewegung über die Stirn. Als sie weitersprach, war ihre Stimme heiser. »Was für ein genialer Plan! Angesichts der sicheren Versklavung würde ein jeder hier sein Hab und Gut vergraben oder ins Meer werfen, nur damit die Christen es nicht bekommen. Jetzt aber werden alle noch den kleinsten Edelstein und die niederste Goldmünze brav abliefern – und wenn wir später doch nicht die gesamte Lösegeldsumme aufbringen können, reibt sich Fernando die Hände. Dann hat er sowohl unsere Anzahlung als auch das Recht, uns alle als Sklaven zu verkaufen – und kann sich darüber hinaus als Wohltäter preisen, weil er uns immerhin die Möglichkeit gegeben hat, das Ärgste abzuwenden!«

»Ich weiß. Aber immerhin verschafft uns das einen Aufschub.«

Zahra nickte. »Wer wird nach Granada reisen?«

»Vertraute Dordurs. Mich wollte er nicht akzeptieren, weil ich kein Maure bin.« Jaime hob die Augenbrauen. »Ehrlich gesagt, kann ich ihm das noch nicht einmal verdenken. Wenn sich mir die Gelegenheit böte, würde ich in der Tat all die Menschen hier ohne mit der Wimper zu zucken opfern – Hauptsache, ich bekäme euch hier lebend heraus!«

Zahra griff nach seiner Hand und drückte sie an ihre Wange. Im gleichen Moment klopfte es an die Tür. Zainab trat mit einem großen Laib Brot ein. »Die Christen verkaufen uns Nahrung. Nimm schnell, ich weiß nicht, wie lange Ibrahim weg sein wird!« – und schon war sie wieder draußen.

Jaime hob das Brot hoch und verzog das Gesicht. »Welch Ironie des Schicksals: Jetzt laben sich die Mauren tatsächlich am Proviant der Christen – nur sind die Umstände andere, als euer Santon vorhergesagt hat …«

Er brach Zahra und den Kindern große Stücke ab. Erst nach einigem Zögern griff Zahra zu. Während sie in das Brot biss, schloss sie die Augen und meinte, noch nie so süßes und zugleich so bitteres Brot gegessen zu haben.

Als das erste Licht des Tages in ihr Zimmer blinzelte, wachte Zahra mit dem Gefühl auf, die ganze Nacht im Traum gegrübelt zu haben. Sie blieb einen Moment lang ruhig liegen und besann sich. Die Christen verkaufen Brot … Was war ihr weiter durch den Kopf gegangen? Sie legte die Hand auf Jaimes Arm.

»Was ist?«

»Jaime, ich weiß jetzt, wie wir hier rauskommen könnten. Wie viel Geld hast du noch?«

Jaime setzte sich auf und rieb sich den Schlaf aus den Augen. »Nicht viel«, brummte er. »Warum?«

Kaum hatte Zahra ihm ihren Plan auseinandergesetzt, sprang Jaime in seine Kleider und machte sich auf den Weg.

Er fand schnell heraus, dass der Provianthandel mit den Christen einem gewissen Murtada unterstand und entdeckte ihn bei den Wagen, die für den heutigen Transport bereitstanden. Jaime zog ihn beiseite und schlug ihm das Geschäft vor, das sich Zahra ausgedacht hatte.

»Und Ihr meint wirklich, die Christen gäben Euch nur deswegen mehr Korn, weil Ihr Kastilier seid?«, fragte der Mann mit gierig aufblitzenden Augen. »Und mir gebt Ihr einen ganzen Sack Getreide ab?«

»Nicht weil ich Kastilier bin, sondern weil ich die Zuständigen kenne, bekomme ich mehr!«, verbesserte ihn Jaime und bemühte sich, weiter eine gleichmütige Miene zur Schau zu tragen. »Aber wenn Euch das nicht interessiert …« Er tat so, als wolle er wieder gehen.

»Nicht so schnell, wartet doch!« Murtada blickte zwischen den Wagen, den Fahrern und Jaime hin und her und winkte schließlich einem von ihnen zu. »Du fährst heute nicht. Jetzt soll der hier fahren!« Jaime raunte er zu: »Aber wehe, du hintergehst mich!«

Ein paar Straßenzüge weiter passierte Jaime die christlichen Grenzwachen. Er hoffte, dass ihn in der maurischen Kleidung niemand von ihnen erkannte – und dass er unter den christlichen Soldaten im Lager auf wenigstens ein bekanntes und ihm wohlgesinntes Gesicht traf. Anders als Zahra war ihm klar, dass es nicht ausreichte, sie und die Kinder aus der Stadt zu schaffen. Sie brauchten Hilfe, um weiterzukommen. Er fuhr zu der angewiesenen Stelle, gab dem Soldaten seinen Proviantschein und zusätzlich etliche Goldmünzen, damit er ihm einen weiteren Sack Getreide auflud. Der Soldat blickte sich hastig um, grinste, steckte die Münzen ein und lud Jaime auf, worum er ihn gebeten hatte, während sich dieser weiter intensiv unter den christlichen Soldaten umsah. Endlich entdeckte er zwar kein ihm wohlgesinntes, aber zumindest ein ihm bekanntes Gesicht – das seines Bruders.

Gonzalo bemerkte ihn im gleichen Moment. Zuerst schien er erleichtert, dann verdüsterte sich seine Miene, und er wandte sich ab. Jaime hielt ihn zurück. »Gonzalo, bitte, nur auf ein Wort!«

Gonzalo wischte die Hand von seinem Arm, als sei sie eine lästige Fliege. »Was willst du?«

»Mir ist schon klar, dass du meine Wohnung in Córdoba nur deswegen für mich verkauft hast, damit Zahra keine Not zu leiden hat, und mich ohne sie seelenruhig hättest verrecken lassen, aber auch jetzt geht es um Zahra – und um unsere Kinder!«

»So habt Ihr also noch ein Kind gezeugt …« Gonzalo verzog das Gesicht, als hätte er in eine Zitrone gebissen. Er straffte sich. »Ich wusste, dass ihr da drüben seid. Vor ein paar

Tagen habe ich dich oben von den Wällen schießen sehen. Du hättest auch mich treffen können …«

»Das passiert, wenn man im Krieg auf verschiedenen Seiten steht«, gab Jaime zurück. »Es gab Zeiten, da warst du auf Seiten der Mauren!«

Gonzalo winkte ab. »Außerdem hätte ich dich auch ohne Zahra nicht vor die Hunde gehen lassen«, brummte er und sah seinen Bruder direkt an. »Trotzdem könnte ich dich für das, was du getan hast, umbringen!«

»Gonzalo, hilfst du uns?«, fragte Jaime noch einmal.

»Wie stellst du dir das vor? Die Ein- und Ausgänge Málagas werden besser bewacht als die Krone der Königin!«

Jaime sah sich nach allen Seiten um, doch niemand schien sie zu belauschen. »Ich kann Zahra und die Kinder aus Málaga herausbringen, aber ich weiß nicht, wie wir dann von hier wegkommen sollen, und überdies habe ich kaum noch Geld, weil ich, solange es möglich war, horrende Preise für Nahrung gezahlt habe. Bitte, Gonzalo, borg mir etwas Geld und besorg uns christliche Kleider und Pferde!«

»Geld könnte ich dir geben, aber Kleider und Pferde?« Gonzalo schüttelte den Kopf, doch plötzlich hielt er inne. »Moment, vielleicht gäbe es da eine Möglichkeit! Raschid ist gerade hier, weil er Isabel eine Nachricht von Boabdil überbracht …«

»Zahras Bruder?«, fiel Jaime ihm ins Wort. »Der wird Zahra eher niederstechen, als ihr zu helfen!«

Gonzalo schüttelte den Kopf. »Auch Hayat hat er nicht getötet, obwohl sie mit einem Christen zusammenlebt. Der Krieg hat uns alle verändert. Komm, ich führe dich zu ihm.«

Als Jaime Murtada seinen Sack Getreide vor die Füße stellte, zwinkerte dieser ihm zu und versicherte ihm, dass er auch eine der morgigen Fuhren übernehmen könne. Jaime nickte und eilte sogleich zu Zahra, die ihn sehnlichst erwartete. Ihre Kinder saßen Brot kauend auf dem Boden.

»Raschid will uns helfen? Mein Bruder Raschid?«, fragte Zahra mit weit aufgerissenen Augen, nachdem er ihr alles erzählt hatte. Als Jaime ihr lächelnd zunickte, fiel sie ihm mit einem tiefen Seufzer um den Hals.

»Allerdings müssen wir in spätestens zwei Tagen hier heraus sein, weil er dann zurück nach Granada muss«, erklärte Jaime ihr weiter. »Wenn ich morgen die nächste Fuhre Proviant hole, bespreche ich die letzten Einzelheiten mit ihm.«

»Aber wir müssen auch Zainab und Mahdi mitnehmen«, haspelte Zahra. »Bitte, Jaime, wir können sie nicht hierlassen!«

»Es ist schon gefährlich genug, wenn ich dich und die Kinder rausschmuggele. So viele Leute bekomme ich niemals ungesehen auf dem Wagen aus der Stadt heraus!«

»Und wenn du uns nacheinander mitnimmst?« Zahra blickte ihn flehend an. »Zainab und Mahdi sind meine Geschwister, und wenn Zainab uns nicht mehrmals Brot gegeben hätte, würden unsere Kinder nicht mehr leben!«

»Und deswegen willst du riskieren, dass wir jetzt noch sterben? Zahra, so sei doch vernünftig!«

Doch sie ließ sich nicht umstimmen. »Ohne Zainab und Mahdi gehe auch ich nicht von hier weg!«

Raschid nickte, als Jaime ihm von Zainab und Mahdi erzählte.

»Aber ich weiß nicht, wie ich sie alle gleichzeitig aus der Stadt schaffen soll.«

»Wie hattet Ihr das überhaupt geplant?«

»Ich will sie auf dem Proviantwagen unter Decken verbergen.«

»Und wenn sich eines der Kinder regt oder einen Laut von sich gibt?« Raschid hob die Augenbrauen. »In diesem Alter sind Kinder doch unberechenbar!«

»Zahra legt sich über die Kinder und hält ihnen, wenn nötig, den Mund zu. Außerdem haben wir keine Wahl. Zahra droht nicht nur die Versklavung, sondern die Hinrichtung!«

Raschid kratzte sich an der Nase. »Ich könnte den Mauren von Málaga auch selbst eine Fuhre Getreide bringen, als Geschenk von Boabdil. Dann hätten wir zwei Wagen in der Stadt.«

»Und Ihr meint, Isabel würde keinen Verdacht schöpfen?«

Raschid zuckte mit den Achseln. »Bisher haben weder Boabdil noch ich Isabel Grund gegeben, an unserer Treue und Ehrenhaftigkeit zu zweifeln.«

Jaime nickte. »Versuchen wir es. Und hoffen wir, dass wenigstens einer unserer Götter auf unserer Seite ist!«

Am Abend erzählte Zahra Zainab von ihrem Plan. »Nein, Zahra, das kann ich nicht«, stotterte sie erschrocken. »Ich bin nicht so mutig wie du und Hayat!«

»Manchmal muss man nur genug Angst haben«, beharrte Zahra, »und der Mut findet sich von ganz allein.«

Zainab rang die Hände. »Aber Ibrahim … Ich kann doch nur aus dem Zimmer, wenn er nicht da ist. Und wenn ich mich vor unserer Flucht verstecke, stellt er gewiss die ganze Stadt auf den Kopf und gefährdet damit auch eure Flucht!«

»Und wenn Jaime ihn, nun sagen wir, daran hindern würde?« Sie lächelte vielsagend, und schließlich zeichnete sich auch in Zainabs Miene ein zaghaftes Lächeln ab. »Und du denkst, dass Jaime das tun würde?«

In der Tat hatte Jaime nichts dagegen, den Mann zu überwältigen, der Zahra und ihrer Schwester so viel Leid angetan hatte. Am nächsten Morgen, noch vor Tagesanbruch, ließ Zainab ihn in ihr Zimmer, und schon wenige Minuten später war der feiste Ibrahim zu einem bewegungsunfähigen Päckchen verschnürt und geknebelt. Mit einem letzten Blick auf ihren sie wutentbrannt anblitzenden Mann nahm Zainab ihren kleinen Bruder an die Hand und huschte mit ihm davon.

Eine Stunde später eilten Zahra und Zainab mit den Kindern zu dem leerstehenden Haus, an dem sie Jaime und Raschid treffen wollten. Schon bald fuhren die beiden mit ihren Proviantwagen vor. Raschid hatte seinen Wagen bereits bei Murtada abgeladen und große Körbe dabei, in denen sich Zainab und Mahdi verbergen konnten. Zahra sah ihren Bruder mit innigen, beredten Blicken an, aber sie alle wussten, dass jetzt nicht der rechte Moment für Umarmungen und Beteuerungen war. Rasch stieg sie auf Jaimes Wagen, legte Chalida unter sich, zog Abdarrahman dicht an sich heran und schärfte ihren Kindern ein, dass sie, ganz gleich, was geschah, keinen Laut von sich geben durften. Dann breitete Jaime die Decken über sie, und Zahra umgab nur noch Dunkelheit – und Angst.

Mit einem kleinen Ruck rollte der Wagen an. Chalida maunzte kurz, war aber gleich wieder still. Zahra erschrak trotzdem und hatte das Gefühl, ihr Herz würde so laut pochen, dass man es draußen wie Donnergrollen hören musste. Sie begann zu schwitzen, hatte Mühe, Luft zu bekommen, und spürte ein so dringendes Bedürfnis, sich zu regen, dass sie hätte aufschreien können. Kurz darauf blieb der Wagen plötzlich stehen – und Zahra erstarrte.

»Ich hole Getreide bei den Christen«, hörte sie Jaime in einem seltsamen arabisch-spanischen Mischmasch sagen.

»Passierschein!«, knurrte ein Kastilier.

Papier raschelte.

Seid ruhig, ruhig!, flehte sie ihre Kinder in Gedanken an und bekam zugleich so akute Luftnot, dass sie zu ersticken glaubte, und all ihre Willenskraft aufbieten musste, um nicht sofort die Decke von sich zu werfen. Ihr Hals wurde trocken, kitzelte, und sie verspürte das dringende Bedürfnis zu husten oder sich wenigstens zu räuspern; von der Anstrengung, dies zu unterdrücken, bekam sie einen solchen Druck in die Augen, dass sie das Gefühl hatte, sie würden ihr gleich herausspringen. Als sie schon meinte, es nicht mehr länger aushalten zu können, murrte der Kastilier: »In Ordnung, weiterfahren!«

Der Wagen ruckte an, und wieder maunzte Chalida.

»Pst!«, zischte Abdarrahman seine kleine Schwester an. Reflexartig presste Zahra den Kindern die Hände auf den Mund. Ein Luftzug kroch von ihrem rechten Fuß am Bein hoch, und ihr wurde klar, dass sich die Decke bei ihrer heftigen Bewegung verschoben haben musste. Sie wagte jedoch nicht, den Fuß anzuziehen, weil sie Angst hatte, die Decke noch mehr zu verziehen. Schweiß tropfte ihr von der Stirn, ihr Körper kribbelte, als seien Horden von Ameisen darin unterwegs, und ihre Luftnot wurde noch beklemmender. Sie war sich sicher, dass jeden Moment jemand ihre aufgedeckte Fußspitze entdecken und den Wagen anhalten würde. Sie sah es vor sich, wie die Soldaten sie vom Wagen zerren würden, sie schlugen, die Kinder herumrissen und misshandelten, und an ihrem Gesicht rannen jetzt außer Schweiß auch Tränen herab. Plötzlich hielt der Wagen. Zahra biss sich in den Oberarm, um nicht aufzuschreien.

»Steigt ab«, rief jemand. Zahra konnte sich nicht rühren. Sie war wie eingefroren. Da zog jemand die Decke weg. Zahra schrie auf und krümmte sich über ihren Kindern zusammen.

Jaime sprang auf den Wagen und zog sie an sich. »Alles ist gut, Zahra, ich bin es nur, so beruhige dich doch!«

»Ich … ich hatte solche Angst«, schluchzte Zahra und konnte sich nur langsam beruhigen. Sie nahm wahr, dass ihre Schwester auf dem Nachbarwagen ebenfalls weinte. Mahdi aber sprang strahlend wie ein Held aus seinem Korb heraus; sein Gesicht blitzte vor Abenteuerlust. Breitbeinig baute er sich auf seinem Wagen auf, musterte Zahras Kinder und fragte Abdarrahman, ob er eigentlich wisse, dass er sein Onkel sei. Abdarrahman setzte sich auf, sah ihn an und brummte erstaunt: »So klein ist ein Onkel?«

Trotz ihrer Tränen mussten Zahra und Zainab lachen. Doch dann trieb Raschid sie zur Eile. Er erklärte ihnen, dass sie sich in einer nahe gelegenen Höhle verbergen sollten, wo er sie am Abend abholen würde. »Bis dahin müsst ihr leider ohne Essen auskommen.«

»Wir haben schon mehr als nur ein paar Stunden ohne Essen überstanden«, erinnerte Jaime ihn und schlug mit den Frauen und den Kindern den von Raschid angewiesenen Weg ein.

4.

Seidenfarm

1. November 1487

Raschid begleitete Jaime, seine Geschwister und ihre Kinder auf die Seidenfarm, die seit dem Tod des Vaters ebenso wie das Stadthaus in Granada ihm, Zahra und Mahdi gehörte. Yazid war von Abdarrahman nach seiner Gefangennahme durch ihn als Erbe ausgeschlossen worden; Hayat ebenfalls, allerdings hatte er Raschid in seinem Letzten Willen zur Auflage gemacht, stets gut für seine Halbschwester zu sorgen, wenn er je herausfände, wo sie sich aufhielt. Als die Gruppe in den Hof einritt und Zahra ihr Zuhause vor sich sah, schoss eine solche Freude in ihr hoch, dass alle Anstrengungen der Reise schlagartig von ihr abfielen. Sie sprang von ihrem Pferd, drückte Raschid Chalida in die Arme und rannte ins Haus. Die Erste, die sie dort antraf, war Tamu. Zahra warf sich in ihre Arme, küsste sie stürmisch auf beide Wangen und drückte sie so fest, dass Tamu lachend um Gnade flehte. »Ihr schnürt mir ja die Luft ab!«

»Ach Tamu, mein Gott, Tamu«, rief Zahra. »Ich bin ja so froh, dich wiederzusehen!«

Ohne falsche Scham wischte sich die alte Berberin ein paar Tränen von den Wangen. »Der Herr hatte Eure Ankunft schon angekündigt, aber trotzdem, Euch jetzt in den Armen zu halten und zu sehen, dass aus meinem Mädchen eine erwachsene Frau geworden ist ...« Wieder wischte sie sich über die Wangen.

Inzwischen war Raschid zu ihnen getreten. Zahra nahm ihm Chalida ab und reichte sie Tamu. »Nicht nur eine Frau, sondern auch eine Mutter: Das ist meine Tochter!«

Mit ihren großen, kornblumenblauen Augen blickte die kleine Chalida aufmerksam und ohne jede Scheu zu Tamu. Auch die Alte nahm den Blick nicht mehr von dem Kind und küsste es dann auf die Stirn. »Im Namen des barmherzigen und gütigen Gottes. Sag: Ich suche beim Herrn der Morgendämmerung Zuflucht vor dem Unheil, das von dem ausgehen mag, was er auf der Welt geschaffen hat: von hereinbrechender Finsternis, von bösen Weibern, die Zauberknoten bespucken, und von einem, der neidisch ist«, zitierte sie die hundertvierzehnte Sure des Korans und gab dem Kind damit ihren Segen.

Auch die anderen hatten nun das Haus betreten und schwiegen andächtig, um nicht die Macht der Sure zu zerstören, welche Chalida in ihrem Leben beschützen sollte.

»Und das ist mein Sohn«, sagte Zahra einen Moment später und machte Jaime Zeichen, mit Abdarrahman zu ihnen zu kommen. Auch ihn segnete Tamu. »Du hast einen wundervollen Sohn. Allahs schützende Hände werden über ihm ruhen, und er wird dir und deiner Familie viel Ehre machen!« Ihr Blick ging zurück zu Chalida. »Auf sie aber wartet ein besonderes Schicksal. Hüte sie gut, Zahra, und gib ihr all die Liebe, die du ihr nur geben kannst. Sie wird es nicht leicht haben im Leben, aber sie hat deine Kämpfernatur und kann damit ihr Schicksal meistern!«

»Und dies, Tamu«, ergriff nun Raschid das Wort, »ist der Christ, der Zahra schon mehr als einmal das Leben gerettet hat und der für sie und ihre beiden Kinder ein so treusorgender Mann ist, als sei er mit ihr nach unseren Gesetzen vermählt.«

Zahra warf ihrem Bruder einen ebenso erstaunten wie dankbaren Blick zu. Sie fragte sich, woher er wusste, dass Jaime nicht zum Islam übergetreten war und sie demnach auch nicht verheiratet sein konnten, aber sie war erleichtert, nicht länger lügen zu müssen, und unendlich froh, dass Raschid sie nicht verurteilte.

»Er ist ein guter Mann, mein Kind«, sagte Tamu nach einem langen Blick auf Jaime. »Und ich bin mir sicher, dass der Allmächtige Euch trotzdem seinen Segen gibt. Hätte er Euch sonst zwei so prachtvolle Kinder geschenkt?«

Nun begrüßte Tamu auch Zainab und Mahdi, den sie besonders herzlich in die Arme schloss. Wieder musste sie ein paar Tränen wegwischen, und Zahra war klar, dass sie beim Anblick Mahdis auch an ihre Mutter dachte, die sie wie ein eigenes Kind geliebt hatte.

»Also habe ich doch richtig gehört«, platzte nun eine fröhliche Stimme zwischen sie. Zahra fuhr herum und sah Deborah vor sich stehen. Lachend fielen sich die Frauen in die Arme, und Zahra strich ihr über den kräftig gewölbten Bauch. »Du und Raschid scheint euch redliche Mühe zu geben, dass der Name der Sulamis niemals ausstirbt!«

»So weißt du also schon, dass ich letztes Jahr ein Zwillingspärchen bekommen habe?«

Zahra nickte. Sie umarmten sich erneut, und als Deborah auch ihren Mann begrüßt hatte, stellte Zahra ihr Jaime und ihre Kinder vor.

»Ihr seht alle so aus, als bräuchtet ihr noch lange, bis ihr euch von der Hungersnot in Málaga erholt habt«, sagte Tamu schließlich. »Kommt ins Speisezimmer; die Köchin hat seit

Tagen nichts anderes getan, als für eure Rückkehr zu kochen!«

Nach dem Essen zog Tamu Zahra beiseite und drückte ihr einen feinziselierten, mit einem blauen Saphir besetzten Ring in die Hand. Zahra sah erst den Ring und dann Tamu ungläubig an. »Tamu, wo hast du den her? Das ist doch der Ring von meiner Großmutter, mein Schutzgeist!«

Tamu nickte. »Ich habe ihn für Euch von Eurem Halbbruder zurückgeholt. Nach dem Tod Eures Vater hatte er sich, solange Raschid in Córdoba war, in Eurem Haus in Granada eingenistet, und wir Diener haben nicht gewagt, ihn wegzuschicken, auch wenn wir natürlich wussten, dass er kein Recht mehr hatte, dort zu sein. An einem Abend habe ich ihm ein Schlafpulver ins Essen gegeben und ihm in der Nacht den Ring weggenommen. Nun hat er keine Macht mehr über Euch!«

Zahra drückte der Alten dankbar die Hände und streifte sich den Ring über den Ringfinger. Ihr war, als sei ein Fluch von ihr genommen.

Die nächsten Monate flossen in wohltuend ruhigem Gleichklang dahin. Zahra, ihre Geschwister und ihre eigene kleine Familie erholten sich von den Strapazen und der Hungersnot in Málaga und kamen allmählich wieder zu Kräften. Die Kinder spielten in den Gärten und im Patio und wurden zu Freunden. Die kleine Chalida machte bald ihre ersten Schritte und versuchte mit bewundernswerter Beharrlichkeit, sich nicht von den Großen abhängen zu lassen, was Jaime ein verliebtes Lächeln entlockte. »Es ist unglaublich, wie sehr Chalida dir ähnelt«, sagte er zu Zahra. »Und wenn ich erst in ihre Augen sehe … Oft ist mir, als sähe ich in deine!«

»Ich hoffe nur, sie bereitet uns später nicht genauso viel

Aufregung, wie ich meinen Eltern zugemutet habe«, seufzte Zahra und fühlte sich Chalida gerade deswegen besonders nah. Gleichzeitig war sie froh, dass Abdarrahman ein gesetzteres Naturell hatte, und gespannt, nach wem das Kind, das sie jetzt erwartete, geraten würde. Deborahs drei Monate alter Sohn jedenfalls war ein höchst unruhiger Geist, und Zahra konnte nur hoffen, dass ihr drittes Kind ein bisschen weniger anstrengend sein würde.

Jaime erhob sich, um auf den Feldern nach dem Rechten zu sehen. Zunächst hatte er sich ihrer aus reinem Zeitvertreib angenommen, aber nachdem Raschid gesehen hatte, wie sehr er die Farm binnen kürzester Zeit vorangebracht hatte, hatte er ihm die Stelle des Verwalters angeboten, die dieser gerne annahm. »Es tut gut, nach all dem Sterben wieder einmal etwas wachsen zu sehen!«

Am fünfzehnten Juni 1488 lief die Frist für das Erbringen des Lösegelds für die Menschen von Málaga ab, doch sie konnten die geforderte Summe nicht vollständig aufbringen. Zusammen mit Boabdil setzte sich Raschid bei den christlichen Königen für eine Fristverlängerung ein, doch Isabel lehnte ihre Bitte rundweg ab. In der Woche darauf trieben ihre Soldaten die Menschen Málagas wie Viehherden zusammen und verteilten sie auf die Sklavenmärkte des Landes. Als Raschid dies seiner Familie berichtete, brach ihm immer wieder die Stimme. Betroffen griff Zahra nach Jaimes Hand: Wie nah waren auch sie und ihre Kinder daran gewesen, Teil dieses Sklavenheers zu werden!

»Und Ibrahim?«, fragte Zainab beklommen. Raschid zuckte mit den Achseln. Zahra zog sie an sich. »Du schuldest ihm nichts«, erinnerte sie ihre Schwester, doch auch ihr wurde beim Gedanken an ihren Schwager mulmig. Ein solches Ende hatte vielleicht selbst er nicht verdient.

»Und das bisher gezahlte Lösegeld haben die Könige einfach behalten?«, rief Deborah fassungslos.

Raschid nickte.

Am zwölften Januar 1489 kam Zahras Sohn Yayah zur Welt. Fünf Monate später erschienen dunkle Wolken am Horizont: Nachdem die Christen Málaga gesichert und neu befestigt hatten, richteten sie sich nun gegen die letzten, von az-Zagal beherrschten Gebiete. Die Schlachten konzentrierten sich vor allem auf das Gebiet von Baza, das kaum drei Tagesritte von der Seidenfarm entfernt lag. Abends, wenn die Kinder schliefen, rückten die Erwachsenen im Patio zusammen und ließen sich von Raschid, der jeden Abend von Granada zurück auf die Farm kam, den aktuellen Lagebericht geben. Stets hatten sie dabei vor Augen, dass dieses Gebiet das letzte jenseits Granadas und seiner Vega war, welches die Christen noch nicht von den Mauren zurückerobert hatten – weswegen sie trotz des Bündnisvertrags zwischen Boabdil und Isabel einzig auf den Sieg az-Zagals und ihrer Landsleute hoffen konnten.

An diesem Abend berichtete Raschid, dass die Christen die Mauren in die Stadt zurückgedrängt hätten und sie nun belagerten. »Trotzdem muss das noch nicht das Ende von Baza sein«, beruhigte er seine Familie. »Der Herbst steht vor der Tür und mit ihm die in dieser Gegend besonders heftigen Regenfälle. Der Spitzel weiß aus zuverlässiger Quelle, dass Baza noch wenigstens für drei Monate Lebensmittel hat. Mit ein wenig Glück müssen die Christen weichen, ehe ihre Belagerung für Baza Folgen hat!«

»Der Regen hat auch Málaga nicht retten können«, erinnerte ihn Jaime. »Ich denke, wir täten gut daran, uns mit dem Gedanken vertraut zu machen, von hier wegzugehen. Was, wenn sich Isabel nach Baza der Vega und Granada zuwendet?«

Davon wollten die anderen nichts hören.

Einen Monat später berichtete Raschid ihnen, dass die Christen ihre Zelte im Tal durch tausend massive Holzhäuser ersetzt hatten. Eine Woche später ging ein gewaltiges Unwetter über Baza nieder. Unglaubliche Wassermassen stürzten ins Tal und rissen die Häuser der Christen mit sich. »Hunderte von Kastiliern haben in den reißenden Gewässern den Tod gefunden«, verkündete Raschid ihnen strahlend, »und überdies weigern sich die christlichen Händler, Proviant in die überschwemmten Gebiete zu liefern!«

Doch ihr Aufatmen hielt nicht lange an, denn wieder einmal stellte Isabel den Mauren unter Beweis, dass es nicht viel gab, was sie nicht zuwege brachte: Sie mietete unzählige Lasttiere, organisierte mit ihnen den Nachschub und ließ ihre Soldaten hügelaufwärts widerstandsfähigere Häuser errichteten. Die Verfluchungen az-Zagals prallten an der eisernen Dame dabei ebenso ab wie die Drohungen des Großsultans von Babylon, alle Christen in seinem Land hinrichten zu lassen, wenn sie Baza nicht sofort aus ihrer Umklammerung entließe.

Am vierten Dezember 1489, nach sechs Monaten und zwanzig Tagen Belagerung, musste az-Zagal einsehen, dass er Baza nicht weiter halten konnte: Der Hunger raffte die Menschen Bazas schneller als eine Pestepidemie hinweg. Isabel und Fernando überließen ihm ein kleines Gebiet in den Alpujarras als ständigen Besitz und gestatteten ihm, sich dorthin mit zweitausend maurischen Untertanen zurückzuziehen. Seinen Titel als Emir durfte er behalten, und überdies sicherten sie ihm als ihrem Lehnsmann vier Millionen Maradevis als jährliche Zuwendung von der kastilischen Krone zu – vorausgesetzt, dass er nie wieder die Waffe gegen sie erhob. Zahra und ihre Familie waren zutiefst erschüttert. Damit waren die Christen ihnen wieder einen Schritt näher gerückt.

Auch in Granada stand nicht alles zum Besten. Raschid berichtete ihnen, dass sich die Bewohner erneut gegen Boabdil erhoben. Am Morgen war er Zeuge geworden, wie der Emir, als er auf seinem weißen Ross durch die Straßen ritt, als Verräter und Abtrünniger beschimpft worden war und schließlich vor dem Zorn und den Steinen seiner Untertanen in die Alhambra fliehen musste. Drei Tage später erhielt Boabdil von den kastilischen Königen die Aufforderung, ihnen jetzt, da mit Guadix, Almería und Baza auch die letzten maurischen Gebiete erobert worden waren, Granada im Tausch gegen eine andere maurische Stadt zu übergeben, wie es in dem Vertrag von Loja vereinbart worden war. Doch selbst wenn Boabdil diesen Vertrag hätte einhalten wollen – er hätte es nicht vermocht. Die Stadt war voll von ehemaligen Soldaten und Flüchtlingen aus den von den Christen eroberten Gebieten, Menschen also, die alles verloren hatten und zu jeder verzweifelten Tat fähig waren, wenn man ihnen auch dieses letzte Stück Heimat hier noch wegzunehmen versuchte. Sie hassten Boabdil, sahen in ihm die eigentliche Ursache für den Niedergang ihres geliebten al-Andalus und waren bereit, jeden einzelnen Stein Granadas mit dem Letzten zu verteidigen, was ihnen geblieben war: ihrem blanken Leben.

»Und was will Boabdil jetzt unternehmen?«, fragte Zahra ihren Bruder bang.

»Boabdil hat Isabel seine schwierige Situation geschildert und ihr mitgeteilt, dass er auch unter günstigeren Verhältnissen nicht bereit wäre, ihr Granada zu übergeben. Er will es wie bisher als ihr Lehnsträger verwalten.«

»Und werden sich die Christen damit zufriedengeben?«

Raschid seufzte. »Warum sollten sie – wo sie so kurz vor ihrem Ziel sind? Was liegt ihnen am Volk Granadas oder auch nur an Boabdil?«

»Aber Boabdil ist ihr Vasall, er zahlt pünktlich die Tribute und hat auch sonst immer alles getan, um die christlichen Könige zu unterstützen«, empörte sich Zahra. »Beim Allmächtigen, sie können uns doch nicht alles nehmen wollen!«

Raschid sah seine Schwester vielsagend an. »Und warum, *ghuzailati,* sollten sie das nicht tun wollen?«

Dass Raschid den Kosenamen »meine kleine Gazelle« benutzte, mit dem er sie als Kind oft gerufen hatte, trieb Zahra die Tränen in die Augen. Mit einem Mal fühlte sie sich hilflos, klein und schwach. »Aber es muss doch noch irgendetwas geben, das wir tun können«, presste sie verzweifelt hervor.

Raschid schüttelte den Kopf.

Unter vier Augen bedrängte Jaime Zahra erneut, das Land zu verlassen. »Die Mauren haben verloren!«

»Aber …« Sie verstummte und blickte auf ihre beiden älteren Kinder, die friedlich über ihrem Spiel auf den Sitzkissen eingeschlafen waren. Aber es ist doch unser Land, hämmerte es in ihrem Kopf, und damit auch das Land unserer Kinder!

Jaime zog sie an sich. »Zahra, denk an das Ende der Menschen von Málaga. Wir müssen hier weg!«

»Und als Nächstes wirst du mir wieder einreden, dass ich zum Christentum übertreten soll«, knurrte Zahra.

Jaime hielt sie an der Hand fest und sah sie ernst an. »Ja, Zahra, das würde unser Leben in der Tat vereinfachen! Hayat ist schließlich auch zum Christentum übergetreten, wie sie dir vor kurzem geschrieben hat.«

Zahra ballte die Fäuste. »Aber ich werde es nicht tun!«

»Und ob es Zahra schützen würde oder Hayat auf Dauer vor Übergriffen bewahrt, wage ich zu bezweifeln, wenn du mir die Einmischung erlaubst«, fiel Deborah ihm ins Wort. Sie war in das Speisezimmer zurückgekehrt, um ihren Umhang zu holen. »Genau wie die Christen derzeit alle konvertierten Juden einer strengen Untersuchung unterziehen und viele von ihnen so lange foltern, bis sie zugeben, dass sie weiter ihrem alten Glauben anhängen, werden sie auch konvertierte Mauren auf Dauer nicht ungeschoren davonkommen lassen. Wir leben ein Glück auf Raten, und die letzte Rate naht, ohne dass wir sie bezahlen können!«

»Natürlich ist der Übertritt zum katholischen Glauben keine Gewähr für Unversehrtheit«, gab Jaime zu. »Aber wir gewännen Zeit!«

»Wenn mich Torquemada findet, ist mein Leben so oder so nichts mehr wert«, erinnerte ihn Zahra. »Schließlich suchen mich die Christen wegen angeblichen Hochverrats!«

»Dann stimm endlich zu, dass wir das Land verlassen. Wir könnten nach Portugal gehen und dort ein ruhiges, sicheres Leben führen!«

Zahra presste die Lippen zusammen und fasste an ihren Schutzring. Hilf mir, flehte sie ihren Schutzgeist an, hilf mir, jetzt nicht die falsche Entscheidung zu treffen! Dann schluckte sie und erklärte Jaime mit um Festigkeit bemühter Stimme: »Ich lasse mich nicht von hier vertreiben. Dies hier ist unser Land. Die Seidenfarm und unser Stadthaus in Granada gehören meiner Familie seit Hunderten von Jahren!«

»Und du meinst, das war bei den Mauren in den eroberten Gebieten nicht der Fall?« Jaime hob die Augenbrauen. Zahra errötete. »Aber … aber Boabdil will in Frieden mit den Christen leben, und der Handel mit uns bringt ihnen nur Vorteile!«

»Verdammt, Zahra, begreif endlich, dass es Isabel nicht um Wohlstand, sondern um die Glaubensreinheit ihres Landes geht. Und deswegen müssen wir von hier weg, ehe wir erneut von den Ereignissen überrollt werden!«

Doch Zahra schüttelte stur den Kopf.

Am nächsten Tag sprach Jaime mit Raschid, der es aber ebenfalls strikt ablehnte, sein Land zu verlassen. »Boabdil ist Isabels Vasall. Sie kann nicht einfach in Granada einmarschieren, und wenn sie eines Tages doch anrücken sollte, haben wir immer noch Zeit, um zu reagieren!«

Schon wenige Wochen später zogen die Christen mit ihren Truppen in die Vega. Raschid berichtete es ihnen mit schwerer Stimme. »Fernando verlangt nun auch vom Stadtrat, ihm die Stadt zu übergeben. Andernfalls will er Granada stürmen. Er droht uns mit dem Schicksal Málagas.«

Fassungslos sahen sie einander an. Granada hatte in den letzten Jahren fast zu seiner alten Blüte zurückgefunden. Der Handel und die Vega blühten wieder. Natürlich war das Straßenbild auch von den vielen Flüchtlingen geprägt, die aus den anderen maurischen Gebieten zu ihnen geflohen waren, aber insgesamt lebten sie doch wieder in ruhigem Wohlstand. Wenn jedoch die Christen Granada angriffen …

»Mein Gott, das darf nicht unser Ende sein«, presste Zahra verzweifelt hervor.

»Ich sage euch schon seit Wochen, dass ihr Isabel und Fernando nicht trauen dürft!«, ereiferte sich Jaime.

Raschid und seine Geschwister sahen sich an, und niemand wusste etwas zu sagen.

5.

Granada

4. Mai 1490

Kalt lächelnd drückte der christliche Soldat seinen Dolch an Chalidas Kehle. »Lass sie los«, befahl er Zahra, »oder ich steche sie ab wie ein Schwein!«

»Ich flehe Euch an!« Verzweifelt hielt Zahra ihre Tochter weiter umklammert. »Sie ist doch noch ein Kind!«

Der Soldat drückte die Klinge noch fester gegen Chalidas Kehle. Ein merkwürdig kornblumenblau schimmernder Blutstropfen rann an ihrem zarten, porzellanweißen Hals herab, doch sie weinte nicht, sondern starrte ihre Mutter nur mit schreckensweiten Augen an. Langsam, wie ferngesteuert, lösten sich Zahras Hände von ihrer Tochter. Der Soldat riss sie an sich, lachte auf, und plötzlich war er verschwunden, und stattdessen schlugen die gierig aufbrausenden Flammen eines Scheiterhaufens hoch und erfassten Chalida. Zahra erwachte von ihrem eigenen gellenden Schrei. Nur allmählich wurde ihr bewusst, dass Jaime sie an sich gezogen hatte und auf sie einredete: »Alles ist gut, Zahra, du hast nur geträumt. Komm zu dir!«

»Jaime, ich … Es war so schrecklich! Sie haben Chalida …«

»Scht«, machte Jaime. »Scht!« Wie ein Kind wiegte er sie in den Armen.

Allmählich beruhigte sich Zahra, doch die Furcht wich nicht von ihr. Ihr Herz stach, ihr Körper war wie steifgefroren. »Jaime, ich habe solche Angst!«

»Dann lass uns endlich von hier weggehen!«

»Aber ...«

»Nein, kein Aber, verdammt!«, donnerte Jaime. Er ging hinaus in den Patio, kam mit einem glimmenden Kienspann zurück und entzündete die Öllampe, die neben ihrer Schlafstatt stand. Dann setzte er sich wieder neben Zahra. »Was muss denn noch geschehen, damit du einsiehst, dass wir nicht länger hierbleiben können? Die Christen verwüsten die Vega und unterwerfen einen Ort nach dem anderen, aber alles, was ich von dir dazu höre, ist: Raschid sagt, auf der Seidenfarm seien wir in Sicherheit, weil wir ganz nah an Granada sind. Heute sind wir vielleicht noch sicher, ja, aber was ist morgen? Zahra, zum Himmeldonnerwetter noch eins: Was ist morgen? Und komm mir jetzt nicht wieder mit deinem dämlichen Schutzgeist, oder meinst du wirklich, du wärst die Erste, die trotz eines Schutzrings an ihrem Finger von den Christen getötet wird?«

»Aber es ist doch unser Land!« Zahra schluckte und wusste nichts weiter zu sagen.

Am folgenden Tag ritt Zahra mit Raschid nach Granada. Bevor sie die Entscheidung traf, von hier wegzugehen, wollte sie mit Aischa reden und ihre Einschätzung der Lage hören. In all den Monaten hatte sie immer wieder vorgehabt, Aischa und Morayma zu besuchen, es dann aber doch nicht getan. Ihre Zeit an Aischas Hof lag so weit zurück und hatte mit ihrem heutigen Leben mit Jaime und den Kindern kaum noch etwas zu tun … Aber als sie jetzt die Stufen des Comaresturms hochstieg und sie Kafur, genau wie früher, vor Aischas Gemächern stehen sah, da war ihr früheres Leben mit einem Mal wieder so präsent, als sei alles erst gestern gewesen. Plötzlich ging Zahra nichts mehr schnell genug: Sie nahm die letzten Stufen mit zwei großen Schritten und sank an Kafurs Brust.

»Ach, Sternchen, Sternchen«, raunte der Eunuch und drückte sie mit einem tiefen Seufzer an sich. Zahra brachte kein Wort hervor. Zu stark waren die Erinnerungen: Wie Kafur sie nach Hause gebracht und mit ihr geschimpft hatte, weil sie ihm zu viel herumsprang, ihre Reise zu Boabdil und welche Hoffnungen sie damals gehegt hatten … Sie lösten ihre Umarmung und sahen sich schweigend an. Zahra bemerkte viele neue Falten auf Kafurs Stirn und um seine milden Augen, sein grau gewordenes Haar, seinen gebeugten Rücken. Wie alt du geworden bist, guter Kafur, dachte sie wehmütig.

»Aischa wird sich freuen, dich zu sehen, Sternchen«, brummte Kafur und nickte ihr aufmunternd zu. »Soll ich dich anmelden?«

Zahra nickte. Schon kurz darauf hörte sie Aischa rufen: »Aber ja doch, Kafur, lass sie rein!«

Als Zahra den großen Raum betrat, fand sie Aischa statuengleich auf dem Diwan liegend vor; noch immer umgab sie eine unvergleichliche Aura von Würde und Erhabenheit. Sechs lange Jahre hatten sie sich nicht gesehen. Die Züge der Verbitterung um Aischas Mund waren noch einschneidender geworden, aber ihre Augen strahlten noch die gleiche, unbezwingbare Kraft aus wie früher. Auch die monatelange Kerkerhaft unter az-Zagal hatte sie nicht brechen können. Zahra begrüßte die Gebieterin Granadas mit einer tiefen Verbeugung, aus der sie sich erst erhob, als Aischa es ihr erlaubte. »Komm her, Zahra, und setz dich zu mir!«

Zahra wollte sich auf einem der Sitzkissen niederlassen, doch Aischa zog sie zu sich auf den Diwan und nahm ihr eigenhändig den Niqab und den Hidschab ab. »Lass dich ansehen. Du bist reifer geworden, ein wenig voller in den Wangen – und noch schöner!« Mit einer gemächlichen Geste strich sie ihr schweres, einst nachtschwarzes, jetzt silbrig durchwebtes Haar über der Stirn zurück. »Und drei Kinder hast du, sagt Raschid, und wie wundervoll sie seien!«

Zahra nickte und blickte Aischa lange an.

Diese richtete sich ein Stück auf, als fühle sie sich unter ihrem prüfenden Blick unwohl. »Die Zeit hat an mir andere Spuren als an dir hinterlassen. Der Niedergang unseres Landes … Nie hätte ich für möglich gehalten, dass es so weit kommen könnte.«

»Noch ist nicht alles verloren«, erwiderte Zahra mit mehr Furcht als Überzeugung in der Stimme.

»Nein, noch nicht«, erwiderte Aischa mit ihrer dunklen, rauchigen Stimme und wiederholte noch einmal bedeutungsschwer: »Noch nicht.«

»So befürchtet also auch Ihr, dass die Christen Granada angreifen werden?«

Aischa erhob sich von ihrem Diwan, trat an das hufeisenförmige Fenster und blickte hinaus auf ihr gefährdetes Land. »Unsere Spitzel meinen, dass die Christen schon in wenigen Wochen vor unseren Toren stehen könnten.«

Zahra musste schlucken. Das hatte Raschid ihnen nicht gesagt. »Und was wird Boabdil tun?«

Aischa straffte sich und drehte sich wieder zu Zahra um. »Das Schwert erheben und um sein Land kämpfen – wie er es seinen Ahnen und seinem Volk schuldig ist!«

»Und die Vega?«

Aischa schürzte die Lippen und schüttelte den Kopf.

»Ihr habt gar keine Hoffnung mehr, sie zurückerobern zu können?«

»Nein, keine.« Aischas Stimme brach. Sie räusperte sich. »All die Zuversicht und der Fleiß, mit dem wir in den letzten Jahren alles wieder aufgebaut haben ... Für nichts. Und jetzt schlägt sich auch noch az-Zagal auf Fernandos Seite. Ja, Zahra, du hörst richtig: Az-Zagal wird Fernando bei seinem Kampf gegen Granada unterstützen!«

Zahra schüttelte fassungslos den Kopf. »Mein Gott, wie groß muss sein Hass auf Euren Sohn sein! Oder sein Neid ...«

»Immerhin steht das Volk Granadas jetzt endlich wieder fest und unverrückbar hinter Boabdil. Nur so haben wir eine Chance!«

»Und Ahmed? Was werden die Christen mit ihm tun, wenn sich Boabdil ihnen widersetzt?« Zahra meinte, den hübschen Jungen mit seinen großen, melancholischen Knopfaugen vor sich zu sehen. Sosehr es ihr vor Torquemada graute – in diesem Moment konnte sie nur hoffen, dass der Dominikanerpater inzwischen wahrhaftig sein Herz, so er denn eines hatte, ganz an den maurischen Thronfolger verloren hatte, um ihn zu schützen, was auch immer geschah.

»Ahmed wird das Schicksal ereilen, das Allah, *ta'ala,* ihm vorbestimmt hat«, erwiderte Aischa mit versteinerter Miene. »Und uns das unsere.«

»Warum hast du uns nicht gesagt, dass die Christen schon so bald gegen Granada vorrücken werden?«, fragte Zahra ihren Bruder auf dem Rückweg zur Seidenfarm.

»Kannst du dir das nicht denken?«

»Und du meinst nicht, dass du Jaime und mir die Entscheidung überlassen musst, ob wir unter diesen Umständen noch hierbleiben wollen?«

»Ich hatte bislang nicht den Eindruck, dass du vorhast wegzulaufen.«

»Weglaufen …« Das Wort hinterließ in Zahras Mund einen bitteren Geschmack. »Aber die Kinder, deine Frau … Sollten wir nicht wenigstens sie in Sicherheit bringen?«

»Und wo sind wir noch in Sicherheit?« Raschid warf ihr einen beredten Blick zu. »Außerdem will Deborah nicht weg.«

»Jaime schon«, entfuhr es Zahra. »Und deswegen muss ich ihm auch sagen, was ich von Aischa erfahren habe.«

»Ich glaube nicht, dass du ihm damit etwas Neues erzählst. Würde er uns sonst so bedrängen wegzugehen?«

Zahra blickte auf das Land um sie herum. Die Sonne strahlte mit voller Kraft über weites, üppiges Weideland, fruchtbare Felder und endlose Olivenhaine – im Hintergrund erhob sich die schneebedeckte Sierra Nevada. Ihr wurde das Herz schwer. »Mein Gott, Raschid, kannst du dir vorstellen, all das für immer aufzugeben?« Trotz der warmen Sonnenstrahlen fröstelte es Zahra, und sie zog ihren Hidschab enger um ihren Leib.

»Ich nicht, aber du, wie es aussieht«, erwiderte Raschid ungewohnt scharf und trieb sein Pferd an.

Am Abend redete Zahra lange mit Jaime. Sie gestand ihm, welche Truppenbewegungen seitens der Christen zu erwarten waren, und fügte hinzu, dass sie trotzdem nicht weggehen wolle. »Ich kann nicht, Jaime, ich kann einfach nicht!«

Jaime erhob sich von ihrer Schlafstatt und ging im Zimmer auf und ab. »Weißt du, Zahra«, seufzte er, »am liebsten würde ich dich knebeln und mit den Kindern zusammen wegschaffen. Aber leider habe ich das untrügliche Gefühl, dass du mir das niemals verzeihen würdest.«

»Es steht dir frei, ohne uns wegzugehen. Schließlich ist es nicht dein Krieg.«

»Nein, sicher ist er das nicht. Isabels Ziele sind schon lange nicht mehr die meinen, aber auch die Mauren kann ich nicht mehr verstehen. Ihre Lage ist aussichtslos; alles Kämpfen kann nur weitere Tote hervorbringen … Aber wenn du mir noch einmal vorschlägst, dich und die Kinder allein zu lassen, könnte es geschehen, dass ich dir den Hintern versohle. Auch wenn uns keiner unserer Götter gesegnet hat, bist du für mich doch meine Frau, die Frau, die ich über alles liebe! Was immer geschehen mag: Ich werde immer da sein, wo auch ihr seid, und euch gegen jeden verteidigen, der es wagt, euch ein Haar zu krümmen – ganz gleich, ob er Kastilier oder Maure ist!«

Seine Worte trieben Zahra die Tränen in die Augen. Bewegt fasste sie nach seiner Hand. Nach einer langen Pause des Schweigens sagte sie nur: »*Ya'qub*, ich liebe dich.« Ganz bewusst und zum ersten Mal verwendete sie die arabische Version seines Vornamens. Ihre Blicke trafen sich, ihre Lippen fanden sich, ihre Küsse erhitzten ihr Blut. Zart wie ein Blatt im Herbstwind wehte Zahra der Gedanke an, dass es vielleicht nicht der richtige Moment war, noch ein Kind zu zeugen, aber er hakte sich nicht in ihr fest. In Zeiten wie diesen gab es kein Richtig oder Falsch mehr. Man musste leben und das Schöne, das das Leben zu bieten hatte, genießen, solange man es noch konnte. Verlangend schob sie ihre Hände unter Jaimes Tunika und fuhr über seine feinbehaarte Brust. Jaime packte ihr festes Gesäß, hob sie ein Stück hoch und drückte ihren Unterleib gegen sein Geschlecht. Zahra entfuhr ein kehliger Laut des Wohlbehagens, und sie trank weiter von seinen Küssen, bis es sie beide drängte, sich ihrer Kleider zu entledigen. Noch vor Jaime sank Zahra auf ihre Bettstatt und öffnete die Schenkel. Jaime bedeckte ihren auch nach drei Geburten noch schlanken Körper mit heißen Küssen und liebkoste ihre vollen Brüste mit seinen Händen, die rauh von der Arbeit auf der Farm waren, was Zahra nur noch mehr erregte. Sie schloss die Augen, schmolz unter seinen Liebkosungen dahin und konnte kaum erwarten, dass seine Hände tiefer fuhren. Die Hitze in ihrem Bauch wurde intensiv und zog sich immer mehr zusammen, wie ein Ball, der explodieren wollte. Zahra streichelte Jaime, um die Lust auch in ihm noch mehr anzufachen, und tatsächlich wanderten seine Hände nun weiter zu ihren empfindsamsten Stellen. Zahra stöhnte auf und drängte sich verlangend an ihn. Schweiß perlte auf ihrer Haut, der Geruch machte sie noch wollüstiger. Als Jaime in sie drang, keuchte Zahra und schlang ihre Beine um seine Hüften, um ihn daran zu hindern, sich zu schnell in ihr zu bewegen. Sie wollte nicht zu früh verglühen. Sie wollte es genießen, es dauern lassen, unbewusst geleitet von der Angst, dass in diesen Zeiten jedes Mal das letzte Mal sein könnte. Sie presste ihren Mund auf Jaimes, umkreiste mit ihrer Zunge die seine, trank seine Lust, und da konnten sie sich beide nicht mehr zurückhalten und ließen ihrer Ekstase freien Lauf.

Erschöpft lagen sie nebeneinander, die Berührung ihrer Fingerspitzen war der einzige Körperkontakt zwischen ihnen. Vom weit offen stehenden Fenster wehte ein milder Frühlingswind über sie hinweg. Ihre erhitzten Körper glühten aus, ihr Atem beruhigte sich. Zahra rückte näher zu Jaime und legte ihren Kopf auf seinen Brustkorb, der sich sanft hob und senkte. Zärtlich strich Jaime über ihr langes, über ihn wallendes Haar und breitete seine Arme um ihren Körper. Etliche Minuten lagen sie so da und genossen ihre Nähe, die wohlige Ermattung, die Stille der Nacht. Mit einem Mal horchte Jaime auf.

»Was ist?« Zahra richtete sich auf.

»Ein Reitertrupp! Spürst du nicht dieses dumpfe Vibrieren?« Jaime sprang auf und zog sich an. »Schnell, weck die anderen und hol die Kinder!«

Zahra suchte ihre Kleider zusammen. »Wer kann das sein?«

»Um diese Uhrzeit sicher kein Freundschaftsbesuch!« Jaime schnallte sein Schwert um. »Ich alarmiere die Soldaten, die Raschid uns hiergelassen hat, bevor er nach Granada aufgebrochen ist. Ich verstehe gar nicht, dass sie noch nicht die Warnglocke geläutet haben!«

Während er vorauslief, schlüpfte Zahra noch rasch in ihre Schuhe und stürzte dann ebenfalls los. Als Erstes weckte sie Deborah und Zainab, dann Tamu und die Diener. Hundertmal hatte Jaime ihnen erklärt, wie sie sich im Fall eines Angriffs verhalten sollten, und Zahra, die sich darüber so manches Mal ein wenig lustig gemacht hatte, war nun dankbar, dass jeder genau wusste, was er zu tun hatte. Schon lief Tamu herbei, um ihr beim Ankleiden der Kinder zu helfen. Als sie mit ihnen nach unten kam, erwarteten sie Deborah und Zainab mit den anderen Kindern. Inzwischen hatten die Wachmänner längst die Alarmglocken geläutet. Aus dem Patio drangen Flüche und gebellte Befehle zu ihnen, die Pferde schnaubten und wieherten unruhig, jemand brüllte: »Gleich sind sie vor dem Tor!«

Sie verteilten die Kinder auf die Arme der Erwachsenen und verließen das Haus durch eine Hintertür, die sie direkt auf das freie Feld hinter der Farm führte. Dahinter begann der Wald, in dem Jaime in einer halben Meile Entfernung eine Hütte für sie errichtet und Vorräte deponiert hatte. Sie hörten, wie die Christen auf der anderen Seite mit einem Rammbock gegen das Hoftor donnerten; Arkebusenschüsse und Schreie hallten durch die Nacht.

»Schneller, schneller«, trieb Zahra die Ihren an.

Sie waren erst wenige Meter in den Wald eingetaucht, als zwei christliche Soldaten an der Hausmauer entlangritten. Rasch drückten sich alle flach auf den Boden. Zahras jüngster Sohn begann zu weinen. Sie drückte ihn behutsam an ihre Brust, um das Geräusch zu dämpfen. Sie nahm an, dass die Soldaten einen zweiten, leichter zu erzwingenden Eingang suchten, und war erleichtert, dass sie die hinter hohem Buschwerk liegende rückwärtige Tür nicht bemerkten. Zahra trieb die Gruppe weiter. Als ein gurgelnder Todesschrei die Nachtluft zerriss, krampfte sich Zahras Herz zusammen.

Über Baumwurzeln und Äste stolpernd, erreichten sie die Hütte. Nachdem sich Zahra vergewissert hatte, dass alle gut versorgt waren, drückte sie Tamu Yayah in den Arm und lief zum Eingang.

»Bleib hier, Zahra, was hast du vor?«, rief Deborah ihr verängstigt nach, doch Zahra rannte weiter.

Noch bevor sie das Feuer sah, konnte sie es riechen. Das ist nicht wichtig, sagte sie sich, Häuser kann man wieder aufbauen, aber es schnürte ihr den Hals zu. Sie umschloss den Schutzring an ihrem rechten Ringfinger und hastete weiter. Jaime, Jaime, Jaime, pochte es pausenlos in ihrem Kopf. Vom Waldrand aus erblickte sie das Ausmaß der Verheerung: Die Stallungen brannten lichterloh, ebenso der Schuppen und der Dienertrakt, und allmählich fraßen sich die Flammen weiter zum Herrenhaus. Die Christen hatten das Tor gestürmt. Verzweifelt versuchte sie, im Feuerschein Jaime unter den Kämpfenden auszumachen, verließ den schützenden Wald und stahl sich von Gebüsch zu Gebüsch. Nur wenige Schritte von ihr entfernt brach einer ihrer Diener unter dem Schwerthieb eines christlichen Soldaten zusammen und starb unter Krämpfen. Zahra zitterten die Knie. Sie musste innehalten und verbarg sich hinter einem Busch. Der Christ stürmte weiter, aber schon kamen drei andere Kämpfende auf sie zu. Zwei Kastilier bedrängten einen maurisch gekleideten Mann. Als der einem Schwerthieb auswich und dabei zurücksprang, erkannte Zahra, dass es Jaime war. Die beiden Christen trieben ihn gnadenlos weiter gegen die Bäume und verletzten ihn am Arm, so dass Jaime das Schwert in die andere Hand nehmen musste. Er wurde erneut getroffen, diesmal in Rippenhöhe, und schon wieder donnerten die beiden Schwerter auf ihn nieder. Ohne nachzudenken, sprang Zahra aus ihrer Deckung und klaubte dem toten Diener das blutbesudelte Schwert aus der Hand. Es wog weit mehr, als sie gedacht hätte. Im nächsten Moment hob der Christ, der nur einen Schritt vor ihr stand, sein Schwert, um es auf Jaime niederzuschmettern. Zahra biss die Zähne zusammen, riss ihr Schwert mit beiden Händen hoch und hieb mit all ihrer Kraft auf den Schwertarm des christlichen Soldaten ein. Als sie unter ihrem Schwert einen Widerstand spürte, schloss sie entsetzt die Augen. Ein gellender Schrei drang durch die Nacht, zugleich sauste ihr Schwert, jetzt ohne weiteren Widerstand, tiefer, bis es gegen den Boden schlug. Zahra riss die Augen wieder auf, hob das Schwert erneut an, brauchte es aber nicht mehr einzusetzen: Jaime hatte dem anderen Soldaten sein Schwert in den Bauch gerammt. Röchelnd sackte der Getroffene auf die Knie und kippte wie ein gefällter Baum nach vorn, woraufhin sich Jaime nun selbst dem von Zahra verletzten Soldaten zuwenden konnte. Mit einem einzigen Hieb hatte er auch dessen Leben beendet.

Jaime sah sie an. Es war nur ein kurzer Blick. Wut und Unglaube flackerten darin auf. Dann stieß er Zahra grob zwischen die Büsche und fuhr herum, um den nächsten Angreifer abzuwehren. Auch diesen erledigte Jaime mit wenigen

Schwerthieben. Er folgte Zahra und trieb sie zur Hütte. »Wir können nichts mehr retten als unsere eigene Haut«, keuchte er, überholte sie und zerrte sie hinter sich her, bis sie die Hütte erreicht hatten. Bevor sie eintraten, umfasste er ihr Handgelenk noch fester und sah sie wieder mit diesem unendlich dunklen Blick an. »Tu so etwas nie, nie wieder!«, zischte er. Seine Lippen bebten vor Wut.

»Aber ich wollte doch …«

»Ich weiß. Trotzdem!«, donnerte Jaime dazwischen und zog sie im gleichen Atemzug heftig an sich.

Bis zum Morgengrauen warteten sie in der Hütte, ob weitere Überlebende zu ihnen stießen, doch es kam niemand mehr. Jaime befahl den anderen, Zahra auf keinen Fall hinausgehen zu lassen, und schlich zurück zur Farm. Eine gute Stunde später kam er wieder und schüttelte den Kopf.

»Aber sie können doch nicht alle tot sein«, entfuhr es Zahra. Zehn Soldaten, vier Wachmänner, fünf Diener und acht Arbeiter hatten die Farm verteidigt.

»Wir müssen hier weg«, knurrte Jaime. »Falls sie den Wald absuchen.« Er verteilte die Proviantsäcke an die Erwachsenen und setzte sich Abdarrahman auf die Schultern. Stumm und mit zusammengebissenen Zähnen führte er ihren kleinen Trupp gen Granada.

6.

Granada

5. Juni 1490

Fünf Tage brauchten Zahra und ihre Familie, bis sie Granada erreicht hatten. Wegen der umherstreifenden christlichen Soldaten hatten sie nur nachts gehen können und viele Umwege in Kauf nehmen müssen. Entkräftet, hungrig und mit zerrissenen Kleidern betraten sie ihr Stadthaus. Die Diener waren außer sich vor Freude und Erleichterung, sie gesund und wohlbehalten wiederzusehen. Einer von ihnen eilte sofort in die Alhambra, um Raschid ihre Ankunft zu melden, welcher, wie eine Dienerin ihnen unter Tränen erzählte, schon halb wahnsinnig vor Sorge um sie war und zwei Suchtrupps losgeschickt hatte, die seit Tagen die Umgebung der Farm nach ihnen durchkämmten.

Seit Zahra mit Ahmed nach Córdoba gegangen war, hatte sie ihr Elternhaus nicht mehr betreten. Nun mutete es sie seltsam an, nicht ihren Vater anzutreffen und zu wissen, dass er auch niemals wieder dort sein würde. Voller Wehmut dachte sie an ihre Kindheit zurück, in der sie ihn angehimmelt hatte – und dachte voller Scham an all die Schandtaten, mit denen sie ihn erzürnt hatte. Beim Allmächtigen, wie oft hatte sie sich in seinem Arbeitszimmer einfinden und eine Standpauke über sich ergehen lassen müssen! Sie warf einen kurzen Blick in sein Arbeitszimmer und sah an der Unordnung auf dem Schreibtisch, dass sich Raschid das Zimmer ihres Vaters inzwischen wahrhaft zu eigen gemacht hatte. Bei Abdarrahman war immer alles aufs peinlichste geordnet gewesen.

Schon wenig später stürmte ihr Bruder ins Haus. Er presste seine Frau und seine Kinder an sich und schließlich auch alle anderen. »Gott hat meine Gebete erhört«, rief er dabei immer wieder. »Er hat euch wohlbehalten hergeführt. Beim Allmächtigen, welche Angst habe ich um euch ausgestanden!«

Einer der auf der Farm getöteten Diener war der Ehemann Marias, die Zahra und Raschid einst nach Raschids Befreiung mit nach Hause gebracht hatten und die seit zwei Jahren die alte Köchin ersetzte. Stumm vor sich hin weinend, saß sie in einer Ecke, und auch Raschids Versicherung, dass er für sie und ihr erst vor kurzem geborenes Kind sorgen würde, konnte sie nicht trösten. Tamu zog sie an sich und bot an, sich um die Zubereitung des Essens zu kümmern. Zahra staunte, wo die inzwischen so betagte Frau ihre Energie hernahm, da sie von ihrer Flucht ebenso zerschlagen sein musste wie sie, und nickte ihr dankbar zu.

Auch von den Kindern fielen die Strapazen der Reise schnell ab: Mahdi und Deborahs ältere Kinder zeigten Abdarrahman das Haus und den Patio, während Chalida an Zahras Seite klebte und sie mit Fragen löcherte. Wem das Haus gehöre, wie lange sie blieben, ob Zahra als Kind hier gelebt habe – all das wollte sie wissen. Obwohl sich Zahra bewusst war, dass die Dreijährige nur wenig von dem verstand, was sie ihr erklärte, gab sie ihr doch bereitwillig Auskunft und war gerührt über den Ernst, mit dem sie ihren Ausführungen folgte. Ihr fielen Tamus Worte ein, als diese ihre Tochter zum ersten Mal gesehen hatte, und gab ihr im Stillen recht: Chalida war ein besonderes Kind. Sie strich ihr die dunklen, schon fast schulterlangen Locken aus dem Gesicht und küsste sie mit wehem Herzen auf die Stirn.

Nach dem Abendessen rief Raschid die Erwachsenen ins Arbeitszimmer. Ihnen allen war klar, dass der Angriff auf die Seidenfarm nur ein Vorgeschmack auf das war, was sie in Granada erwartete. »Aber in der Stadt sind wir besser geschützt«, versicherte ihnen Raschid. »Boabdil hat die Festungsmauern in den letzten Monaten erneut verstärkt, und die Truppen sind bestens auf die Angriffe der Christen vorbereitet. Sicherer als hier können wir derzeit nirgends sein!«

»Was aber noch lange nicht bedeutet, dass wir hier sicher wären«, knurrte Jaime, der als Einziger stehen geblieben war. Er verschränkte die Arme und sah Raschid herausfordernd an. »Christen wie Mauren haben in den letzten Jahrhunderten immer wieder erleben müssen, dass keine Stadt uneinnehmbar ist. Sicher wären wir nur, wenn wir weggingen!«

Raschid schüttelte den Kopf.

Zahra sah Jaime flehend an. »Jaime, uns bleibt doch nichts als dieser Flecken Erde, der letzte, den wir vor den Christen noch haben retten können!«

»Die Welt ist groß. Zum Donner, Zahra, so denk doch auch an die Kinder! Reicht es nicht, was wir in Málaga und auf der Seidenfarm erlebt haben? Bisher sind wir immer mit heiler Haut davongekommen, aber wer sagt uns, dass es diesmal auch so ist? Dieses gigantische Heer der Christen muss sich jetzt nur noch auf Granada und die Vega konzentrieren, und dementsprechend gering sind unsere Chancen!« Er schlug sich mit der Faust in die Hand. »Bei Gott, seid ihr denn alle blind ob dem, was da auf uns zurollt?«

»Ich habe dir schon einmal gesagt«, erwiderte Zahra ruhig, »dass ich es dir nicht verübeln würde, wenn du …«

»Und ich habe dir schon einmal gesagt, was ich mit dir mache, wenn du diesen Satz jemals wiederholen solltest!«, unterbrach Jaime sie zornig. »Zahra, ich habe mein halbes Leben auf Schlachtfeldern zugebracht und bin alles andere als ein Feigling. Aber ich bin sehr wohl in der Lage zu erkennen, wenn eine Situation ausweglos ist!«

Zahra presste die Lippen zusammen und sah auf den Seidenteppich unter ihren Füßen, ihre Schwester und ihre Schwägerin taten es ihr gleich. Raschid erhob sich, ging stumm im Zimmer auf und ab und blieb dann mit einem langen, nachdenklichen Blick vor Jaime stehen. »Ich weiß selbst, dass unsere Aussichten schlecht sind, Jaime, aber solange wir noch etwas haben, wofür es zu kämpfen lohnt, können wir nicht aufgeben. Granada ist das Herz von al-Andalus – und damit auch das unsere.«

»In Ordnung«, brummte Jaime und fuhr sich mit der Linken über Hals und Nacken. »Aber dann nimm mich mit zu Boabdil. Meine Erfahrungen in Fernandos Kompanie könnten euch nutzen.«

Raschid sah ihn erstaunt an. »Willst du damit sagen, dass du an unserer Seite kämpfen willst?«

»Was denn sonst?«, erwiderte Jaime ungehalten, beruhigte sich dann aber und ließ die Arme sinken. »In Málaga habe ich es schließlich auch schon getan, und wenn ich euch nicht zur Flucht bewegen kann, dann muss ich euch wenigstens beistehen!«

Raschid sah ihn an und umarmte ihn. *»Anta fi hurmati.«*

Damit stellte er ihn unter seinen Schutz. Zahra wusste, welch große Bedeutung diese Worte für ihren Bruder hatten, und wischte verstohlen eine Träne aus ihrem Augenwinkel. Von nun an war Jaime für Raschid wie ein Bruder.

Zunächst wüteten und mordeten Fernandos Truppen weiterhin nur vor der Stadt. Fast täglich brannten sie einen anderen Ort nieder, zahllose Mauren fanden den Tod, große Gruppen maurischer Gefangener wurden zu den christlichen Sklavenmärkten geführt. Mit dem Mut der Verzweifelten rückte Boabdil mit seinen Truppen immer wieder gegen die Christen aus, und auch wenn sie dem Gegner dabei empfindliche Verluste zufügten, konnten sie dem verheerenden Treiben doch kein Ende setzen. Immerhin brachte ihnen ihr Mut neue Anhänger ein: Von allen Seiten strömten Mauren in die Stadt, um sie bei der Verteidigung zu unterstützen, schließlich schlossen sich ihnen auch die Bergbewohner der Sierra Nevada an, und die maurischen Soldaten in den zuletzt von Fernando eroberten Gebieten Guadix, Baza und Almería wollten ihnen ebenfalls zu Hilfe kommen. Das Volk von Granada schöpfte Hoffnung; mit jedem Tag erwarteten sie die Ankunft ihrer Landsleute. Wie viele andere Familien hatten sich auch die Sulamis bereit erklärt, eine größere Zahl der erwarteten Soldaten bei sich aufzunehmen. Auf dem Markt wurden weitere Teppiche gekauft, um ihnen ein bequemes Lager bieten zu können, und Tamu scheuchte die Dienstboten durch das Haus, damit sie alles auf Hochglanz wienerten und mit dem Vorbereiten von Speisen begannen.

»Tamu, was soll das?«, rügte Raschid sie immer wieder. »Wir erwarten keine verzärtelten Königskinder, sondern Soldaten!«

Die Tage verstrichen, doch die einzigen Soldaten, die in Granada eintrafen, waren die aus der Sierra Nevada.

»Hoffentlich sind die Truppen aus Guadix, Baza und Almería nicht von Fernandos Soldaten abgefangen worden«, murmelte Zahra, während sie unruhig vor dem Fenster im Arbeitszimmer ihres Bruders auf und ab ging.

»Selbst wenn Fernandos Truppen sie aufgespürt haben, können sie kaum alle gleichzeitig festnehmen«, beruhigte Raschid sie. »Du wirst sehen: In ein paar Tagen sind sie hier!«

Kurz darauf wurde ein Bote angekündigt, der eine Nachricht Boabdils überbrachte. Angespannt sah Zahra zu, wie ihr Bruder das Siegel aufbrach und zu lesen begann.

»Nun sag schon, was Boabdil schreibt«, drängte sie ihn. »Sind die Soldaten endlich da?«

Raschid ließ den Brief sinken und schloss die Augen.

»Raschid, was ist? So rede doch!«

Wortlos reichte er ihr das Schreiben.

»Aber, aber das kann doch nicht sein«, stammelte Zahra entsetzt. »Ein Maure hat die Soldaten an Fernando verraten, einer unserer eigenen Leute! Und Fernando hat ...« Die weiteren Worte wollten Zahra nicht über die Lippen kommen.

Raschid rief Jaime und teilte auch ihm die Hiobsbotschaft mit. »Fernando hat Truppen nach Guadix, Baza und Almería geschickt. Unter dem Vorwand, eine Heerschau machen zu wollen, haben die Hauptleute alle männlichen Bewohner dieser Orte auf dem Feld antreten lassen, hernach die Stadttore geschlossen und ihnen mitgeteilt, dass ihr Plan, uns beizustehen, aufgeflogen sei und sie damit das Recht verwirkt hätten, weiter auf ihrem Land zu bleiben. Sie mussten einzeln in die Stadt zurückkehren, ihre Familien holen und auf der Stelle die Region verlassen.« Raschid brach die Stimme.

»Aber dann kommen sie doch gewiss erst recht her«, sagte Jaime, doch Raschid schüttelte den Kopf. »Fernando hat sie gezwungen, das Land zu verlassen.«

Bald wusste jeder in Granada von der Ausweisung ihrer Landsleute aus Guadix, Baza und Almería. Auch zu az-Zagals Truppe drang die Nachricht, und schon wenige Tage später strömten fast tausend seiner Soldaten in die Stadt. Sie hatten sich von az-Zagal losgesagt und wollten nun für Boabdil kämpfen. Mit großem Jubel wurden sie empfangen und in die Häuser einquartiert, die sich auf die Soldaten aus Guadix, Baza und Almería vorbereitet hatten. Die Menschen fassten neuen Mut – zumal sie die Nachricht erreichte, dass az-Zagal aus Wut über die Untreue seiner Soldaten Fernando sein Land verkauft habe, um sich in Afrika niederzulassen. Zusammen mit den fünf Millionen Maradevis, die Fernando ihm für seine verbliebenen Besitzungen gezahlt hatte, und unzähligen Truhen mit seinem Besitz schiffte sich az-Zagal nach Marokko ein. Dort wurde er allerdings anders empfangen als erwartet: Der König von Fès ließ ihn gefangen nehmen. Er warf ihm vor, erhebliche Schuld am Niedergang von al-Andalus zu tragen, beschlagnahmte sein Vermögen, ließ seine Augen mit geschmolzenem Kupfer blenden und schickte ihn in die Verbannung. Az-Zagal schleppte sich zu den Ghumara, den Einzigen, die ihm noch die Treue hielten. Sie versorgten den Erblindeten mit Nahrung und Kleidung und wiesen ihm eine Hütte zu. Auf seinem Gewand soll ein Pergament befestigt gewesen sein, auf dem zu lesen war: »Dies ist der unglückliche König von Andalusien.«

Als Anfang April die christliche Truppe ihr Lager direkt vor Granada aufschlug und die vordere Linie nur wenige Leguas von der Stadtmauer entfernt war, rief Boabdil seinen Rat im Thronsaal der Alhambra zusammen. Während sich der Raum füllte, stand Raschid mit weiteren Beratern am Fenster und beobachtete, wie die christlichen Heerscharen ihre Vega überschwemmten. Niemand von ihnen sagte ein Wort. Es war, als habe ihnen dieser Anblick die Sprache verschlagen.

»Beim Allmächtigen«, stöhnte Raschid schließlich und

wandte sich ab. Die Unmenge an christlichen Soldaten konnte in niemandem mehr einen Zweifel daran lassen, welch verzweifeltes, letztes Ringen vor ihnen lag. Als die Sitzung begann, sprach er sich trotzdem gegen eine Übergabe der Stadt aus. »Ich will keine Gnade und keine ehrenvollen Bedingungen, sondern weiter Herr unseres Landes sein!«, erklärte er Boabdil mit fester Stimme.

Die anderen Berater stimmten ihm zu: »Wir werden kämpfen, solange wir den Schwertarm heben können!«

»Aber wie sollen wir gegen diese Übermacht vorgehen?«, wagte Jaime zu fragen. Auf Raschids Bestreben war auch er Mitglied des Rates geworden.

»Mit unserem Mut, unserer Verzweiflung und mit Allahs Hilfe«, erwiderte ihm Raschid.

Jaime hob zweifelnd die Augenbrauen, sagte aber nichts weiter. Im gleichen Moment betrat der wachhabende Soldat den Saal. »Yazid as-Sulami bittet untertänigst, in der Versammlung vorsprechen zu dürfen.«

Mit funkelnden Augen schoss Raschid von seinem Platz hoch. »Dieser Verräter wagt es, hier aufzutauchen? Haben er und az-Zagal nicht schon genug Unheil über unser Volk gebracht? In den Kerker gehört er, nicht in unsere Versammlung!«

Die anderen Berater pflichteten ihm bei, doch Boabdil gebot ihnen zu schweigen. »Ich weiß, welches Leid und welchen Schaden Yazid uns allen und vor allem dir, Raschid, zugefügt hat. Trotzdem möchte ich ihn zumindest anhören.«

Zähneknirschend nahm Raschid wieder seinen Platz ein. Der Wächter ließ Yazid eintreten.

Über zehn Jahre hatten sich die Halbbrüder nicht gesehen. Raschid hatte Yazid nie anders als hochfahrend, aufrührerisch und heimtückisch erlebt, doch der Mann, der vor sie trat, wirkte in sich gekehrt, sein Blick war gebrochen, sein Haar vor der Zeit ergraut. Yazid fiel vor Boabdil auf die Knie. »Mein Gebieter, ich ersuche Eure Vergebung.«

Raschid meinte, nicht recht zu hören. Er konnte sich nicht daran erinnern, dass sich sein Halbbruder jemals in seinem Leben für etwas entschuldigt hatte, und dies hier ging um einiges darüber hinaus.

Boabdil gebot Yazid, sich zu erheben und zu sprechen.

»Ich bin einem Bild von az-Zagal hinterhergelaufen, dem er nie entsprochen hat. Selbst als er meinen Vater zum Tode verurteilte, habe ich das noch nicht begriffen, aber jetzt ist mir klargeworden, dass az-Zagal nie das Wohl unseres Landes im Sinn hatte, sondern nur die Befriedigung seines Ehrgeizes, während Ihr, mein Emir, immer treu zu unserem Volk gestanden habt. Und deswegen möchte ich Euch und alle hier Anwesenden und vor allem meinen Halbbruder um Verzeihung bitten und Euch in aller Demut meine Dienste anbieten.«

Raschid ahnte weit mehr als jeder andere in dem vollbesetzten Saal, wie schwer Yazid diese Worte fallen mussten, und auch wenn ihm die Erinnerung an das, was er ihm und seiner Familie angetan hatte, wie Messer in den Leib schnitt, war er doch von der Aufrichtigkeit seiner Worte überzeugt. Er merkte, dass Boabdil ihn fragend ansah. Raschid zögerte mit seiner Antwort. Er wusste, dass seine Position bei Boabdil stark genug war, um mit einem einzigen Kopfschütteln Yazids Ende herbeizuführen, aber er wusste auch, dass jetzt der falsche Moment war, um alte Rechnungen zu begleichen. Das hatten die Mauren viel zu lang getan. Also nickte er Boabdil zu. »Unsere Lage ist verzweifelt genug, um über jeden Mann froh zu sein, der für uns eintreten will.«

»So sei es denn«, erklärte Boabdil und erlaubte Yazid, sich zu setzen.

Yazid sah zu Raschid. Auch jetzt lag Reue in seinem Blick und die Bitte um Vergebung. Raschid aber tat, als bemerke er es nicht.

Zum Ende der Versammlung bekräftigten die Weisen und hochgestellten Adligen der Stadt ihren Entschluss, sich geschlossen hinter Boabdil zu stellen und ihn in seinem Kampf gegen die Christen mit all ihrer Kraft und ihrem Vermögen zu unterstützen. Selbst die Kaufleute pflichteten ihnen bei, denn ihnen war bewusst, dass es ohne Granada auch keinen Handel mehr mit den Kastiliern geben würde. Am Abend berichtete Raschid seiner Familie von der Versammlung und erzählte ihnen natürlich auch von Yazid.

»Dass er es wagt!«, empörte sich Zahra. »Und auch dich verstehe ich nicht. Du hättest seinen Kopf fordern müssen!«

»Zahra, du hast diese Flut von christlichen Soldaten in der Vega nicht gesehen. Wir können auf keine Schwerthand verzichten.«

»So schlimm ist es?« Unwillkürlich glitt Zahras Hand zu ihrem Schutzring. »Und wenn Yazid nur hergekommen ist, um uns für die Christen auszuspionieren?«

»Dann werden wir es herausfinden«, erwiderte Raschid. »Nicht zuletzt aus diesem Grund habe ich ihm angeboten, bei uns zu wohnen. So können wir uns am ehesten ein Bild davon machen, wie ernst es ihm mit seiner Reue ist.«

»Er soll bei uns wohnen?« Zahra fröstelte. Sie hatte nicht vergessen, in welch elender Verfassung sie Raschid in der Sklavenschaft vorgefunden hatte oder wie Yazid in der Seidenfarm auf sie und ihren Vater losgegangen war. Stets hatte er versucht, ihren Vater gegen sie und ihre Geschwister aufzubringen. Aber jetzt gab es ihren Vater und auch az-Zagal nicht mehr, vielleicht änderte das wirklich alles.

»Zahra, ich glaube ihm, dass er seine Fehler bereut und nun ganz auf unserer Seite ist«, meinte Raschid, als hätte er ihre Gedanken gelesen. Unsicher sah Zahra zu ihm, sagte aber nichts mehr.

Es war später Abend, als Zubair ihnen Yazids Ankunft ankündigte. Seiner Miene war anzusehen, dass er Yazid lieber erschlagen hätte, als ihn ins Haus zu lassen. Raschid jedoch wies ihn an, seinen Bruder hereinzubitten und noch ein Gedeck aufzulegen.

Obwohl Yazid ganz ruhig vor sie trat und nichts Aggressives oder Herausforderndes in seinem Blick lag, wich Zahra zurück. Yazid dankte seinem Halbbruder und ihnen allen für die Aufnahme und blickte dann zu Zahra, deren Blick sich auf ihm festgebrannt hatte. »Zahra, ich …« Er hob die Hände und ließ sie wieder sinken. »Ich kann mir denken, was in dir vorgeht. Es gibt genug, was du mir vorzuwerfen hast und sicher nie vergessen wirst, aber ich bereue zutiefst, was ich getan habe, und möchte dich und euch alle bitten, mir noch eine Chance zu geben.«

Seine Direktheit entwaffnete Zahra, und sie fragte sich, ob sich Yazid in der Tat besonnen haben könnte. »Ich nehme an, du weißt, dass der Mann an meiner Seite Kastilier ist«, erwiderte sie mit herausforderndem Blick.

Yazid nickte. »Und ich weiß auch, dass ihr nicht verheiratet seid.« Er sah zu Jaime. »Ich hoffe, dass meine Halbgeschwister mich in dieser Familie ebenso willkommen heißen wie dich, selbst wenn ich es weit weniger verdient haben mag.«

Zahra meinte, Aufrichtigkeit in seinem Blick zu sehen, blieb aber misstrauisch, auch wenn sie später, als sie allein mit Raschid in seinem Arbeitszimmer war, zugeben musste, dass auch sie Yazid verändert fand. »Aber ich kann trotzdem nicht glauben, dass er vom Bösen zum Guten geworden ist.«

»Yazid glaubte, das Richtige zu tun, das Richtige für al-Andalus …«

»Eine große Portion Eifersucht dürfte bei so mancher seiner Handlungen aber auch mit im Spiel gewesen sein«, konterte Zahra.

Raschid gab ihr recht. »Vater ist jetzt tot, und wir müssen lernen, zu vergessen und zu vergeben, wenn wir uns nicht ständig weiter durch Einzelkämpfe in den eigenen Reihen zerfleischen wollen.« Er machte eine Pause. »Übrigens hat Yazid mir erzählt, er habe Vater am Tag vor seiner Hinrichtung noch einmal im Kerker besucht.«

»Musste er ihm seinen Triumph auch noch persönlich mitteilen?«, empörte sich Zahra.

Raschid strich ihr begütigend über den Arm. »Das habe ich zuerst auch gedacht, aber Yazid hat mir versichert, dass er alles versucht hat, um Vaters Leben zu retten. Er ist zu ihm gegangen, um ihm zu sagen, wie sehr er bedauerte, nichts für ihn erreicht zu haben.«

»Aber er hatte ihn doch selbst gefangen genommen! Und wieso hat er az-Zagal noch nach Vaters Tod die Treue gehalten?«

»Das will ich dir gern erklären«, ertönte da hinter ihnen Yazids Stimme. »Mit der Gefangennahme wollte ich Vater daran hindern, weiter gegen az-Zagal zu agieren, aber ich habe nicht damit gerechnet, dass az-Zagal an ihm ein Exempel statuieren würde. Nach Vaters Tod war ich nahe daran, mich von az-Zagal loszusagen, aber andererseits wollte ich auch unser Land weiter gegen die Christen verteidigen, und damals erschien er mir trotz allem der richtige Mann dafür zu sein.«

»Lauschen ist also noch immer deine Stärke«, zischte Zahra ihn feindselig an.

»Ich wollte gerade zu Raschid. Hätte ich lauschen wollen, wäre ich im Verborgenen geblieben«, erwiderte er ruhig.

Zahra sah ihn an, und auch wenn ihr Halbbruder ihrem Blick standhielt, nagten doch weiter Zweifel an ihr.

Zum Erstaunen der Mauren führten die Christen, nachdem sie ihre Zeltstadt aufgebaut hatten, keinen Angriff auf Granada aus. »Was haben die vor, zum Teufel?«, knurrte Yazid.

Im Gegensatz zu seinem Halbbruder, der mit drei anderen Beratern Boabdil in dessen Arbeitszimmer ruhig gegenübersaß, lief er angespannt auf und ab und sah immer wieder hinaus auf diese gigantische Ansammlung von Soldaten. »Meinen sie, uns so zermürben zu können?«

»Ich denke, schon«, erwiderte Boabdil. »Einer unserer Spitzel hat herausgefunden, dass Fernando seinen Soldaten ausdrücklich verboten hat, sich auf Gemetzel einzulassen. Übrigens ist gestern auch Isabel angekommen, mitsamt ihren Kindern und dem gesamten Hofstaat. Die Christen scheinen sich also auf längere Zeit einrichten zu wollen – und sich verdammt sicher fühlen.«

»Eine Belagerung also«, seufzte Raschid.

»Und wie lange können wir ihr standhalten?«, fragte Yazid.

»Kein halbes Jahr, es sei denn, wir rationieren unsere Vorräte schon jetzt. Dann hätten wir vielleicht für sieben, acht oder auch neun Monate genug Essen«, mutmaßte Raschid. »Wegen der Zerstörung der Vega haben wir unsere Lager kaum auffüllen können.«

»Aber ihr werdet doch nicht dasitzen und warten wollen, bis wir verhungert sind?«, begehrte Yazid auf.

Raschid schlug vor, die Christen mit kleineren Angriffen aus der Reserve zu locken. Wie er nicht anders erwartet hatte, unterstützte Yazid seine Ansicht, und auch die anderen stimmten zu. In den nächsten Tagen machten Raschid, Jaime, Yazid und andere Hauptleute mit ihren Soldaten immer wieder Ausfälle zum kastilischen Lager. Sie verhöhnten die Christen und traten untereinander in Wettstreit, wer von ihnen seine Lanze am nächsten an den Zelten der Könige zu plazieren vermochte, konnten aber weder die Christen zu einem Gegenschlag reizen noch an ihre bestens bewachten Vorräte gelangen. Dann erfuhren die Mauren, dass Isabel einen besonderen Gast in ihrer Stadt erwartete: Cristóbal Colón, in anderen Ländern auch Kolumbus genannt. Er wolle ausziehen, um eine neue Handelsroute nach Indien zu suchen, und wie es schien, war Isabel an seinem Vorhaben jetzt, da sie den Sieg über Granada schon zum Greifen nah vor sich sah, sehr daran interessiert.

»So muss sie ihren Eroberungswillen also auch noch auf den Rest der Welt ausweiten«, rief Raschid erbittert.

»Dabei sind die Kastilier nichts als Barbaren«, erwiderte Boabdil. »Was verstehen sie schon von der Seidenherstellung? Wer von ihnen ist in der Lage, unsere komplizierten Bewässerungssysteme instand zu halten? Wer versteht nur halb so viel von Pferdezüchtung wie wir? Und all unsere Errungenschaften im Bereich der Astronomie, der Medizin, der Philosophie und der Übersetzung alter Werke! Die Kastilier können nicht begreifen, was sie vorfinden, nur zerstören, was andere über Jahrhunderte erarbeitet und aufgebaut haben, weil sie in ihrer Tumbheit gar nichts damit anzufangen wissen!«

Boabdil konnte nicht ahnen, dass er mit seiner Einschätzung auch in Bezug auf das von Kolumbus bald darauf entdeckte »Westindien« recht behalten würde.

In den nächsten Wochen verstärkten die Mauren ihre Provokationen, doch nach wie vor ließen die Christen sich nicht zum Kampf herausfordern. Vor allem Yazid kochte vor Wut und stapfte wie ein Berserker durch Boabdils Arbeitszimmer. »Dann müssen wir ihr Lager eben stürmen!«, donnerte er.

»Damit würden wir nur viele gute Männer verlieren und sonst nichts weiter erreichen«, wandte Raschid ein.

»Aber diese kleinen Attacken – die führen doch zu nichts, außer dass wir unsere Pferde schinden!«, erboste sich Yazid. »Wir müssten klüger vorgehen, etwas Unerwartetes, Unerhörtes wagen …« Er hielt inne und lächelte. »Wie zum Beispiel die Königin als Geisel nehmen!«

»Was in der Tat ein genialer Schachzug wäre«, pflichtete Jaime ihm bei. »Nur dürfte es uns kaum gelingen, nah genug an sie heranzukommen: Um sie schwirren mehr Leibwächter als nachts Motten ums Licht!«

Auch Raschid fand Yazids Vorschlag zu riskant. »Die Zelte der Könige stehen im Zentrum des Lagers!«

»Aber nachts …«, murmelte Jaime, kratzte sich an der Stirn und lächelte nun ebenfalls. »Sagt man nicht, nachts seien alle Katzen grau?«

»Du meinst …« Auch in Raschids Augen blitzte es auf, und Yazid rief begeistert: »Genau! Wir müssten ja nicht als Mauren ins Lager eindringen!«

»Aber es bleibt ein großes Risiko«, gab Raschid zu bedenken. »Wir müssen ins Herz ihres Lagers vorstoßen!«

»Und wenn die Christen uns bemerken, hätten wir immense Verluste«, versuchte auch Boabdil sie zu bremsen.

»Verluste«, echauffierte sich Yazid. »Wenn wir alle verhungert sind, werden die Verluste auch nicht geringer sein!«

Die Diskussion erhitzte sich, und je länger sie anhielt, desto mehr flammte in Yazid sein altes Rebellentum auf, doch anders als früher ließ sich Raschid diesmal von ihm mitreißen. »Wenn wir die Königin in unsere Gewalt bringen könnten, wäre unsere Lage in der Tat ganz und gar verändert!«

»Wie viele Männer werdet ihr brauchen?«, fragte Boabdil schließlich.

Yazid, Raschid und Jaime spannen ihren Plan: Zunächst müssten sie die Christen mehrere Tage lang durch Scheinangriffe ermüden und dann des Nachts versuchen, sich mit einer kleinen Gruppe Männer in die Zeltstadt zu stehlen. Zu ihrer Sicherheit sollte im Hintergrund eine weitere Truppe von rund hundert Mann verborgen bleiben. In vier Nächten wollten sie es wagen.

Zahra und Deborah waren außer sich, als ihre Männer von ihrem Vorhaben berichteten.

»Das ist Selbstmord!«, ereiferte sich Zahra.

»Auszuharren und nichts zu tun ist auch Selbstmord«, hielt Jaime ihr entgegen. »Unsere Vorräte schwinden, obwohl sich schon lange niemand von uns mehr satt gegessen hat. Schau dir doch die Kinder an: Chalida ist spindeldürr, und Abdarrahman und Yayah sehen kaum besser aus. Wir haben keine andere Wahl, als das Unmögliche zu wagen!«

»Das kann niemals gutgehen«, hauchte Deborah. »Das spüre ich!«

»Wenn wir nichts unternehmen«, widersprach Raschid ihr, »ist das unser Ende!«

»Wessen Idee ist dieser verrückte Plan eigentlich?«, fragte Zahra dazwischen. »Yazids?«

Raschid und Jaime sahen einander an.

»Also war es Yazids Idee«, donnerte Zahra weiter und wollte schon hinaus zu ihrem Halbbruder stürmen, doch Jaime hielt sie zurück. »Zahra, es war deine Entscheidung, nicht von hier wegzugehen, als wir noch hätten weggehen können, und ich habe sie hingenommen. Dann sei jetzt auch mutig genug, die Folgen zu tragen. Wenn wir diesen Anschlag nicht wagen, werden wir wie die Menschen Málagas enden. Und statt Yazid zu verfluchen, solltest du lieber froh sein, dass er diese Idee gehabt hat!«

»Soll ich ihm vielleicht auch noch dafür danken, dass er dich und meinen Bruder ins offene Messer jagt? Und wo ist er eigentlich in diesem Spiel? Auf der Festungsmauer, um zuzusehen, wie ihr umkommt?«

»Nein, er wird mit uns gehen«, erwiderte Jaime ruhig.

»Aber es muss doch noch einen anderen Weg geben!«, begehrte Zahra verzweifelt auf.

Jaime zog sie an seine Brust, und wie immer machte seine körperliche Nähe sie wehrlos und schwach. »Bitte, Jaime, sag mir, dass es noch einen anderen Weg gibt«, flehte sie kläglich. Doch ihr Geliebter schüttelte den Kopf.

In der Abenddämmerung gingen Jaime, Raschid und Yazid aus dem Haus, verfolgt von den angstvollen Blicken der Frauen. Zwei Stunden später verließen sie die Stadt, eine berittene Truppe von annähernd hundert Mann hinter sich, von denen jeder Einzelne zu den besten Kämpfern der Stadt zählte. Kein Laut außer dem Hufaufschlag und einem gelegentlichen Schnauben der Pferde war zu hören; der Sichelmond leuchtete ihnen den Weg. Jaime hatte sich in den letzten Tagen mehrmals in christlicher Kleidung bis nah an das feindliche Lager herangewagt und herausgefunden, dass die linke Flanke des Lagers weniger stark bewacht war und zugleich den kürzesten Weg zum Zelt der Königin bot. Mit Gesten machte Jaime den anderen deutlich, dass sie sich noch weiter links halten mussten. Bald darauf sahen sie in der Ferne die Öllampen der christlichen Wachen in der Nacht schimmern. Die Haupttruppe bewegte sich weiter in Richtung Wald, um dort auf ein Zeichen zu warten, während Jaime, Raschid und Yazid, in christliche Kleider gehüllt und die Pferde nach christlicher Art aufgezäumt, weiter auf das Lager zuhielten.

»Halt, wer da?«, rief bald darauf eine der Wachen, trat ein Stück vor und hob die Lampe höher.

»Wir haben uns ein wenig die Zeit vertrieben«, rief Jaime ihm auf Spanisch zu.

»Nachts darf niemand das Lager verlassen«, gab dieser misstrauisch zurück.

Jaime, Raschid und Yazid stiegen von ihren Pferden ab und gingen gemächlich auf die beiden Wächter zu.

»Jetzt gib dich nicht moralischer als Torquemada«, sagte Jaime. »Wir hatten Appetit auf einen drallen Frauenleib. Nachts schleichen immer mal wieder Maurinnen aus Granada heraus, um im Fluss frisches Wasser zu schöpfen, und wir wollten uns bei einer von ihnen erleichtern.« Er lachte kehlig auf. »Nebenbei bemerkt: Sie war herrlich warm und feucht!«

Inzwischen waren sie nah an die beiden Wachen herangetreten. Auch der zweite Wächter hob ihnen nun die Lampe entgegen. Er konnte nicht anzweifeln, dass sie Kastilier waren, zumal Yazid ein Stück hinter Raschid und Jaime zurückgeblieben war. Nur einen Atemzug später machte Jaime Raschid das vereinbarte Zeichen, und die Klingen ihrer Dolche fuhren blitzschnell durch die Kehlen der Wächter. Nichts als ein leises, verebbendes Gurgeln schlich sich in die Stille der Nacht.

Jaime nickte Yazid zu, woraufhin dieser nun ebenfalls seinen Dolch zog und ihm und Raschid ins Lager der Christen folgte.

Die drei hatten sich fast bis zu den königlichen Zelten vorgearbeitet, als ihnen ein alter Soldat, der seine Blase erleichterte, hinterherrief: »He, wo wollt ihr hin?«

Jaime erstarrte vor Schreck. Er kannte die Stimme und wusste, der Soldat würde auch ihn erkennen, wenn er ihn aus der Nähe sah. Er machte seinen Gefährten ein Zeichen, und sie stürzten sich gleichzeitig auf den Mann und töteten ihn lautlos. Sie lauschten. Alles blieb ruhig. Als sie weiterschleichen wollten, stahl sich ein Soldat aus einem Zelt direkt neben ihnen. Noch ehe er das Schwert gegen sie einsetzen und seine Kameraden alarmieren konnte, hatten Jaime und seine Mitstreiter ihn überwältigt, doch obwohl sie erneut kaum ein Geräusch verursacht hatten, krochen weitere Soldaten aus den Zelten.

»Yazid, gib den anderen das Zeichen zum Angriff!«, zischte Jaime Yazid auf Arabisch zu.

Yazid ließ einen Eulenruf ertönen. Zugleich rannten sie in Richtung der Königszelte. Die Soldaten stürmten ihnen nach. Einer von ihnen brüllte: »Die Mauren! Alarm!«

Vor dem Zelt der Königin standen vier bis zur Halskrause bewaffnete Leibwächter. Am Lagereingang brach gewaltiger Lärm los: Die maurische Truppe stürmte das Zeltlager. Ihre vordringliche Aufgabe war, möglichst viel Aufmerksamkeit zu erregen, damit sich die Soldaten in ihre Richtung wandten und Jaime, Raschid und Yazid mehr Spielraum hatten. Die meisten Soldaten, die jetzt aus ihren Zelten stürzten, hasteten tatsächlich zum Lagerrand, aber zumindest zwei weitere Soldaten eilten zum Zelt der Königin. Jaime fluchte: Es waren sein Bruder Gonzalo und Don Juan.

Einer der Leibwächter Isabels griff Jaime an. Jaime konnte ihn zurückdrängen und mit einem gewagten Schwerthieb am Arm verletzen, aber dann hieb auch der zweite Leibwächter auf ihn ein, und er geriet in Bedrängnis. Auf einmal sah er Yazid an seiner Seite. Nach einem kurzen Gefecht gelang es ihm, dem von Jaime schon verletzten Soldaten das Schwert in den Bauch zu rammen, aber im gleichen Moment schrie er selbst vor Schmerz auf. Jaime fuhr zu ihm herum und sah, dass Gonzalo Yazid eine tiefe Wunde am Bein zugefügt hatte. Er verpasste seinem eigenen Gegner einen Tritt in den Unterleib, der ihn keuchend zusammensacken ließ, und richtete das Schwert gegen Gonzalo, der ihn in diesem Moment erkannte und erbleichend zurückwich. Da brüllte Don Juan: »Dich kenne ich doch, du Mistkerl!« und attackierte Yazid. »Die Visage von einem, der unseren Herrn Jesus beleidigt, vergesse ich nie!«

Jaime sah, dass Don Juan Yazid stark zusetzte, aber inzwischen hatte sein Bruder seinen ersten Schrecken überwunden und hieb auf ihn ein. Jaime schmetterte seinen Schlag ab und bekam aus dem Augenwinkel mit, dass Raschid seinen Gegner hatte töten können und weiter zu den Zelten der Königin eilte. Nur wenige Meter lagen noch zwischen ihm und dem Zelteingang, als er von drei hinzustürmenden Soldaten angegriffen wurde. Inzwischen hatten sich die ersten Mauren ihrer eigenen Truppe zu ihnen vorgearbeitet. Sie unterstützten sie im Kampf, zogen zugleich aber eine gewaltige Horde christlicher Soldaten hinter sich her. Wegen der wenigen Lampen im Lager war es schwer zu erkennen, wer wer war, zumal außer Jaime, Raschid und Yazid auch noch viele andere Mauren christliche Kleider angezogen hatten. Dank dieser Verwirrung konnte sich Raschid weiter zum Zelt vorarbeiten.

Wieder wehrte Jaime einen Schwerthieb seines Bruders ab. Zwar war Jaime schon immer der bessere Schwertkämpfer von ihnen gewesen, aber es fiel ihm schwer, auf Gonzalo wie auf einen Feind einzuschlagen, so dass dieser ihn immer wieder in Bedrängnis bringen konnte. Jaime sah ihm an, dass er ihn möglicherweise wirklich töten würde – erst nahm er ihm Zahra weg, jetzt verübte er einen Anschlag auf seine Königin –, zögerte aber, seinem Bruder einen tödlichen Hieb zu versetzen. Schließlich riss er ihn mit sich zu Boden und verpasste ihm einen Faustschlag ins Gesicht, und als dieser den Kopf noch einmal hob, einen zweiten, wonach er sich nicht mehr rührte. Jaime sah, dass Raschid erneut angegriffen wurde, ihm aber schon zwei ihrer Leute zu Hilfe eilten. Er drehte sich nach Yazid um, der noch immer in den Zweikampf mit Don Juan verstrickt war. Beide waren verletzt: Don Juan am Arm und auf der Wange, Yazid am Bein und am Unterarm. Jaime zögerte, ob er lieber ihm zu Hilfe eilen oder sich besser weiter zum Zelt der Königin durchschlagen sollte, doch dort hatten sich inzwischen so viele Soldaten eingefunden, dass ihr Plan ohnehin nicht mehr durchzuführen war. Er schlug einen weiteren Angreifer nieder und versuchte, sich zu Yazid vorzuarbeiten, dem Don Juan inzwischen eine weitere schwere Verletzung an der Schulter zugefügt hatte. Endlich hatte er ihn erreicht, doch als er gerade auf Don Juan losschlagen wollte, krachte ihm ein Schwert in die Schulter. Bevor er zu Boden sank und das Bewusstsein verlor, sah er noch, wie Yazid seinen Angreifer mit einem gutgezielten Schwerthieb davon abhielt, erneut auf Jaime einzustechen – und im gleichen Moment rammte Don Juan Yazid das Schwert in den Bauch …

Als Jaime zu sich kam, verspürte er quälenden Durst.

»Wasser«, röchelte er. Jemand benetzte seine Lippen und ermunterte ihn, an dem Tuch zu saugen. Ohne dass er Raum und Zeit oder auch nur die Stimme zuordnen konnte, leistete er der Aufforderung Folge, merkte, wie etwas auf sein Gesicht tropfte und wie Tränen an seinem Gesicht herabrann, und verlor erneut das Bewusstsein.

Erst Stunden später erwachte Jaime wieder. Die Sonne blinzelte durch das Maschrabiya-Gitter vor dem Fenster, woraus er schloss, dass er nicht in christlicher Gefangenschaft, sondern bei den Mauren war. Er regte sich.

»Jaime, endlich!«, stöhnte Zahra erleichtert auf und strich ihm über die unrasierte Wange. Betroffen stellte Jaime fest, wie verweint ihre Augen waren.

»Yazid …«, wollte er sagen, doch aus seinem Hals kam nur Krächzen. Zahra verstand ihn trotzdem und schüttelte den Kopf. »Sie haben ihn nicht zurückgebracht, weil er schon tot war«, erwiderte sie, und schließlich presste sie noch voller Wut hinterher: »Und nichts anderes hat er für diesen verrückten Plan verdient!«

Jaime wies auf das Wasser, das neben seinem Lager stand. Zahra reichte ihm den Becher und half ihm, sich aufzusetzen; Jaime verzog vor Schmerz das Gesicht. Als er getrunken hatte, sank er zurück ins Kissen. »Dass ich noch lebe, verdanke ich ihm allein«, presste er mühsam hervor. »Um mir beizustehen, hat er von seinem Gegner abgelassen – und dafür mit dem Leben bezahlt.«

»Das wusste ich nicht.« Zahra presste die Lippen zusammen.

»Und Raschid?«, fragte Jaime.

»Er hat dich da herausgeholt.«

»Ist er unverletzt?«

Zahra schüttelte den Kopf. »Aber er geht ihm schon wieder recht gut.« Über ihre Wangen rannen Tränen. »O Jaime, bei eurem Überfall sind so viele gestorben, und ich hatte so schreckliche Angst um dich! Über eine Woche hast du mit hohem Fieber dagelegen, selbst Tamu hatte die Hoffnung aufgegeben, und dann die Kinder …«

»Was ist mit ihnen?« Jaime sah sie erschrocken an.

Zahra wischte sich die Tränen weg. »Sie hatten so viel Hunger, dass sie sich über die Früchte an unserem Orangenbaum hergemacht haben, obwohl wir sie wieder und wieder davor gewarnt hatten, weil sie noch unreif waren. Hernach hatten sie einen solchen Durchfall, dass wir schon das Schlimmste befürchtet haben. Erst als Tamu einer alten Kräuterfrau getrocknete Erdbeer- und Brombeerblätter abschwatzen konnte, ging es ihnen allmählich besser, aber sie sind immer noch sehr schwach und … Ach Jaime, woher sollen wir denn jetzt noch Hoffnung nehmen?«

»Ich weiß es nicht.« Jaime ergriff ihre Hand und küsste sie. »Aber wenn wir sie verlieren, ist es um uns geschehen.«

7.

Granada

18. März 1491

Ach Zahra«, brummte Jaime. »Erst wolltest du deinen Halbbruder nicht über eure Türschwelle treten lassen, und jetzt, da er tot ist, heulst du dir die Augen aus dem Kopf. Aus dir soll noch mal jemand klug werden!«

Ruckartig erhob sich Zahra von seiner Schlafstatt. Noch immer war Jaime zu schwach zum Aufstehen, so dass sie viele Stunden am Tag an seiner Seite verbrachte. Deshalb wusste er, dass es schon ausreichte, Yazids Namen zu erwähnen, um ihre Tränen fließen zu lassen.

»Ich verstehe es ja auch nicht. Aber seit ich weiß, dass er den Tod gefunden hat, weil er dir beistehen wollte … Außerdem ist mir erst jetzt klargeworden, dass ich an ihm gehangen habe.« Erneut traten ihr Tränen in die Augen. »Dabei habe ich als Kind so oft Hiebe von ihm einstecken müssen, weil er mich bei Vater angeschwärzt hat, nur um mir eins auszuwischen, und dann seine Häme, wenn ich danach über Wochen Zimmerarrest hatte, aber andererseits …«

»Andererseits hast du ihn wegen seiner rebellischen Unabhängigkeit und seiner stolzen Unbeugsamkeit auch immer bewundert«, setzte Jaime ihren Satz fort.

Zahra nickte stumm.

»Und wenn man es genau betrachtet«, ergänzte Jaime, »wart ihr euch genau in diesem Punkt unglaublich ähnlich!«

Zahra sah zu Jaime. Zuerst schüttelte sie den Kopf, aber dann wurde ein Nicken daraus. »Ja, wahrscheinlich hast du recht.«

Jaime streckte ihr die Hand entgegen. »Komm, setz dich wieder zu mir.«

Jaime nahm ihre Hand und drückte sie sich auf die Brust. »Kann es dir noch nicht einmal ein Trost sein, dass dies genau der Tod war, den Yazid sich gewünscht hat? Und seien wir ehrlich: In dem Leben, das nun auf uns zukommt, hätte er niemals seinen Platz finden können.«

»Und werden wir ihn finden – diesen neuen Platz?«, fragte Zahra. Jaime zuckte mit den Achseln. Vor ihnen lag nur noch Ungewissheit, und nach ihrem Fehlschlag im christlichen Lager war ihre Lage hoffnungsloser denn je.

»Vielleicht hätten wir doch beizeiten von hier weggehen sollen«, raunte Zahra zerknirscht.

»Ach Zahra, hätte, wenn und aber! Und wenn wir wirklich weggegangen wären, hättest du dir für den Rest deines Lebens Vorwürfe gemacht, weil du immer das Gefühl gehabt hättest, dein Land im Stich gelassen zu haben.«

Zahra hob unglücklich die Schultern. »Aber wenigstens würden unsere Kinder dann vielleicht einer besseren Zukunft entgegensehen, während wir jetzt verhungern oder von den Christen versklavt werden.« Ihre Stimme zitterte.

»Wir werden nicht verhungern«, versprach Jaime ihr. Zahra nickte und vermied es, ihn anzusehen. Schließlich wussten sie beide, dass er es nur gesagt hatte, damit sie sich nicht noch mehr Vorwürfe machte.

Der Sommer verging, und die maurischen Kornkammern leerten sich beängstigend. Außer den Pferden der Soldaten waren alle Tiere geschlachtet worden, und der Hunger zeichnete die Gesichter der Menschen, Hunger und die grenzenlose Wut, von den Christen in ihrer eigenen Stadt eingesperrt zu sein und nichts dagegen tun zu können. Während die einen Boabdil bedrängten, Granada zu übergeben, hofften andere auf die herbstlichen Regenfälle, doch noch ehe sie niederfielen, ersetzten die Christen ihre Zelte durch massive Holzhäuser und nannten ihre neugegründete Stadt »Santa Fé«. Ein Spitzel fand heraus, dass »dieser Colón« wieder bei den kastilischen Königen weilte und Isabel ihm nun fest ihre Unterstützung zugesagt hatte, was die Mauren noch mehr aufbrachte: Das Schwein, das Isabel schlachten wollte, um seine Erkundungsfahrt zu bezahlen, waren schließlich sie selbst. Dank dem Untergang des Maurenreichs würde sich Isabel womöglich auch noch neue Welten untertan machen.

Im Herbst wurde die Lage hoffnungslos. Die Christen würden dank ihren festen Häusern und ihren prall gefüllten Kornkammern noch Monate vor der Stadt ausharren können, während der Hunger bei ihnen von Tag zu Tag mehr Opfer forderte. Vor allem Säuglinge und Alte raffte es wie die Fliegen dahin.

»Ich befürchte, wir werden die Getreideausgabe noch weiter rationieren müssen«, gestand Boabdil Raschid und Jaime.

Als die beiden dies am Abend zu Hause berichteten, brach Zahra zusammen. »Dann sollen die Christen unsere Stadt eben haben«, presste sie hervor. »Vielleicht kommen wir so wenigstens mit dem Leben davon!« Schluchzend zog sie ihre bis auf die Knochen abgemagerten Kinder an sich.

Jaime wandte sich an Raschid. »Zahra hat recht; wir müssen mit Boabdil reden. Das Warten bringt nur noch mehr Tote.«

Ein paar Tage wartete Boabdil noch, da der Sultan von Ägypten ihnen Hilfe zugesagt hatte, aber als diese ausblieb, sah auch er keine andere Möglichkeit mehr, als die Stadt zu übergeben. »Vielleicht können wir jetzt, da die Christen uns noch nicht ganz am Ende sehen, auch bessere Bedingungen aushandeln, als wenn wir weiter warten.«

Schweren Herzens machte er sich auf den Weg zu seiner Mutter, der Sultanin, um ihr seinen Entschluss mitzuteilen.

Als Boabdil Aischas Gemächer betrat, war Zahra bei ihr. Mit versteinertem Gesicht hörte Aischa ihren Sohn an, und als das Wort »Übergabe« fiel, wurde sie so bleich, dass Zahra befürchtete, sie würde umsinken. Sie eilte zu ihr, doch Aischa wies ihren stützenden Arm mit einer harten Geste von sich. Sie straffte sich und maß ihren Sohn mit eisigem Blick. »Die Astronomen hatten also doch recht: Du bist nichts als ein Unglücklicher und ein Unglücksbringer, az-Zugaibi. Statt unser Reich zu retten, wirfst du es den Christen zum Fraß vor!«

Zahra zuckte unter Aischas Worten zusammen, hätte es aber niemals wagen dürfen, für Boabdil Partei zu ergreifen.

Boabdil zeigte keine Regung. Er verbeugte sich und verließ Aischas Gemächer, um zu tun, wozu die Umstände ihn zwangen.

Als er gegangen war, wankte Aischa zu ihrem Diwan und wedelte mit der Hand, als wolle sie Hühner verscheuchen. »Geh! Ich will allein sein!«

Zahra verbeugte sich und verließ ihr Gemach. Als sie die Tür hinter sich schloss, sah Kafur sie besorgt an. Da war es um Zahras Beherrschung geschehen. Sie sank an seine Brust und weinte, wie sie seit ihren Kindertagen nicht mehr geweint hatte. Kafur strich ihr über die Schulter und drückte ihr einen Kuss auf das Haar. »Das Leben wird weitergehen, Sternchen.

Auch ohne unser herrliches al-Andalus und ohne Granada. Nur daran darfst du jetzt denken.«

»Aber wenn sie uns versklaven …«, schluchzte Zahra. »Meine Kinder – o Gott, was habe ich bloß getan!«

Am Abend war es am Esstisch der Sulamis so still, als sei jemand gestorben. Sogar die Kinder aßen wortlos ihr karges Mahl, und keines von ihnen weinte, weil es nicht satt wurde. Nach dem Essen bat Raschid die Erwachsenen in sein Arbeitszimmer.

»Was wird nun werden?«, fragte Zahra ihn mit erstickter Stimme. Zainab brach in Tränen aus, und Zahra zog sie an sich.

»Heute früh kam Gonzalo als Gesandter der Könige zu Boabdil und hat ihm mitgeteilt, dass die Christen sein Übergabeangebot angenommen haben«, begann Raschid mit schwerer Stimme zu berichten. »Sollte der Friedensvertrag zustande kommen, garantieren die christlichen Könige allen Bewohnern die Unversehrtheit ihres Lebens und ihres Besitzes. Granada soll ihnen binnen fünfundsechzig Tagen übergeben werden, am Tag zuvor müssen vierhundert Söhne und Brüder der vornehmsten Granadiner als Geiseln gestellt werden. Diese werden freigelassen, sobald die Könige die Stadt übernommen und gesichert haben. Außerdem müssen wir alle christlichen Gefangenen freilassen.«

»Betreffen die Geiseln auch uns?«, fragte Deborah mit banger Stimme.

Raschid schüttelte den Kopf. »Nein, da ich der einzige erwachsene männliche Vertreter der Familie bin. Aber Boabdils Freund Ismail und auch viele unserer anderen Freunde werden unter ihnen sein.«

Deborah schloss die Augen, unter ihren Lidern quollen Tränen hervor. Raschid erhob sich und zog sie an sich.

Zahra strich sich über ihren eng gewordenen Hals. »Und wie sicher können wir sein, dass sie uns danach auch wirklich gehen lassen?«, fragte sie.

»Gonzalo hat uns sein Wort darauf gegeben«, erwiderte Raschid und blickte zu Jaime.

»Wenn mein Bruder sein Wort auf etwas gibt, hält er es auch«, versicherte Jaime. Er war zutiefst erleichtert, dass sein Bruder seine Faustschläge überlebt hatte.

»Und was steht noch in den Bedingungen?«, fragte Zahra.

»Die meisten betreffen Boabdil selbst. Er muss Granada verlassen und erhält dafür im Austausch für sich und seine Nachkommen eine Region in den Alpujarras. Überdies werden die christlichen Könige ihm ein Gnadengehalt von dreißigtausend Castellanos in Gold zahlen.«

»Ein Gnadengehalt …« Das Wort hinterließ in Zahras Mund einen bitteren Nachgeschmack. »Und im Gegenzug heimsen sie Granada mit all seinen Schätzen ein – welch großzügiger Tausch!«

»Wir sind nicht in der Position, Forderungen zu stellen«, erinnerte Raschid sie.

»Und was wird aus uns?«, fragte Zahra.

»Es steht uns frei, weiter hier zu leben; wir müssen nur wie bisher den gewohnten Zehnt von unseren Feldfrüchten und Herden als Abgabe zahlen. Sogar unsere Waffen dürfen wir behalten; lediglich die Geschütze müssen wir abgeben. Wer von uns innerhalb der nächsten drei Jahre nach Afrika gehen will, bekommt von den Christen Mittel für die Überfahrt.«

»Immerhin bleibt uns die Versklavung erspart«, raunte Zahra, aber ihre Verbitterung über die Niederlage wog schwerer als die Erleichterung über ihre Freiheit – zumal es keine wirkliche war. »Und was wird aus den Geiseln in Córdoba? Und vor allem aus Ahmed?«

»Sie werden freigelassen, sobald alle Bedingungen des Vertrags erfüllt sind.«

Zahra nickte und musste an Morayma denken. Wie froh sie sein würde, ihren Sohn wieder in die Arme schließen zu können! Ahmed musste jetzt fast zehn Jahre alt sein – aber würde er nach all den Jahren unter Torquemadas Fittichen überhaupt noch zu seinen Eltern zurückkehren wollen?

»Wir müssen uns jetzt überlegen, was wir tun wollen«, fuhr Raschid fort und blickte zunächst Jaime und Zahra an.

Jaime rieb sich über die Schulter, die ihm immer noch zu schaffen machte. »Zahra und ich können auf keinen Fall im Land bleiben. Die Christen suchen sie gewiss immer noch. Wir haben beschlossen, nach Portugal zu gehen. Zur Not hätten wir auch dorthin zu fliehen versucht, aber wenn die Christen uns frei ziehen lassen – umso besser!«

Raschid nickte. »Portugal ist eine gute Wahl. Auch viele Juden wenden sich dorthin. Deborahs Eltern sind schon vor zwei Jahren nach Lissabon gezogen.« Er blickte zu seiner Frau. »Auch wir werden nach Portugal gehen und Zainab und Mahdi mitnehmen. Fürs Erste können wir gewiss alle bei Deborahs Eltern unterkommen.«

»Und wann wird die Übergabe stattfinden?«, fragte Jaime.

»Am zweiten Januar«, erwiderte Raschid. Hernach sagte lange niemand mehr ein Wort.

Zwei Wochen später waren die Sulamis, Jaime und die Diener mit den wenigen Pferden, die sie von Boabdil zurückerhalten hatten, zur Abreise bereit. Auf zwei Wagen hatten sie das Allernötigste aufgeladen, ihr Haus und ihr Land schweren Herzens und überdies zu einem schlechten Preis an einen Christen verkauft; kaufwillige Mauren gab es keine – nur verkaufende: Allzu viele wollten nicht unter den neuen Herren leben, sondern zogen die Ungewissheit in der Ferne einem Leben als christliche Untertanen vor, zumal ihnen vor Torquemada und seinen Schergen graute. Sie fürchteten, nach den Juden und den *conversos* die Nächsten zu sein, die in seinen Kerkern verschwinden und auf seinen Scheiterhaufen brennen würden.

Zahra sah zu, wie ihr Bruder die Tür ihres Elternhauses hinter sich zuzog – des Hauses, in dem sie und ihre Geschwister geboren worden waren –, und kämpfte gegen die Tränen. Jetzt hatten sie auch noch ihr letztes Zuhause verloren …

Jaime trat zu ihr und zog sie an sich. »Wir werden uns ein neues, besseres Leben aufbauen«, versprach er ihr. »Vertrau mir!« Er nickte ihr zuversichtlich zu.

Zahra presste die Lippen zusammen und erwiderte sein Nicken. »Ja, Jaime, das werden wir, *inschallah,* so Gott will.«

Jaime nahm ihre Söhne an die Hand, Zahra fasste nach Chalida, und als sie den Blick ihrer Tochter sah, musste sie wieder daran denken, was Tamu ihr am Tage ihrer Rückkehr über das Kind gesagt hatte. Der Kampf um Granada war verloren, ihr Land in fremden Händen, aber das Leben würde weitergehen. Sie küsste ihre Tochter auf die Stirn und hoffte, dass der Allmächtige seine schützende Hand über sie und ihre Familie halten würde. Dann blickte sie zu Jaime und lächelte.

Epilog

Am zweiten Januar 1492 übergab Boabdil Isabel von Kastilien und Fernando von Aragón die Schlüssel seiner Stadt. Mit der Eroberung Granadas durch das Königspaar fiel nach beinahe achthundert Jahren auch noch die letzte maurische Bastion auf der Iberischen Halbinsel in ihre Hände.

Seinen Sohn sah Boabdil nie wieder – er weigerte sich, zu seinen Eltern zurückzukehren –, seine Frau Morayma starb wenige Monate nach der Übergabe der Stadt. Boabdil verließ Granada durch die Puerta de Justicia, das Tor der Gerechtigkeit, und bat die christlichen Könige, dass niemand mehr dieses Tor benutzen solle, durch das er die Stadt verlassen hatte. Fernando gewährte ihm seine Bitte und ließ das Tor zumauern.

In einer Entfernung von zwei Meilen bog Boabdils Geleitzug Richtung Alpujarras ein, wo sie eine Anhöhe ersteigen mussten, die ihnen einen letzten Blick auf Granada gewährte. Oben angekommen, ließ Boabdil den Zug anhalten, um seine geliebte Stadt ein letztes Mal zu betrachten.

»*Allahu akbar*«, rief er, »Gott ist groß«, und konnte die Tränen nicht länger zurückhalten. Aischa soll daraufhin voller Bitterkeit gerufen haben: »*Jetzt beweinst du wie ein Weib, was wie ein Mann zu verteidigen du nicht vermocht hast!*«

Bis 1494 lebte Boabdil auf den ihm von den Kastiliern in den Alpujarras zugewiesenen Gütern im Tal Porchena und zog dann mit seiner Mutter nach Fès. Aischa starb dort wenig später, während Boabdil unter Sultan Muley Ahmed III. noch etwa dreißig Jahre lebte. Um 1533, also mehr als vierzig Jahre nach der Übergabe Granadas, kam er bei der Verteidigung des fremden Bodens ums Leben.

Nachbemerkung

Für die historisch Interessierten sei vermerkt, dass alle politischen Ereignisse sowie die Aussagen über das Leben und Handeln der historischen Personen mit wenigen Ausnahmen als verbürgt angesehen werden können. Dies war mir neben der fiktiven Geschichte von Zahra und ihrer Familie ein besonderes Anliegen. Zu diesen wenigen Ausnahmen gehört Yazids Plan, die christliche Königin als Geisel zu nehmen, was aber angesichts der verzweifelten Lage der Mauren sicher den Versuch wert gewesen wäre. Gonzalo hat übrigens tatsächlich den Dispens seiner Ehe angestrengt und sich damit in der Tat den Unwillen Isabels zugezogen – allerdings war hierfür nicht Zahra der Grund.

Leider ist über die Lebensbedingungen der Mauren im fünfzehnten Jahrhundert nur wenig bekannt: Zum einen gibt es kaum Bildmaterial, da die figürliche Darstellung von Lebewesen im Islam verboten war, zum anderen existieren nur noch wenige maurische Schriftstücke aus jener Zeit. Für manche Details habe ich mich deswegen an den Lebensumständen der Mauren in Tetuan (Marokko) in etwas späteren Zeiten orientiert, da die meisten nach ihrer Ausweisung (1609–1614) aus Spanien dorthin geflüchtet sind.

Neben vielen anderen historischen Quellen habe ich mich auf Washington Irvings Buch *Die Eroberung Granadas, aus den Papieren Bruders Antonio Agapida* (1829) gestützt, eine der wenigen lebendigen Darstellungen dieser Epoche.

Zeittafel

711–719	Die Mauren erobern die Iberische Halbinsel.
bis 1085	Erste Phase der Reconquista. Vor allem das Königreich Asturien nimmt große Gebiete in Besitz.
1086–1212	Zweite Phase der Reconquista. Die Christen erobern Kerngebiete des muslimischen Herrschaftsbereichs zurück. Im Hochmittelalter wird der Kampf gegen die Muslime zunehmend zum »Heiligen Krieg«. Ritterorden werden gegründet, Päpste rufen die europäischen Ritter zum Kreuzzug auf die Halbinsel.
1213–1492	Endphase der Reconquista
1236–1250	Die Kastilier erobern 1236 Córdoba und 1248 Sevilla, Aragón erobert 1238 Valencia, Portugal 1250 die Algarve.
1246	Der Emir von Granada muss die Hoheit der Könige von Kastilien anerkennen und einen jährlichen Tribut zahlen.
1474	Isabella I. von Kastilien (Isabel) wird Königin.
1478	Beginn der Inquisition in Spanien
1481	Abu l'Hassan erobert Zahara. In Sevilla gibt es ein erstes Autodafé.
1482	Die Christen erobern Alhama. Boabdil wird zum Emir ausgerufen. Torquemada wird Großinquisitor.

1483	Schlacht von Axarquía
1484	Eine kastilisch-aragonische Armee fällt in das Tal von Granada ein. Boabdil wird bei Lucena von den Christen gefangen genommen.
1485	Bürgerkrieg in Granada
1487	Die Christen erobern Málaga.
1485–1489	Die Spanier erobern Baza, Guadix, Almuñécar und Almería.
1491	Belagerung Granadas; Gründung von Santa Fé
1492	Muhammad XII. (Boabdil) kapituliert vor den katholischen Königen. Übergabe Granadas

Stammbaum des Hauses Aragón-Kastilien

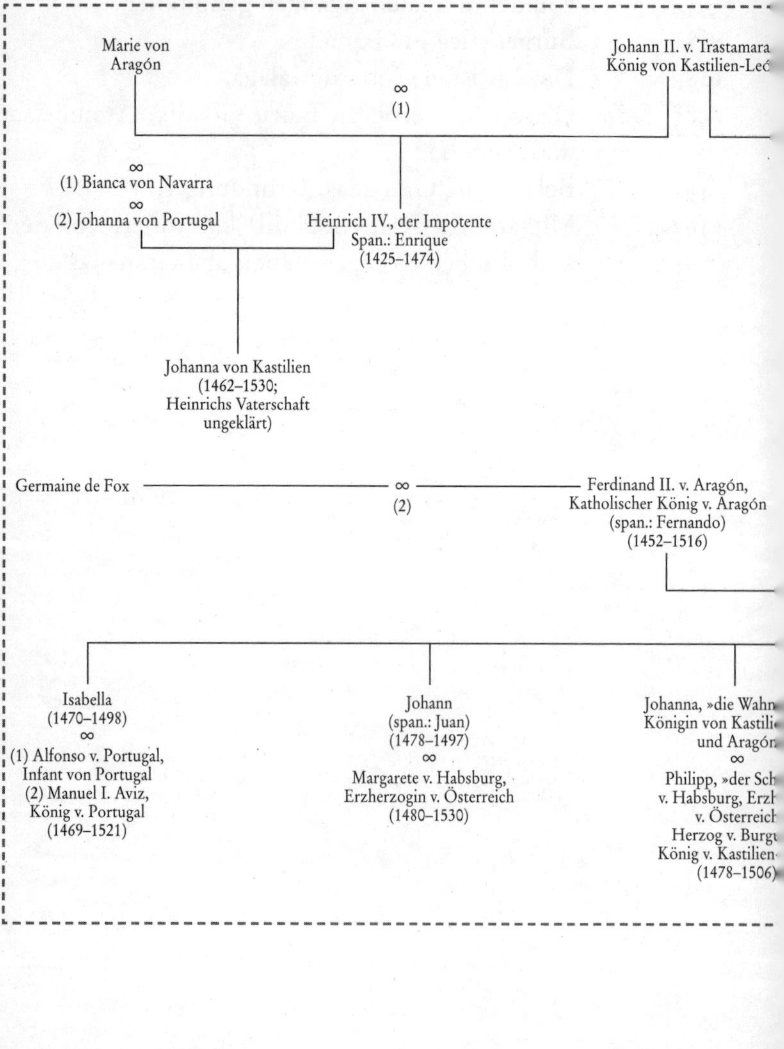

Isabella von Portugal

∞
(2)

Isabella v. Trastamara,
Katholische Königin von
Kastilien-León
(span.: Isabel)
(1451–1504)

Alfons
(span.: Alfonso)
(1453–1468)

∞
(1)

Maria
(1482–1517)
∞
Manuel I. Aviz,
König v. Portugal
(1469–1521)

Katharina
(1485–1536)
∞
(1) Arthur, Prince of Wales
(2) Heinrich VIII. Tudor,
König v. England
(gest. 1533)

Stammbaum der letzten Emire des Königreichs der Nasriden von Granada (al-Andalus)

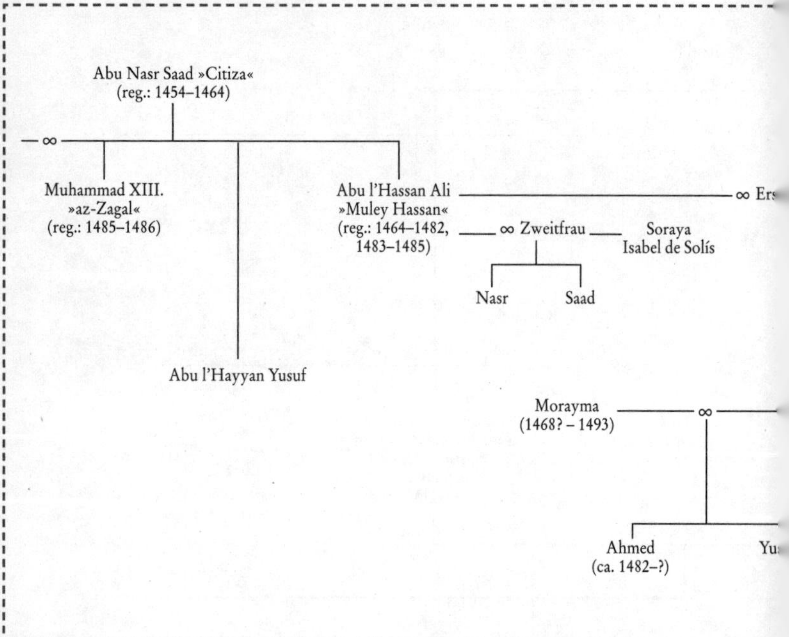

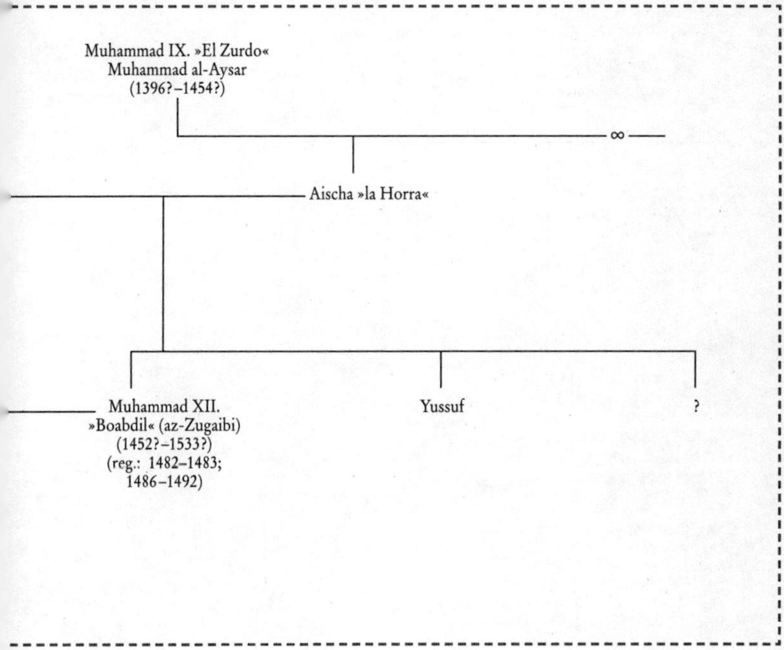
Muhammad IX. »El Zurdo«
Muhammad al-Aysar
(1396?–1454?)
∞
Aischa »la Horra«
Muhammad XII.
»Boabdil« (az-Zugaibi)
(1452?–1533?)
(reg.: 1482–1483;
1486–1492)
Yussuf
?

Glossar

Awwal: erster innerer Raum des Badehauses, nicht immer geheizt
Bait al-harara: dritter und heißester Raum des Badehauses
Djellaba: Kleidungsstück, Art Tunika
dschabbar: maurische Bader
du'a: persönliche Form des Bitt- oder Dankgebets im Islam. Während das rituelle Gebet *(salat)* nur zu festgeschriebenen Tageszeiten gesprochen werden darf und keinen Raum für eigene Anliegen lässt, kann ein *du'a* zu jeder Tages- und Nachtzeit gesprochen werden.
Faqih: islamischer Rechtsgelehrter
Funduq: arabischer Gasthof
Ghumari (Plural: Ghumara): berberischer Stamm in Nordmarokko
Hammam: öffentliches Dampfbad, das man vor allem im arabischen Kulturkreis findet und ein wichtiger Bestandteil der islamischen Badekultur ist
Hidschab: Schleier im weitesten Sinne, kann ein Ganzkörper-, Kopf- oder Gesichtsschleier sein (siehe auch »Niqab«).
Imam: Vorbeter beim islamischen Gebet oder Ehrentitel für einen hervorragenden Muslim
ird: Ehre der Frau
iwan: Öffnungen oder Nischen eines größeren Raumes zu den Seiten hin; typisches Merkmal der arabischen Architektur, meist gewölbt

Karacke: Segelschiffstyp des ausgehenden Mittelalters und der beginnenden Neuzeit

Konvertit (spanisch: *converso*): Person, die zu einem neuen Glauben übertritt. Zur Zeit der Reconquista waren die meisten *conversos* zum christlichen Glauben übergetretene Juden; erst später häuften sich auch die Übertritte unter den maurischen Muslimen.

Lärmfeuer: in früheren Jahrhunderten Signalstellen zur einfachen Nachrichtenübermittlung. Wenn die meterhohen Holzstöße auf Berggipfeln brannten, konnte das Feuer beziehungsweise der Rauch von der nächsten Bergspitze aus gesehen werden. Dort befand sich ein weiterer Holzstoß, der beim Erkennen eines Lärmfeuers ebenfalls angezündet wurde. So entstand eine Nachrichtenkette, um vor einer möglichen Gefahr – meist feindlichen Angriffen – zu warnen.

Maschrabiya: mit Holzgitterwerk verkleidete Fenster. Die Gitter dämpfen Licht und Hitze und ermöglichen, dass man nach draußen blicken kann, ohne gesehen zu werden.

Medresse: islamische Hochschule. Die wörtliche Bedeutung lautet »Ort des Unterrichts«.

maslah: Umkleideraum im Badehaus

mu'allima: Meisterin des arabischen Bades

Niqab: Schleier im weitesten Sinne, kann Ganzkörper-, Kopf- oder Gesichtsschleier sein. Um Verwechslungen zu vermeiden, habe ich mich an dem Gebrauch der Begriffe im heutigen Marokko orientiert und mit dem Niqab stets den Gesichtsschleier, mit dem Hidschab stets den Ganzkörper und Kopfschleier bezeichnet.

Qadi: Richter in islamischen Ländern

Qaid: Ortsvorsteher oder Bürgermeister

suq: kommerzielles Viertel einer arabischen Stadt

wastani: geheizter mittlerer innerer Raum des Badehauses

Ausgewählte Literatur

Rachel Arié: *L'Espagne musulmane au temps des Nasrides (1232–1492)*, Paris 1973

Titus Burckhardt: *Die maurische Kultur in Spanien*, München 1980

Julio Caro Baroja: *Los moriscos del reino de Granada*, Madrid 2003

Eberhard Cyran: *Abend über der Alhambra*, Heilbronn 1991

Charles-Emmanuel Dufourcq: *La vida cotidiana de los arabes en la Europa medieval*, Madrid 1994

Jesús Greus: *Así vivían en Al-Andalus*, Madrid 1988

Heinz Grotzfeld: *Das Bad im arabisch-islamischen Mittelalter*, Wiesbaden 1970

Washington Irving: *Die Eroberung Granadas, aus den Papieren Bruders Antonio Agapida*, Frankfurt 1829

Karl Kreiser, Rotraud Wielandt (Hrsg.): *Lexikon der islamischen Welt*, Stuttgart 1992

Magdalena Lasala: *Tragedia del último rey de Granada*, Madrid 2004

Robert Lemm: *Die spanische Inquisition*, Köln 2005

Manuel de Montoliu: *Vida de Gonzalo de Córdoba (El Gran Capitán)*, Barcelona 1952

Antonio Muñoz Molina: *Stadt der Kalifen, Historische Streifzüge durch Córdoba*, Hamburg 1994

Ernst Rackow: *El traje musulmán femenino en África del Norte*, Madrid 1953

Ursula Spuler-Stegemann: *Islam*, München 2007

Dank

Mein besonderer Dank gebührt Prof. Dr. Jordi Aguadé von der Universität Cadiz und seiner Frau Laila Benyahia, die mir bei meinen endlosen Fragen über den Islam und das Leben der Mauren im Mittelalter mit großer Sachkenntnis und unerschöpflicher Geduld zur Seite gestanden haben und die einen wesentlichen Anteil an der Enstehung dieses Romans haben. Muchísimas gracias a los dos!

Nicht weniger danken möchte ich meiner Lektorin Regine Weisbrod für ihren kritischen Blick, ihre ebenso behutsamen wie inspirierenden Rückfragen, ihre rege Unterstützung – und für einen ganz besonderen Vormittag, der mich auf viele neue Ideen gebracht hat.

Ein weiterer Dank gebührt unserem Freund Roland Bigler, der mir mit seinen kritischen Anmerkungen so manch wichtigen Impuls gegeben hat.

Auch meinem Mann und unseren Kindern möchte ich danken. In den letzten Monaten der Fertigstellung des Romans haben sie mich kaum noch zu Gesicht bekommen und dies nicht nur ohne Murren hingenommen, sondern mir überdies auch noch allen Alltagskram vom Leib gehalten. Pour tout cela, pour votre gentillesse, votre patience et pour votre soutien au quotidien, tendrement, à tous les trois et à chacun de vous, du fond du cœur je vous remercie.

Lea Korte

Die Nonne mit dem Schwert

Roman

Spanien im 17. Jahrhundert: Die 15-jährige baskische Adlige Catalina de Erauso wird von ihren Eltern ins Kloster gesteckt, doch kurz vor der Weihe gelingt ihr die Flucht in die Freiheit. Schnell merkt Catalina, dass sie in der Welt als Frau nicht überleben kann. Sie verkleidet sich als Mann – ein unverzeihlicher Frevel im Zeitalter der Inquisition – und lässt sich ein auf ein Leben voller Gefahren, das sie bis nach Südamerika führt. Sie sucht dort ihren Geliebten, der von ihrer wahren Identität selbst dann noch nichts ahnt, als sie Seite an Seite mit ihm in der königlichen Armee kämpft ...

Der Roman einer mutigen Frau, die das Unmögliche wagte und deren Leben ein einziges Abenteuer war.

Knaur Taschenbuch Verlag

[illegible]

[illegible]
[illegible] dem [illegible]

Roman

[illegible]

[illegible]

Knaur Taschenbücher Verlag

Ina-Marie Cassens

Die Heilerin von Salerno

Roman

Salerno im 11. Jahrhundert: Hier hat sich die junge Trota dank ihrer medizinischen Erfahrungen, die sie im Harem von Messina gesammelt hat, einen Namen als Ärztin erworben. Doch ihr Ruhm bleibt nicht unangefochten, denn ihr wird schwarze Magie vorgeworfen. Zudem leidet ihr geliebter Sohn unter einer schweren Krankheit, die nur durch eine geheimnisvolle Medizin gelindert werden kann. Die Rezeptur aber kennt nur der muslimische Gelehrte und Kräuterhändler Halifa, den sie einst in Messina kennen- und lieben lernte …

Knaur Taschenbuch Verlag

Susanne Stein

Der Löwe und die Königin

Roman

Berenguela, Prinzessin von Navarra, ist 25 Jahre alt, als sie erfährt, dass sie den englischen König Richard I. heiraten soll. Große Freude ruft diese Nachricht bei ihr nicht hervor, denn eigentlich hat sie nur einen Traum: Sie möchte als Ärztin kranken Menschen helfen. Doch das Schicksal will es anders und führt sie als Gattin des Königs bis ins Heilige Land. Ganz allmählich kommen sich die so unterschiedlichen Eheleute näher …

»Großartiger historischer Roman um eine starke Frau – fesselnd!«
FRANKFURTER STADTKURIER

Knaur Taschenbuch Verlag

Antike
Mittelalter
Renaissance
Barock
Aufklärung
19. Jahrhundert
www.Historische-Romane.de
... und Geschichte wird lebendig!
Einzigartig: die Buchsuche nach
Epochen – Regionen – Ereignissen – Persönlichkeiten
Aktuelle Neuerscheinungen,
Rezensionen, Leser-Forum, Autoren-Interviews
und Lesungs-Kalender
Entdecken Sie die ganze Welt der
Historischen Romane!
HISTORISCHE
ROMANE.DE